U0937426

醉旭阳

明月如泉

上册

苏俏◎著

重庆出版集团 重庆出版社

图书在版编目（CIP）数据

明月如泉醉旭阳 / 苏俏著 . — 重庆 : 重庆出版社 ,2018.1
ISBN 978-7-229-11082-6

Ⅰ . ①明… Ⅱ . ①苏… Ⅲ . ①长篇小说—中国—当代 Ⅳ . ① I247.5

中国版本图书馆 CIP 数据核字 (2016) 第 066382 号

明月如泉醉旭阳
MINGYUE RUQUAN ZUI XUYANG
苏 俏 著

责任编辑：罗玉平
责任校对：刘小燕

重庆出版集团
重 庆 出 版 社 **出版**
重庆市南岸区南滨路 162 号 1 幢 邮政编码：400061 http://www.cqph.com
重庆市国丰印务有限责任公司印刷
重庆出版集团图书发行有限公司发行
E-MAIL:fxchu@cqph.com 邮购电话：023-61520646
全国新华书店经销

开本：700mm×1000 mm 1/16 印张：31 字数：714 千
2018 年 1 月第 1 版 2018 年 1 月第 1 版第 1 次印刷
ISBN 978-7-229-11082-6
定价：59.80 元

如有印装质量问题，请向本集团图书发行有限公司调换：023-61520678

版权所有 侵权必究

目录

楔 子

大宣荣锦十二年六月，诚宗崩，遗诏废太子汤为平安王，赐封地奂州，即日前往，非诏不得入京。改立次女明泉公主为帝，开创宣朝九十七年来第一位女帝登基的先河。

明泉次月即在左相连镌久、先皇帝师斐旭的支持下登位，改年号为新顺，大赦天下！

新顺元年八月中旬，平安王自封地奂州偷潜回京，会同右相安莲、宫廷禁卫军副统领陈高、京城守卫军提督牟雪亭等大小官员五十余人率五万兵马里应外合，自上和门、开元门攻入京城，史称平安之乱。

京城告危，连镌久亲率帝轻骑死守皇城。

两军对峙历经七天六夜，蔺郡王率十万勤王之师以雷霆万钧之势与连镌久里外夹击，一举全歼叛军！

元年九月，平安之乱以失败告终。平安王被剥夺世袭王称号，改郡王，换封地奂州七城为戚州三城，远离京城，守北方苦寒。右相安莲被捕待审。陈高于乱军中流箭重伤，不治而亡，享年五十有八。牟雪亭事败后在牟府饮鸩，享年三十。

故事，自这里开始……

第一章

乾坤殿上，烛火绰约。

即使斗转星移，时代变迁，这承载着数朝帝王思考的书房却一如既往地肃穆恢宏，连屋顶横梁的暗红都不曾褪色半分。

烛光自九龙灯里透出来，一闪一闪地映衬着伏案疾书女子的娟秀脸庞。白色绣金的龙袍穿在她身上有点突兀，似乎这么张清雅恬淡的脸镇不住绣在胸前的五爪金龙。

崔成看着地上与案桌融为一体的纤弱影子，心微微吊了起来。

原以为自己伺候了明泉公主十几年，早将主子的喜好了然于胸。谁知平安之乱后，那双原本爽直明快的眸子一夜间覆上浓浓的雾霭，看远了模糊，看近了又糊涂。早说圣意难测，他这才有几分明白。

“高公公今天好些了么？”明泉下笔的手一顿，蘸了点墨汁道。

崔成上前一步，好让自己的声音听起来更清晰，“能下床了，申时还用了小半碗玉米饭。”

“那就好。”她眼中隐有波光流动，一眨眼又掩了过去，“高公公想吃什么想用什么都只管送，等他身体再好些，就来回一声。”

“遵旨。”他低下头，心里暗暗琢磨，哪有皇帝等太监身体好再来见的道理，皇上这是想见高公公了，又不好直接宣他。想到高公公不但在先皇生前风光无限，如今还颇受女帝重视，他便艳羡不已。

“连卿还在外候着么？”

崔成面色微微一变，连忙跪下道：“奴才见连相穿得单薄，怕他熬不住夜寒，所以请他到佐政殿候旨。”

明泉抬起头。

崔成在她四岁时进的宫，才五年就被擢升为明泉宫总管，左右逢源、见风使舵的本事自是不提。原本她再受宠也只是公主，靠着她作威作福也有限，所以她睁一只眼闭一只眼，懒得计较。只是掌了乾坤殿后，局面便不一样了。上上下下来来往往的哪个不是重权在握？由着他来还不知道会生出多少事端，自古到今，太监与外臣太近总归不好。

“召他进来吧。”她将桌上刚批好的奏折折了起来，在他脚刚迈出门槛的时候，又轻声低喃道：“不过这样倒是朕在等他了。”

崔成手指颤抖了下，头垂得更低，小心翼翼地将门合上，才长长舒出口气，提起衣摆小跑到佐政殿，刚好连镌久的贴身小厮探出头来。

“快快，皇上召见。”

那小厮也不见着慌，嘻嘻一笑就把头缩了回去。

片刻，连镌久便理着衣服走出来。宽大的官袍穿在他身上自有股风流不羁的味道。略显发福的白皙面上透着憔悴的苍老，曾迷倒京城无数待嫁少女的眼睛下已有了细纹。

见到他，连镌久温和地打了个招呼，“当初比桑进贡的貂领大氅皇上可曾拿出来穿？”

崔成想了想道，“不曾穿。”

连镌久把双手笼在袖子里，笑道：“这时节穿最好，再冷就不顶用了。”

崔成赶紧点头道：“谢左相大人提醒，奴才记下了。”心里暗暗佩服，不愧是连相，连前年先皇赏的那件大氅都记得清清楚楚,他这个在公主身边服侍的人也要转几圈才回想起来。

乾坤殿与佐政殿是天罡宫的正殿与偏殿，只说了几句话便到了。

“有劳崔公公了。”他轻轻拍了拍他的手。

崔成受宠若惊道：“左相大人客气。”当他入宫被分配到明泉殿的时候，自己最远大的理想就是手底下管着数十个人，走到哪里拿得出面子，不用受白眼。但先皇一驾崩，公主转身成了皇上，这一切又变了。他不再是埋藏深宫不见天日的一宫总管，而是君王身边最贴近的红人。

连当朝首辅、机要大臣都对他礼让三分，更不用说已荣升太妃的诸位娘娘，隔三差五找他过去对皇上嘘寒问暖，金银赏赐络绎不绝。这等风光岂是他在进宫前想得到的？

“臣，连镌久参见皇上，皇上万岁万岁万万岁。”连镌久的声音隐约自里面传出来，他竖起耳朵，却刚好对上明泉扫过来的目光。他心头吓得一跳，赶忙伸手将门关上。想起临出门前皇上的低喃，难道自己平日与各朝臣结交的事情已传到她耳朵里了吗？

夜风萧瑟，他双手合拢，将怀里的孝敬银子又揣得紧了些。仿佛只有这样，心头的不安才能沉静下来。

连镌久低着头，明泉便肆无忌惮地打量他。

她自小受宠，七岁以前，父皇甚至带着她在乾坤殿处理朝政。等稍大了，虽不能抛头露面，公然出入议政场合，但私下父皇也会与她讨论些朝中事宜，因此对于权谋二字，她毫不陌生。

连镌久以一番雄辩在乾坤殿以冲冠之龄受先皇赏识她是亲眼所见的，自那之后他三日一小升，三月一大升，不知羡煞多少人。父皇生前说过，连镌久胸藏经天纬地之才。这句话，她铭记在心。

高公公在先皇驾崩第二天曾与她长谈过，说那份遗诏先皇不知修改了多少遍，托孤的人选是择了又择，选了又选，唯独连镌久三个字雷打不动地排在第一位。要忠心，要豁达，不会忌讳女子称帝；要机敏，要沉稳，能处理任何状况；要有权，要有势，要稳定朝纲，一分都不乱。这样的人，舍连镌久其谁？

只是这么一个人，先皇能用，且用得得心应手，那毕竟是一手提拔知根知底的。但她呢，能用吗？用得动吗？又该怎么用？

连镌久在朝里的势力盘根错节，如果没有均衡之人，就算她容得下，连镌久又会不会有其他想法？

史书可鉴，古来功高盖主的佞臣哪个没有安邦定国的大才？

但说到均衡，她首先想到斐旭，也是遗诏托孤的重臣。少年得志，睿智果断，父皇不止一次地以惊才绝艳来形容他，更拜比他小了双旬的斐旭为师，这样的荣宠连当初的连镌久都望尘莫及。但他生性超脱，不受拘泥，又朝中无人，做个智囊是有余的，要掌大局就欠缺多了。

其实最好的人选不是没有，只是还关在天牢里。先皇在定左右两相的时候，就已经安排好了格局。

——右相安莲。

她的思绪中断了一下，目光扫过殿上连镌久垂首而立的挺拔姿势，呼吸平匀，仿佛再站个十年八载都不会动。

"连卿的脸色不大好，又是一夜未眠么？"与十年前的风采相比，终究是老了。明泉暗叹一声。

"回皇上，为国尽心，不敢稍有懈怠。"屋内暖和，香炉里的檀香化作淡淡轻烟，氤氲出一条条若有似无的纱幔，萦栋绕梁。连镌久双手笼袖，眸子直直地盯着地上。

明泉在心里推敲了下，最终决定直接问，"安莲的案子审得如何了？"

连镌久眉头几不可见地皱了下："皇上是问平安余党？"

她抬眸，意味深长道："不，朕问的是安莲。"

"段大人会同刑部正量法而审，相信不久就会有结果了。"

"量法？"明泉手指轻轻弹着，嘴角弯上浅浅的弧度："他可是先皇为朕定下的皇夫，连卿何必为难呢？"安莲就是先皇安下的第四颗棋子吧。辅她登基的连镌久，平定乱党的蔺郡王，出谋划策的斐旭，还有在朝中拥有深厚背景的安莲。虽说自己是被局势硬逼着走到这一步，却也不得不佩服父皇深谋远虑。

连镌久双膝跪地，沉声道："请皇上收回成命！"

"求朕没用，"明泉慢悠悠地坐下："先皇遗命，何以改之？！"这句话是他当初逼她登基时所用，现在正好堵回他的口。要想压制住连镌久的势力，她还非用安莲不可。

"安莲罔顾君纲，犯上作乱，败丧德行，如此罪人怎能辅助皇上统领六宫，母仪天下！"他一番话说得掷地有声，疾厉的容色让明泉身体微微向后靠了靠。

"朕不需要他母仪天下，朕自己就是女子，当天下人之母，相信朕比他更合适。"她意识到自己语气过于强烈，又缓了口气道，"先皇生前待朕如珍如宝，朕何忍拂他遗愿？何况，安莲虽然伙同谋逆企图造反罪无可恕，但论其才华，放眼朝纲，几人可及？朕今日既然愿意保他，那他便是朕的责任，朕会在后宫造一座金屋，权当告慰先皇在天之灵。"当务之急是先把安莲从牢里头救出来，至于如何用他牵制连镌久，她再慢慢想办法也不迟。

她见他脸色松动，忙趁热打铁道："何况他之所以造反，皆因不愿当皇夫而起。他越是如此，朕越要他入宫，这样的惩罚岂非比那些肉体上的伤害更痛苦？"

连镌久以为明泉对安莲拒当皇夫之事耿耿于怀，不由愣了下，转念想到这位少女天子久居后宫，不涉朝政，未必真正懂得谋逆的轻重，兼之她深受先皇恩宠，难免骄纵，只好叹气道："恳请皇上让臣先下狱与他一谈，他若有悔意……"

"连卿此言差矣。悔是对错事的抱憾痛恨，难道你要让朕未来的皇夫顶着谋逆的罪名坐在这一人之下万人之上的凤座上？”安莲的罪名绝不能坐实，不然他只能当一辈子的罪人。只是他性子高傲，为了自尊连叛乱都做得出来，她也没几分把握能把他握在手里。不过她既然有意让他重回朝堂，再加上这次的救命之恩，他应该会感恩戴德，从此甘心为她所用了吧。

“皇上既然心意已决，臣也只有竭尽所能。”他长叹了口气：“希望他日下了黄泉，先皇不要怪臣才好。”

哼，都让步了，还不忘用先皇的名义压一压她 。明泉睥着他：“连卿还真是能变着法儿骂朕啊。”

“臣不敢，臣愿为皇上鞠躬尽瘁，死而后已。”

“起来吧，朕若是连连卿都不信，就真成孤家寡人了。”她将一叠奏折推了过去，“不过把这些收回去，安莲之事朕意已决，你朝中的那些跟屁虫也该收收声，不必再喊打喊杀了。”

连镌久上前捧起奏折，从容道：“他们虽然是臣的门生，但个个心中都只有皇上，此次上书建言也是出于一片赤诚忠君之心，绝非偏私微臣。”态度不卑不亢地承认反让她抓不出错处。

明泉皮笑肉不笑，“不愧是连卿的门生，连忠君之道也与连卿一般无二。今年又是科考，朕可不敢再用你监考了，省得又选出一批政见如此相若的士子。朕看这次主考就擢……沈南风和田聚吧。连卿以为如何？”

连镌久目光更深沉一分：“皇上英明。”话虽如此，但他心头却盘算不停。沈南风是前户部尚书沈儒良的小儿子，先前一直在翰林院替先皇撰修《宣典》，文才风流，是京城有名的才子，升为主考倒也合适。但田聚……皇上作的又是什么打算？

“哪里英明？”她饶有兴致地看着他。

连镌久略作思索道：“久闻田聚爱财如命，爱美如财，如此有‘财’之人……岂非大宣幸事？”

明泉笑道：“田聚与你连襟，你也如此刻薄，不怕左相夫人生气？”

他立刻再度跪下，叩首道：“皇上明鉴，田聚与臣虽有连襟之谊，但仅止于此。论公，田聚好大喜功，视金银如父母，曾两度因挪用公款而遭到贬降，实非监察科考人选。论私，除了每年过节他上门贺礼外，平时并无深交。”

“如此说来，他一无是处得很啰？”她盯着他，似笑非笑地问，“那这般无用之人，怎么能贬了又升，还连升两次呢？”

连镌久心里有了底，田聚是个引子，主要是试探他在朝中的手伸得有多深。想到此，连忙直起腰杆道：“田聚虽然不济，却有一项好处，就是他对水利十分有研究，臣将他调去工部，也是希望能协助刘大人处理黄水之灾事。”

明泉缓缓点头道：“朕看过他的折子，这方面倒算个人才。”

连镌久道：“臣有事启奏。”

明泉看了他一眼：“说。”

“田聚精于水利，但文章却是擀面杖吹火——一窍不通。因此臣恳请皇上另选他人。”他跪地未起。

她眼光微敛，声音沉下几分："哦？左相可有人选？"

"科举考试，一考古人圣贤之言，一考天下时事之论。沈南风是荣锦七年的榜眼，诗词文章无一不精，的确是难得人选。至于另一位，臣以为当选吏部之人出任。"

明泉见他还欲再说，忍不住打断道："先平身吧。先皇若知道朕让他的爱相在地上跪了这么久，恐怕今晚就要来斥责于朕。科考还有段时日，人选可以慢慢再议，不必急于一时。"

"遵旨。"他膝盖有点僵，毕竟很久没在地上跪着回话了。

她笑叹了口气，道："这龙椅真是不好坐，现在一点芝麻小事将来说不定就能动摇社稷根本。只能事事躬亲，累得慌。若不是父皇的旨意，朕真想把它让给子觉哥哥。"子觉是前太子尚汤的表字。

连镌久道："皇上切莫做如此想，先皇自有先皇用意，何况平安郡王为一己私利，置天下无物的做法已印证先皇识人之明。"

明泉唔了一声，走回案前，重新提笔，"行了，快点回家去吧。省得大夫人找人找到皇宫里来。"

她指的是连镌久有次流连花巷，彻夜未归，连大夫人便带着几个夫人杀到了安莲家，非说他们平时眉来眼去，暧昧非常，是他把人藏了起来。

最后闹得没办法，只好请当时的太子亲自出面调停才算解决，只可怜安莲莫名其妙赔了名声。

连镌久躬身告退前，悄悄抬眸看了眼重新奋笔的少女君主，额前几捋青丝淡化了她眉宇间的英气，她的五官五成像先皇，三成像云太妃，虽不明艳俏丽，倒也清秀怡人。当那眸子冷冷望过来时，不严而威的霸气不逊先皇。也许这就是先皇最终选择了她的原因之一吧。

"佐政殿虽然暖和，但毕竟有段距离。朕可不喜欢等人。"她漫不经心道。

刚退至门外的连镌久一怔，随即不动声色地悄悄掩上门。

"左相大人。"崔成守在门口，脸上还挂着友善的笑。

他微微叹口气，这个人恐怕是不能再用了。"崔公公辛苦。"

淡然推开他递过来的暖手炉，连镌久头也不回地朝外走去。

香炉暂熄，几个宫女上前将暖炉拨旺。

明泉挥手让她们退下，心中思绪万千。刚才与连镌久的谈话，有些是一早想好的，有些是临时起意的。总体还算不错，赦了安莲的罪，也在连镌久的心里扎了根刺。

毕竟安莲不仅仅是才智超绝的少年右相，也是前任左相安临渊的独生子。他若是死了，那是死有余辜，安临渊再痛心也无可奈何。但如果没死，以安家的人脉手腕，加上她暗中襄助，安莲重回朝廷也不是不可能。

父皇当初立安莲为皇夫应该是有这个考量吧。将安莲和老相爷的势力结合起来制衡日渐势大的连镌久。只是他大概怎么也没想到安莲竟骄傲到谋反的地步。

她倒不怕他再掀风浪，只要他不进宫，两人就没有利益上的冲突。

想到这里，乾坤殿另一侧的内室传来在床上翻身的声音。

“帝师大人还没休憩够？”安莲的事情算亡羊补牢了，但屋里头这尊更令她头疼。明明是什么都知道，什么都算到，偏偏什么都不说，只作壁上观，让她一个人战战兢兢地摸索。

“唔……”声音里透出慵懒辗转的妩媚。过了一会儿，一只洁白如玉的手轻轻掀起幔帘，一个银发飞扬，长身玉立的青年悄然倚在柱边，宽大的锦袍松松垮垮地挂着，全身上下没有一块多余饰物。

“你不能站直点吗？”她无奈地看着他。

斐旭莞尔一笑，满室生春：“那太累了。”

明泉指着椅子：“赐座赐座。”为什么每次见到他，自己的头都会隐隐作痛呢？

“谢皇上。”他了无诚意地行礼。

“你觉得……适才朕与连镌久说的话，可有不妥之处？”她毫不怀疑他刚才根本没有睡觉，而是津津有味地听了全部。

斐旭偏头笑着：“皇上对连相似乎既想用又怕用，还想压制住他？”

“难道不该？”她不否认。

“皇上应该听过：为皇者，当用人不疑，疑人不用。连相再厉害，也不过是你的臣子。你用太多心机于他并无益处。有些无伤大体之事顺了他也无妨。”

“要朕看他的脸色？”

“君臣之谊又何来谁看谁脸色呢。你是君，他是臣，这是伦常。你是人，他也是人，这是事实。连相读《论语》读“四书”但他也读《史记》读《资治通鉴》。自古明君身旁总有良臣辅佐，君臣相和，才能稳定社稷，造就千秋佳话。若君王寡恩，又怎能怨臣无情？”

“朕是靠他辅佐登基的，但这并不表示需事事受制于他。连镌久羽翼众多，安莲一事，他找了十几封折子说要严办！杀了安莲，他在朝中就更无敌手了。”

斐旭摇头道：“皇上，你太小觑连相了。”

“什么意思？”

“结党营私是历代皇上的心病，精明如连镌久又怎么会不避忌，还大张旗鼓地宣扬呢？”

明泉怔了怔，将话来来回回回味了几遍才叫道：“他敢诈朕？”他明明是想救安莲，所以上折子请旨严办，引起她的忌惮，好让她自作聪明地与他作对，留安莲一命。“该死的！”连镌久这只老狐狸！

“连相与安老相爷虽然不和，与安莲的关系却还不错。他救安莲一命，不过是想让安老相爷记他一个人情。何况照他原来预想，安莲就算不死，也不可能再入朝为官，对他不会有威胁。不过……连相现在大概也很头疼。”

“他有什么好头疼的！”她忿忿不平，没想到自己得意的一招竟是顺着别人铺垫好的路在走。

“他机关算尽，却没想到皇上居然还想立安莲为皇夫。”斐旭忍住笑道，“到时他不但要堵住天下悠悠众口，还为自己埋下了一个厉害的对手。”能让连狐狸头疼实在是件很美妙的事情。

明泉捋掌笑道：“极好，朕本来是怕他阳奉阴违害了安莲才这么说要纳他入宫，没想到歪打正着难住了他！”

斐旭拊起大拇指道：“皇上好眼光，安莲文才美貌都是大宣一等一的。”

“美貌？”明泉脸色有些古怪。

“安莲容貌天下无双，皇上不会没听过吧？”他促狭一笑。

她呆道：“朕没想过要嫁他，朕只是想将他先救出来再说，最好找机会再让他官复原职。刚才那些话不过是哄哄连镌久的。”

斐旭也呆呆地看着她好一会儿：“皇上，你刚才与连相对话时所表现的精明能不能再多延续一会儿？连相是何等人物，安莲除非进宫，不然别说金銮殿，连进皇宫一步都难！何况你不但不能嫁，你还要娶。”他好心提醒两者的区别。

明泉面色慢慢垮了下来：“一定要缔婚？”

“皇上已经十六了，该大婚了。”他摇头晃脑道，“而且还会有很多侍臣、采华……”

想到自己将来会有那么多男人，她面色一白：“要朕……枕千人？！”声音陡然拔高！

“这是身为皇上的权利和使命啊。”他憋笑。脑海浮现出形容妓女的两句话：一双玉臂千人枕，半点朱唇万人尝。不过她是皇上，这种想法是大逆不道的，绝对不能说。

“把连镌久叫回来，朕改变主意了！”

“朝令夕改是为君大忌。”

“那朕就又要莫可奈何地任人宰割了？”她想起自己硬被架上皇位时的难堪。这也是她讨厌连镌久的原因，毫不留情地把一个养在深宫的公主架到吃人不吐骨头的朝廷上来。

“娶多少个是祖制，临幸谁就是皇上自愿了。”

她立刻明白了他的暗示，感慨道：“这样又不知蹉跎多少人的岁月。”

“所以皇上还是多多临幸吧。”

“岁月如箭，蹉跎蹉跎就过了。”

斐旭双手枕在脑后，皮笑肉不笑道：“皇上英明。”

连镌久果然不负当朝第一能臣之名，才短短三天就已经将安莲的案子审结。

平安郡王尚汤却又多了一条挟持右相亲母、威胁栋梁的罪名。安莲虽罪不容恕，却其情可泯，孝心更可感天动地。而且在平安郡王逃逸之时，曾亲自追捕，将功补过。又念及先皇曾有意于他辅佐当今天子，因此判其进宫侍君，终身不得离开宫闱半步。

明泉看到奏折后苦笑不已。连镌久真是只狐狸，这种可笑的缘由只能堵天下百姓的悠悠之口，但凡有点常识之人都知道安莲的母亲就是安老相爷的妻子，根本不在京城，怎么可能被平安郡王挟持？而且手法幼稚地把安莲和尚汤一起落跑变成追捕。好在他没提先皇遗诏让他当皇夫，她也算逃过一劫。

他这样做无非是告诉那些有心人，安莲是有罪的，不过皇上垂涎美色，色令智昏，才网开一面非要安个理由把他弄进宫去。

好个一石二鸟，从此之后，她和安莲的名声都一落千丈，只成全了他一个无奈为昏君尽心的忠臣形象。安莲这个人也是，只要和他的名字扯在一起，就免不了好色二字！

“皇上，翰林院学士沈南风沈大人在殿外候见。”崔成匍匐在地上，恭敬道。

“宣。”明泉啜了口茶，手指按着太阳穴。才做了几个月的皇帝，她已经有力不从心的感觉，真不知道父皇当初是怎么坚持下来的。

“臣，沈南风参见吾皇，万岁万岁万万岁。”

“平身。”放下茶盏，她看着眼前站姿如松的儒雅青年。

大宣历代皇帝都喜欢破格纳新，好像看着一张张朝气蓬勃的脸自己也会年轻一点。因此朝中重臣的出色子弟很容易就得到重用。沈南风是前任户部尚书之子，少负才名，当时是直接免了乡试州试就进入殿试的。

“《宣典》收编如何？”《宣典》是一部收集宣朝年间所有诗词歌赋、童谣乐曲的总汇，是诚宗生前念念不忘的大事之一。可惜直到他驾崩，《宣典》才完成三分之一。他的遗诏中提及，此书修编完善后，须入陵寝作陪葬品，可见对它的重视。

沈南风犹豫了下，“童谣乐曲已归编入档泰半，其中包括在我朝暂居的括鄂、铘镪、狄等各族。至于诗词恐怕要再假以时日收集。”

这是话里有话了。明泉挑眉：“可是遇到麻烦了？”

他跪在地上：“请皇上恕罪。微臣必定竭尽所能，尽快将《宣典》呈上，以告慰先皇在天之灵。”他的话铿锵有力，少壮派的志气在声音中一览无遗。

明泉暗忖，这便是历代皇帝喜欢重用年轻人的原因吧。比起元老派的持重保守，他们要敢作敢当得多。不过沈南风在新一代中也算佼佼者，连父皇都赞他假以时日必是大宣又一能吏。能让他觉得麻烦的事情恐怕不会简单。

“先皇给你的一个队人马可用了？”说是跑腿，但关键时刻还是可以用来狐假虎威的。帝轻骑的人马，每个以一当十绰绰有余，如果用了还觉得麻烦，那事情就真的不简单了。

“军队只是用来收集资料，臣怎敢用其扰民？”他苦笑不已。

“麻烦竟来自百姓？”明泉勾起了好奇心，“究竟是谁这么大胆子？”

“是臣无能，无法说服墨莲社将其作品收入典籍内。”他见明泉目露茫然，又解释道，“墨莲社原本是江南的一个文学社团，参加的都是些当地的文人墨客，后来因不少社员进京赴考，便将整个墨莲社搬了过来。”

明泉奇道：“诗词归典对文人来说应是莫大荣耀，他们因何不愿？”这样名留青史的事情别人只有削尖头凑上来，哪里还有推出去的道理？

“不是不肯，他们只是想自己归典。”

明泉几乎要失笑了，这些文士倒可爱得很，这般自信能进头三名么，翰林院可是三甲才有的殊荣。

“也罢，这个不急。”她淡然道。

这等于不计较此事了。沈南风低垂的眸子闪过欣喜，随即道：“臣遵旨。”

“你先去吧，早日把《宣典》完成，朕还有其他事嘱你去办。”

沈南风立刻跪下谢恩，六年来这还是他第一谢恩谢得这般真心实意。

要知道翰林院虽然说出去好听，但毕竟没有实权，做得再好也不过是个“赏”字。他窝

在那里六年，早有离意，无奈先皇太过重视此书，他也只好继续埋头苦写，希望能早日完成，靠它出头博取恩宠。今天明泉的话却是另一种暗示，他离开翰林院的日子就快了。

孰不料明泉心里却是另一份计较。原本想迁沈南风为礼部侍郎主考科举，现在出了墨莲社这档子事，为了考评公正却不能了。不过难得他不卑不亢，侃侃而谈，留在翰林院算是屈才。

她提起朱笔，将案上拟好的迁官圣旨缓缓抹去。

怕连镌久反悔，明泉将科举的事暂搁一旁，先为安莲之事拟旨，还找斐旭定稿，谁知他轻飘飘的一句"去找连镌久"就把她打发了。

想了想，大概明白他的意思。

于是找来连镌久重新拟稿，并嘱咐他第二天先将这件事情以奏本形式启奏。安莲先进宫，至于皇夫的事情压后再议。这是连镌久提出的，正中明泉下怀。平安郡王则倒霉得被罚俸禄三年，可惜他身在戚州，等得到风声也是一个月后的事情。

连镌久的奏本效果斐然，朝堂一片鸦雀无声。

连党的人自然不会抗议自己的头，而安党巴不得多一个助臂，其他人就算心有疑虑也不敢在这种情况下提出，以免成为众矢之的。因此事情在各方的合作下顺利通过。

至于科举主考人选，明泉最终听取了礼部尚书杨焕之的提议，由吏部侍郎姜有故担任。

平安之乱余波未歇，朝局刚稳，明泉原以为自己的婚事会无限期押压后，谁知杨焕之第二天就上书请皇上选秀。

"荒唐！"明泉把乾坤殿里里外外的门都关上，然后大发脾气！"居然要朕先小选二十人充斥后宫。这还叫小选！"

斐旭抱胸笑道："殊不知后宫三千人么？二十个的确是小选了。"

"三千？"她怒发冲冠，"那么怎么临幸？就算一天一个也要十年！"

"不用，八年零两个月二十七天就够了。"

"什么？"她眼珠一瞪。

他识相地岔开话题："你打算怎么做？"

"拖！"她坚定道。

斐旭不语。

"斐帝师认为不妥？"她讽刺地睥睨着他。

他把头斜歪在椅背上，不在火头上接茬："安莲明日就要进宫了，你准备怎么安置？"

"安置？"她疑惑道："安置什么？"

"安莲既不是太监也不是侍卫，他进宫……你自然要安置的。"斐旭暧昧地朝她挑挑眉。

事情越来越脱离她的计划，什么化敌意为助臂都是妄想！如今安莲不但不能回到朝堂，居然还要进后宫？要真成了婚，枕头边睡这么个随时会杀你的人，她恐怕没几天就要写遗诏了。

"他没有夫人，难道连侍妾都没有吗？"纵然是皇帝也不能夺人丈夫吧。

斐旭神秘地眨眨眼："见过他，你就知道了。"如安莲这样的人物，岂能匹配庸俗？

明泉牙齿一咬，刚想说把他阉了，斐旭又接道：“而且……安莲虽然犯了错，但安家的势力并没有瓦解。他任职右相期间，府里门客无数，不少现在都是一方大员了。安老相爷虽然告老还乡，但他的门生比连相还多。”

她把桌子拍得乓乓响，“难道这些党派都不能抑制吗？做臣子的难道连主子是谁都分不清了吗？”什么制衡之道此刻都被抛到九霄云外，她此刻恨不得将所有党派都一锅端了！

“只要与人相处，就会有远近亲疏。只要有利可图，就会有同路陌路。”他耸肩，“这本是历朝历代都不可避免的。先皇以党制党，均衡朝中各派势力，在历代皇帝里算是不错的了。连相和安相也都非有野心想篡位之人。”他讲得很自然，丝毫不觉得议论皇帝有什么不对。

“你不是说结党营私是历代皇帝的心病？”她冷哼，“那朕就将心病挖了。”

“心病就是心里的病，若要挖，只能把心一起挖了。皇帝嘛，虽然是真正的主子，但天高皇帝远，能天天见到的官又有几个呢？既然见不到正主子，只好巴结那些能见的假主子了。关系本来就是一层层递下去的，就如施行政令。”

明泉把他的话翻来覆去咀嚼了好几遍，最后气道：“所以为了制衡党派势力，朕最好把后宫建立成一个小朝廷啰？”

“皇上至圣至明。”

明泉嘴角抽搐两下：“真不想当皇帝！”

“这话我左耳进，右耳出。”他用小手指抠着耳朵，“皇上嘛，脱口一次就够了。”

“斐旭，”她突然一脸严肃地看着他，“朕现在明白父皇为什么会以近半百的年龄尊你为师了。”

斐旭笑笑：“算命的说我是天人之命啊。”

明泉道：“是否天人朕不知道，不过当寡人的，的确需要一个能这么说话的对象。”用平等的身份对话，毫无忌惮地提醒君王的疏漏。也许只有这样的人，才能让皇帝忘记自己高高在上的身份，无须顾忌面子。

“皇上若是实在感动，可以用些赏赐来表达。不用担心金银太俗气，我不介意的。”斐旭真诚道。

储秀宫原本就是历代皇帝用来安置秀女的临时宫殿，先皇驾崩后，里面未被临幸的秀女全都放还回家，剩下的发配到各宫作普通宫女。明泉登基后，更断了她们攀龙附凤的翻身机会。

谁都没想到储秀宫空下不到几个月，便又进驻了新的主人。

死气沉沉的后宫也因为他的到来重新充满活力。

大宣右相安莲不但才华横溢闻名于世，他俊美绝世的容貌同样为人津津乐道。因此他进储秀宫的第一天，就有无数宫女制造各种机会争相目睹。可惜他是坐着轿子直接抬进屋里，未再出来。

到了傍晚，明泉宫总管崔成手捧圣旨而来，册封安莲为七品郎伴，赐住挽霞宫。

女帝在宣朝虽是首例，在其他朝代却早有例可循。因此内廷执礼司很快就将女帝未来伴侣的等级一一制订。

皇夫相当于皇后，是皇上真正的丈夫，掌管六宫。其他依次为，一品二品三品侍臣，相当于妃。四品五品六品采华，相当于嫔。七品八品九品郎伴则是受封最低等级，未受封被称为蓄子。

即使等级不高，但安莲作为皇上后宫唯一，俨然是六宫最高阶。

翌日，常太妃就将六宫部分事务由贴身太监张富贵移交了过去。明泉生母云太妃早逝，如今掌管后宫的正是这位从小把她带大的常太妃。

挽霞宫门紧闭，未回应。

明泉坐在清惠宫，笑眯眯地听着张富贵一一叙述如何吃的闭门羹，安莲贴身小厮又是如何的无礼。

“这宫里面还能带小厮？”常太妃皱眉。

“是朕特意准的，安莲是男子，带个小厮入宫更妥当。”明泉端起茶盏，吹了吹浮在上面的茶叶，“这泡茶还是张公公最拿手，其他人都不得心。”

张富贵眉开眼笑道：“皇上若是喜欢，奴才天天泡给皇上喝。”

常太妃也附和道：“皇上若还中意，领了去便是。”

崔成站在明泉后面，眼中隐有怒光一闪，上前低头跪地道：“都是奴才笨手笨脚，学不来张哥哥的本事，若不然也不用太妃割爱了。奴才给皇上、太妃请罪。”

真是好敏捷的反应。明泉浅尝了口茶，遮去嘴角浮现的冷笑，放下茶盏笑道：“母妃哪里的话。儿臣找几个好的送来还唯恐不及，哪里还能抢母妃的使唤人？以后朕若是想喝茶，常跑来坐坐就是了。母妃可别嫌朕烦啊。”

常太妃开心地笑道：“这么说来，这张富贵哀家不但不能送，还得拿好吃好喝地供奉着。”

张富贵急忙摇手道：“太妃娘娘，您别折杀奴才了。”

崔成松了口气，笑道：“张哥哥，你可别吝啬这手绝活，好歹让我学了点皮毛去，平日也好解解皇上的思念。”

“皇上的思念只怕都系在挽霞宫了。”常太妃调笑道，“皇上虽然还未大婚，不过先皇迎娶皇后前也有几个贵人常在，所以不算逾制。”

明泉双颊微红，娇嗔道：“母妃也来打趣儿臣。”

“也来？”常太妃好奇地看着她，“还有谁这么大胆子？”

明泉心中一惊，做了个鬼脸道：“除了母妃还有谁敢？”

“你这样哪里还有皇帝的样子！”常太妃被她逗得喜笑颜开，“你在朝堂上莫也是这个样子吧？”

“哪里有，朕在朝堂上都是这样。”她板起脸，装模作样道，“众爱卿平身。”

常太妃掩嘴笑得直摇头，站在她身后的两个宫女也是忍俊不禁。

过了会儿，笑声才渐渐歇下来。

“这宫里幸亏有你，不然……”她面色一黯，想到什么似的闭口不语。

明泉知道先皇驾崩，后宫大多数女子无论身份高低都是守活寡，不想惹她伤心，立刻改口道：“朕这几天听崔成说高公公精神渐好，已吃得下两碗饭了。”

明明是两天两碗。崔成心里如此想，嘴上却不敢怠慢："不但如此，气色红润，看起来比往日还要精神。"

"也是个苦命的人。"常太妃有点入神，"张富贵，等会儿拿点人参燕窝过去。本宫上次见他连骨头都立起来了，要好好补补。"

崔成脑子一转，想起明泉早就想见他，立马道："高公公前两日就说要谢恩，奴才看皇上政务繁忙便先搁着，不如现在去唤他来？"

"什么政务这么重要，还不去把人请来？"明泉瞪他一眼。

崔成一缩脑袋，拔腿就往外跑。

"崔成这奴才我瞧着不错，做人踏实，做事也麻利。"常太妃感慨道，"上次哀家让人去取几匹缎布来，他非要自己跑去，说是怕别人不尽心。"

明泉心里不断冷笑，脸上却笑道："母妃要喜欢，朕明天就把他送过来。"

"怎么不今天就留下？"常太妃以为她不舍得，揶揄道。

"总要给他点时间做个交接。"

常太妃连连摇手道："哀家不过说说，皇上身边也要有得力的人才好。"

明泉含笑不语。

大约半盏茶后，崔成一溜烟跑了进来，"回……回皇上，高……高……公公在宫外、候见。"

常太妃笑道："瞧你喘的，张富贵，赐茶。"

"奴才谢……太妃娘娘。"

明泉目光越过他，看向门外："还不请高公公进来。"

殿外日头颇亮，因此高绰君进来的时候，众人都有些看不太清。等看清后才齐齐发出一声惊呼，灰白的发稀稀朗朗地扎着，一双眸子深深凹了进去，整个人没有睡醒似的斜歪着。

"这就是你说的气色红润？！"明泉愤然站起。无法想象眼前这个行将就木的枯朽男子就是当年名冠京城，在安莲出现前风头无两的浊世佳公子。

崔成扑通一声跪下，委屈道："前两日明明有了起色，今日不知为何……"

"奴才高绰君拜见皇上，拜见太妃娘娘。"他气虚地想要跪下，却因脚步不稳而险些跌倒。

崔成死命撑住他摇摇欲坠的身子："高公公？"

张富贵也搀住另一边。

"先扶着坐下。"明泉急道。

"谢皇上。"高绰君掀唇一笑，依稀有昔日风流倜傥的影子。

明泉心中一痛，这个男子啊，曾让她站在承德宫前的阶梯上深深仰视过。一身紫色的内监服只有他能穿出清傲儒雅的恬然。文臣武将里，除了连镌久，其他人往他身边一站就暗淡无光。

有次在御花园，他拈着花，抿嘴一笑，不知道倾倒多少人。连风头正盛的连镌久都抢不去他的半分光彩。那样风采绝然，卓然于世，本以为世上再不会有如此精彩的人物了，如果斐旭没有出现的话。先皇就一直说他是他的夜明珠，无论何时何地都能散发独特清辉。

“过去的便过去了，高公公何不心里宽慰些？”常太妃用手帕拭了拭眼角的泪花。

高绰君木然答道：“奴才谨遵太妃懿旨。”

明泉与常太妃对视一眼，都看到彼此眼里的震惊。毫无神采的眸子，颓废放逐的气息，眼前这个人还是当初那个宁作太监也要长伴君侧，让天下人骂之痛之也为之感叹的高绰君吗？

明泉又试图和他说了几句话，他都有一搭没一搭地应着，只一会儿，就咳嗽起来。

她传了御医，他却死活不肯留在清惠宫医治。明泉拗不过他，只好亲自把他送回金玉宫。

这是一个空置的宫殿，与先皇住的承德宫最近，宫里的人都知道，这其实就是皇上赐给高绰君的宫殿，只是不能明着说罢了。

按道理说新皇都应该搬进承德宫的，但明泉知道自先皇死后，高绰君一直在那里徘徊，她自然不方便过去，所以还是住在明泉宫。幸好她得宠，所以明泉宫和承德宫的距离不远。

“高叔叔，”她屏退左右，和他站在殿前的石阶上，看着如霜鬓发，黯然道，“父皇一生最爱的人究竟是谁，也许连他自己都分不清楚了。但如果说父皇一生最宠的人，我想你比我更清楚。”

高绰君脚下颤抖了下，低头看着自己的鞋尖。

“母妃死得早，常太妃再亲近也是外人。而父皇，即便是别人眼中的高高在上，却是我心里唯一可亲的人。”先皇对她宠爱至深，怕她无母亲照料，便常常带在身边，连议政也不例外。人人都知皇上三子三女，却独宠明泉。

明泉闭上眼睛，思绪飘回那让她从幸福的云端高高摔落的一天：“父皇早上精神很好，甚至亲自给我挽了发……那双握天下生杀大权的手绑起头发来笨拙得要命。”最后还是捆成一束在脑后，她埋怨自己看起来像村姑，却怎么也不愿旁人重梳。

“他喝着粥……笑我比男孩子还粗鲁……说是留我留得太久了，日后不好婚嫁。不过幸好是公主，就算再老个十年八年也还会有人要的……”

她别过头，肩头耸动，许久——

“我从来没想过，只是一个转身，他就再也不理我了……再也不同我说话，不同我笑……”冷冰冰地躺在床上，停顿呼吸。衾褥上的龙还神气活现，他却哑然而逝，连声再见都没说。

“为着他的遗愿，我成了这片锦绣江山的主人。真是好笑，别人夺得你死我活，我却不费吹灰之力。即使……我真的很讨厌做皇帝。”她怎么能忘记，那张龙椅上的人，曾经是他啊……她的父皇！

高绰君一动不动地听着，眼睛却又慢慢有了神采。这是他不曾参与的天伦，那两天，他死守在佛案前祈祷，一刻不曾离开。没送他最后一程，却无怨悔。他宁可他带着对他的牵挂而去，也不要他带着欣慰的笑将他遗忘。

“做皇帝有什么好呢？三宫六院吗？还是万万人之上、君临天下的感觉？”她凄然地笑着流泪，“可我知道父皇从来没有在乎过。他最在乎的是，他关心的人活得好不好。所以他勤政，因为他说他要给他爱的人一个太平盛世。他成功了，代价却是那些他所爱的人无法承受的沉重！”

高绰君靠着柱子缓缓滑坐地上，泪像掉了线的珠子，一串串地滑落。

“我不想做皇帝，可是我会做个好皇帝！因为我不能让父皇失望，更不能让我爱的人失望。我身上流着父皇的血，所以他做到的事情我一样会做到。我会好好活着，那是父皇对我的爱。我也会好好治理国家，那是我对他的爱。”

她步下阶梯，坐在地上。冰冷的触感隔着衣料传来，却不如她心的凉透。这番话她憋了许久，没有跟斐旭说，因为他无法感同身受。没有和常太妃说，因为明白她对先皇的敬大于爱。所以憋着，直到遇到高绰君，这个愿为先皇生为先皇死的近臣。

高绰君的哭自无声到呜咽，自呜咽到号啕，自号啕到嘶哑，再到无声……

她静静听着，用自己的心陪着流泪。

出了这里，她就不能再自称为我，就不再是失去父亲的孩子，而是刚刚登基的皇帝，负担宣朝无数百姓生计与希望的江山主宰。

天上云卷云舒，变化万端。

她痴痴地看着，直到看不见……

从金玉宫回明泉宫已是掌灯时分。

明泉原想立刻沐浴更衣，却见门口两盏龙凤戏珠琉璃九宫灯下，斐旭正悠然坐在一层雪白狐狸毛毯铺垫的台阶上，银色的发如月光流泻。

“这是朕的寝宫。”她皱眉，不喜欢自己哭后的狼狈样子被他看到。

“一日为师终身为父，我这个做祖父的来看看自己的孙女有什么不对。”他笑嘻嘻地站起来，先一步推开门走了进去。

看着他的背影，她第一次觉得，这个皇帝做得有些窝囊。斐旭轻功极高，经常出入皇宫如入无人之境，先皇也不曾斥责，一切仿佛天经地义又自然不过。可是……难道他就没想过现在的皇帝是女子吗？！

“后宫是皇帝家眷住的地方，若有下次，就别怪朕为了清誉召你入宫为侍臣了。”她威胁道，找了把离他远点的椅子坐下。刚才在石阶上坐了这么久，屁股被硌得酸疼。

崔成早在金玉宫外看到她双眼通红出来时就找人备下冰块用锦缎裹起来,此时见机奉上。

明泉一手接过，敷在眼上。以奴才而论，他的确是尽心又合格的，只可惜心思太过活络。

“嘿嘿，堂堂右相安莲也不过郎伴，我居然连升六级……这可真是宠冠六宫无颜色了。”侍臣最低也是三品。

她哼了一声，没心思和他斗嘴。出金玉宫时，高绰君脸色灰败，憔悴更甚。她也不知道自己一番话是好是坏，于是亲自找了御医署两个口碑不错的御医住在金玉宫，十二时辰不间断地看护。

她着实不愿父皇的明珠自此黯然。

“今天刚好是十五月圆夜，皇上不如赋诗两首来听听。”斐旭打开窗，天上明月的清辉如水，涓涓注入，将明泉胸中的躁烦暂时压了下去。

她睨着他，似怒非怒：“斐帝师在朕的明泉宫找伶人呢？”

“伶人的小曲儿可不是人人能唱的，”他在她发怒前，赶紧补道，“何况我身为帝师，关心学生的课业很正常。”

半夜三更不睡觉，偷偷跑进皇帝寝宫考课业，还真是该死得正常！她索性支着脑袋打瞌睡，不理他。

“天上一轮月，学美人婉约。清纱飘似雪……”他顿了顿，又摇头晃脑地接下去，“脸蛋白又洁。”

“自明日起，你这个帝师可以发配清凉山砍柴了。”清凉山坐落在皇城北边不远，有数家寺庙，香火颇旺。明泉忍不住睁开眼瞪他：“樵夫都作得比你好。”

“还请樵夫大人指点一二。”他一揖到地。

明泉飞他一个白眼，咳了一声：“朕不擅长诗词。”

他笑而不语，只流露满眼期待。

她看看外面的月亮，又看看地上的光影，沉吟许久道：“望月宫，恨月宫，不见嫦娥万事空，弩张对夜空！瞰人间，念人间，遥想当初溯经年，泪垂似珠帘。”

斐旭古怪地看了她半天，才长长地叹出口气：“皇上还是好好当皇上吧。”

明泉被他说得面上一红，咬牙切齿：“总比你的脸蛋白又洁好吧！不知道的人还以为你在咏鸡蛋呢！”

他笑笑，倚窗又吟道：“寂寞晚春伤景，铜镜婉转风情。一捋青丝化暮雪，年华如箭惊心。缱绻相思何寄，残月抱缺悲鸣。晨梦犹遗仿影，鬓沾枕泪骤醒。空帏须扫卧榻，云衣繁锦孤伶。弦断不曾再续，谁人回顾浮萍。”

明泉心中触动，良久方道：“这不是你的风格。”斐旭的正经诗词她也曾在父皇那里见过，飘逸灵动，放荡不羁，这样婉转悲戚更像出自女子之手。

“是位后宫女子的词，我偶尔拾得。”他淡淡道。

后宫，数百年来不知道承载了多少女子的爱恨情仇和年华生命。她叹息着将窗户缓缓关上，月终究阴寒，看多了遍体生凉。

斐旭无声息地离开，只留下一室的冷清。

“皇上，今天点牌子吗？”崔成刻意压低的声音把她的思绪拉了回来。

“牌子？”她回头。铺着大红丝绸的托盘上静静躺着一块巴掌大小的木牌子，上面赫然刻着安莲两个字。

“下去！”她是皇帝，但也是女子啊！难道他们没想过对女子而言，贞节是何等重要！气怒从心底冉冉升起，加上适才在金玉宫的悲伤，她再也克制不住，“崔成，明天就去清惠宫报到！”

崔成吓了一跳，立马跪下，磕头道：“奴才错了，请皇上责罚！”

“错在何处？”她垂下头，额头散下的刘海在脸上挡出一小片阴影。

“奴才、奴才……”他整个人埋在地上，缩成一团，讷讷说不出来。

手边的窗没关严实，一阵细风自空隙里溜了进来，吹在她脸上，冰得她眼皮一颤。“起来吧。”理智慢慢回笼，她嘴角上翘，“责罚什么？朕不过是想让你就近学学张富贵的茶艺，等学好了再回来。”

崔成大松了口气：“奴才谢过皇上体恤。”

“嗯，下去吧。”

崔成捡起地上的盘子和牌子，跪着后退出去。皇上的性格最近越发阴晴难测，他必须打起十二万分精神才是。

次日崔成听命去了清惠宫，临走推荐了个同乡，叫严实。明泉见他样貌憨厚便留下了。崔成原以为最多离开两三天，明泉便会觉得不惯，将自己召回来。

谁知一晃眼便至十一月中旬，明泉却像忘了他这个人似的，连清惠宫请安都极少去，每次去也只是沾沾椅子就走。

事实上，明泉的确是忘了这档子事。这两日狄族少主和北夷王子相继入京，这是她登基以来，第一次接见别国王族，因此格外隆重。礼部杨焕之几乎天天盯着她，恨不得她变出三头六臂，无所不能才好。两人的矛盾更是日益严重，乾坤殿内常常可听到他们的争执声，譬如现在——

“再议！”她霍然起身。

杨焕之一动不动地跪在地上，面容严肃，对天子之怒视而不见：“北夷王子入京已有数日，请皇上召见。”

她一拳捶在桌上，镇纸轻颤。登基之初，各国也曾派遣使者来贺，不过敷衍于形式，冷眼看她一个女子能坐得稳几天皇位。果然，一个月后前太子叛乱，大宣风雨飘摇。那时不知道笑歪了多少看戏人的嘴角，可惜好景不长，先皇埋下的伏笔一一显现，笑到最后的还是她。其他各国自此偃旗息鼓，相安无事。

狄族与宣朝虽不交好，也算井水不犯河水，这次狄族少主来得有些突兀，所以她故意晾他们几天，就是想看他们葫芦里卖的什么药。

而北夷……她头疼地皱着眉，向来是宣朝心腹大患。历经十几年的内战后终于由跋羽尉戥登上王座，一统各族。而跋羽煌，跋羽尉戥最骄傲最英俊的儿子，这次来大宣只有一个目的，就是和亲，以保证大宣二十年不侵犯两国边境。

她理解他们的想法，北夷元气大伤，正是最虚弱的时候，而宣朝经过几个皇帝的励精图治，正是如日中天。此消彼长之下，凭着两国过去的恩怨，自然要防着他们痛打落水狗。但理解归理解，并不等于接受。她曾问连镌久可否免结亲，仅以结盟形式。后者回答，皇上真能保证在任何情况下都不犯北夷边境？她终是无法保证。

所以这场婚礼她不能推，只能拖，连同选秀一起。

不知道父皇在天之灵看到她会娶这么多丈夫有何感想。或许他早已料到这一幕，正为她终于找到归宿而高兴？

“皇上，请接见北夷跋羽王子。”杨焕之微微扬高音调，将她游走的思绪唤回。

“罢了，你安排时间吧。”是福不是祸，是祸躲不过。

一壶清酒，两个杯子。

明泉两只脚挂在扶手上，整个人缩成一团蜷在椅子里，青丝披下，悬在椅背上，缠于素裳间。

斐旭进来时就看到这个样子。

她抬眸瞪他，“你又擅闯朕的寝宫。”

他自顾自地拿起酒壶倒了一杯，“嗯，清醇淡雅，回味无穷。难道是月下酌？”

她拨开滑落额头的刘海，挑眉道：“想喝？”

他苦笑：“有什么代价？”

“替朕解几个惑。”

“说来听听。”他晃了晃杯子。

“狄族的来意。”

“皇上的酒真是不好喝啊。”斐旭将杯中酒一饮而尽，“狄族位于我朝西南，民风强悍比之北夷不遑多让，其族长阿修西达与跋羽尉戳并称为雄战双狮，可见其勇猛。他的儿子阿修巍巍虽然没有其父名声，听说也不好惹。脾气暴躁，喜怒无常。如果你再不召见他的话……可能要从户部拨点钱去修修外事馆的墙。”

“朕问的是来意。”这些消息她早就知道了。

“皇上也许该问问雍州总督或是……西南军总兵慕流星。”他笑嘻嘻地为自己倒上第二杯酒。

“这样就完了？”她不悦。两个人都远在千里，她找谁问去？

斐旭把杯子凑近嘴巴：“臣在等皇上的第二个问题呢。”

她知道再问无用，“跋羽煌的来意。”虽然答应了杨焕之的奏请，但是对于这个闻名遐迩的北夷王子，她疑窦甚多。据说他是北夷王最疼爱的儿子也是最可能的继承人，怎么会被派来和亲？

所以她问的不是北夷而是跋羽煌的来意。

他在桌上缓缓划了两个字——凤章。

皇后的寝宫凤章宫么？明泉一时说不出心头的滋味：“夜深了，斐帝师请回。”

斐旭将酒壶纳入怀中，笑道：“皇上下次要召见臣明说即可，今天幸好是逆风，不然我没闻到酒香害得皇上干等，这罪过可大了。”

“斐帝师也喜欢那个位置？”她不阴不阳地戳着桌面上曾被划过的痕迹。

他朗笑一声，身影已掠出房间。

突如其来的静谧让她有一瞬间的不适：“严实。”

“奴才在。”他从门外转进来，动作很轻，若不注意，几乎感觉不到存在。

明泉道：“朕想出去走走，一个人。”

“遵旨。”严实垂着头倒退出门去，连半点迟疑都没有。

她突然想起崔成，若是他，定然要问个因果。

等她走出来，严实手里已经多了件紫貂领缕金百蝶穿花鹤氅，是比桑进贡的那件，她一直让人压在箱底，想不到会被翻出来。不过此时她也没心思计较，任由他将大氅披在肩上。

她顺手接过一个宫女手中的灯笼，踏着漫悠的步子沿路朝外走去。

天上稀星，地上淡火，与周遭无尽的黑烘托出一个孤寂的氛围，让明泉的步子越来越缓。

偏离主道，她顺着曲径走，沿途是连呼吸都无的寂静。

走着走着，脚步在一座园子前停了下来。

劲拔的翠竹自拱门内斜出小半个身子，探头晃脑似是邀请。她瞧着有趣，认出是母妃生前最爱的碧园，便走了进去。

天黑，她看不出园子的败落，但脚下不时踩到石子的感觉总不会假。

想不到自己即位后忙于国事，逛园子的时间少了，奴才们给自己分派的活也少了。

一脚踢开刚踩到的石头，她向左边那条小径走去，没记错的话，这园子的管事应该住在那里。

心中有气，脚下走得更急了些。两旁的竹子一下子刮住她的大氅，挣扎两下没挣脱，她干脆把它解下来，任由它挂在那儿。

没了碍事的大氅，她走得更快，三两下钻出林子，走到一排平房前，刚要敲门，却被里面的动静震得面色发白！

她虽然未经男女情事，却也知道里头女子的娇喘和男子的低吼分明是两人苟合时的淫音！

心中怒火高炽，她表面反而平静下来了。

“来人。”她沉声道。

身为皇帝，就算她想一个人转转，身边也会跟着人的。

一个侍卫自暗处跳了出来，跪在地上。

房子里面也听到了声音，喘息声立刻低了下去，只是交替的粗重呼吸还冷却不了。

“把里面的狗男女给朕拖出来！”她眼中酝酿起风暴。

如果里面本来没猜出外面来人是谁，现在也知道了。

不等侍卫抓人，一个矮小的太监身后跟着个宫女衣衫不整地爬了出来。

“皇、皇上饶命！”

两人浑身发颤地趴在地上，小腿扯着脚踝直哆嗦。

明泉连瞟都懒得瞟他们：“拖到园子外头打，打死算数！”

“皇上！”宫女尖叫一声，翻着白眼昏死过去。

太监强撑着意志求饶：“皇、皇上，饶了奴……奴才吧，奴才是第一次啊……”

侍卫没让他把话说完，就一手拎着一个往外拖。

明泉不想再听他们鬼哭的声音，朝另一条路慢慢走了回去。

前朝曾有太监和宫女对食的规矩，有的甚至连后妃都参与其中，朝里朝外被他们弄得一片乌烟瘴气。所以在今朝这是明令禁止的。先皇在位时，上行下效，从未有这等事情发生。没想到自己即位才几个月就全变了样，园子荒废了，奴才长胆了，规矩打破了。

看来真的要好好整顿整顿后宫，只是这人选……

虽说现在后宫很多事情都是常太妃在打理，但顾及到另三位太妃的想法，她也不敢管得

太宽，只是做些日常分派。而自己的妃子嘛……只有那位前右相了。让他去管太监和宫女？

她是不敢想的。只怕被他调教得全起来造反了。

叹息一声，刚生出的念头又被强压了下去。

还得再合计合计啊。

心里挂着事，明泉辗转了两个时辰，到凌晨才勉强眯了会儿又被拉起上早朝。

朝上念经般的禀奏全被她左耳朵进，右耳朵出，脑袋嗡嗡作响，恨不得平躺在龙椅上。好不容易挨到下朝，她被簇拥着进乾坤殿，正想找个借口睡一会儿，左右两尊门神开口了。

“皇上，接见北夷跋羽王子的事宜已经安排在五天后的御花园里。”杨焕之道。

“准。”明泉接过严实递的茶，头也不抬道。

“皇上是否将选秀的事情也一并办了？”杨焕之趁热打铁。

站在一旁的连镌久颇有深意地看了他一眼，又转回头去。

她一口茶含在嘴里，咽了一半又觉得难受，呛了出来，用手拍胸顺气道：“再议。”

杨焕之跪下道：“不可再议啊，皇上！”

明泉皱了下眉头。最近很多人动不动就喜欢跪着上谏，难道怕站着她听不进去还是想倚老卖老让她不好开口拒绝？

杨焕之自然不知道她此刻心中的想法，兀自道：“按惯例，若两国皇族联姻，其品级从未下过妃。若皇上后宫空虚，恐为有心之人所趁。”

说来说去还不是为了皇夫之位。她一手支住额头以掩饰疲态：“朕不是册封了安莲？”

杨焕之欲出口的话顿时一窒。安莲曾任右相，是他的顶头上司，虽然年轻，但一身才华却让他钦佩有加。当初知道他在谋逆之列时曾扼腕不已，后来听说他脱罪进宫让他松了一口气之余不免叹息，一代俊才恐怕从此陨落。不过在他心里，安莲罪臣的身份早就定下，所以压根没想到他在后宫的影响。

“皇上不如早定皇夫人选。”他没直接评论安莲，“以稳定朝纲。”

连镌久眉眼一跳。这话重了。

果然，明泉支着的手缓缓放下，眼角已是明显的讥讽：“没想到在杨尚书的心里，朕的朝纲需要后宫来稳定啊。”

杨焕之虽觉措词有误，但其意无错，因此不吭声地默认。

明泉见他不答话，心中怒气更甚，拍案道：“喜欢跪就到外面跪个够！”

杨焕之头也不抬地磕头谢恩去了。

他们俩这一闹上脾气，让唯一在场的连镌久夹在中间难做人，不免有些懊悔跟到乾坤殿来，琢磨着开口道：“皇上息怒，杨大人他……”

明泉愤然起身，一甩手想斥退他，谁知眼前一下子天旋地转，手挥到半空还没落下，屁股就咚的一声撞在椅子把手上，人事不知了。

无尽黑暗过去后，神志回笼，迷糊中周围好像闹腾了一阵，又渐渐安静下来。

她安心地翻了个身睡过去。

再醒来，窗外已是全暗，只有外屋留了两盏小火。

她动了下身子，浑身的疼："崔成。"

严实小跑着进来："皇上可觉得有些不适？"

明泉看着他半晌，才想起来崔成被拨到清惠宫去了："没有。御医怎么说？"

"御医说皇上为国事殚精竭虑，太过操劳，需要多休息。"

她点点头："朕躺得乏，要出去走走。"

他立刻应声出去。

再进来，手上多了件紫色大氅，却不是比桑进贡的那件。

"昨天那件可是坏了？"她起身任他穿衣服。

严实系衣带的手顿了顿，轻声道："奴才打发去找的人都说没见到。"

"怎么可能会没有？不就在碧园里……"她脸色阴沉下来，"里里外外找仔细了？真是没有？"

"下面报的时候奴才不信，亲自去找了，确是没见着。"他手法纯熟地理好衣服，退在一旁。

那么大一件大氅怎么可能凭空说没有就没有了？她气得浑身发抖，没想到昨天刚打死一对通奸的，今天就遇到偷东西的，还明目张胆偷到皇帝身上！

她撑起昏沉的脑袋，将不甘与无奈混淆一处。常太妃虽名义上管着后宫，但毕竟隔着一层，只是象征性地打点事务。若要动刀动枪大干一场可非得另外安置个人不可。

"查，昨天今天谁进过园子！哪怕把皇宫翻过来也要查出来！"

严实赶紧应下。其实从没找到大氅开始他就下令去查了，只是他初来乍到又没有背景，说出去的话没分量，也没什么进展，现在有了皇帝亲下的旨意，他就好办多了。

平了平气，她披上紫色大氅，随口问道："杨尚书呢？"

"还在乾坤殿外头。"

明泉一怔，向外冲了两步，又转过头道："找御医去乾坤殿，马上！"

从天亮到天黑少说也有六个时辰，想到杨焕之的年纪，她心生愧疚，"你，"指着远处一个侍卫，"马上去乾坤殿传旨，让杨大人进殿里歇息！"

六部尚书中礼部是个说重不重说轻不轻的职务，原本皇帝婚事该由内廷执礼司负责的，但毕竟都是内监，不能出宫，所以外面的责任只好扔到礼部。

通常礼部接了这样的差使也只是跑跑腿，帮着内廷执礼司打点打点粗活，偏偏杨焕之太负责，天天跟在明泉后头逼婚。苦口婆心、锲而不舍得连堂堂二品大臣的形象都不管了，让她不知道该感叹还是赞赏。

到了乾坤殿，杨焕之正坐在椅子上吃点心，疲惫的面容哪里还有今早的精神？他见了明泉刚要站起来行礼，却哎哟一声又跌了回去。

"免礼。"她挥挥手，坐到上座，接过茶啜了一口道，"熬了这么多时辰，你可想清楚了？"

"微臣鲁莽顶撞皇上，还请皇上恕罪。"他侧过身子，口气沉重。

明泉笑了笑："嗯，知道是重鲁莽了，有进步。"

"不过臣还是恳请皇上考虑选秀之事。"他不卑不亢道。

她搁茶盏的动作顿了顿，挑眉道："若朕还是不考虑呢？"

杨焕之颤抖着站起来，肃容道："臣这把老骨头还能再跪几个时辰。"

还这把老骨头呢！一个个都吃定她是外强中干的软柿子。明泉一边腹诽，一边浅笑道："罢了，朕算是怕了你这个直言不讳的大诤臣。选秀就选秀吧，反正迟早要讨几个放在宫里的。不过最多六个，再多朕可要烦死了。"

这样的结果对杨焕之来说已经是意外之喜，反正选秀三年一次，第一次少些也无妨。

"臣谢主隆恩！"说着又想跪下去，却一下子趴倒在地。

"噗，咳咳！"明泉连忙捂住嘴，装作咳嗽。

适逢严实进来禀报御医到了，她赶紧让他把杨焕之搀到佐政殿，自己开始处理堆积一天的奏折。今早上朝时没认真听，现在只好一封封慢慢看。

才看几行字，严实进来通报道："帝师斐旭求见。"

居然按正常步骤觐见？她好奇地扬起眉，道："宣。"

"皇上万岁万岁万万岁！"人未到，声先至。

她抬头，正好迎上他进来的身影。银如高山积雪的发丝被束在脑后，只留了鬓发处几缕，长长的刘海被拨到耳后，露出墨如漆的黑玉眸子。身上是黑锻金凤展翅袍，先皇特地为他而定做的官袍，无品级，却又不在任何品级之下，腰上系着先皇亲赐的龙在九天腰牌和先太皇太后赐的凤翼天翔玉佩。这身打扮，哪里都能横着走了。

"今天什么日子？"不能怪她有这种疑虑，连先皇宾天时，也未见他这么正式。

"皇上龙体欠安，做臣子的当然要来慰问一下。"他说得很正经。

她指着案牍上那一堆："这是朕今天的课业。帝师要不分担些，要不说话直接些。"

"臣有事相求，请皇上答应。"他加重了臣字的读音。

"说来听听。"他居然会出言相求？她心情大好。

"请皇上先答应。"

"斐帝师可知道自己在说什么？"她似笑非笑地盯着他。君无戏言，皇帝身系天下社稷，这种要求无疑天方夜谭。

斐旭只正经了一会儿，就笑出来："皇上是越来越难骗了。"

当今天下也只有他把骗皇上这种事说得这么理直气壮，她苦笑之余，使了个眼色给严实，让其他人退下。

"究竟是什么事让帝师大人如此大张旗鼓啊？"把所有的赏赐都穿戴出来了。

斐旭替自己倒了杯茶，慢悠悠地坐下，浅啜了口才道："皇上不是想知道狄族来意么？"

狄族？明泉突然想起一则传言，试探道："久闻帝师大人素来不与朝中官员来往，唯独慕流星例外。他出什么事了？"

他赞赏一笑："他抢了狄族少主的新娘。"

明泉侧过头，瞪大眼睛："什么？"

斐旭苦笑。她此刻的表情与他刚听到时一般无二。

"难道你想求朕做主请狄族少主把妻子让给他不成？"她冷哼。如果慕流星在的话，她一定会把他的脑袋敲开，看看里面装的是什么乱七八糟东西！

斐旭尴尬笑道："我还不至于如此吧？"

她揉了揉太阳穴，这两天的事情加在一起够让她再晕一次的。

"有消息传来，雍州总督纪陬已将他拿下押解进京了。"

"你的消息倒是灵通。"

"身为皇上的耳目，自然要灵通些。"他讨好地笑笑。

她斜睨着他："总兵和总督都是正二品，一文一武，两不相干。就算慕流星做错什么，纪陬也没拿他的资格吧。"

"他没资格，但有人有资格啊。"

她立刻领悟："雍州是子修哥哥的封地……他下的令？"虽然各地王爷对封地没有直接管理权，但重大事件发生时，却可以代天子行事。尚清，字子修，她的二哥。在尚汤封为太子的同日，被遣往封地，未再返京。连先皇驾崩也不曾获准回京。

"消息是这么传的。"他话中有话。

"慕流星为什么要抢阿修巍巍的新娘？他现在被押解到哪里？押解他的人是谁？被抢的新娘又在哪里？"

斐旭露出今晚的第一个苦笑："这些问题我只能回答一个，押解他的是雍州守备，张康泰。至于慕流星……两天前跑了。"

"雍州守备跑去当衙役？"她把奏折往桌子上狠狠一拍，"这都什么乱七八糟的！既然人都跑了，你还来找朕干什么？"

"就因为人跑了，我才来请皇上帮忙。"他走到桌案前，仰头献媚道，"先备个案，这样等我带他来请罪时，也不会太突然。"

"你笃定他会上京来找你？"

他自信一笑："非常笃定。"

"你想让朕先稳住狄族？"

"皇上英明。"

她想了想，"如果你以后不再把朕的寝宫当后花园逛，朕就给你五天时间。"

他帮她把处理好的奏折放搬到桌上一角，继续维持献媚的笑容："短了点。"

"……十天，不能再长了。"

"谢皇上。"嘴角扬高，却是得逞的笑。

斐旭走后，她对着奏折一番苦战，等全部歼灭已是数个时辰后。

这一天可真漫长。明泉揉着疲惫的眼伸了个懒腰："几更天了？"

严实一边挑灯心一边回道："近丑时了。"

只剩两个时辰的睡眠，她捶着僵硬的腿站起来："回吧。"

严实立刻小跑着出去准备帝辇。

等回到寝宫，已是丑时。

一个宫女跑到严实耳边小声说了几句。

"朕的大鳖有下落了？"明泉惺忪着眼问。

"还没消息。"严实接过换下的袍子，道，"是高公公今天来过。"

"哦？"她精神略振，"什么时辰？可留话了？"

"戌时，说明日再来。"

"那你替朕记着，明天戌时无论如何都得来寝宫等着。"她说得郑重。

严实恭敬道："遵旨。"

"别旨不旨的了，朕困得很，把那些灯都熄了吧。"她连打几个哈欠，一翻身上床就睡得天昏地暗。

严实蹑手蹑脚地吹了灯，招呼其他人一起出门。

"你们两个留下伺候，其他人都歇着去吧。"他指派了两个宫女守在外屋。

"是。"崔成走后，他就是明泉宫大总管，自然说什么是什么。

严实在屋外亲自候了一会儿，见没什么动静，便顺着廊道朝升荣宫的方向走去。

升荣宫是明泉与清惠之间的一个闲置宫殿，平时没什么人。以前他和崔成晚上睡不着，便从厨房里捣鼓点东西去那里吃，不值勤的时候也喝点酒，算是秘密基地。

自从崔成去了清惠宫，便常约他来这里碰头，指点些规矩和明泉的喜好。只是时间一长，他的言语就不如开始那样亲切，时不时讽刺几句，暗示他才是皇帝身边真正的红人。严实明白，他是看皇上没想起他，有些急了。

"怎么现在才来？"一进偏殿，就听到崔成不耐烦的抱怨声。

严实小心地吹熄灯笼，掩上门，低着头请了安。

崔成眼角抽了一下，将刚涌上来的怒意强压了下去："皇上身边也不是好伺候的，你每天歇得这么晚，只怕身体吃不消。"

"多谢公公挂记。"他垂手站在他面前，一如第一次拜见。

崔成借着月色将他每一个表情都看得仔仔细细。当初若不是看他为人老实，又是同乡的分上，他也不会推荐他。主要笃定无亲无故、和旁人也不亲近的他在宫里除了自己没什么势力，控制起来方便。不过日子久了，他发现竟有些看不透他。

"皇上这几日可有想到清惠宫？"

这是他每次必问的问题，严实答案一如既往："这几日一直在乾坤殿里，不曾得闲。"

那就更不会想到自己学的什么劳什子茶艺了。崔成一直有个朦胧的念头，就是皇上是有意把他调走的， 只是还抱着希望，希望那不过一时意气，等过阵子身边缺个伶俐的人就知道他的好处来了。

偏偏严实看上去木瓜脑袋似的一个，做起事来倒也有条不紊。自己当初真是看走了眼！

"严实啊，"他把语气放柔，尽管月光下他的表情并不清晰，但空气中似乎也飘溢起亲切的味道，“不如这样，我看你日夜操劳着实辛苦，不如去向皇上回一声，把我先调回来，给你打打下手。等你事情都上手了，我再去清惠宫学茶艺。”

严实眨了眨眼睛，那双憨实的眼在夜里亮得出奇：“是。”

崔成心里咯噔了一声，却又想不出问题出在哪里，只好道：“夜里头凉，你先回去吧。别误了皇上明日早朝的时间。”

严实躬身倒退着出门外，又将门关上了。

崔成看着地上从门格子里透过的月光，背上竟冒出一股寒意。

翌日下朝，明泉召见沈南风。

昨天斐旭说的事她琢磨了下，想派个稳妥点的人去。连镌久自然是最稳妥的，但他手中事务太多，且桩桩离不了他。她也不想挖东墙补西墙，所以想来想去想起沈南风来，谈吐不俗，进退有礼，年纪与阿修巍巍相仿，想必更能亲近。

沈南风来得很快，举止却有条不紊。

“墨莲社的事情如何了？”见到他，她想说的话反而不着急了。

“臣已说服一部分社员将所作诗词先献作典藏。”他回答得稳如泰山，心里却暗暗发虚。所谓的一部分不过两个无足轻重之人，墨莲社中心如铁饼一块，任他磨破嘴皮，也难撼动半分。

“这先交由其他人做吧。”她慢条斯理道，“朕这儿另有件事要你去办。”

沈南风低垂的眼眸顿时一亮，口中忙不迭道：“愿为吾皇效命！”

“狄族少主和北夷王子来京也有数日，你可曾遇见过？”

他立刻想到自己的差事跟这两位贵宾有关：“北夷王子深居外事馆未出，臣无缘得见。狄族少主昨天却刚刚见过。”说到这里，他露出一个奇怪的神色。

“哦？”她的好奇心被勾起，“何处所见？”

“外事馆门口，在场的还有斐帝师。”

明泉一怔，立刻联想到斐旭昨日盛装并不是为了见她，而是去见了阿修巍巍。

“据朕所知沈府至皇城并不途经外事馆。”

他佩服道：“皇上不但日理万机，将江山治理得井井有条，而且不出皇宫，却对京城地形了若指掌，实在令臣佩服！”

这是奉承话，听着却还算舒服。明泉眯了眯眼道：“你还未告诉朕你为什么在那里？斐帝师又去做什么？”

“回禀皇上，昨日臣约了两位墨莲社的社员正准备再行劝说，却看到衙役兴冲冲地跑去外事馆，一问之下方知竟是狄族少主与人打起来了。作为大宣臣子，虽非分内事，臣也有责任去看一看。”

她失声道：“打起来了？”转而又觉得好笑，明明就是看热闹，到他嘴巴里居然也能扯成忠君爱国。她也不揭穿，只按着性子道：“继续。”

“到了那里，就看到斐帝师抱胸站在枝丫上，狄族少主则红着脸站在树下看着他。”他知道斐旭是皇帝跟前红人，所以没说狄族少主当时的狼狈，“就听斐帝师从怀里拿出颗明珠

问：‘可是你的？’狄族少主道：‘是。’斐帝师又道：‘那便照约定的做吧。’狄族少主正要点头，却有个扈从在旁边道：‘斐大人的规则可是从对方身上取一样东西便算赢？’斐帝师点了点头。那扈从就从狄族少主身上拿下一根银白色的头发，‘可是斐大人的？’”

听到这里，明泉忍不住笑出来。这招对别人无效，对斐旭却最最致命，他那头银发别人就是想学也学不来。

沈南风见皇上高兴，又道：“斐帝师看了后脸色变了变，叹口气道，‘那便平手吧。’狄族少主松了口气，斐帝师又道，‘既然平手，那便从十天变成五天。’狄族少主愣了下，随即跳起来道：‘不公平！’”

明泉立刻明白两个人赌的是什么，就是为慕流星争取十天时间。斐旭想必昨天在阿修巍巍那里遇了意外，才转过头请她帮忙，“行，朕知道了。朕找你也是为了这件事。”既然狄族少主有了戒心，自己也不好做得太过明显，便道：“由你招待阿修巍巍少主在京城逛逛，顺便带朕的口信去……”她闭着眼睛，略作思索，“王子犯法与庶民同罪，公平之意……大宣与狄族的理解并无二致。”

沈南风将两件事情联系起来，立刻意识到这并不是件轻松的差事，但同时也是件足以立功的差事，当下朗声道：“臣必竭尽所能让狄族少主在十日内宾至如归！”

明泉满意地笑笑。沈南风在揣摩上意上面，的确有一手，只是太过年轻，还不懂得收敛锋芒。

等沈南风告退，她又批阅了会儿奏折，倦意袭上心头，便搁了笔去内室里稍作休息。

严实伺候她就寝后就悄悄退了出来。因为明泉不用贴身宫女，因此很多事都是他在做。

“今日皇上火气有些大。膳食先让御医过过目，哪些要忌讳的就撤去。”他站在门外对着手下小太监小声吩咐道。

小太监点点头，立刻飞奔而去，在转弯处却撞上了一个同时奔跑来的宫女。

看着她慌张的表情，严实立刻有种不祥的预感。

“严公公，不好了！小周子小林子抓了玉流宫的怀敏姑姑去执法司！”

三公主玉流是明泉同父异母的妹妹，虽不若明泉受宠，到底正统皇室血脉，娇贵得很！而怀敏正是她跟前第一得力人，平时与各宫关系也不错。小周子和小林子平日里没大没小没上没下也就罢了，今天怎么吃了熊心豹子胆，去虎口拔牙？！严实面上声色不动，心里却急如火烧。

“他们为什么要抓玉流宫的宫女？”

“说是有人见到她拿了那件大氅。”

严实脑袋像被冷水一泼，瞬息冷静下来。

查了两天没消息，怎么突然又有消息了？而且还让两个对这事一点都不上心的人连报都没报一声就自己动起手来？！

这个念头只在脑袋里闪了一下，他马上沉住气道：“去了多久？”

“大概，一个时辰了！”

“糊涂，怎么不早点来！”小周子小林子全是明泉宫的人，他们出了事，他这个明泉宫总管第一个逃不掉干系！

那宫女当下哭了出来："我一接到消息便赶来，可是半路遇到崔公公，他非要我去金玉宫送衣料……"

金玉宫的东西几时轮到清惠宫的人管了？

混杂的思绪瞬间找到了线头。

如果他这个明泉宫总管出了事，谁最有可能接替？答案昭然若揭。

若是他没猜错，这件事从开始就是个阴谋！

他扭头冲回殿内，扑通一声跪在地上，重重地磕着脑袋。

明泉迷迷糊糊中听到有人在敲木鱼，心思渐渐清明。这深宫大内的，哪来和尚？

坐起身后才发现竟是外室有人在磕头。

"严实？"她沉下声，该来报信的人没动静也没拦着说明就是其本人。

"奴才给皇上请罪！"又是重重的一下。

她皱眉，起身披了件外衣走到外屋。

严实老实地跪着，地上有几个血印。

看着他额头上染血的瘀青，她淡淡问："怎么回事？"

严实将宫女禀告的事情一一说了，但崔成打发她去金玉宫送东西耽搁时间之事却是只字未提。

明泉抚着太阳穴，"各个都是好奴才，人才啊……"玉流那妮子在先皇生前就与她不对盘，现在正好逮着机会借题发挥。

她似叹非叹地边说边出了门，严实不敢怠慢，立刻跟了上去。

内廷执法司如同皇室刑部，用来审判惩处犯了错的宫人，平时阴气极重，怀敏去了那么久凶多吉少。于是明泉叫人提了怀敏和那两个太监往徐太妃的延福宫走去。希望玉流看着生母的面子，不至于太过分。

徐太妃凭着一个女儿坐到现在的位子也是八面玲珑有眼色的人。平时巴结皇帝尚且不及，又怎么会把机会平白推出去？当下眉开眼笑地保证只是小事一桩。

但怀敏被拖上来后，她也忍不住瞪了眼。

"内廷执法司监在哪里？"明泉将手里的茶盏不轻不重地敲在茶几上。

门口立刻有个蓝袍太监快步跑了上来："奴才给皇上请安，给太妃娘娘请安。"

"叫什么名字？"无论以前做公主的时候，还是现在当了皇帝，她与这班奴才都没正面接触过。

"回皇上，奴才费海英。"

"听这名字你父母倒像是念过书有见识的。"

"奴才的爹以前是个教书先生，后来因为喝醉了酒，一头栽到湖里淹死了。"他笑嘻嘻地说，一点也没有悲伤的样子。

明泉冷笑："百善孝为先，你死了父亲倒比升官还高兴。"她与父皇感情深厚，因此极痛恨不忠不孝之人。

费海英从容道：“皇上有所不知，我那死了的爹在生前经常打骂母亲，死前还想将她卖到青楼好娶一房新闺女。所以他死了，奴才觉得是报应。”

“你爹纵有不是，好歹育你养你。所谓大孝，终身慕父母。你不尊敬他就罢了，怎么还能幸灾乐祸呢？”徐太妃谆谆劝导。

费海英低着头，既不答应，也不反驳。

“罢了，亡者已矣，多说无益。”明泉睡了一半起来心情已是郁悒，如今哪里有闲心去关心一个奴才孝不孝顺，“你可知朕为何传你？”

“奴才不敢贸揣圣意。”他匍匐在地上恭敬道。

她不禁多看了他几眼。自从身边的宫女经常借父皇来看她的机会妄攀龙枝后，她就很少用贴身宫女，所以身边往来亲信多半是内监。以前日常起居由崔成打理，觉得他精明仔细，为人机灵。后来换了严实，又觉得他沉稳可靠，进退有度。这个费海英虽没有深入接触，她也看出此人不卑不亢，既有崔成之精明又不失严实之进退，其机心恐怕还在二人之上。

“那看看身边躺了谁。”她语气微冷。

费海英其实一进屋就看到躺在地上的怀敏，此时也装模作样地看了看道：“是玉流宫的怀敏姑姑。”

所谓姑姑其实就是一宫总管，与崔成以前在明泉宫的地位相仿。

“她可是刚从内廷执法司抬出来的，你倒说说她是犯了什么错？”她缓缓说。每字都如烙铁般烙在他身上。

“奴才御下不严还请皇上恕罪。恳请皇上让奴才查明此事再……”

“再什么！再让你杀人灭口吗？！”

“玉流公主驾到！”

气势汹汹的质问与太监独有的通传声一道响起。

一个十四五岁的粉色宫装少女趾高气扬地从门口进来，头上的金钗钿花耀得众人眼睛一刺。

“无礼！”徐太妃拼命向她使眼色，“还不见过皇上！”

明泉坦然回视玉流愤恨的目光。

“臣妹参见皇上，万岁万岁万万岁。”她了无诚意地请安。

“玉流妹妹今年十五了吧，到赐婚年纪了。”明泉含笑看着徐太妃，也不叫她起来。

徐太妃知道明泉有点恼了，当下赔笑道：“长幼有序，一切等皇上大婚后再议吧。”

“本宫不要挑剩下的！”她噌地站直身体，目光毫不示弱地瞪着明泉。

明泉也不言语，垂下眸子静静地喝着茶。这事态倒是朝着她预期的方向发展了。既然来到了延福宫，徐太妃就不能不卖她的面子。玉流越无礼，便越没立场去提怀敏的事情。

“放肆！”徐太妃一拍茶几猛地站起来，气得浑身发抖。没想到自己平日的纵容竟养成她天不怕地不怕的莽撞性子！换作以前，她怎么和明泉顶撞抬杠，她只当没看见，睁一只眼闭一只眼。毕竟两个都是公主，先皇再偏心，也不至于拿玉流开刀。但现在明泉身份不同往日，一国之君四个字岂同儿戏！“还不给我跪下！”

玉流身子一僵，正要屈膝，突然转头对着那些奴才喝道：“统统给本宫滚出去！”

几个人如蒙大赦，忙不迭地冲了出去。

砰！

徐太妃顺手把杯子砸了出去，没砸中玉流，却掉在怀敏腿上。只见她痛苦地呻吟一声，又昏了过去。

玉流当下冲过去，扑在她身上，眼泪如开闸之水倾泻而下：“可恨当皇帝的不是我！不然怎会由得他人欺负！”

徐太妃脸色猛地一白，立刻看向明泉。

这可是大逆不道的话，哪怕诛她九次也绰绰有余了。

明泉瞬间在脑里转过千百个念头，最后淡淡道：“玉流妹妹都伤心得说胡话了，还请太妃多费点心。”她不是暴君，还没暴戾到和自己妹妹计较这种气话。幸亏刚才玉流把那些奴才都轰了出去，听到的也就她们三个。

徐太妃自然知道这是多大一份人情，立刻道：“玉流顽劣，从今天起，哀家会亲自照看，直到出阁那天。”

明泉点点头起身。

玉流还待说什么，被徐太妃喝了一声：“怀敏都快没气了，还不去叫御医！”

她这才醒悟过来，想叫人，才发现奴才都被她刚刚轰出去了。

“严实！”明泉略略提高嗓音道。

严实立刻带着一个御医走了进来。

“替怀敏姑姑看看。”

御医不敢怠慢，俯身把脉。

“那朕先告退了。”明泉不等她说什么，又带着严实匆匆向外走去。因此没看到徐太妃更加青白的脸色。原来刚才还是有其他人听到玉流那句话的，这意味着除非明泉死了，否则她随时可以把这句话翻出来治玉流的罪。

出了延福宫，明泉立马拉下脸来。她甚至没坐御辇，直接走到碧园里的凉亭坐下。

“把那两个混账奴才给朕带上来！”

话音刚落，就见侍卫拖着两个太监走到驾前。

“奴才周阿富 / 林循参见皇上。”虽是跪着，顶冠却不停颤抖，显得怕极了。

明泉捏了捏眉心，挥手道：“费海英，你自己来问！”

费海英应了一声，垂手站在一边，厉声道：“你们可知错！”

“知！”

“不知！”

两人嘴里吐出两个截然不同的答案。

周阿富抖得几乎要昏死过去，突然趴在地上猛磕头，连声道：“奴才知错了奴才知错了……”

林循冷汗湿襟，咬牙默不作声。

明泉哼了一声。

"周阿富！你为何诬陷怀敏姑姑！"费海英站到他面前，当头一喝！

明泉在心里叫了声好。费海英在刑讯上果然有些手段，不问缘由，先下手为强，让对方在心理上溃败！

"奴奴奴才……"他头磕在地上，衣服抖索得相互摩擦。

"皇上，午膳时辰已过，不如先用点点心。"严实小心地端上几盘精致点心，夹了几块她喜欢吃的到碗里。

明泉拿起筷子吃了几口，对费海英道："执法司的刑具呢，朕只瞧见了怀敏的伤，还没瞧见那些伤怎么来的呢。好端端一个人怎么一会儿身上就找不出一处好的地儿了？"

"皇上英明！"林循突然开口叫道，"奴才和他在前天晚上真的看到怀敏姑姑去了碧园，回来时手上似乎拿着什么东西！所以奴才怀疑是她偷了皇上的大氅……这才……"

费海英见明泉没搭理，只好问周阿富道："他说的可是真的？"

周阿富哆嗦着道："……是，是，不是……"

"把林循拖到审讯室去！"费海英看出周阿富才是可以攻破缺口。

林循脸色一白，猛然挣脱上来要抓他的人，一下子朝明泉冲去。

由于两人距离隔得并不远，当下吓坏了一干人等。

只见费海英和严实同时用身体往明泉身上挡去。林循发了狠劲，根本不管前面是谁，只一个劲儿地撞去！

叮！

恍然中是剑出鞘的轻微响声！

明泉眼睁睁看着林循的脸从费海英和严实两人身体之间慢慢放大，然后一下子空白！来不及看清楚，一个身影已挡在面前。

"臣救驾来迟，请皇上恕罪。"是侍卫统领阮汉宸。

明泉定了定神，身旁的人忽碌碌跪了一地。

"平身。"她听出自己话里的虚弱，拿着筷子的手微微颤抖。她急忙扔下筷子，换了口气道，"人呢？"

"伏诛了。"阮汉宸移开身露出挡住的位置。

一具身首异处的尸体当下露了出来。

明泉脸色愈加发白，胃里酸水翻江倒海地闹腾着。

费海英立刻引开她的注意力："周阿富呢？"

一个小太监强撑着胆子上前动了动他软绵绵的身体，然后小声道："吓……吓死了！"

费海英说不出自己心里是松了口气，还是什么。

严实趁着当口立刻叫人把两具尸体拖了出去。

明泉喝了口茶，强自把反胃的感觉压下去，歇了会儿气道："审怀敏的人呢？"

费海英暗道声不好，嘴上却道："服毒自尽了。"这是在延福宫得到的消息，一直没机会说，而现在这个时机无疑是最糟糕的。

果然，明泉一下子把桌上的东西扫了出去！

“费海英！朕要你有什么用！”

费海英跪在地上，也不说话。皇上正在气头上，这时候说什么都是错的。

“皇上息怒，今天费公公正好不当值。”默不吭声的阮汉宸突然道。

明泉下意识朝他看去，见他面无表情地站着，容貌英武，身姿挺拔，但她偏偏想起那具尸体，脸又硬生生拉了下来，“哦，那内廷执法司其他当值的人呢？！”刚才危急时刻费海英曾以身救驾，她也不愿横加罪名。

费海英松了口气，马上想下去叫人，却又被她制止：“算了，看了更碍眼，统统领二十杖责。”

她突然很疲倦，一种从心底里冒出的深深的疲倦。朝廷的、后宫的，每桩事都令她头疼欲裂。真想就此甩手，一走了之。突然很后悔，为何当初平安郡王逼宫的时候，她不顺水推舟卸了这身责任？以她和子觉哥哥的交情，最多被贬为庶人，流放出宫罢了。那此刻的自己，也许正漫步西子湖畔，陶醉于江南烟雨。抑或饮马交河，沉迷于北国风情。

“奴才谢主隆恩。”费海英磕头的声音将她拉回现实。

看着满地糕点残屑和碗碟碎片，她针扎般难受。身边虽然战战兢兢地跟了一堆人，可明泉突然有种天地间只剩下自己的孤独感。

这就是皇帝的感觉吗？

终究是寡人？

“皇上，清惠宫崔成求见。”小太监跪在地上。

后宫闹了这么大的动静，人多半是常太妃派来的。明泉沉声道：“宣。”

且说崔成一路懊恼不已。严实所料不差，这一幕的确是由他一手导演的。自从昨天见了严实后，他越想越不对劲，这个昔日唯唯诺诺的同乡显然已超脱了掌控，他必须在他还没站稳脚跟之前将他先一步扼杀。说来也巧，因心中有事，他昨晚特意绕了个圈，好让自己冷静想想，却不料撞见了周阿富、林循和两个宫女的好事。

皇上最恨淫乱宫闱。若将四人抓到皇上面前也算功劳一件。

周阿富和林循对那两个宫女倒有真情，竟愿意牺牲自己来保住她们。于是一个借刀杀人的计划在崔成脑中成形。

照他的想法，周阿富他们随便指认个无关紧要的宫女偷大氅，交到执法司。他在执法司有的是人，只要疏通关系让他们屈打成招，却找不出丢失的大氅，便造就出一桩冤案。再让周阿富他们把严实咬出来，说他立功心切，指使他们随便找人当替罪羔羊。

到时候严实就算有一百张嘴也辩不出清白。

他万万没想到的是，周阿富和林循不知道是瞎了狗眼还是得了失心疯，居然扯到了怀敏头上。而他安排在那里的人也不分青红皂白就把棍子挥了下去。

他一得到消息就知道事情要糟。果然皇帝、徐太妃、玉流公主三个人相继被扯了进来。

对于周阿富和林循，他有七成把握不会出卖他，唯一顾虑的就是安排在执法司的棋子。于是他当机立断去执法司为那个老朋友送了杯毒酒。

事成之后，他又绕回这边看事情进展。正巧周林二人尸体被抬出来时，他瞧见清惠宫派了人过来请皇上，他正好借此探个口风。

“奴才崔成给皇上请安，吾皇万岁万岁万万岁。”他跪在地上，心如鼓捶。虽说是七成把握不会牵连到他身上，但看周林尸体惨状，他也不敢存太多侥幸。

“唔。”明泉心情烦乱，随便打发道，“朕近日实在不得闲暇，你代朕向母妃报个平安吧。”

“奴才遵旨。”崔成的心跌回胸口。没反应就是最好的反应。

她挥了挥手：“回乾坤殿，传斐旭。”

众人一边应声一边同时舒出口长长的气。

明泉刚带着一肚子气跨进天罡宫，就有太监通报高公公已等候多时。

她当下两步并一步朝里走去。

两日未见，高绰君的气色好了很多，眼睛里也有了神采。

“高叔叔免礼。”她一把扶起他欲下跪的身子，带到椅子上坐下。

“请皇上切莫如此称呼奴才。”

明泉心里一痛。奴才，这样卑贱的字眼又怎么能冠到他身上？正当盛年的他，原该遨游诗会，受万人瞩目，风光无限。如今却埋身宫里，形容枯朽。

“在朕心中，你从来都是叔叔。”她见他不应，想了个折中的方法，“若不然，朕便以先生称之。”

高绰君见她语气坚定，知道多说无益，反显矫情，因此不再拒绝。

“高先生急着找朕所为何事？”明泉暗打主意，高绰君一直兼着大内总管的位置，若他肯帮她，也不会有刚才那闹剧般的一幕。

“奴才……”

“只先生与朕二人，称我便可。”她也知道高绰君身份再特殊，还是宫里内监。所以有些事情也不能做得太过。

高绰君谢恩后道：“我想回家省亲。”

省亲？明泉的面容顿时一僵。

自古太监进宫后，除非跟着皇帝去祈福祭祖，不然鲜少能再跨出宫门的。

“皇上若是为难……”高绰君自然知道规矩，如果不是母亲病危，他也不会提这种要求。想到从小对自己疼宠有加的母亲，他不禁泪眼潸然。当年他一意孤行，以状元身做了奴才命，气得父亲当下与他断绝关系，唯独母亲，还暗自书信往来，一如既往。

谁言寸草心，报得三春晖啊。

“不必多言。”明泉挥手。

他心下一凉。

“朕准了。”她浑然未觉对座的人因她的话心情大起大落，“不过得安个好理由才是。”

高绰君默然地等在一边。理由他早已想过，不过还是由皇上自己提出来较好。

"春祭将近，"她沉吟了下，"听闻频州有一处先祖父的衣冠冢，你去打点打点，朕今年顺道去祭拜吧。"高绰君老家正在频州。

"奴……谢皇上恩典！"

"过了春祭你可一定回来啊。"她苦笑不已，"朕这几日愁也快愁死了，烦也快烦死了。"

高绰君含笑看她撒娇："斐帝师博学多才，足智多谋……"

"三天打鱼，两天晒网！"她截口道。

他呆了呆，一笑置之："那皇上不如再找一个专门打鱼的人。"

"专门打鱼的人？朕等他早日归来。"明泉盯着他直笑。

高绰君也不含糊，躬身道："遵旨。"

送走了高绰君，乾坤殿静得空旷。

严实等人都被驱了出去。

明泉闭目养神，手里拿着奏折有一下没一下地拍着桌面。

斐旭进来时看到的就是这幅画面。

"皇上最近有没有新的诗作啊？"他就近找了把椅子坐。

"寡人闻师来，磨刀霍霍手痒痒……"她睁开眼。一见到他，宫里头那些乱事又袭上心头。

"好大的怨气啊。"他用袖子在空中挥来挥去。

随手把奏折扔到桌上，她起身，踱步到他对面的椅子坐下："帝师大人应该得到消息了吧？"

"不知道皇上指的是哪件？"他眨了眨眼，"是指沈大人为狄族少主作陪？还是皇上大鳖失踪？"

"若不是沈大人来，朕还不知道斐帝师私下已经见过狄族少主了。"未得圣意，私自以官员身份见外族使臣是大罪。

斐旭尴尬地笑笑："我完全是为皇上分忧而去的。"

"朕现在不想计较这件。"言下之意就是计较另一件了，"不知斐帝师对今日怀敏之事有何看法？"

"皇上是指对这件事的看法？还是指对皇上做法的看法？若说对这件事的看法嘛……"他慢条斯理地摸了摸下巴，"第一个要罚的人就是严实！"

明泉一怔。

"请问皇上，盗窃皇上大鳖之人应交由谁？"

"内廷执法司。"

"那么周林二人何错之有？"

"这……"他们若不是错了，严实也不会磕了一地的血。他们若不是心虚，也不会妄图刺杀她！只是斐旭这么一问，她竟然一个都答不上来。

"再问皇上，皇上是如何得知此事？"

"严实禀告的。"

"那么皇上是以明泉宫之主的身份去的？还是以一国之君的身份去的？"

“有何分别？”

斐旭轻笑：“自然有差别。若是以明泉公主的身份，那么玉流公主与你身份相当。若以皇上的身份，那天下则无人敢妄议一辞！”

砰！明泉拍桌而起：“你说朕仗势欺人？”

“皇上很久没听故事了吧？我给皇上讲个故事。”

“不听！”明泉气冲冲地回龙椅坐下，侧身相对。

“从前有个穷书生，好不容易中了进士得了个县令，他下决心要做个为国为民的父母官。于是上任第一天，他就将县里的穷人都召了过来，问他们有什么苦难。”斐旭笑眯眯地趴在她桌案前，徐徐道：“穷人们就说啊：父母官大人哪，地主太苛刻啊。我们为他种地，为他收割，可他只给我们一点点的钱，连饭都吃不饱！那个县令闻言大怒，说地主可恶！从此田地收成尽归农民自己所有。地主们知道了不依，都跑来找县令申诉。谁知县令说，你们各个脑满肠肥，富足三代，小小土地，何足挂齿！把地主们都赶了回去。”

明泉脑袋稍稍朝他倾了倾。

斐旭继续道：“过了一年。穷人又跑来找县令，说今年收成不好，他们连米都吃不起，可恨那地主还餐餐食肉。县令知道后又是大怒，于是下令让所有穷人都跑去地主那里吃饭。又一年后，地主们穿得和穷人一样跑来申冤，原来这一年来穷人把地主家吃垮了。谁知县令说，如此甚好，你们也该尝尝做穷人的滋味了。”

明泉扑哧一声笑了出来，又赶紧肃容道：“胡说八道！哪里有这么不讲理的县令，哪里有这么笨的地主！”

“不错，世上的确没有这么笨的人。因为世人都会为自己披上虚伪的外衣。”他语重心长。

她沉思片刻，横他一眼：“你还是拐着弯数落朕！”不就是说她以皇帝的身份为明泉宫出头，不够公正公平吗？！

“自古忠言逆耳，唯明君能听之啊。”他及时地送上一顶高帽。

“算了，这件事朕自有打算。”她敷衍道。反正玉流也说了大逆不道的话，徐太妃恨不得所有人都忘记才好，所以玉流宫方面不会再有问题。而明泉宫这边，人死的死罚的罚，成了一桩无头公案。只剩下严实，等下罚他的俸禄治个驭下不严也就罢了。

“斐帝师今日的忠言直谏让朕受宠若惊啊。”她接受之余不免戏谑一句。谁叫他平时喜欢当闷葫芦假扮高深呢？

“皇上不如把它体现在臣的薪俸上？”

只有这个时候知道是“臣”了。明泉皮笑肉不笑地从笔筒里抽出一支狼毫扔过去，“喏，赏你的！”

斐旭恭敬接下：“谢主隆恩。皇上用过的可是御笔啊，一定能卖个好价钱！”

“御赐之物是不得买卖转送的。”她笑靥明媚，“记得早晚浇水，中午晒晒太阳。”

斐旭脸色顿时垮下：“启禀皇上，您赐的是支笔！笔啊，不是花……”

“妙笔生花啊。”明泉继续笑，“难道斐帝师认为朕的笔配不起妙笔二字？”

“何止妙，简直妙不可言！”

“那明年春天，记得邀请朕赏花。”

不知哪位先贤说过：万言万当，不如一默。

斐旭边强笑边想：古人诚不我欺！

严实被明泉叫进去扣掉半年俸禄后，郁闷地去库房取了些狄族的贡品给各太妃送去。

为走捷径，他借道长庆宫。这座宫殿最大的特色就是有四道大门，乃大宣朝先祖最宠幸的贾贵妃居所。后贾贵妃与侍卫通奸而被赐白绫，此宫也被废置。长庆宫的正殿由东南、西南、东北、西北四座偏殿围绕，呈四通八达之象，以规模论，后宫之中除帝宫承德，后宫凤章外，数它最大。后因有道士言：四通乃私通也。从此无人敢住。

先皇曾对此嗤之以鼻，却从未将它赐予其他人。兴许，在他心中也有着宁可信其有的想法。

严实绕过正殿，准备从北道走，正好碰上崔成背着他与两个宫女在说什么。

“崔公公。”经周林二人之事，他们虽表面没有过节，但心里早将对方恨之入骨，他也无须保持以前唯唯诺诺的形象。在这宫殿里，没有人不想往上爬，哪怕是踩着别人的尸体！

唯一不同的是，崔成想与各大关系结交，让自己成为左右逢源的香饽饽。而他，只想伺候好明泉，保持自己地位不倒。

“严公公。”崔成转过头来，笑得很假。事实上，他也没有理由掩饰。皇上对严实的宠幸还没到需要他巴结的地步。

严实的目光在两个宫女脸上转了圈，是陌生面孔。他没有问崔成为什么会在这里，长庆宫空置，这里其实就是交通要道，问这种话实在多余。

即使如此，两人擦肩时，彼此都能感到从对方涌来的敌意。

与严实相比，崔成更不希望他与自己搭话。

原因无他，这两个宫女就是那天被他抓到与周林二人通奸之人。

幸好刚才他还没开始问，不然对话若让严实听到，那自己铁定万劫不复。

“你们知不知道为什么周阿富林循送到执法司的是怀敏？”等严实走远，他立刻沉声问。好好一盘计划，却因为中间这个漏洞而出了差错，最终功亏一篑，怎能不令他咬牙切齿！

两个宫女互看一眼，一个脸蛋圆圆的宫女小声摇头道：“不知道。”

不知道？！崔成鼻子冷哼两声。现在人也死了，事情也发生了，他知道自己再追究下去只会惊动别人，连累自己，心里虽然不甘，也只好放下，换了副表情道：“他们死之前让我把一些东西交给你们。因为东西太大，你们今晚子时来傍湖居拿。”

傍湖居正是周林偷情之处，虽不是偏僻宫殿，因假山众多，也算隐蔽。

两宫女想到周林二人生前对自己的种种好处，不疑有他，连忙答应。

到了子时，两人依约前来，见崔成已等在湖旁。

腊月将至，入夜后寒风如冰。天上白月森森，连洒下的光都是冷的。

“崔公公。”两个宫女见了他有些止步。崔成此刻的面孔在冷月下隐隐发青，虽无表情，但看起来竟比青面獠牙的鬼魅还要狰狞三分。

崔成从怀里掏出两包东西："蓝的是小周子的，绿的是小林子的。"

这两块布还是她们从先皇以前赏赐给自己主子的布料中偷出来的，自然认得。原本对崔成的戒心也烟消云散。想起自己的两个情人，不禁悲从心来。

"蹲下！"崔成突然把她们拉到身边，低喝道。

两个宫女下意识地照做，两双眼睛惊慌地四处搜索。

宫里有宫禁时间，自己在这个时间出来若被人抓到，恐怕不是一顿板子说得清楚的。

崔成趁她们心不在焉之际，悄悄把早就准备好的钩子钩住她们的腰带。钩子的另一头用绳子绑着两块大石。

宫女虽然觉得自己腰被人碰了下，只道崔成紧张，不小心碰到，也不曾多想。

"啊，还有一样。"崔成突然从怀里又掏出一件东西，还没细看，手一抖就掉下湖去。

宫女同时向湖探出头。

崔成看机不可失，狠狠心，手在她们背后猛地一推！

两个人连尖叫声都来不及发出就跌了下去，石头几乎同时砸下。

一前一后，差距极小。远处只会听到扑通一声。

崔成看她们掉到了水里，石头立刻下沉，两个宫女连挣扎的机会都没有就直直沉了下去。

别怪他狠心，斩草不除根，春风吹又生。为了防止哪天她们两个因一时口快把自己出卖，他只有先下手为强，杀人灭口。反正他在计划之前就已想好，无论事成与否，这四个人一个都不能留！

崔成侧耳听到远处有了动静，一手攀附石头，自己涉水而下。

为了真实，他把脑袋完全没了下去，冰冷刺骨的水像蚂蚁一样在脸上身上攀爬。

"谁！"随着一声低喝，崔成猛烈扑颠起来。

从远处看，就像遇溺之人在做垂死挣扎。

阮汉宸指挥人把他捞上来，脸色阴沉如此时的天气。

这两天宫里多事之秋，短短几天发生了多少件震惊宫廷的事情。虽说自己只负责皇宫安全，但发生这种事情他多多少少脱不了干系，所以即便轮休，他还是忍不住来看看，没想到又遇到事。为了立威，他已下决心要把这个倒霉的人交由宫廷执法司严惩，杀鸡儆猴。

但见了这人的脸后，阮汉宸也不禁皱起眉头。

崔成，明泉宫第一宠侍！

就算严实暂代他成了皇上身边最近的内侍，但在众人心目中他的地位并没有动摇。毕竟是伺候了十几年的老人，没有功劳也有苦劳，关键时刻他的一句话，绝对比严实一百句顶用。

"阮统领。"崔成眼睛勉强露出一条缝，这倒不是演戏，在冰水里泡这么久，的确有点吃不消，"多谢相救……"

"请教崔公公为何半夜还滞留傍湖居？"阮汉宸是出了名的耿直，与杨焕之有得一比。所以崔成脸色再难看，他还是坚持问道。

"咱家……"他拼命咳嗽，仿佛要把五脏六腑都咳得一干二净，"是奉了，常太妃……咳咳……"这个原因他早就想周全了。

正好明天皇帝赐宴北夷使者，清惠宫忙前忙后入了夜也没消停。他故意把手里的活做得慢些，拖拖拉拉直到现在。就算到时候怪罪下来，他也就是办事不利。

“阮统领。”一个侍卫捧着一个盒子。

阮汉宸打开，十八颗龙眼大小的东珠安静地躺在红绒铺垫的盒子里，下面还有一个个小镂金托盘，十分可爱。

“太妃要打赏的东西，咱家走得慢，春绵宫门已关，不得不绕路，没想到天黑路滑……真是幸亏遇见阮统领了。”崔成歇了会儿气，说话立马流利起来，一副对阮汉宸充满感激的样子，但心里气得直骂娘。他明明查过阮汉宸今晚不当值才下的手，谁知还是撞上了。

阮汉宸“嗯”了一声，将盒子合上还给他。

崔成忙不迭站起身接过，僵笑道：“谢谢阮统领，以后若有什么事用得着咱家只管吩咐。救命之恩，咱家拼死也要报的。今日天色已晚，咱家还要回去复命。”

阮汉宸目光在他身上上下溜了一圈，也不说话。

崔成知道他不好相与，也不等他答应转身就走。

等他走了大约半盏茶时间，阮汉宸眼中厉光一闪，下令道：“马上下水打捞！”

侍卫们一阵骚动。

即使练过武功，在这个天气这个时辰下水也不好受。

“统领，打捞什么？”

“不知道。”阮汉宸严酷的表情说明不是在开玩笑。

事实上他的确不知道打捞什么。刚才崔成全身上下湿了个透，唯独冠顶是干的。这已让他起疑，再想起自己当初听到的声响，虽然相隔极短，但他自信听到的是四声！

崔成一个人，无论再怎么挣扎也不可能发出四次落水声。所以他笃定这湖里有古怪。

侍卫们心里喊爹叫娘，行动却不敢怠慢，连续几声扑通，七八个侍卫相继下水。只剩下一个站在岸边，哆嗦身子小声道：“统领，我不会水。”

阮汉宸鼻应一声，人嗖的一声自空中划了个弧度，扎下水去。

其他侍卫见统领亲自下水了，不敢再做表面功夫，一个个争先恐后地向水底游去。

大约半炷香后，侍卫们陆续攀在岸边休息。这种漫无目标的找法不啻大海捞针，统领这次真是发疯。正当他们心思浮动着怎么放弃时，阮汉宸突然一个甩头浮了上来，手上还抓着一具宫女的尸体。

侍卫定睛一看，脸色立刻变了。这具尸体一看就知道刚死没多久，身体还很柔软。

在湖里找出这么具尸体的含义就算不说大家也心知肚明。

“再找！”不等阮汉宸下令，已有不少人扎下水去。

严实等在门口，心里颇不是滋味。

崔成犯宫禁，犯人命，照理说他应该高兴才对。偏偏，心中浮起的却是兔死狐悲的伤感。

没有崔成他不会有今天。但有了崔成，说不定他就没有明天。这宫里，本就是一个你死我活、没有硝烟的战场。

等明泉起身，他边伺候穿衣边将这件事说了。

“哦？”明泉淡淡应了一声。

严实一直低着头，看不到明泉的神色，因此有点吃不透她这句话是恼怒居多还是不在意居多。

“这事交给执法司处理，不用经过朕了。”明泉下一句话无疑将崔成打入死牢！

严实心里咯噔了下。

崔成伺候明泉十几年，没想到这些情分最后还是换到轻飘飘的一句，交给执法司，连事情缘由都不详问。

古人云伴君如伴虎，果不其然。

他不知明泉表面不动声色，心里却翻江倒海正正反反斗争了几百次！

这事任谁听了都知道宫女是崔成杀的。阮汉宸的为人她清楚，不会无的放矢恶意中伤。

其实在听完的一刹那，她也动过保下他的念头。但仅仅是一刹那！

斐旭昨日说的话仍声声在耳。公平公正四个字几乎像块巨石，时刻压在胸口让她喘不过气。

身为一国之君最难的就是摈弃七情六欲去判断是非。

父皇何尝不是？次次大发雷霆，嚷着要将那些忤逆龙鳞的大臣拖出去斩了，最终还是忍了下来，平静地听取他们的意见。

天下终归是天下人的天下，非一人之天下！

“下了朝去常太妃那里看看晚宴还有什么需要准备的。”崔成算是半个清惠宫的人，出了这档子事，想必常太妃也不好受。

严实领会她的意思，立刻应下。

出了门坐上帝辇，看周围的人都矮了一等地走着。

明泉第一次感到，做皇帝就是要高高在上，俯瞰苍生。

只有当你不属于底下这芸芸众生之列，你才能清高地说出公平公正四个字。

她能做到吗？能吗？

望着前方，她心里依旧无解。

假借接见北夷使者的名头，常太妃与杨焕之有默契地邀请当朝重臣和皇亲国戚出席。一是压压北夷的气焰，二是为充盈后宫先擦擦眼。

这个时节花开得不多，加之夜间天气甚寒，常太妃别出心裁地叫人在四周搭起篝火，远远看去，颇有几分身处军营的豪放。数以千计的宫灯与篝火上下辉映，将整个花园照耀得如同白昼。

明泉晚了一刻才到。一身白底烫金龙袍的她，腰系双龙戏珠白玉佩，长及腰下的青丝绾在顶上，由镶着两颗东珠的朝阳游龙簪定住，既不失女子妩媚，又衬托王者英气。

她一出现，宴会顿时寂静，随即是整齐划一的口呼万岁声。

常、徐两位太妃坐在帝位左侧。钿钗环鬟，仪态雍容，举手投足一派祥和之气。若非明泉从小在宫中长大，看多了她们的明争暗斗，也会被这和谐的表象迷惑。先皇驾崩了又如何呢？她们之间的仇恨决不会因第三者的消失而化解。

不过对于徐太妃的出席，她倒有几分讶异。这可是常太妃大出风头的场合，以她历来的作风是眼不见为净。而她竟然一反常态来了，那必定怀有某种目的。

难道是为了摸摸北夷王子的底，看是否有必要拉拢这位皇夫候选人？

明泉目光沉了几分，挥手让朝臣平身，她走到常太妃面前笑道：“母妃的布置别出心裁，真是令朕大开眼界。”嘴上这般说着，眼睛却朝徐太妃看去。

她猜对了一半，徐太妃的确不愿见死对头得意洋洋的样子。可惜昨天玉流的话给她大大提了个醒！

大公主嫁得早，现在已是罗郡王妃。二公主是明泉，操心她婚事的人多了去了，人选只有太多，决不可能稀缺。剩下玉流算是皇室正统中唯一一个待嫁的公主。

她有意趁着今日宴请群臣之际好好物色未来的驸马。毕竟先皇走了后，明泉的宠信便是后宫最大依靠。她往日与明泉虽无交恶，同常太妃却势如水火，因此格外需要一个朝中支柱与她呼应，巩固地位。

连镌久自然是最合适的人选，只是他的长公子才十四岁，说起来与玉流相仿，但毕竟年轻了些，让她不太放心。在大宣，连镌久权倾朝野，连家却只是新兴的家族。没了他，连府什么也不是。所以在她心中，还是想找个背景强硬且年少有为之人。安莲是极好的，纵然犯了错，但庞大的安家足以弥补，但此刻她也只能望之兴叹了。

她心中思绪万千，脸上却半点不露，向明泉笑道：“皇上说得极是，本宫以前也办过几场宴会，不过张些灯结些彩，哪里比得上姐姐的心思。”

先皇生前设宴向来由徐太妃包办，她此刻说这话，不免有几分炫耀的成分。

常太妃正巧剥了个橘子，掰了一片塞到她嘴边：“嘴巴抹了蜜似的，快吃片橘子酸酸舌头！”

徐太妃平素最讨厌吃橘子，六宫皆知，此刻却笑嘻嘻地张嘴吞了进去：“姐姐剥的就是不一样，都甜到心坎里了，哪像香兰丫头，吃到嘴里都是涩的。”

居然把她和丫头比，常太妃一边在心里把对方骂得体无完肤，一边忙不迭地送了第二片过去：“那可得再尝尝。”

明泉不动声色地坐在一边，似乎陶醉于其乐融融的气氛。

“北夷王子率使者觐见！”

重头戏来了。明泉立刻绽放笑容，连声道：“有请！”北夷第一王子？她心中冷笑，将本国最有希望的继承人送去敌国做妃子……跋羽尉戣的魄力与野心真是不容小觑！

一队身着异服的高大男子缓缓自远处走来，挺拔的身躯，高昂的头颅无不显示其内心的倨傲与坚强。其中领头男子一身深紫锦袍，黑发张扬地散于颈肩，深邃的黑眸锐利地迎上众人探视的目光，最后定于明泉脸上。

“跋羽煌见过大宣皇帝，祝大宣皇帝万寿无疆，祝大宣朝与我北夷修百世之好！”

明泉在他的注视下，心微微一颤。

不愧是北夷雄鹰，即使堕落南方，依旧无损其慑人锋芒！

她灿烂一笑："平身。各位跋涉万里，远道而来，其心意令朕感动至深，朕亦相信在跋羽大王的治理下，两国邦交定能世代相传，修千秋之好。"

杨焕之适时捧杯站起，"愿两国邦交世代相传，修千秋之好！"

跋羽煌接过侍者递上的酒杯，目光与明泉一触，双双露出笑容。

"愿两国邦交世代相传，修千秋之好！"

一杯酒入肚，气氛立刻活跃起来。

北夷中一名使者拿着杯子叹道："都说宣朝酒食甲天下，果然、果然！"

怪不得你们狼子野心，死心塌地地要侵略呢。明泉端起杯子道："听闻北夷有种奶酒，光是闻就让人垂涎三尺？"

北夷使者骄傲道："不错，大布鲁是最棒的！"

"其实各国有各国的美丽，"她别有深意地看着跋羽煌，"做人当珍惜眼前，总是觊觎不属于自己的东西，只会两头皆空，落得一无所有。"

"大宣果然地杰人灵，皇上字字珠玑，令人受益匪浅。"跋羽煌把弄手中的杯子，似笑非笑。

明泉心火暗生，一手拍在椅子右扶手上。

"皇上，吃颗葡萄。"常太妃将剥好的葡萄放在她身前的碟子里。虽然众人目光不敢明目张胆地投放在她身上，但耳朵肯定无时无刻不竖在那里。拍扶手是小动作，但代表的意义却非同小可！

她向常太妃报以感激一笑。

"斐帝师怎么还没到？"她侧头问严实，顺便掩饰适才的失态。

严实一愣，"奴才马上去看看。"皇上右首座位一直空着，难道是为斐旭留的？可是这位帝师大人从来不曾出席这种宴会啊？

其实明泉也不知道是给谁留的，只是当今天下能和她并坐主席的，除了几位太妃外，也只有他了吧。

"贵朝皇上年纪虽轻，却已执掌一国，难得还如此美丽，与我大王子真是天生一对啊！"那个多嘴的北夷使者借着酒意对身边的宣朝官员大声道。

在场多数人刚才都注意到明泉拍扶手，因此此刻都有些同情那个倒霉地坐在北夷使者身边的官员。万一答得不好，怕是要惹龙颜大怒。

却见那个官员听后大笑几声，道："不错不错，跋羽王子从北夷跑到大宣，可不就是千里姻缘一线牵吗？"

杨焕之开始还有点怕事情弄巧成拙，激怒本就心不甘情不愿的女帝，但一听那官员的声音后心就放到肚子里去了。

户部尚书孙化吉，一个比泥鳅还滑溜，比狗熊还会装傻的家伙！

北夷使者立刻来了劲，"我看早早把婚事定下来才好，大王这次已托我们把嫁妆都带来了。"

明泉眼尖地看到跋羽煌在听到嫁妆这个词时，脸不自在地僵了下！看来他对这门婚事也是极其不满啊。也难怪，北夷之鹰居然要与其他男人共嫁于一个女子。无论那个女子的身份有多高贵，想必内心定是不可接受、甚至不能接受的！

想到这里，她不禁有些同情这个男子，对他刚才无礼也充满理解。如果易位而处，她恐怕早在路上逃跑了。

“自然要定的，赶巧杨尚书这几天要为皇上选秀，不如一起办了吧。”孙化吉顺着说道，仿佛一点都没看到北夷使者骤变的脸色。

使者偷瞄了眼跋羽煌，见他仍自顾自喝酒，才放心道：“怎可相提并论，大王子身份尊贵，在我国地位与太子无异，而且代表北夷……”

“哎。”孙化吉打断他的话，“这点使者不必担心。我保证被选之人的身份绝对不会辱没大王子半分。”

使者鼻子哼了一声，显是不信。

“不知道使者有没有听过大宣右相安莲呢？”

不知不觉中，宴会上其他声音渐弱，所有人的注意力都被他二人对话吸引过去。

“安莲之名，我还是第一次听说。”使者打了个哈哈，“不过既然是贵国右相又怎么会入选后宫呢？”

“自然是吾皇美丽无双，才华绝伦……”孙化吉毫不犹疑地歌颂道，“连右相大人都愿弃官相许。”

明泉与徐太妃同时在心里道：放屁！

“既为右相想必年事已高吧。”使者似乎真不知道安莲是谁，“我倒很想见见他，看是否真能与我北夷之鹰并论！”

正值此时，一个尖细的声音自进门处刺透整个御花园！

“安郎伴到！”

一袭素衣仿佛萦绕着微弱白光，如箭矢般劈开满园艳彤，又如一场晶莹细雪缤纷落在红梅林中，清雅绝俗。

他走得不慢，却绷紧了每个人的心，屏息仰望，仿佛那双雪丝靴下瞬息绽放出无数朵皎洁明澈的莲花，一步一步将他托送而来。

明泉忍不住极目而望。

这就是父皇口中的白衣不染尘，惟留芙蓉香？连名冠京城的无双公子高绰君都无法阻其锋芒的……安莲？

果然名不虚传！

“臣安莲参见皇上、两位太妃，吾皇万岁万岁万万岁，太妃千岁千岁千千岁！”他咬字极清晰，如潺潺溪水流淌山涧，光声音就让人心旷神怡。

“平身。”明泉眼角悄悄瞄了眼北夷使者的脸色，果然有些发黑。而跋羽煌正自斟自饮个不亦乐乎，似乎根本没关心多人少人。

常太妃的手肘轻撞了下她，她回头，见安莲还站在正中，黑到极致的发与白到极致的衣使其仿若谪仙，与脚下的殷红地毯分外格格不入。

明泉微微一笑，像只刚偷完腥的猫，四肢百骸无不舒坦："安爱卿，坐朕身边来。"

连镌久眼睛稍稍往上抬了几分，却发现明泉的手正握成拳状。这个少女皇帝在担心么？怕安莲当众驳她的面子？

"谢皇上。"尖尖的嘴角似乎弯了几分，虽不是笑，却足以让人看出他的愉悦。

北夷使者的脸色更差，好像已经接受了孙化吉的说法。

"天上神仙，地上安莲。真是闻名不如眼见！"跋羽煌站起身，将酒一饮而尽。

安莲向他谦逊一笑："跋羽王子过誉了。"他自严实手中接过酒壶，亲自将杯斟满，然后仰头饮尽。

北夷使者在一边着急地朝跋羽煌打手势，见无效后，干脆拼命咳嗽起来。

孙化吉急忙拿过一壶酒，一边拍他的后背，一边将壶嘴对准他的口倒灌下去，"是不是受了风寒？来来来，喝点酒驱驱寒！"

跋羽煌边用拇指食指中指把玩酒杯，边懒洋洋道："不过……据我所知，安郎伴似乎是因罪进宫吧？"

明泉目光一闪，还没开口，孙化吉已大笑着在北夷使者肩上重重一拍，道："没想到跋羽王子也会听信这些无稽流言。我堂堂大宣右相乃一国柱石，位高权重，如果真出了错，哪里还能进宫伴驾？！若真是如此，只怕不出一日，这满朝文武都要排队递请罪折子给自己安罪名了。其实，安大人入宫于公乃助我皇匡扶社稷，于私嘛……嘿嘿，自然是与吾皇情投意合，两情相悦。在我朝，这可是人人拍手称快的大喜事！若先皇在天有灵，也必定十分欣慰！"

可怜北夷使者在他手中从假咳变真咳，一咳不可收拾。

"哦？难道安大人参与平安之乱是谣言？"跋羽煌步步紧逼。

"谣言止于智者，我想以王子之智当不会相信市井之言吧？"孙化吉打起了太极。

"中原有句俗话，叫无风不起三尺浪，"跋羽煌不理宣朝官员冷下的脸色，笑道，"所以我才有些好奇。"

"看来朕只有用行动来证明安爱卿的清白了。"明泉侧头看着安莲，眼眸温柔得几乎漾出水来，"擢郎伴安莲为一品侍臣，赐住长庆宫！"

朝臣们俱是一怔！

孙化吉的话全是糊弄北夷的，安莲谋反的罪名是铁板钉钉的事。没想到现在不但不死，反而入宫后继续位极人臣？！

"若不是谣言可恶，朕还想再等等，和选秀的事一起办，也好热闹些。"明泉宠溺地看着身边完美如仙人的男子，"不过现在可顾不得这些了。"

安莲静静起身，朝她躬身道："谢皇上恩典。"

徐太妃一脸喜色地抓着常太妃的手，笑道："这可真是天大的好消息。姐姐忙碌了这些年，终于可以歇歇了。"

常太妃反握住她的手，满面红光，"可不是么，将来若多了小孩，我们也热闹些。"

明泉心里哀叹，想得可真远！

朝臣们的怔愣只是刹那，随即由连镌久带头站了起来。

“恭喜皇上，贺喜皇上！恭喜安侍臣，贺喜安侍臣！吾皇万岁万岁万万岁！安侍臣千岁千岁千千岁！”

“的确是大喜事一件！本王子也恭喜皇上，恭喜安侍臣！”

北夷使者呆呆地看着跋羽煌恭喜时的笑容，连咳嗽都忘了。

明泉脸上虽是喜气洋洋，心里却郁闷得不行。

这个突然的决定完全归咎于今早下朝后斐旭给她看的一封先皇密折。

如果说她从来没有讨厌过安莲那是自欺欺人。当太子汤来势汹汹地逼宫时，她也曾紧张得饮食无味，睡不安枕，诅咒那些叛徒下地狱，不得超生。而后陈高不治，牟雪亭饮鸩，太子汤与安莲被捕，每桩都大快人心。她当时不是没想过杀了安莲，以正国法，但终究舍不得他的背景，才勉为其难地保下，算是以德报怨，拉拢安家势力。心里的疙瘩只怕是永存了，一旦找到合适的替代人选，她相信自己必定会毫不犹豫地将他打回天牢。

可惜千算万算，什么都算了，偏偏没算到……安莲不但是先皇为她安排下用来制衡连镌久的棋，还是先皇怕太子汤谋反而安插在他那里的眼线！这后着当时只是以防万一，却没想到真的派上了用场！

斐旭承认当初安莲曾偷偷将太子汤的行军战略、兵力部署透露给他，所以他才能及时通知蔺郡王打他个措手不及，轻取胜果。

简单说，安莲不但无罪，反而居功至伟！

这也是为何斐旭没有阻止她以进宫为名救下安莲的原因。

因为没有第二条路。

先皇一生以德孝谦恭治驭天下，决不能在死后披露出他对自己儿子的防范手段，让英名蒙尘！

所以安莲的罪名只能自己背着。

可怜她从一个受害者摇身变成了迫害者，这其中的落差不可谓不大。

所谓父债子还，她只好尽自己所能，补偿安莲。

出宫、入朝都是不可能的，她唯一能做的就是……重新将他放于万万人之上。也许只能身处后宫，却依然权倾朝野。

当然，前提是……他们在同一条战线上！

“皇上不如看看我北夷送来的嫁妆？”北夷使者做最后挣扎。

“咦？那些不是贡品吗？我全收入国库了。”孙化吉惊讶道。

北夷使者脸色大变。一旦嫁妆变成贡品，就意味北夷向大宣臣服，成为她的附属国。倘若这误解传回国内，只怕不但他罪该万死，连家人也会受连累。

“孙大人别开玩笑！这三十车全都是我大王子的嫁妆！”

听到这句话，明泉险些喷笑出来。

“哦？”孙化吉之所以能成户部尚书，除了他八面玲珑，巧舌如簧外，还因为他视财如命。不过与田聚不同，他所敛的每个铜板都进了国库，在他看来，没有比国库充盈更有意义

的事了，“那我回去可得好好再点点。”他边摇头边低声嘀咕道，“嫁出去的儿子泼出去的水，还当北夷王子身份多尊贵呢，嫁妆这么可怜。”

他的声音不大，只够最近的北夷使者听到，后者差点气到吐血。

“好了好了，说到如今菜都凉了，宴会的节目却还未开始，你们不急本宫急。”常太妃向张富贵使了个眼色。

后者立马一溜小跑着去了。

没多久，就见两队身材曼妙的舞娘娉婷登场，轻纱缥缈，将园子里汹涌的暗涛都卷了开去。

徐太妃也打起精神，探究的目光朝黑压压的官员们一一扫去。希望找到个称心如意的乘龙快婿。

明泉则松了口气。和亲的事暂时被打断，她应该还能再拖上一段日子。

想到此处，她举目朝跋羽煌看去，正好他的目光也瞟过来。

四目相对，各自一笑，又都若无其事地转了开去。

“夏家镇位于彭山山脚，横亘于两国交界。由于没有城墙，自开国以来，便是北夷必争之地。兼之镇民来自各族，流动频繁，因此此次北夷建议将它列为两国国界，互不干涉，可供双方通商往来。”北夷使者此次来大宣，不止为了和亲，也为了解决两国近百年的争执。这些条约，杨焕之从他们到达那天开始谈判，到如今大致达成妥协，唯等圣裁。

“夏家镇，”明泉迟疑道，“就是埋葬大宣两千英烈的夏家镇吗？”

杨焕之叹息道：“不错。正是当初冯将军壮烈之地。”

明泉点了点头。所谓冯将军乃指镇北国公冯曹书。当年他镇守夏家镇，北夷突袭，在援兵未到的情况下，与两千将士在没有任何屏障的夏家镇苦撑了一天一夜，最终被瓦迓族族长韩泊烈一箭穿胸、以身殉国！而当时坚守平城不出的祁王尚鑫被先皇一怒之下满门抄斩，据说还将头颅送还镇北国公府，告慰其在天之灵。这也是先皇在位时，唯一下旨抄家的皇亲。

可惜韩泊烈最后死在了跋羽尉戳的手下，大宣与北夷的这段仇恨才算不了了之。

明泉收回思绪，沉吟道：“两国通商，意义重大。要派个妥帖的人去谈才好。”

杨焕之看向孙化吉，只要与钱打交道，找他准是没错的。

孙化吉立刻接话道：“皇上放心，这事臣一定办得漂漂亮亮、稳稳当当。”

“漂亮没用，要银子叮当响才好。”明泉揶揄道。

孙化吉的小眼睛立刻眯成了一条缝，一脸心照不宣的暧昧笑容：“响，不但响，还很沉呢！”

明泉满意地点点头。这个户部尚书虽然油嘴滑舌，但做事还是很牢靠的：“这条约朕看了下，可行。杨卿这个礼部尚书当得不错，朕看……是该多下点功夫在这上面。”最后一句话讲得别有深意。

杨焕之躬身谢恩，随即与孙化吉交换了个彼此才懂的眼神，“臣先告退。”

明泉点了点头，发现孙化吉还站着未动：“孙卿还有事？”

“可不是？”孙化吉从袖子里掏出一本册子，笑得像尊弥勒佛，“皇上先瞧瞧，臣的字写得好不好看？”

他每天写奏折写得还不够？明泉怪怪地看他一眼，将册子打开，随即脸色沉了下来：“字是不错，勾画圆滑，像足其人。”

“那皇上看哪个字写得最好？”

明泉合上册子，将它往桌上一摔：“朕看你是想问……哪个名字最顺眼吧？”

“皇上英明！”他夸张地举手过头，然后弯腰到地。

“朕没记错的话，卿是户部尚书吧？怎么，这个位子坐得不舒服？想去礼部兼个侍郎？还是要来内廷执礼司当个内侍啊？”

孙化吉摸着鼻子讪笑：“皇上明鉴啊。这几年收成不好，这税嘛总是减一减，免一免的。国库出得多，进得少，户部日子不好过啊……”

“你这是向朕哭穷？要朕下旨加赋？”

“这倒不是。”孙化吉看她要喝茶，连忙狗腿地跑上去将茶端到她手上，“杨大人高义，体谅户部难处，自愿将每年拨给礼部的杂项银子减半，所以……”

“所以作为交换条件，选秀的事就落到你头上了。”

孙化吉连忙摇手：“投桃报李，投桃报李而已。何况这选秀还是得杨大人操心，微臣就是想在皇上面前讨个好，把各家的名字提上来让您先瞧瞧。有不入眼的，先划了去，也省得人家悬着心在那里空欢喜。”

明泉瞪了他半天，叹口气，将名册重新打开，“这里少说有百来个吧？”

“九十五个，沾皇上的光，取个吉祥数。”

她随意地瞄几眼，突地盯在一点上：“镇北国公三公子……冯颖？”

“就是冯曹书冯大人的孙子。”

“朕知道。”她蹙眉道，“冯家只剩他一个独子吧？”

“上面还有两个姐姐，大姐冯媛是平安郡王侧妃，二姐冯娣是陈高的侄媳妇。”

两个嫁的都是叛党。明泉在心里叹了口气，怪不得会把忠烈之后的独苗送进宫里，断自家香火：“不过他才十三岁啊。”

“皇上耐个性子，没两年就长大了。”孙化吉连忙道。

明泉冷冷地瞟他一眼，他立刻缩头不语。

“前户部尚书之子……沈雁鸣？”

孙化吉对上她的目光，急忙解释道：“没错，是前任的户部尚书。也是翰林院大学士沈南风大人的同父异母弟弟。”

“孙卿对朝中人脉真是了如指掌啊。”

“为了替皇上分忧，臣挑灯苦读几夜，总算小有收获。”他赔笑。

“罢了，册子先放在这里，朕有空再看。”虽是小小一本册子，却凝聚了朝中各股势力，其中亲疏敌友关系更是千丝万缕，她得小心处理才是。

孙化吉大喜，一拜垂地：“谢皇上。”

“去吧。”她无奈地摇头。

在他脚踏出门槛的刹那，她突然道："朕看礼部也用不了那么多银子，杂项银子再减一半吧。"

一半的一半？不就是四分之三？

孙化吉几乎控制不住嘴角的上扬，大声道："皇上英明！真乃天佑我朝！"

第二章

有了孙化吉呈上来的名册，她才知道自己对于朝中各党各势的了解并不透彻，所以特地找来斐旭把关。只是他把的关与她想象中有着极大的差距。

明泉皱眉看着纸上的二十个名字："这么多？"

"不多不多，"斐旭靠窗而坐，银发几乎要与窗外金灿阳光融为一体，幻化出若有似无的淡淡霓虹，"还有上呈画像，进宫甄选两关。"

她将信将疑地看他一眼，低头看他挑的人选："冯……颖？"开头就是十三岁的孩子，她开始怀疑自己所托非人。

"有两个非他不可的理由。第一，镇北国公府现在的景况虽不比以往，但俗话说，瘦死的骆驼比马大。冯家在军队的影响力在三代之内还不可能完全消失，尤其是北方。所以若要制约跋羽煌，冯颖是关键。而第二嘛，冯家与平安郡王关系甚深，虽没参加平安之乱，但也脱不掉干系。皇上既用怀柔政策安抚了平安郡王和安家，自然没有漏了镇北国公府的道理。"

明泉深深看他一眼道："斐帝师似乎成竹在胸？"

"小有见解罢了。"

"说来听听。"

"冯颖背后虽连着军心，但却养不起他们。"

明泉挑眉："你指孙化吉？不对，你是指沈儒良。"

"皇上英明。户部现在许多官员都是沈大人的门生故旧，连孙尚书也不例外。"

明泉提笔在冯颖和沈雁鸣的名字上勾了一笔："看来连相的侄子和蔺郡王的外甥也是非选不可咯？"

"非也，"斐旭摆手，"这两个是决不可选！"

她怔住："原因？"

"请问皇上，为何皇夫之位如此重要？"

明泉眼睛微眯："你探朕口风？"

斐旭叹笑道："何需探呢？皇上的所作所为早已一目了然。我记得前朝也有女皇先例，而且其皇夫还位居百官之上，日日临朝听政，职权甚至高于历代摄政王。夫妻同心，开创了太平盛世。皇上……想循此例吧。"

"怎能同比？前朝那位皇夫从小培养，与女皇青梅竹马，感情深笃。朕可是临危授命啊。"她皮笑肉不笑。

"但我朝有安莲啊。"他不紧不慢道。

明泉脑海中骤然闯入那个白衣胜雪的飘然身姿，耳根微微发红。

"皇上，不也有此打算了吗？"

她猛地一省，刚好对上斐旭暧昧的笑容，心情狂跌数丈，“朕问的是为何不能选连相的侄子和蔺郡王的外甥！”

“答案我已经说了。”他摇摇头，“一山不容二虎。先皇为何遗命立安莲为皇夫？为的是制衡连相与蔺郡王的势力。安莲乃安老相爷爱子，疼若至宝，他若站在你这边，皇上至少立于不败之地！试问，若连相和蔺郡王在宫中也安插了人，结果又会如何？”

必定拼命拉安莲下马！明泉顿悟。

“连相与蔺郡王当然也明白这个道理，因此他们都只提旁系，为的是免皇上为难啊。”

明泉打量他数眼，怀疑道：“斐帝师不是向来喜欢说话留半句，从不尽释疑惑吗？今日怎么如此反常？”

“皇上若觉得有用，可得多记着点好啊。”斐旭向她挑挑眉。

不用问，定然是为慕流星那件事打基础。她打了个太极：“等慕流星来了，朕会视情节而定的。冯颖、沈雁鸣……这一下可占去两个名额了。”

“六个名额的确捉襟见肘，”斐旭轻轻敲着脑袋，“再两个，皇上得自己斟酌。王越，雍州盐运使之侄，官是小了点，不过他的父亲可是大宣首富，王四海。”

“朕以为孙尚书更愿意朕抄他的家，好充实国库。”明泉笑道。

斐旭知道她没放心上，又道：“王四海主要经营河运、粮行、钱庄、客栈和茶叶，在各国都有分号。说他富有四海一点也不为过。孙大人就算想抄，只怕也是有心无力。因为王家一动荡，天下十年荒。”

明泉皱眉：“这么夸张？”

“这还是得抄得着的情况下。王家在北夷也有不少生意，所谓狡兔三窟，想抄他并不容易。”

她提笔在王越名字旁圈了圈：“这名册背后可真是汇集整个大宣的风云人物。”

“所以六个名额的确是少了点。”

她咧嘴假笑：“朕还可以再少一点。”

“那孟子檀和安凤坡只能留一个了。”

明泉脸色一变：“你说谁？安凤坡？！樊州巡抚安凤坡？”

斐旭淡然道：“再过几天，就应该收到他的弹劾折子了。”

明泉稍稍平复下心情，思索道：“难道是连相……不可能。会是谁？”谁会把一个巡抚拉下马，让他入宫作个不见天日的妃子？

斐旭支头看着外头的冬景，喃喃道：“今年，怎么还不下雪？”

阳光熠熠，特别神采飞扬。

青石地被照得花白。直看，刺眼得疼。

许久，明泉眉头微展，目露肯定道：“是安老相爷。”

斐旭回头，“何以见得？”

明泉冷笑道：“安莲先下狱后进宫，安家继承人的位置自然落到安凤坡头上。但偏偏，安莲似乎有皇夫相。为了清除他成为安家之主的障碍，安老相爷干脆安排安凤坡进宫，一来断了他的念头，二来安莲可以多个助臂。三来监视控制也来得方便得多。”

姜果然是老的辣。安老相爷不出手则已，一出手便是破釜沉舟。这下，安家两大希望都入了宫，只怕是抱着不成功，便成仁的决心了。

斐旭挑眉一笑。

“可弹劾折子不到，名单却先递了，动作似乎太明显。”明泉不悦。

“这只能怪皇上太晚册封安侍臣了。现在满朝的措手不及啊。”

“安凤坡……”如果他进宫能成为安莲的助臂倒也不错。明泉在名字上又画了个圈，“那孟子檀……？”

“虎贲将军孟猛次子，御史大夫孟子桥之弟，江湖有名的‘凤笔无双’薛炎炎的外甥。”

“横跨文武，牵扯江湖，他的背景复杂得朕都头疼了。”明泉无奈地一勾。

“名册皇上可曾让太妃过目？”斐旭提醒道。

明泉一拍额头：“这就送去。严实！”

严实弯腰小跑着进来：“奴才在。”

“给各院太妃送去。”

“只是初选，何必劳师动众？只送与常太妃过目便可。”斐旭道。

严实接过明泉另抄一份的名单，伫在一边等她决定。

“就按帝师的话做。”

斐旭好笑地看着她．“你不问缘由？”

“帝师大人不是担心徐太妃心里有疙瘩吗？”玉流也到了出嫁之龄，但这名单上密密麻麻为的都是她。徐太妃见了表面不说，心里定不舒服。

“皇上思虑越来越周全了。”

“还差得远呢。”明泉叹了口气。与他交谈，让自己更深刻地了解到差距。

成为皇帝与成为名君之间的路，真是漫漫长长啊。

名单送去后，常太妃自是无意见，且特地嘱人炖了八宝燕窝给她补身子。

明泉原想去请安，却被姜有故拖住了。一问之下，竟又因为墨莲社。

“为学之道，以修身为始，乃至家国天下。谦恭待人，严谨律己。一朝高榜，是为天下文人楷模，言行举止无不体现我大宣风尚。但是墨莲社众人狂傲不驯，嚣张无度，屡屡藐视朝廷，大放厥词，在考生中影响恶劣非言辞可述！还请皇上明断，驱其出京，永不复用！”

明泉端起茶，轻啜一口，“茶淡留香，回味无穷啊。”

“皇上！”姜有故两眼通红，眼眶下两痕淡淡黑眼圈，显然数夜不得安枕，“皇上，墨莲社如今害群，未来必会殃国啊！皇上！”

“朕记得姜卿才是主考官吧。不到殿试，考生品行学业皆由你定夺，关朕何事？”她轻描淡写道。

话虽如此，但传言墨莲社的莲乃是安莲的莲，它背后与这位后宫新贵有着千丝万缕的关系，如今谁敢明目张胆地触安莲霉头？他不是到了忍无可忍的境地，也不会来自曝其短。

“皇上，墨莲社张狂言行举京尽知，甚至成风靡之势。臣请皇上圣裁以阻不正之风，导回正途，安天下学子之心！”

开口天下，闭口天下，听着伟大，其实无能！明泉心中对他厌恶不已，懒得给好脸色，只淡淡道：“庙堂高远，能者居之。墨莲社若真有本事，朕便在乾坤殿等着御笔亲点。姜卿如果实在无能为力，便回你的吏部，那里抄书的差事总还有的。”

姜有故背脊霎时渗出冷汗，“臣，臣……”

“退下！”她把茶杯在案上重重一敲。

想到自己手下除了连镌久这样的狐狸，孙化吉这样的泥鳅，就是姜有故这般扶不起的阿斗。杨焕之是不错，但顽固得像石头，用他还得当心别砸到自己的脚。沈南风年轻了些，而且观他行事，只怕又是个连镌久。难道满朝文武，就没个真正的心腹么？

她斜眼看到桌案上那本浅黄名册，孤零零地和奏折放在一起，十分寂寞。

如果斐旭肯任右相，自己在朝上就不会如此举步维艰。不过，也许会少了个可放言无忌的帝师。

人生不如意之事，果然十之八九。

严实无声息地站在门内七步处，轻声道：“皇上，帝辇已准备下了。”

明泉整了整袖子，站起来，漫不经心道：“崔成的案子怎么样了？”

严实偷瞄了眼她向殿外走去的背影，似乎在衡量这话中是保的成分，还是随便问问的成分，“崔公公咬定了与此案无关。费公公还在审理当中。”

咬定了无关就不会找证据，不会刑讯逼供么？宫廷执法司几时这么手软？

明泉嘴角勾起一丝冷笑，是了。定是怕她有日反悔起来，那些下毒手的人都没好果子吃。费海英的确是个谨慎人。

随他去吧，若真让崔成在牢里颐养天年，也算成全了彼此这么多年的情分。

这样的结果，也算了了一桩心事。她抬头，正好看到一群太监忙碌地搬着花盆从长庆宫出来。

“怎么回事？”她低声问严实。

严实早就打发了人去问，这时正好回来，便跪在地上回禀道：“是安侍臣大人在挑梅花，要种园子里。”

明泉“哦”了一声。心里也隐隐觉得这般人物的确应该有梅莲这等品行高洁的花来匹配，“那怎么又搬走了？”

“安侍臣大人身边的如意……”他想了半天也想不出对那个小厮的称呼，只好接着道，“说这些花都太俗了。”

“太俗？”明泉诧异道，“梅花也有俗与不俗？”

小太监低着头不知道怎么回答。

“算了。”明泉摇摇头。以前宫里的娘娘们大多喜欢娇艳的花朵，唯一例外的是云太妃，喜欢竹子。所以梅花的品种大概也没人关心。想到这里，她转头问道，“你知道京城哪里有卖梅花？”

严实老实道：“奴才不知，皇上且等等，奴才这就去打听。”

想起严实和崔成是老乡，都不是京城人士。明泉点点头，“去吧。”

中间耽搁了这么些时间，到清惠宫已近傍晚。

常太妃早收到消息，正备下茶点等着。见天色不早，又传旨留饭。

明泉想到自己除了晚宴那次，的确很久未向常太妃请安，因此欣然同意。

“这几日又清瘦了，”常太妃心疼地摸着她的手，“国事总是忙不完的，你也要小心身体。”

“朕省得。”明泉大口喝着人参金玉汤，一脸满足样。

常太妃又夹了几个点心在她身前的碟子里，不经意地提道：“你可记得小时候的小雨哥哥？”

明泉垂目，掩去眸中一闪而逝的精光，笑道：“小雨哥哥？那定然还有春分姐姐啰？”

“莫闹。”常太妃笑着帮她撩起颊边差点落到碗里的细发，“就是和你一起玩纸鸢，偷奴才点心的那个脏兮兮的野小子。”

“朕可实在不记得了，母妃就直说了吧。”她扯着袖子撒娇。

“是本宫一个远房亲戚，说这几日要来京城……”

“这敢情好，”明泉笑嘻嘻地截了她的话，“朕正发愁这几日忙昏头，实在没空陪母妃呢。不管朕认不认识那个小雨哥哥，这个情朕可领了。等他来了，朕要好好赏赐他。”

常太妃眉宇一黯，笑着在她手背上轻拍，道：“本宫替那浑小子先谢皇上。”

“母妃见外了。”明泉笑着抽出握在她掌心的手。

一顿膳用得温馨又和乐。

出了清惠宫，见严实从远处小跑着回来。

明泉对身边小太监道：“去常太妃娘娘那里讨杯茶，给严公公解渴。”

严实脚下一抖，跪倒谢恩。

她取笑道：“起来吧，问个事就喘成这样。”

“启禀皇上，左相连镌久大人求见。”严实急忙道。

“这个时候？”不早不晚的，难道出了什么大事？她立刻上了帝辇，“回天罡宫！”

等她到乾坤殿时，天色已全暗，再过半个时辰便是门禁时间。

“连相有事直说。”她摆手免了他跪拜。

“臣有件失物要交还皇上。”他递了个包袱给严实。

明泉眉眼一跳。

严实打开包袱，一件绚丽夺目的紫貂领缕金百蝶穿花鹤氅赫然在目！

“连相自何处寻得？”她抓茶杯的手指狠狠一紧！

“简单，当铺。”

明泉冷声道：“这可真是凑巧。”

“并非凑巧，”连镌久道，“自宫里传出大氅失踪后，臣就一直关注京城各商铺的动静。”

“宫里传出？看来朕的臂膀有不少是连相的耳目。”

“臣忠君之心可比日月。”连镌久不卑不亢。

她十指交叉，拇指不住摩擦，似乎与主人的思绪一同运转。

“朕从未怀疑连相用心。”明泉展颜一笑，“既然连相在这时间把东西送到了宫里，一定有话要对朕说了。”

连镌久看向严实。

“你先下去。”明泉道。

严实听命退下。

“东西是谁当的？”明泉开门见山。

连镌久吐出三个字，“玉流宫宫人。”

“什么？”明泉愕然站起。

怀敏不是无辜的么？不然周林二人为什么要死？不然严实为什么要求她？不然……她脑袋嗡嗡作响。

“臣派人调查过，典当之人自称古姓秀才，实际上乃是玉流宫二等太监，古小泰。平日与怀敏走得最近。而事发当晚，怀敏的确在夜间出去过，很晚回来。”

明泉灵光一闪！

如果真是怀敏，至少可以解释为何当初玉流既不为她辩解，也不申讨周林，而是将矛头对准了高高在上的皇帝！因为根本就是做贼心虚，故意虚张声势将她逼走。她当时就奇怪玉流以前气焰嚣张归嚣张，但还不至于没头脑成这样。如今看来，根本就是声东击西，瞒天过海之计。因为笃定在徐太妃面前，这些虚妄之语最多换几句呵斥，是不可能正儿八经严办的。相比之下，盗窃皇上衣物的罪名就重得多了。以前似乎有人说过：能在这宫里活下去的，都不是简单人。

而这动机……她冷冷一笑，只怕是为了大宣第一公主的名号！

比桑进贡此大氅时曾说它是比桑第一公主亲自裁制，想赠予大宣第一公主。父皇当时毫不犹豫地赐了给她，徐太妃和玉流为这事一直耿耿于怀。这也是她将它压在箱底的原因。

所以怀敏的动机的确比其他人大得多。

不过周林二人既然知情，为何不说出真相，宁愿受死呢？

难道是受了威胁？

她在脑海中将这件事演练了遍。

怀敏路过碧园，不，也许是去看那两名通奸的太监宫女的热闹时发现这件大氅。想起自己公主的心病，就趁四下无人将大氅带了回去。而在路上，正好被周林二人撞见。于是几天后，周林二人就揭露了她。不过为什么是几天后呢？

她自然没想到是周林二人受到崔成威胁的缘故。

怀敏进了宫廷执法司，被逼供……她思绪一顿。似乎没人关心过逼供的结果，或者说，当时所有人都认为她是无辜的，因此供词不值一提。

“严实！”她喊道，“去宫廷执法司，把怀敏的供词拿来！”

严实匆匆低头进门，跪在地上答道：“回皇上，奴才问过了，怀敏姑姑当时痛到昏迷，因此没有任何供词。”

“你问过了？”明泉表情有些古怪，“那怀敏人呢？”

“前天伤重不治，过世了。”

“算了，退下吧。”连一个奴才都想到的事情，她却疏漏了。明泉颓然坐下，这个皇帝还真是失败！

“皇上用人有道，微臣佩服。”静立一旁的连镌久突然道。

明泉抬眸，似乎想从他脸上看到嘲笑的影子，“此话怎讲？”

“为君之道首要任贤纳谏，让各司各职各得其所，各展其长。从严公公身上，就可看出皇上善于用人。”连镌久讲得十分诚恳。

明泉脸色也好看了点，“连相过誉了。”心下受用不尽。

“天色已晚，臣先告退了。”

明泉点点头。

悬案，依旧是悬案。

现在既无供词，又无证人，连怀敏都死了，就算查出来是她所为，也牵不到玉流头上去。至于那个古小泰，既然主谋都放了，也不差这一个从犯。

她叹了口气。就让这座外表富丽堂皇的皇宫继续埋藏着独属于它的秘密吧。

“严实。”

“奴才在。”

“把这大氅……压回箱底吧。”终究是先皇所赐，她舍不得烧掉。

“遵旨。”

杨焕之为国操心一流，为君热心一流，连办差速度也是一流。

明泉看着他呈上来的画像似笑非笑。

“嗯，冯颖年轻虽小，倒长得唇红齿白，雪嫩可爱。”

杨焕之高兴道：“而且机警聪慧，颇有乃祖遗风。”

明泉不理他，又看下一张，“金伯雨？朕记得不曾见过他的名字啊？”

“是常太妃荐的人。”

她嘴角扯了下，把画像扔到一旁。

“欧阳成器？”她盯着画像上眼睛三角，鼻头奇大，还作娇羞状的丑陋面容，“这等奇葩就不必养在宫苑了。”将画像理了理，她挑出十张，“就这几个吧。”

杨焕之想了想道：“金伯雨的父亲是蔺郡王首席幕僚……”

“朕却是大宣唯一的皇帝。”她眼露警告。

杨焕之立刻把剩下的画像抱在怀里，“臣遵旨。”

“这几日又是北夷，又是狄族，还要操心朕的婚事，辛苦卿了。”她恳切道。

杨焕之一副肝脑涂地的样子，“能为皇上尽忠，实在是微臣的福气！”

“卿一片忠心朕再明白不过，卿先退下吧。”

看到杨焕之微偻的背影，她才惊觉，这个可敬老人已近告老之年。

“皇上，常太妃派人请您赴宴。”严实轻声道。

宴会是常太妃昨天派人订下的，当时她满口答应没细想。现在想来，必定是为了那个远方亲戚小雨哥哥金伯雨。

只是后宫的六个位置，却惊动了多少蠢蠢欲动的人心。

她苦笑一声。连亲如母女的常太妃也按捺不住了。或许在这后宫中除非死亡，不然谁都不会有真正的安全感。

“摆驾。”她捶了捶酸痛的右臂，无奈道。

清惠宫的气氛今天格外不同。

几个太监看到她，都躲了开去。只有一个宫女匆匆迎了上来，“参见皇上。”

“平身。”她越过她往前走。

“皇上留步。”宫女急急地跑到她面前。

“大胆！”严实呵斥道，“皇上的路是你这个奴婢拦得的？！”

宫女“扑通”一声跪在地上，“奴婢该死，请皇上恕罪……”

明泉挥手制止严实继续发作，“什么事？”

“是太妃娘娘把宴会改在了知暖殿前的花园里。”

“哦？有意思，朕很久没去那里了。”明泉眼里蒙上暖意。

想起幼年自己极黏父皇，若找不到他，便过来吵常太妃。常太妃没办法，只好带着她去知暖殿前的花园里捉迷藏，经常捉着捉着就能捉到父皇。当时她以为常太妃会法术，能把父皇变来给她，长大后才知道完全是因为父皇疼她，不忍心让她失望才放下政事匆匆赶来。

知暖殿虽然空着，园子却被照顾得整整齐齐。现在是冬天，只有几株梅树，但未到开花的时候，也是光光的。

“这土也黄了。”她蹲下身子，摸着土壤。上面盖着的是新土，恐怕这里刚经过一番折腾。亏她刚才还以为是十年如一日的精心照料。

啪！

一个圆滚滚的小弹珠掉在她身边两步处。

“帮我捡一下吧。”欢快的男声从头顶不远处传来。

她抬头，一个十七八岁的青年坐在树丫上，手里拿着弹弓，笑眯眯地看着她。

“你是泉妹妹吧。”他从树上跳下，似乎想起什么似的单膝跪下，“臣金伯雨参见皇上。”

“平身。”

“几年没见泉……皇上，没想到竟变得这么漂亮。”他长相俊雅，五官英挺，身形与沈南风有几分相似。一身浅蓝圆领长衫外头披着件雪青短袄，头戴镶银玉翅顶冠，手拿着弹弓，不显稚气，反有几分卓尔不凡的风采。

她回头，抚摩梅枝，淡淡道：“常太妃倒是时常惦念你。”

“那泉妹妹呢？”他慢慢移近她，气息轻喷在她颈后。

“朕只有两个哥哥，”她回过头，容色凌厉，“你又是什么身份？

金伯雨吓了一跳，急忙后退两步，跪在地上，“臣、臣……”
明泉平了平气，适才他的靠近让她极不舒服，“你还没有官职吧，那记得称自己为草民！朕的臣子，非人人能当的！”
“草民遵旨。”
“替朕向常太妃请安，这别开生面的晚宴朕心领了。”她甩袖朝外走，“严实，回宫！”

当晚，斐旭拎了壶酒来串门子。
明泉皱眉，“不会又要作诗吧？”
“皇上若有兴致，臣也只好塞着耳朵听了。”斐旭苦着脸道。
“去！”她抢过酒壶，正要拿起茶杯倒，却被斐旭夺了回去。
“暴殄天物啊暴殄天物！”他自怀里拿出两个犀角雕龙柄螭龙纹杯，“我好不容易从王家偷出来的白酒，自然要用最适合的器皿，啧啧，真香。”
“这杯子是龙纹的？”她拿起来细看。
“是蛇。”他斩钉截铁道。
她白他一眼，“从藏宝阁里偷的？”
“真的是蛇。”他眼睛眨也不眨。
“朕会好好查查，是谁借了天大的胆子居然把朕的龙纹雕成斐帝师眼里的蛇纹了……若查到的话，朕要把他们……”
“我从藏宝阁里偷的，是龙纹。”斐旭尴尬道。
明泉把酒壶重新抢过来，倒在杯子里，一饮而尽，“那这壶酒就当赎罪礼吧。”
“皇上，”他胆战心惊地看她又倒了一杯又一杯，直到快见底了才找回自己的声音，“这酒品品即可，不适合买醉。”
“朕尝着味道不错，斐帝师再去弄几坛来。”她面色潮红，打着酒嗝道。
斐旭差点晕倒，“皇上，要不您早点把王越收进宫来吧，这酒都是他家的。”
砰！
明泉把酒壶狠狠砸在地上，“抄了他家！”
斐旭张大嘴，好像第一天认识她一样。
她犹不解气，又将两个犀牛杯砸到地上，“一定要抄家！”
“皇上、三思。”好半天，他挤出这句话。
“派帝轻骑去抄，马上去！阮汉宸！阮汉宸死到哪里去了！”明泉怒吼！
“臣没死，臣在这里。”阮汉宸从暗处走去。
斐旭擦擦头上冒出的冷汗，总觉得她看他的目光似乎有些幽怨。
“朕命令你去抄……”
斐旭猛地捂住她嘴巴，“抄《金刚经》八百遍！”
阮汉宸面色一僵，两团熊熊火焰自眼中随时喷薄而出，“放开皇上！”
斐旭感到她不安的扭动，心里更急，暗道自己多事，没事找她喝什么酒！没想到她酒品这么差，居然一醉就要抄家。

“放就放。”他嘀咕一声，小心地放开手。

“斐旭！”她突然转头瞪住他。

这还是她第一次连名带姓地叫他，斐旭不安地赔笑道：“臣在。”

“你死定了！”她一字一顿道。

阮汉宸不善的目光立刻跟了过来。

斐旭吞了口口水。不过偷了两个杯子，应该不太严重吧？

“朕要你……”

斐旭脸色刷白！

他不要进宫啊！难道今天就是他当帝师的最后一天？从明天起就要开始过逃亡的生活？

曾经的姹紫嫣红顿时失去颜色。

曾经的万丈光芒瞬息多云密布。

“朕要你……”她视而不见他灰败的脸色，喃喃道，“去给朕洗茅房！”

“啊？！”斐旭脸色一绿！

“让你取笑朕！让你数落朕！”她抓住他的衣领，“马上去！”

“我、我……洗茅房？”他指着自己的鼻子。

“帝师大人请！”阮汉宸做了个请的手势。

斐旭目光在两个人脸上转了转，然后认命地低下头。酒可乱性啊酒可乱性……

严实趁机搀住皇上，往内室走去，“快去做醒酒汤。你去端盆热水来！”

阮汉宸看严实指挥得有条不紊，松口气，正要离开，发现斐旭又鬼鬼祟祟地走回来。

“斐帝师……”他沉下脸，“你要违抗圣意？！”

斐旭一脸郁闷地看着他，“你至少要告诉我，皇宫的茅房在哪里啊？”

明泉宫内。

严实吹熄灯火，轻轻关上门。

明泉翻了个身。月光自窗棂射入，洒在她微微上翘的嘴角上。

明泉下朝路过佐政殿就听到里面一阵嘈杂。

“严实，去看看什么事。”

严实跑过去叫住一名守在殿门外的太监问了片刻，回报道：“回皇上，是几位大人为了更衣之事与斐帝师有些争执。”

“更衣之事……”她纳闷重复道。

“不错，斐帝师说那地方是他昨天洗净的，因此谁都不许用。”

明泉扑哧一声笑了出来，“听他胡说，斐帝师若会亲自洗马桶，要朕做什么都行。”闹这么大动静还不是为了证明他“遵旨”了么。

"君无戏言啊，皇上！"斐旭突然站在身后插嘴道。

"斐帝师好精神啊。"

斐旭夸张地一鞠到地，"臣斐旭参见皇上，万岁万岁万万岁！"

明泉侧头想了想，"慕流星进京了？"典型的有事献殷勤。

"皇上神机妙算。"

"他现在在哪？"

斐旭眼珠左右晃了晃，小声道："皇上是否听过庙会？"

"民间的酬神活动？"

"不错，在京城每月十五晚上在土地庙附近就有小庙会，商贩云集，灯火通明，很热闹。"

"哦。"她不冷不热地应道。

斐旭再接再厉，"不知皇上有没有兴趣？"

"难道慕流星在庙会上摆摊？"好歹是正二品的总兵吧，若真是落到如斯田地，传出去岂不笑掉他国大牙？

"今晚皇上就知道了。"

"替朕警告他，若真让朕看到他在那里当小贩，朕就把他发配给阿修巍巍洗茅房。"

"皇上对茅房真是情有独钟啊。"他有感而发。

"嗯？"明泉危险地眯起眼睛。

"微臣突感不适，咳咳，非常不适，先告退了。"他弯腰拼命咳嗽着往后退着走。

明泉鼻哼一声，一本正经地转过身，嘴角抑不住地上扬。

庙会？应该很有趣吧。

这个傍晚，分外缓慢。

"严实，现在什么时辰了？"

"酉时刚过。"严实答道。

明泉看着外边天色，心里又恶狠狠地诅咒起斐旭，他该不会在哪个脂粉堆红罗帐里睡过头了吧！

"你去宫外候着。"

"是。"严实在心底叹了口气，嘱咐其他人看着沙漏。

"皇上红光满面，气色不错。"斐旭从外面施施然进来，蓝袍白靴，碧簪银发，浑身洋溢着清风般的爽利。

"红光满面形容女子……似乎欠妥。"见了他，明泉心情由阴转晴。

"微臣形容的是皇上。"

"朕在你眼中不是女子？"

"皇上乃是天子，岂能论以凡俗？"

明泉搁下手中握了许久却不曾落下的笔，兴冲冲站起来，"算了，朕懒得与你计较，走吧。"

“等等，”斐旭愕然地看着她，“皇上准备这样出去？”

“朕嘱了人等门。”

“但皇上穿的是龙袍啊。”

“啊，朕糊涂了，严实，快给朕拿件朴素点的衣裳。”

“不用劳烦严公公了，我备下了。”明泉的衣服再朴素也是公主规格，走在街上和出巡差不多。

“灰色的？”她皱眉。这灰扑扑的颜色连冷宫最年长的宫女也不曾穿过。

“不错，所有颜色中数它最朴素了。”

明泉僵硬地扯了扯嘴角，突然又道：“庙会有卖花的么？”

“自然有。”

“严实，去长庆宫宣安莲，让他穿最朴素的衣服过来。”

“是。”严实立刻往外跑。

“等下，”明泉重复道，“只是宣他过来。”她特别加重了“宣”字的读音。

“奴才晓得。”严实一溜烟跑出去。

斐旭将衣服交给她，“请皇上更衣。”

明泉无奈地接过来，“斐帝师亲自挑的衣服，朕一定赏脸。”明天就向全国下道禁令，所有染坊禁止染灰色布料。

“谢皇上赏脸。”他笑得很是开怀。

明泉假笑着进去。等出来时，安莲已到了，身边还跟着一个十四五岁的小厮，神情比面对猫的老鼠还紧张。

“安、侍臣……这样可以吗？”明泉上下打量他。同样的灰衫穿在他身上更突出那张俊美绝伦的面孔和丝绸般顺滑的黑发。

斐旭笑出声，“皇上是问安大人，你穿得可不可以？还是问我们，安大人的打扮可不可以？”

明泉回味了下先前的话，的确有歧义，“朕是说……”

“皇上一定是问安侍臣自己穿得好不好看，”斐旭打断她的话，“女为悦己者容啊，安大人，皇上毕竟是女子。”

“你不是说朕是天子，不能论以凡俗吗？”她边笑边狠狠瞪他。

安莲目光在她身上略停一下，又移开，淡然道：“皇上气质恬然，很适合。”

明泉俏脸微红，不自然地转头催促，“斐帝师还不带路？”

“臣遵旨。”他暧昧地朝他们眨眨眼，“皇上请，安侍臣请。”顺便将想跟上去的小厮拉到身后。为了防止皇上下次再说出“我要你……”这种危险的话，他决定不惜代价撮合两人。

出了东昭门，东行十里便是福隆寺，也是京城最有名的两个庙会之一。

斐旭披着件遮头盖脸的大氅，驾着马车混迹在结伴络绎的人群中，渐行渐缓。

明泉将窗帘掀起小角，深吸了口气，喃喃道：“这就是宫墙外的生活。”花、油、烟、汗臭等在空气中混合成一股独特的味道，光闻着，周身就有种暖洋洋的亲切。

“少爷，我想吃糖葫芦。”安莲的小厮如意似是慢慢适应了自己正与皇帝同坐一车的事实，表情活络起来。

明泉明显感到安莲询问的目光落到自己脸上，笑道：“今日出游，无君无臣，只求尽兴。”

“多谢……少夫人！”如意大着胆子说完，不敢看两人脸色，把头缩在两膝之间。

明泉双颊一烫，尴尬地把头伸到窗外，让夜风冷静冷静。

“如意自小顽皮，请皇上见谅。”安莲温和的嗓音如一湾清水，即使在喧闹华市，依旧纯净高雅地独自流淌。

“说了今天无君无臣，”她娇嗔着回头，恍然语气好似在撒娇，连忙咳嗽一声道，“叫我染天吧。”明泉是她的封号，染天是她的字。

安莲浅笑道：“好。”

只听吁的一声，马车停在一家客栈门口。帘布再次被掀开，斐旭别有深意地眨巴着眼，“要不要绕一圈再回来？”

明泉嘴巴横拉，“朕……我亲自驾着你溜一圈？”

“不必客气，染、天、姑娘。”斐旭忍住笑，做了个请的姿势。

明泉一个箭步跨出车厢外，推开斐旭伸出搀扶的手，自车上一跃而下，贪婪地望着四周，仿佛要把眼前一切都收入眼底。

“这家客栈很破。”如意嘟嘴。

安莲道：“对面这家的糖葫芦不错。”

如意怪叫一声，撒腿不见影了。

“中隐隐于市，慕流星还是有几分头脑。”明泉抬头打量这栋三层高，墙壳斑驳的旧房子。在门前飘扬的旗帜黑黄难辨，隐约有个归字。门两边有几堆木柴和石头，灰尘毛茸茸的一地，靴子踩在上面轻得发不出声。

斐旭古怪地看着她，“听说他是盘缠不够才屈就在此的。”

明泉一愣，摇摇头，“傻人有傻福。”

客栈的掌柜站在门里观察他们许久，这时才迎上来，“客官打尖还是住宿？”

斐旭塞了几个铜板在他手里，“来看朋友。”

“原来是慕公子，这边请。”掌柜热情地弯腰带路。

慕？慕流星的慕？明泉负手跟在后头。

进了店里，才发现客人不少，闹哄哄的，硬把不大的内堂挤了个人山人海。

有几个大汉喝得兴起，干脆露了个膀子在衣服外头，抓起酒坛干得乒乓作响。多数人都悠闲地跷着二郎腿，支着胳膊，不时小声说几句，然后又大笑开来。

菜肴烧酒的浓烈气味像海浪般一袭一袭地涌来。

“喂，小姑娘，别碍着爷的视线。”一个大汉将光着的膀子朝明泉他们一挥，呷着嘴巴道。

安莲与斐旭眉头同时一皱！

明泉已笑着拱手，径自朝靠楼梯最不起眼的空桌走去。

斐旭与安莲紧跟着在她左右坐下。

“客官要来点什么？”店小二迎了上来。

明泉用食指堵住鼻子，身子稍稍后仰，“你们这里有什么？”

店小二大概也察觉身上汗臭与油烟味太重，所以退了两步，靠到斐旭身边，笑着唱道：“一等馒头二等牛肉三等花生四等烧酒，客官头次来，先得尝个二锅头！客官下次来，不喝花雕不想走！”

“四碗大碗茶，一碟花生一碟牛肉。”斐旭严肃道，“绝对不要任何和酒有关的东西。”

店小二张口还想说什么，斐旭已推着他朝厨房走，“记得，酒酿丸子也拿远点。”

明泉无辜地看着他：“朕很想尝尝民间的酒呢。”

“这世上只有月下酌才能称之为酒。”他的表情很真挚。

“是么，可朕更喜欢斐帝师上次带来的烧酒。”

斐旭朝安莲眨眼，“染天姑娘很喜欢王越家的烧酒呢。”

桌下，明泉狠狠踩了他一脚！

“独醉无味，兴起酒友。”安莲清雅一笑，顿时吸引店内一众目光。

斐旭的银发虽藏在大氅里，但清俊的容颜却是藏不住的。一桌三人，男俊女秀，引得旁人目光流连不已。

“少爷，少夫人。”如意蹦蹦跳跳地拿着四串糖葫芦跑进来，“你们尝尝，很好吃的！”

“坐下吧。”明泉指着对面的座位。

“客官，四碗大碗茶……一碟牛肉……一碟花生……还有什么需要的？”店小二把东西端到桌子上，抱着托盘退到一边赔笑脸。

斐旭塞了两个铜板给他，“先这么着，不够再点。”

“好咧……”店小二喜滋滋地拿着赏钱跑到其他桌去了。

如意端起碗喝了一口，赶紧呸了一声，“真难喝。”他的声音有些尖锐，明泉立刻感到四周几道目光从好奇变得不善。

“如意。”安莲轻唤了一声。

如意知错地低下头去。

明泉把花生和牛肉各夹了一样在嘴里，尝了尝，放下筷子，“既然该吃的都吃了，我们还是先去看看那位朋友吧。”她起身上楼。

如意可怜兮兮地看着安莲。

安莲淡着脸没说话，和斐旭一起跟着上楼。众人追随的目光直到他们消失在楼梯转角处才意犹未尽地收回。

到了二楼，明泉正站在楼梯口等着，身边还站着阮汉宸。

“阮大人真是神出鬼没，阴魂不散啊。”斐旭皮笑肉不笑地呛声。

阮汉宸听了连眼皮都不抬。

“由他护着你们去庙会朕也放心些。”她对安莲道。

如意脸上顿时拨云见日。

安莲淡然一笑，“谢染天姑娘。”

“谢染天？”明泉扑哧一笑，“这个姓氏也很别致。”

“现在可以去看朋友了吧？”斐旭插嘴道。

“带路。”明泉对着他板起脸。

阮汉宸木然地看着安莲，“安大人想去哪里？”

安莲从明泉斐旭消失的走廊移回目光，“随便走走吧。”

明泉推开门，一张白嫩的娃娃脸倏地凑在她鼻尖，四眼对视。“你就是皇上？”

她不着痕迹地退后半步，“你就是慕流星？”

他啧啧地绕着她走了一圈，叹道：“原来公主真的很漂亮。”

明泉莫名其妙地看向斐旭。

后者咳嗽一声，“他很喜欢听说书。”见她还没明白，又解释道，“故事里的公主都很漂亮。”

明泉回头，把慕流星从上到下仔仔细细地打量许久，道：“你真的是雍州总兵慕流星？”

慕流星睁着圆滚滚的大眼，乖巧地点点头。

“记得提醒朕明天把范拙从吏部尚书的位置上剥下来。”明泉忿忿道。吏部每年怎么做考绩的？一个姜有故这样的吏部侍郎也就罢了，现在又多了一个活宝似的雍州总兵。

“范老头人很好啊，”慕流星疑惑地眨着眼睛，“前年回京述职，他还要把女儿嫁给我呢。”

明泉低声对斐旭道：“今晚就办。”

“范尚书为官多年，素无劣迹，皇上无缘无故一夕罢黜，怕会寒了天下青紫们的心啊。”斐旭悠然找了把椅子坐下。

她其实也就说说气话，范拙在朝中声势虽比不上安、连两党，到底也有几分底蕴。动他也非朝夕可定之事，何况她的理由委实有些可笑。

“罢了，”她坐到另一把椅子上，“你先说说和阿修巍巍的事。”

慕流星一拍桌子，怒道：“他是个狗屁混蛋！下贱！人渣！”

“流星。”斐旭警告地瞪他一眼。

“本来就是！沐可安娜原本是鲁卡皮的未婚妻，可他居然找人活活打死了鲁卡皮，还把沐可安娜强抢去！”慕流星双目赤红，随时会喷出火来，“还对她做禽兽不如的事情！他、他……”

“鲁卡皮是狄族人，和他交情不错。”斐旭在一边解说。

“所以在婚礼上抢了阿修巍巍的新娘？”明泉抱胸睨着他。

“我没有！”慕流星激动地跳起来，“虽然我是去了他的婚礼，可是我根本没见到沐可安娜！一切都是他设的陷阱！”

明泉想了想，道：“沐可安娜什么来历？”阿修巍巍这个人她虽然没见过，但能被称为阿修西达的继承人肯定不会因为感情就失去理智，得罪手握兵权的一州总兵。除非有更大的好处。

斐旭朝她赞赏一笑，“是雍州总督纪郾与狄族女子的私生女。”

“未得礼部核批，大宣四品以上官员不得与他族通婚，可有此律？”纤细的手指敲了敲茶几。

“有，”斐旭道，“但荣锦三年，他因元配早殇，膝下犹虚，所以递了述罪折子，恳求沐可安娜入纪家族谱。先皇罚了他半年俸禄，准了。”

“哦。纪郾的背景呢？”

“纪郾进士二甲传胪出身，”斐旭顿了下，缓缓道，“是高阳王的表娘舅。”

“子修哥哥的表娘舅？”明泉点了点头，“如此，朕明白了。慕流星，明天你就去刑部投案。”

慕流星急问：“那沐可安娜呢？”

“清官难断家务事。沐可安娜的婚事自有她父亲做主，你还是担心自己吧。”

“我不！”慕流星气冲冲地死瞪她，“你不救沐可安娜，我自己去！”

“慕流星，最好记住你的身份！”明泉也动了气，“顺便也记住朕的身份！”

“皇上！孟子说，老吾老，以及人之老；幼吾幼，以及人之幼。天下可运于掌。皇上身为天下人父母，难道要袖手旁观吗？”

“正因为朕是天下人父母，所以更要考虑到天下人的利益！沐可安娜无论如何已算阿修巍巍的新娘，难道要朕置天下安危于不顾，为她一人与整个狄族为敌，点燃两国战火，祸延无辜百姓不成！”

慕流星嘴唇剧烈抽动着，注视她的眼眸从明亮转为黯淡。

似乎连空气都感染了他的忧伤与愤怒，凝结而沉重。

斐旭叹了口气，拍拍他的肩膀，“流星，你该学着长大。”

“用朋友的鲜血吗？”他猛地甩开他的手，声嘶力竭地呐喊，“我不接受！”

明泉眼睁睁地看着他摔门而去，郁闷道：“他……居然敢摔朕的门？”

“是客栈的门，皇上。”斐旭下意识帮慕流星解释。

“普天之下，莫非王土。朕考虑在大宣律法中加一条‘不得摔门’，以正我大宣礼仪之邦美名。”

“皇上不如下令大宣境内从此废除门而改用窗。”

“取笑朕？斐帝师不怕朕拿慕流星开刀？”

“皇上是明君。”

“也是女子，”她认真地说，“度量有点狭小的女子。”

“我会劝他流亡别国。”

她若有所思地看着他，“你对他的关心非同寻常。忍气吞声、低声下气、刻意讨好……朕曾以为这样的词永远不会用在你身上。不过这几天为了慕流星，斐帝师破戒甚多。”

“世事难料，谁能保证永远？”

明泉步步紧逼，“朕是在好奇原因呢，斐帝师。”

斐旭露齿一笑，“因为他是我的弟弟……亲弟弟。”

“好理由。不过他明天还是得去刑部。”她脸上云淡风轻，心下却是暗潮汹涌，慕流星居然是斐旭的亲弟弟？！世事还真是难料。事情也更加棘手了，慕流星看来是非保不可！

“皇上胸有成竹？”

“走一步，看一步。”面对他的认真，她说得没心没肺。

从客栈出来，明泉见到安莲和阮汉宸都没走远，只是站在人群中，无聊地看着往来行人。

“我今晚要在这里住下。”她突然道。

斐旭一愣，“你明天上……上学怎么办？”难道她要罢朝？

“上学？你是朕的老师，你放朕休假便是。”见他仍是一脸阴郁，明泉莞尔道，“明天是休学日。”大宣每月上、中、下旬最后一天都可休朝一天。

“我怕主母担心。”皇上出宫非同小可，万一出了什么差错，就算他贵为帝师，也很难保住脑袋。

“放心，只要有朕一天，就有帝师的一天。”她轻轻抛下这句话，朝安莲他们走去。

斐旭眉头轻皱一下，目光深邃如潭渊，最后轻叹了口气，转身回客栈打点住宿事宜。

阮汉宸见明泉过来，精神立即一振。

“今晚不回去了，我们好好逛逛。”她兴致颇高。

如意开心地跳起来，“不用回去吗？太好了！”刚才安莲和阮汉宸都不肯离开客栈视线范围，可把他憋坏了。好不容易出来一次，他可不想什么都没玩就回那个豪华的牢房去。

看着他开心无伪的笑靥，明泉也一扫适才郁闷，跟在阮汉宸身后，慢慢融入汹涌的人潮。

明泉平日见惯了好东西，因此对于摊贩的叫卖只是远远地看着，偶有几件别致的，也只看看就放下了。倒是如意，一个劲地掏钱往怀里塞，嘴里还不停念叨着这个送给谁那个送给谁。

安莲与阮汉宸一前一后地护着明泉，不时拨开不小心挤过来的行人。

“那里在干什么？”她看到一道细火自人群中喷了出来。

“我知道，是杂耍艺人在喷火！”如意兴奋地钻进人群，三两下就不见了。

明泉也兴致盎然地擦着手掌，“过去看看。”

阮汉宸朝暗处打了几个眼色，周围立刻有几个人又站了过来，不着痕迹地将她和安莲圈在中心。

明泉才刚走到杂耍围观人群的外围，左边就响起一阵骚动。

她转头，正巧见到一拨人浪踉跄着朝她摔过来。

阮汉宸一闪身挡在她身前，安莲也将她护到身侧。

“怎么回事？”她踮脚，自阮汉宸肩上看去。暗中保护她的侍卫已将冲过来的人挡在前面，另外有群人正挥着拳头追在后面。

“哈，是地痞们打架呢。”如意不知何时又转了回来，饶有兴致地想钻到前面去，却被阮汉宸挡下。

四周人群开始无声息地散去，稀薄的空气顿时又充盈起来。

“京城常有这种事？”明泉皱眉。竟公然在天子脚下斗殴，简直视王法于无物。

安莲似乎看穿了她的想法，轻声道：“水至清则无鱼。”

明泉低头把他的话来回品了两遍，再抬头，场上又发生了变化。

那两帮人似乎也察觉到明泉身遭的侍卫，互相使着眼色，朝他们走来。

“这位兄弟，哪条道上的？”追在后头的那帮人中走出一个五大三粗的汉子，朝阮汉宸拱了拱手。

“路过的闲人。”阮汉宸对这种江湖味道浓厚的对话极不适应，硬邦邦地回道。

“那是兄弟挡你们的道了？”汉子口气不善。

“天下人走天下道，只有先走后走，哪有谁挡谁的？”斐旭爽朗的声音从人群中传来。

众人只觉眼前一花，一个全身裹在大氅里的男子已伫立在三队人马中间。

“这兄弟说话有意思。”汉子又朝他一拱手，“兄弟我是万马帮的铁老三，今儿个收拾几个不开眼的杂碎，要是哪里碍着各位，还请包涵！”

明泉见他长相虽不敢恭维，说话还有点分寸，对他不禁衍生出几分好感。

“铁老三，你一个人自说自唱倒唱得好听，不过好像忘了姑奶奶我还在这儿呢！”一个三十几岁徐娘半老的妇人自另一帮人马中跃出，玲珑有致的身材紧贴枣红衣裙，让在场众人大饱眼福。

“你不出声老子还真忘了你这号人！不过郭四娘，你不在白老二的床上翘屁股，来这里吹什么风啊！难道白老二那个病秧子满足不了你？！”铁老三的污言秽语立刻引得那帮子人大笑不已。

明泉眉头一皱，对他的印象立刻跌到谷底。

郭四娘气得浑身一颤，“铁老三你欺人太甚！姑奶奶今天不给你点颜色瞧瞧，你还不知道自己几斤几两重！”

“来啊！老子怕你不成！就怕你打不过老子就拿屁股来套老子的棍子！”铁老三一边笑一边把她从上到下看了个遍，似乎用眼睛把她脱了个光！

“你，你……”郭四娘猛地从腰际抽出根鞭子，在空中一甩，却又巧妙地避过了众人，“姑奶奶要你今天有来无回！”

“只要死在你肚皮上，无回就无回！”铁老三张狂大笑。

“铁老三，你今天的话似乎太多了。”尖尖细细的声音似乎是有气无力地飘在空中，随时都会被风驱散，但又确实传入在场每个人的耳中。

明泉自两帮人的吵骂声中一醒，发现四周除了他们三帮人马外，赶庙会的百姓早就走得精光，剩下那些不死心想再多赚一笔的小摊贩也搬得很远。

“我们也回去吧。”明泉压低嗓音道。

阮汉宸戒备地退到她身边。

斐旭留在原地，未动。

侍卫们慢慢收拢队形，将她紧紧包在中央。

“小姑娘身边的人身手都不错啊。”虚弱的声音再度响起，似乎又近了点。

“白老二，少装神弄鬼，老子今天敢动郭婊子，就不怕你来！”铁老三朝空中吼了一句。

阮汉宸突然看向福隆寺的方向。

一顶轿子正以不可思议的速度朝他们冲过来。

明泉注意到铁老三的脸色立刻变了，而郭四娘却是种似喜非喜，似悲非悲的矛盾表情。

正当所有人以为轿子要撞上他们的时候，却硬生生停住了。

两个长得一模一样侏儒从轿子后面转了出来，面无表情地看着前方。

铁老三结巴道："老二，你刚去过福隆寺？"

"是啊，大哥还托我向你问好呢。"风吹轿帘，动静间依稀可见一个灰衣男子坐在里面。

铁老三扑通一声跪在地上，痛哭道："老二，看在我们兄弟一场！你就原谅弟弟我吧！"他反手噼里啪啦给了自己十几个耳光，"都怪我鬼迷心窍，老大说你挑了万马帮的几处据点，我竟问也不问就信了！我后来知道错了，可惜老大他抓了我婆娘威胁我！我是真的没办法啊！老二，你有没有看到我那婆娘，她怎么样？没事吧？"

"她不是在你亲手把她送到老大床上的时候，就咬舌自杀了吗？"白老二幽幽道。

铁老三脸色剧变，"老二，你千万别听老大乱说！我怎么可能做这种禽兽不如的事情！"

"我不是听说的，我是看见的。"白老二喉咙发出沉沉的笑声，"因为那时候，我就站在窗外。亲眼看你把她的衣服剥光，把她推到老大下面。看老大在她身上发泄兽欲，看你站在旁边不住地淫笑……你当时在想什么，是不是在想四娘？"

"没有！那全是老大逼我的！我也不想的！"铁老三发疯似的大叫。

"你的老婆就是我们的五妹啊，没想到你居然也下得了手。我记得小时候，你可是最疼她的。"白老二叹了口气，语气软了下来，"有次老大打五妹，你还冲过去挡了不少拳头呢。"

"不是我干的，我没有！是老大，没错，都是老大！是他逼我的，是他逼我的……"铁老三的神智似乎陷入某种疯狂。

一只枯瘦的手从轿子里慢慢伸出，紧接着是头，最后是身子。

他站直的时候，比轿子还高出一个半头，消瘦的身材仿佛随时都会被风刮走。他的脸很白，不是安莲的光泽丰润，而是一种病态的苍青，细长的眼睛深凹在眼窝里，嘴唇薄得像两条线。

明泉即使站在安莲和阮汉宸中间，依旧觉得一股寒气逼了过来。

"老三。"白老二悲悯地弯下身子，手轻轻覆在他头上。

铁老三身子一震，随即抓狂似的咬着自己的手臂，"都是我，都是我！是我害死小五的，是我害死小五的！"

白老二摸着他的头，"你是该向她道歉的。"干瘦的手突然用力抓着他的头一转，手背青筋骤起。

铁老三两眼一凸，头软软地垂了下去。

"你……"郭四娘上前一步，刚好看到铁老三抓在手里死也没放的银针。

"四娘，我们无路可退了。"白老二吃力地站起身，接过侏儒递来的巾帕，在手上轻轻地擦着。

郭四娘低下头，沉默地看着铁老三的尸体。

"各位有没有兴趣和在下喝一杯茶呢？"白老二转向他们，眼睛却看着明泉。

斐旭摇头，"不行。"

郭四娘抬起头，怒气似乎随时能从眼睛里喷射出来。

"一杯怎么够？好歹也得多喝几杯。"斐旭粲然一笑。

街边还有几个支起的空棚子，白老二缩着脑袋钻了进去。他似乎很怕冷，郭四娘从手下那里剥了件衣服披在他身上。

万马帮众平静地抬起铁老三的尸体，然后朝白老二的方向恭敬地磕了几个头，快步离去。

明泉被他们的举动搞得糊涂不已。按道理说，他们不是该为自己的老大报仇才对吗？

郭四娘的手下和白老二的两个侏儒都留在棚子外面围成个圈子，让外面的人难以窥视。大内侍卫在阮汉宸的示意下再次隐身不远处。

"你们是不是有很多问题想问我？"白老二从炉灶边的架子上找出一个茶壶。大约主人走得急，里面还有半温的茶水。他拎着茶壶替自己倒了碗水，但手在半空抖得厉害，一半的水都溅到了桌上。

斐旭摇摇头，"我们只是来喝茶的。"

白老二薄如刀锋的嘴唇往上掀了掀，似是在笑，"可是我却有事想请你们帮忙。"

斐旭接过茶壶，仰头喝了一大口，喘过口气道："我们很少做亏本买卖。"

白老二的嘴角又是一掀，笑声从胸腔低沉地发出，"年轻人，有意思。"

阮汉宸护着明泉和安莲坐在另一桌，郭四娘任陪客，不过她的目光从未自白老二身上移开。

"你们在归来客栈的时候被人盯上了。"白老二接过茶壶，也学着他喝了一口，咳嗽数声道，"他们似乎把你们当成初到京城的冤大头。"

"那白先生呢？"

白老二放下茶壶，手指分别在斐旭、阮汉宸、安莲的方向顿了下，"你、你、你，若分开见到你们三人，也许我还不会怀疑，而现下，却可以肯定她的身份。"手指最终停在明泉前。

阮汉宸肌肉一绷。

郭四娘朝明泉投去好奇的一瞥。

"二十年前，京城突然来了五个武功高强的高手，各自开帮创派。欧阳老大的神风旗，白老二的拳头，铁老三的万马帮，郭四娘的红缨会，小五的天下有家。对外，却统称为五分热血堂。"斐旭慢条斯理道，"五人同心，其利断金，虽然他们不是天下第一的高手，却没人敢惹他们，因为除非能同时杀死五个人，不然这辈子都将在另外四人的追杀中度过余生。"

瓷器碎裂声。

却是郭四娘硬生生将碗抓破了。

"你错了，"白老二苦笑一声，"这世界上能杀他们的人还有很多。"

明泉等人已被他们的故事吸引，屏息等他接着说下去。

白老二也不负众望，继续道："至少当时，他们五个人加起来，都接不住罗镜的一招。"

明泉见阮汉宸和斐旭脸色同时一变，问道："罗镜是谁？"

"当年的天下第一高手。"阮汉宸油然神往。

"以你现在的武功，就算罗镜也不能在百招内让你落下风。"斐旭道。

白老二点头，"不错，不但不会落下风，百招内我甚至可以稳占上风！"

比天下第一高手还厉害的人叫什么？叫新天下第一高手……

明泉脑中生出这个奇怪想法。

"那次的溃败让我不顾一切地离开京城，抛弃曾经出生入死的兄弟，去寻找所谓的绝世高手。直到有一天，我终于找到了。"

"你找到的是……噬魔吴霜？"

白老二讶异地看他，"不愧是帝师，果然学识渊博。"

郭四娘一惊，若有所思地看着明泉。

斐旭古怪地笑道："你是不是告诉他为什么要学武功？"

"是。"

"你是不是在他面前说了很多罗镜的坏话。"

白老二脸颊微红，迟疑了下道："不错。"

"怪不得。"斐旭摇头，"怪不得他会传你容易走火入魔的噬心术。"

郭四娘拍桌而起，"你这是什么意思？"

"这件事江湖鲜有人知，不巧我就是其中一个。"斐旭同情地看着白老二，"其实，罗镜和吴霜是一对恋人。"

白老二脸色骤变。

郭四娘失声喊道："什么？！"

白老二呆了半晌，突叫道："怪不得怪不得……"怪不得每次他说罗镜的坏话后，师父就会让他变本加厉练功。原来不是督促他早日打败罗镜，而是在惩罚他侮辱他的情人。

"那你有没有办法救……？"郭四娘眼中燃起了一线希望。

"没有。"斐旭耸肩，"噬心术是伤己一千，歼敌五百的赔本武功，已经很久没有人学了。"

白老二慢慢平静下来，"也许这就是天意。"

郭四娘颓然跌在凳子上，两眼麻木地望着桌上瓷碗碎片，似乎周遭的一切都与她无关了。

"四娘，"白老二轻唤她一声，叹了口气，"我唯一不放心的，就是她了。自从我学艺归来后，和老大老三的关系日趋恶劣，只有四娘站在我这边。现在老三已死，我和老大正面交锋的日子只怕不远。若我们死后，剩四娘一人，我担心昔日仇家都会找上门来，所以……"

"江湖中事，我们不便插手。"阮汉宸接口道。

"我会劝她归隐，只希望能寻求一处托庇罢了。"白老二眼睛紧盯斐旭。

输了一次就千方百计要赢回来的男子，该有一颗多么高傲的自尊心。但此刻，他却为了一个女人恳求一个第一次见面的陌生人。

明泉觉得心里似乎有一块地方软了下来，“若她愿意，我可以派人护送她去北边边境。”冯颖进宫后，镇北国公府的人应该会看在她的面子上，给郭四娘一片净土。

白老二眉头一舒，感激道：“谢了。”

斐旭伸了个懒腰，“说着说着，天色也不早了，该回去了。”

白老二含笑抱拳，“无论生死，这份情我都会记得。”

若她没做到，他岂非做鬼也不放过她？明泉觉得自己好像背了个大麻烦。

阮汉宸走到门外突然回头，“你后来有没有找到罗镜？”

白老二怅然叹气，“没有。百招之后，我必输无疑。”一百招，是他的极限。

回到客栈，掌柜正愁眉苦脸地蹲在门口等他们。

斐旭好奇道：“不会客满要赶我们出去吧？”现在京城客栈都住满了提前赴京准备科举的学子，这时候被赶出去，就很难找到地方住。

掌柜连忙摆手，“不是不是，是白二爷有东西交给你们。”

什么东西让他这么惊慌失措，眼巴巴地等在门口？明泉他们好奇地走进去，见大堂中央横七竖八地捆着一群大汉，正是今晚客栈里几个光膀子的汉子。

“这大概就是当我们冤大头的家伙了。”明泉有趣地看着他们在地上不安扭动。

如意刚才憋了一路，现在正好送上几脚解解气，“踢死你们这群不长眼的杂坯坯！”

掌柜赔笑道：“不知道客官想把他们怎么办？”丢了扔了卖了都好，就是别放在这里妨碍他们做生意啊。

“送官吧。”明泉打了个哈欠。

店小二收到斐旭的眼色，立刻识相地在前面带路，“姑娘这边请。”

等明泉走远了，斐旭对阮汉宸说，“放了吧。”

“你又想抗命？”

“出门在外，动静越小越好。”斐旭私心想让皇上出宫过夜之事越少人知道越好。

阮汉宸想了想，看向安莲。怎么看曾是右相的安莲都比不按牌理出牌的帝师可靠。

安莲微笑颔首。

托福于白老二的清扫，明泉等人一睡至天明。

简单洗漱后，她趴在客栈二楼雅座的栏杆上有趣地看着楼下的喧闹。鱼肚白般的清晨将曦光照在熙熙攘攘的街道上，路人行色匆忙，彼此擦肩而过。货郎们挑着扁担四下寻找人多的地方。

客栈对面有家摊贩正在摆弄早点，见有客人坐下立刻捧上暖烘烘的热汤，偶尔目光相触，便咧嘴一笑，仿佛多年老友。

她瞧得兴起，转身跑到楼下。刚巧安莲也从楼上下来，清朗的眼眸找不出一丝初早的朦胧。

“走，陪我用早膳。”她大步走到摊子上坐下。

摊主照旧捧了碗热汤放在她面前，氤氲的白烟将她周身都熏得暖洋洋的。

安莲坐到她右侧，面朝着街道，吸引了不少人的目光，每个路人经过时都下意识地放慢了脚步。

不一会儿，这摊上的生意便热闹起来。

明泉要了两张大饼，两根油条，两碗豆浆，正好奇地学别人将油条裹在大饼里，尝了一口，“好吃！”她朝摊主翘起大拇指。

摊主憨厚地笑笑，又赶紧给下一个客人端去热汤。

“返璞归真大概就是这个感觉。”她满足地喝了一大口豆浆。

安莲将油条掰成几块，然后放在她碗里。

“这样能吃吗？”她怀疑地看着豆浆上漂浮的油腻。

安莲拿起筷子，从她碗里夹了一块油条放进嘴巴，然后鼓励地笑笑，“我以前见府里的人吃过，还不错。”

明泉将信将疑地吃了一口，眼睛顿时一亮，朝摊主喊道：“再来两根油条，一碗豆浆。要快哦！”

摊子里的客人都发出善意的笑声。

“好咧！”摊主欢快地答应着。

她三两口把油条塞到嘴巴里，一脸满足地咀嚼着。安莲帮她把大饼也撕碎了放进豆浆里。

“两位应该就是白二爷的客人吧。”一柄扇子轻轻在他们的桌子上一敲。

明泉不悦转头，映入眼帘的是一个二十左右的颀长青年，尖尖的瓜子脸，漂亮的丹凤眼，虽比不上安莲的倾国倾城，却已是难得一见的美人。

连杯茶都没喝上呢，算什么客人。心里如是想，明泉嘴上却道：“不错，有何见教？”

“没什么，只是见到两位这般神仙人物，心生仰慕，厚着脸皮来结识一番罢了。”青年自顾说话地坐了下来，“在下欧阳成器，不知两位高姓大名？”

“欧阳成器？”这名字似乎在哪里听过……明泉脑海中慢慢浮现出一张三角眼，大鼻头的脸孔，“欧阳御史的长公子欧阳成器？！”

欧阳成器受宠若惊地点头，“姑娘认识我？”

她瞪着眼前这张花容月貌，冷冷道：“不认识。”若不是出宫，她也许终其一生都不会将画像上长得不堪入目的欧阳成器与眼前这个翩翩公子联系在一起。

欧阳成器试探道：“姑娘似乎对我有些误会？”

“初次见面，何从误会起呢？”明泉笑问。

“说得也是，”他眼中却犹是怀疑，“两位第一次来京城？”

“不错，想看看天子脚下冠盖满京华的京城，也好开开眼界。”她接过摊主递来的豆浆油条，旁若无人地大吃起来。

“可惜我也是今年才随父来京，不然真想一尽地主之谊。”欧阳成器的父亲原是外放巡抚，荣锦十二年五月才由吏部考绩擢升回京任御史，“不过听两位口音，却比土生土长的京城人士还正宗呢。”

“我们家乡平沪。”安莲道。平沪位于京城南三百里，口音相差无几。

欧阳成器从小对容貌自视甚高，见了安莲才知何谓人外有人，不无嫉妒道：“这位公子容貌俊秀乃我生平仅见，今日有幸相交，实属大幸。”

“我吃饱了。”明泉拍拍袖子站起身，“欧阳公子的结识不如到此为止？”

欧阳成器心中气闷，从小到大，他第一次遇到女子不将他放在眼里，“姑娘还未告知芳名？”

明泉挽起安莲的手臂，“问我夫君啊。”

欧阳成器一愣，尴尬道：“原来是贤伉俪……”怪不得明泉从头到尾对他态度冷淡，心中释然。

“欧阳公子有话不如直说。”安莲抬眸见斐旭已将马车准备好，正在客栈门口饶有兴致地看着他们发笑。如意几次想冲过来，都被他拉住了。

“在下有位叔父，姓欧阳名季川，想要见见各位。”他不再拐弯抹角套交情，直截了当道。

明泉和安莲对视一眼，“你的叔父就是欧阳老大？”

他一来就称他们为白二爷的朋友，明显是认识白二爷。而欧阳老大是唯一一个姓欧阳且与白老二关系密切的人。

“正是。”

明泉“哦”了一声，然后冷冷道：“没空。”

安莲向如意招了招手。

如意立刻如脱缰野马般冲了过来，“喂，多少钱？”

“三个铜板。”摊主笑着接过钱，朝他们道，“有空常来啊。”

斐旭这才知道如意拼命跑过去的原因，不禁摸了摸鼻子。差点忘记以那两位的身份都不可能有出门自己带钱的习惯。

欧阳成器见他们要走，下意识地伸手臂一拦。

明泉急停步，看他的目光更寒几分，“欧阳公子还有事？”

欧阳成器明显感到四周袭来无数敌意，马上放下手臂道：“我只是想请姑娘再考虑考虑，我叔父会在福隆寺恭候大驾。”看出他们身份不凡，他说话更为客气。

“寺庙乃清净地，沾染太多俗气佛祖会不高兴的。”明泉开玩笑地扔下这句话，便头也不回地走向斐旭他们。

斐旭掀起帘布扶她进去，小声抱怨道：“有好吃的也不叫我。”

阮汉宸道：“斐帝师不是看着皇上和安大人出去的吗？”声音控制得刚好够明泉和安莲听到。

斐旭厚脸皮道：“桌子太小，我怕坐不下啊。”

“慕流星应该到刑部了吧。”明泉迸出句风马牛不相及的话。

斐旭识相地闭上嘴巴。当弟弟的命捏在别人手里时，自己还是夹着尾巴做人比较好。

明泉前脚踏进乾坤殿，严实后脚禀报刑部侍郎卢睿山求见。

“宣。”多半是为慕流星的事情，想不到他动作挺快。

卢睿山是个五十几岁的小老头，风评一般，对她的态度不冷不热。

“臣刑部侍郎卢睿山叩见皇上，吾皇万岁万岁万万岁。”

“平身，听闻前几日卢卿身体欠安，如今可好些了？”明泉手里翻着今日上奏的折子，虽是休朝日，但奏折还是照常呈递。

“谢皇上关心，微臣已无大碍。”其实卢睿山在心里对这个女皇帝还是颇有微词的，毕竟江山大事全由一个养在深宫的女子做主，对天下男子来说，不啻有些讽刺。

“卿有何事启奏？”

卢睿山从袖子里拿出个奏折，双手高举过头，“今早雍州总兵慕流星来刑部投案，其中详情，臣已记录在奏折里，请皇上过目。”

严实接过他的折子递给明泉。

她随意地浏览几眼，发现其中还有雍州总督和守备的上告，“雍州守备如今何在？”

“在驿站。”

“未得宣诏，地方官私自上京该当何罪？”

卢睿山道：“张康泰手中有高阳王手书。”在他心目中，对同是嫡亲皇室出身的尚清更有好感。

“因此张康泰不但无罪反而有功，是不是？”明泉问道。

卢睿山虽觉得不对，却又不想承认，只僵着脸不说话。

“朕问你，为何每朝每代每个皇帝都会开设刑部？”

“遵以法典，修以德行，正天下歪风……”

“你错了。”明泉摇头，“刑部浅显地说，就是判罚一切违背法典之人事。而法典的目的只有一个，就是维护皇权！孟子说老吾老，以及人之老；幼吾幼，以及人之幼。为的也是让天下运于帝王之股掌，让帝王高枕无忧。水可载舟，亦可覆舟！唯有国泰民安，朕的皇位才能坐安稳。民若告官，需受铁火之刑，为何？为的是让官凌驾于百姓之上，为的是让百姓安分守己。若民间有未经官府登记的自营团体超过一千人就必须剿灭，为何？为的是防止谋逆！现在由你来告诉朕，为何地方官未得宣诏不得私自进京？”

“臣、臣……”卢睿山擦了擦额头上的冷汗，他从未想过这位年纪轻轻的女帝竟有如此犀利的口才。

明泉喝了口茶，心中冷笑不已。卢睿山以为她真是任人愚弄的软柿子么？她对连镌久和颜悦色是因为他狡猾归狡猾，却的确是大宣第一能吏。她对杨焕之听之任之，是因为他虽言语失当，但心却是向着她，向着朝廷的。

若他以为他也能爬到她头上撒野的话，她会让他得到一个永生难忘的结果。

“张康泰的事朕先不提，且说慕流星，依卿之见，该如何处置？”她稍稍对他松了松。

“依臣之见，应现将知情之人召入京城，毕竟事关重大，涉及两国邦交。”他舔了舔嘴唇，“其实张康泰就是知情之人。”

还不死心么？明泉手指在桌上一顿，心中已起杀机。

她知道朝中对她当皇帝的不满呼声从未止息，不过经过平安之乱，他们学会自保，都由

明转暗。卢睿山是他们的领头羊之一，杀了正好敲醒那些冥顽不灵的脑袋，让他们意识到谁才是这片江山的主宰。

但另一方面，她又怕弄巧成拙，毕竟平安之乱的余波未过，只怕这一动又牵扯出更大的风波来。

“卢卿，”她叹了口气，眼中满是惋惜，“朕今日之话，你回去好好想想，等想通了，再回来吧。”卢睿山既然将尚清手书看得和圣旨一样重要，她自然不能将慕流星的案子交到他手里。

卢睿山浑身一震。似乎没想到一向心慈手软的女帝居然会罢他的官，若他知道自己其实已从鬼门关里转了一趟，恐怕会更震惊。

“臣遵旨。”他缓缓将顶上官帽双手捧起，放在地上，然后转身拂袖而去。

明泉看着他决然的背影双手握成拳头，居然背对皇帝而去，实在嚣张至极。

她想了想道：“擢沈南风为刑部侍郎，全权审理慕流星一案！”

严实垂头应道：“遵旨！”

即使不理朝政，他也能隐约感觉到这位少女皇帝似乎忍不住要开始反击了。

明泉拿起奏章，正准备继续批阅，胃里却一阵翻绞，恶心的感觉直冲喉咙，“呕……”她头一歪，吐出一堆秽物。

严实脸色大变，一边递茶水，一边朝外嚷道：“快宣御医！”

“皇上大概空腹食用油腻物，才会感到恶心。让臣开两服止吐的方子调理一下就好。”御医犹豫了下，又道，“皇上自上次晕厥后，身体仍很虚弱，因此还请皇上事事宽心，切莫太过操劳。”

明泉躺在软榻上摆手，“朕省得。”

“微臣告退。”御医走到外屋开方子去了。

严实低声道：“回皇上，常太妃、徐太妃、马太妃、古太妃求见。”

四大太妃都到齐了，上次昏倒也没来这么齐。

自从金伯雨出现后，她和常太妃一直处于冷战。常太妃不再炖补品给她，她也再未进清惠宫一步。

也难怪，常太妃与她表面上亲如母女，她上次的作为的确是给她一个大大的难堪，沦为后宫笑柄。不过常太妃似乎忘了，在后宫这种地方，连亲生母女都可以互相陷害，更何况她们还不是亲生母女。

她自小就知道常太妃对她一切的好都是为了讨好父皇，只是那时的她也急需一个能时刻关心她，照顾她的臂膀遮去后宫风雨。平心而论，她们更像战友，而非母女。只是这么多年来，大家都心照不宣地维持着表面上和谐的关系，却终究因一个外人打破了平衡。

明泉扶着脑袋，“说朕睡了。”

“是。”严实将内室与外室之间的帘子放下，蹑手蹑脚地走了出去。

明泉躺在榻上将朝中各事想了一会儿，便觉得困意渐浓，慢慢进入梦乡。

不知躺了多久，她被门外咚的一声惊醒，沙哑着声音问道：“什么事？”

严实小跑着进来，“是一个轮班的小太监睡着时撞到了门，奴才已让他领罚去了。”

明泉点点头，“什么时辰了？”

“未时三刻。”

“嗯，该起了。”

严实急忙唤人伺候洗漱，自己跑到外面搬了个花样精致的碧绿小瓮进来，“皇上，刚才安侍臣大人来过，留了瓮新腌梅子给您，说是能止吐。”

明泉脸色顿时多几分喜色，“搁到床头吧，朕吃着也方便些。”她想了想又道，“他还说什么没有？”

严实道：“安侍臣大人只说了梅子能止吐。”

“以后叫安大人即可，不用加侍臣二字了。”她穿戴整齐，朝外走去，走了一半又急急跑回来，“他只说了能止吐？”

严实老实答道：“只说了这一句。”

明泉脸色晴转多云，喃喃道：“他不会误会了吧？”

严实站在一旁，不敢多嘴。

“对了，上次朕让你打听卖花的地方，可有消息？”原本是想逛庙会的时候让安莲看看有没有满意的，却又被什么五分热血堂给搅黄了，现在正好找些不俗的梅花送他作回礼。

“奴才听说京城有个梅痴，对梅花极有研究，种了不少稀有品种。”

“替朕把他所有的梅花全买下来。”

“遵旨。”

相比前阵子的噩耗连连，这几日总算是拨云见日。

沈南风窝在翰林院时就遍阅典籍，等待有朝一日派上大用，加上经过几天接触，阿修巍巍和他也算有点交情，因此稳住狄族的任务虽然棘手，他还是办得有声有色，滴水不漏。

斐旭稳坐钓鱼台，沉寂到了无声息，她已好几天不见他人影了。表面是体现了对她十足的信任，实际上是闲得让她眼红。

安凤坡的弹劾折子终于送到，她只看了一眼便批了个准字。安家两大继承人进宫对她只好不坏。至少以后不用忌讳他们在外面搞鬼，阳奉阴违。彼此既成了一条绳子上的蚂蚱，安家的势力和人脉自然能全权为她所用。她只要小心不让他们做大，弄得外戚专权便是。

杨焕之又上奏请皇上择日举行选秀最后的御笔亲点。因为名额稀寡，所以不用大张旗鼓。

明泉想了想，将欧阳成器复选进最后选秀名册。

她倒很想看看，他到底能欺君到何种地步。

又过了一日，严实哭丧着脸回奏，他前后派了五拨人去游说，但梅痴死都不肯出售梅花，最后一次还泼了对方一身的脏水。

“果然有几分梅花的傲骨。”她也没指望他能痛快割爱，“把那件灰衣裳拿出来，朕亲自去会会他。”

严实犹豫道：“晌午常太妃曾遣了张公公过来请皇上用晚膳。”

明泉瞥他一眼，“你怎么回的？”

“皇上正与杨大人议事。”

“嗯，”她沉吟了下，“去把杨卿传到乾坤殿，记得，好茶好吃伺候，别饿着他。”

严实领了命，叫门前小太监去拿衣裳，自己朝佐政殿走去。

明泉满意地点点头。严实虽不如崔成机灵，但分得清轻重，也是可造之材。

杨焕之被宣进乾坤殿后，殿前殿后立刻门窗紧闭，连门前都多了两个侍卫把守。

约一炷香后，顺乾门外，一个灰衣少女钻进一辆半旧马车朝城外驶去。

梅痴住在城郊，马车足足走了半个多时辰才到。

马车里，明泉被晃得腰酸背痛，浑身无力。自她出生以来从未受过这等活罪。郊外小道崎岖凹凸，这样的小马车在路上颠簸起来，真正要人性命。

阮汉宸连忙掀开帘布，搀了她出来。

明泉伸展着手臂，目光朝四周打量一番，最后才盯着路边幽静别致的翠竹居，“风光旖旎，山水如画，能住在这里，的确是一大乐事。”她从袖中拿出一张名帖给他。

阮汉宸双手接过，走到屋前敲门。

门虚掩，应声而开。

笑语欢言隐约自门里传来，不时夹杂碗盆的敲击声。

“半掩门扉，高谈纵笑，”明泉不避嫌地推门而入，“可见主人乃爽直好客之人。”

一个长衫羽冠的中年秀士从里面匆匆出来，见了她，神情一愣，问道：“姑娘找谁？”

明泉笑道：“你。”

“在下与你素昧平生……”他疑惑地看着她。按理说，这样气度容貌的女子无论在何处看到也会令人过目不忘。

“却神交已久，随波先生。”她嫣然一笑。

沐随波恍然地拱了拱手，向里一指，“我社正聚诗舍下，姑娘若不嫌弃，请小酌几杯。”

明泉学他拱手，然后率先走了进去。

阮汉宸寸步不离身后。

竹屋外面看着不大，里面实是别有洞天。越过中堂，眼前豁然开朗，一个能容纳百人的园子赫然呈现，千百苍竹映翠，交错掩照新土，空气里俱是勃勃生机。

七八个书生围着炉子盘坐地上，身边散放着几盘瓜果，相互交谈甚欢。其中更以锦衫玉冠、方额悬鼻的锦衫青年和绯衣褐发、笑容冶艳的少年最为引人瞩目。

沐随波随后赶至，咳嗽一声，将他们的目光引了过来，一指明泉，想作介绍，却又想起自己对她仍一无所知，只好张大眼睛看着她。

明泉笑着一拱手，“小姓谢，名染天，陪家兄来京赴考，短短数日已听闻贵社事迹不下百次，心向往之，不请自来，还请各位海涵。”

她一个妙龄女子却学男子口气说话，看得众人皆觉十分有趣。何况明泉长得明眸皓齿，举止气度不凡，可见是名门大家出身，因此众人虽觉得怪异，未作深想。

倒是一个三十左右的瘦小男子不阴不阳地问道：“我墨莲社举办诗会向不邀请社外之人，敢问姑娘如何得知？”

居然是墨莲社？明泉感叹一声。果然是踏破铁鞋无觅处，得来全不费功夫。

“有心人自然有有心人的办法。”她昂首阔步走到沐随波适才空出的位置坐下，“何况爱莲之心，人皆有之，兄台又何必拒人于千里之外呢？”

沐随波赶紧打圆场道：“四海皆兄弟，谢姑娘既然远道而来，沐某自当尽地主之谊。”

坐在明泉身边的正是锦衫青年。他帮她倒了杯水，含笑道：“青山深处，以泉代酒，姑娘请用。”

“难得见孟二少爷献殷勤啊。”瘦小男子似笑非笑地看着他。

“春心一如此，情来不自限。”青年偷瞄明泉一眼，见她没任何反应，复又朗声笑道，“菊节兄莫岔开话题，适才轮到你，快快接句！”

明泉的文学造诣如人饮水，冷暖自知。见他们正在行酒令，便有些懊悔选了这个时辰过来。

“谢姑娘乃随兄进京赶考，想必学识不凡，不如一同加入。”张菊节睨着她笑。

明泉被他的目光惹得冷笑一声，当下道：“愿聆听兄台佳句。”

青年抚掌笑道：“妙极，还是请菊节兄开始吧。”

其他人也连忙起哄。

张菊节暗骂青年多事，脸上不动声色，吟道：“独爱青山绕百川。”

青年笑问：“古来只闻百川绕山丘，何曾听过一座青山绕百川……这可不比万里长城还要曲折绵长？”

明泉顿时放下心来，他的诗词造诣还不如她呢。

“孟子檀！你找茬是不是？！”张菊节噌地站起来，指着他的鼻子怒吼！

孟子檀无辜地摊开手，“就事论事而已。”

“当初我要加入墨莲社你便百般阻挠，如今好不容易社主同意了，你心里不爽快，便变着法儿来拿我出气！”张菊节气得嘴巴发抖，“我张家虽比不上孟家显赫，却也不是任人搓捏的泥丸！”

“张兄言重了，”沐随波连忙和几个人一起劝着他，“子檀只是玩笑而已，他这人平素如此，你莫要介怀。”

孟子檀？明泉发现冥冥中似乎有一双无形的手将她的命运不断朝前推动。

安莲、跋羽煌、欧阳成器、孟子檀……若回去路上她再遇到冯颖和安凤坡也不会奇怪了。

孟子檀似嫌不够热闹，又插了一句：“墨莲社本就以才华见高下，菊节兄文章之狗屁不通举京皆知，区区秀才就考了十三年，真是为天下学子竖立了好学不倦的典范！”

张菊节满脸通红地跳叫起来，“你你你……不过就是送去给皇帝暖床的娈宠！有什么资格来说我！”

孟子檀脸色顿时变了，咬牙道：“你再说一遍试试！”

沐随波知道孟子檀武功高强，怕他闹出事来，急忙和几个人一起把张菊节拉了出去。

明泉假咳一声，低头看着杯里晃动的涟漪。

“谢姑娘见笑了。”孟子檀低声道。

“无妨。”明泉笑得有些尴尬。听起来，她算是这件事的罪魁祸首。

经过这么一闹，众人有再好的兴致也被破坏殆尽。

绯衣少年笑道：“孟子乃圣人也！想不到也会发火？”

“此孟子非彼孟子，”孟子檀挥起拳头，“我不但会发火，还会打人。”

“真是可怕啊。”绯衣少年站起身拍拍衣裳，朝明泉挥挥手，“如春日晴湖般美丽的谢姑娘，我先走了，记得小心孟子哦！坐怀不乱的是柳下惠，不是圣人。”

孟子檀恶狠狠地抬起眸子。

绯衣少年却招呼着其他人先走了。

阮汉宸警戒地瞪着孟子檀的背影，仿佛随时能烧出个大洞。

“谢姑娘落脚何处，不如我送你回去？”孟子檀似乎又变回了初时那个风度翩翩的佳公子。

“我尚有事找沐先生，孟公子先请。”她微笑道。心里却想，若他知道她就是那个让他变成娈宠的皇帝，只怕宁可当鳏夫也要把她杀了。

孟子檀眼眸一黯，“如此也好，我先告辞了。”

他的背影衬着满园苍碧相形失色，平添一抹孤独的灰色。

明泉暗忖，他是不是误会了什么？不过无妨，他与她的生命交集将从这刻终止。她虽然无权将安莲放还右相，却还是能够把他刷出选秀名单的。

那座宫殿里蕴藏着足够多的幽怨和憎恨，无须再添一笔徒惹烦恼。

“主子？”阮汉宸见沐随波走了过来，而她还一动不动地陷入思绪，不禁轻唤道。

“嗯？”她抬头，向沐随波露出灿烂的笑容，“沐先生，冒昧来访，带来诸多不便，请先生见谅。”

沐随波虽是心里存疑，却礼数周到地回礼，“谢姑娘多虑，他们素来言语无忌，千万不要放在心上。”

不放心上才怪。就凭菊节的诗，就算侥幸进了殿试，她也第一个把他刷下来。可惜他光考秀才就考了十三年，估计在她有生之年，都没这个机会。

“先生大量。”她故作犹疑了下，方道，“其实今日前来，尚有一事相求先生。”

沐随波眼珠子一转，笑道：“只要不碰我那命根子似的梅花，一切好谈。”不怪他如此作想，委实这几天买花的人比往年加起来都要多。

明泉讪笑道：“还真是要碰您的命根子。”

沐随波神情一变，拂袖道：“在下视姑娘为客人，想不到姑娘却居心叵测！”

“你可以不把我当客人。”明泉从怀里掏出一个镶金白玉牌，“当主子即可。”

沐随波迟疑地将牌子左右翻转了下，脸色顿时刷白，喃喃道：“如朕亲临？”

阮汉宸低喝：“大胆！”

沐随波当即跪下，恭敬道：“吾皇万岁万岁万万岁。”

“朕知你爱花如命，所以特擢升你为宫廷……养花管事，官居从八品，如何？”这已与国子监典簿同级，算破格提升。

沐随波一震后，徐徐道：“草民生性散漫，资质愚钝，怕有负圣恩，还请皇上另请高明。”他言辞间颇有慷慨就义的味道。

明泉早有所料地点头，“也罢，朕见了这园子就想到你会拒绝。”离群而独与竹伴、惜梅而重逾生命，这样的人又岂会卑颜屈膝，为青紫折腰。

沐随波暗松了口气，对这个女帝多几分好感，“谢皇上。”

“不过这梅花朕却只能请你割爱了。”她低下头，正好迎上他殷殷恳求的眸子。

“草民遵旨。”他怅然一叹，没想到自己平素爱梅的名声竟会引来皇帝的垂涎。

“那朕明日派人来取花。”她眉眼俱染兴奋，“不过此事，还请沐先生遮掩一二。”

“草民省得。”

她满意道：“先生赠梅之情朕无以为报，只好略备俗礼，万望先生到时莫要拒绝。”

沐随波木然地点点头。谁敢拒绝皇上的赏赐？

“在下谢染天，先生千万别忘了。”她忍不住再次提醒道。

为了选秀，京城已是满城风雨，她不想再节外生枝。

明泉依旧从顺乾门回宫。

到了乾坤殿已是戌时，可怜杨焕之还一直留在殿内，不敢稍离。见她回来才松了口气，顿时感到腹鸣如鼓。

明泉想起宫里的规矩，只有皇帝和二品以上的妃嫔才有权留膳。杨焕之又不爱吃那些点心，想必是真的饿慌了，连忙传膳。

幸好膳食早已准备，明泉和他匆匆吃过后，就思忖着怎么开口把孟子檀自选秀中删了去。毕竟斐旭当时曾将他与安凤坡相提并论，可见其重要性。

“皇上有心事？”杨焕之在乾坤殿整整提心吊胆了一日，因此看上去颇为憔悴。

明泉想了想道：“朕考虑了下，既然欧阳成器重新入选，就该将一人删去才是。”

杨焕之试探道：“皇上出宫，可是遇到了什么人？”

不愧是在宦海摸爬滚打几十年的老手，一语道破心事。

“不错，朕见到了孟子檀。”

杨焕之“哦”了一声，“孟老将军的两位公子臣见过，俱是一表人才。”

言下之意是不赞同了。

明泉道：“杨卿觉得孟子檀比之其兄如何？”

“孟子桥洞幽察微，常能举一反三，自小便有神童之称。而立之年已官居从一品，在我朝，除安莲外，无人能比。”

“安凤坡也不能比？”

“孟老将军从武，孟子桥从文。”他点到即止。

在宣朝文臣武官虽不是水火不容，却也泾渭分明，从不互涉。孟子桥能有今天，孟猛能

提供的帮助甚微。而安凤坡不同，前有安老相爷，后有安莲，又不同于遍地皇亲国戚的京城，他的"平"步青云来得太易，自然，失得也快。

"所以孟子檀不如其兄？"

"这倒也不是。"要一个外人去评论点头之交的两位公子的确有些为难杨焕之，"臣听闻孟子檀无心仕途，反倒更喜欢闯荡江湖，自由自在。"

"这就是了。"明泉听他终于把话绕到点子上，赶紧接过来道，"孟子檀武功高强，就算将他困入深宫，只怕也只得一时。与其到时候让朕和孟老将军一起头疼，倒不如做个顺水人情，任他海阔天空飞翔吧。"

能够随心所欲的确是件极不容易的事，她能做的，也仅是如此了。

杨焕之自是无可无不可。

其实明泉错把斐旭的想法安他身上了。对他来说，选秀不过是遵祖制，尽其职。至于明泉喜欢谁想选谁都与他无关。

但是她的一番话让他稍微察觉出这位少女皇帝内心世界对自由的渴慕。孟子檀在她心目中大概是一个同病相怜、身不由己的难友，所以才会破例相助。

翌日。

明泉坐在朝上右眼闪跳不停，似是预警着什么。

看堂下文武百官也是低眉顺眼，噤若寒蝉。

"有事启奏，无事退朝。"

严实尖锐的嗓音突兀地回荡在大殿上空，如石投大海，顷刻消弭于空旷。

明泉一手搁在扶手上，一手有节奏地轻敲龙垫，清亮的眸子自众人头顶一一掠过。

杨焕之动了下，似要出列。连镌久微微侧过身，手肘正巧挡住他半个身子。

明泉右眉一挑，对着连镌久目露询问。

后者若无其事地垂下头，依旧不发一言。

明泉自嘲似的笑笑，"退朝吧。"

严实深吸一口气，"退朝！"

明泉一步一步、徐徐拾阶而下，经过连镌久和杨焕之时脚步一顿，鼻子轻不可闻地哼了一声。

上朝前，严实就派人把梅花从翠竹居运进明泉宫了。

明泉下朝后选了一盆枝丫蜿蜒，状如游龙的游龙梅和一盆茎干遒劲，点点鲜红的宫粉梅放在园子里，又留了几盆普通的给几位太妃，其余都送去长庆宫。

她手指轻轻抚过宫粉梅含苞待放的花蕊，忽道："严实，宣沈南风大人进宫赏梅。"

严实领了命匆匆而去，只是未几又匆匆回来道："左相连镌久求见。"

明泉沉默了下，"宣。"

即使天天见到他，她仍看出他的身材日渐发福，脸色也越来越苍白，远远看去，就像个细致的大雪人。

“臣连镌久参见皇上，万岁万岁万万岁。”

她拨弄着梅花枝杆，状似无心地问道：“连相看这两株梅花如何？”

连镌久仰头看了眼道：“风姿各异，相映成趣。”

“朕看连相与杨尚书二人也是各有所长，相映成趣啊。”她似笑非笑。

燕草碧丝中，游龙梅曲折缠绵，宫粉梅俊挺直拔，两株梅花相携傲立，共拒寒冬。

连镌久从袖子中抽出奏折，“臣有本启奏！”

明泉缓缓接过奏折，“连卿平身。”

严实上前一步，搀着连镌久站起。

明泉的脸色随着奏折的翻阅越来越阴沉，最后啪地甩至地上！

“荒谬！”

阿修巍巍居然说她贪图慕流星美色，置宣狄邦交于无物，敷衍来使，意图包庇！

“皇上，狄族拥有黑狮铁骑，与北夷争风骑，我朝帝轻骑并称为当世三大强兵。阿修西达更是精通兵法，擅长游击。若与之为敌，则必须立即着手募集粮草，调蔺郡王于雍州坐镇。幸好北夷自顾无暇，不足为虑。”连镌久不紧不慢道。

好个以退为进！明泉冷声道：“朕有说要与狄族开战吗？”

“阿修巍巍的新娘已回到狄族，并亲口指认被慕流星强虏。阿修西达已与西荒八族联盟，声势浩大。如今箭已上弦，一触即发！”

“阿修巍巍的新娘回了狄族指认慕流星？几时的事？”难道又是被迫？可是纪陬会对女儿变成异族手中的棋子而坐视不理？还是……为了扳倒慕流星，他们已经达成共识，准备破釜沉舟，玉石俱焚？

“昨天收到的八百里加急，由高阳王亲自确认。”

高阳王？又是高阳王。

指甲猛地刺入掌心，她嘴上冷冷地笑，“沈南风又是如何审理？”

“沈大人正在等阿修巍巍新娘的亲笔信函。”

冒充笔迹又有何难？沈南风不过是拖延时间罢了。

“皇上，沈南风沈大人觐见。”严实站在不远处。

“宣。”

沈南风现在的样子让明泉小吃一惊。今早在朝上她没注意，现在就近了看才发觉短短一日，他仿佛老了十岁。依然俊朗的外表，却有种憔悴不堪的感觉。

他是极聪明的人，又善于揣摩上意，因此早就明白慕流星是获罪不得的。他原以为这是他一鸣惊人、平步青云的大好时机，却不想一审之下才知道这桩案件里牵扯甚广。阿修巍巍、高阳王、纪陬……几大势力纠集成一团与他对峙。如今别说是有功，单是无过就已难如登天。

“你昨天收到八百里加急为何不及时禀报？”怪不得满朝噤声，想必自己好色之名已举朝皆知、名扬异域了！

“臣来过几次，但皇上一直与杨大人密议，因此不敢打扰。”沈南风也是一肚子怨气，

好好一个立功机会现在变成里外不是人。连那些旧友也暗嘲他是女帝新宠，比礼部尚书还懂得如何充实后宫。

明泉一怔，想起昨日自己去了翠竹居。而杨焕之一直关在乾坤殿里，定是回去后才得到消息，而皇宫又有门禁，才不得不在早朝时奏明。

想到这里，她对连镌久今早的举动倒也释然。毕竟庙堂上公然议论皇帝的品行，的确是大不敬。

“阿修巍巍现在何处？”

“外事馆。”

“他倒沉得住气。慕流星可有什么解释？”

沈南风想到天牢里趾高气扬的大爷就面露愁容，“他说要见斐帝师。不过斐帝师这几天似乎不在京城。”

她也很久没见到他了。

“也罢，此事让朕再想想。”她背着身，挥挥手。

连镌久和沈南风互视一眼，双双退下。

只要明泉肯思考表示事情还有余地。在他们看来，只要皇上松松口，以一个慕流星换与狄族的友好还是颇为划算的。

明泉当然也不是没考虑到这点，换了旁人，她早就答应了。可是慕流星是斐旭的亲弟弟，若他有个三长两短，她不敢想象斐旭会如何……

若今天当皇帝的是太子汤，也许事情就不会发展到这步田地了吧。

至少……高阳王还会韬晦得更深些。

严实默然地望着女帝与苍天相伴的萧索身影，仿佛这天地间，再无人能与之比肩。

清风优缓，吹拂起她腰间的细带，飘展着伸向前方，却怎么也及不上她的目光。

墙外——

指挑琴弦的乐音骤鸣，笼罩在明泉与天地间的屏障似乎应声碎裂。

她蓦然回神，下意识地侧耳倾听。

淡淡的忧伤如山雾冰绡，依依袅袅，从墙的另一侧慢慢渗透开来。

似是少妇闺阁幽怨，又似鳏寡年老悲凉。

仿佛满城繁华，举目锦绣，天地间却还是剩下自己一人孤独偷生。

明泉想到父皇早逝，兄弟反目，自己贵为九五之尊，却和孤儿般无人怜惜，不禁悲从心来，双目含泪。

曲到低潮，突得峰回路转！弦张声弛，如雷电交加，暴雨狂倾之夜，百万雄师踏破沙场，气势如虹，大杀四方！天上地下已无人可挡，也无人敢挡！

明泉只觉一口意气从胸腔涌上，热血直冲脑门，几乎忍不住要披甲挂帅，以千万兵马之勇，破心中郁郁！

当！

琴声戛然而止！

明泉失落间长长松出一口气，恍然惊觉身上竟已出了一身大汗。

“严实，去问问刚才是谁在弹琴。”

严实如梦初醒，连话都没回就拔腿跑出去。

稍顷，他回禀道：“是安侍臣大人。”

安莲？！

她环臂抱胸，说不出心底五味杂陈，是何种滋味。

入夜浸凉。

明泉坐在案前，将有关狄族的卷宗又翻了一遍。

居于穷山，傍以恶水，多以打猎为生。信奉兽神，举族皆兵。

她将卷宗一扔，手无意识地敲着脑袋，似乎想敲出个两全其美的办法。

“智慧是累积的，不是敲击的。”斐旭调侃的声音自内室响起。

“朕最后警告一次，再未经允许擅自出入朕的寝宫，就别怪朕以刺客之名将你收入天牢好好反省。”

“皇上不是想把我收入后宫吗？怎么几天不见，待遇差这么多？”斐旭掀起珠帘，抱胸浅笑。明目流转间，掩不住疲惫。

看到他，明泉心下稍定，斐旭的笑容随时随地都给人一切尽在掌握的可靠感。

“你再不出现，朕可真要把慕流星定罪了。”

“皇上现在改变主意了？”

“你这几天去了哪里？”弟弟生死攸关，斐旭不可能坐以待毙。那么他这几日的消失，想必与慕流星的案子有关。

雍州太远，即使马不停蹄也不可能在短短几日往返。那他去了哪里？明泉捉摸不透。

“我去了频州找一个人。”

“找到了吗？”

“找到了，”他眼眸难得阴郁，“不过死了。”

“你找的人……是不是沐可安娜？”

斐旭下颌一紧。

原来如此，怪不得狄族突然将沐可安娜抬出来指证慕流星，原来是死无对证。而纪陬想必是知道女儿死了，不如用她的名义再做点文章。俗话说：可怜天下父母心。竟有这种丧心病狂的父亲。

“慕流星犯的是欺君之罪。”还骗她说什么闯进婚礼没见到人。

“不，他说的是实话。”斐旭替慕流星解释成了习惯，“那场婚宴的确是阿修巍巍设下的圈套。应该说这件事情从头到尾就是一个大圈套。沐可安娜是自己偷跑出来，半路遇到流星的。”

“若他早点讲，由朕派高手保护，兴许她就不会死。”

“皇上，你那时看起来的确不可信。”

“朕那时不知道他是你弟弟。”大宣总兵多的是，帝师却只有一个。她眉头一蹙，“你刚才说……这件事情从头到尾是个大圈套？难道……他们要对付的人其实是……”

“我。”斐旭苦笑，“沐可安娜，流星都是被我连累的。”

“他们要对付的人是朕吧？”哼。斐旭是她最为倚重的头脑，除掉他，等于砍掉她一只手臂，“还有谁知道慕流星是你弟弟？”

“除我之外，还有两个人。”他叹了口气，“一个是你，一个是……我师父。”

“你有师父？”她诧异地问。

斐旭来历成谜，连父皇都绝口不提。如果不是知道慕流星是他弟弟，她几乎怀疑他是石头缝里蹦出来的。

“很不幸，我有。”

“他现在哪里？”

“高阳王府。”

她脸色一沉，“做什么？”

“西席。”

事情揭开层层面纱，真相昭然。

狄族、高阳王、方陬明面上是要置慕流星于死地，而实际上，矛头直指斐旭和站在他身后的她！

“你做过什么欺师灭祖的事情？”她忍不住质问。不然他师父怎么会千辛万苦地跑来对付他？还是他飞黄腾达后就把师父抛诸脑后？

斐旭沉默了会，幽幽道：“皇上可有听过废门？”

“朕还不至于孤陋寡闻到这步田地。”明泉说完这句话，意识到什么，道，“传言废门每代只传一个弟子，人人有经天纬地之才，神鬼莫测之能……”她目光紧紧盯着他，生怕漏过一个细微表情。

“我就是废门第七代弟子，废墟。”

她古怪地撇了撇嘴角，“你师父叫什么？”

“废物。”他耸肩，“不过我们学的既不是治国韬略，也不是兵法武功，而是人心。”

明泉复喃道：“人心？”

“治国凭的是天下民心，征战猜的是敌方军心。无论什么事，只要与人有关，就逃不出人心二字。”

“有点道理。”

“说虽容易，做却很难。当初师父就曾问过我，下不下得了手杀他，只有这样，我才会心如铁石，没有弱点。你会以人心对付别人，别人自然也会用人心对付你。”

“所以你师父现在就是要给你一个教训。”

“不，他在传我衣钵。”站得累了，他索性席地坐在她椅子旁，背靠檀木屏风，半仰起头，幽微的烛光一跃一跃地轻搔他玉雕般纤细的颈项。

明泉移开目光，轻咳一声，“令师行事果然异于常人。”

“废门向来是一代胜一代，代代相传。”

“若徒弟输了呢？”

“成王败寇，与战场无异。”

“奇怪的传统，却确实有效。”她若有所悟，“因此斗争与阴谋是最好的锤炼。尤其……帝王。”人在危机中会不停成长，不住前进。自古明君不是出生危厄，就是遭逢乱世，秦始皇、汉武帝、唐太宗……不外如是。

半晌，两人同时长叹一口气。

彼此无声，对视而笑。

“皇上可有良策？”

“正等着帝师献策，由朕裁决。”

斐旭咳嗽一声，“不知道皇上心中可有玉流公主的驸马人选？”

她莫名地看他一眼，似乎在疑问他怎么会问这么一句无关的话题。

“一个王爷对狄族的许诺不过是镜花水月，又怎比得上当今皇上的笼络？”

明泉眉峰一挑，不可置信地盯着他，“你舍不得自己的弟弟，却要朕牺牲自己的妹妹？”

“人不为己，天诛地灭。”他嘴角含笑，似是在说自己，又似在说别人。

她明白他的意思。玉流若是下嫁大宣显赫，加上徐太妃在朝中的势力，还有她们往素的不和，以后想必会成为她的一大阻碍。

但是嫁入狄族难道就对她有利了？

玉流一旦成为狄族少主夫人，手中权柄更大，到时翻起旧账，就是兵戎相见了。

“另外，皇上以建交为名，可派遣各事能手到狄族传扬手艺，也欢迎狄族百姓来大宣安顿……”他手掌一翻，“兵不血刃，天下归心。”

穷山恶水的狄族，锦绣繁华的宣朝……

她双手交握，脑中思绪若飞。此事若成，只需两三代，狄族就会对大宣死心塌地！

父皇病重时的殷殷期盼历历在目。

她银牙一咬，“准奏！”

手上，将再次沾染亲人的热泪。而她，选择不怨不悔！

明泉好色误国的风波未过，一则新的流言又将整个皇宫传得沸沸扬扬。

尤其当画轴传到玉流宫时，终于有人坐不住了。

徐太妃阴沉着脸坐在堂上，下面跪着一个唇红齿白的小太监，不时偷瞄座上。

“我决不嫁！”玉流铆起劲想要将画轴撕成两半，却被徐太妃眼疾手快阻止。细细瞧了画像无损后，才柔声安抚道：“放心，这事本宫替你做主，断不会让你嫁给这个欧阳成器。”

她心里不禁惋惜。欧阳家在京城时日尚短，未有气候，但欧阳博在奂州任了十年巡抚，在当地还是很有威望和势力的。可惜欧阳成器的模样长得委实……不堪了些。

玉流银牙咬恨。明泉把欧阳成器重新选回名册竟是为了替她好好看看这个驸马人选！

安莲、跛羽煌、安凤坡、冯颖……才貌双全的出众男子尽进了她的罗帐，却还不忘将最丑的指给她！

徐太妃一边帮她顺着气，一边瞪着那个小太监喝问道："你听仔细了？皇上真是这么和杨尚书说的？"

"奴才有十个脑袋也不敢向太妃娘娘说谎。"小太监机灵地发誓，"的的确确是皇上说，欧阳成器的家世人品也算配得起玉流，等选秀那日你独自领他来看看。若与画像无二，便指了他为驸马吧。奴才若有半句虚言，天打雷劈！"

玉流啪的一掌拍在桌上。明媚如水的双眸似要喷出火来！

"那杨尚书怎么说？"徐太妃的脸色也不好看。明泉说与画像无二，是指一定要找个丑的给玉流了。

"杨大人说欧阳成器才来京城不久，名声却已传遍花街柳巷，恐非良配。"

徐太妃暗自点头。素闻杨焕之耿直不阿，果不其然。

"皇上却摇头说，人不风流枉少年，等欧阳成器成亲后自会收敛。何况玉流妹妹貌若天仙，品行良淑，两人实是金玉良缘，天造地设。"

玉流扑到徐太妃怀里，哭道："她是定要把我嫁给那个丑八怪了！"

徐太妃急道："那最后杨焕之究竟答应了没有？"

小太监不慌不忙道："杨大人又劝了几回，皇上不肯听。杨大人没办法，只好说，等皇上见了欧阳成器兴许会改变主意。"

"怎么办！我不要嫁给丑八怪！要是嫁给他，我还不如死了算了！"玉流哭得梨花带雨，泪眼迷离，连小太监都有些不忍心听下去。

"一个公主寻死觅活成何体统！"徐太妃低叱一声，转头对小太监道，"这件事你办得好，去领赏吧。若有人问起你这半天去了哪里……"

"奴才在御花园里打了个盹，睡得迷糊了。"小太监伶俐地一缩头，倒退着去了。

玉流从徐太妃怀里探出头，清亮明眸中哪里还有眼泪，"母妃看，她这次玩什么把戏？"

"不好说，这风声来得太快，传得太疾。"徐太妃若有所思，"好像迫不及待地等我们有所反应。"

玉流冷冷一笑，"这就对了。她大概怕我嫁得太好，成为她的眼中钉，肉中刺。所以故意放出风声，好让那些高门望族闻声却步！"

"这么说来，也不无可能。明泉打小就精明圆滑，冷血寡恩。你看常太妃的下场就知道，不过是想安排个人到宫里，就被她放在一边干晾着。这还是从小把她养大的人呢。"

"那我这个妹妹就更不用说了。在她眼里，我和仇人差不多。"

徐太妃恨恨地攥紧拳头，"都怪先皇鬼迷心窍，居然把皇位传给了她！"

玉流眸子一亮，试探道："若我能将她……"

徐太妃搂着她的手臂一紧，厉声道："住嘴！"她紧张地朝四下查探一遍后才压低嗓音道，"快把你脑袋里的念头扔出去！"

玉流忿忿地噘起嘴巴。

"你不看看她身边都是些什么人？斐旭、连镌久、安莲、蔺郡王……连尚汤都撼不动她，你凭什么？！”

玉流咬紧下唇，鼻子重重地哼了一声。

“其实，常太妃前几天来找过我。”徐太妃察言观色道，“她的远房外甥金伯雨……”

“明泉连看都不看就刷下去的金伯雨？”她的语气充满嘲讽。

“可好歹他……”

“父皇在世时，常太妃就和明泉一起处处压着我们，母妃受的委屈还不够？难道希望日后也是如此？好不容易她与明泉不和，我们何必蹚这浑水。若有一日我们与明泉冲突，难道你能指望她站在我们这边？”

徐太妃脸色一黯，长叹一声。

玉流搂了搂她的腰，“母妃放心，我不信堂堂大宣公主真会愁嫁！”

徐太妃看着她坚毅的侧脸，把规劝的话硬生生咽了回去。

玉流一出生就是公主，虽然有明泉事事压在她头上，可也没真正吃过苦头。她不同，她是从三千佳丽中，靠手腕，靠计谋，靠趋炎附势，靠看人脸色一步一步爬上来的，所以她很清楚，在这座皇宫里，皇帝就是天！

风过回廊，雨下曲径。

明泉立在廊下，看眼前金风斜雨，烟景迷蒙，好似一幅粗淡山水画，绘尽美色，却偏偏让人雾里看花，朦朦胧胧。

斐旭伸手掬了些许雨水在掌心，轻舔了一口道：“嗯，甘甜清新，隐约带着草香。”

“帝师若喜欢，朕让人蓄几坛予你。”

“不用了，”他将雨水又甩回大地，“天水入了瓮，就失了原味。”

“帝师大人真是难以取悦。”

“皇上每次加大人二字，似乎心情都不太畅快。”

“这是殊、荣。”

“臣诚惶诚恐。”

明泉斜睨了他一眼，“和阿修巍巍谈得如何？”

“总算是不打不相识。”

“他这么容易就答应了条件？”以阿修巍巍的才能，没道理看不出两族百姓流动带来的后果。

“因为他是王者。”

所以明白欲强兵者，务富其民。强兵之后，才能有广袤的土地和成千上万忠心的百姓。当然，他也必须有绝对的自信，自己的子民不会因贫穷而舍弃家园，因富贵而忘本负义。

“皇上的东风借得如何？”

“吹得满城风雨。”她夸张地展开手臂，“差点连朕都以为是真的。”

斐旭笑道：“金伯雨也不是一无是处。”常太妃与明泉因他不和早不是秘密。由她出面游说徐太妃，自然事半功倍。先是欧阳成器，再是金伯雨，玉流这次真是被逼得走投无路了。

“以讨人厌的程度而论，他的确做得不错。”

“那皇上准备什么时候下鱼饵呢？”

明泉考虑了下，“等雨停。”

“朕讨厌打伞。”她补充道。

皇上临冬阁赐宴狄族使臣，礼、户两部尚书作陪。

至酒酣耳热，明泉退席稍歇。

百步外，挽春阁二楼凭栏处，藏青锦衣男子歪头斜靠，狐皮镶玉毡帽半遮眼帘，璀璨银发如月光般盈盈流淌脊背，依稀几缕垂于胸前，随着呼吸一起一伏。

明泉见眼前景象，不觉莞尔，信手解下大氅，轻披在他身上。

“皇上还是喜欢檀香？”男子咕哝一声，张开双目，眼中神采，堪比晨星，与银发交辉，如此人物舍斐旭其谁？

“斐帝师不还是喜欢喝酒睡觉偷懒耍嘴皮吗？”

斐旭半张嘴巴，许久才道：“我现在才知道皇上对我有诸多不满。”

“那这个月俸禄减半有意见么？”

斐旭愣了下，“有点小意见。”

明泉横他一眼。

“不过可以不提。”他认真道，然后手指在重屋叠舍间一点，“玉流公主。”

明泉极目而望，也只看到一长溜的暗青软红中，似有一抹湖蓝深深浅浅。

“阿修巍巍离席了。”斐旭双手测量两个人的间距，“大概……五十来步。”随即一愣，指着从中间冒出来的紫袍青年，“他是谁？”

“沈南风。”她叹了口气，“朕原本属意他为玉流的驸马，现在，只是想多给她一个选择罢了。”毕竟是姐妹，她不想为了一己之私就私自抹杀玉流一生幸福。至少，答案该由玉流自己书写。

“皇上不嫌画蛇添足？”

“略求心安。”

两人顿时不语，静观三人。

沈南风与玉流似在交谈，阿修巍巍只待了一下便走开了。

“若玉流公主最后选了沈南风……”

“朕会成全她。”明泉双手撑住栏杆，怅惋道，“天家无长情。纵使今日笑语嫣然，明日也可能恶言相向。朕也无法保证沈徐两门在朕有生之年必定荣华富贵恩宠不衰。因此，由她自己做主吧。”

斐旭沉默须臾，道：“其实皇上心中早有答案了。”玉流公主是何个性，她这个当姐姐的不会不知道。

“尽人事，听天命罢了。”

她望着远处两人久久未离的身影，说不出心中是担忧还是欢喜。

"玉流公主求见。"

"宣。"明泉随意拿起件外衣披在身上。

"臣妹参见皇上。"云鬓如雾，香腮如霞。低眉顺目处，更显楚楚。

"平身。"明泉双手扶起她，"玉流妹妹这么晚来找朕，可有什么急事？"

"倒也不急。"她明眸含怯，十指交缠，"只是延福宫臣妹举止无状，失言惊驾。事后想起，每每追悔不及，想来请罪，又怕皇姐不喜，这才耽搁了下来。"

明泉失笑，"一家姐妹，说什么两家话。怀敏姑姑与你的情分，朕是知晓的，可惜罪魁畏罪自尽了，不然说什么朕也会为你出这口恶气。"

"臣妹谢过皇姐。"她打蛇随棍上，"眼下倒有一桩事请皇姐为我做主。"

"但说无妨。"

"说来羞人，"她面颊通红，"臣妹……"

明泉眼眸一转，"可是有心上人了？"

玉流娇怯之下，正要点头，却听明泉含笑道："不过深宫内院，玉流妹妹是如何见到外人的？"

"臣妹……"她心下一惊。皇宫内眷未得允许是不能私见外臣的，连兄弟也不可以。

"朕说笑而已。"明泉握着她的手，"手好冷，可是着凉了？"

"臣妹无碍，谢皇姐关心。"

"玉流妹妹还没说哪家这么有福气，得到你的青睐呢。"

玉流下颌一紧。在来的路上，她也曾在沈南风与阿修巍巍中彷徨不已。一个俊雅风趣，一个霸气天成。一个大宣新贵，一个外族王子。

徐太妃十分中意沈南风，毕竟沈家乃大宣开国元勋，根深蒂固，虽然现在不如安家辉煌，亦无连家显赫，但也是有数的望族。沈南风现在又是明泉面前说得上话的宠臣，平步青云，指日可待。

但玉流心中却另有盘算。

沈南风即使位极人臣，也只是人臣。见了明泉要卑躬屈膝，一生宠辱皆系于她。而阿修巍巍不同，虽地处偏僻，到底是未来族长，与明泉地位相若。做了他的妻子，她将不必看人脸色，寄人篱下。

只是……这未免太如明泉的意了。

其实昨天阿修巍巍和沈南风的相继偶遇，已让她起疑。

回去与徐太妃密商后，都认定了一种可能！

明泉想将她和亲。

欧阳成器、沈南风都是障眼法而已。她真正的目的还是要救慕流星！

只是没想到，在她心目中，一个区区面首竟比妹妹还要重要！她心下凄楚……甘心么？当然不甘心！

可即使她选了沈南风又如何？明泉还是可以用一道圣旨将她的意愿扭转过来！万一传了

出去，怕她将来在狄族更不好过。

心中思绪千万，时间却不过一瞬，“是狄族少主。”

明泉身体一松。玉流果然还是玉流。

“不过臣妹有个不情之请。”

明泉对上她的眼，顿时明白，她看透她所布下的局了。“说。”

“我要阿修巍巍在兽神面前立下终身誓，以后只能有一个女人，就是我。”

明泉怔了下，“朕会给你一个交代。”言下之意，若阿修巍巍不答应，她也不会勉强她出嫁。

玉流眸光一闪，似乎没想到她会答应得这般爽快。

“夜深了，玉流妹妹早点回去吧。”

“臣妹告退。”她挪开步子，走至门槛处一顿，幽幽道，“出嫁那日，皇姐不必来了。”

终究不能无怨无恨。

明泉无语地目送她孤傲的背影一点一点消失于眼前。

门外的冷月仿佛一面镜子，映出的，只是自己。

她还是做到了。亲手将这孤寂皇宫里的最后一抹相同血脉驱去远方，此生此世，再不相见。

父皇，若你在天上看到，是会欣慰地笑，还是伤惋流泪？也许和往常一般，摸着我的头发叹息吧。

狄族人终身只能嫁娶两次，若两次丈夫或妻子都早殇，便只能守寡鳏居到死。算上沐可安娜，阿修巍巍是第二次娶妻，因此对于玉流提出的要求欣然同意。

不过皇上选秀在即，公主出嫁须延后。

慕流星也只好在衙役的关照下，继续在牢房混吃混喝。

倒是杨焕之这几日上蹿下跳忙得不亦乐乎，每天还需分神找孙化吉要钱，可怜孙化吉为了躲他，连自家轿子也不坐了，今天徒步，明天骑马，折腾得够戗。

正当大家都筋疲力尽，不堪负荷时，终于挨到了选秀的日子。

明泉坐在大殿正中。一身绛紫龙袍，胸前龙腾气势磅礴，呼之欲出。

四大太妃分坐左右，身姿端直，目光平稳。唯独徐太妃与常太妃两人目光交接时，会稍激起几道火花。自徐太妃明白明泉所图后，与常太妃新仇旧恨，嫌隙更深。

一会儿严实进来小声道：“十位公子都通过诗词，现在正进入文试。”

“把他们做的诗都呈上来。”

四大太妃中以古太妃文采最好，明泉先交予她看。

她翻了翻，抽出其中一张念道：“梅本无心妆素色，何需诗句颂风骨。意境虽好，到底清冷了些。”

明泉瞟了眼，落款是安凤坡。

没想到安家人都对梅花情有独钟。

“本宫瞧着这句不错，”徐太妃自她手中挑出一张，“本是恨秋无觅处，又喜冬裹素妆来。”

古太妃不好驳她面子，只淡淡道：“与白居易的‘长恨春归无觅处，不知转入此中来’倒有异曲同工之妙。”

常太妃笑道：“到底是名门之后，谁又能输了谁去。”

明泉接过来看了眼，是纪元秉，纪陬的远房堂侄。

严实又小跑进来，“文章都已作好，左相正会同礼部尚书、刑部侍郎共同批览。”

明泉不觉也有些紧张。

大约一炷香后，严实传报道：“七位公子通过文试，正在殿外候旨。”

七个选六个？

明泉有些后悔只挑了十个人入选，“一一传来。”

“宣，镇北国公府，冯颖觐见！”

须臾，一个十三四岁、眉清目秀的少年大步跨过门槛，昂然道：“臣冯颖参见皇上、各位太妃娘娘。皇上万岁万岁万万岁，太妃娘娘千岁千岁千千岁。”

“平身。”镇北国公乃世袭爵位，因此他可自称为臣。

明泉自上到下细细打量，觉得他年纪虽小，举手投足却具大家风范，比之太子汤当年还要出众几分。

“冯卿以为史上哪位君主最为圣明？”

冯颖气定神闲答道：“臣以为汉景帝。”他以为明泉必定会再问为何，正暗自准备腹稿。却听她“哦”了一声，道：“留。”

其实问题本身无关紧要，冯颖原就是必留的人选。

若换了个人答这个问题，多半是我朝开国皇帝或是先皇吧。他小小年纪，却正是洁白无瑕，心如霜雪的时候，还没学会趋炎附势，阿谀奉承。

“宣，樊州通判安定尧之子，安凤坡觐见。”

安凤坡的父亲只是区区通判？明泉玩味地拨弄手指，宣朝喜欢破旧纳新虽是为朝堂注入不少新力，却也引出颇多弊端。大凡手中有点权柄的大臣都喜欢将自己的子侄亲戚安插进来。

像安凤坡这样出身世家，比父亲坐得高的是极少数。

“臣安凤坡参见皇上、各位太妃娘娘。皇上万岁万岁万万岁，太妃娘娘千岁千岁千千岁。”

比起安莲的惊世绝艳，安凤坡大为失色，至多是五官平整，气质斯文。

“安卿平日都读些什么书？”

“《大学》《中庸》，《论语》《孟子》，近日正读《良道》。”

良道乃是大宣先贤明臣古羽良的著作，颇受文臣追捧。

“倒是当官的人才。”明泉眼睛一瞬不瞬地盯着他，似是想找出一点怨愤的痕迹。偏偏他云淡风轻地谢恩，找不出一丝不自然，“留！”

沈雁鸣与沈南风长得颇为相似。只是前者五官更为秀气，举手投足都别具优柔。

“沈卿可爱品酒？”

沈雁鸣掩住唇，轻答道：“不曾品尝。”

“可惜。”明泉扼腕似的笑道，“茶呢？”

“甚少。”

“那沈卿闲来如何打发时间？”

“胡乱弄琴罢了。”

明泉松了口气，总算找到个话题，“入宫后可常与安莲切磋。”

沈雁鸣吓了一跳，道：“不敢与安大人同论。”

明泉碰了三个钉子，顿觉无趣。连冯颖都比他出落大方。

“留。”这三个名额是肯定留下的。

接下来三个，两个将军之子，一个京都府尹之子。容貌与画像一般无二，性格或豪迈或开朗，并无特殊。

明泉看了几眼便随口打发了他们。

纪暾的侄子被挡在了文章那道门槛之外，也好，省得进来碍她的眼！

“宣御史大夫欧阳博之子欧阳成器觐见！”

明泉精神一振，连徐太妃都眼露兴致。

“草民欧阳成器参见皇上，万岁万岁万万岁。参见各位太妃娘娘，千岁千岁千千岁。”

“平身，抬起头来。”明泉和徐太妃同时睁大眼睛。

果然是那张三角眼，大鼻孔的扁平脸。

徐太妃差点拍手称快。这几天对玉流远嫁的不满也随之无踪。不管明泉是不是耍计谋，把女儿嫁给这么个丑八怪那是打死她都不愿意的。

明泉却没有忽略他眼中一闪而逝的震惊！

“看了一上午，各位太妃想必都乏了，不如儿臣恭送太妃回宫。”她笑着下逐客令。

常太妃起身笑道：“不提倒不觉得，身子骨散了架似的。本宫正好和几位妹妹一起走走，皇上留步。”

另外两位太妃也是含笑婉拒。

有眼的都看得出来，明泉是想和欧阳成器单独谈谈。

“既然如此，严实，备车辇送各位太妃回宫。”明泉正好顺阶而下。

徐太妃疑惑地看她一眼。难道她还真要把他塞给玉流不成？但狄族的聘礼已在路上，婚事如铁板钉钉，再无更改之理。想到这里，心下稍安，不悦地瞪了仍站在堂下不知所措的欧阳成器一眼后，才跟着几个太妃离去。

“帝师说这世上有种面具可将人的模样完全改变，朕还不信。如今看来，果然栩栩如生。”她一步一步走至他面前，目光冷峻。

“请皇上恕罪。”他失而复选时就已经有不祥的预感，只是千算万算没算到那个坐在路边毫不顾忌形象吃油条喝豆浆的女子竟是当今女帝。

他懊悔不已，早该猜到她身边那个容貌出众，风度卓然的男子不该默默无闻。而细数当朝，首推安莲！

“欺君之罪，当诛九族。”

“皇上有何吩咐，但请直说，草民必当肝脑涂地，万死不辞。”单独揭穿他，必有所图。

明泉满意地笑笑，“果然是聪明人。朕也不拐弯抹角。朕，想要你接收欧阳老大的势力。”

欧阳成器一怔，“伯父仍在世……恐怕……”

“白老二应该很快就会解决你的烦恼了。”白老二的伤病容不得他拖下去，胜负很快揭晓。

“皇上这般肯定伯父会输？”他不服气道。与温暾的父亲相比，他与老谋深算、行事狠厉的伯父更为投契。

“至少不会赢。”

“何以见得？”

明泉瞟了他一眼，“这张脸看着心烦，去了面具可好？”

虽是问句，却无拒绝余地。

欧阳成器只好小心地把面具拿下，露出那张足以祸国的俊容。

“这样便顺眼多了。”

“皇上还未赐教为何伯父一定不会赢。”

明泉闻言一笑，“铁老三死的那天，白老二是不是去见了欧阳老大？”他曾说过欧阳老大在福隆寺，而那天白老二的轿子的确从那里来。

欧阳成器迟疑了下，“是。”

“他见他，是不是为了杀铁老三的事？”

“的确是其中一件。”

“欧阳老大答应不插手？”不然铁老三不会露出那么绝望的表情。

“是。”

“白老二见欧阳老大的时候几个人？”

“一个。”

这种残杀兄弟的事情，自然是越少人知道越好。明泉点头，与帝师所说果无二致。

“可是这样一个白老二单身赴会的大好机会，欧阳老大却没有出手杀他。”

“那是因为……”欧阳成器皱眉。

“他没有把握，或者说，他在害怕。”明泉的声音悠悠荡荡，飘曳在大殿里，“朕找人查过他以前的行事作风。心狠手辣，喜欢先下手为强，而近几年却越来越收敛。当然，他也可能是为了等待时机作出最致命的一击。偏偏，那样好的时机出现时他却没有把握住，甚至眼睁睁地看着己方大将牺牲。他太怕死，而对江湖人来说，怕死意味着什么，你应该清楚。”

欧阳成器当然清楚，其实欧阳老大这几年的做法他也颇不认同，只是习惯了站在他身后看问题，反而不如明泉说得透彻。

“皇上不是白老二的朋友？”

“朕是天下人的父母。何况白老二命不久矣，郭四娘又自身难保，欧阳老大的基业总是要有人继承的。”不然由着那群亡命之徒在京城乱来，还不捅出大娄子？更何况有了他们，

那京城的动态就可以时刻掌握在她手中，而不是只由着朝臣们的嘴巴说。

欧阳成器低下头，脑中思绪翻滚。

明泉拿起桌案上的卷轴，正是徐太妃偷偷拿去又偷偷放回来的画像，喃喃道：“见过画像的，可不止朕一个人。”

欧阳成器暗叫自己多事，没事跑去看什么白老二的新朋友，却为自己惹出偌大风波来。

“草民遵旨。”

明泉叹了口气，“让朕放你出宫还真是有几分不舍。”他的容色远在今日选秀诸人之上。

欧阳成器脸色一黑。这是调戏？

待他走后，屏风后又转出一个人来。

银发青衣，笑容暧昧。

“帝师辛苦了。”

“为皇上分忧，何苦之有？”

“没想到帝师一番话果然派上大用。”

“欧阳成器是聪明人，他日后总会省悟的。”

“可这样就失去先机了。”正是要抢在大乱之前，先撒渔网。

斐旭点点头，突地抬眸一笑，“恭喜皇上后宫又添七位美人。”

明泉这才想起，“踧羽煌这几日如何？”

“足不出户，大概提前适应后宫生活。”

明泉眉头皱皱。

“选秀过后便是芒山祈福、科举……皇上要打起十二万分精神才好。”

“……朕想退位了。”

“请皇上先孕育位太子再说吧。”

选秀结束，六位蓄子便留在后宫由教养嬷嬷指导宫内礼仪。

与踧羽煌的婚期也定了下来，选在正月十六，花好月圆。不过明泉说按一品侍臣礼迎娶，因此不算大婚，很多事情便无须大张旗鼓。

杨焕之总算松出口气，接下来的事情就全交由宫廷执礼司办。

明泉刚以为了却一桩心事，却因斐旭的一句话又郁郁起来。

“皇上该不会以为选秀只要把他们选出来，和亲只要把他抬进宫里就算完成了吧？”

明泉面色一僵，“朕自有主张，不劳帝师大人操心。”

斐旭见好就收，“城里新开了一家酒楼，皇上要不要去试试？”

“朕连旧的都还没去过。”抱怨的口吻。

“那我只好自己去了。”

明泉跳起来，“朕又没说不去。”

第三章

杯莫停邀请江南花魁琼楼玉坐镇，开张数日，门庭若市。更兼之，有上届状元亲笔题词，吸引不少考生前来沾喜气。

斐旭特地将头发包裹在方巾里，穿着一身青布长衫，月白马褂，外面再披着件青绿披风，脚下蹬着双白底黑靴。怪异的装扮一进大门，就引起众人瞩目。

明泉和阮汉宸都下意识地留慢脚步。

“客官几位？”跑堂伙计机灵地跑上来。

“三个。”斐旭回头，指着几乎夺门而出的明泉和阮汉宸。

伙计目光在他们身上一转，“客官可曾留位？”

“有眼识。”他笑着赏了半锭银子，“兰叶春葳蕤，桂华秋皎洁。欣欣此生意，自尔为佳节。谁知林栖者，闻风坐相悦。草木有本心，何求美人折？”

“原来是沈大人的朋友，小店已备下兰桂齐芳，这边请。”

杯莫停客似云来，不愁没生意，只愁没地方。老板无奈，只好想出一个雅座留位的规矩。只要提前打招呼，老板就会腾出地方预留着，来客只需对应事先说好的诗即可。既别致雅趣，又省去许多烦恼。

斐旭跟着伙计上了三楼最右边的贵宾房。

门上字帖“兰桂齐芳”四字铁画银钩、笔力遒劲，明泉不由赞了个“好”。

进了屋里，一阵桂花香甜迎面扑来。

明泉等人环顾四周，百尺见方的房间，两面鬃壁，一面瑶窗。墙上还挂着整整齐齐的四幅水墨兰桂图。与门相对的两个角落各放了盆气宇轩昂的雅兰，迎着正午艳阳傲然吐芳。正中一张红木八仙桌，四周摆着八把高背椅，椅子上还有八个颜色各异的荷叶软垫。

“上次来的时候，这个房间叫八仙小聚吧？”斐旭摸摸鼻子。

伙计笑道：“客官好记性。”

前天沈南风刚请他来过，记不住才奇怪。“菜你瞧着办，要最新鲜最有特色最好吃的。”

“好的，客官请坐，等我先沏壶茶来。”边走边帮他们掩上门。

“这家店的确不同。”明泉坐在椅子上，敲着扶手。

斐旭笑问：“有何不同？”

“他自称为我，而非小的。”阮汉宸道。

“不错，而且语气不卑不亢，你给他的是银子，他却连眼睛都没眨一下。”明泉紧接着道。

斐旭故作神秘道：“因为这里是杯莫停。”

“我开始好奇了。”明泉眨巴眼睛。

菜上得很快。茶刚喝了两口，菜就一道一道地端上了桌。

明泉每道都尝了几口。

有几道鲜美异常，连宫中也不多见。有几道却味道怪异，让她几乎掩鼻而吐。

“不吃了？”斐旭的筷子伸到一半。

明泉一放下筷子，阮汉宸接着不动了，只剩下他一个人还在咀嚼，有点尴尬。

“你多吃点。”明泉用茶漱口，刚才那道奶香牛丸腥臊得让她差点吐出来。

对着这样的四只眼睛，他如何吃得下？斐旭讪讪地放下筷子，“不如去大堂里坐坐？”

她也不想待在这里继续见到这道菜，“也好。”

杯莫停中午的客人不多，只坐了六七成。

明泉他们出来时，只些许几个人抬了下头，复又与旁人谈笑起来。

临窗的位置都坐了人，他们只好挑了个中间的桌子坐下。

跑堂伶俐地将未用完的膳食重新装了盘子端出来，阮汉宸特别让他把奶香牛丸撤了去。

明泉支着下颌，背晒太阳，昏昏欲睡。

噔噔噔……

一连串纷乱的脚步声将她自周公处拉了回来。

“孟兄，你今日可得痛饮几杯！”男子浑厚的声音像雷鸣般自楼梯口炸开。

明泉茫然抬头，正好一双惊喜的眸子映入眼帘。

“谢姑娘，真是人生何处不相逢。”孟子檀一改被强拉来的不耐，精神抖擞道。

“孟子檀？”她有些诧异。

“孟兄，何时认识了佳人也不给我们介绍下。”雷公嗓又开始吆喝。

孟子檀急道：“莫要胡说，我与谢姑娘不过有一面之缘。”他向来以辩才无碍自居，不想碰上了明泉却变得拙于言辞。

先前那个绯衣少年朝她靠了过来，笑嘻嘻道：“谢姑娘还认得我否？”

“未请教高姓大名。”斐旭按住他的肩膀，将他硬生生自明泉身边掰开。

绯衣少年被他的手劲弄得龇牙咧嘴，嘴上不忘回道：“好说好说……小姓夏，夏淳淳是也。”

“蠢蠢？”斐旭放开他，面色古怪。

“是淳淳。”夏淳淳面容不霁地纠正。

“别啰唆来啰唆去的，既然认识不如一起坐吧。反正今天孟兄喜事临门，大家都沾点喜气！”雷公嗓又开始叫嚣。

明泉注意到他们身后还站着几个书生，形容倨傲，眉眼清冷，并非翠竹居见到的那些人。

孟子檀介绍道：“这几位便是墨莲社创社人。”

那些视三甲为囊中物，翰林院做后花园的考生？明泉目光不经意地打量着他们。

雷公嗓大笑，“哈哈，来来来，未来的状元榜眼探花先坐下，搬椅子的粗活自然由我这个伴读书童来做。”他说着，和跑堂两人一起把两张桌子并在一起，又忙前忙后地端了几把椅子过来。

几个书生也不谦虚，兀自挑了位置坐。

阮汉宸和斐旭默然地坐在明泉两边，与其他人隔开。

“看谢姑娘的护院，应该是出身大家吧？”夏淳淳靠着斐旭，目光上下掂量着她。

“不过祖上传了几块土地下来，聊以糊口。”她含笑任他打量。

“上次听说谢姑娘的兄长也在考生之列，不知是哪位，说不定可以互相照应照应。”夏淳淳的提议立刻得到孟子檀的应和。

明泉笑道：“能得到墨莲社的照应自是再好不过，家兄谢觉修，是荣锦十一年的举人。”

尚汤字子觉，尚清字子修，她取二人的字为名，也算有依有据。

夏淳淳朝孟子檀挤挤眼，“不知谢举人落脚何处，过几日诗社又将举行诗会，不如邀他一同前往。”

正窃窃私语的书生闻言皱眉道：“诗会乃为社员举行，随便邀请外人恐有不便。”

“张菊节原先不也是所谓的外人么，只要付了社费加入不就行了。”夏淳淳讥讽道。

另一个书生拍案而起，“夏淳淳，你此言何意？”

“如你所想之意。”夏淳淳阴阳怪气道。

书生们都愤慨站起，似乎随时都要拂袖而去。

“上菜咯！”跑堂一声吆喝插了进来，一道道精美菜肴纷送眼前，让人食欲大动。

夏淳淳不屑地看着书生们上下抖动的喉结，径自招呼明泉他们吃起来。

雷公嗓拽了拽书生的袖子，“夏老弟不是那个意思，难得孟兄高兴，不如坐下再说。”

“我们可是看在孟兄的面子才来的，不与你计较！”书生们找了个借口再次坐下，纷纷动起筷来。

这便是让沈南风吃苦头的墨莲社？嚣张跋扈得令吏部侍郎姜有故头疼不已的墨莲社？

在她看来不过是群外强中干，表里不一的穷酸秀才罢了。

说到嚣张，夏淳淳和孟子檀二人倒更贴切点。一个咄咄逼人，一个目中无人。那群自以为清高的书生在他们面前呼之则来，挥之则去，连最基本的尊严都被弃之如敝屣。

“谢姑娘在想什么？”孟子檀含笑问道。

“在想……”明泉迟疑道，“孟公子的喜事为何？难道是要成亲了？”

孟子檀连忙否认道：“当然不是。恰恰相反，我日前推了亲事，现在正是一身清闲。”说毕，他的目光不由瞄着她的表情。他可没忘上次张菊节在翠竹居脱口的秽言，堂堂男子被叫作娈宠，不啻是大侮辱。虽然事后他亲自将张菊节教训得终生难忘，但说出去的话如泼出去的水，传入别人耳朵收不回。

明泉表情如常，只是笑笑，“那恭喜孟公子，希望早日觅得佳偶。”

“多谢。”孟子檀半是放心半是失落。放心于她显然未将张菊节的话放在心上，失落于她似乎也未将他放在心上。

“你们是不是小情人？”夏淳淳指着明泉和斐旭，语出惊人。

“当然不是！”两人异口同声道。

孟子檀对斐旭立刻亲热许多，“还未请教兄台高姓大名。”

“在下慕非衣。”

“非衣？非议！”夏淳淳嘲笑道，“你的名字也不见得好到哪里去。”

明泉深有同感。不过想到废墟、废物……她觉得还是这个比较能接受。

“彼此彼此，蠢蠢。”斐旭假笑道。

夏淳淳鼻哼一声，突地伸手扯向他的头巾，嘴里叫道：“大男人绑什么头巾！”

斐旭一个凤点头躲过魔爪，右掌闪电般抓住他的手腕，摇头笑道：“我怕冷。”

夏淳淳忿忿地甩开他的手，“没想到你反应还不慢。”

连孟子檀都多看了他几眼。阮汉宸是高手他感觉得到，但斐旭就太深藏不露了，难道他的身手远在他之上？

“你们一个姓慕一个姓谢，既不是小情人，也不可能是兄妹……”夏淳淳不怀好意地看着他们，“那你们是什么关系？”

明泉揉了揉太阳穴，这个夏淳淳绝对是混世魔王投胎的，“他是我父……亲请的夫子。”

“夫子？”夏淳淳摇头，“我看他不像夫子……倒像……”

明泉心下一紧，微笑道：“像谁？”

“军师！阴险狡诈、杀人于无形的军师。”

“可惜生于太平盛世，不然说不定我还真能羽扇挥兵，指点江山。”斐旭大笑。

“哼，太平盛世？不过是镜花水月，过眼云烟罢了。”书生吃饱喝足抹抹嘴巴道。

斐旭虚心求教，“何解？”

“太子汤能登高一呼，万众响应。高阳王、静安王自然也能。女帝登极，国祚难稳。”他话音未落就被同伴捂住了嘴巴。毕竟是聚众场所，他所说的乃是大逆之言，若被有心人听去，只怕立时就要人头落地！

明泉用筷子有意无意地戳着盘里的肉，眼中一片阴霾。

连一个考生都已看透天下局势，唯独她沾沾自喜，以为稳坐江山，还天天想着如何去当一个明君。可在这宫外，更多的人等着如何将她千刀万剐，拖下帝位！

气氛似被书生短短数语凝结住了，连夏淳淳也安静地吃着东西。

孟子檀几次想开口，又咽了回去。直到结账离座，才忍不住又道：“谢姑娘落脚何处，不如我送你回去？”

明泉强撑笑脸道：“暂时寄住亲戚家，恐有不便。”

孟子檀还待说什么，被夏淳淳一个眼神制止了。

“多谢孟公子慷慨宴请，若他日有机会，自当还礼。”明泉不是感觉不出孟子檀对她的好感，只是她的身份注定他们不会有结果。她也不想在这些事上多费心神。

“他日是哪日？谢姑娘不会是随口敷衍吧？”夏淳淳紧跟一句。

明泉笑道：“虎贲将军府我还是找得到的，七天之内，自当投帖拜访。”孟子檀不认得她不等于孟老将军和孟子桥不认得她，看来她得想个两全其美的办法才好。

“既然如此，子檀便在家中静候佳音。”说完他又觉得有些不妥，好像他等不及想要吃回来似的。

“那么后会有期。”明泉坐进马车，放下帘布。

斐旭探进头来，“回家？”

“不，再去一个地方。”

白老二住在京城最繁华的街道上，小贩吆喝、少女娇笑、孩童玩弄拨浪鼓、老人的咳嗽……人生每个阶段都能在这条街上找到。

明泉到的时候，郭四娘已经迎在门口。

数日不见，她丰腴的双颊凹了下去，整个人也消瘦了一圈。

“白老二的情况不好么？”除了这个，她想不出别的理由。

郭四娘迟疑了下，似乎在酝酿如何和一个皇帝说话，“时常痛得昏过去。”

明泉点点头。

见了白老二，她才知道郭四娘说得轻了。

若不是他突然咳嗽起来，她几乎认不出他来。他全身上下已找不出一块有肉的地方，整层皮好似粘在骨头上，每个棱角都看得清清楚楚。

眼珠子深凹，颧骨高凸，在夜里绝分不出他和骷髅的区别。

“还有多少日子？”斐旭沉声问。

白老二笑了笑，所有人都问他还有没有救，只有他一开口就问多少日子。

郭四娘瞪着斐旭，恨不得把他的嘴巴撕烂。

白老二手指比了个六。

六天，还有六天。

京城帮派势力的风云变幻在即了。

明泉毫不怀疑眼前的他还有扳倒欧阳老大的能力。因为他是白老二，那个想把天下第一高手打败只会勇往直前的白老二。

“朕这次来，是想请郭四娘帮个忙。”

一个朕字将郭四娘拉回现实，意识到站在眼前的女子并非常人，而是手掌天下生杀大权的皇帝。

“皇上请说。”

“等五分热血堂事了，朕希望你能将手中势力整合，交给欧阳成器。”

郭四娘变色道：“欧阳老大的侄子欧阳成器？”

“你也不希望出生入死的兄弟自相残杀吧。”明泉言下之意是，若不合作，她会用血腥手段收服。

郭四娘看向白老二。

他的头几不可见地点了点。

郭四娘咬牙道：“听从皇上的吩咐。”

明泉从阮汉宸手上接过一个匣子，“你要朕带的东西，朕带来了。若还有其他需要，随时找他。”

白老二朝阮汉宸感激一笑，却笑得比哭更难看。

郭四娘接过匣子打开，一朵晶莹剔透的天山雪莲正躺在翠绿丝绸上。

“那朕先走了。”

白老二眨了眨眼睛，似乎有话要讲。

明泉看看他，又看看郭四娘，会意道：“放心，君无戏言，朕应承的事情一定会做到。”

白老二这才满意地闭上眼睛。

郭四娘转过头，泪如泉涌，随即掏出一块湿漉漉的手巾悄悄地擦拭着。

明泉无声叹息。

无论武功高强如白老二，还是身份尊贵如父皇，终究躲不过阎王三更召令。

这便是注定的天命……与劫数！

京城迎来了今年的第一场雪。

满天鹅毛般的雪花笼罩在整个城郭的上空。

皇宫终于裹上了素妆。

明泉披着大氅站在雪下，被眼前的雪景迷乱了眼。

记得年少时，父皇也曾坐在亭子里含笑看她和高绰君在雪地里打雪仗，不时纠正她不雅的姿势。可曾几何时，这已成为永恒的思念封锁在回忆里。

“严实，”她掬起一把雪，奋力扔向远处，“去频州探探高先生。”他们有太多共同的回忆，单纯的、没有任何心机的回忆，只能小心翼翼地与彼此分享。

“若他不想回来，也不要惊动。”她补充道。

她不想勉强他重回这个孤寂清冷的牢笼，纵然思念至深。若必须有一个人承受孤独，那应该是她。因为这就是成为皇帝必须经历和成长的道路。

白老二终于行动了。

明泉站在乾坤殿里，一边由信差传报着宫外的风声鹤唳。

京都守军早得到了命令，只保护百姓和财产，其他全都睁一只眼闭一只眼。

——拳头早几年在白老二离开的时候就分别被神风堂和万马帮吸收，因此铁老三死后，他不费吹灰之力就收回旧部。此刻他正带着他们和郭四娘的红缨会攻向福隆寺。

——欧阳成器带着神风堂的人在福隆寺外与他们对上了。

毕竟是亲伯父，血连着心。明泉满意地点点头，若他真为了自己日后势力的完整而将神风堂遣走，置欧阳老大的生死于不顾，她会立刻铲除他。一个连孝都做不到的人，又如何谈忠字。

——白老二已经攻入福隆寺。

消息如门外的雪花一般纷至沓来。

明泉特地亲手煮了壶茶，慢慢品着。她不担心欧阳成器的安危，白老二怎么都会看她的面子。

她现在等的是……最后的好消息。

“皇上。”严实将最后一封信送来的同时道，“福隆寺着火了。”

摊开信，上面赫然是：欧阳老大、白老二同殁。

将信放在烛火上点燃，任它化为灰烬后，她才幽幽道：“下令京城守卫军抓人，记得，是活捉。”

“是。”

先将人放进牢里关个几天，再领出来的时候火气也会小一点。

她优雅地啜着茶。

五天后，派去频州探望的信使传来令她震惊的消息！

——高绰君病危！

收到消息的时候斐旭正在她旁边。

明泉失态地差点将砚台打翻在他身上。

“高先生去频州的时候精神已然大好,为何短短一月竟……”她双目赤红,声音微微哽咽。

严实站在堂下，斟酌道：“是否将信使传来问话？”

无品级的信使传入乾坤殿大概是破天荒第一次，明泉却半分迟疑都没有，“宣！”

信使几乎是被人拖着来的，跪在下面的时候两条腿还在打颤。

“皇上万岁、万岁、万万岁。”他照着戏文上演的那样，鞠了个躬。

明泉却没空理会他滑稽的模样，疾声问道：“高先生是得了何种病？为何不送来京城由御医会诊？”

“高、公公他……”他舌头麻得不听使唤，“被打得，不能动。”

她瞪大眼。堂堂大内总管太监走到外面居然被人打？！

“谁这么大的胆子？！”她的话里充满戾气，令斐旭不自觉地皱了眉头。

“是高高高……公公的的……家人。”他忍不住给了自己一个耳光。

明泉放在桌下的手攥得衣服死紧，“你怎么知道的？”

“齐勇城的人都……知道。”他说话稍微利索了点，“高、公公还被游街过！”

砰！

墨砚和镇纸齐齐一跳！

信使被吓趴在地上。

“那后来呢？”她勉强沉住气问。

“我找当……当地的知府，把他给……救出来的。”

“高先生的伤势如何？”斐旭见明泉火得说不出话，替她问道。

“很重，大夫说拖……最多拖半个月。”信使小心地瞄着明泉脸色，暗暗担心自己会不会被拖出去砍头。

明泉深吸了口气，“你先下去。严实，赏他黄金百两。”高家在齐勇城颇有名望，他能说服知府帮他救人，也算大功一件。

严实弯下腰，一只手搀着他吃力地往外走。信使软得几乎整个人都挂在他肩上。

两个人从背影看，颇有难兄难弟的味道。

“皇上息怒。”斐旭倒杯茶给她。

明泉将茶一口饮尽，朝外喊道：“严实！”

可怜严实正走到转角，听到呼唤只好匆忙将人扔下，提着衣服下摆拼命跑回来，“奴才……在！”

“准备驾辇，朕要去频州。”

“皇上准备何时启程？”

“即刻！”

严实连磕头都省了，赶忙跑去张罗。

斐旭叹了口气，“有几句规劝，听否？”

“听听无妨。”她冷冷地笑，像只浑身带刺的刺猬。

斐旭摸着鼻子，“天冷，出门多带几件衣服。”

皇帝的突然远行引得朝中一片震动。

沈南风与杨焕之结伴拦驾。

明泉连见也没见，直接让阮汉宸把他们扔到斐旭的马车上，一起上路。

可怜两人匆忙出门，身上本就穿得单薄，斐旭更夸张地将帘布拉起，美其名曰：赏景。

“两位大人很冷吗？”他假惺惺地问。

杨焕之哼了一声。在他想来，皇帝会毫无预警仓促出门，斐旭“功不可没”。

沈南风笑道：“帝师出门定然考虑周全。”言外之意就是借几件衣服穿穿。

斐旭点点头道：“好的好的。”他翻出一件大氅，“不过这件大氅是我珍爱之物……”

“开个价吧。”吃过几顿饭后，他就将他的品行摸得一清二楚，根本就是另一个孙化吉。不过孙大人好歹是为国操劳，他全是中饱私囊。

“好说好说。”斐旭的眼睛笑眯成一条缝。

杨焕之又是重哼了一声。

约莫半盏茶后，严实过来送了条大毯子，“皇上说杨大人匆忙出门，一定未带御寒之物。毯子先将就着用，等进了城再另行添置。”

杨焕之感动地接过来。

沈南风郁闷地指着自己的鼻子。

“皇上说沈大人有斐帝师照顾，想必无须皇上操心。”严实恭敬地传达完，就跑回明泉跟前去了。留下车里表情各异的三个人。

频州素以陶瓷工艺闻名于世，其富饶程度在大宣十一州中位列前矛，不下雍、奂两州。封地领主罗郡王乃是瑶涓大公主的夫婿，与明泉同宗。

明泉圣驾突临，让久不闻政事，给正在怡红院喝花酒的罗郡王来了个突然袭击，急忙连跑带跳地冲回郡王府。

府里管家早得到消息，调遣嬷嬷小厮手捧各种换洗用具站了一长道，罗郡王一进门便边走边更衣擦脸漱口熏香，忙得不亦乐乎。等到了惜水居外，他已神清气爽，举袖溢香了。

"公主，融安有事相商，可否一叙。"罗郡王惧内，举国皆知，他也不以为忤，颇为沾沾自喜。

瑶涓的大丫头春春应声出来，先拿了把玉尺抵住他胸前，逼得他连退三尺，到了院子外头。然后又量了量他的衣长，转身回禀道："公主，驸马穿的是自己的衣服。"

罗郡王脸色一红。

上次为了贪方便，随便穿了件朋友的衣服过来，没想到一眼就被看穿了。

夏夏倚着门一边嗑瓜子，一边吃吃地笑，"驸马爷这次又闯了什么祸？不会又为了哪家的花魁打了知府家的公子吧？"

"没有没有没有……"罗郡王头摇得像拨浪鼓，"我再也不去清香小阁了。"

春春白了她一眼，"少贫嘴，快来闻闻气味，公主还等着回信呢。"

夏夏做了个鬼脸，蹦蹦跳跳地跑到罗郡王跟前，只嗅了一下，就皱起了眉。

罗郡王在一旁急得拼命打眼色。

"驸马爷……"夏夏拖长了音。

罗郡王顾不得春春还站在旁边，就猛地作揖鞠躬起来。

"至少喝了一夜的花酒，身上狐狸精的臊气连这么浓的香都盖不掉呢。"夏夏笑嘻嘻地跑回门里，探出半个头来，"我可不敢向公主撒谎，驸马爷还是明天再来吧。"

罗郡王急了，朝里面大喊，"公主！公主！我真有事！急事！你就让我进去吧。"

春春用玉尺拦在他身前，生气道："驸马爷，虽然外面是你的郡王府，但这里是我们公主的地盘。公主进门的时候可是约法三章的。"

"我知道我知道！可这不是火烧眉毛，我给急的么！"他讨饶似的连连拱手，"小姑奶奶行行好，去回公主一声！驸马爷我这辈子都记得你大恩大德了。"

春春撇过脸不说话。

门里又转出少女，冷冰冰地看着他们，"公主请驸马进去。"

罗郡王吐出口气，感激道："谢谢冬姐姐了。"

"真是狗改不了吃屎，转个背又开始姐姐妹妹。"春春在他身后小声咕哝一句。

他可管不了她是挖苦还是嘲讽，大跨步进了房里。

屋子分三间，中间有两道帘子隔开，隐约一个白衣女子斜靠在最里面那间屋子的躺椅上。

"公主近来可好？"虽然看不真切，但他每次来，还是忍不住多看几眼。

"驸马若无其他事，瑶涓乏了。"清清寡寡的声音，每个字都很无力，却又袅袅动听。

罗郡王见冬冬摆出随时要把他"请"出去的架势，连忙道："的确有事。"

"……请说。"

"皇上昨天出发来了频州，估计今晚就到平城。"这还是他京城里的朋友私下传书过来的，皇上连一点风声都没漏给他。

瑶涓沉默了下，"你是说……明泉要来？"

“没错。”

“那接驾便是了。”

“可皇上没下令各州府接驾，我甚至不知道她老人家来干吗。”他苦着张脸。

瑶涓沉吟了下。会是来看她的吗？不像，在宫里的时候，明泉只和两个哥哥玩得来，她虽然不像玉流那样与她针锋相对，却也没什么交往。明泉政局未稳，不可能有这个闲心。“近来朝中可有什么大事？”

罗郡王用袖子擦了擦额头的汗，“北夷派了使者与皇上和亲。哦，皇上前几天刚选了秀。”

“选中者中可有频州人士？”

罗郡王用力地想着，安凤坡、冯颖、薛学浅……

“好像……没有。”这都是平时茶余饭后的谈资，说过就算了，他还真没认真记过。

瑶涓侧着头，也理不出头绪。她在院子里待久了，早习惯与世隔绝的生活，让她以明泉的角度去思考显然有些强人所难。

“驸马先回吧，若有其他消息遣小厮来报便可。”她淡淡道。

罗郡王沮丧地垂下头，朝门外走了几步，又停下来转头问，“你，还是不肯见见我么？”

“相见如何？不见如何？”

“我们还可以重新开始……”

“融安，我乏了。”瑶涓淡然道。

罗郡王失望地回过头，“公主早点休息吧。”

他默默地顺着原路回走，背比来时伛偻几分。

瑶涓靠着窗，手指慢慢在窗棂上比画着他的轮廓，直至他消失在小道尽头……

平城城门大敞。

十里红帛自郡王府邸一直延伸向官道，沿途频州官员按品级高低依次跪拜。紫、红、绿三色官袍泾渭分明。

罗郡王头戴紫金六蟒红宝石顶冠，身穿御赐紫缎金边双蟒吐珠圆领马甲，脚下一双玉花镏金靴，站在红帛上英姿焕发，俊秀异常。

天地交接处，两队红缨黑铠骑兵端坐骏马，护着中间的三辆马车，气势肃杀，徐徐前来。

罗郡王一见盖悬珠穗的明黄马车，立刻躬身道：“臣频州孝嘉顺安德罗郡王尚融安参见皇上，吾皇万岁万岁万万岁。”

百官齐呼：“吾皇万岁万岁万万岁。”

马车上门帘动了一下。

一个紫袍太监站在车下，喊道：“平身。”

“谢皇上。”罗郡王领着百官站起来，上前一步道，“臣已腾出郡王府作为皇上的临时行宫，公公看……”

“不必劳师动众。”明泉清冷的声音自帘布后透出，“朕只是途径平城，还要继续赶路。”

罗郡王一怔。皇上要赶路？

他与幕僚准备了一天的说辞顿时卡在喉咙里。

“可是大公主已在府里设了宴……”皇上过他家门而不入，若传了出去，他将立刻成为大宣笑柄。

明泉在车里沉默了下，“郡王与郡王妃的一片心意朕心领了，待回程再来领用吧。”

话已至此，罗郡王也知再说无益，便让开身子道：“臣遵旨。”

太监又扯开嗓子喊道：“起驾！”

百官面面相觑，然后异口同声道：“恭送皇上！”

一千轻骑旁若无人驾马自红帛上踩过。

百官中有几个胆大的，在帝辇经过时偷偷抬起眼睛，却见窗帘掀起处，露出一张冷若寒霜的玉颜。

罗郡王府。

瑶涓坐在帘子后，静静听着来人的报告。

“皇上未下驾辇？”

“未曾。”

“去的是什么方向？”

来人想了下，“马家镇。”

瑶涓点了点头，“去吧。”

来人也不多问，磕了头就走。

她静思片刻，转头对冬冬道：“让驸马把齐勇城最近几天发生的事调查一下。”

戌时三刻，离齐勇城还有三百里的林子里。

明泉坐在软垫上，无聊地拨弄着火堆。

阮汉宸蹲在树上，警戒四周。

杨焕之和沈南风裹着毯子睡在车里，幸好明泉走时带了御医随行，这才让杨焕之这位老先生顶住了一路风餐露宿的奔波之苦。

帝轻骑轮班睡觉，留一半人分散在明泉周围的四面八方。这片林子此刻与皇宫一般固若金汤。

斐旭从车里找出两瓶酒，递了一瓶给明泉。

她轻哼一声，“你不怕朕又喝醉？”

“我看过了，方圆几里内没有茅房。”

她将酒放在一边，“朕不想喝。”

斐旭打开自己那瓶，喝了一大口，“可以驱寒。”

“朕不冷。”

他叹了口气，“一个人喝酒很闷的。”

“你可以找杨尚书。”

“他只会用酒瓶砸我的头。”

“沈南风？”

“他不会砸我的头，不过会收钱。”

“阮汉……”

她没说下去，只和斐旭相视叹了口气。阮汉宸的可能性比沈南风和杨焕之加起来还小。

“朕第一次发现，原来堂堂帝师并不讨人喜欢。”她话里大有幸灾乐祸的意味。

“皇上若不是皇上，大概也很难找到喝酒的人。”

明泉板起脸瞪他，坚持没多久，又扑哧一笑，“帝师真是坦白得让人可气又可笑啊。”

斐旭厚着脸皮道：“这是一门艺术。”

她抬起头，看着天空，“你说……五十年后，我们还能不能一起喝酒？”

斐旭怔了下，转头看她。

明泉也偏过头来，乌黑的眼珠比夜空还幽深。

“呵呵，”他干笑一声，也仰起头，“那皇上记得不要下禁酒令啊。”

明泉嘴角一撇，笑道：“那当然。朕可不想帝师为了喝一口酒而流亡别国。”

“皇上终于明白自己掌的是天下生杀大权。”他欣慰道。

她眸光一闪，“斐帝师似乎……话中有话。”

斐旭晃着酒瓶，“皇上多虑了。”

“慕流星之事一解决，斐帝师说的话就又变回高深莫测。”她笑得不怀好意，“朕是不是该考虑再添条惊驾的罪名给他，毕竟，他曾摔了朕的门。”

斐旭辩解道：“是客栈的门。”

“总之是当着朕的面。”

斐旭无奈地摇头，“皇上还是把我关起来吧。”

“帝师如果真有此意，南风可以略尽绵薄之力。”沈南风笑着走过来，然后向明泉行礼。

明泉点头笑道：“又睡不着？”他这几日一直被杨焕之的鼾声困扰。

沈南风苦笑两声。

明泉把酒瓶扔给他，“斐帝师正愁有酒无伴，愿以半月月俸相邀，沈卿不如牺牲一下。”

看到斐旭郁闷的脸，沈南风笑得很贼，“臣，遵旨。”

未时过半，明泉的车辇终于出现在齐勇城外。

因有了先例，她特地派人叮嘱不准张扬。

帝轻骑被留在城外扎营，她则带了斐旭等人和几个御医混在百姓中悄然进城。

高绰君暂住在知府府邸，刘章建一早就候在门外。从他得知当今圣上派人慰问高绰君时，便知大事不妙，这位先帝的大内总管只怕还未失宠。因此他毫不犹豫地亲自把被打得遍体鳞伤、只剩一口气的高绰君从高家带了出来，并广招名医，用尽各种手段医治，期望皇上念在他事后苦心，能从轻发落。

信使回去后，他在家中惶惶数日，竟得到女帝亲自驾临的消息，犹如一道晴天霹雳砸在脑袋上。

他立刻意识到高绰君在今上心目中的地位只怕不止宠臣二字这么简单。

这几日，他心里已做了最坏打算，妻妾们先被打发回了老家，子女们送至农家暂住，若真有万一，也可保住一点血脉。

明泉到的时候，刘章建正愁容不展地坐在台阶上叹气。

“刘知府。”斐旭拍了拍他的脑袋。

刘章建一个激灵跳了起来，用眼神制止正要上前质问的衙役，朝明泉试探性地望了几眼，立刻鞠躬道：“皇……”

“行了，”明泉不耐烦道，“先看人吧。”

刘章建连声道：“是是是，请请请。”

高绰君因身份特殊，所以特别安置在最清净雅致的别院。

明泉他们刚走到门口，就见到两个丫鬟端着两盆血水往外走。

“这是怎么回事？”明泉的脸立马沉了下来。

丫鬟小心地看了眼刘章建，见他没说话，才大着胆子道：“里面那位公子又开始吐血了。”

明泉神情一变，三步并作两步冲了进去。

房间里六七个大夫正叽叽喳喳地吵个不停。

“都给朕出去！”明泉恼怒地一挥手。都是群庸医！

其中两个年轻的大夫被打断，还待生气地说什么，却被年长者捂住了嘴巴。

天底下能说“朕”这个字的，只有一人而已！

御医们不等明泉指示，就忙不迭地上前给躺在床上，面色青黄的高绰君诊脉。

明泉焦急地在旁边来回踱步。

杨焕之坐在桌边，脸色沉重。

高绰君虽为天下众多人不齿，但杨氏却对这位行事正直、才思敏捷的大才子十分有好感。何况高绰君曾多次保下因直言不讳而触犯天颜的他。两人实是交浅言深。他虽然理智上不赞成明泉私自出京，情感上却希望这位好友能渡过难关。

沈南风则是若有所思地看着斐旭，仿佛想从他平静的面容下得到什么启迪。

“如何？”明泉见御医的手离开脉搏。

御医互视一眼，同时摇头。

“这是什么意思？！”

“启禀皇上，高公公受伤太重，五脏六腑俱损，且已多天高烧不退，实在是……回天乏术了。”

“真是……一点希望也没有？”她抓住御医的衣领，颤声问。

御医异口同声道：“请皇上节哀。”

明泉看着高绰君了无生气的脸，无法想象在一个月前，他们还曾一起坐在殿外哭，曾一起追缅先皇，曾一起站在乾坤殿里说笑……

而现在，他只是静静地躺在那里，一动不动。

“御医！你们和那群庸医有什么分别？！”明泉忿忿道。

“皇上，御医已经尽力了。”杨焕之劝解道。

明泉闭了闭眼，“不错，不能怪御医……”

斐旭闻言脸色微变。

“刘章建！”

“臣在！”

明泉拂袖而起，“带路，朕要好好见见高先生的家人！”

“遵旨。”刘章建背上冒着冷汗。

频州陶瓷甲天下，而高家陶瓷甲频州，因此高家虽不是频州首富，但在齐勇城内的威望之高，还在知府之上。明泉打发了刘章建，一路探访民情过去，才知道此言不虚。

沈南风随手拉了个人问路去高家，对方即竖起大拇指称赞，直道他好眼光，知道来频州找高家做生意。不过同时也语气怪异地警告他，带女人做生意会触霉头。

杨焕之瞥见明泉难看的脸色，急忙解释道：“频州崇工，男女之见难免偏狭。”所以罗郡王的惧内在当地引为笑柄，连父母教育孩子时都会谆谆叮嘱莫要以他为样。

明泉哼了一声，继续向前走。

却见一个五六十岁的老汉正扯着差不多岁数的老妪头发在大街上溜圈，鼻子里还不停哼气。

老妪一手抓着自己的头发，一手捂着脸孔，踮着小脚在后面边跑边哭。

明泉怒然上前，一臂拦住老汉，“老丈一大把岁数，好大的脾气！”

老汉脚下不停，准备硬撞开她，却被阮汉宸拖住胳膊，往后一拉，几乎踉跄摔倒。

他似乎这才发现明泉身后还站着几个男子，“老夫在巡奸，外地人让开！”

“巡奸？”明泉想起信使曾说过高绰君被游过街，心头火起，“大宣刑律，不得殴打妇孺，违者当杖责二十！”

“老夫不和女人说话，滚开！”老汉脾气比年纪还大，拼命抽动胳膊，偏偏阮汉宸手掌像钳子一样紧，分毫动弹不得。

“发生什么事了！”四周的人群开始围拢，一个看上去八十冒头、须发花白的华衣老者拄着拐杖，在几个年轻家丁的簇拥下走来。

那老汉顿时神气百倍，恶狠狠地将扯着头发的手放下，疼得老妪大叫一声，跪在地上。“三长老来得正好，有几个外地人拦着我不让巡奸。”

华衣老者眯着眼打量几眼后，道：“各位初来乍到，可能不懂本地风俗。巡奸乃是老祖宗传下来为了惩恶扬善而定的规矩。连官府都不曾过问。这位张老汉六十年来身体健硕，从无疾病，却在前几天吃了他媳妇煮的鲫鱼后上吐下泻，险些丧命。这等谋害亲夫的恶妇，我们自当游街示众，也好让有此居心的宵小引以为戒，不敢以身试法。”

“谋害亲夫，其罪当诛。张老先生为何不报官？”连最稳重的杨焕之见了老妪脸上的瘀伤惨状都忍不住动了气。

张老汉斜瞪着他，“老夫家事，官府有什么权力干涉！”

一句话说得连华衣老汉也变了颜色。明泉等人衣料华贵，仪态大方，他只一眼便晓得定是出身大家。再看他们句句不离官府，想必有些渊源。张老汉如此说辞，只怕会引来麻烦。

果见杨焕之负气道："此言差矣！君无术则弊於上，民无法则乱於下。所谓人命关天，张老先生既然怀疑尊夫人有谋害之嫌，理当移交官府，由官府审理定案。若尊夫人的确居心叵测，则应受律法制裁。如若不是，也好还她一个清白。"

老妪只是抽泣，既不承认也不否认。

"我齐勇城有我齐勇城的规矩，犯不着你一个外人来插嘴！"站在华衣老者身边的家丁忍不住道。

四周百姓立时大声呼应，甚至有几个年轻人威胁似的逼近几步，场面颇为失控。

斐旭等人小心护在明泉身侧，准备擒贼擒王，随时出手拿下华衣老者。

华衣老者眉毛一动，压下制止的念头，站在一边静观其变。

家丁们见他默许，叫嚣得更大声张狂，不停口出秽语。

明泉等人脸色立变，却见阮汉宸松开抓着张老汉的手，反手接下一只不知从哪里飞过来的鸡蛋。

张老汉一脱离钳制，立刻逃回人群中，大喊道："打他们！"

顿时无数鸡蛋从四面八方飞过来。

阮汉宸和斐旭上蹿下跳接个不停，还是漏了几个。砸向明泉身上的最多，但由于阮斐二人的保护，身上反而最干净。沈南风和杨焕之便没这么好运，脸上背上都挨了不少。

锵锵锵！

三声锣鸣！

"住手住手！"刘章建由衙役们拥着匆忙跑进来，见到满地的鸡蛋一愣，几乎没勇气抬头看明泉的脸色。

华衣老者的目光在他和明泉他们脸上一转，笑道："没想到区区小事情居然惊动了刘大人，罪过罪过。不如稍后来舍下喝两杯水酒赔赔罪。"

刘章建立刻感到明泉看他的目光如火烧般灼烫，连忙道："本官正在处理公务，高三长老有话不如去衙门说。"往日他也得了高家不少好处，只是眼下的形势让他不得不弃车保帅。

这还是刘章建第一次说话这么不客气。三长老顿时明了眼前这几个满身贵气的男女恐怕来头不小，"刘大人说笑了，不过是聚众闹事而已，在场几位的罚金，老夫替他们出了。"

此话当即博得一片叫好声。

明泉冷道："高三长老？不知道你和高源丰是何关系？"

三长老被她轻蔑的口气激得火气一涌，冷笑数声，"好好好，真是长江后浪推前浪。想不到一个初出茅庐的小丫头说话口气居然比老夫还大。"人争一口气，佛争一炷香。他心里已有即使对方是皇亲国戚，也要放手一搏的打算。若换了两个月前，他还不至于有这么大的胆子，但上个月高阳王刚送了封亲笔书信，言辞间颇有招揽之意。论身份权势，平安郡王大势已去，静安王羽翼未丰，当今世上，除了皇上，便首数高阳王。有了他撑腰，任他多根深蒂固的氏族，也难撼动他一分！

刘章建脸色骤变。高家失势已成定局，他唯一希望的是不要连累到他。万一皇上盛怒之下，拿高家出完气还不够，想起今日之事说不定会再拉上他垫背。“三长老！”他转过头，背着明泉朝他打了几眼色。

三长老既然打定主意，便故意对他的暗示视而不见，还“好心”道：“刘大人的左眼皮怎么跳个不停？不会又要发横财吧？”

明泉在身后哼了一声。

刘章建暗道一声完了。

“能遇到高家长老实在太好了。在下慕非衣，倾慕高源丰老先生已久，正想去府上拜访。”斐旭打破僵局，彬彬有礼道。

三长老脸色暂缓，若能化干戈为玉帛自然最好。既然对方服软，他也不想竖立什么强敌，“看慕公子言行举止想必出身不凡，不知是从哪里遇到这个丫头的？”在他观念里，女人本不该抛头露面，更何况明泉这等口语无状，形态嚣张的女子，因此忍不住出言相讥。

斐旭忍俊不禁，“在下与她父亲乃是忘年之交。”

明泉冷冷地朝他一瞥。

沈南风和杨焕之暗为他捏了把冷汗。这种话，也就帝师敢这么说出口。

“慕公子远道而来，老夫本该代为引见兄长，不过可惜，我那薄命的哥哥在一个月前已经去世了。”三长老说着，还抹了抹干涩的眼眶。

活了八十几岁的哥哥还叫薄命？

明泉等人同时白了他一眼。

“不知现在是哪位当家？”

“正是我那不肖子。”他说到这里，眉眼颇为得意。

话到这里，明泉等人大约也想通了为何高绰君会得到这种待遇。

虽说他进宫做了太监，但好歹是长子嫡孙，在这种注重门第辈分的家族里，他才是大多数人心目中的继承人。高绰君也许并无意于此，却阻止不了其他人把他视为眼中钉。

斐旭道：“还请高长老代为引见。实不相瞒，我们正是有桩生意要和贵府一谈。”

“哦？”三长老面露怀疑，嘴上却道，“生意事小，几位一路奔波，正该让我尽尽地主之谊。这边请。”

斐旭也展臂道：“请。”

刘章建舔舔嘴唇，不知该不该跟上去。

沈南风见他可怜，好心地指了指张老汉夫妇。

刘章建眼睛一亮，等三长老走远，四周百姓退去后，派衙役找了个僻静的地方将他们逮捕回公堂。

三长老并没有请他们到高家，而是在当地最大酒楼的二楼雅座设宴。

高文辙来的时候，楼下引起不小的骚动。

明泉抬头，眼见一个青年面若女子，细腰纤臂，姗姗自楼梯缓步拾阶而上。论眉眼妖娆，不逊夏淳淳。

“这便是犬子高文辙，”三长老自豪地站起来，“这位乃是慕你伯伯之名远道而来的慕非衣慕公子。”

“久仰久仰。”高文辙拱手道。

明泉讥笑道：“高公子以前听过慕非衣这三个字么？”

高文辙笑容一僵，循声望去，但见一个翠衣女子支腮浅笑，容姿秀美。秋波流转处，神采飞扬。其风采神色与以往认识的少女迥异。

阮汉宸瞪住他。

他连忙收敛目光，“姑娘见笑，不知慕公子找在下所为何事？”

“我在京城有个朋友，”斐旭悠然地喝了口茶道，“他说内举不避亲，推荐我来找高家做生意。”

“听起来，那位朋友似乎也是高家人？”三长老目光一沉。

高家在京城能接触到这般上流人物的，只有一人而已。

“不错，他便是大内总管高绰君高公公。”斐旭端起茶杯，“来来来，让我们为这远在京城的朋友干一杯。”

高文辙嘴巴一动，被三长老狠狠用手肘撞了一下。

“慕公子有所不知，这位高高在上的高公公已不是我高家之人了。”三长老硬声道。

斐旭佯装大惊失色，“怎会如此？”

“家兄弥留之际已在祖宗面前将他驱逐出高家。”三长老说到这里，面带戚容。

明泉冷笑，“弥留之际还能爬到祖宗灵位前，真是辛苦他了。”

三长老变色道：“你这个丫头一而再，再而三地出言不逊，究竟为何？”

“讨债！”她直言。

楼梯一阵急促脚步声。

只见刘章建满头大汗地出现在楼梯口，“高、高、高公公醒了！”

明泉大喜。

“你们究竟是什么人！”三长老阴郁地盯住他们。

能让堂堂知府当跑腿，来头肯定不小。

难道是连首辅的家人？

明泉不理他，拂袖往外走，边走边道：“阮汉宸，叫帝轻骑入城围住高家，一个都不许放过！”

帝轻骑？

阮汉宸？

三长老一屁股跌坐在椅子上。任他再孤陋寡闻也知道他嘴里的小丫头是何人了。

明泉冲回来时，高绰君正靠着枕头一小口一小口地喝药。

“高叔叔！”她蹲在榻前，泪眼潸然。

御医识相地端着药碗走开，反正喝与不喝区别不大。

高绰君微微一笑，“见到我就哭鼻子，你父皇知道了，会不高兴。”

她胡乱抹着眼泪，“没哭，是高兴的。”

“早点回宫，让安莲帮你擦泪珠子。”他伸出手，想摸摸她的头，却够不着。

明泉身子向前挪了挪，含泪嗔道：“关他什么事？”

“我离宫的时候，他保证过，会好好照顾你的。你要是反悔，我就拉着你父皇一起去找他，吓死他。”

她心中一恸，扑到他怀里，号啕不止，“不准不准不准！朕不准！你不要走，我不要你走！”

高绰君被压得喘不过气，却不舍得推开她，“我有件事，想请你答应。”

明泉身子一僵，缓缓抬起头，泪花中满是坚定，“你不走，我就答应。”

“我欠高家太多，今日一切，不过是有欠有还，不怨旁人。”

“大宣律法可不是这么定的。”

“明泉……”

“我不想谈那些人！”一想到高绰君曾在那里受过的苦，她就有杀人的冲动！

高绰君知道自己时日无多，怕她盛怒之下倾覆高家，因此急道：“是我自己要留下来的，我受的一切都是自愿的。”

“什么？！”她震惊。

他叹了口气，“爹死的时候，把我的名字亲手自祖谱里划去。所以，我没有资格拜祭爹娘。咳……”他吐出口血来。

明泉骇然，正要叫御医，却被他摆手阻止。

“没有用的，我还想，多和你说一会儿话。”他嘴唇微微上翘。

她见他明明虚弱得连手都抬不起来，却还强撑出微笑安抚她，泪水顿时像断了线的珍珠，不断落下。

“这是报应，报应我当初舍爹弃娘，背祖忘宗……”两行清泪自眼角徐徐滑下，“我已经满足了，真的……文辙他，背着所有人，带我去过祖庙，上了香。所以，他们真的，不欠我了。”

“我现在，唯一的心愿，就是早点见到你父皇……我真的、真的很久，没看到他笑了……”

“你知道，他很挑食，我要伺候他吃饭。多吃青菜……身体才好……”

“京城下雪了么？很久没打雪仗了，频州的雪太薄……”

“你应该替我高兴……”

“这一天，我等了很久……”

“……”

明泉静静地趴在他身上，默默地听着。

听着声音渐弱，听着……天地寂静……

高绰君的丧事办得并不张扬，明泉出人意料地选择火葬。

杨焕之事后患了风寒，终日在御医的看护下养病。

高家被围了六天。初时不允许任何人送食物进去，后来还是斐旭亲自推了辆米车，阮汉宸得明泉首肯后才准行。但斐旭的神色却不喜反忧。

只有一种犯人是特许在行刑前吃饱喝好的。

而本应清闲的沈南风这几天却埋头在书房里，与世隔绝。

明泉推开门，就见他还在翻阅案宗，“可查到什么？”

沈南风摇摇头，“满门抄斩是极重的刑罚。只有谋反、卖国、亏空五百万两以上者……”

“高家无权无势，自然不会谋反。而卖国亏空……也只有高先生做得到。”

“因此……”

“因此朕便动不了他们，是么？”

沈南风一咬牙，劝谏道：“高家在频州根深蒂固，所谓牵一发动全身，若要连根拔起，恐怕会不利于国之根本。”

明泉睨了他一眼，“朕、不想听。”

沈南风听话地闭上嘴。那一眼中，只有憎恶。

明泉回房时，斐旭正坐在这喝茶。

“帝师好闲心。”

“我是来问皇上两句话的。”

“朕不想回答。”

斐旭自信道：“皇上会回答的。”

明泉挑眉。

“第一个问题，皇上是不是想将高家满门抄斩？！”

明泉眼皮都不抬道：“是。”

“不过皇上似乎还没找到适当的借口。”

“这是第二个问题？”

斐旭不以为意地笑笑，“第二个问题是，高阳王若反了……”

明泉脸色大变，沉声道：“帝师可知，凭刚才那句话，朕可摘了你的脑袋！”

“皇上何不看看此信再说？”他从怀里掏出封信给她。

明泉看了信封便冷笑不止，“没想到高家居然还勾结高阳王。”抽出信来，里面洋洋洒洒，声泪俱下，活脱脱一个在世忠良被陷害的典型，而高阳王显然就是那个能救忠良于火海，能保家国于危倾的英雄。

“皇上不如暂时放过高家？”斐旭瞄着她的反应道。

“暂时？”

“难道皇上已经想到杀他们的借口？”

明泉将信放入袖子，鼻哼一声，“光凭辱骂朕这一条，即便屠城也不为过！”

满城的愚民！

斐旭被她话里的暴戾惊得皱眉。

明泉看他骤变的神色，叹气道："朕不过说说。"

"却表示皇上真的想过。"

"朕也是人。"

"却是个手握天下生杀大权的人。"

"帝师似乎很喜欢说这句话。"

"因为它是事实。"

"朕明白。"她眸光一黯，"朕答应过父皇，要做个好皇帝。"

"好皇帝首先便要学会以身作则，依法治国。"

"朕何尝不知道定不了高家满门抄斩。只是，朕真的不甘心！"她捏紧拳头。

斐旭叹道："皇上……"

"朕很累，帝师先回吧。"

斐旭默然起身。

"你的提议，朕会考虑。"

窗影下的少女脸上，已找不到属于这个年华的天真烂漫。

明泉坐着帝辇到高家时，门前聚集了上百个喧哗的百姓。他们有的手持锄头、有的高举菜刀，一副豁出去闹事的架势。

高文辙站在门槛里，鬓发些许散乱，袖子也半卷半翻，嘴上还不停苦口婆心地劝他们回去。

三长老则在一旁一言不发，看着天空不知在想什么。

"皇上驾到！"

严实吊起嗓子喊道。

百姓们立刻射来敌意的目光。

严实挺起胸膛，上前一步，大喝："大胆！还不速速接驾！"

高文辙首先反应过来，拉着三长老跪下道："草民接驾。"

百姓们面面相觑，最后都不甘不愿地一个个跪下道："草民接驾。"

还是三长老看的戏文多，接口道："吾皇万岁万岁万万岁！"

"吾皇万岁万岁万万岁！"

明泉自帝辇里走下，"高三长老这几日过得可好？"

三长老站起来道："托皇上洪福。"

严实怒叱，"放肆！未得皇上允许，不得私自起身。"

三长老又慌忙跪下，"草民第一次见天颜，不知规矩，请皇上恕罪。"

"高三长老客气了，朕不过区区一个小丫头，哪敢受三长老的大礼？"

三长老冷汗直冒，"皇上恕罪，草民，草民不知皇上身份，多有冒犯……"

"行了，你搜肠刮肚说得累，朕心力憔悴听着烦。"她坐回车辇里，唤道，"严实。"

"是。"严实上前一步，拿出明晃晃的圣旨道，"高家接旨！"

高文辙与三长老互视一眼，然后异口同声道："草民接旨。"

严实无奈地叹口气，“还不备下香案。”

三长老苦于不能起身，只好对跪在后面的家丁吼道：“快准备香案！”

等摆好桌案，点好香炉已是一盏茶后了。

严实强自忍下身体冷得发抖的冲动，高声道：“奉天承运，皇帝诏曰：频州高府承富三代，邻里德高，街巷望重。本应以身正行，智教开化。然其以芥子之功，丧须弥之德！上不遵天子令行，下不标百姓训犯！视王法于无物，蔑帝威于微末。诛其全族以儆效尤不为过也！”

高家人俱是一震！

“然朕念天恩浩荡，特法外施恩，死刑可免，活罪不饶。抄没家产，归缴国库。门中男丁发配北塞，以充军役，女眷皆为官婢，遇赦不恕。生养死葬，不入祖庙！钦此！”

严实尖锐的声音如一道惊天巨雷，炸得当场鸦雀无声。

斐旭敲了敲车辇，等明泉探出头来才苦笑道：“要真斩了还干净，皇上非得留着他们活受罪。”

“朕也是为了顺帝师大人的意啊。”明泉似笑非笑。

“但愿这是他们此生最后的劫数了。”他意有所指。明泉宣布罪状的时候，独漏了高绰君之死，可见皇上是把这笔账记在心里的。

“帝师不觉得太轻了？”

“生不入门，死不入庙，高家从此香火不延，等同断子绝孙。于高家而言，这比死了更痛。”

“这世上多的是孤魂野鬼。”她就是要他们断子绝孙！既然高绰君入不了祖庙，那么她就让祖庙形同虚设！

严实举着圣旨，怒道：“还不领旨谢恩？！”

高文辙与高三长老都跪着不说话。

倒是聚在门前的百姓群情踊跃，好几个站起来要冲上前理论。

但帝轻骑持剑明晃晃地挡在明泉车驾前，乌黑铠甲如天兵天将般巍然挺立，无形地警告他人，近身者死！

高家其中一个女眷眼尖地看见斐旭，突然激动地冲过来，“慕公子！慕公子！求你救救我们！慕公子！我不要当官婢啊！”

明泉冷哼一声，放下窗帘。

斐旭尴尬地摸摸鼻子，排开帝轻骑走到她面前，“皇上的旨意除了皇上自己，谁都改不了。”

“她不会救我们的！”女眷不死心地拉住他的胳膊，“你一定有办法的，慕公子，求求你！三爷爷已经一把年纪，实在是经不起折腾了。文辙哥哥刚考取了秀才，他还有大好前程……慕公子……求求你！”

得罪了皇上还想要大好前程？明泉又哼了一声。

严实手端圣旨，扯高嗓子又喊道：“还不上前领旨！”

高文辙领着高家人沉默地跪着，作最后的无声抗议。

斐旭觉得袖子都快被抓烂了，实在很后悔把自己暴露在帝轻骑前面。

明泉冷冷的声音自车辇里传出，“斐帝师，若有人领着全家抗旨，够不够理由满门抄斩？！”

斐旭叹了口气，“够。”

高文辙身体一震，缓缓抬起头，似乎无法置信那个笑容如春光明媚的女子竟有如此狠毒的心肠。

“草民、领旨……”他深深叩下头去，颤抖地伸出双手，接过了那张让人彻骨寒冷的圣旨。

沈南风越众而出，挥手喝令帝轻骑，“查抄！”

从高家抄出来的家产记录成册，足足装了一马车，其中包括高家在各地的商行。恐怕这次最高兴的当数孙化吉了。

明泉坐在床沿，小心地轻抚着怀里的七宝翡翠骨灰盒。

严实站在门外，轻唤道：“皇上，该启程了。”

明泉回过神，应了一声。将骨灰盒用赶制的小棉袋装好，再在外面裹了层淡青色的锦缎，捧在手里，朝外走去。

门口刘章建率地方官员恭敬地候着。频州虽没下雪，气候却比京城还冷，看他们一个个被冻得通红的鼻头，可见等了很长一段时间。

“齐勇城，”她边走边淡然道，“朕很失望。”

刘章建心里咯噔一声，胃里一阵收缩。

“三年后，朕会再来。”她停下脚步瞥了他一眼，“到时，刘知府应当不会再令朕失望了吧？”

“臣必当竭尽所能，报效朝廷，报效皇上厚爱！鞠躬尽瘁，死而后已！”他慷慨陈词完，发现明泉已经走远了，一个新晋的地方小官正捂着嘴巴直笑。

“咳！”他咳了一声。

地方小官后知后觉地闭上嘴巴。

明泉走到门外，环视侍驾之人，问道：“斐帝师呢？”

沈南风面有难色。

严实道：“昨天那个女子在牢里以死相挟，逼帝师大人去了牢房。”

“逼？朕看他乐意得很。”她踏上车辇，沉声道，“去瞧瞧齐勇城的牢房长什么样子。”

齐勇城的牢房尚算整洁。

不少衙役知道高家的人要住进来，都熬夜将里面打扫得干干净净，务求他们在自己的地盘上住得舒舒服服。

明泉一踏进牢房就听到女子的泣哭哀怨地回荡在监牢的每个角落。

剩下的，是抗议般的静默。

“帝师大人，好雅兴啊。”她慢悠悠地走到他身边，不阴不阳道。

女子抬起头，怨恨地盯着她，苍白的嘴唇剧烈地抖动着。

斐旭笑道："没想到皇上会纡尊降贵来探望囚犯。"

"朕并非为他们而来。"她目光一瞬不瞬地盯着他，"朕为你而来。"

斐旭呼吸一窒。

"这趟回去，满朝文武少不得要一番说教，没你给朕挡着，朕岂非很辛苦？"

"皇上真是知人善用。"

"朕是废物利用。"

斐旭呆了呆，道："在这种场合，毫无预兆地听到师父他老人家的名讳，有点不习惯。"

明泉突然蹲下身，对着女子冷笑道："若在京城有人这样瞪着朕，朕非把他眼珠子挖出来不可！"

"皇上，你……"斐旭道。

"手握天下生杀大权。"她代他接下去，"不过，似乎有人不明白。"

"什么皇上！你凭什么抄我们的家！那些家财都是我们祖上自己赚下来的！"突然一个男子从对面牢房伸出双手向她张牙舞爪，形若癫狂，"是我们的东西！你凭什么抢！凭什么！你个婊子！婊子！"

明泉冷漠地掸着裙子站起来。

一直默不吭声的女子突然大笑起来，"皇上？哈哈，皇上！总有一天你会后悔的！你会后悔的！我高珠环会让你后悔的！"

"严实。"她冷身道，"把高家所有的人都掌嘴二十！高三长老，五十！"

男子的叫嚣骤歇，随即又怒吼："你敢？！"

"他就不用了，让他在旁边看着。如果再出言不逊，就打高三长老，打死了就再找个年纪老迈的。"

"是。"

"至于这位高姑娘，"她笑得温和，"长得很漂亮，就在她左右脸颊都黥个猪字。"

高珠环惊恐地拉着斐旭的袖子，"我不要，我不要！"

斐旭皱着眉头，"皇上，此刑有违天和。"

"斐帝师当知君无戏言。"她突然靠近他低声道，"朕突然觉得，留着他们比杀了有趣多了。朕可是在后宫长大的，帝王不屑用的手段，朕，哦不，本公主可不会吝啬！"

斐旭深望着她，默然不语。

"帝师兴许会觉得朕手段残忍。但天威不可犯！齐勇城只知高家而不知皇上，单凭这一条即可诛他九族！"

"皇上平心而论，所作所为是否有意气在内？"

明泉怔了下。

"若今日死的并非高绰君，皇上可还会如此紧抓着高家不放？"

也许她根本不会来频州，来齐勇城。

"臣言尽于此。"他揖礼，转身而去。

“斐……”她向前冲了一步，却终究没有喊住那个决然的背影。

平城汲取上次教训，只由罗郡王带着两个二品大员等在路边，衣着简朴。帝轻骑依旧在城外扎营，明泉带着沈南风、阮汉宸和严实三人与他们去罗郡王府。杨焕之依旧静养。

到罗郡王府的时候正是正午时分。

瑶涓一身盛装端坐门口。

“皇姐，你的腿？”明泉呆呆地看着坐在轮椅上的女子，眉眼清华，五官如画，正是记忆中美冠后宫的样子。

“瑶涓参见皇上。”她嫣然一笑，露出两个浅浅的梨窝，“恕我不能起身相迎了。”

明泉小心翼翼地把手放在她的腿上，“怎么会这样？”

瑶涓拍了拍她的手，“我们进去说。”

明泉亲自接过车把，朝里推去。

“我们上次见面是什么时候？”

“荣锦九年八月初八，皇姐出嫁的时候。”

“难为你记得仔细。”

“那天尚涵把墨汁泼到玉流裙子上，怕挨骂没说，害她当众出丑。”

瑶涓掩嘴而笑，“有这事？可惜我一心想着别踩错步子，没注意。”想着，她又怅然叹山口气，“转眼，快四年了，尚涵也有了封地开了府邸，成为静安王。玉流也将嫁到狄族当王妃。我们几个今生今世恐怕再无见面之日。”

玉流之事明泉有愧于心，因此不敢接话。

“在玉流公主出阁之前，公主可以回京城去看看啊。”罗郡王今天格外高兴，瑶涓终于肯走出那个院子。虽不是为了他，但能见上一面总是好的。

明泉敏感地察觉到瑶涓后背一僵。

“到了。”瑶涓回过头笑道，“以前父皇喜欢在园子里设宴，我瞧着今日阳光正好，也不很冷，就挑了这里。虽比不得宫里花团锦簇，也有梅香扑鼻。”

明泉看着四周盛开的冬梅，知道她一定花了不少心思，便笑道：“果真妙极。我近来也爱梅花清傲卓绝，特地从一个梅痴那里挑了几株放在宫里，现在看来，还不如皇姐成片的好看。”

“这便好，我听说安莲也是个爱梅之人，你们俩以后在一起总能多点话题。”说到这里，她思索片刻，斟酌道，“我有几句体己话，不知当不当说。”

明泉微微动容。瑶涓在宫中以美丽与安静闻名，平素不喜与人往来，即使见了父皇，也是疏疏淡淡的。今日她愿对她说体己话，必是反复琢磨才下的决心。当下道：“你我姐妹，有什么不当说的？”

罗郡王和严实等人借着张罗之名，都避了开去。

“女子为帝，未必差了男子去。你自小聪慧，大宣江山在你手上，即使不能更胜从前，也绝不会就此衰败。”

“姐姐……”明泉情不自禁地蹲下身握住她的手。登基以来，还是第一次有人对她这般肯定。

“只是为帝之路艰辛，女子为帝则更艰辛百倍。世间庸碌，即便同样尊贵出身，女子也总被看低三分。因此，我们更当洁身自爱。我虽不敢劝你从一而终，但男女生来有别，若坐拥后宫三千，只怕身后百年会落得骂名。”

明泉长叹，“我又何尝不知？只是知易行难，也许他们在乎的不是我的名声如何，而是我的子嗣。”

瑶涓想了想，便明白她话里的意思。

若明泉有了太子，恐怕会有很多人迫不及待地逼她退位。

“天上神仙，大宣安莲。不瞒你说，未出阁前，我也曾偷偷想望他的风采。”说到这里，瑶涓露出一抹少女独有的羞涩。

“如果罗郡王不介意，我倒可以画一幅赠你。”

瑶涓凝眸浅笑，“莫让他知道便是了。”

明泉会心地一眨眼。

“我只是想这般人物，恐怕不会屈尊与人共侍一妻吧。”她一边说，一边打量明泉脸色。只见她眼眸微垂，表情淡然。心中暗道，喜怒不形于色，明泉的确越来越像一个帝王。

“姐姐还没告诉我，为什么你的腿……”

“不过一桩意外罢了。”她轻描淡写地说。

“请皇上、公主移驾用餐。”阳光下，罗郡王开怀招手的模样纯真如稚子。

宴上，明泉瑶涓不断追忆往事，各种皇宫趣闻纷纷曝光，惹得罗郡王沈南风等人大开耳界。两人谈到兴头，宴罢后仍不肯休，非要同住一屋秉烛夜谈。

皇上之令自然无人敢违。

是夜，明泉与瑶涓并肩躺于床上，悠然地享受着这份难得的温馨恬静。

“姐姐与郡王的关系不好？”

“何以见得？”

“这屋子没有男子的东西。”

瑶涓轻笑，“你知道男子该有什么东西？”

“我常去父皇的寝宫。”

“是啊，父皇的确很疼你。”

“姐姐该不会现在才想起要和我争宠吧？”

“你这丫头，谁争得过你。”同样一句丫头，自瑶涓口里说出，声音轻袅，带着浓浓的疼宠，让明泉心里十分受用。

这世上，能让她撒娇的人实在是太少。

“姐姐的腿……”

“皇上还是喜欢打破砂锅问到底。”

“我用的是我，可不是朕。只是以妹妹的身份问问罢了，姐姐若真的不想说……”

“怎的？”

“朕只好自己去查，决不能让皇姐在外面受委屈。”

气氛顿时僵了下来。

只听瑶涓轻叹了口气，“的确是意外，而且过去很久了。”

“可罗郡王并未上报。”皇室最尊贵正统的公主瘸了是多大的事，罗郡王是吃了熊心豹子胆了，敢私自瞒下来！

“是我拦着他。”

明泉语气一沉，“那定然是与他有关了。”

“是两年前的事，有次驸马喝醉酒与知府的儿子打起来，一时失手把对方打瞎了。”

“这又如何？”知府与驸马，孰轻孰重一目了然。

“那位知府是连镌久的妻舅，女儿又是高阳王的宠妃，听说连西席都与静安王的管家有旧。”

明泉扑哧一声笑出来，“不知这位知府与朕认不认识？”

“他虽不认识你，但与高绰君却是结拜兄弟。”

明泉笑不出来了。

“这样的人，能不得罪，是最好不要得罪的。”瑶涓说得很含蓄，明泉却明白罗郡王府听似风光，其实并无实权。知府结交的那些人却各个权倾朝野，真动起来，罗郡王虽然有公主撑腰，也未必能讨得了好去。何况他们每年的吃穿用度还要看地方官员的脸色。

“后来呢？”

“我和驸马一起上门赔罪，知府却强行将重伤的儿子拉出来给我们磕头。在推搡间，我从阶梯上摔了下来，腰撞在石头上，便这样了。”她娓娓说来，仿佛旁人之事。

明泉吸了口气，“那知府……”

“知府将儿子送了官，在那年秋天，问斩了。”她幽幽道，“这两年过节，他还会上门走走，亲热得同一家人一样。”

这个知府是个人物！结交天下权贵，舍爱子而顶罪，其手腕魄力，恐怕放眼朝野，也没几个人能做到。

“他叫什么名字？”

“任道远。”

促膝长谈一夜。至东方拂晓，两人方才依依惜别。这十年的情谊仿佛就在这一夜间全补了回来。

“不如再留两日吧。”瑶涓握着她的手，眼眶微红。

明泉苦笑。今早天还没亮，这几日堆积的奏章就被八百里加急送了过来，催促之意溢于言表。

“朕得空再来探望皇姐。”她说完，别有深意地看着罗郡王，“日后皇姐就请罗郡王多多照顾了。”

“当然当然。”罗郡王开心地点头，有了圣旨还怕再被拒于门外吗？

“虽身在皇家，好歹也是亲戚一场。还请罗郡王抽空拨冗多写些书信往来，莫淡了彼此关系。”

罗郡王连声道：“一定一定。”

瑶涓却品出这句话的另一层意思，晓得明泉不放心她，暗示她愿作他们的靠山，心中暗暗感激。

“送君千里终须别，朕既是微服而来，自当微服而去。”她朝他们拱拱手，潇洒地朝城外走去。

原本她还想在城里稍逛下，但看到身后抬着厚重奏折的轿夫便游兴皆无，匆匆出了城，起驾回京。

一番折腾下来，明泉回到京城已近春节。

春节是一年之始。按祖制，除夕夜皇帝可在后宫，与妃嫔子女同乐，共享天伦。

大年初一，则须宴请百官，以示君臣同心。

大年初二，皇帝则要卯时从承德宫出发，大摆仪仗，率百官绕行京城，至酉时回到天罡宫，向天下昭显皇上勤政爱民之意。其间不但不能进食，而且离归的时辰半点不能有错。

明泉的皇祖父有次就曾差点误了回宫的时辰，使得当时百官不得不跟着仪仗拔足狂奔。最后虽然是赶上了，却有不少官员晕倒在半路或崴了脚脖子。

因此新皇的新春大典就格外被重视。举朝上下俱是忙得不见踪影，尤其是年老体弱的官员更告了假在家休养身体，期望能顺利熬过大年初二。杨焕之一回京城，就被明泉勒令继续养病。

幸亏如此，连镌久等人见了她也只是稍稍抱怨几句，便又埋头忙别的事。

不过明泉也不好过，奏折堆积如山，她这几日都是直接吃睡在乾坤殿。不过高绰君既已病故，她在常太妃的劝说下搬入承德宫，成为帝宫新主。

等宫里朝里一阵兵荒马乱后，时至除夕。

明泉设宴临冬阁，邀请四大太妃、安莲、六位蓄子、以及皇室旁系一同欢庆。跋羽煌虽未举行大礼，但名分已定，因此也在应席之列。

宫廷乐师更是使出浑身解数，或高山流水或二泉映月，余音未歇，新曲又起，直听得人应接不暇，将人间愁苦暂抛。

“久闻安侍臣琴技高超，艺绝古今，不如趁此佳节为皇上献上一曲？”跋羽煌向对座的安莲举杯致意。

明泉暗自皱眉。琴技高超也就罢了，艺绝古今这顶高帽怕是任谁也戴不下的。

“不错，安侍臣的技艺本宫也想听听。”古太妃纯然地笑笑，似乎没发现这底下的暗涛汹涌。

明泉想开口解围道：“朕……”

安莲翩然起身，笑道：“恭敬不如从命。”

“……准了。”明泉把想好的话咽了回去。

乐师让出琴。安莲轻轻拨了几下，嘴角噙笑，顿时运指如飞。

轻快曲调琤玏悦耳，如溪泉交流，水花飞溅，又如晨曦入林，莺飞雀鸣，回顾四方，俱是勃勃生气。

古太妃忍不住点了点头。安莲指法纯熟不让乐师，其意境表达也不相伯仲。以日理万机的右相而言，的确天资过人。

曲毕，跋羽煌起身鼓掌，“不愧是安侍臣。阳春白雪，绕梁三日，令人回味无穷。”

明泉含笑额首，“拿九龙含珠翡翠金杯来。”

徐太妃眼神一沉。

九龙含珠翡翠金杯乃是大宣开国之君专用来赏赐有功将士的御用之杯，意指江山共享。虽然只是象征，却是莫大荣耀。同样的举动落在后宫一名侍臣身上，不免让人心生疑窦：皇上是否有意立安莲为皇夫？

“赐酒。”明泉一边开怀而笑，一边细细打量在座众人的表情。

常太妃与徐太妃相视而笑，她们似乎又化干戈为玉帛了，今晚一直亲热谈笑不止。安莲能不能立为皇夫好像与她们一点关系也没有。但明泉知道，会咬人的狗通常是不会叫的。

古太妃温婉地笑着，不时向安莲投以赞许的目光。她像是宫中最超然物外的一个，从不与人交恶，也不与人刻意亲切，但以一个不靠子嗣就在后宫扎稳脚跟的女人而言，她绝非表面上所看到的那样简单。

马太妃有一筷没一筷地吃着，一副事不关己的样子。不过想到她是高阳王的生母，明泉就不敢小觑。

跋羽煌喝着酒，看不出是否懂得这杯酒后的真正含义。

几个蓄子除了安凤坡露出若有所思的表情外，其余或羡慕或麻木……她倒也不太关心。

反倒是那些皇亲们最懂做人，纷纷站起来向安莲道喜，一时殿里其乐融融，一派相亲相爱的和睦景象。

明泉浅啜着月下酌，心中暗为这宫廷百态冷笑不已。

初一依旧在临冬隔宴请群臣。

明天便是一年一度的新春大典，因此君臣都不敢贪杯，亥时不到，便早早告退回家养精蓄锐。

明泉回宫又批了一个时辰的奏折后，才上床安寝。

初二寅时刚到。

她便被请起来更朝衣，挂朝珠，顶朝冠，踏朝靴，用过粗米粥，便匆匆坐上帝辇。

百官早已正目肃容，严整待发。

“起驾！”

随着严实拖长的尾音，帝辇滚轴转动，九百帝轻骑在前开道。曙光下，锦旗飘飘，队伍如龙，自承德宫过东启门出皇宫。

百姓夹道张望，见明黄车驾过时，皆自发地下跪口呼万岁。

明泉端坐龙辇，两眼平视，面容威严。心中却不免感慨，天子脚下的百姓受帝都氛围的耳濡目染，对皇权的认知果是与别处不同。

行至中午，队伍为了迁就跟在后面的百官，已渐行渐慢。

明泉也觉得饥肠辘辘，偶尔闻到民宅飘来的饭香，不由食指大动。

思及父皇每年初二一回宫就迫不及待地传膳。当时还被她与高阳王二人私下取笑，如今轮到自己，才是有苦自知。

好不容易挨到车辇回转，就听到后面扑通扑通两声。

明泉回头只看到黑压压一片，几个帝轻骑的人进去抬了两个身穿紫袍的到边上。

“是谁？”

严实从后面跑上来，低声道：“回皇上，是礼部尚书杨大人和吏部侍郎姜大人。”

明泉沉着脸点了点头。

等酉时回到天罡宫，天色半暗，百官也只剩下八成左右苦苦支撑。

她被搀着下了车辇，眼角正好看到连镌久满面通红地擦着汗珠。

“都散了吧。”她嗓音嘶哑道，“让御医开解疲去乏的药给各位大人送去。”

终于熬过去了，她现在只想找个地方好好躺一躺。

睡梦中，明泉觉得胃里一阵咕噜，饿得抽搐，勉强睁开眼睛，却见窗里窗外漆黑一片。

她撑着手臂坐起身，却听床头一阵细碎的咀嚼声。

“谁？！”她警觉地直起身子。

“皇上？”严实提着灯笼探进头来。

明泉借着灯光瞥见倚在屏风内的银发男子，没好气地对严实道：“朕只是做了个噩梦，退下吧。”

严实心中虽然狐疑，却还是乖巧地低着头退了出去。

“帝师还知道回来？”明泉抢过他手里的一碟花生，抓了一把放进嘴里。

斐旭委屈道：“从频州到雍州少说也有千里之遥，我马不停蹄，日夜不歇，一回来就向皇上禀告，不曾耽搁半分。”

“是么？”她掂着手里的花生，“这个，想必也是帝师边骑马边买的咯？”

“没错，”他说得脸不红气不喘，“说时迟，那时快，我一手扔银子一手捞花生……”

“那缰绳怎么办？”

斐旭转着眼珠机灵道：“嘴巴，咬住的。”

明泉似笑非笑，“真是辛苦帝师大人了。”

“皇上知道就好。”他也很感叹。

明泉仰头将花生全倒进嘴里，满足地揉着胃部，“高文辙还是投靠了高阳王？”

“他现今是被通缉的逃犯，皇上觉得他还有其他路可走吗？”把高文辙单独一人从牢里放出，还着实费了他不少心思。幸亏明泉留了几个帝轻骑的帮他演戏，才让高文辙相信斐旭真的与明泉翻了脸，还帮助他越狱。

“高阳王……收留了？”高家写给高阳王的信她还是送了出去，因此高家罪状虽未宣告天下，高阳王却应知情。高家获罪发配，但势力和声望并未瓦解，若他真有反意，高文辙是个绝对划算的棋子。

“至少，这世上已无高文辙这个人了。”

这句话有两种含义。一是高阳王杀了高文辙。这说明高阳王做贼心虚，怕和高家勾结的事情曝光。二是高阳王将高文辙藏了起来，留待大用。而无论哪种可能，高阳王的用心已是昭然若揭。

她在出此下策试探之前的侥幸希望被灭得一干二净。

天家无情。

先是平安郡王，再是高阳王……

到她死的那天会否发现自己身边已经众叛亲离，再无可信之人，与她相伴的只有那把孤零零的龙椅？也许到那天，连龙椅都斑驳得支撑不住她的重量。

“哈欠！”斐旭打了个喷嚏。

明泉白他一眼，捞起一条毯子扔过去。

斐旭得寸进尺地笑问：“皇上念臣日夜颠簸，可否小赐龙榻一隅，靠着就好。”

“帝师可知爬上龙榻意味着什么？”她危险地眯起眼睛。

“皇上独一无二的信任。”他说得很认真。

明泉目光幽深，盯着他许久，才缩起脚道：“准了。”

斐旭盘膝坐到床上，抓过被角盖住下半身，满足地叹道：“龙被就是不一样啊。”

“听说帝师是马不停蹄、日夜不歇地赶回来？”明泉想起什么似的侧着头。

“正是。”

“那这身衣服穿得有些时日了吧？”她皱起眉头。

斐旭睁大眼睛，“皇上是要嫌弃臣为国尽忠、为君尽心所洒下的汗水么？”

“……随口问问罢了。”明泉尽量把距离拉得更远些，“帝师看，高文辙能不能说服高阳王提早谋反？”

他抬眸与她对视许久，才笑道：“我还记得第一次提高阳王谋反时皇上的表情。”

“哦？”那时她什么表情？天真？震惊？不敢置信？她都已经想象不出了。

“皇上越来越懂得如何控制一个帝王的心。”

“冷血、无情、淡漠……朕开始会了。”

“非也非也。”他笑着摇头，“皇上说的是杀手。”

“朕洗耳恭听帝师高见。”

“是超然。”斐旭转而道，“当初皇上是否真的想要将高家满门抄斩？”

“朕更想株连九族。”

“皇上可想过后果？”

明泉静默。

“斩草不除根，春风吹又生。只不过草，并不总是长在明处。”

明泉叹了口气，“朕懂了。”

“高三长老和高珠环虽然一个杖毙，一个自尽，但大部分的高家人还捏在皇上手里。为免夜长梦多，高文辙一定会铆尽全力劝说高阳王出兵。”他得意一笑，“如今朝廷局势暧昧，自平安之乱可见，蔺郡王和连镌久是站在你这边的。因此，高阳王若仓促动手反而对皇上有利。若久了，人心说不定又要变了。”

“你这么肯定高文辙能说动高阳王？”明泉将被角掖了掖，“以我对子修……的了解，他并不是冲动重莽的人。”

斐旭摸着下巴道：“他需要的是天时和地利。”

明泉眼珠一转，“朕明白了。”鱼儿看到诱饵才会去咬那只钩。

“起兵非朝夕可定，高阳王再快，也需要一到两年的时间，皇上不必劳心。”

她别有深意地笑道：“如此恭喜帝师了，宫外天高地宽，逍遥得很哪。”

“微臣是化明为暗，好为皇上出更多的力。”

“帝师笃定高阳王一定会信我们先前演的那场戏？”她斜眼看他。她怎么想都觉得有些造作。

“至少我师父一定不会信。不过，”他自信道，“师父却一定会说服高阳王相信。”

“为何？”

“因为他是我师父。他既然想考查我的学业，自然就想看看我到底有什么阴谋诡计。”

明泉将所有的话都消化了一遍，觉得该问的都已问了，便道：“嗯，帝师长途跋涉一路辛苦，退下吧。朕要就寝了。”

斐旭表情一僵，见她真的躺下了，才忙不迭爬出来道：“皇上见忠臣劳苦功高，不应该犒劳一番么？”

明泉自被子里露出脑袋，咬牙笑道：“所以请帝师下次来之前，考虑一下天时、地利。”

过了春节又到元宵。

明泉念及玉流即将远嫁，便把设宴筹备的事交予徐太妃去办。

徐太妃难得能取代常太妃的差事，这几日喜形于色，说话走路都比往日神气。宫廷执礼司、内务府一个个被指挥得鸡飞狗跳，才算整治出了她的“勉强”满意。

宴会来来去去的便是平日见的，明泉只稍坐了会儿，便寻了个缘故中途撤出来，自己提着灯笼，顺着小道慢慢走。

那日与斐旭谈时不觉得，事后想起，心便冷冷地疼。

她开始学着如何做一个让理智凌驾于情感之上的合格帝王，却学不会如何让情感说消失就消失。

平安郡王与高阳王是她打小亲近的玩伴，虽然这里头也有些利益牵扯，但人心肉长，到底不能全然无动于衷。

在这个本是亲人团聚，共叙天伦的日子，他们却因彼此的顾忌与立场，天各一方。她甚至不敢想象下次相见会是在战场上对峙，还是一个已成为阶下之囚？

她脚下突地一扭，踉跄着站住，才发现自己不知不觉中，竟偏离原路，走到草丛里。

“谁？”清脆的声音自假山后传来。

明泉依稀觉得耳熟，便绕道过去，只见一个身穿浅蓝长袍，翠绿马甲的少年捧着书坐在灯笼旁边。见到是她，连忙起身参拜道：“冯颖参见皇上。”

“难得元宵，用功也不急这一刻。过会子便要放烟火，你不去瞧瞧？”十三四岁正是贪玩的年纪，见他独自一人躲在这里读书不免有些惊异。

冯颖恭谨答道：“出来透气，立时便回。”

看灯里烛光熹微，恐怕少说也来了半个时辰。她微微一笑，“在读什么书？”

“韩非子。”

明泉促狭道：“在后宫读这还不如读女戒有用。”

冯颖倔强地回望她，两颗门牙把下唇咬得苍白，憋屈道：“臣，只是闲来读读。”

明泉觉得自己说得过火，便笑着摸他的头，“朕说笑的。韩非子乃法家大豪，在治国之道上颇有成就，只是太重刑轻礼，不免失于严酷。”

冯颖犹豫了下，道：“皇上所言甚是。”话虽如此，眼中却颇不以为然。明泉突然有些怀念在选秀那日神采飞扬的少年，宫中短短数日已将他身上的棱角磨平不少。

“皇上？”略带惊疑的呼声。

明泉回头，见沈雁鸣正抱着琴不知所措地站在那里，清秀的脸上惊慌不定。

“沈卿好雅兴。是去宴会一展琴技么？”

“不不不，”他连连摇头，又觉得举动太过莽撞，急忙跪下，“臣参见皇上。”

明泉的目光自他和冯颖之间来回一转，笑道：“以琴会书，倒是桩雅事。朕不阻挠两位兴致了，自便便是。”

冯颖躬身道：“恭送皇上。”

还真是等着赶她走。明泉点点头，心中颇不是滋味。拥有三千佳丽又如何，终比不上得一知己琴瑟和鸣来得快活。

约走了十几步，她驻步回头。沈雁鸣已撩拨起琴弦，表情自若地与冯颖交谈，才说了几句两人便同时笑起来，哪里复见适才的慌张？

忍不住叹口气，在这宫里，似乎每个人都各得其乐，唯独她飘飘荡荡的，寂寞失落。

到了承德宫，宫人没想到她这么快回来，而严实还被她留在宴上，因此少不得忙乱了一阵。

她进门刚解下大氅，便见斐旭正悠然地品尝点心。

“帝师不是化明为暗了吗？”

“我是偷偷进来的。”

“帝师若真的如此喜欢宫里，朕便把明泉宫赐予你吧。反正也闲置着。”

斐旭佯叹口气，“可惜位置不好，连转手都没办法。”前前后后住的不是皇上就是太妃……谁吃了熊心豹子胆敢买？

“帝师来这里不是讨论皇宫的位置吧？”她没好气地瞪着他。

他从身后摸出一个灯笼来，“元宵最热闹的便是庙会了，灯笼上写满灯谜，我看着好玩，便猜了一个。”

她顺手接过。是个普通的荷花灯，白里带粉的花瓣，下面几片荷叶托着，做工很粗糙。

“献给皇上好歹得是个金镶玉制的吧。”她拎了拎，“这等劣质之物，有辱没皇上之嫌哦。”

“皇上有所不知，”他跷着二郎腿，托着下巴，神情怡然，“荷花灯在民间又称为许愿灯，把愿望写在灯里，顺着江河漂流而下，愿望就能成真。荷字通和，意味和和美美，对姻缘尤其灵验。”

明泉将灯翻来覆去打量，将信将疑道：“当真？”

斐旭笑意盎然，“民间的确有此说法。”

她看着花灯，思绪飘远。

就算日日为国事所累，她也止不住在午夜梦回时想起那抹素衣的回眸浅笑。

白衣不染尘……

唯留芙蓉香……

“皇上？”

斐旭促狭地用手指敲着脑袋，“时辰不早了。”

明泉将花灯放在桌上，“所以朕很奇怪帝师怎么还赖在这里。”

“皇上这样说，实在很伤人心。”他捧心假哭，“阮汉宸不在，皇上的安危自然由臣一肩担起。”

“帝师大人应该听过端茶送客吧，”明泉把茶杯茶壶一股脑儿地塞进他怀里，“朕全端给你了，走好，不送。”

斐旭仰天长叹，“女大不中留啊。”

明泉转过头刚要反诘，发现他走得极快，转眼间只看到门外拳头大小的背影。

“严实。”她喊道。

一个小太监跑进来，“回皇上，严公公还没回来。”

“无妨，去准备车辇，摆驾长庆宫。”

等帝辇临近长庆宫，她又下来徒步，不欲惊动别人。

本以为临冬阁设宴，长庆宫应是一片冷清，却发现里头灯火通明热闹得很。

有几个宫人见了她，正要通禀，全被她拦了下来。

在这样的日子，她不想摆出君君臣臣这一套。

穿过偏殿，转过回廊，绕过假山，她看到长廊下，一抹孤傲如天山积雪的白色身影正立于彩绘宫灯中，俯身案上，手执朱砂，在纸上图画。

青眉远黛，乌丝垂墨，一如记忆中的颜色。

明泉提着荷花笼正要向前，却见到房间里又转出一个人来。高高瘦瘦，潇洒间又带着几分冷峻。

安凤坡？她心里打了一个突，伸出去的脚又收了回来。

清冷的声音顿时驱散了屋里的些许暖意。

明泉刚走近他，却见躺椅上已放了一床被褥。

“臣伺候皇上就寝。”他半跪在榻前，长长的青丝几乎逶迤于地。

明泉看了看床，又看了看躺椅，“安侍臣此举何意？”

“臣既受封为洁侍臣，自当洁身自爱，为后宫表率。”他淡然地说，清冷的眉宇看不出喜忧。

“朕……”明泉一腔辩解之辞在对上安莲洞若观火的明澈眼眸后，尽数咽了回去，“那朕问你，安凤坡为何放着好好的一州巡抚不做，进宫当区区一个蓄子？”

安莲抬眸看着她，床帏上玉珠的影子映在那张俊美绝伦的脸上，明明暗暗。

“皇上亲笔御封的。”他幽幽道。

明泉呼吸一窒，半晌才道：“其实你恨朕将你关进了宫墙，是不是？”

安莲垂下眸子，眼中充满困惑。

恨么？若真恨，他不会乖乖地任人摆布。以安家的势力，他想安静地待在皇宫一隅不受侵扰，也非难事。

若不恨……为何每次见到明泉，心中总会有淡淡的怨怼无法诉说。

明泉见他久久未回话，还以为是默认，心中一阵悲凉。

“安……你也睡吧。”她径自脱了鞋，爬到床上，将头朝里，动也不动。

安莲默默地站起身，轻轻将帷幔放下。

明泉既恼恨自己太过冲动将话语点破，又恼恨他无动于衷，左右厌恶一番，便闻着被褥上新熏的檀香沉沉睡了过去。

到了子夜，睡得迷迷糊糊的明泉又被叫起来，驾上帝辇一路颠回承德宫。

册封大典这才算完成。

除帝后成婚可休朝三天外，皇帝在册封隔天仍须上早朝议政。

等下了朝，明泉赶去清惠宫请安时，安莲和跋羽煌已先行回去了。

常太妃坐在软椅上，端庄慈蔼。

明泉站在百花争春毛绒毯上，恭顺谦礼。

两人俱是若无其事，仿佛金伯雨之事从未发生。

“母妃擦的是哪种胭脂，这般好看。”明泉搭着常太妃伸出来的手，顺势坐到她身边。

“本宫这把年纪，哪里还涂胭脂。”

明泉感叹道：“怪不得这么自然，母妃天生丽质，倒显得这些脂脂粉粉的太俗气。”

常太妃双眼笑眯成缝，心下受用无穷，“才一阵子不见，你这张嘴比以前更讨人喜欢了。”

“只是不知朕的两位侍臣今早讨不讨人喜欢？”明泉用撒娇的口吻道，眼睛却一瞬不瞬地盯着她。毕竟金伯雨未能入宫，难保常太妃不会心存芥蒂为难安莲他们。

常太妃笑道：“怎么不讨人喜欢？一个清俊文雅，一个英挺伟岸，几位太妃瞧着都很欢喜。”她目光在明泉脸上一扫，抓着她的手，语重心长道：“只怕皇上……不太喜欢吧？”

明泉一怔。

“本宫听张富贵说，昨夜司礼太监从两位侍臣那里拿出的白帛都是干干净净的。”

明泉恍然一悟她所指为何，顿时满面通红道：“该死的太监，尽爱嚼舌根子，看朕不割了他的舌头。”

“这是他的本分，皇上何必迁怒？”她眼眸闪过一丝怅然，“自云妹妹走后，先皇将你交由本宫抚养。这十几年来，本宫视你若已出，彼此又同为女人，有几句话本不当讲。只是这宫里朝里都仰仗皇上，皇上一举一动莫不牵扯大宣安定。安莲、跋羽煌暂且不论，单那几个仍住在储秀宫尚未封号的蓄子身后，也有着不可小觑的势力。本宫不敢劝皇上委屈自己，不过也请皇上多多估量，以策万全。”

这话是掏心肺了。

明泉表面不动声色，心里却有几分触动。她与常太妃在先皇在世时，是一个战壕里雷打不动的盟友。先皇走后，常太妃有了自己的小算盘，两人才生疏起来。如今常太妃显然认清局势，又站在了她这边。

多一个朋友自然比多一个敌人好。对这样的示好，明泉自然不会拒绝，“儿臣让母妃操心了。”

常贵妃欣慰一笑。

这意味着两人之前的摩擦一笔勾销。

“不如在这里留膳吧。”

明泉笑道：“正等母妃开口呢。”

在清惠宫用了午膳出来，明泉召来阮汉宸，嘱他去御膳房拿一瓮新鲜的猪血，不得让任何人发现。

阮汉宸可算大内第一高手。由他出马，她自然放心。坐上帝辇正准备回乾坤殿，一个太监匆匆忙忙地跑了过来，在严实耳边小声报告着什么。

明泉见严实脸色凝重地走过来，忙问：“什么事？”

“回皇上，瑶涓公主回京了。”

明泉闻言大喜，但见严实面色阴郁，疑惑道：“还有什么事？”

“瑶涓公主是带着嫁妆一个人回京的。”

通常女子带着嫁妆回娘家只代表一件事。

休离！

明泉震怒，“准备迎接公主鸾驾！”

说是带着嫁妆回来，其实也就是几件御赐的稀罕宝贝。那些金金银银、丝丝帛帛的，依旧留在频州。

瑶涓坐在銮舆上，嘴角噙笑，脸色如常。但明泉一眼看出，与一个多月前相比，她难掩消瘦。

“我恐怕要在宫里住上一段日子了。”瑶涓从见面便握着明泉的手，一直不曾松开。

明泉与她同乘舆马，笑道：“真是请也请不来，只怕爱妻如命的罗郡王会杀到京城来向朕要人。”说完，她有意留心瑶涓的表情，却发现除了漠然，还是漠然。

“瑶涓宫虽然空着，不过有些偏僻，不如住明泉宫吧，与朕也近些。”

瑶涓淡笑摇头，“住了十几年，到哪里都惦着。换了地方，怕不习惯。”

明泉知她性子最是说一不二，只好由着她。

瑶涓宫里的宫人听说大公主要回来，早就刷洗打扫清理忙了个人仰马翻。等明泉到时，已是焕然一新。

“我记得这帘子以前是海天青的颜色。”瑶涓坐在轮椅上，目光一一扫过房内的每个角落。

明泉立时向旁边一瞪。

一个三四十岁的太监缩着脑袋上来，“奴才看原先那帘子有些旧，便换了。”

“朕屋里头的帘子与皇姐用的是同一种，怎么不见旧？要不要你也去换了？”自怀敏和崔成事件之后，宫里虽是安分许多，但多年的垢弊岂是朝夕可除？瑶涓远嫁，这宫里没了主子，几个奴才便无法无天贪宫里的东西。明泉想了想，冷笑道，“难得皇姐回来，朕不想扫兴。这次先记下，你若伺候得好，以前的事朕便不再追究。”

那太监早吓出了一身冷汗，闻言立刻忙不迭地磕头。

“下去吧。”众人如蒙大赦，一下走得一干二净。连严实都识相地关上门，在外面等着。

瑶涓怔怔地看了她许久，才笑道：“大了，越来越有父皇的架势了。”

“只怕还远着呢。父皇在世时，后宫不曾这般乱过。”

瑶涓摇摇头，“那是你不知道。冷宫那些地方，也差不多。”

明泉皱眉，“好好的，提冷宫做甚？”

“我也就这么一提。”她自己推着轮椅进内屋。

望着她落寞的背影，明泉心中说不出的难受。想起即将远嫁的玉流，不禁又犹疑起来。

“你在想什么？”瑶涓扭头看她。

“想玉流，想朕做的是对是错。”她低声道。

瑶涓看着铜镜里自己模糊的面容，幽幽道：“人生哪里有对错，只有不幸与尚幸罢了。”

“倘若玉流一生不幸……”

“那也是命中注定。”瑶涓接口道，“谁能预知将来呢？也许今日的良人，明日就会纳房纳妾，寻花问柳……”

明泉突地怒道：“尚融安他敢？！”

瑶涓一愣，才发觉自己讲了什么，立刻脸色苍白道：“莫怪他，是我……”

“皇姐还想袒护他到什么时候？身为驸马，终日流连烟花之地！朕上次在罗郡王府看到他对你鞍前马后体贴周到，还以为传言有误，没想到他竟是做给朕看的！皇姐你坦白告诉我，他究竟是做了什么惹皇姐你生气？！朕一定亲自给你讨回公道！”

瑶涓垂下头，呆呆地看着自己的双手，“他尽力了。”

轮到明泉一愣。

这句话放在这里是什么意思？

是指他尽力去寻花问柳，还是尽力不去寻花问柳？

“我与他，已多年未曾同房。”她抬起头，满目的悲怆与凄凉，“罗郡王乃世袭爵位，总要有一脉延续……”

“皇姐你何必替他求情……”明泉见她吃力地弯下腰，掀起裙摆，刚要上前，却被露出的小腿惊住！

那两条小腿绝不会比她的胳膊粗！

“与其有一日在彼此厌恶中度过，倒不如留下彼此最美的记忆。”她放下裙子，默默地把车转了过去。

明泉站在她身后，怔怔说不出话来。

若今日坐在这里的是自己，她是否愿意让安莲看到这样的腿？

斐旭进来的时候，正好看到明泉垂发坐在镜台前，拿着梳子默默不语。

“对镜贴花黄？皇上好兴致。”

明泉被这几天耳熟能详的“好兴致”惊了过来，“帝师？”

他大咧咧地挑了把椅子坐下，拿起桌上瓮，随口敷衍道：“是啊是啊，皇上没认错。”

“帝师非得每次挑晚上过来么？”

“我现在是皇上的暗探，身份神秘，自然要避讳些。”

“帝师的银发最神秘了。”在黑夜里，远远看去就像摇晃的鬼火。

斐旭捧着瓮的手微僵，“皇上真是越来越风趣了。”

“好说好说，”她放下梳子，侧过身，“朕正有事想请暗探大人出马。”

他打开瓮，用鼻子嗅了嗅，又合上道：“愿闻其详。”

“朕想知道罗郡王为何突然纳妾？纳的又是谁？皇姐……可是受了什么委屈？”

“可有赏金？”

明泉若有所思道：“朕记得曾赐你妙笔一支，算算日子，也快开花了吧？不知帝师大人何时有空，请朕去府上赏花？”

“能为皇上效劳实乃斐旭三生之幸！说赏金就太见外了。”他干笑数声，道，“而且关于罗郡王与瑶涓公主的事，我刚巧略知一二。”

明泉讶然道：“快讲。”

“话说当年，在一个风和日丽，鸟语花香的日子……”

“曹植七步成诗。帝师高才，想必能三句叙事吧？”

斐旭低下头用手指数了下，清清嗓子道：“老罗郡王与老王妃因气愤儿子背负惧内之名，而一直借住在沁容郡主的夫家。”

“一句。”

“半月前两位老人家重返郡王府逼罗郡王纳妾，延续香火。”

“两句。”

“大公主为免罗郡王左右为难，一纸休书休了驸马，并亲自将婢女嫁于他为妾。”

“哪个婢女？”

“春春。”

明泉皱眉，春夏秋冬四婢乃是瑶涓生母琼嫔亲自从幼婢中挑选。除了秋秋少时玩耍落河而死，其他三个都是自小伺候她长大的，感情非同一般。春春又是出了名的稳重懂事，怎会同意？

“你是如何得知？”皇姐今天才回，他就查得一清二楚。难道他真能未卜先知？

斐旭笑道：“身为女皇座下第一暗探，我自然要知人所不知，晓人所不晓。”

“是夏夏告诉你的？”她略转下脑子，便猜到原因。冬冬性如其名，多半是不会嘴碎的。

“皇上英明。”

“朕实在没想到斐帝师居然也有包打听的嗜好。”

斐旭一本正经道：“皇上此言差矣。臣所作所为，点点滴滴俱是为了皇上。但是盗亦有道，比如皇上的墙脚我是绝对不听的。”随即眼中闪过一丝戏谑，“因此我绝对没听到英侍臣的诉苦，也没听到洁侍臣的抱怨……”

“斐、旭！”明泉气极，一把将梳子掷了过去。

斐旭顺手接过，憨笑道：“臣尚有一事启奏……这猪血虽然新鲜，但若整瓮用下去，我怕洁侍臣下半辈子都会背着行刺的罪名在天牢里度过了。”

明泉倏地站起身，脸色接近酱紫。

斐旭知趣地一个飞身从窗口跃了出去。

“皇上？”阮汉宸担心的声音在门外响起。

她顺了顺气，拿起一件大氅将自己裹严实了才道：“进来。”

阮汉宸谨慎地站在门内半尺的范围，不敢逾越。

“皇宫守卫要加强，莫再任人嚣张来、去。”明泉胸中怒火熊熊燃烧。

“是。”

“下去吧。”

阮汉宸不发一言地退了出去，脚才迈到石阶，又被明泉喊住，“等等。若不是很嚣张……便算了。”如果斐旭真的被人抓住抬到天牢，她的头会更痛。

虽未指名道姓，阮汉宸也明白她所指为谁，当下道：“遵旨。”

她关上门，坐回镜台前，刚想梳理发丝，才记起梳子已扔了出去。只好弯下身在地上摸索一圈。

大约半个时辰后——

她蹲在地上，咬牙切齿，“可恶！居然连朕最心爱的象牙梳也贪！”

长庆宫。

明泉将白帛放在地上，尴尬地看着安莲。她实在是不知道该如何开口。

安莲沉默地看着她，又看看白帛，转身走开。

这是默许，还是……眼不见为净？

明泉手握小玉瓶踌躇不已。放眼后宫，也就他最能让她放心，只是……

她呆呆望着眼前长长的青丝，抬头。安莲净白无瑕的容颜正在不到一尺处，亮若星辰的眸子正看着自己的左手，右手上，是一把明晃晃的剪子。

“你要做什么？”她吓了一跳。

他不语，只是将剪子凑近左手。

“等下。”明泉急忙拿出瓶子，“我准备了。”

他这是支持她的做法么？因为她是皇上才不得不支持，还是……庆幸自己逃过一劫？

明泉低下头，看着血在白帛上渐渐染开……

春日曛暖，明泉懒洋洋地躺在御花园的新草里，闭目养神。

和风徐徐，吹起枝叶扭着腰肢轻摆。

朝露顺着叶瓣落在她颊上，一阵清凉。

她打了个哈欠，翻了个身，正要再睡，却听一阵急促的脚步声自乾坤殿的方向跑来。

又不得安生了。

她在心里叹气，双掌支地坐起，拨了拨略乱的鬓发。

“参见皇上。”

严实跪在五尺外。

“平身。”

“启禀皇上，罗郡王在宫外候见。”

明泉一下子站起来，“谁？”

“罗郡王。”

她想了想道：“说朕正忙着，不晓得今日得不得空。若郡王有事可明日再来。”

“遵旨。”

明泉望着他匆匆远去的身影，第一次觉得这富丽堂皇的千万楼宇竟这般繁琐，层层叠叠地阻人去路。

不一会儿，严实又急急忙忙地跑回来，“罗郡王坚持在宫外候旨。”

明泉低应一声，心里暗暗松了口气，“去瞧瞧皇姐吧。”尚融安身为郡王未得旨意擅自进京是大不敬的罪名。他向来怕事，看来这次是认真的。

只是皇姐的心结，罗老郡王的固执该如何解决？

她仰头看天，不禁自问：若今日站在这里的是父皇，他会如何？是以男子的身份站在罗老郡王这边，抑或以父亲的身份站在瑶涓这边？

突然想到斐旭，若是他，必然是劝她以皇帝身份站在江山这边吧。

她苦笑一声，举步朝帝辇走去。

瑶涓宫外。

玉流前脚刚走，明泉后脚才到。

下了辇车，还能听见玉流銮舆的车轴声。

瑶涓由冬冬推着出来，“不如把玉流叫回来，难得我们三人一道。”

“不必了，朕有事要和皇姐说。”玉流与她的关系，再无转圜的可能，何必凑在一起互相演戏？

“不如去回澈殿吧，那里的曲桥甚美。”

回澈殿是瑶涓宫偏殿，占地不大，难得是水上楼阁，九曲八弯的竹桥轻盈婷雅，与湖中倒影相携。微风拂过湖面，水波粼粼间，竹桥在水上水中一静一动，相映成趣。

明泉挥退旁人，推着瑶涓到桥上，低头看着湖中自己的倒影笑道：“快瞧瞧，真是哪里都离不了。”

瑶涓觉得好笑，“这影子自然是随着人走的，有什么稀奇？”

“形影不离，真是半点没错。”明泉眼珠一转，暗示道，“和夫唱妇随倒是有点像。”

瑶涓表情一凝，“这怎会一样？形影生来相依，死后相偎。形不会另寻影，影也不会擅离形，这世间无物可阻隔。”

“在黑夜是无法看见影子的。”

“无法看见并不等于不在。”瑶涓换了口气，握住她的手道，“我意已决，莫再劝我。”

“朕知道劝不了你，想劝你的人已经来了。”

瑶涓一惊，下意识地朝来路看去。却是眼前宫殿重重，耳闻碧波滔滔，哪里有第三人？

“他还在宫外，朕想让他站个三五七天再说。”

瑶涓垂下眸子，手指攥紧椅柄，骨节根根发白。

“风吹得我头疼，想先回去了。”

明泉知她逃避，又不好逼得过紧，只得叹道：“风只吹得一时，解铃还须系铃人。”

“无铃之绳，解之何用？”瑶涓自嘲一笑，转着滚轴默默碾着来路回去。

罗郡王与瑶涓公主的事情没让明泉烦恼多久，黄水再度泛滥的加急奏折就让她无暇他顾。

万千田舍淹没，无数难民流离。西起荧州，经樊、雍、瑞三州，东至奂州，都受到或大或小的冲击。

整个皇朝最高决策者此刻正会集乾坤殿，商讨补救及善后措施。

明泉端坐龙椅，忧心忡忡。

此次溃决所波及州之众，百年罕见。尤其最大缺口乃荣锦十一年竣工，先皇最显著政绩之一的樊州童契童堤。一个处理不当，不但有损她的帝威，而且还会让先皇英名蒙羞！

“臣有本启奏。”刑部尚书段敖出列。

“这是书房，不是朝堂，段卿无须顾虑，但讲无妨。”因慕流星之事，刑部诸事明泉多与沈南风接触。对于这位段尚书，她只留下父皇以前提到的“性格阴沉，脾气不定”的印象。

“黄水之灾，凶如猛兽，殃及之众，何以万计！三年前，因赈灾银兑现缓慢，就曾发生流民聚众成匪，骚扰城镇的先例。因此臣乞皇上下旨户部早早拨款赈灾。”

孙化吉脸色不变，心里早把他骂了个狗血淋头！短短半年户部就历经先帝驾崩、新皇登基、册封大典、公主和亲，这每分每毫损的都是银子！黄水赈灾动辄两百万两，半个国库顷

刻见底。段敖也不知发什么疯，一个刑部尚书跑出来管户部的事。

明泉也有些纳闷。若算求款积极，应数工部第一。户部管着人，也管着钱，最是犹豫。怎么跳出来的是刑部？

他们不知每次难民流动一大，各地案件也成倍提高，刑部每每一人当十人用也挡不下来。段敖反正与赈款无直接联系，所以更无忌讳。

“段尚书所言甚是。”孙化吉心中想的一套，脸上却换作一副心有戚戚焉的样子，“臣立刻拨六十万两到樊、瑞两州，务必以安顿百姓为首要。”

工部尚书刘珏忙道：“六十万两无异杯水车薪。”

“刘尚书此言差矣。”孙化吉不疾不徐地笑道，“现以安顿为重，工部可先得给户部让路。”

“话虽如此，只是堤坝不此时着手修筑，恐怕明年……”

孙化吉等的就是这句话，冷笑两声道：“刘尚书前年也这么说。”

刘珏面色一僵，硬声道：“黄水天灾，岂是凡人可估测！”

孙化吉似笑非笑，“不错不错，既然凡人不可估测，何必还修堤筑坝？不如大家一起泛舟观滔，听天由命好了。”

常在工部的刘珏哪里是孙化吉的对手，当下涨红着脸，说不出话来。

明泉不理他们，兀自看着案上地图，心中估底。五州中以樊、瑞受灾最严重。孙化吉说六十万安顿难民，估计不差。奂、雍素来富饶，损失不大，应能自给自足。剩下荧州，再撬开孙化吉的嘴巴撬点银子出来便是。

“连相有何高见？”相处之后方知以前认为连镌久的惊世之才淹没于高位实是错觉。偌大江山，纷繁琐事，俱被他分析得井井有条。她有时甚至觉得，大宣可以换人称帝，却不能没有连镌久这个首辅。

“三月便是各州呈税述职的日子。”连镌久早有腹案，说起来有条不紊，“想必多数赋税如今已在官府手中。若能加以利用，还省去来回奔波。”

孙化吉见他把主意打到赋税上，顿时急了，“各州赋税有多有少，岂能概论？何况雍、奂二州占赋税四成，受灾却小。修筑堤坝的银子，等赋税上缴再行拨下也不迟。”

占赋税四成，便是一千多万两。明泉双眼微眯，高阳王一年的收入竟是上百万两。

连镌久从容不迫道：“因地制宜，数目大小可依灾情酌情而定。”

孙化吉皱眉。连相何必将事情复杂化，两笔银子若绞在一起，不知会露出多少漏洞给有心之人。缝隙里因这因那漏掉的银子，恐怕是赈灾银的数倍！

连镌久久经官场，老谋深算，自然知道个中文章。往年也曾反对，今日何以一反常态？

明泉看了眼站在那里一动不动的杨焕之。可惜礼部与黄灾最无关联，不然他的意见倒可以一听。

“孙卿可算过五州各需多少银子？”

“按各地章报的论述，除去哀兵成分，荧州十万两，樊、瑞各三十万两，雍、奂各七万两。”这里面他夹杂了点私心，雍、奂两州少说也须十万两，他故意少报，是希望两州能各自筹集负责。其实以两州经济，这实在是个小得不能再小的数目。

连镌久瞟了他一眼，默然。

孙化吉原还有些担心他戳穿，如今更是放心道：“修堤虽有百万之巨，不过等到春税上收，也不成问题。”

“那便是四月了。”刘珏忙道，“黄水无定，早一日修好也好早一日安心。孙大人不如拨五十万两先动工再说。”

孙化吉叹道：“刘大人，并非我不想帮这个忙，只是这黄水委实是个无底洞，国库便是堆着金山银山也经不起每年这么折腾。你可知为了这个，大宣多少英勇将士至今都换不起新的兵甲？幸亏平安之乱先皇英灵保佑，皇上天纵英明，不然凭着那生了锈的战甲与刀剑，只会白白葬送我大宣朝英勇善战的将士们的性命！”

刘珏感受到后面刺来的不善目光，立刻打了个寒战。

当年先皇在位时，众将帅对兵部尚书的懦弱无能不满。先皇只好调来当时的蔺郡王副将，从此兵部就不再是任人玩娱的软柿子。那可真的是从死人堆里爬出来的战士。谁都知道六部尚书中最圆滑的是孙化吉，最刚正的是杨焕之，最阴沉的是段敖，最深藏不露的是范拙，最没城府的是刘珏，最惹不起的却是兵部尚书独孤凉。

他站在最后，离她最远，明泉却依旧感受到从他身上散发出来的阵阵冷意，当即咳嗽一声，“刘卿，依你看堤坝先期动工最少需要多少银子？”

刘珏舔了舔嘴唇，“二十万两。”

这真的是少得不能再少的数字了。孙化吉暗笑。

“孙卿以为如何？”

“恐怕雍、奂二州的赈灾银子要缓一缓了……”

“朕想他们总该有办法的。”明泉截道。

九十万两银子，与他预期的差不多，荧州的银子他原本就没打算逃过去，毕竟那州的确不富裕，只是习惯性地压压价。他再小气，也不敢拿百姓开玩笑。孙化吉跪下恭声道：“臣替流离失所的百姓谢皇上隆恩！”

这又与她何干？明泉叹气，当皇帝不过动动嘴皮，事情还是由下面的人做。不过做好了，名声自然落到她头上。她倒没别的想头，只希望能稍稍让百姓改观下她的好色之名吧。

“皇上万岁万岁万万岁！”

其他大臣当下跪呼。

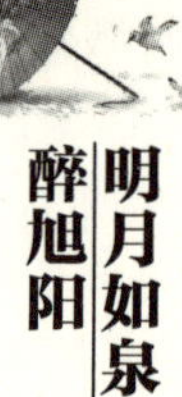

第四章

明泉单独留下段敖。

她凝望地图，心潮汹涌。

每年花下去的修堤银子跟打水漂似的，连个响声都没有，堤坝还越修越容易冲了。真当她是无知少女任人糊弄么？先皇在时就查出了一大起樊州贪墨案，牵连之广，数目之大，创大宣先河。童堤也是此后重新修建的，没想到不到两年时间，这被誉为大宣第一的堤坝竟像纸糊的一样没了！

斐旭曾说下头的人看不到皇上，因此各个只晓得孝敬顶上的那个。她这次就敲山震虎，让他们知道皇帝不是挂在嘴上歌功颂德的摆设！

“当初向维庸是不是死得太痛快了？”向维庸就是那个五年贪了近千万两的贪官“楷模”。

这句话问得突兀，但段敖心中何尝不是如是想？只是他城府颇深，在明泉没有表态前，不会先把底牌翻开，“向维庸受的是绞刑，尸体悬于城门三天三夜，死时挣扎剧烈，应是极为痛苦。”

“那他们还真是前赴后继，置生死于度外。”

段敖心中已有七分肯定明泉是要拿这次黄水决堤做文章，不过在另三分未明确之前，他依旧保持沉默。

明泉暗咒一声。就算城府深如连镌久也晓得在她的话后面接上一两句，哪怕是附和的废话。但段敖就是你不翻牌我不动。

“童堤筑成时，号称大宣防黄水的第一卫墙，烧掉的银子堆一堆，可以填满半个燕归湖。”燕归湖是大宣境内第一大湖，“如今寻常堤坝被冲垮也罢了，可童堤居然是所有堤坝中垮得最快最猛最彻底的！让多少相信它的百姓冤死水底……”

她呼出口气，“朕为何单独留下你，想必你也明白。只是在这人心惶惶的端口，朕不能大张旗鼓弄得人人自危，无心作业。该怎么做，能怎么做，朕不说，你清楚。”

段敖沉声道：“臣遵旨。”

“记得，”她缓声道，“不要打草惊蛇。”段敖为人孤僻，办起案子六亲不认。不曾参与科举，也无门生。应是相信得的。

待段敖退下后，她才觉得腹鸣如鼓，望窗外天色，半壁彤云，半壁暗沉，正是落日时分。

她负手走出殿外，见斜阳下，一个身穿灰蓝丝衣，茶骆色马甲的太监正背着身子与严实细语。

严实抬头见她出门，立刻行礼道：“皇上。”

那太监转过身来，竟是费海英，“奴才给皇上请安。”

“起来吧。”明泉心下一沉。按理说，内廷执法司太监非特殊情况是不得入天罡宫的，

“是什么事？”

“养颐宫宫女私通彭蓄子的小厮，现正跪在养颐宫外听候发落。”费海英垂手低头，说出的话却让明泉又恼又怒。

“古太妃可知晓？”养颐宫乃古太妃的寝宫，断无不知之理。她问的，其实是古太妃的态度。

费海英当然听懂言下之意，“正是古太妃遣奴才来问一声，看是不是皇上亲审？”

宫外头有无数颠沛流离的黎民百姓饱受饥寒交迫之苦，她哪里有心思管这些腌臜事？但转念想到古太妃为人最是心软，怕纵放了他们，便道，“后宫之事便交由后宫。你去请其他几位太妃一同审理吧。”

费海英得了旨意，立刻跪退。

严实在一旁欲言又止。

“你觉得朕做法欠妥？”难得严实神情外露。

“奴才不敢。”严实担忧道，“奴才担心罗郡王在宫外候了好几个时辰，支持不住。”

明泉这才想起还有位姐夫在门口等着，“朕今日乏了，让他明日再来吧。”

罗郡王纳妾、黄水泛滥、宫人私通……这苦恼的事情一件接着一件，也没件令人高兴的。她揉了揉酸疼的胳膊，又转回殿里去。

郁结于胸，连带晚膳也无甚胃口。明泉只尝了几样精致点心，便又将各地灾情的章报一一翻看起来。

孙化吉估出的数目必迎合户部的情形。她也不能尽信，因此自己又查查估估地演算起来。

正算到雍州，就听啪的一声，门框被什么东西不轻不重地砸了一下。

紧接着严实面色矍然地跑进来，“奴才失职，惊扰圣驾，请皇上恕罪！”

“皇……唔！”门口一阵骚动。

明泉搁笔走到门外，见阮汉宸左手将一个少年双手反绞，右手掐在两颚间，手肘抵住他的胸腔，制止他乱动。

“他是谁？”

少年见明泉问话，身体扭动得更厉害，嘴巴不停唔唔直叫唤。

阮汉宸放开他，警戒地站在明泉和他之间。

“奴才是冯蓄子的使唤小厮。”他恭敬地跪下，口齿清晰，态度从容，一点看不出刚才癫狂的样子。

“可是冯颖出了什么事？”对那个一板一眼的正直少年她颇有好感，因此语气中不免添了些关怀。

小厮连忙摇头，“奴才是来求皇上开恩，不要赶我们出宫！”

这话说得没头没尾，“朕几时要赶你们出宫了？”

“是太妃娘娘们说我们几个乱了宫闱，要赶出去，免得污了宫墙。”听着是原话，但隐约含着怒气。

明泉想起下午费海英来禀的事情。自从安莲带了如意进来，后来的几位蓄子都各自带了

贴身小厮伺候，太妃们本也有些怨言。如今一个小厮犯了错，自然给了她们极好的借口一并打发干净。

“你放心，朕会另外指派得力的人给冯蓄子，断然委屈不到他的。”

那小厮闻言，脸色苍白，眼神极为复杂，似在做什么重大决定。

“严实，记得指派宫人的时候，让冯蓄子先挑。”高绰君病逝后，严实虽未升任大内总管，但大大小小的事务已落在他身上。明泉准备等他一切熟悉后，再正式擢升。

“皇上！奴才恳请皇上为奴才净身！”小厮突然喊出来，让明泉吓了一跳。

“你可知净身意味着什么？”

“奴才知道。”他说得极小声，极委屈。

明泉叹气，“你还小，有些事不能一时冲动。净身之事，朕不能同意。”难得有如此忠心耿耿的下人，她拿出仅剩下的好脾气道。

“可是如意哥哥已经去了！”

“什么？！”明泉脸色一变。安莲怎么会同意？“摆驾净身房！”

“皇上，天色这么晚，净身房的人只怕也歇了。”严实在她旁边小声道，“不如明日一早，奴才先去打个招呼。”

明泉静下来想想，身为女帝出入那种地方实在不妥，“便如此办吧。”

“皇上……”小厮犹不死心地挣扎。

“你叫什么名字？”

“冯思源。”

饮水思源？果真贴切。

“这事朕再想想，你先回去吧。莫做傻事，不然就算净了身，皇宫也不留你。”

冯思源听她口风松动，当下把头磕得邦邦响，久久不肯起身，最后还是严实指挥两个太监硬把他拖走。

明泉头大如斗，刚要回殿，脚下踩到一只鞋，正是宫里太监穿的那种。想起刚才那声敲门，必定是冯思源情急砸过来的，不禁苦笑一声。

早朝喧哗繁荣的盛况不亚于庙会。

工部、吏部、礼部、户部……相关的，无关的，俱是围着堤坝赈灾吵得沸沸扬扬。

唯独孙化吉、连镌久、段敖三个人出奇地沉默。

明泉冷眼看他们口沫横飞。等那些高亢的声音渐渐嘶哑后，她才甩袖退朝。留下那些莫名的官员面面相觑。

走到天罡宫外，如意和冯思源领着四个眉清目秀少年站在那，见到她，立刻跪下高呼万岁。声音之大，几欲震霄。

明泉冷着脸从他们身侧走过，“都过来。”

几个人的脸色立马垮下来。有两个还恶狠狠地瞪了冯思源一眼。

严实端了把椅子放在院子里，又拿了条羊毛毯子。正是春寒料峭的季节，明泉又不喜穿得厚实，因此他只好随时准备毯子以备不时之需。

明泉坐在椅子上，等他们都低着头在跟前跪下后，才转头问严实，“都在这儿了？”

严实回道：“英侍臣不曾带小厮进宫。彭蓄子的小厮被净了身发配冷宫，剩下的都在了。”

明泉点点头，凌厉的目光一一扫过他们，“你们几个都宁愿净身也不愿出宫？”

如意和冯思源正欲答是，却被另一个人抢了先。

“奴才是来给皇上拜别的。”

明泉冷冷哼了一声。

那人顿时磕头如捣蒜，哭得眼泪鼻涕横流，“奴才是家中独苗，不敢擅自净身，断祖上香火。”

另外几个也呜咽起来。

“朕没说要强把你们留下。”她缓缓拿起严实递过来的茶盏，轻轻吹着上面漂浮的茶叶，神态悠闲。

哭声有越来越大的趋势。

“朕听着心烦，谁哭的，拖下去打二十大板再说。”

哭声顿歇，偶有几声抽泣，也被压得极低。

明泉这才将茶盏递还给严实，“那你们是不愿意留在宫里伺候主子了？”

四个小厮你看我，我看你，垂着头不敢回话。

如意和冯思源双双挺身而出。

“我愿意。”

“奴才愿意！”

如意呆了下，立即改口，“奴才愿意！”

“就算净身？”

“请皇上成全！”异口同声。

“既然如此，严实，传朕口谕。”明泉脸色一正，“朕念如意、冯思源二人忠心一片，特准留宫侍奉。但是为免重蹈覆辙，撤去冯蓄子与洁侍臣身边所有宫女。二人若有一人犯禁，连坐并罚，决不宽贷。至于其他人……通通发还本家，永世不得入宫。”

如意与冯思源大喜，连连谢恩。

其他四人则脸色发青。谁都知道这事传了出去，自己即使回府恐怕也没好果子吃。

明泉见他们赖在地上不走，语气不善道：“君无戏言。”

如意跟明泉出过宫，平时又是个直来直去、任性顽皮的性子，当下对着那几人趾高气扬道：“几位好走啊，我这个如意公、公就不远送了。”

冯思源被他的大胆吓一跳，悄悄拉了拉他的袖子。

那四人知道再待无益，只会平添变数，急忙磕了头就走。

明泉自刚才便看到如意额头上顶着团大瘀青，好奇道：“怎么磕的？”

如意摸着额头傻笑。

还是冯思源在一旁解释道：“昨日如意哥哥嚷着去净身，洁侍臣不让，他急起来一头撞

在柱子上。”小厮们在宫里是异类，因此平素会互相走动照应。他和别人相处不拢，与如意却一见如故，难得也在这件事上一致，所以彼此的事情都知之甚详。

怪不得安莲对这件事没作声。她点点头，“先回去吧，严实一会儿就去传旨。”

冯思源边跪安边欲言又止，神情极是犹豫。

如意见他支吾，便抢了说：“皇上，能不能让冯蓄子搬出储秀宫？”

明泉皱了皱眉。这种事莫说是小厮，便是冯蓄子亲自来提，也显逾礼。

冯思源见如意起了头，忙接下去道：“其他几位蓄子性情豪迈，实在与我家主子不和。”

她稍稍一想，便明白其中缘故。冯颖虽出身高贵，但镇北国公府日渐式微，在实力上已不如其他蓄子。后宫本是战场，他们排挤最弱的也无可厚非，只是……“朕记得沈雁鸣与他的关系倒是不错。”有沈家势力撑腰，他们几个应不敢明目张胆才是。毕竟所有蓄子中，沈家势力最大。

冯思源脸色一黯，“沈蓄子……性格温文，不大理这些事的。”

是性格懦弱吧。想起沈雁鸣羞涩的神态，她颇能理解。

略略沉吟，她对严实道：“为表彰如意与冯思源忠诚为主，特赐黄金百两。念冯颖教导有方，赐住……”脑中蓦地灵光一闪，把到嘴边的“长庆宫”三个字硬吞了回去，“信和宫！”

镇北国公府与北夷向来势不两立，由他住在跋羽煌的旁边，至少可以让其不敢做太大举动！

北夷苍鹰，即使剪不了你的翼，朕也要先困住一只脚。

解决的事情虽小，到底让明泉松了半口气。等严实回来复旨，她又想起罗郡王和瑶涓的事情来，“罗郡王可来了？”

严实回道：“昨日不曾离去。”

明泉怔了怔，“一直守在宫外？”

“奴才劝说不动。罗郡王说怕今早起晚了，误了皇上召见。”

不管他是装模作样还是真心流露，这番举动无疑是用了心的。明泉唏叹道：“宣他进来吧。”

她看得出瑶涓对罗郡王已是情到深处无怨尤。而罗郡王也决非无动于衷，这其中横亘的不过是心结。心病还须心药医，她也不想瑶涓在孤独中度过余生。

即使有了后宫，在她心底深处，和所有未出阁少女一般，对爱情总有懵懂的憧憬。花前月下、山盟海誓、执子之手与子偕老，每个字都仿佛是种诱惑……

因此她更希望身边人的感情能够圆满。或许，是另一种形式的证明，幸福并非遥不可及。

“孝嘉顺安德罗郡王觐见……”严实尖锐的声音打断她的沉思。

罗郡王颀长的身影踏入门槛，遮去半扇门的阳光。

“臣孝嘉顺安德罗郡王尚融安参见皇上，吾皇万岁万岁万万岁！”比之上次见面，他身上多了分阴郁。

“平身。”明泉佯露惊喜，“罗郡王赶在述职前一个月回京，想必是得到了消息。”

罗郡王茫然。

“郡王与皇姐的事情，朕已知晓。”她遗憾地叹了口气，“只能说造化弄人。事已至此，朕也不想追究过往。不过皇姐正值青春，岂能孤枕煎熬余下岁月？难得刑部侍郎人品才华俱是上选，朕有意由他照顾皇姐下半生，也好告慰父皇在天之灵。”

还不急死你？她脸上笑得喜气洋洋。

罗郡王脸色果然一变，“皇，皇上，公主乃有夫之妇，何以再嫁？”

“朕听闻罗郡王这个有妇之夫前几日已是再娶？”

“绝无此事！”罗郡王急忙否认，“微臣今生今世得公主下嫁已是三世修福，怎敢再做他想！”

“罗、蔺、兰三位郡王乃我大宣股肱，岂能绝嗣？！”明泉摇头，“皇姐的脾气朕是知晓的，就怕你与她勉强在一起，耽误彼此终身啊。”

罗郡王咬牙道：“只要能与公主在一起，便是一年只瞧一眼，臣也心满意足。至于后嗣，从尚家旁系中选取一脉，也可延续。”

“罗老郡王怎能同意？”

罗郡王决然道：“臣这一生，不求闻达诸侯，不求名留青史，唯得公主相伴足矣！”

明泉闻言心中大为欢喜，脸上却是涓滴不露，只淡淡道：“如此，朕只得为沈卿另择良配了。”

罗郡王立即接口道：“臣旁系姐妹众多，环肥燕瘦，应有尽有。若皇上需要，臣马上把她们的画像八字送过来。”

明泉不自在地咳嗽一声，“这倒不急。只是皇姐向来说一不二，就算你过了朕这关，也是无用啊。”

罗郡王明白言下之意，“臣有一生的时间。”

明泉欣慰道：“为免闲语，你便道是为了玉流出阁而来吧。”小姨子嫁人，姐夫来参加婚宴也很正常，“另外，朕将以前的牟府赐予你作暂时的落脚处吧。”

他明白这一关是过了，“谢皇上！”

明泉突然想起他新纳的妾室，“春春可还在府里？”她知道瑶涓不是乱点鸳鸯谱的人，既然会将春春许配给他，必定有什么原因。多半是春春有意，因此十分介怀她的去留。

丫鬟觊觎主子的夫婿，可说犯了她心中大忌。以前她身边的宫女便是削尖头想爬到父皇龙榻，以至于她从此不再用贴身宫女。

罗郡王面色一黯，“在臣离开频州那天夜里，便悬梁自缢了。”家奴不休不眠催马追上他禀告这个消息，却依旧留不住他上京的步伐。

他对春春并非全无感情，只是与瑶涓相比便微不足道了。

他是自私的，下意识地选择了自己最想要的。

“哦，是么？”恐怕是明白自己前途灰暗，才选择以死逃避吧。明泉挥袖，“罗郡王先回吧。玉流大婚那天，朕会邀你与皇姐一同出席。你也得好好休息。”仪表倒是整齐，只是眉眼中流露的憔悴却瞒不了人。

“臣谢皇上！”罗郡王喜形于色。

“严实，去挑几个得力的人到牟府清理一下。”自牟雪亭死后，那里荒废至今，恐怕要一番大修整。

严实领了命立刻前去准备。

他虽不爱说话，做事却很踏实。明泉近来越来越倚重他。

又看了会儿折子，她回承德宫准备打个盹。不料前脚刚踏进门，后脚常太妃就到了。

明泉心里一阵嘀咕，多半是为了如意和冯思源的事。

“母妃气色真是越来越好。”她抖擞精神道。

常太妃取笑道：“你上次见本宫说的也是这句话。”

明泉一窒，讪笑道：“可见是发自肺腑。”

“皇上应该猜到本宫的来意了。”

明泉装傻，“大概是朕这几日疏懒，没请安，所以母妃赶来训导儿臣。”

常太妃见到窗台上那两株梅花，轻笑道：“本宫听闻洁侍臣好梅，皇上便从宫外找了不少名贵花种，连带本宫也沾了点光。”

这个再装就矫情了，明泉笑了笑。

“只是梅花要在寒冬腊月里才开得漂亮，养在温室里只会折了它的傲骨。”

这话听着一语双关。明泉疑惑道：“请母妃明示。”

常太妃凑近梅花，爱怜地轻抚花苞，“那两个小厮的事情，皇上亲自处理了？”

明泉暗道一声，来了！嘴上笑道：“朕也是念着他们年纪尚轻，却这般忠义，实属难得。”

“本宫明白皇上是一片爱才之心。”常太妃回转身子，笑容慈蔼，“可是皇上身为一国之君，日理万机，若桩桩后宫小事均事必躬亲，岂不要忙坏身体？”

明泉有愧在心，不好回嘴。毕竟当初让她们审理的是她，把结果改了的也是她，“朕下次定当注意，决不再犯。”

“如此甚好，只是后宫之事总要选个妥当之人。”常太妃拉过她的手，“也好为你分忧。”

明泉何尝不想，这个念头在脑中转过百回，只是碍于那人的态度，迟迟不敢提出。他初入宫时张富贵曾奉常太妃之命转交部分事宜，却是给了个闭门羹。事至如今，她更不想勉强于他。

“这事，朕再斟酌斟酌。”

常太妃见她面露疲倦，心中不忍，“黄水之灾有连镌久他们操心，你莫事事揽在身上。”

高绰君死后，这宫里，也只有常太妃与她亲近。虽有利益关系，中间到底夹杂着多年相处之情。“朕晓得，母妃毋须担忧。”

常太妃见她脸色实在不佳，说话也是强提精神，因此劝她好好休息便去了。

明泉也实在困乏，正要更衣躺下，严实却禀告来了个稀客。

“谁？”她扯着耳朵又问一遍。

“英侍臣求见。”

跋羽煌？她微微吃了一惊，他总不会亲自来抗议把冯颖安排在信和宫吧？

“宣。”好奇心克服倦意，让她精神稍振。

“皇上。”跋羽煌身材高大，即使穿着大宣服饰，依旧显出北夷男儿独特的阳刚豪迈。

不知他是真不习惯大宣的礼仪还是假装遗忘，明泉皮笑肉不笑，“英侍臣应该是来向朕请、安的吧？”

跋羽煌拱手，“给皇上请安。”

“真是了无诚意啊。”

“谁让我欲求不满呢。”他痞笑道。

明泉一呆，“欲求不满？”

他哈哈大笑，“我的处子皇上还真是单纯。”

怎么听那个纯字都像蠢……“既然身处皇宫，英侍臣不管有什么欲望都请压抑一下。”

“男人的冲动是很难压抑的。听说前两日还有小厮为此受了宫刑？”

明泉就算再无知也明白他意为何指了，当下银牙一咬道：“英、侍、臣，你可知刚才这话，可算大逆不道？”当着皇帝的面，妃子居然说他春宵难耐，要红杏出墙？

“与自己的妻子也算大逆不道的话，我也只好大逆一下了。”跋羽煌坏笑着向她慢慢靠近，逼得她连连后退。

明泉后背贴在墙上，呼吸间俱是男子的阳刚气息，不觉别开头，面红耳赤道：“走开……”话一出口，才惊觉语气竟是软弱的呢喃，当下羞愤地抵住他的胸膛，抬头与他双目直视，“朕、命令你立即、马上走开！”

明泉的力量对他来说不过沧海一粟，他一动不动地站在那里，手指轻撩起因慌乱而落下的鬓发，嘴角轻掀，“真想看看，褪下九五至尊的外衣，皇上是否还能如此吸引众人目光。”

她身子一震！跋羽煌已顺势退开去，转头对坐在窗台上的斐旭笑道：“这位便是名扬天下的帝师斐旭吧？听说你为高家而与皇上翻脸，可见传言不能尽信。”

斐旭洒脱一笑，“你怎知我不是来行刺的？”

跋羽煌抱胸挑眉道：“哦？我还以为帝师手上的飞针是用来对付我的呢。”

“对付北夷之鹰用区区飞针未免太小气了。针，我是用来挑刺的。”说着，他还真装模作样地在手指上挑了起来，“那个，两位继续，在必要的时候，我可以屏息。”

明泉恶狠狠地瞪住他。

“一个闺房有三个人，未免太拥挤了。”跋羽煌佯作失落道，“看来，我只好等下次。记得等我啊，可爱的处子皇帝……”

说完，他不等明泉发飙已先一步扬长而去。

明泉表情温和地问：“你来了多久了？”

斐旭收起针，揉着被刺得千疮百孔的手指道，“刚到！”

“真的？”她怀疑。

“以斐旭之名发誓！”

“你真名不是叫废墟么？或者，慕非衣？”

"名字不过身外物，不必研究，不必研究……"

明泉没好气地坐到镜台前，正要梳理，突地想起那把象牙梳，把手在他面前一摊，"朕的梳子呢？"

斐旭搔头道："这个……应该问严实吧？"

"御赐之物倘若流落民间，也不难找出来。"

"所以要卖就卖给走四方的行脚商人。"

"斐、旭……"明泉又开始变脸色了。

他已截断她的话，"皇上看跋羽煌为何而来？"

"朕怎么知道！"提起他，她的火就噌噌往上蹿！可恶，若非北夷使者仍滞留在京，她非要将他关起门来好好整治不可。

斐旭摸着下巴道："我总觉得他似乎在激怒皇上，或者想引起你的注意？"

说到这个，明泉想起册封之夜，跋羽煌的那番话，"不错，在那夜，他故意提起往事，隐隐露出对北夷的雄心……"

这样张扬，实在很反常理。一般人不更该韬光养晦，不露痕迹，让别人放松警惕么？他为何反其道而行？

"船到桥头自然直。"斐旭大咧咧地坐在椅子上，身体后仰，"无论他有什么目的，总要有显露的一天！"

明泉低喃道："船到桥头自然直？"想起瑶涓的事，她不免唏嘘，"皇姐之事，恐怕就不能如此放任了。"

"各人有各人的缘法，兴许，瑶涓公主宁愿保持如今平和的生活，也不愿再次跨入结局难测的婚姻中去。"

她叹出口气，"或许吧。只是无论如何，朕都想努力一把。毕竟皇姐与罗郡王并非彼此无心，若就此错过，未免太可惜。"

斐旭斜靠着，支着下巴道："皇上亲自出马也许不如一个局外人来得有用。"

"局外人？"这宫里头谁是那个局外人？她脑中灵光一闪，脸上露出胸有成竹的笑容。

只是他是否愿意呢？

她这厢还在为瑶涓之事伤神，他那厢已经转了话题。

"前几日我在街上遇到了一个故人。"

明泉一时被他说得摸不着北，"哦？"

"他让我问皇上，是否还记得七天之邀？"

"什么七天之邀？"明泉莫名其妙。在宫外头遇到让斐旭传话，说明他无法进宫。她认识的宫外人不多，欧阳成器、郭四娘、孟子……糟了！

当时高绰君的事情太突然太急，让她完全忘了和孟子檀定下的七天邀约。

"君无戏言啊，皇上。"

明泉不自在地咳嗽一声，"等过了这阵子，朕自会加倍偿还。"

"不会以身相许吧？"他似笑非笑。

“帝师似乎很闲啊？反正闹翻的假戏也被揭穿了，不如帝师正大光明回来帮朕吧。”她此刻最需人手。

斐旭摇摇手指，“我这几日正忙件大事。皇上若要请人帮忙，后宫里头不就有一位么？”

“你忙什么大事？”

“佛曰：不可说……”

明泉把窗户开得大大的，“帝师没事就请回吧。另外告诉孟子檀，朕明日中午回请他。”

斐旭边“笨拙”地爬窗，边幽怨道：“皇上过河拆桥。”

明泉在他背上猛地一推，关窗，落锁，动作一气呵成！

然后掸掸衣袖，睡觉！

明泉负手在殿门外来回踱步。

如意和严实站在石阶下，开始头还随着她的身影左右晃动，后来实在晕得慌，只好看着地上青石的纹路发呆。

明泉脚步一顿。

如意和严实抬起头来，却见她叹了口气，又转身走起来。

这来来回回快半个时辰了，到底要何时才走进那道门？如意暗急在心，想要说话，又被严实的咳嗽声给挡了下去。

正在僵持之际，门咿呀一声开了。

安莲抱琴站在门内，明若流星的双眸淡淡地看着明泉，“皇上要晃到几时？”

“朕……”明泉缩回伸了一半、停在半空的脚，“朕就是随便走走。”

“那臣先告退了。”他弯腰，然后绕行。

明泉一怔。他在……生气？

“安、安侍臣，”她唤住他，“朕有一事要请安侍臣帮忙。”

安莲转过身，站在第五级阶梯上仰头看着她，“请皇上吩咐。”

“就是……”她有些支吾，皇姐说过她曾十分仰慕安莲，如果由他去说服她，可能事半功倍。只是这等家事，却不好开口。先不说安莲本人的态度，单是二人的关系，似乎最亲密的，也就是那条沾染猪血的白帛。记得事后第二天不少人都来长庆宫道喜。她虽不在场，却也可以想象他的心里必定是懊恼的吧？

安莲眸光微微一敛，“皇上是为了瑶涓公主与罗郡王之事？”

明泉一惊，“你怎么知道？”

“帝师大人已经与臣说明了。”

斐旭？他怎么知道她想找的是安莲？她先是疑惑，后是沮丧。难道他也觉得她不敢对安莲开口么？

只是安莲在生什么气？难道与斐旭相谈不欢？

“咦？安侍臣呢？”她回过神来。

“回皇上，洁侍臣大人带着如意走了。”严实一直站在这里，也不知道他去了哪里。

是去瑶涓宫么？

“严实，你去瑶涓宫看看，有什么动静，回来告诉朕。”

“遵旨。”

“朕不用午膳了，你去吧。”想到要见孟子檀，她就有点烦闷。该找什么借口糊弄过去呢？唉。

杯莫停人来人往，明泉因临时起意，所以没有预订雅座，只能坐在大堂里。

“家叔上月病逝，事出突然，因此未能与孟公子打招呼便匆匆离京，实在抱歉。”她双目盈满歉意。

孟子檀阴沉的脸色稍稍好看了点，任何一个人在家里憋着等了一个多月心情都不会畅快，“谢姑娘节哀。”

夏淳淳夹了口菜，悠悠道：“再匆忙也能捎个口信吧。除非……谢姑娘压根没当我们是朋友！”可怜他每天陪着孟子檀像傻瓜一样待在府里等。想叫他出门，他又说怕错过，执意不肯。幸亏昨天死皮赖脸地拉了他出来，不然还堵不到慕非衣。

斐旭笑道：“在极度悲痛下六神无主也是人之常情。蠢蠢兄弟对朋友的要求不嫌太苛刻了么？”

“若不是昨日碰到非衣兄弟，恐怕谢姑娘此时还不知道在哪里忧伤呢，哪里能记起我们两个。”夏淳淳语气不善。

阮汉宸目光骤冷。

孟子檀见双方越说越僵，忙道：“算了，谢姑娘也是无心的。”

夏淳淳白了他一眼，嘀咕道：“怕的就是无心。”

明泉脸色也不好看，除了玉流外，她还没这样被人当面不留情地讽刺过。

正值气氛尴尬的当口，谁也没注意一行人从楼梯口转了出来。其中为首的老头本是板着面孔，但抬头一见着他们，立刻惊道：“皇……”

“黄山一别，已有三年，杨大人别来无恙？”斐旭反应极快地站起来拱手道。

杨焕之虽然古板，但并非痴愚，当下领会道：“托福托福。”然后小声和后面几个人交代一声，径自走过来。

斐旭热情地一一介绍起来，“这位乃是我的东家，谢姑娘。”

杨焕之别扭地一拱手，“谢姑娘有礼。”

明泉习惯性地坐着道：“有礼。”

“这位是我新结交的朋友，孟子檀。”

孟子檀起身抱拳。

杨焕之道：“孟大人的爱子，果然英雄出少年。”

斐旭又接着介绍杨焕之，“这位乃天子面前的红人，礼部尚书杨焕之大人。”

夏淳淳站起身，瞥了眼明泉笑道：“谢姑娘真是好大的架子。”

阮汉宸早在杨焕之过来的时候就站起来了，因此此刻只有明泉还坐在椅子上。

杨焕之刚欲言无妨，斐旭就抢先道：“可是腿疾犯了？”

夏淳淳哼了一声，摆明不信。

明泉冷声道：“你无须为我遮掩。若非杨大人，家父也不会在平沪郁郁不得志！谢氏家训，与杨姓者不得结交。我适才已犯了规矩了。”

杨焕之脸色怪异，道：“原来你是他的女儿，罢了，老夫不打搅各位。”说完，甩袖而去。

明泉与斐旭对视一眼，心中暗暗为杨焕之的演技赞了声好。

“七日之约，染天已兑现。”明泉起身拱手，“我尚有事在身，先失陪了。”

孟子檀慌忙道：“不如下次由我做东，只是不知去何处约见姑娘……”

“有缘自会再见。”明泉微微一笑，便负手离去。

孟子檀不舍地望着她消失在楼梯口，才颓然坐下，才发现夏淳淳难得沉默。

“你在发什么呆？”

“在想你的谢姑娘啊。”

提起这个，孟子檀便有一肚子火，“你今天说话未免太冲了。”

“谁让他们神神秘秘，鬼鬼祟祟。”

“什么意思？”

夏淳淳把玩着酒杯，“前几日，我不是离京了么？”

“那又如何？”

“我去了平沪。”

孟子檀眼睛一亮。

“平沪的确有个谢氏富族，家有几百亩良田，在当地也有些声望。”他见孟子檀有些兴奋，便慢吞吞道，“但是，并无谢染天和谢觉修二人，只有一个傻乎乎的猪头儿子。”

孟子檀一怔道：“也许并不是这家。”

“所以我又查了乡试中举的卷宗，也并无谢觉修这人。”

孟子檀突地站起来，想往外冲。

夏淳淳急忙拉住他，“你去哪里？”

“我要问清楚。”孟子檀目光凌厉，仿若刀锋。

夏淳淳在心中叹了口气，恐怕他这次是陷得深了。

“不必问了，她的身份，我已猜出七分。”

孟子檀反手抓住他的手腕，“她是谁？”

“虽不能肯定，”他一指窗外，“但一定和那里有关系！”

孟子檀顺着他的手指看去，却是皇城的方向，“怎么可能？”

“你可是遇见她之后莫名其妙地被刷出了选秀？”

“坐受礼部尚书行礼，仿佛理所当然。”

“慕非衣和她的护院都非常人，可偏偏甘心为她效忠……”

“不要说了……”孟子檀失魂落魄地坐下。

夏淳淳拍拍他的肩膀，挥手叫来两坛酒。

这场大醉恐怕是免不了。

明泉等人行至楼下，却见一辆绛紫色锦缎帘布的黄花梨木马车大咧咧地停在门口，两匹体态矫健的白色骏马在四周好奇、赞叹的目光中昂首挺胸，旁若无人。

“你猜这里面会走出来一个闭月羞花的绝色佳人，还是一个脑满肠肥的纨绔子弟？”明泉压低嗓音对斐旭道。

斐旭寻思道：“我猜……是个闭月羞花的纨绔子弟。”

明泉挑眉，“不会正好是他吧？”能被斐旭比作闭月羞花的男人不多，能坐得起这种马车的纨绔子弟也不多，两者兼备而能在宫外晃悠的……她只想到一个。

一只纤细素手掀起帘子，从车厢里钻了出来，女子般娇艳的面孔上露出阳光般明媚的笑容，“恭迎大驾。”

“不知道为什么，”明泉看着他讨好的笑脸，疑惑道，“每次看到你高兴，我的心情就糟透了……”

明媚的阳光顿时被乌云遮蔽，欧阳成器低眉，敛容，躬身道：“请。”

明泉假咳一声，噎住欲出的笑意，坐上马车。

斐旭同情地拍着他的肩膀，“闭月羞花的纨绔子弟本就应承受非常人的无奈。”

欧阳成器怪异地重复一遍，低喃道：“这句话，怎么听，怎么不是滋味。”他抬眸看到阮汉宸毫无表情的面容，若有所悟。

马车漫无目的地奔驰在官道上。

明泉的手捂着暖炉。欧阳成器还是很懂得享受的，马车虽小，五脏俱全。毯子、靠枕、搁手的小垫子，一车人窝着也不嫌拥挤，都能找到个舒服的姿势。

“五分热血堂的事可还顺利？”近来事忙，她险些忘了这着棋。

欧阳成器眉宇刚有些得意，又想起什么似的压了下去，道：“托皇上洪福。他们自从牢里出来，温顺许多，臣稍加笼络，便得了七成人马。”

这已经很不错了。白老二的手下能转过头来跟着欧阳老大的侄子，想必中间用了不少手段，郭四娘肯定也出了力。

“郭四娘可到镇北国公府了？”

“冯国公已安置妥当。”

明泉点点头。想起白老二生前的样子，她还真有点怕郭四娘有个三长两短，他会化作冤魂前来质问。“你干得不错，可惜又少了个把你发配进宫的借口。”

欧阳成器一怔，急忙拍着胸脯道：“皇上放心，臣必定带领五分热血堂为皇上，为大宣鞠躬尽瘁，死而后已！”

见他急得额头都微冒冷汗，她扑哧一声笑了出来。

斐旭一直支着头，透过半隐半现的窗帘看沿路景色，这时转过头来道：“你是不是查出什么了？”

欧阳成器的脸色有些凝重。

明泉莫名的目光在两人间来回，“你们有事……瞒着朕？”

欧阳成器看了眼斐旭，低禀道：“帝师上月让我注意各大臣的情况，看有没有人传信给高阳王。”

“你怀疑，高阳王勾结官员？”她沉吟道，“人心隔肚皮，就算真有人投靠了他，朕也不意外。”何况朝中反女帝的势力从未消失，不过由明至暗罢了。

“帝师只让我关注二品以上的官员。”

明泉心里咯噔了一下。二品以上的文官？尚书？丞相？御史？捧着暖炉的手微微发冷。“帝师可有根据？”这事若传出去，只怕会先动摇了己方人心。

“不过闲来试试五分热血堂的情报罢了。”

只是如此？如果二品以上官员无一人勾结高阳王，五分热血堂岂非做无用功，又怎么能验证他们的情报能力？她狐疑地看着他。

“如今看来，似乎无心插柳柳成荫了。”斐旭挑眉微笑。

欧阳成器小心地瞄着明泉的表情，欲言又止。

“难道真的有二品以上大员与高阳王通信？”她脸色有点难看。

“这倒不是。”欧阳成器有些支吾。

“不如朕下旨让你进宫来慢、慢、说？”

谈吐顿时无比流利，“臣的手下发现墨莲社最近曾交了封信给一名回乡的雍州人士送至高阳王府。”

“墨莲社？”她眉峰蹙紧，“关于什么事？”

欧阳成器又看向斐旭。

“你们最好一次把事情交代清楚。”她危险地放缓语调。

“皇上不觉得我刚说要化明为暗，最近就公然出现在京城兜转有些奇怪？”斐旭悠然道。

“这种前后矛盾的事情发生在你身上就一点也不奇怪。”她没好气道。

斐旭感叹道：“我完全是为了皇上啊。”

“满大街每天兜转的人多的去了，朕也没看到地上踩出金子来。”

“说金子就太见外了。”

“难道你想当朕的贱内？”

“……皇上，你的玩笑容易让人自焚，请慎重啊……”斐旭假装擦拭冷汗。

“朕正是考虑到如此结果，才很、慎、重、地开这个玩笑。”

欧阳成器发现三人对话成了两人对侃，自己在他们眼中完全透明。于是识相地把身子往从上车就不曾开过口的阮汉宸处挪了挪。

沉默是金。

“皇上，我们刚才似乎在说兜转？”斐旭努力把扯到天边的话题拉回来。

“那又如何？”

“我与皇上因高家而闹翻的事情早传至高阳王的耳里，如今我却大摇大摆地在京城闲逛，你说别人会怎么想？”

明泉托腮沉思，表情真挚，“断了俸禄的帝师沦落街头，终日无所事事？”

斐旭凝望她，嘴角勾起浅笑，极是迷人，“皇上真是越来越沉着了。”兜来兜去不就是比耐性，看是他忍不住交代，还是她忍不住开口询问。

“所以帝师就从了朕吧？”快说！

“皇上是要身呢，还是要心呢？”他倾斜上身，轻吹一口气撩起她的鬓发，眼眸流转，落在她轻轻颤动的睫毛上。

欧阳成器紧张地攥住阮汉宸的袖子，努力抑制住哽在咽喉处的惊呼。

明泉气血上涌，面赤如九五艳阳，一双明目怔怔地看着近在咫尺的清俊容颜。半晌，吐出来的声音却细如蚊吟，又字字抑扬顿挫，“帝师、想引出内奸？”他上次曾说他师父会说服高阳王相信他们已经闹翻，那么他在京城出没的举动想必会落入有心人眼里。

“内奸？”他靠会儿窗边，玩味这两个字，“或许他还不是。”

“等等，”她突地转过头，双眼含厉，瞪着欧阳成器，“你刚才说谁送信给高阳王？”

欧阳成器一时没反应过来，呆了下才道：“墨莲社……”

“怎么、可能……”她低喃。

墨……莲……

那么清傲孤绝的人……洁如霜雪，雅如梅兰……

而且他一直深居宫中……

“那封信是几时送出的？”她沉声问。

“今晨。”

明泉指甲划过暖炉上的镂空花纹，发出断断续续的吱声。

心中另一个声音在冷嘲：怎么不可能？堂堂右相为大宣忠心耿耿却沦落后宫，就算他有心报复，也无可厚非。何况斐旭昨日曾为了瑶涓的事找过他，自然知道帝师人在京城，且并未与她闹翻。

“信上真的说帝师辅佐于朕？”

“不，只说帝师在京城出现。”欧阳成器何等聪明，光看脸色便知道她内心所思。京中一直传言墨莲社背后是安莲，想起他的绝世风姿，不难联想出其中奥妙，因此补充道，“想来是墨莲社那班狂生不知轻重，妄图攀附权贵罢了。”

攀附权贵会写信说这么件看似无关紧要，实际至关重要的事？

失去依持的暖炉差点掀翻，斐旭眼疾手快，将它抓了过来，“皇上，事情尚未查证，还不到臆测和下判断的时候。”

明泉一省。不错，这只是一面之辞，焉知不是有人在挑拨离间？沈南风不也曾笼络过墨莲社中的人么？可见那也不是铁饼一块。他可以，别人自然也可以。

“那封信呢？”

“依旧送去高阳王府了。”欧阳成器答得理所当然。

斐旭将暖炉在手中悠悠地搓着，淡淡道：“就算这封信到不了，还有下一封信，何必打草惊蛇。”

明泉蹙着眉头默了会儿，“欧阳成器。”

“臣在。”

“朕要你三天之内将墨莲社上上下下前前后后打听得一清二楚……如有遗漏……”

欧阳成器叹气，“臣自己去后宫报到。”

明泉漫不经心地低应了一声。

阮汉宸轻轻掀开车帘，钻到车夫边，拽过缰绳，掉转马头，朝来路驾了回去。

半嵌于连绵群殿中的夕阳懒懒地散发余芒。新抽芽的嫩草尖上点点金灿，交织成一片金色湖泊，微风轻袭，荡漾起千百层波浪。

“洁侍臣并未进瑶涓宫，只是坐在墙外弹了首曲子。”严实瞄了眼明泉，只见她坐在湘妃竹椅上，慢悠悠地喝着去年上贡的龙井，炯黑的双瞳木然地望着远方，不知想什么出神，安静得几乎与花园融为一体。

严实垂下头，不敢再看，只是静静地待着。

半晌——

明泉举着茶盏的手终于放下，目光淡淡瞟过他，似是才想起这号人来，“只是弹了首曲子？”

“洁侍臣弹完曲子还念了首诗，奴才驽钝，只记得几个词，似乎是斜阳、沈园，还有春波……”严实识字不多，让他背诗着实是为难。

明泉嘴角勾笑，眼里抹过一道暖意，“可是‘城上斜阳画角哀，沈园非复旧池台。伤心桥下春波绿，曾是惊鸿照影来？’”陆游生平憾事，比起来，唐婉和瑶涓的境遇倒有两分相似。

“皇上博学。”他连连点头。

“那皇姐有何反应？”

“瑶涓公主并未出现。”

未出现不等于未听见。安莲的琴技她早已领教，拨人心弦于无形，再加上陆游与唐婉的前车之鉴，皇姐只要对罗郡王有情，就不可能无动于衷。

只是罗老郡王也不是能轻易打发的。

蔺、罗、兰三位郡王手握重兵，权倾一方，就算她贵为九五之尊，天下之主，遇到他们，也要避忌三分。虽说尚融安已袭爵位，但他生性闲散，因此真正权柄依旧牢牢地把在罗老郡王手里。

想到这里，她不由苦笑一声。外有黄水之灾，蛀国之虫为患，内有家事为忧，她真正称得上内忧外患。

“几位大人可来过？”这几日早朝都静悄悄的，平日喜欢拿小事说大事的官员各个缩了脑袋，谁也不敢吭声，生怕一个不好，就被孙化吉这几个被黄水整得焦头烂额的拿来泄愤。

严实从袖子里摸出本奏章道：“孙大人来过，留了封奏折。”

明泉接过来打开，孙化吉圆而有力的字体赫然入目，只是字里行间有些潦草，这几天的确是忙坏了他。

她看完后，把折子放入袖子，眉头深锁。赈灾的款项户部已经拨下去了，孙化吉的手脚很快，应在半月内能到地方上。

前几日雍奂二州联名哭穷，请求朝廷拨钱或是免些税收。孙化吉折子里虽没明着说，但言辞间颇为讥讽，显是不以为然。

在银子上他有颗七窍玲珑心，纵然有护着户部口袋的嫌疑，但不会差得太离谱。那些地方向皇帝伸手是伸惯了的，就算住在金山银山上，照例也要哭上一哭。所以折子她留着，准备看看高阳王还能折腾些什么动静出来。

正思忖间，眼角瞥见一个小太监正站在棵柏树后头探头探脑。

“谁？”她沉下脸色。

那太监一个激灵，扑通一声跪下了。

阮汉宸一个飞身从暗处出来，拉起他的后领，拎到她面前。

“奴、才……延福宫小黄子，参见皇上。”

延福宫的人？

她放柔声音道：“徐太妃身子可好？”

“托皇上洪福，太妃娘娘身体康健，只是天天叨念着皇上。”他见明泉缓了脸色，说话立即流利起来。

明泉淡淡一笑，“玉流的婚事准备得如何？内务府的奴才们可还尽心？”

“各个尽心得很，说是皇上您说了，得摆足我大宣的威风。”

明泉确定他是徐太妃眼前得力之人了，不然不会如此清楚这些事情，“可是徐太妃有什么差遣？”这几天徐太妃为了玉流的婚事将内廷上下指使得鸡飞狗跳，连严实都被叫去了好几次，因此她才如此玩笑。

“皇上言重，太妃娘娘只是着奴才来请示皇上，大婚那天放几位主座？”

这是在问她参不参加婚宴么？

由于这次狄族少主在京城迎娶公主，因此在京城行礼，既然如此身为皇帝的她便不可能缺席。不过玉流曾斩钉截铁地拒绝她参加婚宴，只怕是有几分赌气有几分真心，还有几分故意为难。

她想了想，道：“听玉流公主的吧。”

不坐主位也罢，且以皇姐身份出席，也不辱没狄族颜面和大宣国威。

“奴才遵旨。”小黄子捋着袖子正要起身告退，却被明泉下一句话惊得双腿一软。

“对了，”她拿起茶盏轻晃了晃，“未得召见，私窥帝颜，该当何罪？”

小黄子眼珠一转，匍匐地上，“奴才知罪，请皇上责罚。”

是个会看颜色，知晓分寸的，她将茶盏轻轻一搁，“去内廷执法司领五个板子吧。”

“谢皇上。”小黄子松了口气，这可是这位女帝亲自掌罚中最轻微的一次。

“玉流婚事将近，徐太妃也忙得很，这等小事，不必禀告了。”她漫声道。有了这句话，就算徐太妃知道也只好装作不知。

小黄子恭恭敬敬地磕了三个头，“奴才遵旨。”这才领着旨意去了。

明泉闭了闭眼，这几日尽让黄水之事忙昏了头，竟快到玉流成亲之日了。

“严实，那件紫貂领缕金百蝶穿花鹤氅该拿出来晾晾了。”说着，她又转向阮汉宸，“公主的贺礼，阮统领应准备了吧？”

阮汉宸回道：“臣已包好礼金。”

“礼金？”明泉失笑，“这倒是你的作风。”

阮汉宸眸光闪了闪，似是疑问。

“你日日跟在朕身边，莫说买东西，只怕连家都很久没回了吧？”

“臣每夜都回。”

她一怔，“可宫门已……你学帝师爬墙？”

阮汉宸的眉头几不可见地皱了下，却没反驳。

明泉看着他摇头道：“你还真诚实。”

“臣不欺君。”

“是不敢，还是不想？”她戏谑地问，却没等他回答便起了身，“罢了，短短一日朕跟熬了一个月似的。严实，回承德宫，朕要好好泡个澡。”她突然意识到阮汉宸还站在旁边，俏脸微红，嘴上却笑问，“阮统领准备几时出宫？”

“等皇上歇下。”

她古怪地瞅了他一眼，苦笑着负手而去。

随着国事日益繁重，明泉待在乾坤殿的时间也越来越长。

将段敖的折子放下，她单手支额，手指有一下没一下地敲着桌案。

堤坝一垮，几个建堤的关键人物就相继自杀或失踪了，尤其是雍州，前后干净利落得找不出一点破绽。唯独樊州童堤这个娄子实在太大，尾巴想藏也藏不住，段敖正死咬住它，准备以此为缺口，顺藤摸瓜。

只怕事情不会如此简单，其中纠缠的利益、关系、目的……必定让人触目惊心。那些人决不会让其就此大白于天下！

她迟疑了下，将折子压到叠得一肘高的奏折最底下，顺手拿起那封因移动而从奏章上头飘落的信笺。

栀黄的纸，朱红的字，在明艳中透露丝丝诡异。

明泉苦笑，欧阳成器连写信都标新立异，非与众不同不可。

不过热血五分堂在他手上的确让她如虎添翼，打听墨莲社的来历他只花了一天时间。

信，她看得很仔细，逐字逐句，一丝不苟。

最后合拢，闭上眼睛。

第一次听到墨莲社这三个字是从沈南风嘴里，却远不如这张纸上来得详尽。创社人，创社时间，创……她眸子猛地一睁，拿起信盯住某处。

“荣锦七年五月……”她低喃。

悬着的心，缓缓放下，嘴角露出一丝明灿胜朝霞的笑。

因玉流公主即将出嫁而沸沸扬扬的皇宫又被一道圣旨激起了千万涟漪，一轮一轮，在可见的，不可见的地方荡漾开来。

明泉坐在皇宫一角，默默地听着严实自各方探听来的反应。

将宫廷执法司与宫廷执礼司交予安莲，内务府交予跋羽煌，不知情的人看，皇上大权下放，两人同样得宠。稍知晓点的人看，掌管皇帝口袋的内务府显然比宫廷执礼执法司要重要得多。但真正知情的人才明白，内务府的权把在严实的手里，后面站着明泉，管那里不过是个名，手是半点伸不进去的。

安莲不似初进宫时那般激烈，平静地接了旨，随后一言不发地进了房门，再无动静。倒是安凤坡曾在长庆宫外转了个圈，聆听传旨，但并未进去。

自从那次元宵后，安凤坡便再未单独去过长庆宫，只偶尔随着其他蓄子前去请个安，也不多留。

两人关系僵硬得一如她先前的猜测，仿佛元宵那夜所见，不过是她的幻觉。

只是这样突兀的平静，反倒让她有种隐隐的不安。好似……压抑的暴风雨。

跋羽煌的反应似是正常，又似不正常。

摆香案，下跪拜。十成的大宣礼节他做足十一成。

册封典礼那夜的倾诉，明泉宫的轻佻，如今的顺从，处处透着诡异，偏又无迹可寻。

她明明是这座宫殿，这片江山的主人，却似乎总走在一团又一团的迷雾中，身边的人总喜欢藏半个身子在迷蒙里，露出的半个也不知是真是假……

叹了口气，她直起身子。

明日便是玉流出阁的日子，她总该再做点什么……

为了她，也为她。

“严实，将那件紫貂领缕金百蝶穿花鹤氅带上，去玉流宫。”

玉流冷眼看着这件紫貂领缕金百蝶穿花鹤氅，彩蝶扑翅，灵动如飞，花叶栩栩，几可闻香。

这件大氅，将她与明泉的恩怨明朗化。

也因这件大氅，她不得不失了宫里最可信最可靠之人。

不过在这出嫁的当口，她突然拿出这件大氅有何用意？想以偷窃御用之物的把柄威胁她？只怕天高皇帝远，鞭长莫及了。明泉自然不会这么傻。

前后不过几步路，几个呼吸停顿，玉流脑中已闪过数个念头。

“皇上，”她五指轻轻抚过包在锦缎里的大氅，“夜深天寒，大氅该披在身上保暖才是。”

明泉将她眼中的疑虑一一收入眼底，不动声色一笑，“唯一的皇妹出嫁，朕却没什么拿得出手的贺礼，委实惭愧。想来想去，也只有这件大氅还勉强过得去。”

“大宣朝第一公主之衔，臣妹是万万不敢当的。”话是笑着说的，听起来却有丝丝寒意。

明泉笑着握住她的手，五指微微用力，“朕说当得便是当得，”她叹了口气，眼中伤感无限，“我们终究是姐妹，若不是生在皇家，兴许睡卧同榻，食咽同桌，彼此梳发簪花，又怎会生分至此？可惜，很多事情终究是明白得太晚。朕……又是个不到黄河心不死，不到最后不悔悟的倔脾气……”

说到此处，眼眶微红，明亮的眸子似蒙上了层水雾。她轻撇过头，眨了眨眼，眼睛复又明晰，仿佛刚才那片蒙眬只是错觉。

玉流微微动容，“皇……姐……”话到嘴边，又收了口，化作叹息。

明泉垂下头，眼中闪过丝几不可见的失望，随即抬头破颜一笑，“玉流妹妹出嫁在即，朕却只说这些有的没的，未免扫兴。”

她拍了拍她的手背，“无论到了何处，一定记得，朕是你的皇姐，大宣朝是你的娘家！我尚氏公主，金枝玉叶，狄族但有怠慢，朕必不饶他！”

玉流动情地反握住她的手，“臣妹铭记于心！”

明泉拿起大氅，亲手为她披上，“一切小心。”

“皇姐，你是否会怪我……”

她的话未说完，已被明泉截断，“几位太妃乃是长辈，上坐主位，再合适不过了。朕说过，在你面前，朕不过是血脉相连的皇姐罢了。”

玉流哽咽着点点头，眼角微有湿痕。

明泉又拍了拍她的肩，淡淡转过身。

两人同时在对方看不见的时候叹出一口气。

无怨无悔的玉流并非真正的玉流。

将宣狄两国放在第一的明泉却是真正的明泉。

终究陌路……

玉流的婚礼奢豪华贵，玉珠翡翠、金银珊瑚、锦缎绫罗……将皇宫里外装点如神话中的东海龙宫。

与宣朝的穷奢极欲相比，狄族显得低调而简朴。

阿修巍巍穿的是宣朝驸马的朝服，紫金六蟒红宝石顶冠戴在他头上，竟是王者无匹的霸气。相形之下，明泉虽穿龙袍，却显得优雅而娇小。只是那双墨如漆，明如镜的眼眸始终淡定安然，仿佛天地间一切尽是一般，无可动容。

“皇上。”阿修巍巍站在她面前，居高临下，与她四目相对。

“驸马。”她轻掀嘴角，似笑非笑。身份与身高并无直接关联。

沈南风悄悄自两人身边退开了点距离。

站在两人旁边，让他有种被强烈排斥的错觉。

礼乐骤响。

明泉与阿修巍巍各退一步，同时移开目光。

明泉看到瑶涓静默地坐在熙熙攘攘中，满室珠华衬得她脸消瘦苍白。罗郡王沉默地站在她身后，一脸无语的凝重。

是争论后的彼此无言，还是开口前的沉闷？

她站在这头，暗自揣测。

玉流在洋洋喜气的奏乐声中翩翩而来，她的脸挡在珠帘后面，只有那双清冷的目光犀利地穿射出来，自来客脸上一一掠过，唯独跳开明泉。

她走得略疾，喜袍宽大的袖子如蝴蝶的两只艳红翅膀，迎风招展，肆意张扬。

明泉偷偷伸出手，感受喜袍自她指尖滑过，再也抓不住。

几位太妃坐在主座上。

常太妃喜形于色，古太妃略显伤感，马太妃无动于衷，徐太妃却是悲喜无定地流泪。

明泉站在玉流身后，眸黯如夜……

一手造成的恨，一手造成的果……

何能强求。

慕流星从天牢里放了出来。

白皙的娃娃脸上似乎丰腴不少，圆润得可以挤出油来。

虽说御花园风景如画，但他跪在地上已近半个时辰，再美的风景到了眼里也要化了。

圆乎乎的手不时捶着小腿，偶尔幽怨地抬头瞪一眼凭几看书的明泉。

“咳。”她咳嗽一声，眼角若有似无地扫过他越跪越近的双腿。

慕流星撇了撇嘴角，调整了下姿势，重新跪好。

“臣斐旭参见皇上……”斐旭清雅中略带笑意的声音越传越近。

明泉眼中欣然一闪而逝，将书放下，冷声道：“帝师好兴致啊，连宣朝公主的婚礼都避不出席。”

“咦？你的头发……”慕流星惊讶得一屁股坐在地上。

明泉顺着他的目光望去，但见一个容貌淡若斯的黑发青年背风独立，青衫半白，风姿遗世。

“你的头发？”明泉呆呆地重复了慕流星的话。

斐旭得意地捋起一绺，“不枉我这几日足不出户地守着那个文要饭啊。”让天下闻名的神医成天关在房间里研究染发，他当属第一人。

“你上次说的大事就是这个？”她看着阳光下，微微发青的发丝。

“终于摆脱瘌痢头这个恶名了。”他唏嘘不已，因为每次出门都要把头发包起来，害得每个人见了他都要惋惜一番，说是平白浪费了好相貌，可惜是个瘌痢头。

明泉捂着嘴轻笑，“倒也不错。”

斐旭这才斜眼看慕流星，“要不是你穿着官袍，我还真以为皇宫盛行养猪呢。”

慕流星刚要反嘴，就被明泉狠狠一眼瞪了下去，“跪、好。”堂堂一个二品总兵这么不经吓？哼！

慕流星嘟起嘴巴，乖乖跪好。

斐旭嘿嘿一笑，席地坐在他旁边。

“怎么？御花园里少了门窗，慕总兵觉得不自在？”明泉假笑着问。

慕流星先是茫然地看着她，然后皱眉，似是想起来当日摔门而去的情景。

“皇上恕罪。”他噘嘴道。女人的心眼狭小，当了皇上的女人更狭小。

他脸色白嫩，嘴唇却是艳红如血，噘起来的时候像颗小樱桃，可爱得像团面粉娃娃，虽比冯颖大了一圈，但表情却丰富生动得多。

明泉勉强忍住笑意，见斐旭看慕流星的眼神戏谑中带了点纵容，眉眼一挑，一个主意涌上心头。当即咳嗽一声，正经道，“慕卿乃遭人陷害，何罪之有？不过，这恩嘛，总是要谢的。”

慕流星磕头道：“谢皇上明察秋毫，为臣申冤昭雪。”

明泉坦然受了他一礼，毕竟为了他的事，让她好色的罪名更加坐实，实在……气愤难平。“除朕之外，你还得谢一个人。”

慕流星啪地拍着斐旭的肩，大笑，“一场兄弟，大恩不言谢了。”

斐旭似是看出明泉的用意，眼中微露警告。

“哦？原来你们已经兄弟相认了？真是可喜可贺啊。”看到斐旭骤然沉下的脸色与慕流星呆若木鸡的表情，明泉心情大好。

“什么兄弟相认？”慕流星迷茫地眨眨眼。

“难道你不知道……帝师就是你的亲哥哥么？”她无辜道。斐旭说过当今天下除了他之外只有两个人知道慕流星与她的关系，一个是他的师父，另一个就是她，可见慕流星也是被蒙在鼓里的。

“什么？”慕流星猛地跳起来。

斐旭已经一个飞身朝外逃去，片刻间只剩一抹青烟了。

“你给我站住！”慕流星箭一样冲了出去。

阮汉宸无声息地站在她身后。

“让他们玩去吧。”明泉轻笑道。

阮汉宸应了一声，使了个眼色，让暗中护卫的侍卫严守岗位，莫管闲事。

斐旭回来的时候，明泉正在听司礼太监禀告以往春祭事宜。春祭自皇帝登基始，五年一祭，祭的是宣朝开国之君的祖籍——东北胜州槐元县，现已成为宣朝帝王陵寝所在。

明泉眼角瞥见屏风后扬起一缕几乎融在月光里的晶莹发丝，便轻轻咳了一声道：“今日便如此吧。”

司礼太监正说得兴起，却被硬生生截断，只得怏怏告退。

明泉起身走到屏风后，见斐旭正坐在茶几上悠闲地吃着点心。两扇窗户大敞，皎洁的月光洒在他蚕丝般银白的发顶上，氤氲出一轮轻芒。微风阵阵袭来，撩起几绺银丝，又很快与月光融为一体，弥淡缥缈。

他身上穿的已不是白天那身青衫，而是黑绸金边的修长袍子，空气隐隐传来皇宫内眷沐浴用的百花灵露的香味。

明泉虽不喜欢用，对它的味道却很熟悉，叹息道：“怪不得内务府总抱怨老鼠多。”

斐旭很委屈，“我只是替皇上试试好不好用。”

“哦？那好用么？”她睨着他。

“除臭还不错。”为了躲慕流星那只旱鸭子，他被逼跳河，谁知那条河奇臭无比，差点恶心得他一口气没喘上来，沉死河底。不过这样的糗事自己知道就够了。

“除臭？”明泉呆了下后，同情道，“莫非帝师有……狐臭？”狐狸一样的男人，有狐臭也很正常。

斐旭毫不客气地把点心喷出来，然后邪笑着张开双臂，“不如皇上亲自来验证验证？”

风突地一疾。

及腰的银发网织般张扬开来。

那双眸子，亮如晨星。

明泉脚后跟偷偷向后微移，突道：“你是狐狸精吧？”

上扬的嘴角不自然地抽搐了下，随即笑得更奸，更诈，更邪恶，“那皇上千万要小心……”声音陡然低沉数分，略带沙哑，“不要被我勾引到哦……”

明泉猛地打了个喷嚏！然后满怀歉意地看着斐旭木然用袖子擦着脸上喷溅的唾沫，“晚上风大，朕觉得有点凉。”

黑眸淡淡地扫过来，空气有一瞬息的凝固。

“皇上。”严实轻柔中难掩尖细的声音在门外响起。

明泉如释重负地低咳一声，三步并作两步，亲自打开门道：“何事？”

“英侍臣去了长庆宫。”

明泉一怔，“去干什么？”

后宫其他蓄子虽然隔三差五会去两位侍臣处请安，但安莲和跋羽煌除了新婚后第一夜至太妃处请安外，再也没有出现在同一个地方。

因此在这样深夜，跋羽煌去长庆宫可说蹊跷至极。

长庆宫灯火通明。

二十几个太监人数各半，对峙通道两侧，高举灯笼，隐有分庭抗礼之势。

一名宫娥昂头单膝侧跪在通道正中，双唇紧抿，形容倔傲。

夜风如泣。

安莲站在台阶上，宽大白袍在疾风中向后怒张。

“洁侍臣当真不卖这个人情？”跋羽煌双手笼在袖中，一脸似笑非笑。只是那双琥珀色眼眸仿佛被夜色浸染，慢慢深邃。

安莲眼帘微合，淡然道：“国有国法，家有家规。杀人者，偿命。”

“哼，区区太监，怎比得上我北夷争风骑卫来得高贵！”他进宫时虽未带任何侍从，却将争风骑中唯二的女骑卫当作日常侍候的使女。

“北夷刑律第一章第七条，杀人者，不问情由，斩立决！”安莲的话音不高，却恰巧传到在场每个人耳朵里。

“难道太监挑衅宫娥，就是理所当然？”跋羽煌冷笑不已。

“是非曲直自有宫廷执法司审断。”

“死的可是长庆宫的太监。”

风再厉，也吹不散笼罩在长庆宫里的浓浓硝烟。

安莲静静步下台阶，完美侧脸稍稍仰起，眼神定定地看着他，嘴角扬起一抹讥味甚浓的淡笑，“北夷的刑律，只用来供世人观瞻么？”

跋羽煌下颌一紧，不怒反笑，“大宣的宫廷执法司只是用来泄愤么？”内廷执法司可是握在安莲手里！

“英侍臣何妨拭目以待，看究竟是北夷刑律无用，抑或我大宣执法不明？”

跋羽煌走近他不到一个拳头的距离。右颊缓缓上挤，露出个看似微笑，却狠戾万分的表情，凑过脑袋，在他耳边压低声音道：“若她少了一根头发……那你就等着少一个胳膊……我可不像你们的女皇帝会怜香惜玉！”

安莲单手负于身后，右眉微挑，侧头与他四目相对，“英侍臣要拿整个北夷来赌气么？”

砰！

空气中仿佛有条无形的弦绷裂了！

跋羽煌目光不动，双手僵硬地拍了两下，“那本王子就如你所言，拭目以待了。”随即用只有两个人才听到的声音轻哼，“我也很想知道，大宣朝可爱的小女帝，会不会冲冠一怒为红颜呢？”

安莲嘴角微扬，清朗的双目浩瀚如海，平和如镜，“送英侍臣。”

明泉蹲在不远处的假山上，身后是斐旭带着清香的温暖呼吸。待跋羽煌离开，安莲进屋后才轻咳一声，微微拉开两人距离道，“为何不让朕正大光明地站出去。”

她与他们还隔了点距离，因此听不到两人最后那段话，心里不免有些幽怨。

“皇上既已放权，这等事还是少插手为妙。”斐旭左手扶着她的手臂，右手拿着从明泉宫顺手带过来的点心悠然地吃着。

“可是……”看到跋羽煌凌人的气势，让她气不打一处来。

“皇上身边非鹰即凤，千万莫小瞧了他们去。”他意有所指。

她何尝不知。只是……见不得他受半点委屈罢了。

“皇上还记得那个县令的故事么？”

“不记得了……”

“臣可以再讲一遍。”

“奇怪，好像突然又记得了。”她翻了个白眼。

“不愧是皇上，连脑袋都那么神奇。”他叹为观止。

“朕知道你要说什么，朕自有分寸。”只是一碗水端平，岂是说到就可做到？

斐旭吃完点心，掸了掸衣袖站起来，“皇上难道不想问我为什么这么晚进宫？”

她小心地扶住旁边的假山，呆了呆问：“需要理由么？”随即想到今天下午慕流星穷追而去的情景，讪笑道，“帝师若不想说，朕绝对不勉强。”

“原本还想邀请皇上一同南下查黄水决堤案的，既然皇上不愿降贵纡尊……”

“朕亲自出宫？”她眸子一亮，“你有何方法？”

南下查黄水决堤少说也要一两月，她身为皇帝，总不能在这个当口劳民伤财地南巡吧？

“皇上难道忘了，新皇第一次春祭……需要沐浴闭关七七四十九天？”

她目瞪口呆，“这可是大不敬。”

“若非高公公去得早，这件事原本应由他来对你说的。”

她被他的言下之意吓了一跳，“你是说历代皇帝都是……”

“宣朝的规矩，皇帝在即位之初必先走访最穷困之地体验民情。”

“你怎么知道？”这应是皇室秘辛，连她也从未耳闻。

“山人自有山人之道。”他神秘兮兮道。

“哼，爱说不说。”她别头。

须臾。

四周静谧得有些尴尬。

“喂，你……”她回头，哪里还有人影。

小心地伸出头，探了探高度，她在心里狠狠诅咒，该死的废墟！

“阮、汉、宸！”

从齿缝里迸出的声音在夜里显得有些恐怖。

一阵香风拂过，明泉但觉一只手在腰上一搂，身子已腾空而起，落在地上。

斐旭戏谑的声音自她头顶响起，“臣突然想起皇上龙体金贵，似乎不太适合在山上过夜。”

“哼！”

他收手抱胸，朝面无表情站在面前的阮汉宸扬眉，“听闻阮统领家中住着位未过门的小师妹，皇上可要多多体恤啊。”

明泉一怔，恍然大悟道：“怪不得你再晚也要回家。”

阮汉宸嘴角动了下，看斐旭的目光有些森寒。

斐旭眉毛挑衅似的一扬。

“以后你只需当值白日，晚上便由副统领负责吧。”明泉深思道。

“皇上果然爱臣如子啊。”斐旭赞美道。

明泉疑惑地瞥了他一眼。怎么觉得他看起来比阮汉宸还高兴呢？

虽明面上明泉对安莲和踀羽煌的冲突不闻不问，置之不理，私底下却让严实和阮汉宸两人里里外外地打听了个仔细。

自先皇驾崩后便波澜不惊的后宫这几日热闹滚滚。

以长庆、信合两宫为首，几个蓄子几乎都卷入这场纷争中去。

先是两个将军之后的蓄子徐克敌和彭挺投入踀羽煌麾下，指认长庆宫太监调戏踀羽煌的侍女。再是冯颖怒出信合，回了储秀宫。

安凤坡的态度颇为暧昧，收了踀羽煌的礼物，人却龟缩不出。

自冯颖迁入信合宫后，沈雁鸣与京都府尹之子薛学浅关系日近，两人此时立场一致地保持沉默。

如今后宫上下，一片山雨欲来风满楼之兆！

安莲与跋羽煌最后的对话被传了几个版本，莫衷一是。唯一相同的是，两人已是势同水火、不死不休的局面！

明泉额头敷着冷水浸过的巾帕，仰面躺在床上，白皙的双颊泛出桃色潮红，长长的睫毛即使在睡梦中依旧不安抖动。

御医静悄悄地把过脉，退了出去。

严实守在门口，匆匆将他开的方子交给候着的小太监，转身问道："皇上龙体……"

"无碍。着了点凉，喝了药，睡上一宿便好了。"御医轻叹口气，"只是皇上龙体虚弱，最好是放宽心，多休息。"

严实默然。

宫里宫外都是多事之秋，哪里说宽心就能宽心？而且这话，也轮不到他一个奴才来劝说。

"常太妃娘娘到，马太妃娘娘到。"通报的太监也说得格外小声。

严实与御医跪下行礼。

"免了吧，皇上龙体可好？"马太妃难得走在常太妃前面。

严实低着头，恭声道："回太妃娘娘的话，皇上昨天夜里着了凉，并无大碍。"

马太妃冷着脸，眼睛只瞄着御医。

御医无奈，只好把刚才的话又说了一遍，只是略去后面一句。

常太妃双手合十，念了句阿弥陀佛，"老祖宗保佑，皇上平安康泰。"

严实道："奴才进去为两位太妃禀报。"

马太妃眼神一动，刚想应声，却听常太妃摆手道："皇上龙体违和，最需要休息，本宫与姐姐也不打扰了。"说着拉起马太妃的手往外走，"姐姐随我去佛堂为皇上祈祈福吧。"

马太妃脸色一僵，缓缓道："也好。"

御医缩着脑袋，远远地跟着她们去了。

半晌，一个身材矮小的小太监才对同伴尖声尖气道："马太妃来得比常太妃还快。"

"可不是黄鼠狼给鸡拜年没安好心么？"另一个同伴小声回道。

严实咳嗽一声，目光阴冷地在他们头上瞟过。

两个人立刻垂下头，再不敢吭声。

严实默默地守在门前，双眼一动不动地盯着自己的脚尖，仿若一尊雕像。

明泉只觉得身体像棉絮般，在半空中忽上忽下地飘浮。

双手虚抓了两下，身体便失了平衡，头下脚上的坠了下来！

她叫了一声，翻身坐了起来。脑袋一阵眩晕，身体顿时失衡，朝右面倒了下去。

一具温热的躯体及时贴住她的去势，鼻息间一阵若有似无的梅香。

明泉左手撑住床榻定了定神，这才看清扶住她的人，"你……怎么在这？"

安莲见她能独自坐稳，才松开手，去桌上端来了药碗，轻声道：“该喝药了。”

在做梦么？她用左手指甲狠狠地刺入掌心！

生疼！

药碗凑到面前，她才小心翼翼地接过，一口一口地啜着，眼睛不时看向他，又在他目光移来时，巧巧地避开。

“听闻大宣民间有种游戏叫过家家，原来是这么玩的。”跋羽煌戏谑的声音突兀地穿过隔着内外室的珠帘。

明泉眉头微皱。

没经过通报，他是怎么进来的？

严实的声音适时在门外响起，“皇上昏睡期间，洁侍臣与英侍臣一直在榻前侍候。”

昏睡？她哑然，“朕睡了多久？”

“两天一夜。”跋羽煌不客气地嘲笑，“宣朝的皇帝果然是比别个轻松。”

皇帝昏睡，后宫中位分最高的自然是两位侍臣，总不能指望四位太妃来侍奉驾前吧。明泉想通其中因由便松了口气，嘴上不饶人道：“那英侍臣真是有幸了。皇帝轻松，当妃子的自然也不会太忙碌。”

珠帘哗啦啦作响。

跋羽煌抱胸堵在珠帘中间，居高临下地看着她。

明泉不安地朝安莲挪了挪。

他总是能轻易地彰显出两人力量的差距。

安莲站起身，白色宽袍隔阻在两人中间，“英侍臣已是一夜未眠，不如先行休息？”

跋羽煌侧出半个身子，目光在两人脸上滴溜溜一转，笑道：“皇上初醒，便要点牌子么？”

一阵热血冲上明泉脑门。她脸色一沉，“英侍臣当知分寸！”

“臣是急啊，”他森冷一笑，“我那个可爱的侍女现在正躺在床上呼吸着最后一口气呢。”他语气转寒，“安侍臣应该记得我当初的话吧？”

安莲迎上他怨毒的目光，淡然道：“句句在心。”

“你当初说了什么？”明泉忍不住问道。

“在皇上眼里，臣对洁侍臣的一句话，可比侍女的一条命更重要啊。”他阴笑一声，让她浑身一阵寒意，“看来臣急也是白急，皇上已经站在他背后了，不是么？”

跋羽煌很反常，太反常！

从册封之夜开始，他就一直以出人意料的行为在后宫，在她眼皮子底下活跃。

可她偏偏想不出他这么做的理由。

与宣朝最有权势的家族继承人交恶，甚至与她交恶，对他有什么好处？

他为什么要这么做？难道北夷想要挑起战争？

还是……

明泉头大如斗，连跋羽煌几时离去也不知道。

“皇上何不以不变应万变？”安莲转身，眼波轻柔如水。

"以不变应万变？"

"皇上只要做原本该做的事情，其他的，无须正视。"

将跋羽煌的变数统统抹去，让他成为无足轻重的小卒么？与斐旭的船到桥头自然直倒有几分雷同。只是……知易行难，如今要在后宫中忽略掉跋羽煌……

"皇上挂心的，应是大宣天下。"

这是他的保证么？让她只需关心政事，无后顾之忧？

她抬头怔怔地看着他。

这个集结世间一切美好的男子，真的是她可以仰望，可以依靠，可以携手一生的夫么？

春祭将近，这表面事宜是宫廷执礼司负责，但暗底下的活儿却由斐旭拎着严实跑腿。

自高家事件以来，斐旭便未在朝臣面前露过面。任外头谣言叫嚣，他依旧故我地玩着夜行。直到这几日才偶尔能见到他大白天走在宫廷回廊里的身影，虽是惊鸿一现，却也足够澄清与她不和的传言。

明泉一个人坐在乾坤殿里，托腮执笔，看着醮好的墨汁顺着笔尖滴在圣旨上，化出点点，再晕成团团。不过她脑子里转的却是别的事情。

段敖派下去查贪墨的人前几天突然集体失踪了，事情蹊跷诡异得让人全身发寒。

亲自南下这四个字像诅咒般，夜夜撩心，让她恨不得即刻飞去才好。

只是……她与几位先皇固若金汤的帝位不同，她身下的椅子可有点风雨飘摇，招人眼红得很呢。

如何要走得干净利落，安心省心？

宫里朝里都得有人压得住阵。

四大太妃虽说在后宫地位尊崇，但毕竟只是名分上。论身家实力，马太妃身后是高阳王，徐太妃身后是玉流，都不是能放心的。常太妃与她虽是一条战线，但她向来审时度势，难保会有意外。而古太妃……无依无靠在后宫屹立不倒，必有其过人之处。反正在她记忆中，先皇对古太妃甚为敬重。可惜她为人平和，且家世平平，在关键时候并无助用。

瑶涓与罗郡王现是自顾不暇，她虽未追问当日究竟，但既然未传佳音，便是没有下文。换了平常她大约还会横插一手，可惜如今她也是泥菩萨过江，实在是无心他顾。

安莲自然是最恰当的人选，只是宫里有个跋羽煌从中作梗，只怕她一离宫，局面就会搅成一团。安家势力虽大，终究不能只手遮天。连镌久，沈儒良……京城势力错综复杂，其中利害关系相互牵扯，谁都算不准下一步彼此是敌是友。

彭挺和徐克敌能投入跋羽煌的阵营，那么其他人也可以。

这几个蓄子是千挑万选出来的，每个人身后的势力也不容小觑。十条麻绳扭在一起，能拖得动山。

安莲纵然也能与其他人联合，只是将后宫朝廷的矛盾激化实非她本意。这些暗疮还没到能剖开来见天日的时候。

除非……

她手腕一抖，整支笔支在纸上。

脸上时青时白，显是被自己的念头吓得不轻！

可是，她转念一想。若是真能如此……那宫里朝里都无须担心了。当然，前提是她必须能毫无保留地信任他。

拍了拍额头，她搁下笔，望着窗外明媚的天色深叹了口气。

“皇上有心事？”斐旭难得经过通报进来。

明泉抱着暖炉，斜歪在躺椅上，身上盖着明黄的九龙翔云龙被。

茶几上的清茶热气腾腾，显是刚上了没多久。

“朕哪天是清闲的？”她抱怨道。

“皇上不当诗人真是太可惜了。”他摇头惋叹，挑了把她对面的椅子坐下。

明泉斜飞了他一眼，“这句话听到这里还算悦耳，不用接下去说了。”

“好奇心通常随着年龄而消逝。”

讽刺她年华早逝？她噎了下，咬牙道：“还请帝师解惑，朕洗耳恭听！”

“身为帝师为弟子解惑理所应当。”他双眼笑眯成一条缝，“臣只是觉得皇上若能从文，必能写出流芳百世的宫怨。”

“帝师大人不会是闲来无事，到承德宫串门子吧？”她没好气道。

“臣已经好几天没有沾枕了。”他控诉似的眨着眼睛。

“朕等下赐你一百个枕头抱回去，好好沾一下。”

斐旭幽怨之色更浓，“可否用金子打造？”

“孙尚书同意的话，朕没意见。”

脑中闪过孙化吉那张死要钱的脸，他迟疑了下，“银的也可以。”

“朕记得曾赐你一支会开花的……”

“但念及黄水受灾之民，臣内心怆恻，无法形容，愿将所有枕头捐献灾民，略尽绵薄之力。”

提到灾民，她也没了说笑的兴致，“朕真恨不得插翅飞到这几个州看看堤坝是拿什么糊起来的，看看这些父母官们的心又是拿什么做的！”

“皇上插翅以前，莫忘记野心勃勃的鹰和虎视眈眈的狼啊。”

“帝师可是想到了什么？”

“虽未完全，但想必不远。”

明泉眼睛一亮。

“只是不知皇上这次南下，想带上哪些人？”

“人多有失，不如从简。”她细想了下，“朕准备带上孙化吉和沈雁鸣。”

斐旭目光一闪，笑道：“倒是奇特的组合。”

“你不问朕为何选他们？”

“皇上乃一国之君，选了便是选了，有何可议？”

这话听起来怎么这么……不是滋味。“帝师……”

“阮统领留在京城既可保护安侍臣，又能就近照顾家里，皇上的确考虑周到。不过为了皇上安危，臣建议带上慕流星。”

“你不是……”

“皇上安危关乎重大，臣区区家事，不足以提。”

“朕……”

“另外，皇上不妨考虑带上英侍臣。”

她干脆不说话，让他一个人说个够。

“皇上既然让安侍臣留守，就该将他身边最大的障碍与顾虑拔去才是。”

带跋羽煌上路？明泉脸色有点发青。只怕还没到荧州她就死得不明不白了。

“放心，英侍臣想必很愿意配合的。”他笑得意味深长。

她听出他话里有话，“你是不是知道他在打什么主意？”

“佛曰，不可说。”

次日，沈雁鸣在一片惊疑和揣测中晋封为八品郎伴，赐住熹微宫，一跃排在安莲和跋羽煌之后，成为明泉后宫第三红人。无侍寝记录却独得恩宠，其中缘故令人百思不得其解。

然而当天正午，明泉又下了一道令后宫，乃至朝野激浪三尺的圣旨。

钦点一品英侍臣跋羽煌，八品郎伴沈雁鸣，户部尚书孙化吉伴驾春祭。擢一品洁侍臣安莲执掌内廷八府。封连镌久、杨焕之、段放、范拙为监国大臣，在春祭期间主理朝务。

一连串的旨意下来，反倒将沸沸扬扬的后宫压得死气沉沉，窥不破这位年轻女帝心中的如意算盘。

春祭意义非凡，留安莲带跋羽煌似乎显得后者更受宠，但明眼人一想便知，大宣皇帝后宫是绝无可能交于对峙多年的敌国王子手中。而且最近两者矛盾重重，在女帝江山未稳之际，将他们隔离正是明智之举。但突然晋封沈雁鸣，将他算入春祭队伍不免有些奇怪。表面上看是明泉想要拉拢其背后的沈氏，但细想一层，沈南风并不在监国大臣行列，拉拢沈家并无实用，反会招致其他几位蓄子的不满。明泉虽不是老谋深算，但也不至于糊涂到重莽的地步。这其中必然有不为人知的目的。

宫中虽是猜疑万千，却也无人敢明目张胆试探上意。毕竟揣测圣意的罪名可大可小，稍有不慎就可能有灭顶之灾。

明泉坐在瑶涓宫里闭目养神。

三个时辰走访四大太妃实在是太累的差事。不过这也是必须的障眼法，等她走后，自会有好事之人将目光自安莲身上分过一半。

现在万事俱备，只欠东风，可惜这个东风却不好借。

她脑中思绪千转，连带眼珠也不停动着。

“既然睡不着，不如起来吃点点心。”瑶涓冷清却细软的声音在近身响起。

明泉抖了抖睫毛，张开眼道：“皇姐怎知朕未睡着？”

“你的睫毛委实动得太过厉害了。”她侧坐在桌子边，抿嘴一笑。

明泉吐了吐舌头，跳起来坐到她对面，顺手拿起一块芙蓉糕放进嘴里，嚼了几口下咽后方道："嗯，怎么同样的芙蓉糕，皇姐的就比朕的好吃？"

"你若喜欢，常常来吃便是。"她将整盘芙蓉糕推到她面前。

明泉叹了口气，"可惜春祭临近，朕一走两月，只怕下次来时，这儿的草都碧了。"

瑶涓啜着茶，并未接话。

"……朕明日约了罗郡王。宫中朝中变数难定，有他照看皇姐，朕也放心。"她双目看着盈盈茶水中自己的倒影，状若不经意道。

"我不过是个下堂王妃，不受宠的公主。朝中动荡岂会波及？"瑶涓漠然反诘。

明泉一窒。当她希望玉流坦白的时候，玉流选择了沉默。当她希望瑶涓迷糊的时候，她却选择了清醒。就算身为万乘之尊，也无法事事如意。

"朕不过是以防万一罢了。"她口气微软。太子反目，高阳王心怀叵测，玉流含怨而嫁，她身边最亲的亲人中只剩下瑶涓还在身边。她甚至已有了瑶涓反对，便放弃这步棋的打算。

即使未抬头，明泉亦感到近在咫尺的灼灼眼神。

半晌，才听她叹了口气，"为何不看我？"

明泉缓缓抬起头来，却见瑶涓娇艳脱俗的脸上挂着浅笑，平日里纹丝不动的宁静眼波中微微漾出如水温柔，"皇姐……"

"既唤我皇姐，又有何不可坦言？"瑶涓轻轻抚上她的鬓发，"身为帝王，就须以天下为重，以民生为重。玉流也好，我也罢，在出生皇家那天，就注定了不由自主的命运。"

明泉按住在耳边轻抚的手，眼睛一瞬不瞬地看着她的双目，似乎想找出一丝一点的不情愿，"皇姐。"

"若说不怨，那是自欺欺人。可是怨有何用？不过徒惹自哀，招人厌烦。"她摇头制止明泉的张口欲言，"今日后宫的风波跌宕我亦有耳闻，因此你的来意我也猜到几分。无须遮掩，你我同是帝室一脉。论年岁，我尚虚长，可偌大担子却由你独挑。换了以往，我也未必在乎。可如今，见你为国事担忧之余，还要挂怀我的家事，心中一直惴惴难安。若你觉得我还能派得上用场，只管放手去做便是，不必顾忌。"

明泉眼眶一热，险险掉下泪来。

自登极以来，先经历太子汤率兵造反，再是与玉流交恶，而后连自小亲厚的高阳王也心怀异志，可说把她逼入了众叛亲离的境地。而如今，这个一向不闻世事的皇姐却愿意站在她身边分担忧愁，可说是一枚定心丸，稳住了她飘摇落寞的心。

"安莲不能去皇陵甚为可惜。"瑶涓话锋一转，"想必列祖列宗在天有灵，也很想见到女帝的伴侣。"

明泉俏脸一红，吸了吸鼻子娇嗔道："皇姐几时也学会嚼舌根了？"

"怎么是嚼舌根呢？"她意味深长道，"皇夫一职责任重大。我原先对他还有几分顾忌，毕竟他曾站在叛军一方。只是那日我听他琴声，却也觉出几分绵绵情意来。这后宫中，能让他安心生情，并未惶惑顾虑的，也只你一人吧？"

"情意？"明泉先是眼睛一亮，随即黯然道，"恐怕他心里恼恨更多。"

瑶涓不解道：“他一个阶下囚，手下败将能登上万万人之上的皇夫宝座可说是前世修来的福分，哪里还会恼恨？”

他恼恨的正是这个名声这个理由啊。明泉心中苦闷不已，嘴上却道：“皇夫人选非同小可，岂能说定就定。”

“那你要选谁？跋羽煌？还是……”她拖长音，眼睛一瞬不瞬地看着她，“帝师？”

明泉吃了一惊，“怎么会扯起他？”

瑶涓淡然一笑：“偶尔听到宫人的闲言罢了。”

恐怕不是偶尔吧？瑶涓回宫以来几乎足不出户，来来去去也不过是瑶涓宫的里里外外。而且她的性子比她还稳重三分，能说出这话来，虽是试探，但必然有几分把握。

想到这里她颇为气愤。这消息，严实和阮汉宸都不曾透露半分。

“于公，他是朕的老师兼战友。于私，他可算是半个知己。皇姐切莫信那些不实谣言。”

“我信与不信有何要紧，不过是宛然一叹，或凑趣一笑罢了，只恐落到其他人耳里，衍生不必要的麻烦。”她笑着眨了眨眼睛。

瑶涓容貌秀美，平素又端庄雅静，突然做出这么个动作，说不出的俏丽风情。

明泉撇了撇嘴，“谣言止于智者，朕才不稀罕其他人的想法。”话虽如此，眼里却还是微微流露几许恼意。

瑶涓淡笑而过，不再追问。

入了夜的长庆宫气势磅礴，灯火如昼。

这几日送礼拜访的人马差点将长庆、信合两宫的门槛踏破。

明泉到时，正巧遇到冯颖与安凤坡两人从里相携而出，步履互和，不时对视谈笑，神情虽说不上亲热，却也十分欢娱。

见到她时，先是双双一怔，随即侧身行礼。

一个白衣纤骨，一个玉帛可爱，站在一起，倒也相衬。

“平身。”明泉淡淡道，脚步不停地擦肩而过。

心里虽是对这样的组合惊讶不已，不过在这宫里既没有永远的敌人，也没有永远的朋友。沈雁鸣转而与薛学浅交好，冯颖另找盟友也在常理。每次见到安凤坡，她总有种隐隐的排斥和不安，却又说不上究竟。

如意大老远就小跑着过来，近了前打千道：“奴才给皇上请安。”

会自称奴才了，看来这段时日在宫里长进不少。明泉随意点了点头，“起来吧，安侍臣可在？”

“回皇上，已经歇下了。”如意大声道。

明泉一呆，却见薛学浅在几个太监的簇拥下自里面出来，藏青的大氅将整个人裹得严严实实，只露出一张温雅文秀的素颜，连红彤的灯光也遮不住那细腻柔滑的娇白。

薛学浅止了步。自选秀以来，这还是他第一次如此近距离见到明泉。

他本是家中长子，替几位弟弟进宫乃出自愿。在进宫前他早已考量清楚，他的父亲虽是京都府尹，但在京城这种遍地皇亲的地方，区区府尹简直比不上一个偏远县令来得有实权。几个弟弟尚未成年，他的天资又不突出，即使进入仕途，恐怕也是碌碌无为。思前想后，父亲才将他送入宫来，希望能攀上国戚这杆高枝。可惜明泉似乎对男女之事并不热衷，除了偶尔临幸长庆宫外，从不留宿其他宫苑，也不曾翻过几位蓄子的牌子。

安莲的容貌才华举世闻名，再加上安家势力庞大，也非他们几个可比，因此蓄子们私下虽薄有微词，却也不敢公然攀比。但今早下的旨意里竟无缘无故地晋封了平日里唯唯诺诺的沈雁鸣，实在让人费解。或有人猜测沈雁鸣暗地里用了什么不为人知的手段，但这几日他们日日同进同出，若他有动作，断然瞒不过他去。所以这动作应该来自女帝。他晚上来长庆宫正是想探探口风，毕竟以安莲如今的荣宠而言，一定不希望明泉将注意力分与旁人。

可惜安莲似是早有预料，以就寝为名，将来访者一一拒之门外。

不过这趟也并非全无收获，至少他在这里遇到了女帝。

“皇上万岁万岁万万岁。”他似是惊了一下，忙跪叩道。

长廊只有三人宽，明泉不能再无视擦身而过，只好停下脚步道：“平身。”

薛学浅边谢恩边抬头，但见明泉站在三尺外，虽然容颜清雅端秀，但神情清冷，比之往常见过的少女多了分高高在上的凛然。

明泉转头对如意道：“若是安侍臣歇下了……”

“主子说了，若是皇上来了，再晚也要通禀的。”他吐了吐舌头，“皇上行行好，好歹留一留吧。不然主子睡醒了知道，又要责备奴才。”

才说了一句正经的，又憋不住露出尾巴。明泉暗自摇头，道：“既然如此，你便去通报一声，若真睡得熟了，就毋须起了，朕明日再来便是。”

薛学浅见两人旁若无人的对话，不禁有些尴尬，想要离开，却又不舍。毕竟这是难得单独见到皇上的机会。

“薛蓄子也是来见安爱卿的？”明泉等如意跑远了，转过脸问。

薛学浅急忙躬身道：“正是。”

明泉笑道：“不如陪朕在这里等一等，若安爱卿起身了，也让你沾个光。”

“谢谢皇上。”真是求之不得。多少人想探明白明泉与安莲两人真正相处的进展而不可得，想不到他竟捡到了这个机会。心里不禁感谢自己因不愿与冯颖同行而故意多坐一会儿，不然恐怕也无如此运道。

如意腿脚麻利，不一会儿便匆匆跑回来，身子无巧不巧地凑在明泉与薛学浅中间，道：“请皇上先在喜容殿小憩片刻，主子稍后便到。”见明泉点头，便领路去了。

喜容殿与主殿只隔了座园子，从道上经过时可闻到里头传出来的阵阵梅香。

明泉脚步顿了顿，“朕来了几回都不曾见到梅花，原来在这园子里。”

如意机灵地跟在她右后，闻言回道：“这园子主子喜欢得紧，时不时过来坐坐，有时候连用膳都舍不得回屋子。”

明泉低应了声。

如意偷偷抬眼，却见她的嘴角微微向上弯了个弧度。

喜容殿恢宏大气，红木橱柜对门横列，仰头而望，约两人半高。左右两面通风，连窗户都比别的宫苑宽大。大殿中间只放了一张八仙桌和四把椅子，色泽稍淡，与四周格格不入，显是刚添上去的。

如意用衣袖拂了拂椅子，请明泉坐下后道："皇上不如尝尝新腌的梅子？"

明泉想起安莲曾托人送过一坛，鲜甜中带着微酸，很是可口，便点了点头，转对薛学浅道，"你也尝尝。"

"谢皇上。"适才一直插不上话，薛学浅正觉尴尬，闻言连忙应声道。

梅子显然是早就准备好的，如意只转了个身，就端了一坛进来，用两个精致小碟分装了些，放在明泉和薛学浅面前。

明泉用小竹签挑了一颗放到嘴里，微微的凉意让舌头一缩，酸甜随即和着唾液流散开来，仿佛融化般。

"是薄荷叶？"薛学浅惊奇道。

如意意外地看了他一眼，道："这第三道工序，正是由薄荷叶浸泡。"

明泉吐了核，又吃了一颗，"唔，有心思。"

"主子从小爱吃梅子，因此奴才才下了些功夫。"眉角眼梢，神采飞扬。

明泉挑梅子的手顿了下，"这梅子是你腌制的？"

"正是。"

"哦。"她放下竹签。

却听严实通报，"洁侍臣求见。"

"宣。"

薛学浅每次见到安莲都有种挫折感，仿佛眼前这个男子是从天上落下的晨星，即使身在红尘，沾染凡俗，也无法遮掩璀璨四射、高洁天华的光芒。

从明泉看他的眼神就知道，这是他这一生都无法企及的奢望。

"参见皇上。"安莲清冷的嗓音让他自思绪中翻醒过来。

"平身。"见着这张俊美绝世的脸，明泉满脑子的话反倒一句也迸不出来的，只轻轻道："这几日可是累着了？"后宫云诡月异，连冷宫里的蟑螂都不是省油的东西。这阵子，他与跋羽煌的矛盾更趋激烈，恐怕里里外外，有心的无心的，算计的讨好的，都一股脑儿闹得不安生。否则，他也无须以就寝为借口打发那些人了。

"只是贪睡，无碍。"安莲双眸柔和地回望她。略显纤瘦的身体仿佛蕴藏无数力量，让人不由自主地安心。

明泉咬着下唇道："朕过几日便要出发去胜州，这座皇城朕便托付于你了。"

薛学浅身子一震，脸上虽是力持平静，但眼底的震惊却瞒不了人。

皇城乃是皇朝最高象征。以皇城相托表面上看，交付的只是后宫，但往深里一想，这兴许就是立皇夫的预兆！

虽然安莲将成皇夫这个传言在宫里一直沸沸扬扬，甚嚣尘上。但他毕竟是心照不宣的罪臣，明泉就算找再多的理由来杜绝天下悠悠之口，但太子汤还在戚州，蔺郡王和连镌久也在

朝中，真相总是掩埋不掉的。

跋羽煌以北夷第一王子之尊屈尊后宫，其中野心昭然若揭。如果真要立安莲为皇夫，恐怕前前后后要得罪不少人。

他心思百转，嘴上却未停，“皇上只管放心，臣一定竭尽所能，帮衬洁侍臣。”

明泉笑笑，又对安莲道：“朕一去两月，你若有空，可写些书信。”她从严实手上接过一个白玉匣子，交到他手上，“任路途遥远，不过数日。”

安莲将匣子拿在手心，目光幽幽，不知想到什么，“臣遵旨。”

她起身走到他身前，手轻轻覆在他的手背上，低头柔声道：“两月不过眨眼，你要多保重。”手下的皮肤细腻如玉，几乎不忍放手。

安莲敛目望着她顺滑如锦的青丝，从怀中掏出一个系着红绳的翠玉小佛，挂在她的颈上，“皇上也要珍重。”

玉佛上仿佛还带着他的体温，以及若有似无的芙蓉香。

安莲身上从来只有梅香，这还是她第一次懂得唯留芙蓉香的含义。

芙蓉香，便是他的体香么?

想到此处，她双颊滚烫如火，几欲燃烧。明明是想作场戏让后宫知道安莲圣眷正浓，不敢轻触其锋，怎么反倒有种成真的错觉?

薛学浅站在桌前,离两人一臂的距离,中间却似乎有千万条鸿沟,将三人隔绝成两个世界。

这便是皇上与洁侍臣的感情么?

说是如胶似漆，又有点距离。说是逢场作戏，又太过自然。

他拳头悄然握紧，这个舞台他暂时还跃不上，只是这个赌注究竟该下在哪边?跋羽煌?斐旭?抑或……继续隔山观虎?

心底的算盘乒乓作响。

第五章

铺锦十里，仪仗六万。新皇初次春祭之行浩浩荡荡自京城出发，北上胜州。

胜州紧挨帝州北部，左接戚州，下临缅州，上抵北夷，同戚州一般因常年战乱而一蹶不振。先皇曾连换四任总督，但经济始终不见起色。如今这任总督只能勉强不拖不欠，带着百姓勒紧裤腰带过日子而已。

仪仗行了三日，离帝、胜两州交界约三百里处，明泉偷下帝辇，带着孙化吉等人上了南下的马车，一路狂奔而去。

严实则跟着队伍继续北上。内廷特别有一队司职春祭的太监，各个是知晓内情的，专门负责皇帝祭祀期间的衣食住行，因此对皇上中途失踪的事件早已驾轻就熟，以皇上静思为名，轻易遮掩过去。

七七四十九日听着虽多，其实大半时间是浪费在路途上的。

明泉并不指望自己一去就能将溃堤案查个水落石出，但至少亲眼见见黄水肆虐后的灾况，看是否真如各地哭穷时说的那样饿殍遍野。

皇帝出巡，虽是微服，阵仗却也不小。五百帝轻骑在暗处轮班跟梢，大内侍卫副统领黄正武带着十个大内高手扮作仆人杂役在明里保护，五分热血堂作先头部队沿路打点。再加上斐旭、慕流星、孙化吉、沈雁鸣、跋羽煌及其女侍，足足坐满四辆马车，再加两辆马车装载行李。说是精简，但在寻常人眼里，已是大家气派。

六辆马车在官道上行驶数日，引起旁人侧目无数。

“你确定我们不会打草惊蛇？”该不会人还没到樊州童契，就在半路被当地的百官拦下口呼万岁了吧？

“越是光明正大，越不会惹人疑窦。”斐旭顶着青黑长发，悠闲地回道。

跋羽煌自南下来，就板着脸，目光冷峻得能结河成冰。明泉本就不愿见他，现在更乐意把他丢去与侍卫做伴，美其名曰：贴身保护。

同车的还有孙化吉。她本来更愿意与慕流星同车，不过斐旭摆出随时逃跑的姿势，让她不得不作罢。

“帝师高见，果然深得最危险的地方反而最安全的真髓啊。”孙化吉赞道。

斐旭双眼笑眯成一条缝，“孙大人也深通此道啊。”

两人对视着会心一笑。

明泉无力地支着脑袋。和他们坐一起唯一的问题就是必须忍受两只狐狸的臭味相投。

“看脚程，大约明日方能出帝州，皇上看我们是否先找个地方落脚？”孙化吉问道。

明泉皱了皱眉，“不是说好要改名换姓么？”

既是微服，便拟个假身份。

他们自称是一行自京城迁徙的玉石商人家眷。明泉是小姐，孙化吉是账房，斐旭依旧是西席，沈雁鸣是琴师，慕流星是明泉的远房表弟，踧羽煌是慕流星的授武师父，踧羽煌的侍女珐夏成了明泉的丫头，黄正武是护院……虽然繁琐，但好在大多富贵人家的排场比这还大十倍，倒也不至于太惹眼。

孙化吉老练成精，哪会不记得？只是这第一声却不好主动叫出来，“老夫糊涂了，小姐莫怪。”

斐旭别有意味地轻笑。

孙化吉咳嗽数声。和聪明人相处就这点不好，心思太容易被看透。

“坐了这么久，朕……正是疲乏的时候，就休息一下吧。”她把话硬是拗回来。

仰龙镇坐落在帝州最南两城之间，来往商客络绎，十分热闹。

明泉一行驾着马车在镇上最大的朋来客栈落脚。

掀起帘子，一阵米酒的清香迎面扑鼻而来，令人垂涎欲滴。

一个伙计满脸堆笑地蹿上来，“客官打哪来啊？”

孙化吉道：“打家里来。”

伙计见他不欲透露，不敢多问，连忙弯腰迎他们进去。

大堂里，几个大汉喝到兴起，上衣半褪到腰际，露出光溜溜的两个胳膊在酒桌上挥舞。有女子不服气，撩起裙摆，露出大腿跟着耍横。真是纵笑无忌男女别，划拳哪管老幼龄。

明泉看得眉头微皱。

伙计伶俐道：“楼上有雅座，各位不如去楼上歇息。”

“十二间上房。”孙化吉这个账房当得窝囊，论官位他不比黄正武、慕流星低，偏偏这两个是武官。论资历他更远超侍女珐夏，偏偏她是个北夷人。所以一路打点的差事便毫无疑问地落在他肩上。他曾不止一次地怀疑明泉钦点他伴驾与荣宠无关，只是看中他沿路打点有一手。

伙计笑得更灿烂，“客官大约第一次来，本客栈上房只有五间，已被占去了两间，还剩三间。不过十人大铺倒还有三间。”

明泉、踧羽煌、斐旭……他顶上至少有三个大人物，上房看来是轮不上了。孙化吉眼中精光一闪，将伙计拉到一边，大喷口沫小声低语地交谈起来。

过了会儿，伙计脸色灰败地跑去把掌柜叫了过来。

又过了会儿，掌柜汗如雨下，连连摇头。

再过了会儿，掌柜面如土色，含恨点头。

孙化吉用袖子抹了抹口水，走回来，“小姐，上房准备好了，请。”

“砍了多少？”斐旭凑着孙化吉的耳朵小声问。

孙化吉嘿嘿一笑。

大宣朝一毛不拔铁公鸡的亏岂是这么好吃的？

进房间后才知上房分里屋外屋。

明泉在里屋添了张床，让珐夏睡，慕流星守在外屋。两人既有姐弟名分，倒也不惹人瞩目。

斐旭与跋羽煌，孙化吉与沈雁鸣，分了另两屋。黄正武领着侍卫们睡通铺。

一时各归各房，互不干扰。

一夜无话。明泉在一片明媚的阳光中悠悠醒转。

出游无须早朝，清闲得仿佛重新回到当公主的时光，每日每日烦忧的不过是后宫那些芝麻绿豆的小事。偶尔与玉流拌拌嘴，偶尔向常太妃撒撒娇，偶尔听父皇聊聊朝事，独自坐在树下想象父皇嘴里那些大臣们的样子，想象朝堂上的庄严肃穆，想象自己未来驸马的模样……

她放纵自己在床上多赖了半天，直至外头脚步声越来越密集，才在珐夏的服侍下起身。

等一切妥当，已是巳时。

孙化吉等人早在二楼备下早膳。跋羽煌一个人占着一张桌子，神情淡淡，脸上冰霜比昨日缓转不少。

明泉自几个侍卫身边走过，隐约能听类似腹鸣的咕噜声。

强忍住笑，她在沈雁鸣与孙化吉这桌坐下，象征式地喝了一口粥。孙化吉等人这才如蒙大赦般地开动。

吃了两口，她抬起头，“慕西席和表弟呢？”出来时也不见慕流星的身影。

孙化吉咽下口中的食物，用巾帕抹净嘴巴，道：“不曾看见。”

黄正武也回道：“大约是出去走走吧。”

单是一个简单回答，便可看出两个人不同的性格。孙化吉老辣谨慎，有一说一，决不妄加不必要的揣测。黄正武则爽直得多。

明泉心中暗暗摇头。

只是慕流星和斐旭两个人出去走走？

别把仰龙镇走塌不错了。

她漫应了一声，勺子一圈一圈地搅拌着碗里粥。

斐旭与慕流星的相处方式让她觉得有种说不出来的怪异。明明是亲兄弟，究竟为何斐旭不愿意亲口承认呢？还是，这其中有什么她不知道的秘密？

难道……是因为斐旭的师父——废物？

她心中猛得一省。当初他不就曾让斐旭杀了慕流星么？难道事到如今犹不死心？

正在她猜疑不定时，慕流星已怒气冲冲地从楼下走上来了。粉嫩的娃娃脸上突兀地挂着一个又大又圆的黑眼圈。

“你的眼睛？”明泉目瞪口呆地指着他的左眼。

“哼！”他一屁股坐在跋羽煌的对面，二话不说拿起包子就往嘴巴里塞。

斐旭在他之后出现，一向飘逸潇洒的身影也有几分狼狈，右边袖子缺了半片，露出半截手臂。笑容还是邪邪的，但衬着额头前凌乱的刘海，实在引人发噱。

“早晨的仰龙镇风景如何？”明泉单手托腮，苦忍笑意。

斐旭在她对座坐下，“空气清新，草木如洗，连马桶倒出来的黄金也比别时的新鲜。”

“噗！”有一个侍卫忍不住喷了出来。

“慕西席真是观察入微啊。”她皮笑肉不笑。

“当你大清早遇到一个弥勒佛般慈祥的大婶把一夜存货向你泼过来的时候，任谁都能做到这四个字。”

孙化吉和沈雁鸣同时将身子往明泉处挪了挪。

明泉呆了一下，“这位大婶葬在何处，我也好上两炷香。”

斐旭叹道:“大约在泡澡吧。”他只是在蠢货扑到近前时,用一道劲风刮了回去。后果……他没忍心看。

正说笑间，慕流星、黄正武突然齐齐向楼梯望去。

六个容貌绝俗，身姿娉婷的蓝衣少女鱼贯从楼上走下，分立在转角两边。

浓郁的兰香顿时萦满呼吸。

只听扑通扑通……十二声。

一条纯白地毯自三楼铺陈至二楼，一寸不长，一寸不短。

这等豪奢排场连明泉也忍不住探头而望。

连皇帝都因黄水灾民勒着裤腰带过日子的时候，谁能这般挥霍无忌，谁又敢这般挥霍无忌？

一双碧海青天的马靴一步一步轻踏在白毛毯上。

修长的腿，结实的腰……一点一点慢慢出现在众人视野。

明泉只觉得心脏一缩，就落入一双带笑的眼眸中。

俊雅若兰。

她脑中闪过这句话。

有一个人父皇只在她面前提过一次，却让她记忆犹新。

父皇说的是：“生来为王。”

生来为王。自古多少皇帝庸碌无为？自古多少皇帝能当此语？

前者多如牛毛，后者万里无一。

但这个不生在帝王家的男子却有如此评语，是幸？是祸？她无从得知。她只知从此这个人的名字再未出现在父皇的口中。

第二次听到这个名字却是在一个太监嘴里。

他说的是：“若非安莲美貌无双，天下第一公子谁属，仍未可知。”

那时的她未遇安莲，那时的她尚不晓情事，那时的她却已记住这个名字。

蓝郡王——蓝晓雅。

她初闻时嫌弃此名太过脂粉，见了画像才知，天下唯有此名才配此人，也唯有如斯人物才当此名。

通晓风雅。

不笑亦笑的男子。

明泉吸了口气，觉得空气中的兰香淡了几许，却甜入心扉。

"诸位昨夜睡得可好？"他定定地站在斐旭身后三尺处。

诸侯非诏不得入京，这条大宣铁律已形同虚设了不成？雍州守备、罗郡王……现在又多了一个蓝郡王。明泉只觉得手脚冰冷。

各地诸侯已经行为无忌至斯吗？

她终究压不住他们，扛不下大宣朝这个担子么？

父皇临终前殷殷期盼犹在眼前，无力感却打心眼里渗透到四肢百骸。

斐旭夹了一颗花生扔入嘴巴，头也不回道："好，怎么不好？"

"在下睡得却有些不踏实呢。"眼睛弯如月牙，"这客栈里的老鼠都喜欢半夜在房顶上活动。"

斐旭放下筷子，懒洋洋地站起来，转过身子。

两张脸孔只有一拳之距。

"哦，那你可以向掌柜的讨价还价少付点银子。"斐旭眼中似有笑意。

蓝晓雅露出洁白贝齿，神情愉悦，"正有此意。"他退开半步，目光自众人脸上一一扫过。每个被扫到的人不但毫无被盯视的压迫，反倒有种如沐春风的舒适。

看到明泉时，他的目光似乎顿了下，浓浓的笑意在眼中绽放，几乎化不开。

"能在此与各位相遇，实是有幸。可惜在下有事在身未能久留。倘若下次有缘，便是强留也要邀各位至舍下小酌的。"他笑捋发丝，负手在少女们的围护下缓缓离去。

久久，孙化吉才喃喃出声，"不知刚才他认出了没有？"

皇帝南下亲巡，若传扬出去，不知会惹来多少野心勃勃的人！

斐旭淡声道："五五之数。"

明泉望着他，露出恶狠狠的笑，"慕西席应该有话要说吧？"

看蓝晓雅的态度，两人在昨夜铁定发生了什么事情。

斐旭摸了摸鼻子，装傻地四下乱瞟。

"该上路了。"明泉拂袖起身。不过那眼神摆明在说，上了马车就老实交代！

斐旭长叹一声。

"昨日我听老黄在马棚里看到四匹西荒骏马，一时好奇，想见见骏马的主人。"斐旭道。

西荒骏马在大宣的确罕见，连皇宫也只养了十匹。

她的好奇心被勾起，问道："然后呢？"

"然后就吃完夜宵在屋顶上散散步。"说到这里，他不自然地轻咳一声，"顺便不小心踩到了一条银线，差点被射成刺猬。"

他说得轻松，但明泉可以想象当时的情形定是千钧一发，"原来另外那两间上房是蓝晓雅包下的。"不过他一行七人，他住一间上房，那另一间呢？难道另外六个侍女一起挤？

"不，他只包下了一间。"斐旭道。

那另一间住的是谁？这本是个很无干的问题，那间房间也许只是住了个普通商人。但明泉隐隐觉得这背后的答案似乎很关键。

"蓝晓雅既然发现了你的行踪，你又是如何全身而退的？"若惊动了帝轻骑或侍卫，黄正武必定会向她禀告。

斐旭眨了眨眼，“只是带他们在城里转了个圈。”

明泉冷笑，“为何我觉得这话不实呢？”蓝晓雅分明是认出了他，他们的交手也决不是猫捉老鼠这般简单。但该死的，她偏偏找不出他话里的漏洞！

还有什么不对劲。

她沉思。

是慕流星！他脸上的伤也很蹊跷。那个瘀伤怎么看也是经过了一晚上的沉淀。

假设他昨晚也在一起“散步”倒可以解释那伤的由来。

只是这样一来，疑窦反而更多。且不说慕流星为何和斐旭在一起，单是那眼眶的瘀青任谁都瞧得出是被打在脸上的，而斐旭决不可能抛下慕流星独自逃逸，那么他们与蓝晓雅的人是动过手了。可是斐旭为什么要隐瞒呢？

她目光幽深地看着斐旭，仿佛要在那张俊逸的脸上烧出一个洞来。

斐旭若无其事地瞟开，伸手搭住从头到尾都不曾说话的孙化吉，“孙账房心事重重啊？”

“久闻慕西席身手不凡，名下无虚啊。”他笑了笑，放缓声音问道，“只是慕西席如何得知他便是蓝郡王的？”

斐旭讶然道：“适才小姐称呼他为蓝晓雅，莫非天下还有第二人？”

孙化吉哑然。事实上他刚才一半的思绪在神游，并未听完全二人对话。

“不过我看孙账房似乎对蓝郡王出现在这里并不意外。”斐旭笑眯眯地反将一军。

明泉眼睛微微眯起。

孙化吉张嘴正欲说什么，便听车厢被敲了两下，停下来。

“进来。”明泉沉声道。

黄正武探进头来，“属下打听过了。那位公子从南方来，不过又回南方去了。”

明泉脸色骤变。

孙化吉的脸色也不自然。

斐旭道：“老黄，好好盯梢，若到了缅州界便让他们回来。”缅州是蓝晓雅的封地，他在那里的势力可不像尚融安只是个空壳子。

黄正武在心里对老黄这个称谓稍稍抗议了下，便去了。

孙化吉突然双腿一屈，跪下道：“臣乞皇上责罚！”

明泉挑眉，斐旭却好似看出了什么，在一旁不语。

“何责之有？”她状若不经意地问。以他之圆滑，竟做出如斯举动，可见事情严重。

“蓝郡王在述职时与臣曾有一面之缘。”他委屈道。这实在不能怪他，谁想到当初兴高采烈的一次见面会演变成今日的灾祸。

也就是说蓝晓雅是因着孙化吉才猜出她的身份。明泉长叹一口气，是福不是祸，是祸躲不过。孙化吉是她钦点伴驾的，若说有错，那也是她的错。

“嗯，是该罚。”她点点头。

孙化吉的脸色更苦，连斐旭都微微皱眉。

“居然又不记得要称呼我为小姐，罚你负责这一路的打点。”明泉冷声道。

孙化吉呆了呆。难道这一路打点还有别人在负责么？“若别人也犯了这错，小姐您看，是不是也该给个相同的惩罚啊？”

明泉双眸明净如晨曦下冷泉水面的粼粼波光，“第一次出门，我让严实从内务府多拨了点银子出来，这二十万两也不知够是不够，原本还打算若多了便拨给户部，现在看来……”

“皇上，”孙化吉一脸悲壮地看着她，“臣看臣没救了，怎么改也改不过来，所以这惩罚就让臣一个人背吧。”二十万两要是省一省，那能省出十万两呢。

明泉忍住笑，叹气道：“只好如此了。”

用完午膳，明泉将孙化吉赶去沈雁鸣的马车，单独留下斐旭。

心里虽是对他所说存疑，但遇着要商量的事，却还是情不自禁地想到他。

或许，她心中早就认定，他决不会对己不利吧。

“皇上是在担心蓝郡王？”斐旭一语道破。

明泉斜睨他一眼，“不该么？”顿了下，“一口一个皇上，慕西席也改不过口么？”

斐旭从善如流，“小姐是否猜到他为何突然回头？”

“难道不是因为发现了我的身份？”并非她抬高自己，而是身份地位摆在这里，的确当的。

“一般人放弃原先的计划有两种可能。”他伸出一个手指，“一是，他有了更重要的事情要做。”

“不错，他离开时的确说过他有要事在身。”

“这话虽不至于全无可信，不过至多只能信五成。”他微微一笑，又伸出一个手指，“二，他原先要做的事情已失去了意义。”

明泉皱眉。若这个决定是见了她之后才下的，那么……他原先的目的难道是她？

心脏微微缩紧。出巡的前景更加未卜起来。

曾幻想过自己身份被揭穿，然后百官拥护回宫的情形，只是万万没想到是这种局面。扑朔迷离到令人惶惶不安。

“小姐出巡的目的为何？”

“童堤。还有……”她迟疑了下，缓缓道，“雍州。”

想看看那张记忆中的脸是否依旧。

想看看那颗以疼爱妹妹而自豪的心因着野心蜕变成了什么颜色。

想看看……是否还有转圜的余地。

两道轻轻的呼吸声一起一伏。

轴轮滚着石头，高高低低。

斐旭的声音有些悠远，“那么缅州之事可以暂且搁后。”蓝晓雅是聪明人，他自然知道有些消息只有握在自己手里才能获取最大的利益。

明泉望着他看似淡泊又似坚定的眼眸，缓缓松开握出冷汗的拳头。

“不过……”他话锋一转面色又凝重起来，“还有一人，小姐也不可不防。”

她眉头一挑，“跋羽煌？”犹记得上次他曾说过，他已经猜出跋羽煌的心思。

“小姐圣明。”

同样一句话，称谓从皇上变成小姐便显得有些不伦不类。明泉无奈道：“这次你可以直白地告诉我了吗？”

“相信以小姐的智慧，不日就能猜出其中奥妙。”

明泉看着他欠揍的笑容，将火气轻轻按捺下去，“那提示呢？”

“小姐还记得昨夜另一间上房吗？”

她点点头。即使知道蓝晓雅只要了一间上房，她依然难掩对另一间上房房客的好奇。如今听他这么一说，似乎这个房客果然不简单。莫非这就是所谓的直觉？

“那房里住着一个武功极高的高手。”能被斐旭称为武功极高，在当世已是屈指可数。“他曾与跋羽煌交换过纸条。”

“纸条呢？”

“在他们手里。”

一个武功绝高的高手……“难道他想行刺朕？”

“这点小姐可以放心，这位高手绝对不会出手杀人。”

“为什么？”

“因为他从不杀人。”

明泉听他这么肯定，显然是认识那个高手。“你不准备告诉朕他的身份？”

“小姐认识几个武林中人？”他眨着眼睛。

这倒是，就算告诉她那个高手的名字，也不过是一个名字而已。不过被斐旭这么说，总有种被看扁的感觉，“至少我认识五分热血堂。”

欧阳老大、白老二、铁老三、郭四娘……总算是江湖中人吧。

“小姐果然见多识广。不过那个人太无名小卒，小姐还是放过他吧。”

“哼！”她拉过毛毯，闭上眼睛不再理他。

跋羽煌，跋羽煌……你究竟想做什么？

日光下，长庆宫巍峨雄壮，金角朱檐熠熠生辉。

各宫的太监们站在宫外，交头接耳疑惑不已。

安莲自明泉离宫后便锁足宫中，半步未离。所有前来探望的人马不论品阶高低俱被挡于门外，只留下一个小厮将贺礼一一收下。

这情形落在有心人眼里，真是求之不得。

于是一个愿送，一个愿收，才七天时间，就把长庆宫的几座偏殿改成了库房。

原以为安莲既收了钱财，这后宫至少会起些波浪，谁知接下来竟是接连的平静。直到今日，一道传召却将各宫的大小太监全聚集在这里干晾半个时辰。

不少人或远或近都见过安莲，大多认为美貌无双，性情阴冷，是个瓷娃娃般的人物。摆着看犹可，真掌了权也未必玩得出花样。右相之名多半托庇父荫，实是名下有虚。因此猜测今日所为多半是为着这几日送礼之人渐少，便借着立立威，好让所有人知道现在皇宫里头当家的人是谁，想折腾折腾。

正在众人猜疑之际，如意双手缩在袖中，顺着小道徐徐走来。他虽是小厮，身份上却兼着长庆宫的总管。众人不敢怠慢，急忙躬身行礼。

如意头微微上仰，目光从左到右溜了一圈，才满意道："让各位百忙拨冗委实过意不去。"他略顿了顿，众人立刻连道不敢。

他轻咳了一声，四周声音立刻小了下去，"不过呢，我们都是做奴才的，主子随便一句话，我们就得尽心尽力地把差事办好，你们说是不是？"

"洁侍臣有什么吩咐您招呼一声就是了，我们大家自然是赴汤蹈火的。"说话的是荣保宫的太监。荣保宫仍虚置着，顶上没个正主子，所以他们平日比那些有主子的太监宫女要低上一等。他之前在长庆宫上下打点的不少，却不怎么值钱，因此碰上机会自然力争表现。

如意连眼皮都没抬一下，接着道："倒也不必赴汤蹈火，只需把自己的东西领回去就是了。"他说着，身后便鱼贯而出一群太监，两人一组抬着一张大桌案，上面大大小小地摆放着不少东西。

等候的太监们脸黑了一大半。

这些明明就是他们前几日刚送出去的东西。

"主子说了，这些东西都是大家辛苦攒下来的，这几日摆在这里，也算让主子开过眼长过见识。所谓君子不夺人所好，东西他不能收，各位还是领回去吧。"他见众人起了一阵小骚动后，又道，"若哪位哥哥觉得东西重，不好搬动，我们长庆宫多的是人手帮忙。"实际上安莲只说了两个字，退掉！其他的话全是他琢磨许久，自己添油加醋想出来的，不过效果倒是不错。

其他人再蠢也知道发生了什么事。

如意朝身后的一个太监眨了眨眼。那个太监立刻拿出厚厚的一本簿子来，右手食指沾了点唾沫，将册子缓缓打开，"荣保宫的杨大山公公。"

全场立刻鸦雀无声。

那个太监又喊了一遍，比刚才更响，更尖，音拖得更长。

"在。"先前那个拍马屁的太监耷拉着脑袋，斜着身子走出来，羞愧的表情几乎恨不得找个地洞钻下去。

"银镯子一对，珍珠项链一条，嘿嘿，足足十六颗，不过不怎么圆润嘛。三两白银，一两黄金。啧啧，想不到你手头挺宽裕啊。"长庆宫的太监一边酸溜溜地说，一边将一个小盒子递给他。

拍马屁的太监接东西的手微微颤抖着，一副随时要哭出来的样子。

如意看着众人如临丧缟的表情，心中得意不已。手里攥着这么多人的把柄，这下还怕他们不各个俯首帖耳？

与长庆宫外的愁云惨雾不同，长庆宫内却是一片平静。

安莲合上名册，眼睛合了一会儿，才睁开道："你是说，王越在选秀前突然抱病在床？"

司礼太监应和道："不错，当初皇上内定的两位蓄子乃是王越和纪元秉。"他这话却是

冤枉了明泉。选秀后面几关都是由大臣把关，因此选谁删谁的最大权柄却在他们手里。而且明泉对此并不热衷，只是聆听背景，去了些歪瓜裂枣，有污圣眼的，更是给了他们足够大的权力。

他见安莲没说没动，又接着道："王越抱病，这名额就空下了一个，可接下来排得上号的就是徐蓄子和彭蓄子两位。这两位祖上都出过名声赫赫的将军，又是世交，取谁舍谁都不好，所以才将纪元秉给刷了下来。"以他看来，安莲无双容貌定能得到女帝的恩宠，恐怕皇夫之位也是探囊取物。与其日后他从别人嘴里得了这消息，不如他先卖个人情给他，好留个好印象。

安莲眸光似是一动，点点头。

司礼太监默默地欠身退下。直出了视线后才松了口气。

这位洁侍臣未免漂亮得太不像话了，让他连呼吸都不敢大声，生怕惊了这么位神仙人儿。

月光将树影投照在窗纱上，轻轻摇曳，如无数只手争相攀举。

窗里侧，两具身体正快速地交缠、起伏……急促的喘息声仿佛要将对方的灵魂呼之欲出。

清冷的月光自他们的头上掠过，隔离出一片阴暗的角落。

许久——

随着一声发泄般的低吼，两具身体渐渐平静下来。

上面那具身体一个翻身，半个身子暴露在月光下，残留的兴奋和情欲让精壮的胸膛急促起伏。

"听说……洁侍臣把收的礼物都退回去了……"女子迟疑地小声问道，"我们……不会有事吧？"

男子半边脸上闪过一丝阴霾，嘴角轻轻勾起，"你怕了？"

女子的身体朝他挪了挪，一只手搭住他的肩膀，柔声道："有你在，我什么都不怕。"

男子鼻子轻哼一声，"我只是个小小的彭蓄子，连品阶都没有，你跟着我，恐怕不会有什么好处！"他最是瞧不起安莲这样的小白脸，什么事都搁在肚子里头算计。反倒是跋羽煌，虽然来自北夷，倒是一见如故。前阵子他不过是与他来往频繁了些，便被传得又是风又是雨，不过他不在乎。反正对这个女帝，他是厌多于喜。最好惹得她一个不高兴把他发配充军。在前线做苦力也好过在这里当禁脔。

"你明知道我在乎的不是这些。"女子说得很轻，却像一阵春风一样飘进他的耳里。

彭挺嘴角翘得更高些，嘴里的声音近乎呢喃，"磨人的妖精……"

窗外的树枝摇得有些急。

女子身体颤抖了下。

彭挺啪地拍了下她的娇臀，笑道："你不是不怕么？"

"我只是冷。"她说着，又朝他靠了靠。

彭挺眉毛一抖，突地抓起身边的衣服迅速裹穿在身上。

女子被他突如其来的举动吓了一跳，紧张道："怎么了？"

“没事。”他沉声道，“你别动，躲在里面。”

他用的词是躲，说明其他人来了。

女子的眼睛陡然瞪大，几根发丝在月光下亮得发白。

彭挺定了定神。小路子没有传来任何信号，说明对方还没来到这里，只要他能顺利逃出去，不让人当场撞见，就不会有问题。

门开了一条缝，他的身子才探出一半，便有无数火把从黑暗中亮起，逶迤成一条长长的火蛇，将殿前殿侧围得水泄不通。

彭挺眼睛直愣愣地看着中间的三个人，心猛地沉了下去。

白衣高华的安莲。

冷漠如霜的阮汉宸。

还有……紧张不安的徐克敌！

彭挺整了整衣服，缓缓打开门，伸了个懒腰走出来，“洁侍臣也这么晚来赏月？”当他抬眸与安莲的目光碰在一处时，心微微一缩。

这个男人的眸光竟比月光还清亮三分！

“我为彭蓄子而来。”安莲淡然道。

彭挺手脚一僵。没想到他居然这么坦白，一点余地都不留。

徐克敌猛地上前冲了三步，轻斥道：“阿挺，你怎么老喜欢三更半夜出来看月亮？不晓得宫里是有门禁的么？”

彭挺与徐克敌两人从小一起长大，彭挺胆大包天，是个天不怕地不怕的主。徐克敌则优柔些，耳根子软，素来以彭挺马首是瞻。与宫女纠缠不清的事，彭挺虽没告诉过他，但他还是看得出端倪的。只是他不说，他也不好点破。

如今这个局面最尴尬的人是他。

睡得好好的，被人挖起来捉奸也就罢了，可对象偏偏是自己最好的朋友！他看着彭挺漠然的眸子，一腔话语顿时憋在肚子里，只能不停地使眼色。

彭挺自然知道他的意思，立刻顺着他的话道：“不过睡不着出来转悠一圈，哪晓得会惊动洁侍臣大驾。”

安莲眼帘微垂，望着地上的影子，一边是黑压压齐整的一列，一边是微乱的发丝伴孤影飞舞。

抬右手，食指勾了勾。

“主子……”侍卫身后爆出惊天动地的一喊！

彭挺脸色顿变！

小路子一个趔趄从侍卫后面跌了出来，白皙的脸上是两只明晰的手印，显见刚才被人死命捂住了嘴巴。

“这是什么意思？”彭挺强持镇定，喝问道。

“嘿嘿，这意思不是很明白么，”阴恻恻的笑声回荡在夜空下，几如鬼魅，“又不是第一次了，还不习惯么？主子。”最后两个字说得极慢，仿佛夹带三世怨恨。

彭挺死死地盯住从侍卫身后越出的青袍太监，双眼赤红，“彭恪！”

徐克敌的瞳孔猛地张大。

青袍太监又笑了一会儿，才一字一顿道：“主子，奴才现在叫小彭子了，是不是比原来的名字好记得多啊？”

彭挺捏住拳头，手背青筋突起，“原来是你……”

“不是我不是我……”彭恪突然慌张地摇头，脸上俱是惊恐。正当彭挺皱眉的时候，他又停了下来，吃吃地笑道，“是不是和当时一模一样啊？我做得很像吧？自从我去了冷宫后，每天都会对着镜子把刚才的表情做上十遍。为的，就是在今天派上用场！”

“你这个背主弃义的狗杂种！”彭挺恨恨地咬着牙，“是谁把你从难民窝里拉出来的？是谁给你吃给你穿，给你个人模人样的外壳？”

“是你是你都是你！”彭恪疯狂大吼，“我吃的穿的都是你给的，如果没有你，我早几百年就饿死了冷死了。但死的时候一定是完完整整的！绝对不会在领裤子时，被人取笑说……下面没有了！”泪水和着恨意在脸上肆虐，他喘着气，好像刚才的话已经用尽他一生的力气。

彭挺表情有些松动，低头微微一叹，“无论你做过什么，我们都是主仆一场……”

彭恪抹了把泪，低声道：“所以那次，我认了。”认了那个不属于他的罪名，认了那个不属于他也不属于这个世界的孩子，认了那场撕心裂肺的刑法，“而这次，我只是想让自己过得更好点。”

彭挺目光转到安莲脸上，“许了什么好处？”

“没什么，只是从冷宫里出来了。”彭恪的嗓音尖细中带着点嘶哑，压抑得人喘不过气。

数十个火把在风中凛凛跃动。

隐约间，门被风吹得轻动了下。

阮汉宸眸子一动，盯着彭挺身后那道门，喝道：“出来！”

彭挺右脚踏前一步。

侍卫们的刀立刻抬起数寸。

徐克敌偷瞄了眼安莲，一跺脚，涨红着脸小声道：“洁侍臣，有几句话……”

彭挺已扬声道：“新红，出来吧。”

门内，依旧静谧。

如窒息般的沉默半炷香后，一张苍白若纸的脸才慢慢探了出来。

徐克敌两腿一软，几乎跌坐在地上，却被阮汉宸扯住胳膊，半拎着站起来。

彭挺侧过身，向她伸出手。

新红畏颤地走到他身后，双手紧紧地抓住他的衣角，眉眼俱是绝望。

他一把将她搂到胸前，桀骜地回瞪着安莲，似是昭告，又似垂死挣扎。

安莲将身上的大氅拢了拢，“彭蓄子可有话说？”

新红抬起眸子，惊恐地望着眼前的人墙，然后停在安莲身上。这，便是洁侍臣么？那个传说中神仙般的人物？可是，神不该是慈悲的么？为何，她只感到入骨的森森寒意？

彭挺冷冷道：“安侍臣觉得……我还有何可说？”新红双腿战栗如秋风落叶，两只手臂挂在他的肩膀上。彭挺不得不将身子往右斜了斜，好支撑住她的重量。

安莲平静地迎上他阴毒的目光，“拿下。”他省略掉任何能让他更体面的说辞。

彭挺瞳光凝成一线，杀人似的盯着正走上前的六个侍卫。

阮汉宸眉头微皱，正欲阻拦，却被安莲轻轻按住了手。他转头望他，眼中微露愕然。彭挺出身将门，寻常侍卫恐怕非其对手……

满腔疑问在见到那双清澈眸眼深处的叹息时，都下意识按下。

彭挺突然推开新红，一瞬不瞬地注视着那几个侍卫问道：“你们叫什么名字？”

走在最前面的侍卫微一迟疑，立定在他面前，答道：“孙白虎。”

其他几个侍卫将他和新红围在中心，才一一答道：

“王晟。”

“王有用。”

“杜乜。”

“史恒多。”

“苟缺。”

彭挺又在嘴巴里念了一遍。

正当众人惊疑之际，他突地把头一仰，放声狂笑，声音之隆，将风声树声火声都震了下去。

“想不到，我自小习兵练武……最后，却连上战场的机会都没有！”他右手盖住双眼，慢慢垂下头来，晶莹的水珠自指缝里滴落。

“埋葬我的，竟是后宫！”宫字余音未歇，他已抽出孙白虎腰际的宝剑，捅进新红的小腹。王晟等人回神拔出自己的剑，却已慢了一步！

彭挺慢条斯理地抽出剑锋，血喷溅在他的额头，然后顺着脸颊划落下来……

饶是孙白虎等人身经百战，看着他面目上的狰狞，也不由退了半步。

徐克敌瘫了似的跪坐在地上，牙齿咯咯打颤 ，下唇和舌头都被咬出鲜红的血，从嘴角淌在身上，他也不觉，只是失神地看着好友的疯狂。

彭挺木然地转过身子，在看到他的时候眼神微微一亮，“克敌……”

“……”徐克敌抬起头，眼神稍稍清醒。

“我娘怕冷，冬天的时候让张婶多准备几套新被褥。她最喜欢新东西……”

“……”

“我爹只是表面很严厉，心肠却最软……以后……你记得多写几封书信给他！”

他怅然地望向夜空。

离家前夜，母亲凄哀的泪水与父亲紧蹙的眉头在恍惚间袭上心头。

从未想过他与父母的最后一面，竟是那样悲凉的景象。

“要写，你……自己写！”徐克敌将所有的男子尊严都抛掷脑后，像五六岁的娃儿一样无助地坐在地上，双手抚面，泪如雨下，哆嗦着一遍又一遍地呼喊道，“你自己写，你自己，写……你怎么能……吼！”所有的激动与悲愤都凝聚在最后的吼声里。他仰起头，猛地朝地上磕去。

阮汉宸闪电出手，勒住他的衣领，强迫他的头高高抬起。

彭挺神色黯淡，欲劝慰几句，却想起什么似的猛一挺身，剑锋直指安莲！

“成王败寇，我无话可说！不过你若想拿我威胁金鹏将军府却是决不可能！”说到此处，他哽咽着顿了下，“还有……我既已死，克敌他便不再是威胁……你，若是好汉，便放他一马！不然……我做鬼也不会放过你！”这话，终究说得中气不足。为人尚且无能，为鬼又能如何？

沉默，窒息的沉默。

洁白的雪丝靴却向前动了下。

所有人俱是一怔！

安莲居然朝彭挺走去？！

阮汉宸蹙起双眉，放开手中衣领，身子微晃，紧跟在他身后，保持一步距离。

彭挺先是怔忡，随即心里掀起滔天怒焰！冰冷的剑锋在月光下射出森寒白芒！

“你觉得是我害你？”安莲停下脚步，与剑锋只有三指距离。

“你想否认？！”又近一指。

“你未与宫女私通？”

彭挺狞笑着递剑又近一指！

“你未拿彭恪顶罪？”

剑锋一颤，剑尖直直地抵在洁白如莲的咽喉上。

阮汉宸捏着石头，屏息，眼睛一眨不眨。

“你入宫，又是何人逼你？”

彭挺瞳孔微缩，眼前这张在月下更添柔美的俊容似乎与这满地的月光一般，处处散发着孤冷落寞的气息。

眼里的怨恨一层一层剥落，最后化为释然。彭挺突然扔剑大笑，“不错不错，我不过是罪有应得！却有人比我可怜上千倍百倍！”

笑，倏然而止。

他看着安莲，第一次以怜悯的目光。“因为有人明明是被逼着进宫，却偏偏要装出一副心甘情愿的温顺样子。明明是一人之下万人之上的当朝股肱，却偏偏要和其他男人共侍一妻……你说，这样的人是不是比我可怜千倍百倍？”

安莲默然不语。

彭挺缓缓俯下身子，抱着新红，凝视那双死前震惊的双眸，轻轻一笑，“没想到……我竟是为了这么个女人而死！”深红的血，自唇角潺潺留下……

“他说的，是你的结？”阮汉宸用只有两人听得见的声音道。

安莲颀长的身子震了下，将大氅又拢了拢，“回去吧。”

阮汉宸双眸微眯，却瞥见他转身时，眼角流露的些许疲惫。

王有用一探彭挺的鼻息，沉声道：“自断心脉了。”

“阿挺！”徐克敌惨叫一声，双手双脚疯狂地跪爬着朝尸体冲过去。

阮汉宸手中石子飞射。

徐克敌闷哼一声，双眼一翻，昏了过去。

无声闷雷划过皇宫上空——

彭挺获病骤逝。

荣保宫查封，里里外外数十个太监宫女统统贬至劳务府做苦力。

徐克敌日日被请至长庆宫，每每深夜方回。举宫上下，无人不知安莲的另眼相看。女帝御赐的赏玩如流水般滚入储秀宫。

揣测流言，阿谀奉承，在噤若寒蝉的表面下绵延……

画轴缓缓推开。

一个尚无五官容貌的窈窕少女，玉冠宝服，端坐在千万簇锦绣繁花丛中，一手执杯，一手托肘，气度雍容中稍露青涩。周遭的花红叶碧皆是衬托。

安莲指尖轻轻落在少女脸上，似想描绘出伊人的容貌。

那双清艳不似凡人的眉眼秋波微滟，柔光铺落在画轴上，画轴亦醉。

如意不适时地在门外轻唤道："主子，马太妃来了。"

安莲平蔼地收回目光，却发现自己的指尖依旧留恋在少女的下颌处。

心，微微一怔。

他抬起头。应是春意轻漾的容色，偏偏镶嵌一双至清至明的眼睛，幽潭般深度，一望无底。

"请至正堂。"声音里，微微泄露心底仍未平歇的波澜。

将画轴卷起，收进淡紫丝绸的画套中，轻置入紫檀雕松插画筒。然后自书架上挑了本前朝战史，坐在窗下，细细读了起来，悠闲得仿佛刚中举的士子。只是映入眼帘的是字，远走高飞的是心。

一盏茶后，如意急促的脚步再次停在门外。

"主子，马太妃不、小、心打翻了三盏茶。"他声音里有哀求的意味。以往在右相府邸时，主子也常拿这招挡客。识相的，摸摸鼻子自己无趣地走了。不识相的，哼哼鼻孔灰溜溜地被嘲讽走了。可这回的来头委实太大，他借了十个豹子胆想开口，最后每个都破了。

两扇门从中间分开。

安莲清和的眼眸好似定神珠，把那些要飞的魂啊魄啊都招了回来。

"主子，"他抖擞精神，话源源不断地从嘴巴里吐出，"马太妃的脸色不大好看，而且想拿话套问我们徐蓄子的消息。"

安莲安抚似的一笑，转身向正堂走去。

与其他几位太妃相比，马太妃的容貌只能算周正。下巴偏长，颧骨略高，细长的眼睛失于尖利，眼中的光芒稍显刻薄。先皇在世时，每月四大太妃中去她那里的次数最少，也不曾冷落。母凭子贵，这是别人暗地里对她的嘲讽，也是对她的眼红。生的虽然不是太子，但在人丁单薄的龙脉中，金贵无比。

谁都知道，先皇在世时，最疼宠的是公主明泉，最期望的是太子汤，最放心的却是高阳王。他曾在酒后醉言，若非太子汤出身正统，正宫之位谁属，他难以定！

次日，太子汤未宣高阳王入东宫共议朝政，此乃太子摄政后第一例！其后，高阳王封属地雍州，未再进京。

即使如此，顶着高阳王生母的头衔，足以让她在风诡云谲的后宫占有难以撼动的一席之地。

对于安莲，她只见过几面，记忆一直停留在无以伦比的容貌和高不可攀的清傲上。若非最近长庆宫锋芒太露，她未必会来这趟。不过没想到，招待她的竟是冷板凳！

袖子轻轻一扫，茶杯再次落地，发出清脆的破碎声。

旁边伺候的小太监面色不改地打了个千，“太妃娘娘受惊，奴才再给您换一杯。”

她眼神冷冷地瞟了他一眼，撇过头。

门外传来梅花清雅的香气。

安莲白衣如雪，傲节如竹的身影款款而来。

那双清澈如晨间溪泉的眸子含着谦和的笑，如秋日晚风，在十米外，已安抚堂中人心。

“安莲拜见太妃。”他弯腰时，颈边垂落两缕发丝，妖娆如鬼魅。

马太妃神情不变，漫应一声，“嗯。”

安莲直起身，敛目而笑，“安莲更衣来迟，太妃见谅。”

如意小心翼翼地送上新沏的茶，过了一会儿，又搬进来一盆烧得通红的木炭。

马太妃瞟了眼炭盆，端起茶，慢慢地啜着。

安莲含笑坐在她的下首，从袖中抽出那本未看完的前朝战史继续翻阅起来。

马太妃眼角一抽，额头隐有青筋跳跃，一手放下茶杯，声音骤然冷下，“洁侍臣不嫌无礼？！”

“洗耳恭听太妃教诲。”他侧过头，笑容依旧，却未达眼底。

马太妃脸色数变，看他的目光尖刻如针，“彭蓄子虽是骤逝，但御医署、仵作都不曾有伤病记录。此事从头至尾，只有洁侍臣一人知晓，委实过于蹊跷，本宫少不得要来问上一问！”

“彭蓄子乃是练功走火入魔，因此御医署并无记录。至于仵作……”他顿了顿，“太妃莫非怀疑彭蓄子之死乃是人为？”

“本宫不过问问，是与否，洁侍臣心中有数。”一个练功练了十几二十年的人突然走火入魔？马太妃心中冷笑，表面上却仍僵着脸，“此事暂且不提，且说前几日洁侍臣曾记录了一份名单？”

“确有此事。”安莲坦然点头。

马太妃目光冷如寒铁，“洁侍臣莫非想将后宫乱成一锅粥，不得安宁么？”

“太妃此话何解？”

“捏住后宫众人的把柄，安莲，你意欲何为？”疾言厉色得令人生寒。

安莲出乎意料地点头道：“太妃所言甚是。所谓匹夫无罪，怀璧其罪。这封名单的确是烫手芋头。若非太妃提醒，我险些酿成大错。”

马太妃狐疑地望着他。安莲先后位极朝堂后宫，岂是容易妥协之人？

只见他不慌不忙地从袖中又抽出一本簿子来，翻了翻，密密麻麻的名字与数字看得她一阵眼花。

“既是祸害，不如毁去。”在马太妃出声阻止前，他随手将它丢入炭盆，也不知簿子上涂了什么，火苗三两下便将它吞噬得一干二净。

马太妃顿时一口气堵在喉咙里，不上不下。

早早地准备炭盆，竟是这个用途！安莲他分明早已看透她的来意！如今簿子已毁，是真是假死无对证。就算他私底下抄个成百上千本，她也莫可奈何。

“洁侍臣不愧相才，果真深通谋略。”她阴森森道。

安莲自火焰中收回目光，浅笑道：“与高阳王的雄才伟略相比，不值一提。”

马太妃的脸色缓了缓，“本宫打扰已久，先行回宫了。”

安莲起身，“恭送太妃。”

马太妃鼻子轻哼了一声，尖长的指甲划过茶几，刻下一道鲜明的划痕。

第六章

凌晨的风，疮寒刺骨，冷厉如刀锋剑芒，无情地割伐天地生物。

晶莹的红梅，枝干伸舒，遒劲有力。柔嫩的花瓣在风中挣扎，仿佛一眨眼就会被刮得灰飞烟灭，但每每在厉风稍歇的间隙看到它依旧完好地挺立在原处，芬芳远溢，清艳逼人。

安莲身披珠白绣银大氅，立于园中，与梅对望，默然无语。洁白若霜雪的双颊冻得通红，卷长的睫毛轻敛，目光落在那片片娇红的花瓣上，不知道想什么出神。

细碎的脚步碾碎铺陈在小路上的露珠，一声声敲在静谧如寂的花园里。

瘦长的手指在空中虚探，尖尖的指尖几乎落到那头乌黑如墨的青丝上。

安莲蓦然回身。

指尖尴尬地停在他的下颔处。

安凤坡泰然一笑，右手顺势落在他的肩膀上，掸去那根本不存在的落叶。

“第一次见到你的时候，也是这样的天气。”

那时的安莲不过六七岁的年纪，容貌秀丽无双，却眉宇深沉，说话处事已然大人一般。见到他，只淡淡地扫了一眼，仿佛天地间无物可让他心动。

于是他好奇，好奇这个被整个安氏家族捧在掌心的小主人为何会露出这般表情。后而了解，后而同情，后而敬佩，再后来……却是连自己也说不清道不明的东西。

安莲定定地看着他，眼神疏离如陌路。“所以在最后，老天爷也选了这样的天气。”

明亮的眸光在眼中一寸寸剥落，“这是决定？”

“不，”缓慢而有力，“是人生。”

安凤坡目光幽深，两道暗流在眼中隐隐现现，“埋没在后宫的人生？”

“属于自己的人生。”

“你知不知道这意味着什么？”他眼色渐显凌厉，“意味着你必须用容貌和阴谋向一个女人邀宠！意味你把自己押在一个未必能够实现的赌注上！皇夫？！”比风更刺骨的冷哼，“你见过有哪个皇后能站在朝堂上？前朝的皇夫不过是个美丽的传说。”

安莲神色澹然。肆虐的风卷起他的发梢，妖妙舞动。

“即使这样，也无法动摇你所谓的人生么？”他自嘲地一笑，“看起来，我才是最笨的那个。因为你想当官，所以傻乎乎地跑去向老爷子讨官做。因为你进宫，所以又傻乎乎地求人把自己给弹劾了来陪你。到头来，不过是我一个人在一头担子热而已！”他目光炯炯地看着他，“一点都不动容么？”

“需要么？”安莲反问。

安凤坡看着他，眼角微抽，“不需要么？”

四道目光在两人中间互不退让。

风，渐吹渐止。

天与地，只剩下两声不和谐的呼吸。

“呵呵，”安凤坡再度苦笑，“你总是分得这样清楚。”想要的，不想要的，从来都是泾渭分明，没有一丝一毫的模糊地带。笑声略停，他垂目看地上卷成一团的枯叶，轻声道，“所以……从今以后，我们不再是朋友？”

“我们本来就不是朋友。”安莲望他的眸子，一片清朗，“我们是兄弟，从来都是。”

安凤坡神情激动，“你是说……”

“只是你站在了河的另一边。”浅浅的笑容，像抹开云后的天空，一片纯澈，“而我选择留在这边。”

“居然说得这样云淡风轻。”安凤坡单手捂住脸，低沉的笑容在指缝里流泻，“这就是我认识的安莲。无论任何时候，都由理智操控一切。连……兄弟感情也是。”

脚尖朝右稍转，安莲伸手摸着那枝红梅，粗糙的棱节擦过手掌，划出一条长长红痕。血自手掌滴下，落在土里，转瞬不见。

“作为兄弟，提醒你两个人。”他摊开手，露出那张瘦削苍白的脸庞，笑意盈然，仿佛刚才的失态与激动只是风吹迷了眼睛的错觉。“一个自然是老爷子，连安家最有希望的两大继承人入宫都能睁一只眼闭一只眼，他的盘算怕是深得惊人。”

安莲默默地把手指按在土里，一抹淡血沾在指头，鲜红嫩白，刺痛眼眸。

“另一个就是……”安凤坡眼中精光一闪，“范拙。”

旭日正东升，一轮橘红，映得东方艳霞如火。

安莲抬起头，朝霞辉华氤氲出侧脸的秀美轮廓，神圣高洁。

安凤坡深吸一口气，双臂猛地箍住他的身子。

安莲眉峰一冷。他却已经放开双手，转过身，再不回头。白色衣尾逶迤在地，拖出长长的痕迹，直至消失在园子尽头。

日光下的红梅格外娇艳。

安莲伸出食指与中指，托住花朵，轻轻一折。

红梅顺着手指滑落……

一只黑瘦如柴的手鬼魅般闪了出来，将花掬在手心，捧至安莲面前。

红色的花瓣在风中微微战抖。

“咳，少爷。”

这是安家家奴对他的称呼，如意也曾这样唤过，却最终淹没在后宫的礼仪教条中。

安莲缓缓自红梅上收回目光，移到眼前这个黑炭似的小太监脸上。

“少爷。”小太监沉着地将花收到怀里，恭敬道，“这几日阮统领一直跟在少爷身边，奴才不敢贸然出现，所以耽搁了几日。”不等安莲说话，他兀自接下去道，“凤坡少爷的事情老爷已经知道了。老爷让少爷放心，安家还是捏在本家手里的，将来无论怎样，都会传给少爷。所以请少爷安心做好自己的事情，其他事情不用操心。至于彭徐两家，老爷请少爷放手去做，外面的事情，自会有人处理干净。”

“徐家有人进京了？”安莲淡淡开口道。

“昨日进的京，现在应在范府做客。”

眸光微动。

他任右相期间，范拙一直在吏部沉寂，四平八稳地坐着。如今右相空缺，他……忍不住要动了么？

只是徐氏乃是武将，于他何利？难道……想起安凤坡适才的提醒，心跳略快一拍。安凤坡与他同陷皇宫，安家的内臣又掌在老爷子手中，他从何处得到范拙的消息？除非，他有另一条消息渠道。

“彭家已经准备向徐家动手了，过不了多久，少爷可以把徐克敌也一并除去。”小太监讨好道。

因为动不了罪魁祸首的他，所以彭家准备随便找个替罪羔羊下手泄愤么？彭徐两家多年的情谊真是冰消瓦解得轻易啊。

安莲瞥了他一眼，冷声道：“这句话，也是他让你传的？”

“这倒不是。”小太监低下头，嗫嚅道。

“告诉他。”他眼中冷光如冰，“答应的，我已做到。剩下的，我自己决定。”

小太监呆了下，抬头还待说什么，却在对上那双清冷的眼睛时，吞回肚子里。

樊州与频、雍相临。明泉舍频州，经雍州。

沿途行来，迁徙流民不歇，或三五成群，或拖家带口，俱面有菜色，形容凄苦。

明泉神情日益严肃，孙化吉、斐旭等人也缄默垂首，不敢胡乱玩笑。

六辆马车一路前进，竟是安安静静，只有颠簸声在车轴间振荡。

十日后，已近雍州奉阳。

孙化吉见时至正午，正思忖着找个地方落脚，稍作歇息再行赶路，马车突地一个急停，就将他正要往外探的脑袋狠撞在窗棂上！

“什么人？”黄正武在车外放声喝道。

“大人行行好！救救我孩子吧！”一个声音撕心裂肺地高叫起来。

只见路中央，一个衣着褴褛的妇女正跪在地上拦车乞讨，大眼睛被饥饿窘迫折磨得黄里带血，脖子肿得像她的手臂一样粗，菜芽似的干瘦手臂努力抱着五六岁的孩子，两条粗糙的蔓藤勒在她的肩膀上，隐隐有血痕。蔓藤上拴着一个箩筐，筐里是个正在酣睡的婴儿。显然是一个被生活逼迫得走投无路的母亲在绝望地用自尊来拯救自己的孩子。

但连日来，抢劫的、乞讨的、耍无赖的……比黄正武以前遇到过的加起来还多十倍，心早就看得麻木，因此妇女的惨状只是让他在心底微微叹息了一回。他从袖子里扔出两个铜钱，“快快让开吧。”

妇女慌忙捡起地上的铜钱，但人却未动，“大人，再行行好吧！我孩子快要死了，求求你，再多给一点吧！”

得寸进尺的他也见了不少，黄正武不耐烦地扬起手。两个侍卫立刻上前，一人拎住一个胳膊，往上一提。妇女发疯似的尖叫起来，头拨浪鼓般左右猛摇，抱着孩子的手箍得死紧，双脚激烈挣扎。那双米黄的眼白顿时红起来，仿佛受伤野兽，“放开我！啊！放开……救命！你们……混蛋……放开老娘！我……”

“住手。”明泉掀帘而出。

侍卫同时放手，妇女肩膀甩得急，脚步一个没停稳，人不自主地朝前扑去，重重地摔在地上。灰尘扬起，将妇女的脸湮没在重重迷蒙下，也遮蔽住明泉的双眼。

“孩子……孩子……”妇女顾不得疼，先摸了摸身后的孩子，然后将仍趴在地上一动不动的孩子抱了起来，双手剧烈地颤抖着。

半晌，那孩子才呛了一声，吐出些白沫，粗重地喘息起来。

“给她一锭银子吧。”明泉叹息。

黄正武使了个眼色，一个侍卫立刻将一锭五两重的银子塞到妇女手中。

妇女不敢置信地捧着银子，又看看明泉，突然拖着孩子跪下来，头重重地磕在地上，咚咚作响，“谢谢观音娘娘，谢谢观音娘娘！”

明泉默然地望着和着石头的泥土被磕出一个浅浅的坑，点点暗红……

回身掩目。疼，锥心刺骨。

“小姐……”

温暖的手轻轻捏住她的。

明泉抬头。

斐旭炯炯地望着她。

她心骤然发紧。

第一次发现，他的眼，竟如秋月般清灵高远。不似安莲深藏心绪的平静，而是超脱世外的悠然。

“黄水之灾，绵延千里，乃天意如此，非皇上之过。”手背上传来他掌心的温暖。

蒙胧的思绪被打断，明泉回过神，幽叹道：“百姓处于水深火热，朕却深锁皇宫，享山珍海味，穿绫罗绸缎……朕如今真正明白微服之意。”京城的繁华恰似那障目的一叶，令她自顾自地沉浸在歌舞升平的幻象中。

“能以百姓之苦自警，皇上离明君之路不远矣。”

“可惜朕名为天子，却无天人之力。”她苦笑一声，“所作所为实是有限。”

“皇上又错了。”他浅浅一笑，双眼弯如新月，“岂不闻：人定胜天。皇上若无这等决心，那么这趟出行便可到此为止了。”

明泉微怔，喃喃道：“人定胜天？”

“天地不仁以万物为刍狗，圣人不仁以百姓为刍狗。皇上以仁德智治理天下，又何愁天灾人祸？”

她沉默半晌，轻不可闻地叹息道：“天灾尚能笑骂天，人祸却太难为人。”

经过此事，车中更见寂静。

又行一程，便见路旁几排茅舍错落，炊烟冉冉。

孙化吉看着越来越沉的天色，请示道："不如今日就在此打尖？"

明泉正躺得全身乏力，便点了点头。

孙化吉却不着急前进，只嘱咐马车慢行。过了会儿，便有个侍卫匆匆向黄正武低言几句。

"前方已经打点妥当。"他朝孙化吉比了个安心的手势。

孙化吉这才催了马儿快跑。

等明泉下车时，前面站着一老一幼两个人，老的六七十高龄，稀疏白发，枯瘦身材，支着一根半人长的粗枝，畏畏颤颤地看着他们。

"打扰了。"孙化吉朝那老人抱拳笑笑，递了块指甲盖大小的碎银子过去。

老人蜡黄的眼白总算有了丝生气，"外乡人从哪里来啊？"

"京城。"明泉和气道。

老人看她的目光立刻带了几分警戒，"这里没什么好东西，破屋破瓦，恐怕腾不出这许多床来。"

"哦？"明泉好脾气地笑笑，走到六七岁的稚童前，弯腰柔声道，"你爹娘呢？"

稚童茫然地看着她，擤了擤鼻涕道："去外面了。"

"什么时候回来？"

老人脸色微变，正要喝止，却被黄正武凌空制了哑穴。

"不回来了。"稚童眨着眼睛，还不明白发生了什么事。

"是么？"她目光微黯，转头看老人时却一脸明媚，"烦请带路。"

既然父母外出，那自然有房间空下来。

黄正武解了老人的穴道。

"你们究竟是来做什么的？"老人看他的敌意更深。

"借宿？打尖？落脚？您随挑一个，到了明日我们自然拍拍屁股走，您就是留也留不住。"孙化吉油滑道。

老人经过岁月沉淀的眸子在明泉等人脸上一一掠过，最后无奈地收起孙化吉依旧递在手上的小块银子，转身朝村落的方向伛偻而去。

稚童天真地咬着手指，跌跌撞撞地跟在他身后。

看着一老一少在夕阳下互相依偎的背影，明泉不自觉地放慢脚步。

老失所依，幼失所怙的无声悲凉像无形栅栏，让她无法逾越。

老人腾出一间屋子和几个地瓜给他们后，便匆匆离开。

既然他视他们如蛇蝎，明泉等人也不会凑上去自讨没趣。

幸好屋子不大，却很暖和。

珐夏从行囊里拿出几个烙饼放在火上轻烤，然后转身出门。

明泉喝了几口月下酌，胃一下被热浪覆盖，有些昏昏欲睡。她半支起脑袋，瞥见斐旭和孙化吉正天南地北扯个不停，不时传出几声心照不宣的暧昧笑声，两只狐狸共同散发出的奸诈气息让其他人规避三尺。

慕流星和跋羽煌相对无言，一个托着娃娃脸，盯着手上木镯发呆，一个靠着墙闭目养神，好似与世隔绝。不过每当斐旭和孙化吉声音轻了些，两人的耳朵就会敏感轻颤。

沈雁鸣靠着黄正武缩在角落里，俊秀的面孔挡不住连日的疲惫，眼底微染青灰。

这些人若在外头，必然是各自有各自的盘算，相见未必相交，如今却一起挤在这样一间陋室里，明泉不禁觉得人生的奇妙。

门帘被轻轻撩起，珐夏托着水盆，锐利的眼神环顾室内，在跋羽煌身上一凝后，才走到明泉面前，“小姐，洗。”

她说的虽是汉语，却带着浓浓的北夷口音。

明泉伸手绞了把汗巾，在额头、脸颊轻轻擦拭。

“护院大人。”侍卫低沉的声音在门帘外响起。

明泉不着痕迹地皱眉。哪家护院会被称为大人的？

黄正武也被这称呼惊了下，匆匆起身，三步并作两步走到屋外。

明泉将巾帕放回水盆，又支着下颌发起怔来。

门帘又被掀起，黄正武半跪递出三个匣子。

孙化吉和慕流星的目光同时扫来，又若无其事地转了开去。

八百里加急的密奏匣子？明泉伸手接过，觉得匣子有些沉。

打开第一个匣子，展开纸卷，映入眼帘的，却是连镌久苍劲又不失秀雅的笔迹。他将今日朝中发生的事淡述了遍，无甚特殊，只是最尾写的那句话，颇耐人寻味：萧墙霜凌，鱼池火殃。

若萧墙指的是后宫，那么被殃及为池鱼的应该是朝廷。

她将信又从头至尾读了遍，默记于胸后，将它缓缓丢进烤火里。

纸在火焰中软软倒下，化作灰黑。

她将匣子搁在一旁，又打开第二个。

纸卷铺开，梅香盈鼻。嘴角悄悄上弯，明泉的目光微柔。

安莲惯写柳体，三分清瘦，七分飘逸。彭挺之事在他笔下潦草数笔，一目了然。信最尾的宫字收尾处，墨迹粗浓，想是笔落之后，又停留许久。

她脑海中慢慢幻想出那时的情景。

乌发垂肩，素袖逶桌，清冷绝俗的眼默然凝视于最后一笔，嘴唇微紧，踌躇半晌，提笔落款。

嘴角止不住又扬高半寸，她将信折起，贴身收好，抬头，发现跋羽煌不知何时睁开眼，正定定看着她，眸中精光隐现不定。

不欲被他坏了好心情，她低头，打开第三个匣子。拥有密折匣子的人不多，这第三封，多半是出自段敖之手。

打开信，所料不差，一眼看到信尾，果是他的作风。

童堤之事已有眉目，牵扯甚大，不宜亲往。

她出巡的事知道的人不多，段敖正是其中之一。走时斐旭保荐的人，应不会出岔子。何况这次出行，她要用他的地方不少。比如童堤这案子，比如地方上的耳目。

将信信手丢到火里，她示意珐夏在桌腿长短不一小茶几上备下纸笔，侧头略作思索，便运笔如飞。

既入宝山，怎能空手归。段敖明面上劝她不宜亲往，心里恐怕巴不得她蹚得越深越好。一个贪墨案子竟然查这么久还只有眉目？筑堤银子去了哪里？经手人是谁？负责筑堤的又是谁？顺藤摸瓜哪里有查不清的道理？只是樊州前巡抚安凤坡，雍州高阳王，都不是易与的主，就算把整个刑部拖下去，也未必扛得住。段敖到底是官场摸爬滚打多年，明哲保身这四个字，确是懂得。

写完信，又审视一遍，放入段敖的匣子里，交给黄正武。

孙化吉见他接了信不动，玩笑道："黄护院难道还要讨赏不成？"

黄正武一省，低头退出。

火苗噗嗤爆了下。

孙化吉刚要伸手将烙饼取下，便见斐旭噌地站了起来，眉宇微见凝重。

慕流星跟着站起来，还来不及说什么，便闻木镯啪地掉在地上，急忙弯下腰捡起来，用袖子擦了擦。

"我坐得乏，出去走走。"斐旭有意无意地瞟着跋羽煌沉声道。

明泉的胃也不由被揪了起来，脱口道："早去早回。"看斐旭神色，应是跋羽煌有了什么动静。

慕流星将镯子匆匆收回怀里，急道："我也去。"

斐旭黑眸与跋羽煌不着痕迹地对上，嘴角微扬，"也好。"边说边往外走去。

慕流星呆住，似乎没料到他答应得这样爽快。

斐旭走到门口，突然喃喃道："今天刮的……是北风。"

慕流星经过明泉时踌躇了下，背对其他人，朝明泉努了努嘴巴。

明泉挑眉。朝左边努嘴巴？嗯，那里只坐了个跋羽煌，果然是他在搞鬼么？正思忖间，慕流星已掀帘而出，原本拥挤的空间因少了两个人，而变得有些冷清。

孙化吉举着烙饼的手有些酸，换了只手后，递到明泉面前，"小姐，请用。"

明泉眯起眼睛，"孙大人确定……这是朕的御膳？"

孙化吉目光顺着她移到眼前这块黑糊糊的东西上，轻咽了口口水，"臣刚才是说，小姐，请用……您的智慧辨别一下，此为何物。"

"原来朕的智慧是这么用的。"她皮笑肉不笑。

"偶尔，咳，也可以这么小用一下的。"他的声音越说越小。

她沉默地看着他半晌，才叹气道："把地瓜拿出来吧。"老人还是有先见之明的。

他一吃地瓜就会臭屁连天啊。孙化吉边烤着冷掉的地瓜，边郁闷地想。

了无睡意。

明泉翻了个身，睁大眼看着天花。点点乌黑，片片斑驳，火光下倒不觉如何，但映照在月光里，好像一只老鼠掉进粥缸，恶心得人全身发痒。

她动了下，刚想坐起，便听不远处孙化吉极轻，但清晰可闻的询问声，“小姐，是要起夜么？”

微凉的脚底因他的话而温了些，血液流至颈项。

她噎了半晌，才缓缓道：“不起。”

啪的一声。

一个巴掌声把她的话盖了过去。

明泉和孙化吉同时沉默。

“好好睡吧。”她叹息道。

孙化吉将沈雁鸣横搁在他脸上的手悄悄移开，“……是。”

月至中天。

明泉睁着眼，直愣愣地看着银亮的夜空，眼角渐渐疲倦。

呜噜——

这样的声音在万籁俱寂的夜里分外突兀，好像野兽的低声咆哮，又像是某种乐器的浑厚呜咽。

她嘴巴动了下，想起孙化吉适才的询问，又把话吞了回去。

又发了会呆，四周静谧，双耳惟闻此起彼伏的呼吸声，眼皮慢慢合拢，困意袭来，她渐睡过去。

半睡半梦中，窗外足音紊乱。

呜噜——

那怪声好似又近了几分。

黑暗中，跋羽煌和孙化吉先后翻身坐起，后者贴心地点起油灯。

帘外传来急匆的脚步声，帘子唰地被掀开，黄正武带着一身霜露站在门槛处，“皇上，有刺客！”

明泉骤惊，撩被站起，里里外外的衣服虽一件未脱，但还是被突来的寒意冻得哆嗦了一下，“大约多少人？”

“可能过千人。”

“可能……？”尾音拖长。

黄正武身上汗珠渐渗。女帝板起脸的时候有种不怒自威的气势。

“说下情势。”跋羽煌突然出声。

明泉斜看着他，孙化吉适时送上大氅。

黄正武小心翼翼地看了眼明泉，见她不反对，才道：“一炷香前，刺客先从东面攻来，三百人左右，两百帝轻骑已将他们挡住。”

“一炷香前的事情为何现在才报？”明泉怫然不悦。

黄正武额头汗如米粒，“臣不敢打扰圣驾。”

“糊涂！”孙化吉抢在明泉之前狠声责道，“不过皇上，眼下该如何是好？”

明泉一省。此刻的确不是论谁是谁非的时候。

“黄大人刚才只说了三百刺客，那其余七百多人又从何而来？”跋羽煌悠然道。

“从南北来，每边大约一百来人，且战且退，似有意将我方人马引出村外，臣恐有埋伏，不敢直追。”

“东南北三面已是七八百，难道西面还有三百？”孙化吉脸色有点难看。

“这倒没有，南北两头虽然攻来百余人，但后方数十杆旗帜挥动，所以臣以为……”

明泉拢住大氅，沉声道：“朕出去看看。”

“不可！”

“不可。”

一急一缓两声喊叫拖住她的脚步。

明泉回头，却是黄正武与跋羽煌。

黄正武忙道：“刺客凶残，皇上实在不宜涉险。臣看他们攻击全无章法，恐怕还不知皇上身在何处。”

明泉想起在前方探路的五分热血堂，和彻夜未归的斐慕二人，漫应一声。等到天亮，他们应该统统会回来。

窗外树影重重，酣斗之声渐闻，明泉容色淡定道：“拖至天明。”

黄正武应诺，转身退出。

“你去看看。”跋羽煌对候在一边的珐夏漫声道。

明泉回身踩过孙化吉的“床铺”，坐到凳子上。

孙化吉赶忙将茶几移到中间，端了油灯放在一旁，又返身倒了碗水。

她喝了口水，心头急火渐渐熄灭。想起斐旭临走时的神情和慕流星的暗示，她定了定神，“跋羽卿在想什么呢？”

“在想皇上心里想的事。”他拖了把凳子坐到她对面，笑容冷冷。

“你知道我在想什么？”

“本来不肯定，不过当皇上问我想什么的时候，大概可以肯定七八分。”

“哦？说来听听。”

“皇上在想……我和这些刺客有没有关系。”

明泉摆手道：“你错了。”

跋羽煌冷笑。

“朕在想，你为何要派这些刺客来。”

一语，天惊！

跋羽煌琥珀般眸子逐渐沉淀，深邃，化作洞渊，“皇上有何证据？”

“需要么？”她浅啜着水，好似极品绿茶。

跋羽煌慢慢眨了眨眼睛，“皇上若信不过我，何不直接将我拿下？”他想了想，又补充道，“一个黄正武再加几个大内高手，应是够了。”

“这自然是有原因的。”她心满意足地呷嘴。一个粗俗的动作，由她做来，也是优雅至极。

“哦？”他斜眼，桀骜地睥着她。

她手指在茶几上划了几个圈圈，“因为朕不想让北夷和大宣陷入战火。”

他的睫毛微抖，“看来皇上是仁君。”

“跋羽卿可愿成全朕？”

他没有正面回答，“不过皇上有没有想过，若刺客真是我派来的，你刚才就不该让黄正武出去。”

“想过。”她托腮点头。就是想到得有点晚。

他被她无所谓的态度激得眼神一凝，“那皇上是有十足把握了？”

“没有。朕、孙卿、沈卿加起来，也比不上你的一只拳头。”

“那皇上是准备任我宰割了？”

“也许吧。”她叹了口气。

跋羽煌盯着她。

“若跋羽卿要杀我，自斐旭离开起，至少有十七八个机会。”黄正武一直在门外巡视，孙化吉和沈雁鸣的武力可忽略不计，“所以朕才好奇，跋羽卿究竟要做什么？”

跋羽煌缓声道：“即使我说，人不是我派来的，你也不会信了？”

“那人……到底是不是你派来的呢？”她反问。

他凝视她的眸子，一字一顿道：“不是。”

明泉回望他，明澈的眼波因而渐起涟漪，“卿可愿以北夷之名起誓？”

跋羽煌眼中怒意迸现。

明泉的视线毫不怯弱地与他在半空交接，互不相让。

“我以北夷之名起誓，并未派刺客刺杀大宣皇帝。”低沉的声音旋绕在昏黄的火光下，如魔咒般，一轮一轮，陷入人的心里。

不是刺杀，是围剿。明泉嘴唇的尖角好看地扬起，“是朕多心了。”

“皇上这算是道歉么？”跋羽煌咄咄逼人。

明泉收回目光，重新啜起水，“嗯。”

跋羽煌忽而邪魅一笑，“皇上若是愧疚，不如以身相许吧。”

“难道我们不是夫妻吗？”她不温不火道。

跋羽煌一怔，眼中闪过一道复杂难解的光芒，随即朗笑道：“不错，不然我也没有机会和大宣右相称兄道弟。”

明泉持碗的手一顿。

“皇上，沈郎伴额头好烫。”孙化吉的惊呼适时插进来。

明泉双眉一蹙。为防消息走漏，因此随员里并没有御医。“取几颗清莲玉露丸给他服下。”

孙化吉答应一声，窸窸窣窣地在包袱里摸索着。

打斗声若近若远，黑漆窗外，银亮的剑光闪烁不定。

屋里的安静让外头的杀戮声成倍压来，明泉干咳一声道：“跋羽卿猜……刺客是谁派来的呢？”

“不是想做皇帝的人，就是很恨皇帝的人。”他随意道。

“这范围大了去了。”她喟叹。这两种人中不止她认识的，还有很多她不认识的。皇帝，恐怕是天下被骂得最多的人。

“不过天下有这等实力的，恐怕寥寥无几。”

“跋羽卿不正是其中之一？”

他嘴角掀起，“勉强算是。”

她眨着清澈亮眸，“那卿是想做皇帝的人？还是很恨皇帝的人？”

他身体微微前倾，俯低头，鼻尖于她面颊只有一指甲盖的距离，“我不已经是皇上的人了么？”

做皇帝的人……也能这么解释。明泉捏着发红的耳垂，转开头道：“不错不错。”跋羽煌调戏的功夫的确不错。

跋羽煌面露冷嘲，却在她转回头的一瞬恢复平静。

“跋羽卿猜……会不会是高阳王呢？”不甘如此败下阵来，她又牵起一个难题。

他微怔，转眸看她，却见她笑容潋滟，并无半分不悦，“皇上的兄长，只有皇上最了解不过。”

“所以才让卿猜啊。”

跋羽煌哂道：“皇上今天的话特别多。”

明泉笑道：“因为今天的夜特别长。”

他靠墙，闭上眼睛，“皇上不如先歇一会儿。”

“……好。”明泉手指轻轻点了点太阳穴，朝他投去别有深意的一瞥。

天色近白。

黄正武再度进来。

“战况如何？”明泉揉着眼睛，一夜的担忧未眠让她密布的血丝藏不住。

“刺客攻势暂缓，双方仍在胶着。”

明泉哦了一声，低喃道：“莫非他们不怕白天曝光。”

话音虽轻，却足以让在场的人听得一清二楚，也让他们心头同时一凛。在雍州地界不怕曝光的刺客……答案不言而喻。

“一味防守，恐非良策。”跋羽煌淡淡开口。

明泉好似抓到了救命稻草般，“跋羽卿有何高见？”

“皇上信得过我？”他嘲弄道。

她干笑两声，“大家同坐一条船，何分彼此？”

跋羽煌似是余怒微消，鼻子轻哼了一声。

黄正武眉头一皱，正要呵斥，抬头却对上明泉凌厉的警告眼神，立刻低下头去。

“突围。”跋羽煌迸出两个字。

明泉敲着桌面，踌躇道：“东南北都被包围，莫非我们须从西面突围不成？”

黄正武急道：“万万不可，西面恐怕是诱敌深入之计。”

“激战一夜，体力应到极限了吧。”跋羽煌没有正面答复，而是望着天色，“帝轻骑也该乏了。”刺客人马多于两倍，他们人人以一敌二，即使骁勇如帝轻骑，也到了透支的时候。

明泉眼神一冷，随即笑道：“难道要我们等他们打呼噜的时候再走？”

孙化吉摸着下巴，疑惑道：“臣有一事不明，刺客他们此来，究竟为何？若对方东南西北四面加起来真有上千兵马，何需伏兵？”

不错，帝轻骑再厉害，也敌不过几倍的人马。

明泉悠道：“莫非是……空城计？”她求教地看着跋羽煌。后者也看着她。

“皇上英明睿智，不如选一条吧。”他含笑不语。

“朕有得选么？”东南北三面的人马只能堪堪对峙，无论从哪方突围，都必须从另两路调集人手。两路失守，结局更不堪设想。西面是唯一的出路。

这……就是他的目的么？让他们从西面突围？

跋羽煌眸光动了下，缓缓开口道：“有。”

“比如？”

“东面。”

她屏息等他的解释。

“南北刺客既使诱敌之计，我们不如将计就计，调半数人马佯追，将他们逼开，剩下半数人马与东面集合，以夹击之势突围。”

她侧头看黄正武，“此计有几分把握？”

黄正武皱着眉头，“突围不难，就怕前方还有伏兵。”

绕来绕去又绕回原题。

明泉沉吟半晌，“但凭跋羽卿做主吧。”

跋羽煌沉声道：“黄正武接令！”

黄正武一愣，眼睛下意识地看向明泉，只见她微微颔首。

“臣在。”

“待南北刺客下一波战退，帝轻骑佯追一里，再兵分两路，一路绕回东面，从两侧夹击！东面且战且退，引敌深入，以配合另两路人马。”

“遵命！”黄正武当惯副手，发号施令未必行，执行却很快。

跋羽煌瞟了眼默然的明泉，“皇上似乎仍有顾虑？”

“朕只是在想……那些村民究竟到哪去了。”她轻轻道。

黄正武突然又匆匆跑回，“启禀皇上，有官兵自东面来了！”

“多少人？距离多远？刺客有何反应？”她倏地站起来。

“大约两三百人，距离百丈，刺客仍无退意。”

明泉低喃：“该如何是好？”难道官兵和刺客是一伙的？来的真是高阳王？她错怪了跋羽煌？

跋羽煌道：“从西面走。”

西面？果然是西面！

明泉小心收拾情绪，抬头，正要开口，便听跋羽煌冷嘲道：“皇上若是信不过我，大可留在这里。”

她嘴角微动，“一切听跋羽卿安排。”

当明泉上马的时候，官兵已经惶急得与刺客融到一处，只是一片人影幢幢，她看不真切。帝轻骑有序地缩拢，将她保卫在中心。双方的伤亡比想象中惨重，地上的血已染红大片土地。

“点子出来了！”

“在那里！”

尖锐的叫喊立刻点燃刺客仅余的斗志，场面顿时激烈数倍！

流箭密布，自各处飞射过来，有几个帝轻骑以身作盾，明泉虽看不见，那箭矢入骨的清脆声却穿过重重呐喊，敲在她心灵最深处。

跋羽煌跃到她鞍后，将她箍在胸前，卷袖横扫，近身的箭又被挡了出去。

思绪拉回，身体上桎梏让她极度不适。“跋羽煌，朕可以自己骑。”

跋羽煌置若罔闻地一夹马腹，马驰如箭。

黄正武见状叫大内高手护送沈雁鸣，自己立即跳上孙化吉的马匹，紧跟呼啸而去。

飞驰数里，明泉见跋羽煌双眉紧锁，脸色阴沉可怖，心不禁提到嗓门。

“跋羽卿……欲去何处？”她的声音消融在风里，断断续续。

“地狱。”低沉的声音仿佛来自胸腔，震得她脸一阵发白，“皇上怕了么？”

疾风利刃般地刮着面颊，明泉听到自己的声音在风中颤抖，“朕只是想知道……北夷的地狱可有马车往来大宣。”

他轻嗤作答。

马复行数里，却是三岔口。

“分头走！”跋羽煌气沉丹田，传声数丈。

明泉心里一沉，吃力扭头望去，却见跟在后面的帝轻骑一百来人，分了一半去另两条路。黄正武和孙化吉倒是不离不弃，一直保持一个马身的距离。

心下稍安，明泉眼睛努力辨析四周，但见沿路青山对出，人迹罕至，前路茫然。

“皇上……”跋羽煌的声音好似来自九天之外，在风中飘荡不可捉摸，“还记得我的妻儿么？”

在节骨眼提起这个？明泉有种不好的预感，“跋羽卿？”

“他们都死了，”他俯在她耳边，声音轻柔如情人的呢喃，“死在自己亲人屠刀下。”

“……”

“那个拿刀的人，就是我的父亲……跋羽尉戳！”

明泉的心脏一缩！

“我还记得……那天的天气和今天差不多，又冷又阴。他们身体里的血很红，溅出来，沾到哪就红到哪。我被几个人压在桌子上眼睁睁地看着。胳膊扭断了，就用肩膀挣扎。脚踢断了，就用大腿挣扎。嗓子嘶哑了，却还会啊啊啊地叫，眼泪流干了……心却还在跳……非歌的头当时就落在我面前，眼睛睁得大大的，无辜委屈得就像每次做错事被发现时的表情……”

风很大，他坐在她的身后，声音往后飘散，应是听不清楚的，可她却觉得那每字每句好似被风卷成了细沙，一丝丝地穿过耳朵，直入心扉！

“他是我最疼的儿子，是我跋羽氏曾经的骄傲！可还是死了，被一刀砍断了脖子……和一般人的脖子一样脆弱。

“你可知道，这一切只因为……我这个做丈夫做爹的，要无牵无挂，无怨无悔地被送来当个暖被的。

“为、北、夷、的、夙、敌、暖、被。”

这样的耻辱和仇恨，他终其一生都不会忘记！而罪魁祸首——他的弟弟和那个诱惑父王将他出卖的女人所做的一切，他都将连本带利地讨回来，无论是用他的血，或是他们的血！

他永远都不会忘记当初她是如何巧言令色劝说父王将他送去大宣，妄图让他用男色控制女人把握大宣朝政。如何缠着父王下旨杀他妻儿，如何高坐在上看着跪押在地上的他得意媚笑。

风凄厉地咆哮，几乎掩盖住他的啜泣。

……只是几乎。

“我在那天发誓，总有一天，我要让所有伤害过我的人付出代价，我要让整个天下踩在我的脚下！我要世间再无人能干预我的人生！”钉子一样的誓言，狠狠地钉在了她的心头。

箍在腰际的手越来越紧，好似要将她拦腰折断。

“跋、羽、煌……”她猛吸一口气，一手握住他勒在她腰间的手，慢慢往外掰开，“朕不是你复仇的对象！”

他反握住她的手，笑容狰狞，“为何不是？！没有你，我不会来大宣！他们也不会死！”

小臂的钳制越来越紧，她的手掌无力地垂着，被抓处疼痛欲断！“就算没有朕、没有大宣……他们一样会死在其他借口下！跋羽煌！朕不是你失败的发泄对象！”她使出吃奶的力气用手肘狠狠飞撞过去！

跋羽煌眼中异色一闪，手掌微松。

明泉只觉禁锢四肢的钳制一瞬消失，上身却因用力过度而朝马的右侧倾斜下去，惊憾转头，却见跋羽煌琥珀色的眼眸一片淡漠，失重的自己在他眼里与一株路边的小草无异。

下坠的身体很快连屁股带脚一同摔了下来，风鼓耳垂，如催命前奏。

她绝望地闭上眼睛。

身体猛地撞入某物！却没有意料中的疼痛。明泉睁眼，却见斐旭促狭一笑，“幸亏皇上不够稳重……”最后两个字加了重音。

跋羽煌的声音自前方很远传来，句句清晰，“不愧是帝师……居然能跟这么久！”

她狠瞪他一眼，“抓住跋羽煌啊！”若是放虎归山，后果不堪设想！

斐旭将她轻轻扶起，叹气道：“皇上当我是马么？”

明泉这才想起跋羽煌的马减重一人，他却负重一人，此消彼长，自是不能。

身后马蹄隆隆，却是黄正武与孙化吉。其他帝轻骑则有条不紊地跟在身后，三列成纵。

其中一个帝轻骑有眼色地将马立刻让了出来。

“黄正武，立刻调拨人马追击跋羽煌。”她想了想，冷冷吐出四个字，“生死不论！”跋羽煌坚忍狡猾，己方但有一点顾忌，都会让他有机可趁！

斐旭挑了下眉，微微一笑。

轰隆轰隆轰隆……

远处爆破骤然。

斐旭脸色顿变，“糟糕，前面是奉堤！”

“什么？”明泉话音未落，斐旭已跳上那匹空出来的马上，顺手捞起她，袖中飞出一针，刺入马臀。马吃痛狂奔！

孙化吉一敲还在愣神的黄正武的脑袋，吼道：“还不跑！”

黄正武如梦初醒，调转马头，吆喝马儿飞奔而去。

他身后——

天地交接处，一条白线横跨南北，越来越粗。

暴洪翻涌，遮天敝地，夹杂轰隆吼啸，如无数猛兽拔足狂奔！

帝轻骑虽是绝世骑兵，奈何跨下却非绝世好马，不到片刻，那白色浪线便已成一道追滚水墙，张牙舞爪，作势欲扑！

水声愈大，隆隆地灌在耳里，胀得耳膜闷痛。

明泉感到脸颊似有暖风吹过，疑惑偏头，看见斐旭的双唇一开一合动了两下，声音被完全覆盖在洪水咆哮下。正要摇头，却见身后洪水高逾数丈，正如张开双臂的凶神，狞笑着接近，双眼不禁惊恐瞪大。

斐旭嘴角微掀，搂住她的腰，一蹬马镫，猛地冲天跃起。

白花花的水浪自脚下汹涌拍下，一下子将适才还在胯下的马吞噬了去。水花飞溅数尺，将他们整个裹在白水当中。

明泉抬手自然地紧环住斐旭颈项。冰冷的水珠针扎似的在脸上跳跃，呼吸哽在咽喉处。

只是刹那，水花又箭般坠落，她急喘了几口气，脚下波涛翻卷，水势浩渺如烟，滚滚远去……她不禁有些目眩，举目四望，青山如岛，洪水如海，与灰色天空上下互映，别有种波澜壮阔！

来不及感叹，她脸色又蓦地一变！糟糕！孙化吉他们！

“皇上放心，我刚才见孙大人他们已经往两边山上去了。”斐旭凝声成线的安慰及时灌入她耳里。

两边山虽不高，但洪水却也不易蔓延，若孙化吉能及时上山，倒也暂时无忧。明泉松了口气，身子却是一落。只见斐旭半只脚浸入水中，沉了沉，又再度跃起。

抱着个人在水中行走，又使用凝声成线，即使轻功绝顶如斐旭也已感到力不从心。

“那边有截浮木。”明泉眼尖，指着三四丈处隐约的黑物叫道。她说完，发现声音太小，连自己也只听了个嗡嗡，回头正欲再叫，却见斐旭的脸正好也转过来，四目相望，彼此呼吸扑在对方的面上，好似独自的小气流，与世隔绝。

微微一怔，斐旭已转开脸，第三次跃起，且停留的时间愈加短暂。

“浮木！”她贴着他的耳朵吼道。

斐旭下意识地偏开头，身子第四次跃起，却是浮木的方向。

浮木极滑，一脚踩下，差点扑空，明泉大半身子只好仍挂在斐旭身上，脚下几乎着空。斐旭搂着她的手有点紧，明泉不适地挣扎了下。

斐旭无奈放松，她又滑了下去，一只脚湿漉漉地从水里捞起，他只好又搂紧。

浮木原本被水冲得四散乱串，但斐旭以内力灌输，将它控制如靴般得心应手。

漫天水涛中，一叶悠闲小舟载着一对紧搂的男女，有条不紊地破浪而行。

转眼已是二月下旬，正是春寒料峭，积雪初融的时节。

长庆宫飞角檐下，冰珠点滴。

如意端着点心走到廊下，抖了抖身上新沾的晨霜，小心地弯腰推门进屋。

迎面的温暖让他全身一软。振了振神，他轻手轻脚将点心放在桌上，回身拨了拨盆里的炭火，又把窗子打开半扇，才恭敬地朝着内室道：“主子，好歹先歇歇吧。都两个时辰了。”

蘸墨的笔尖微微一顿，又在白纸上书了几笔才放在笔台上。安莲疲惫地捏了捏眉心，轻声道：“进来吧。”

“是，主子。”如意端起盘子，细细将帘子拨开，却见一个黑瘦的小太监站在桌边，乌溜溜的眼珠戏谑地看着他。

“招财？！”如意诧异脱口。

小太监笑嘻嘻地朝他打了个千儿道：“奴才小关子给如意总管请安。”

如意瞄了眼安莲的脸色，含糊应着，将盘子放到书桌上，离他手肘半尺处。

“徐蓄子这几日还是照常来吗？”安莲随手拈起一块桂花糕，放入嘴里，过分甜腻的香味瞬息让他蹙了眉。

如意立刻奉上茶水，“日日都来，辰时到戌时走，风雨无阻。”

接过茶，轻啜了一口，安莲若有所思，“徐蓄子可有说什么？”

“不曾，一坐就是半天，除了用膳解手外，连动也不动。”如意见他放下杯子，又道，“御膳房说皇上最爱吃甜点，每晚都要准备一份在寝宫里。主子不再尝尝？”

安莲捏了块白糖糕轻咬一口，抿了抿，放弃地搁回盘里。

“还是让御膳房再做些别的点心？”如意眼睛扑闪扑闪地看着他。

安莲眼眸放柔，“你不必事事如此小心。”

如意嘴巴嗫嚅了下，小声道：“这是奴才的职责。”

若非身在宫廷，如意的棱角也不会被磨平得如此早如此快。安莲微微一叹，转了话题，“徐家的人可还是每日递求见折子？”

“是，只是署名换成连镌久大人了。”

“连镌久？”他正要提笔的手一顿。没想到徐家竟能请动他，原以为他会搬动范拙这着救兵呢。想了想，“那便准了吧。”

如意迟疑道："可需回常太妃一声？"自荣保宫被封之后，安莲就将宫廷事务交还常太妃，因此徐家人想要进宫按理是须经过她的批准。不过对外还是以安莲为主，毕竟这是皇上留的旨意。

安莲摇头，"不必。让他们明日正午来长庆宫吧。"

长庆宫？如意惊了下，正好与小关子的目光撞在一处，后者朝他淘气地吐了吐舌头。

"是。"他躬下身，慢慢退了出去。

小关子看着合上的门，笑道："少爷好眼光，当初挑如意的时候，老爷还怕他没受过训练，不够机灵呢。"

安莲笔下未停，置若罔闻。

小关子碰了个钉子，也不以为意，咳嗽一声又道："金鹏老将军平日最疼彭挺，如今老来失子，悲痛可想而知。虽有范拙在一边安抚，终究按捺不住，戚州最近风波频起，连北夷都得了风声。"

安莲偏头看了他一眼，正当他以为他要说什么时，却见他纤长的手指点了点杯盖。

小关子一怔，立马捧起茶壶沏上。

安莲端杯轻啜，继续蘸墨轻书。

"少爷，"小关子眼珠一转，小声问道，"你可是想让徐彭两家鹬蚌相争，我们好渔翁得利？"他舔了舔嘴唇兀自接下去，"不过老爷说徐彭两家的势力若耗费太巨，恐怕收过来也没什么价值了。"

啪的一声，笔台上多了支未干的狼毫。

小关子抬起头，张着绿豆眼，一瞬不瞬地看着安莲，只见他站起身，清冷的目光落在脸上，一阵清凉。

"少……"话只吐了一个字，那袭白衣却擦身去了。

"待墨干了，便送去给他。"还没等小关子回过味来，冷冷的声音已消失在闭合的门缝间了。

小关子好奇地拿起那张纸，一阵梅花清香扑鼻，他情不自禁地揉揉鼻子，细声念道："晨起卯时，一刻进早膳，黑米粥一碗……"

这个……送去给老爷？小关子缩了缩脑袋。呃，还是派别人去吧。

徐克敌亲人进宫的消息一传开，请命探亲的折子便源源不绝地飞向清惠宫。常太妃一声未吭，令司礼太监按序排日子，全部照准。因此皇宫上下一片喜气洋洋，比新春更甚，连远在千里的镇北国公府都来了人。

金伯雨也趁机递了折子，凭着常太妃的关系，顺利排进第一拨。

未时不到，他便候在昌顺门外等待宣见。宫里定的时间是未时一刻，不能早不能晚，到了时辰，再由被探望的主子决定是否召见。因此他只好有一搭没一搭地和其他宫人闲聊打发时间。

正在说话间，却见一个身穿深绿绣金秋菊长袄的中年妇人缩着双手，在一个黑瘦小太监的带领下低头走过。

他见他们的去向是后宫便留了心，朝适才打趣的太监笑道："这是哪家的亲眷，好大的面子，连候旨的工夫都省了。"

那太监嘿嘿一笑，几分卖弄几分艳羡道，"可不是，没有徐蓄子起头，后宫哪有这番热闹？人家身后可傍着个安侍臣呢，谁能不给他面子。连带他身边的人都水涨船高，不得了得很。"

金伯雨顿觉没趣，强笑道："到底是皇上身边的人，果然不同。"

那太监平日就爱嚼舌根，此刻更是谈兴大起，闻言摇头道："这话又不对了。就算同是皇上身边人，却还是分个三五九等的。"

"此话怎讲？"

"这个嘛，"那太监朝四周小心地张望一圈，见别人都没注意他们，才小声道，"宫里头谁不知道皇上自选秀来只宠幸了安侍臣一个人，其他人别说上龙榻，连手都没碰过呢。"

金伯雨心中一惊，表面却笑道："怎么可能，自古帝王哪个不是左拥右抱，难道当今皇上还要为安侍臣守身不成？"

"哎，谁说不是呢。"那太监叹了口气，"可怜那些进了宫的蓄子们，恐怕就要抱着冷被过一辈子了。"他顿了顿，又附在他耳边，神秘兮兮道，"听说那位冯蓄子还是只童子鸡哩，若这辈子连女人的滋味都没尝过就埋在这里也太可惜了。"

这话从一个太监嘴里说出来听着却有些别扭。金伯雨强忍住笑，连连应是。

那太监还待说什么，眼角瞥见常太妃身边第一得力人张富贵正在几个年轻太监的簇拥下款款走来，眼睛大老远便直盯着他看，只得悻悻住嘴。

张富贵到了跟前，要笑不笑道："郭公公的嘴巴还是一刻不闲啊。"

那太监的脸一下子红到脖子，讷讷不成言。

张富贵转头又换了副笑脸道："金公子来得巧，前几日太妃娘娘还提起你呢。"

金伯雨一手扶住他的肩膀，半搀着边走边回笑道："表姨该不是又想起我哪件荒唐事了吧？"

"呵呵，瞧您说的，娘娘惦记的可是喜事。"张富贵别有深意地压低嗓音道，"金公子的婚事娘娘一直挂在心里，也一直留意着，偏生不知道金公子的想法，没处使力。"

金伯雨感伤叹气，"让表姨操心了。"

细察他的神色，张富贵也摸不准他这话里头的意思，只好打一哈哈道："金公子可别让娘娘等太久啊。"

话声一落，顿时有几分尴尬。

金伯雨装作欣赏沿路风景，频频四顾。看着看着，心中又生出几分不甘。常太妃在宫内虽是风光无限，可常家却在仕途上屡屡失意。自曾祖父起，常家官位就未高过五品。宣朝皇帝向来喜欢提拔皇亲国戚官宦名门之后，因此以常太妃当时的品阶而言是极为罕见的。常太妃曾在先皇面前明明暗暗地提了好几次，却总被耽搁下来，久了，她也就渐失了念头。

明泉登基后，常太妃和常家都意识到这是一次千载难逢的极好机会。这几年连家安家的

风光早让他们看红了眼，这次若能得到明泉青睐，常家便能翻身。

可惜常太妃终是看错了明泉，偷鸡不成反蚀把米，差点将十几年的抚养情分都赔上。事后金伯雨又求见过几次，常太妃都避而不见。这次他是抱着孤注一掷的决心，来之前父亲在当地已经物色好了人家，若不成，回去便立即成亲。对方人家的门槛虽然不低，但到底比不得真龙血脉，尊贵无匹。

“金公子，”张富贵轻唤了一声，见他没反应，只好提高嗓音道，“金公子！”

金伯雨一激灵，茫然道：“张公公？”

“清惠宫到了。”张富贵笑着一指。

他抬头望去，天上风起云涌，宫殿轩檐隐现，仿若璇霄丹台，华美壮丽，不可方物。十几个宫女来来回回，进进出出，姹紫嫣红，眉梢含春，比之春景，又多了几分生趣。

他咳嗽一声，稍敛欣羡，举步而入。

一路上宫女无不含羞带怯，看他的目光别样温柔，让他心中大为受用。

走到殿前，却见几个宫女挨着脑袋挤在门前，彼此推搡不止，仪态尽失。

张富贵叱道：“你们鬼鬼祟祟作甚？”

宫女们吓了一跳，齐齐回过头来。

张富贵见是几个平日里得宠的大丫头，脸色稍缓，“都挤着做什么？”

一个抹得腮红眉绿的丫头笑嘻嘻道：“娘娘在里头见客，让我们在这里候命。如今张公公来了，正好让我们几个歇歇腿，喝喝茶去。”说着便招呼其他丫头往外走。

张富贵若有所得，正要进去向常太妃请示，却见门咿呀一声开了，出来一个唇红齿白，伶俐可人的锦衣少年。他先是朝张富贵眨了眨眼，又向金公子打量了几眼，方才淡淡道：“常太妃请金公子进去。”

张富贵笑道：“今日一出门就见树丫上喜鹊叫得正欢，还道有什么财运，原来是如意小总管要来。”

如意扑哧一笑，从袖子里掏出一个铜板，“来来来，不能让张公公空欢喜一场。”

张富贵大大方方地接过收到袖子里，“那咱家就谢过了。”

如意的名字金伯雨早有耳闻。后宫向来是仆凭主贵，严实走后，这宫里最有地位的总管便是他和张富贵。适才如意打量他的时候，他也在打量如意。传闻说他忠心为主，不惜自宫，乃是所有奴才的典范。在他看来，却有几分不信。这个少年的眼里分明藏着深深的城府，一个有城府的人又怎么可能重莽冲动得截断自己一切后路？又或者，他曾有的锐气和真心都已渐渐在这堵宫墙中消磨殆尽？

如意与张富贵又笑闹了几句，才比了个请进的姿势，“金公子请。”

金伯雨颔首进入，立时一缕清冷梅香扑鼻而来，让人精神一振。

他站在银灿珠帘外，恭声道：“草民金伯雨参见常太妃，太妃娘娘千岁千岁千千岁。”

“还不快给安侍臣请安。”常太妃端坐珠帘后，温声道。

见到如意时，他就心中有数，因此有条不紊道：“草民参见安侍臣。”他屏息跪在地上，听到常太妃轻笑着介绍道：“这是本宫的表外甥，小时候曾在宫里住过段日子，与明泉也是相熟。”

空气中的梅香似乎又浓郁了些，拂得金伯雨的心跳骤急。

“请起。”清冷的声音仿佛来自九霄云外，空灵涤净。

“还不进来？”常太妃低声道。

金伯雨平了平呼吸，从容起身，拨开帘子。

只见常太妃头戴双凤衔珠金冠，耳垂双蝶齐飞金饰。双唇樱红，眼角飞斜，着了身玫红开襟长袄，内衬白色丝巾，正含笑望着坐在下座的白衣男子。

他顺目望去，便移不动视线。

他素来认为白色过于孤芳自赏，纯净得近乎虚伪。可见到他，才知道什么是绝代风华！

——以月为神，借花作魂，穷尽世间美好所幻化的男子。无怪乎，先皇对其宠幸有加。无怪乎，今上为他抛却三千。这样的男子本是稀世难求，一旦得之，便无法放手。

“你平日总说安大人如何如何，真见到了，又没话了吗？”常太妃打趣道。

金伯雨一省，赶忙道：“以往听到安侍臣大人的传言时，犹有几分不信。道世上哪可能有这般人物，多半是神化了。如今见了，方知传言有误，实不及真人万分之一。”

这马屁拍得不高，安莲只笑不语。

常太妃清了清嗓子，端起杯子浅啜。

金伯雨会意道：“安大人的文不才有幸拜读过几篇，深入浅出，一针见血，余味无穷，只苦恨无机会亲近……”留了个话头。

果然，常太妃接过来道：“这还不简单，本宫准你这几日入宫。以后还请安侍臣多多费心？”后来这句她却是对着安莲说的。

安莲清澈的目光自他们脸上微微一晃，浅笑道：“常太妃言重。”

如意突然从门外匆匆进来，俯身在他耳边低语了几句。

安莲轻点了下头。

“安侍臣有事便忙去吧。”常太妃一派慈蔼。

安莲起身谦礼道：“臣告退。”

常太妃起身相送。

金伯雨见他们都去了，便挑与适才安莲相对的位置坐下。

半晌常太妃才姗姗回来。

“表姨。”他站起来。

“若你搭上安家的船，本宫也可放心一半。”常太妃眉眼略显疲惫。安莲态度轻轻淡淡的，让她有种如坐针毡的错觉。

“安莲不是一向不与人来往，今日来找表姨是否有什么事？”

“不过是为了前几日擅自让徐克敌亲眷进宫的事。”她顿了顿，“他虽然未提，却已用行动表示了。”安莲移驾清惠宫，后宫想必又会宁静一阵子，毕竟长庆清惠一联手，徐太妃、马太妃在动作前都要掂量再掂量。

“既然皇上宠幸安莲，本宫也不能落后。”她眼神一厉，“但是安莲心计甚深，千万莫

被他的外表所惑，不然……彭挺就是下场！”

“他不是病故？”

常太妃喝茶未语。

金伯雨若有所悟。

“若是安莲接纳你，你进宫的希望便又多了一分。”她搁下茶杯，慢条斯理道。

“此话怎讲？”他眼睛一亮。

“在这宫里生存，总是需要盟友的。”她说得意味深长。

盟友？“那安凤坡……？”

“你只需与安莲交好，其他莫管。”她微微一笑，似乎又回到了那位慈爱的长者，“即使进不了宫，这个官也是做定了。”

金伯雨立时信心百倍。他自己斟了杯茶，突然问道：“表姨，你当时的盟友是谁？”

常太妃的笑容顿时隐没。

他只觉得那慈祥的目光顷刻化作刀刃，在面上深深划过。

安莲负手站在梧桐树下，黑玉长发以银绸随意束绑，衬着露在大氅外的半截珍珠般光洁的脖子，写意如泼墨山水，精致胜鬼斧神工。

毛尖般的梧桐嫩芽在微风中轻颤，好似向地上的新草点头招呼。

如意双手缩在袖子里，站在他身后眼观四方，注意周遭动静。进宫后，他总算明白什么是步步为营，什么是步步惊心。普普通通一句话，换了个人，换了种语气，就能变化出千万种态度和意思来。

自从皇上下旨恩许他与冯思源留宫伺候，这明箭暗箭便从未断过。莫说其他宫里的，就连长庆宫，也有不少太监给他使绊子，耍手腕，初几次都是靠着安莲才勉强保下来。他这才知道这表面富丽堂皇的宫殿下埋藏着多少罪恶与阴谋！于是他开始学着自己慢慢爬起来……

既然进了宫，他便不能让安府的人说主子看走了眼，挑了个不中用的货色！

梧桐叶间，一个小太监正领着个身着深绿长袄的妇人正低头急步走过。

“主子。”他轻唤一声。

安莲抬眸而望，点了点头。

如意立刻撒腿朝那个妇人跑去。

那妇人冷不防道边竟冲出个人，退了两步，脸色颇是惊疑不定。

“如意总管。”那小太监一见是他，立刻满脸堆笑，眼睛滴溜溜地朝他身后望去。

如意啪地一下打在他脑门上，笑道：“朝哪看呢？”

小太监摸着头，嘿嘿直笑。

“她是谁？”

“徐蓄子的亲眷，刚见完，正领着出去呢。”

如意打量了她几眼，漫应一声，“行吧。你先去，我还有事找她。”

小太监面露为难之色。

“怎么？怕我办砸你的差事？”如意斜着瞅他一眼，低声道，“那徐蓄子每次来长庆宫都是冷冷淡淡的，他和主子交情好，我没话说。但好歹他的亲眷总该知道些规矩吧？”

小太监恍然大悟，看了眼那妇人，颇有恋恋不舍的意思。

如意又拍了他一下，笑骂道：“瞧你那出息！果真有好处，还能漏了你去不成？”

小太监这才眉开眼笑地走了。

那妇人抬头看了眼小太监离去的背影，又看看他，倒也不急着走。

“这边走，我家主子要见你。”如意撂下话，径自朝前走去。

妇人眸光闪了闪，一言不发地跟在后头。

梧桐树枝叶稀疏，好在树木众多，人藏在里面，倒也隐蔽。

如意走到跟前，刚要介绍，却见那妇人在几步处站住了，整理了衣鬟才姗姗行来。

“小妇人见过安大人。”

安莲目光微动，“你见过我？”

妇人微笑摇头，“外子不过区区禹城宣抚使司副使，并无机会见到安大人，小妇人只是斗胆猜测罢了。”她笑容中带着不言而喻的自信，“当今天下能有如此风采的舍安大人其谁？”

“徐夫人过奖了。”他容色淡淡。

徐氏也不多言，转而问道：“不知安大人召见小妇人有何吩咐？”

安莲墨黑玉瞳隐约有了怜意，“夫人可知今日所为会有何种后果？”

徐氏脸色微变，强笑道：“不知安大人所指为何？”

他没说话，只是定定地看着他。

徐氏怔怔地看了他半晌，叹气道：“其实一切都已在安大人算计之中，又何必故作姿态呢？”

这话说得极不客气，如意在一旁听了，脸顿时拉了下来。

“只是安莲的算计中并未包括夫人。”安莲竟承认了，“绿衣小仙，百里红胭……没想到神医传人竟会下嫁于武官。”

徐氏笑道：“神医传人也是女子，终要出嫁的。”

他轻叹道：“夫人不该来蹚这浑水。”

“我既已嫁入徐家，便是徐家人，自当为他们打算。”她顿了顿，“何况我所做有限，不过尽人事听天命罢了。”

安莲沉默了下，“夫人以后有何打算？”

“不劳安大人操心了。”她淡淡道。

如意脸拉得更长，刚想说什么，却听安莲吩咐道：“送徐夫人出宫吧。”

如意呆了下，却见徐氏人已走远。

新顺二年的二月，注定是多事之秋。

彭挺暴毙风波刚平，徐克敌便在储秀宫服毒自杀。等被人发现时，呼吸已停，回天乏术。

一时间，后宫人人自危，瞧长庆宫的目光也多了几分恐惧。

徐家的人上折子想要领回徐克敌的遗体，安莲破格准了，这在本朝尚属头一例，不过慑于他最近的威势，倒也没人跳出来反对。

天阴沉沉的，下起连绵小雨，似想冲刷这座宫殿的血腥之气。

安莲坐在檐下烹茶。

如意守在一旁，昏昏欲睡。头重重地点了下，又茫然抬起，他眨巴眼睛看向四周，一袭白衣正从假山后转出来，瘦长的身材，冷峻的脸庞。

“安……蓄子大人。”他的舌头艰难地打了个转。

安凤坡身上湿了好几处，墨黑的发丝上结满小水珠。

安莲将茶水轻轻倒掉，又重新斟上，全神贯注。

“好雅兴，”安凤坡在他对面坐下，随手拿起刚盈满的茶杯，放在鼻尖下轻轻一晃，“清香宜人，果然是好茶。”

安莲又将第二杯倒掉。

“你不好奇我为何来找你？”他忍不住问道。

安莲娴熟地倒上第三杯，淡然道：“你若想说，自然会说。”

安凤坡目光定在他脸上，仿佛看不够似的，随后苦笑一声，“我的确很想说。”他清了清嗓子，“徐克敌的嫂子来看他的第二天他就自杀了，你不觉得这事很巧合么？”

他又径自接下去道，“这自然很巧合……尤其他嫂子原来是昔日的绿衣小仙。”

安莲又将第三杯茶倒掉。

“向来置身事外的安大人居然会为徐克敌而冒天下之大不韪破例……这是我第三件好奇之事。”

第四杯水斟上。

“所以我特地派人去查探了下徐克敌的尸体。”他语速放慢，目光幽深地看着安莲。

安莲放下茶壶的手稍顿了下。

“你不问我查到了什么？”他并不等安莲回答，径自接下去道，“一种生死一线的假死药，很有趣吧。人居然能假死。”

安莲面无表情。

“现在徐家应该很热闹吧，”安凤坡看着他的眼睛一字一顿道，“一个原该醒的人却永远也醒不过来了。”徐家想瞒天过海，以徐克敌假死来结束徐彭两家的恩怨，计算得虽然不错，可惜，算漏一旁虎视眈眈的人。

一盘棋都已经下到了这个地步，无论是谁都别想轻易全身而退！

“是他的意思？”安莲终于放下茶杯。

安凤坡不屑一笑，“老头子？也许吧，徐克敌假死后，彭徐两家的恩怨就一笔勾销，这样接收两家兵力的构想可要拖上一阵子。我顺手解决这个麻烦，大家都会省事，不是么？只要彭徐两家继续不和，我们的机会就会更多。”

彭徐两位将军的兵力虽然比不上三大郡王，却也颇为可观。安家势大根深，唯缺兵权。

安莲将茶又缓缓泼了出去。

“难道你现在不想知道百里红胭的结局？没人会把失职扛在自己头上，只能是神医的药出了问题。”徐克敌在棺材里变成死尸，这个黑锅只能由一个人来背。

“那是她的事。”该说的他已经说过。

如意突然出去又进来，朝安莲眨了眨眼睛。

“看来，你有贵客到。”他将杯中茶水一口饮尽，见如意脸色古怪地看着他，心中生出几分不悦，“你家的小童还需磨砺啊。”

如意嘴角抖了下，恭敬道：“恭送安蓄子。”

安凤坡望了安莲一眼，眸中忽明忽暗，转而自嘲一笑，缓缓离开。

等他走远，如意才小声问：“主子，你为什么不告诉他这茶只是用来洗杯子的？”

安莲看了他一眼，淡淡道：“看他喝下去不好吗？”

如意一愣，心中暗道：简直好极了。

自明泉离宫后，暖冬阁便闲置下来。

楼前树叶沙沙寂寥，小道积水湿漉坑洼。

安莲一身棉白，独自撑伞而行。臃肿的长袄穿在他身上，别有雍容。

行至楼前，门从里轻轻打开，走出一个微微发福，却英俊挺直的中年男子，白皙的面孔上露出久违的笑容，“安大人。”

“连相。”安莲收起伞，放在廊下。

连镌久微微一笑，返身回屋。从以前到现在，他们向来无须多言客套。“安大人可知……高阳王进京了。”他面上平静如镜，说出的话却是石破天惊！

安莲眸光一闪，心下有几分了然。连镌久做事向来滴水不漏，若非事态严重，决不可能冒内外勾结之嫌进宫见他。“每年三月，各地官员进京述职是惯例。今年皇上祭祖，也只推延半月。高阳王思念母亲，来早稍许，也是常情。”

连镌久点头称是，“往年送礼都是你我联名，因此特地来问今年可还是比照旧例？”

此问多余，两人心知肚明不可能相同。去年的安莲还是右相，去年的明泉还是公主。不过连镌久如此说却有试探的意味。一试安家的态度，是不是一心一意忠于皇上。二试明泉的看法，对高阳王到底只是戒心，还是有了杀心。不过这番试探由先皇托孤重臣连镌久提出却有些多余。除非……安莲心下一沉，连镌久对明泉的忠心已经开始动摇了么？

“须问过皇上再定。”他不动声色道。

连镌久深深看了他一眼，忽笑道：“想不到大宣第一公子成亲后，也是惧内一名。”

“君为臣纲，此乃伦常。”他淡笑道，“皇上首先是臣的君主，畏之敬之，自然有之。”

“安大人似乎还少说了一句。”

安莲以眼神询问。

“夫妻之间，似乎更该有情有爱。”他笑得意味深长。

“连相所言甚是。”安莲眼波轻漾，精致胜鬼斧神工的五官顿时柔若春风，令人心旷神怡，“连相的七位夫人温柔贤淑，相敬如宾，实是羡煞旁人。”

连镌久哈哈一笑，连道哪里。

“不知高阳王此刻下榻何处？”安莲冷不丁问道。

连镌久笑容微敛，随口道：“正在舍下。”

安莲偏头笑道：“连相的三夫人和六夫人精通厨艺，比御厨犹有过之，高阳王真是好口福。”

连镌久噙笑不语，右手食指在左拇指的玉扳指上摩挲半晌，才幽幽道：“安大人可听闻……北夷兵变？”

“略有耳闻。”安莲适才正望着窗外廊檐上滴答的水珠，闻言转首道。

“本相只是疑惑，跋羽侍臣与皇上在一起，身边还有帝师和孙尚书，怎么会出现在北夷？”

“兴许借跋羽侍臣之名造势罢了。”安莲四两拨千斤道。

“安大人近日可有皇上音讯？”

安莲脸色微冷，随即慢慢回暖，清艳明眸中隐有情意绵延，“可需取来？”

连镌久目光如炬，在他眼中细细搜寻了遍，似在辨认真伪，半晌才咳嗽着讪笑道：“不过问问。”皇上的情书谁敢偷看？

“昨天夜里雍州八百里加急。”正当话题稍顿时，连镌久忽然提了句风马牛不相及的话，“奉阳城外的奉堤……垮了。”

安莲眼帘微合，双眼睫毛几不可见地轻颤了下。

“希望……没有伤及无辜。”话如蝉鸣，投入心湖，嘹亮广远。

窗外，雨幕渐密，如意穿过层层雨障，弓背低头跑来。

“主子。”他站在廊下，急声道，“徐太妃朝这边来了。”

连镌久慢条斯理地掸了掸袖口，意味深长道：“这阵子雨下得疾，伞再大也遮不了全部，安大人不如找个屋檐歇歇再走。”

安莲回礼，“安莲省得，连相慢走。”

连镌久点点头走出门，掏出条手绢递给如意，才从暖冬阁的另一条道穿出去。

如意拿着手帕，疑惑地看着安莲。

“既是连相给的，便收下吧。”

如意这才拿起绢帕擦拭起来。

安莲拿起放在门边的伞，轻轻撑起，“走吧。”

如意刚要点头，又急忙摇头，“不是假的，徐太妃真的过来了。”

安莲握伞的手一顿，看了看连相的去路，叹了口气，“从这边走。”

弯道泥泞，污水飞溅，落在那银缎鞋面上，点点滴滴，又连成一片。

如意抢过伞，小心翼翼地举在安莲头顶七八寸处，跟在身后亦步亦趋。

走着走着，那棉白的身影突地一停，如意急忙刹住脚步，眼睛直愣愣地看着不远处挺直如松的英武男子。略显凌乱的乌黑长发，书满疲惫的红肿双眸，向来光滑干净的下巴蔓延出一片青黑。

“阮大人。”安莲脚步只是一顿，又向他走去。

走得近了，如意才发现阮汉宸的目光在短短几步距离中又凝结成冰，犀利如刀。

“皇上失踪了。”半晌，他吐出几个令天下色变的字。

安莲脸色不变，淡淡道：“皇上没有失踪。”

阮汉宸眼睛一亮。

安莲盯着他，一字一顿道：“皇上前几日才捎信回宫报平安，如今正在胜州境内，身边有帝师和孙尚书伴驾随侍，又怎会失踪？”在这个节骨眼上，绝对不能有任何此类消息透露出去，今日来探口风的是连镌久，难保明日就不是马太妃高阳王。

目光凌厉如刀。

阮汉宸嘴角抖了抖，眼中光芒骤灭。

皇上不是没有失踪，而是不能失踪！

“阮统领这几日去哪里了？”他口气略显严厉。

阮汉宸默然。

“身为统领玩忽职守……你可知罪？”漂亮的眸子一凝。

阮汉宸依旧沉默。

安莲叹了口气，“念在阮统领往日尽忠职守，只是初犯，便罚你回家反思一个月，俸禄暂停。”

阮汉宸一怔，一丝惊喜自眼中闪过，又瞬息湮灭，“侍卫统领并不隶属内宫。”

“却肩负保护内宫之责。不必多言，去吧。”最后那声去吧，似带着丝请求。

阮汉宸深深望了他一眼，手中剑柄轻握，一抱拳，转身便走。

风吹雨斜，打湿在那棉白衣领上。

如意将伞逆风斜了斜，低头却见玉指攥握成拳，一滴鲜血缓缓滴落。

“主子！”他失声惊呼，伸出一只手想要掰开那拳头。

安莲摊开手，看着那白皙上的红艳，一怔，手心正中两深一浅三个指甲印分外触目。

“安侍臣。”怔忡间，一声悦耳却威胁十足的唤声将他的目光自手心收了回来。安莲缓缓转头，绝美的脸上挂起一轮浅笑，“徐太妃。”

徐太妃在众人簇拥中姗姗而来，一脸似笑非笑，“安侍臣果真是难找得很。”

安莲但笑不语。

“难得偶遇，不如也上延福宫坐坐？”一个也字拖得老长。

“一身泥泞，委实不雅。”

徐太妃眼睛瞟向他乌黑片片的鞋面。“今日阴雨绵延，暖冬阁又偏远荒凉，安侍臣真是好雅兴啊。”她在他面前站定，狭长的凤目透出丝丝寒意。

“徐太妃也兴致不弱。”

“本宫是来找你的。”她直直地盯着他。

“哦。”他垂下眸子，避开她咄咄逼人的目光。

“安侍臣将一切事务皆推于常太妃……不嫌太不体谅了么？”推与交，一字之差，千里之别。

“徐太妃如此认为？”

徐太妃被他的反问一怔，“是又如何？”

“我原本想将部分事务交由徐太妃分担，如今看来，却是考虑失周了。”安莲满目歉然。

徐太妃眼角微搐，随即轻笑出声，“本宫总算明白为何马太妃也只讨了一鼻子的灰去。”她声音一顿，又冷冷道，“不愧是右相……”

右相二字尖冷刺骨，似要扎进他身体里去。

“太妃谬赞。”他抬起眸子，平静无波。

“不过这后宫不比朝堂。女人的手段……往往是男人意想不到的。”徐太妃幽幽道，“本宫只希望，若安侍臣有了麻烦……呵呵……”她轻轻一笑，眼中意味不明。

安莲默然欠身，恭送她起驾。

雨势渐大，粒粒如豆，连绵不断，串成无数道帘子，隔阻开每个人的视线。

如意站在他身边，却觉得眼前的他越来越模糊……

黄水泛滥至二月已有缓和，户部的赈灾银拨得也很及时，堤坝修缮，灾民安顿，一切本已进行得有条不紊，但奉堤决口无疑在这冬寒未褪的初春雪上加霜！

连镌久收到折子的次日下午便以左相之名召集四位监国大臣商议对策，决议向户部调拨十二万两白银作赈灾之用。连镌久与范拙一个是监国首辅，一个是六部老臣，因此杨焕之与段敖虽觉不妥，却未反对。

怎知指令到了户部，竟被户部侍郎郑旷硬顶了回来。

半个时辰后，刑部衙门便带人直冲户部将他拿下。

积在屋檐上的冰雪已经消融，但京城的大小官员却感到有场更大的风雪正要降临！

暖冬阁屋檐上的雨珠稀稀拉拉地拖淌着。

如意站在二楼最高处，聚精会神地打量着各处动静。不过偶尔眼神也会打个岔，飘向底下灰色坚挺的身影，然后很快又会移开。

因为他不喜欢被人在暗处窥探。

现任刑部尚书的段敖出身成谜，是先皇直接擢升至侍郎，再至尚书，至于他之前的经历无人得知。他出仕的时候已年近半百，前后又有连镌久和安莲的风光无限，并不十分引人瞩目。倒是范拙曾向先皇旁敲侧击过，却得到一个结果，“范卿太闲了么？”那年，吏部成了翰林院的下属。自此，段敖的事无人再提。

“范拙来提了三次人。”段敖道。

安莲轻轻挑眉。

段敖眼里隐约有了淡淡笑意，“不过他现在还在牢里。”一顿，“刑部的牢里。”

“这只是开始。”安莲轻叹一声。

“只要人在刑部的地盘上，我保证不出事。”段敖向来少言寡语，这已是难得的承诺。

“若来的是高阳王呢？”

“他只是雍州之王。”

“若来的是连镌久呢？”

“连相并不是糊涂人。”

安莲目光微漾，“若高阳王、连镌久、范拙三人联手呢？”

段敖抿紧唇，冷峻如刀削的脸更显酷寒，“你可有证据？”

“我没有，他有。”

轻飘的一句话，却让段敖脸色骤变！“没有理由！”

“十二万两白银不但能修奉堤，而且也能养一支十万的军队两个月。”

“高阳王并不缺十二万两白银。”

“但皇上缺。”安莲望着落在地上水珠，徐徐道：“就算精明如孙化吉，在今年税收上缴之前，也不可能再变出几十万两的银子。”

一个皇上没有银子意味着什么？两人心照不宣。

“所以你让郑旷下狱？”段敖眉头紧锁。别人看着郑旷是因为违令被抓，至多被抓的时间快了些，好似……刑部的人根本就是等在那里的。只有他们知道，吏部那天的确派出了人，却慢了一步。在连镌久召集四位监国大臣的时候，安莲就已经通知他将郑旷看护起来。

“没有户部侍郎的同意，银子就只能存在库房里。”卷长的睫毛在白皙如玉的面颊上投出小片的阴影，藏住一瞬凌厉的目光。

段敖脸色是前所未有的沉重。银子在库房，而能提银子的人却在刑部大牢，这一环扣一环的结果就是所有人的矛头都将直指刑部！

“宫里如何？”春寒的湿气拂在他脸上，说不出甩不脱的黏稠难受。

安莲静默了下，“一发未动。”

一发未动？那一发若动，是否即将牵动全身？这句话听似指宫里风平浪静，但细品下来，却有种山雨欲来风满楼的味道。段敖眉眼微动，脸上的表情却慢慢沉淀下来。“如果需要，刑部随时听候调遣。”

一滴雨露落在地上，溅起小小的水点啪嗒，打在安莲的靴子上。

“多谢。”他语气淡淡的，好似听到的，只是句最普通不过的客套。

段敖目光落在他发丝上凝结水珠，晶莹与璀璨，将细细的光线聚于一点，清灿得移不开眼。“不必。自那天起，段敖的命便已系在安家的船上。”

……船倾人亡。

风中仿佛传来如此叹息。

安莲侧首。段敖的唇薄而坚毅，抿得很紧。

半晌，那抿紧的唇幽幽开启道：“连相真的……”

安莲垂下眼眸，“或许。”

只是或许。

暴洪之下，岂有完卵？

明泉与斐旭在山上避了半月，等水势稍歇，下得山来，入眼俱是肆虐后的荒芜凄凉。残骸遍野，断垣四处，沿路少有生人，倒是尸殍漫地，其状百出，无法形容。

勉强到了那借宿的村外，明泉已是脸色蜡黄，双唇发白，眼眶红红的肿了一轮，看斐旭的时候常常目光闪了半日才能对上。

斐旭精神尚好，只是身上狼狈不堪，染黑的乌发灰了一半白了一半，远远看像个枯朽老头，衣裳更是东破西破，哪里还有昔日帝师飘逸如仙的影子？

“停停，”明泉吃力地趴在他肩上，“歇歇吧。”说完，又猛力咳嗽起来。

斐旭脚下未停，只是右手拈起两根手指在她手腕处探了下，然后轻握住她的手心。

一股热流自掌心源源传过来，将身上的虚脱疲乏去了一点。此种感觉明泉自是不陌生，这几日他便是用这种方法勉强维持她的病况。

“斐旭……”她嘴巴微张，一连串咳嗽接踵而来，好似要把五脏六腑一股脑儿呛出来。

斐旭将她轻轻放下，“到了奉阳再说吧。”

明泉怔了下，疲软的双腿几乎支不住身体，向一边倾了去，来不及惊呼，自己已被打横抱起。

“这样可好些？”呼吸拂在额头，轻软如棉絮。抬起头，对上一双担忧的眼眸，眼底还是一片清亮，那种清亮即使穷集天上所有乌云也不能遮盖。

她眨了眨眼，光彩自瞳孔最深处轻绽，“你、为什么当帝师？”说这话的时候她没有咳嗽，还是定定地看着他。

斐旭似乎愣了下，慢慢侧过头，想了想，“大概是我太穷了吧。”感到怀里的人疑惑的目光，他又补充道，“你知道，帝师的俸禄不少。”

怀里人没有丝毫反应，他低下头，才发现她已经闭上眼，前额顶在他的臂弯里，侧脸安详而宁静。

手臂紧了紧，他脚下略快。

大约半炷香后，隐约可看到前方的官道。向来嬉笑无忌的他也禁不住露出欣慰的笑容来，却听怀里的人在胸膛前闷闷地发出声音，“若有一天我不是皇上……”话音渐轻，几不可闻。

斐旭眉梢微动，目光在一瞬变幻千万，然后低下头，一脸茫然地问：“你刚才说什么？”

明泉缓缓转过头，大半边面色憋得绯红，眼睛半张，木然地看着他的衣服领口，“朕是说，帝师和孙大人……真是天生一对。”

斐旭闻言一笑，眉眼灵动，“天生对头吧，我可不喜欢把银子放到别人的兜里去。”

明泉嘴角掀了掀，似有笑意。

官道近在咫尺。“奉阳就在前面，且先等等，与其他灾民一同进去。”路引在孙化吉身上。奉阳不比其他小城，没有路引，恐怕连城墙都摸不到。不过最近灾民流窜者众，高阳王又素喜善名，自然不能拒之门外。因此要入城，只能混在大批同乡的灾民中间。

“都听你的便是。”她说得极轻，喉咙涌上的瘙痒，让她几乎忍不住又要咳嗽起来。

斐旭走到官道旁，将她轻轻放下，自己则扯下一块衣料，将头发盘在头顶裹了起来。幸好只是初春，严寒未尽，他的装扮倒也不突兀。

从晌午等至傍晚，马车陆陆续续来了几辆，还有一行护镖，唯独灾民一个不见。

斐旭摸着明泉越来越热的额头，脸色渐渐阴沉下来。他心里已有最坏打算，无论下一批来者何人，都拿下强行进城！

约莫又过了一个时辰，天色近黑，斐旭算着差不多到关城门的时间，终于来了一批灾民，稀稀拉拉十几个人，少的搀扶着老的，男的拉着女的，几个稍微年轻点的走在最后。

“门！见到门了！”走在最前面的老汉扯着嗓子嘶吼了声。其他人立刻振奋起精神，走路也加快了几步。

斐旭见机不可失，抓起泥土抹了把脸，抱起明泉跌跌撞撞地冲了出来。

几个青年快走几步，一人一手抬住他胳膊，“兄弟？”

斐旭将身上半数重量靠在其中一人身上，虚弱道：“我要去……奉阳。”

明泉在他怀里不安地动了下。

那个走在最前的老汉已经走了回来，历经沧桑的眼睛上下打量着他们，“快到了，一起走吧。还能走得动么？”

斐旭半张着眼，目光犀利地透过额前凌乱的刘海与他轻轻一触，点了点头。

“那就走在中间吧。”老汉背过手又走到前面去了。

青年们见状拍了拍他肩膀，退到队伍最后。那个被他靠了半天的是个三十来岁的汉子，耸了下肩，将斐旭顶了回去，才轻哼一声走回去。

斐旭抬头，但见前方奉阳城墙巍峨雄壮，远看如绵延不绝的山脉，在半黑的天空下雄踞一方。夜越来越黑，老汉的步子也越来越快，那黑块般的城门也一点一点地变大，直到仰望。

城门前几个官兵挺直地站在两侧，好像雕像。

老汉弓背走到官兵前面，点头哈腰地说着话。官兵们冷着脸，不笑也不应答。老汉不死心，两腿一曲，当众跪了下来。

“林先生！”众人脸色惊怒。有几个青年忍不住冲上前。

“站住！”老汉回过头朝他们低喝。青年们见他脸色刚肃，不怒而威，齐齐一怔。一个军官模样的人自大门里转了出来，先是打量了眼人群，然后走到老汉面前，亲自搀了起来，“老丈多礼了。”

“这位官爷，行个好，让我们进去吧。”老汉见机抓住他的手，“我们都是从俞家村逃出来的，大水一冲，房子、地都没了……本是六神无主，却听说高阳王仁义，在奉阳设了粥铺，还能重新领些粮食种子，这才领着一众老弱妇孺前来投奔……还请官爷行个方便。”

那军官闻言只是微微一笑，“听老丈谈吐，不像平常人家啊。”

“老朽不才，曾给村长做个几年师爷……”说着低下头来。村长大多是村民自己推荐，不属官府编制，所以所谓的师爷更是毫无分量。

军官叹道：“若换了平常，我自然会放各位进去。可惜王爷此刻不在城里，这等事情，我实在不好做主。”

老汉又道：“那请官爷先放妇孺进去，我等可在城外等王爷回来。”

“王爷怕一时三刻还回不来。”军官又朝那群人看了眼，“你们不如去泊夏城吧，那里的知府素有善名，想必会收留各位。”

“天色已晚，官爷可否留我们一晚，待明日再走。”他紧接着又补充道，“只需在墙角缩一晚便可。”

军官面有难色，“这……”

一个官差从城里匆匆走来，向他低语几声。

军官似是一怔，“晓得了。”抬头朝正眼巴巴看着他的众人露出一抹释然的笑容，“真是巧极了。高阳王妃体恤受灾百姓苦难，在东街旧舍设了粥铺和暂居所，各位且随我来。”

众人自是道谢不迭。

斐旭眉毛轻挑一并跟了上去。若是他刚才没听错的话，那个官差附在他耳边时明明说下命令的是楚方先生，怎么会变成高阳王妃呢？有意思。

所谓的粥铺不过是在一排低矮的平房前摆了两个大桶，桶还有八分满，想来才分了没多久。大桶前排了长长一溜队伍，衣衫褴褛，披头散发，各个耷拉着脑袋，彼此也不搭理，只是亦步亦趋地跟着前面一个人。

一个官差站在队前分发，粥舀起来的时候还发出滴答的声音，在只有星光指路的夜里显得格外孤寥。另有三四个跷着二郎腿坐在一边，见到军官过来只把头偏作一边当没看到。

军官也不理会他们，转头对老汉道：“便是这里了。”

“多谢官爷。”老汉朝他拱手谢道。

“举手之劳罢了。”军官又朝官差看了一眼，“我只能送到这里了，老丈自己保重。”

老汉默然点头，显是听出他的言外之音。

斐旭趁众人不注意，放慢脚步，缓缓落到最后，正要转身离开，肩膀却被一个青年搭住，“兄弟……”换了平日，那青年身手再快十倍也不可能搭住他，可连日的奔波劳累及担忧实是让斐旭的体力熬到了极致，因此心中猛怔，表面却不动声色道：“何事？”

“阿强！”老汉突然喊道，“又偷懒！磨蹭什么，还不过来！”

那名叫阿强的青年讪讪地松开手，快步走到老汉跟前。

“还不去排队？”老汉瞟他一眼。

“哦。”阿强漫应一声，又想起什么似的回头，却见斐旭原先站的位置已被其他人占去。

明泉一觉睡得骨头松软，醒来时正好对上慕流星好奇张大的眼睛。见她想说什么，慕流星立刻乖巧道：“哥守了两夜，今晨看皇上退了烧才歇着去了。”

她眉头微动，嘴巴又张了下。

“放心，哥武功这么好，不会有事。”

明泉翻了个白眼，“你……”

“我没骗你！”他举起一只手，作发誓状。

“水！”她豁出全身力气低吼。

他脖子一缩，跑到桌边倒了杯水，端过来看着她躺在床上无奈的表情，想了想，又把杯子放回桌上，先扶她坐起，再跑去将水递过来，“喝吧。”

明泉看着他无辜的表情，突然想起小时候太傅说过“嗟来！食！”的典故。

“你怎么在这里？”润了下嗓子，说话流畅许多。

“我和哥约好，若失散的话便来这里会合。”说着，他委屈道，“这半个月等得我头发都快白了。”

“你和斐旭几时和好的？”她盯着他的眼神意味不明。

慕流星搔了搔头，“这事说来话长。不如……”

“洗耳恭听。”她斩钉截铁道。

“那……从哪里开始说？”

“从你哥开始……”她把“你哥”两个字咬得极清晰，也极缓慢。

慕流星莫名地哆嗦了下，“这个，其实你说破他是我哥那天夜里，我们就相认了。”他当然不会说过程中他曾将斐旭逼得跳了臭河，才完成感人肺腑的兄弟相认。

“那后来你和他的水火不容也是装的咯？”她的口气有些危险。

他舔了舔嘴唇，“这个，又说来话长。”只是略顿了下，又乖乖接下去道，“在出行之前，我哥曾来找过我，让我假装与他不合，以便与跋羽煌留在同一个马车，就近……嗯……”

“监视？”她帮他接了下去。

慕流星点点头，“哥说他居心叵测，怕他路上对皇上不利。”

“那他总该告诉你，跋羽煌究竟居的什么心吧？”跋羽煌的行为曾让她百思不得其解，先是宫里莫名其妙的张扬和挑衅，似乎是将苗头对准了皇夫之位，其后是对于出宫的沉默以及……脑海突然闪过他阴狠的恨语和自己摔下马时漠然的表情……心猛地缩紧，那种恐慌延续至今，滞留不去。

还有从西面突围，奉堤冲垮……一切巧得好像有只手在后面拨弄，布好棋局，等着棋子自己跳进去。

“应该是为了回北夷登位。”慕流星回答得很快，好像一早知道了答案。

明泉手心一紧。回北夷登位？回北夷登位！不错，能让他如此处心积虑，甘冒奇险的也只有此事了。

她怎会忘记他曾是骄傲的北夷之鹰！

“可是北夷的老王爷不仍在位么？”当初既能杀他妻儿，逼他来宣，便是抱了破釜沉舟的决心，绝没可能在他一事无成的情况下，允他回北夷，还将王位传于他。

“我得到军报。前阵子北夷掀起内乱，北夷王在战乱中被流箭射死了。”

她突然想起他虽然历经牢狱之灾，不过西南军总兵五个字依旧挂在他的顶戴上，这里算是他的地盘，因此得到军报并非难事。“那现在当权的是谁？”事情的脉络隐隐浮出水面。

慕流星摇摇头，“如今北夷一片混乱，一直有谣言说跋羽煌早回北夷，此次叛乱也是由他而起。”

“怎么可能？”跋羽煌与她分开不足半月，论脚程也不可能到北夷。何况奉堤大水，就算他是始作俑者做了万全之策，也定会被殃及。明泉托着杯子，然后恍然叫道：“原来是这

样！”

跋羽煌走的每一步都是经过精心策划的！或者说，自他来到宣朝皇宫的那刻起，他就无时无刻不在为回国篡位做准备。

先是在册封之夜的倾吐，引起她的警戒。然后的挑衅，让她对他的存在产生强烈的不安。再与安莲冲突，搅乱整个后宫……让她祭祖时不能放心留他在后宫。胜州与北夷相交，从那里回去自然比帝州近了百倍也方便百倍。当然若此计不成，也可造成他一心当大宣皇夫的假象，从而拉拢或离间大宣朝臣，为他所用。彭挺与徐克敌便是最好的证明！

可惜他千算万算就是没算到大宣皇帝即位后的祭祖实是打着旗号的历练，路程不但不近，反而离北夷更远。怪不得自换了行装后他一直脸色不善，恐怕是极不甘心自己一手布局被杀得个措手不及。

那么那群刺客的幕后主使也就呼之欲出了！

真正是好胆色！好谋划！若跋羽煌现在在跟前，她都想和他痛快喝上一杯！当然，最好是在他的杯子里再加点砒霜之类的。

所谓虚则实之，实则虚之。这八个字的确被跋羽煌用得淋漓尽致。刺客是用来敲山震虎的，东南北三路被围，独留西面大唱空城计，然后在晨晓时佯劝她走东面……因为算准了会有官兵将她逼回西面！

接下来更简单，摔马、炸堤……若她死在这场变故中，世人也只会把矛头瞄准高阳王。他不过是侥幸大难不死，逃回北夷，发现一群忠心耿耿的手下竟冒他之名发动叛乱，痛心疾首之余无奈骑虎难下，盛意难却只好继位。那时大宣为帝位尚自顾不暇，哪里还有空管他这个“先皇”的侍臣！

这着棋不可不谓毒辣！跋羽煌恐怕早已看穿大宣平静表下汹涌不止的暗涛。若一切真按如此棋路而走，那大宣败亡不过顷刻！此消彼长，等跋羽煌整合上下，肃清异己后，大宣正是内斗得如火朝天欲罢不能之际，那时候他进可攻退可守，大宣怕成了他手上搓圆搓扁的面团！

而现今的局面，却是彼此势均力敌。

他与她同时身在暗处，眼下就看对方如何出招，己方又如何拆招。

“你和斐旭当时为什么突然出去？”

“是上次那个客栈的高手引我哥出去的。”慕流星现在想起仍心有余悸，“不过他只是把我们困住，并没有伤害我们。”

明泉想起斐旭曾说过，这个人不会杀人。“后来呢？”

“后来天色快亮的时候，我哥突然使出同归于尽的武功，那人才放我们走的。”

同归于尽？她的心轻轻一颤，抬头见慕流星好奇地看过来，她立刻沉下脸道：“可有跋羽煌踪迹？”以斐旭的狡诈而论，必定留有后着。

“我已派人沿途搜寻，不日必有消息。”他说得肯定，显然是对派出去的人极有信心。

明泉想起大宣除了帝轻骑外，惟雍州西南军能与三位郡王的军队媲美，因此放下心来，“断不能让他离开大宣！”哪怕是留下他的命。

门被轻叩两下，斐旭低头推门而入，手上端着两碗热腾腾的东西。

看着那头黑亮长发和似醒未醒的眼眸，明泉心弦莫名波动了下。

慕流星接手过来，抱怨道："不是让你歇着去了么？"

斐旭抬头，一脸严肃道："这可是金主，今年加不加俸禄全在此一举。"

"扑哧。"明泉捂住嘴巴笑吟吟地看着他。往日看上去恨铁不成钢的油滑模样现在竟觉得分外亲切。

慕流星无奈地卷起袖子抹上他的左脸，"别动，黑的。"狠擦两下，灰没掉多少，脸却被磨出红晕来。

斐旭抓住他的手，古怪地瞪着他，"流星，我往日待你不薄啊。"

"是不薄，不就是随手把我一个人扔在别人家十几年，不理不睬嘛……"慕流星看着天花板叹气。

"突然很困。"斐旭捏着眉头，且叹且退。

"哥……"慕流星犹不死心。

明泉轻咳一声，"这粥是给朕的吧？"

慕流星猛然醒悟，这床上躺的不是别人，而是他的主子，"皇上请用。"他小心翼翼地将粥捧过去。而且是个很爱记仇的主子。他在心里暗暗提醒自己。

他背着门，因此没看到斐旭关上门时向明泉递出的感激眼神。

听到关门声，慕流星一动，明泉接着道："这是哪里？"

"客栈。"他随口答完，当即想到她问的是这里安不安全，"飞来客栈，是哥的师父开的。"

废物？明泉舀了勺有点灰色的粥进嘴巴。

果然很难吃。

她慢吞吞地继续，尽量把思绪集中在别的地方。

废物虽属高阳王府，不过既然斐旭会把她带来这里，说明这里是安全的。反正废门相处方式向来奇怪，不能以常理度之。

咽下最后一口粥，她微吸了口气，淡然问："可有孙化吉他们的消息？"

慕流星白嫩的脸皱成一团，"还没消息。"

没消息比坏消息来得强。她将提上来的心又放回一半。适才慕流星开口的刹那，她竟觉得有一年那么漫长。

"你回来，纪陬可有为难你？"

这话的意思是说她愿意做他的靠山吗？慕流星的腰杆立刻挺得笔直，"哼，我不找他麻烦就不错了。"虽然他是沐可安娜的父亲，但这笔账还是要算的。

双方沉默半晌——

明泉手指敲了敲碗口，"那个……药快凉了吧？"

"……嘿嘿。"差点忘记了。

好不容易伺候明泉用完药躺下，慕流星蹑手蹑脚地出了房间。转头，却见斐旭晃着腿儿懒懒地坐在护栏上。

“哥？”慕流星疑惑地看着他。

“帮我查两个人。”斐旭跳下护栏，递给他一张纸，然后头也不回地进房，落闩。

慕流星看了眼纸，喃喃道：“高文缴？楚方？”

斐旭这一睡，便是雷打不动的两天两夜。其间，明泉已好了七八成，常自个儿下床到客栈大堂坐上一小会儿。慕流星初时还紧张兮兮地随侍在侧，偏偏身边一大堆火烧眉毛的事，每每屁股还没坐热，就要心急火燎地跑进跑出一趟。久了，不用明泉给眼色，他自己也知道哪边凉快去哪边凉快。

客栈坐落在闹市，对街是一排商铺，胭脂、陶器、古玩……应有尽有。街上自巳时起便渐渐热闹起来，往往卖包子或卖花的一吆喝，整条街就像点燃的爆竹，噼里啪啦活跃起来。等落日时分小贩们陆陆续续收拾东西披着彩霞回家，街道又渐渐沉静下来，唯独那复杂的香气盘桓不去，久久不散。

明泉坐了两天，便喜欢上这样的感觉，好似自己也是他们的一分子。有时起得早了，就会盯着来路，猜测那卖包子的小贩路过卖花摊的时候会不会忍不住向那卖花的小姑娘瞧上一眼，那卖花的小姑娘会不会又故意装作没看到，却偷偷地拿出镜子照。这样隔着纸的暧昧，疏离而甜蜜，常常看得明泉情不自禁地弯了嘴角。

“你的茶。”客栈掌柜是个妙人，三十来岁的年纪，长得很不起眼。一顶算盘大小的毡帽歪斜在一边，两撇山羊胡子微微上翘，眼角一颗豆大的黑痣一天挪几寸地儿。

明泉斜瞟他一眼，啜了口茶，淡悠悠道：“掌柜今天又把痣贴歪了。”

掌柜面色僵了下，“唔，最近天热，一个地方捂热了得换个地方凉快。”

杯子里的茶飞溅出两滴在桌上，明泉轻咳一声，“流星呢？”虽然是高阳王的地盘，但斐旭既然能带她来，就不怕被他师父发现，因此她也没有刻意隐瞒身份。

“在天上飞呢。”

明泉刚端起茶杯的手又定住了，“那么……”这个词顿了很久，“请用箭射下来，告诉他，我找他。”

掌柜一双眼睛眯成一条缝，“嘿嘿，丫头，我突然发现你很对我胃口哦？”

她皱着眉头，“哪里？”

“比如你喝茶时的动作。”

茶泼在地上，杯子滚到角落去了。

“比如你皱眉的表情。”

眉峰无踪。

“比如……”掌柜还待说，却发现听众正冷凝着脸，看着街上。

一顶华轿稳稳穿过闹市，人群分流退至两侧，从喧哗到沉寂不过刹那。

明泉盯着走在轿旁、不时贴耳与轿中人交谈的年轻男子，面沉如水。

楚方一边附耳聆听轿中人细细柔柔的嘱咐，一边打量周围。

奉阳势力割据分明，高阳王妃与高阳王最宠爱的任侧妃各掌半边天，高阳王妃有其父兄撑腰，在军中很有威望，掌握高阳王手下半数兵权。而任侧妃，即轿中人，则与文官交好，高阳王府里的客卿几乎有四分之三拜于她的旗下。

楚方便是这四分之三中的一人。

这两天因为接应灾民之事，两位王妃之间更是明目张胆地剑拔弩张。

两日前任侧妃采纳他的建议，开放王府私库接济灾民。不到半日，高阳王妃便硬以逾制为由，强行将私库收回，再以己之名开设粥铺，聚拢民心。

王府私库于灾民到底杯水车薪，吃的穿的用的医的，仅仅两日，掌王府账目的管家便跳出来与王妃哭诉难以维系，恐怕再两天，王妃这个菩萨形象就维持不下去了。

其实，早在奉堤决堤消息传来时，他便八百里快急送于京城。算算时日，高阳王下令开库赈灾的手书也该这两天到。于是今日他特地与任侧妃一道见了布政使，商量具体赈灾措施，顺便让他将赈灾的时日延迟两天。

想到这里，楚方不禁露出一丝冷酷的笑。私库库存不多他会不知道吗？他只想用来在高阳王命令没下达之前做个缓冲罢了，也正好借此树立起任侧妃爱民如子的形象。然后高阳王开库的命令一到，皆大欢喜。如今这活既然被高阳王妃揽了去，他也只好晚两天开库，让流民在饥饿中认清高阳王妃这个女菩萨并不是无所不能的。

他心中正暗自得意，却觉一道目光如影随形，好似刺探般。他蓦然抬头，一间陈旧的客栈二楼，一个三十来岁的毡帽男子正摸着胡子居高临下地看着他嘿嘿笑。

原本的好心情立刻被破了去，他想了想，转头向任侧妃交代了下，掉转头，朝客栈走了进去。

楚方步子迈得虽慢，脑中却在一瞬想到许多。

他到奉阳的时间不长，虽先有高阳王另眼相看，后有任侧妃青睐有加，但他知道这不过是因为自己还算好用的脑袋和身后背负着的那些看不见的人脉和财富的关系。江山代有人才出，历史上一战成名荣耀加身的不少，可更多的出师未捷埋身青山无人知。可能在当下，便有个人在某个看不见的角落带着满腹横溢才华含恨九泉。而他，比那个人多的就是……家世。

他自嘲地冷笑一声。若说初到高阳王府的高文辙还带着几分对人性的些许天真，那今日的楚方便早已懂得如何将人性玩弄于股掌。若非斐旭送他至奉阳时曾告诫他，高家各地人脉资产一个月之内不得向任何人透露，他恐怕早已被那些口蜜腹剑的小人埋在某个乱葬岗里成为野狗的饥下食。

总算在一个月后，他慢慢取得了任侧妃的宠信。虽然目前还没实权，但只要高阳王心里还惦记着高家的钱，他就一定会有出头的日子。不过在这之前，他先要保证自己的安全。自他与任侧妃走近后，高阳王妃动作频频，自己已经成了她眼中一枚不大不小的眼中钉。

“客官要点什么？”一声慵懒的招呼将他思绪拉回。那个站在二楼居高临下望他的掌柜如今正懒洋洋地一手搭着算盘，一手托着脑袋，斜着眼看他。

“一杯茶，几样干果。”他走到刚才掌柜站的地方，桌上还有淡淡的茶渍。手指在桌面轻轻摩挲了下，刚要坐下，眼角瞟到滚到角落的茶杯，俯身捡起，凑到鼻下闻。是极淡的胭脂味。“客栈有女客？”

掌柜捧着碟干果放到他面前，不阴不阳道：“托福托福，我开的是客栈，不是和尚庙。”

楚方不以为意，将微热的杯子静静放回桌上，“还没走？”

“客官长着眼的吧？不会自己看嘛。”他哼了声，扭头就走。

好大脾气的掌柜。楚方暗自苦笑了声，其实他在决定走上来的那刻就有种奇怪的感觉，刚才躲在暗处的不是高阳王妃的人。见了掌柜后，他又有种感觉，他不是盯着他看的人。

掌柜太犀利，像把出鞘随时准备沾血的匕首。而那目光，他恍惚了下，非探究非窥视，好像……只似乎单纯的注目，冷静而沉默。

犹如……陌生的故人。

他被自己奇怪的形容词怔了下，随即摇头。高阳王帐下的楚方又怎会有故人？

茶被随意地扔到桌上。虽然用扔这个词有点怪，但茶壶和茶杯上桌时的确跳了一下。

“掌柜去哪里？”他看着他下楼的背影淡淡问。

“解手，”掌柜气呼呼地转过头，“难道还要邀请官倌送行么？”

“这倒不必，”楚方慢条斯理地站起来，“反正同路。”说完，平静地走向他，似乎完全没看到掌柜一副被左勾拳的表情。

客栈的茅房建在院子里，矮矮小小的并列两间。

掌柜推开门，迈了一只脚进去，又回头看着仍待在原地的楚方，“客官难道要享用我用过的？”

楚方眼角轻抖了下，微笑道：“我只是说与掌柜同路，并未说与掌柜做同样的事。”

掌柜左脸颊的痣严重地颤抖了两下，然后整个人消失在门后。

大约半炷香后，茅房的门缓缓打开，掌柜捂着鼻子恨恨地走出来，用脚踢了踢倒在地上昏迷不醒的青年文士，骄傲道：“也不打听打听我是谁，琴棋书画诗，吃喝嫖赌毒，哼，除了生小孩我什么输过人！”

慕流星从三楼伸出脑袋，“前辈。”

“嗯？”掌柜瞟高一眼。

慕流星的表情有些迟疑，“那个……虽然前辈身份……尊贵……”尊贵这两个字说得极为含糊，掌柜也是听了好半天才觉得应该是，“不过这种事情还是两情相悦的好。”

掌柜皱着眉头，“要是两情相悦我还用得着迷药吗？”

慕流星张了张嘴，于心不忍地看着被迷得人事不知的楚方。

“妖精，”斐旭房间的窗户突然打开，银色长发垂下一绺，“他还有用，所以……请温柔一点。”

掌柜嘴角抽搐了下，一只手拎起他的后领，像麻袋一样甩在身上，扛着往楼上走。

“咦？”慕流星指着他后知后觉地叫道，“这不是你让我打听的楚方么？”

斐旭叹了口气，“若非看过你领兵打仗还有点样子，我真的以为自己认错了弟弟。”

慕流星可爱的包子脸立马黑下来，“哥……”长长的尾音带有明显的威胁。

“两位若不介意，请过来上个晚朝。”明泉窗户开了半扇，没有伸出头，但那重重的晚朝两个字明显显示出其主人强烈的不悦。

斐旭和慕流星同时缩起脑袋。

明泉的房间慕流星苦着脸进来的。当初是他自己拍胸脯叫没问题，可这几天下面给的消息却没一条能让他展个眉，每次见明泉那一脸不动声色的严肃心都跟打秋风似的颤。还好斐旭终于睡醒了，果然是打虎不离亲兄弟。

傍晚的光只照了些许进来，落到地上。白滚滚的灰尘在光线里纠缠不休。

“没什么说的？”明泉只是撑着手肘坐在窗边，他已觉得无形压力自头顶压了下来。

“这……奉堤、泊夏一带臣都派人反复查了，至今还未有消息。”慕流星垂头看木板的拼合间的纹路。

明泉目光稍敛几分，低喃道：“是么？”其实以慕流星的个性若有消息，怕早藏不住来报了。她不过是每日忍不住要问上一问，就算明知渺茫。

转头看自进来便不发一言之人，“帝师这两日睡得可好？”她本没有任何指责的意思，只是单纯起个话头，可出了嘴巴那声调却有那么点不是滋味。

“不好。”

“哦？”

斐旭食指轻叩桌面，“有件事搁在心里，睡不久，至多两日便得醒。”

明泉心念一动，“什么事？”

“赶在祭祖之前到达胜州之事。”

他所谓的事与她想的显然是两路，明泉是顿了顿才回过味来。这两日满脑子奉堤和孙化吉等人的安危，险险忘记此事，“还剩几日？”

“十二日，”他抬头看了看天色，“又七个时辰。”

“来得及否？”明泉问完，又有些懊恼，斐旭既然还能镇定地坐在这里，定是已有腹案。

“有两条路可走。”斐旭这次倒没卖关子，很快往下说道，“按原路返回，穿帝州。”

“从帝州来尚费了不少时日，何况至胜州？”

“赶路与游山玩水是不同的。”斐旭说这句话的时候口气自然，可明泉就是品出了揶揄的味道，表情略不自然，“那另一条路呢？”

“水路，过戚州。”

平安王被剥夺世袭王称号，改郡王，换封地奂州七城为戚州三城……

戚州三城……

夜色肃冷，霜寒凛人。

明泉裹衣站在院落中。月光熹微，清弥眼前茅房的轮廓，两棵老槐各自伸展枝头将它护在臂下，黑乎乎的屋子似沾仙气，若不是清楚知道这里面的臭味，倒有几分像仙人幽闭之处。蓦然想起斐旭奉旨洗茅厕之事，僵硬的嘴角微弯了个弧度。

信手从地上捡了根稻草，枯黄的样子，比不得记忆中鲜嫩的柳枝。那时大皇兄身边有个玲珑人儿，出身农家，很能编织东西，大皇兄便常使唤他变各种花样来讨她欢心。日子一久，

花样变老，那人儿只好编了条鞭子模样的给她，说是让她每日打着出气，偿些皮肉债来抵。做鞭子的挑的是最鲜最嫩的柳条枝叶，抽在身上至多痒痒难受，大皇兄便笑着要把他送给她处治，她终究没要过来。宫里已有了个见风使舵善于拍马的崔成，再多个他，还不知道要掀多少事儿。

想到崔成，她又是幽幽一叹。

记忆的封条揭了去，很久前的事像书页般张张翻过。一直以为淡了，原来只是藏在深处，平日不能触及，一旦碰了，如洪水泛滥宣泄……

戚州戚州……提议将他改封戚州的是连镌久，照他的话说，那里生活苦寒，与北夷相临，就算有个万一，也好向天下交代。

当亲人变敌人，他的生死顾虑就只有天下悠悠众口。

肩膀一重，她侧首，一件半新不旧的短袄，带着未散的体温。

“皇上当为国珍重。”斐旭说得语重心长。

明泉化错愕为轻笑，“真不像帝师会说的话。”

“我是替孙大人说的。”

她脸色微黯，转过头去，看着明月不语。

一时无声，她却知道斐旭依然站在背后。

如银河般绚烂的发丝，如晨星般耀眼的明眸，即使不回头，也在脑海中描绘得一清二楚。轻缓的呼吸，若有似无地拂在颈后，似真还幻……

月移中天，二楼的窗户突地被推开，慕流星露出圆鼓鼓的脑袋，看到他们先是一愣，“你们在干吗？”说完，又觉得不妥，赶紧补充道，“有孙大人的消息了！”

有孙化吉的消息？明泉脑子还没回过神，脚却已虎虎生风地冲到客栈二楼的大堂。

掌柜正翘着两条腿在桌上闭目养神，嘴巴里还哼着不阴不阳的调子。

慕流星拿着茶盏正仰着脖子往口里灌。

“孙化吉怎么样？”她吸了口气问。

慕流星放下茶壶，刚想卖关子，转念想起眼前这个人的身份，立刻恭恭敬敬道：“孙大人没事，黄大人受了点伤，此刻正在蓝郡王的画舫上养伤。”

蓝郡王？明泉先是松出口气，随即疑窦丛生。

该在缅州的蓝晓雅突然出现在此时此刻救起孙化吉等人是巧合还是预谋？莫怪她多疑，手握重兵的蓝郡王在这多事之秋横上一杠，无论怎么看，都不会是为了普度众生。

“沈郎伴呢？”她听到斐旭如此问。

慕流星呆了下，似乎是在回忆他是谁，半晌才道：“还无消息。”

明泉不经意地蹙眉。当初封赏沈雁鸣，又带他上路，的确是有拉拢沈家，为安莲添加帮手的意思，如今沈雁鸣下落不明，恐怕要为与沈家的关系平添变数。

“蓝郡王还捎了口信，”慕流星偷瞄了眼斐旭的脸色，“邀请皇上移驾画舫。”

“人是你查到的？”

慕流星脸火辣辣地红，“是蓝郡王托信过来的。”

果然。“替朕回了吧。顺便派人把孙大人他们接回来。”

“等下。”斐旭道，“皇上可想好选哪条路走？”

帝州？戚州？明泉正欲开口，便听那阴阳怪气的曲调一停，掌柜事不关己地朝众人心头抛了块重石，“听说高阳王在京城活动频频。”

高阳王在京城？明泉瞳孔猛缩。

“此去京城，好像路上关隘重重。”掌柜从怀里摸出一包花生米，一抛一抛地接着吃。

斐旭半路截了两颗放进嘴巴，“又是没有选择的选择么？”

明泉脸色更沉。刺客偷袭，从西突围开始，自己一直就被牵着鼻子走，跋羽煌、蓝晓雅、高阳王……好像联手筑了道道围墙，将她包裹在中心动弹不得。

“若是从戚州借道……”斐旭一边偷袭花生米，一边气定神闲道，“倒可乘蓝郡王的画舫走水路。”

这是暗示她取道戚州为上策了。明泉看着与掌柜一来一往斗个不亦乐乎的银发男子，他似乎总能在层层迷障中为她引出条路，虽然不知是明是暗。

心头这般叹息，却终究采纳他的建议，一如往常，“你去回蓝郡王，说朕……荣幸之至。”

与跋羽煌、高阳王相比，蓝郡王居心叵测，反倒是最有希望帮助她之人。而且从目前来看，他尚未与另两股势力勾结，不然此刻的她，恐怕早陷囹圄。

“那今日你们早点休息，明日早点起程。”掌柜将花生米一把揣入怀里，还故意朝斐旭挺了挺肚子示威。

斐旭笑嘻嘻地扯住他的袖子，眉梢眼角流露孩童般的撒娇。

这还是明泉第一次看到如此风情的……帝师。她与慕流星对视一眼，双双掩目而走。

掌柜一手拍开他，“少来，撒娇找你师父去。”

明泉走至楼梯转弯处，驻步回首。

斐旭背对他，银发因主人的晃动而一飘一飘，犹如轻纱。十几步的距离竟将彼此身影拉得如此渺小……不可及。

他与掌柜两人站在那里，融洽和谐得不容旁人侵入，似是划了条无形地界，将他人一律隔阻在外。

心潮不舒服地涌动，刺痛隐隐。

掌柜巧妙侧身，避过她炽人的目光，将东西交给他，“喂，小子，你家那口子好像有点不爽。”

斐旭把东西藏入怀里，淡淡道：“她是皇上。”

“呵，那你眼睛突然闪那么亮做什么？”

“妖精，”斐旭轻咳一声，“那个人走了没？”

“难得遇到这么好玩的人，为什么要让他走？”他突然很不爽地看着他，“有求的时候就前辈前辈，求完之后就妖精妖精……你们这些废人没一个好东西。”

“这倒是真的。”斐旭煞有其事地点头，“废门中如果出现了个好东西，是一定会被踢出门的。”

掌柜瞪着他无言，哼了声，转头就走，“老子不高兴了。”该死的废门！要不是为了对那人的承诺，他才不想死乞白赖地在这里活受罪呢！

砰地踢开门，一张秀美得带着些许女气的脸闯入眼眸。

“你还喝得下茶？”

“这么好的茶，怎么会喝不下。”楚方贪婪地闻着茶香。自到高阳王府，他便未曾尝过这等龙井，虽说任侧妃器重，赏下不少金银，但自己总想藏着待日后有用，不愿花销在享乐上。

“难道你不知道你说的那些消息，很可能会坏了高阳王的大事？”高阳王在京城。这决不是个简单的消息。

楚方无辜地看着他，“高阳王有何大事？”

掌柜嘿嘿冷笑两声，一脸心照不宣，“高阳王之心天下皆知，连他自个儿都不在乎了，你何必替他遮掩。”

楚方含笑不语。

“你以为我不知道你的身份么？”

楚方手微抖了下。

掌柜看了他一会儿，确定再看下去，他脸上也不会变出朵花来之后，又哼了声，“你且乖乖住上两天，过几日就放你出去。”

见楚方低头看着茶杯，正以为他不会应答，准备出门的时候，突闻身后楚方幽幽道：“无论他当日之心是真是假，相救之恩却是铭记不忘。如今恩情已还，他日再见，是敌非友，各自珍重。”

掌柜嘴角微翘，“你今日之举，受惠的可不止他一人。”

握杯之手青筋微凸，如青电般蜿蜒在白皙肤色上，“大丈夫为人，俯仰无愧而已。”

掌柜笑容一敛，再看他时，眼中平添一抹赞赏。

门扉被慕流星砰砰砰敲得震响。

梦断正酣处，明泉惺忪双眼，随手拿起件袄子下得床来开门。

“皇上，”慕流星左右看了看，轻声道，“可否让臣进去？”

明泉揉着眼看他，微微侧身。

慕流星快步走入房内，看着头快点到地的明泉，小声喊道：“皇上？”

“嗯。”明泉皱了下眉，反身关门，手指狠狠地在印堂穴附近捏了两把，“什么事？”最好别是芝麻绿豆大的事，她虽未言明，但斜睹的目光就是这么说的。

“在樊州发现跋羽煌踪迹。”他语气中有隐隐的兴奋。当世三大强骑，帝轻、争风、黑狮，能与其一交锋乃是每个年轻将帅梦寐之事。

跋羽煌？

她霍然转身，袄子滑落肩头，“樊州？”

慕流星点点头。他听出明泉神情不似欢喜，不禁收敛神色，不敢张扬。

胸口传来阵阵悸动，如受惊吓而撒蹄乱蹿的幼驹。明泉怔了半晌才发现，原来自己并不希望找到跋羽煌，原来自己一直下意识地回避这个难题。

无论如何，在跋羽煌决定炸堤杀她的那刻起，大宣与北夷的交恶已不能避免。

“皇上？”慕流星倍加小心地开口，“臣该怎么做？”

明泉皱眉成峰，“慕卿觉得该如何是好呢？”

这还用问？慕流星想也不想地脱口道：“自然是缉拿，他若顽抗，就地正法！”十三字掷地有声，在幽黑的房间里格外清晰。他这才发现，进来后明泉并未点灯，如今房里只靠透过窗纸的朦胧月光照明。越是发现暗淡，他越想看清楚明泉的表情，却越是模糊。

房里响起细微的脚步声，他站在原地，不敢乱动。

一道火光划过。

他看着火光前的明泉，神情从容，竟似没事人一般。

“就照卿的话做吧。”双唇无奈地抿了下，薄翘的上唇压着饱满的下唇，在红彤的映衬下竟比红烛更鲜艳三分，娇嫩欲滴。

“慕卿？”明泉看着他呆滞的表情，不禁略高了音量。

“臣在。”慕流星猛地弯下腰，头低得几乎碰到膝盖，“臣、臣、臣一定会办好这差！”

明泉点点头，还想鼓励几句，慕流星却已头也不回地甩门冲出去了。

她怔了下，慢慢将袄子拉好，提起桌上的茶壶，倒了杯水。拿起茶杯，触感温润，好像暖玉，莫非在临睡前掌柜来换过热的茶水？她浅啜一口，极凉。

将手贴在脸上，才惊觉不是杯子暖，而是手冷似冰。

门又被轻叩了两下。

不急不缓。

她放下杯子，打开门，是斐旭。

顺势斜靠着门，藏青的长袍半披半挂，露出月白的里衣，银发有几簇被掖在里衣里，与肌肤纠缠……肌肤白皙，不是雪色的洁白，而是带着玉泽的润华，一直一直藏在衣服深处……

“皇上？”斐旭懒洋洋的声音在头顶响起。

明泉倏地抬头，正好撞入一双含笑的黑眸里。

幽深的瞳孔里倒映出一个娇羞的少女，目光微醺……

身子如惊弓之鸟般倒退三步，明泉转身咳嗽一声，“帝师深夜造访，有何要事？”

斐旭进屋打开窗。夜风如扫，将屋内温意吹得一干二净。

明泉只觉自己好像被人扔在冰水里涮了一把，一时头脑清楚无比。

“臣以为派慕流星去追捕跋羽煌，不妥。”斐旭斜出半个身子，看着底下的院落道。

明泉挑眉，“有何不妥？”

“慕流星乃是雍州总兵，而跋羽煌身在樊州，如此过界，不但失去天时地利，且不宜人和。”

这点她倒没想到，“樊州总兵是何人？”

“滕环。”

“不行。”她想也不想地回绝掉。

这个滕环在先帝在位之时便大大地出名。他曾是蔺郡王身边最得力的战将，却因私德败坏，常凌虐妻儿，殴打婢仆，强抢少男少女而被弹劾。

先帝念其曾对蔺郡王舍命相救两次，又确实立下赫赫战功，才在朝堂上力排众议，让他在樊州任总兵，又另设一个总兵军参掣肘。

那总兵军参，她记得很清楚，是个文官，却在待人处事上别有一套，当年在京城作幕僚之时，从不曾有人轻视过他。在杨焕之手下任过两年礼部侍郎，连他这么严谨之人，也没挑出他半点错来，真正滴水不漏。

不过他的背景复杂，先是拜于安老相爷门下，后又与连镌久结交……如此八面玲珑的人物，樊州又与雍州相临，难保他在关键时刻不站在高阳王一边。

“帝……”她顿了顿，轻叹了口气，“斐旭……”那声音软得好似要化在风里。

斐旭睫毛扇了两下，回过头来。

“先让慕流星盯着，等到了胜州，我再派人过来，好不好？”

斐旭眨眨眼，嘴角突地上扬，“皇上这招以柔克刚用得不错。”

攥住袄子的手指轻颤了下，明泉抬起头，冷笑道：“上战伐谋，这可是帝师大人教朕的。”

“为师十分欣慰。”他复将窗户关上，“夜深露重，皇上早点睡吧。”

“帝师也是。”明泉瞪着悠然关上的门，将袄子恨恨扯下，发现手上正是斐旭的那件。摸着料子，绵绵软软，却被风吹得冰冷。

番外之道是无情却有情

蓝晓雅侧头倾听萧寒将京城之行的所见所闻娓娓道来，听到他在客栈遇到微服出巡的明泉时，眉梢眼角微微浮起一丝笑意。“又去客栈？”

萧寒一愣，还未领会到“又”字的含义，便见管家弓着背脊疾步而来。

“我敢打赌，一定又是某家小姐上门了。”

蓝晓雅含笑道：“何以见得？”

“每次那些小姐上门时，老何脸上总挂着猥琐的笑容。”萧寒一本正经道。

话到此处，管家已走到近前，“禀告王爷，王员外家的千金到。”

萧寒刚想取笑他越混越回去，标准下降到员外千金时，便听蓝晓雅道：“有请。”

看管家离去时欢快的步伐，萧寒一时回不过神，“你竟答应了？”蓝晓雅府中绝色美女如云，平常胭脂俗粉极难入他法眼。

蓝晓雅转了转拇指上的玉扳指，“有何不可？”

萧寒惊异道：“当初号称江南第一才女的月玲珑为博你一顾，一夜做诗十二首，十指拨弦到鲜血淋漓，尚且不能如意。你居然为一个员外家的千金……”他大大地叹了口气，“可怜那句‘羞抛花枝低墙外，尝盼君来君未来’，不知打动多少待字闺中的少女珠泪暗垂。”

蓝晓雅笑而不语。

萧寒鼻子哼了两声气，“我倒要瞧瞧，那个王小姐究竟是何方神圣，竟能披荆斩棘，独占鳌头。”

等待的时间更是难磨，他来回踱步三圈，才隐约见到一个年华正盛的少女娉婷立于池的另一侧，清秀容颜如溪泉流淌，只是盈盈而立，却已道尽风姿，令人神往。

她远远地向二人一福，便朝亭子走去。

萧寒怔住。满腔调侃在看到她的第一眼时即化为乌有。

“你是不是觉得她很像一个人？”蓝晓雅雅致如曲的声音将萧寒的思绪从九天之外唤了回来。

“我，我不知道。”见蓝晓雅依旧不依不饶地看着他，只好苦笑道，“我真的不知道。我只知道我可以找出成千上百个王小姐，却找不出一个……”他嘴巴动了动，终究不敢提及那人的名讳。

蓝晓雅赞同一笑，“你只见了她一次，却已经分得很清。”斜眼见萧寒欲言又止的样子，忍不住笑道，“你是不是想问……我是不是爱上她了？”

萧寒面上一白，却还是点点头。

“不，我不爱她。”他看着池中赤金摇摆的鱼尾，从袖中掏出一个小荷包，捞出一小撮碎粟米粒洒了下去，“只是穿过丝绸的人，很难屈就麻布罢了。”

萧寒的脸色却并未因他的答案而缓解。如蓝晓雅这样的人，居然会思考爱或不爱，即使答案是不爱，已足以证明那个人在他心目中的地位。“你从未穿过麻布。”

蓝晓雅愣了下，随即笑道：“或许因为，我本身也是丝绸吧。”

这句话虽然不错，但从他嘴里说出来，便觉得很是怪异。

蓝晓雅抬手挥了挥，管家立刻从远处赶了过来。“请王小姐回去吧。”

管家怔住。

“以后也不必来了。”

管家立刻朝萧寒看去，眼中满是赤裸裸的指责。

萧寒有苦说不出。他总算明白为什么蓝晓雅要在这个时间见他了，因为他需要一个旁人来说服自己停止这种寻找镜花水月的荒谬之举。而自己这个刚刚见完那个人的人，正好掉到他的陷阱里。

管家见蓝晓雅瞥了他一眼，忙不迭地应声去了。

“恐怕我以后在王府会更难混。”萧寒不得不叹息。

蓝晓雅将粟米全倒在池里，“缅州存粮还有多少？”

萧寒愣了愣道，“快至秋收，所剩不多。”

“去各地收一些屯在粮仓里。”

萧寒眉头一紧，“可是军中有变？”

蓝晓雅将荷包收回袖中，掸了掸袖子道：“是雍州有变。”

萧寒顿时松了口气。不过向来奉行能者为王的蓝郡王竟然毫无利益地付出，倒是奇闻一件。他还想说什么，蓝晓雅却已经走远了。

这便是主子和属下的区别吧？

主子诉完衷情，倒完苦水，下完命令，一身轻松潇潇洒洒地走了，可怜他累死累活地去跑腿。

他苦笑着转身，看到王小姐正好从亭子里出来，初见的灵气瞬间消散，剩下的只有一身失措的彷徨。

脑海中突然浮现一个古怪的念头，若是高阳王真的造反成功，那她会不会也褪下高贵，变成这种模样？念头一闪而过，立即被自己否定。

蓝晓雅既然会出粮襄助，便说明他认为她不会败。

而蓝晓雅的判断至今为止，还未错过。

他笑着摇头把脑海中乱七八糟的思绪抛弃，踏大步朝前走去。

醉九阳

明月如泉

下册

苏俏◎著

重庆出版集团 重庆出版社

目录

第七章

天未拂晓，蓝郡王接驾的马车便早早地停在客栈门口。

闹市还在朦胧中缓缓苏醒，街上只有稀稀朗朗的手推车轴漫滚声。

明泉先睡了半夜，又辗转半夜，起来时青白的脸色连自己都吓了一跳，幸好坐在马车里，还能补上一会子的觉。

斐旭也是形容不佳的样子，在掌柜房里磨蹭半天，才收拾收拾东西跟着上了马车，还不消停，左左右右，上上下下翻了一遍，才在斜旁的柜子里拿出几样点心："皇上可要用些点心？"

明泉缩在车厢一头，声音闷闷地隔着软垫传出来："朕不饿。"

斐旭拈起一块，迟疑了下，又放回去，无声地叹了口气，头歪到另一侧，闭上眼。

马车径自北上，车外喧嚣渐隆。

明泉缓缓睁开眼，手指轻撩起帘子一角，奉阳百姓的细碎生活如走马灯般撞入眼帘。豆腐花的香甜、包子笼腾腾的热浪与路边野花的芬芳混到一处，杂陈出别样的味道，令人有种充实的错觉。

两旁人烟愈稀，一道绵延的城墙自地平线浮现……

她手指一松，帘角掩住窗口，马车复暗。

明泉用脸蹭了蹭光滑的枕巾，聆听车下滚轮的轱辘声，沉沉睡去。

曲径长廊蜿蜒繁复，一眼望不到出路。

朦胧中，她脚步沉重，如铐枷锁，在青砖上蹒跚而行，摇摇欲坠……身后横出一只大手，好似无穷大力，将自己轻松拉起。

她愕然回头，却见到先帝的金丝寿字腰带赫然对着鼻梁。

"明泉，怎么了？"先帝弯下腰，一手慈祥地摸着她的发顶。

她抓住他的袖子，拼命张大嘴巴，恨不得将满腔的话都吐出来，喉咙却好像被无形的手扼住了，一点声音都发不出。

那只抓着衣袖的手是那样那样的小，好似五六岁的稚童，软乎乎的一团。

先帝笑着直起身，背过身，慢慢远去。

袖角在她手中一寸寸移出，她明明用尽全力，却连根线都扯不下来。

"拿命来！"一声怒吼自先帝方向传来。

明泉瞪大眼珠，看着尚汤的身体慢慢穿过先帝向她冲来，形若癫狂。她想躲开，双脚却在地上生了根，眼睁睁地看着他被愤怒和仇恨扭曲的面容在眼睛里放大……

"救命！"她突然掩面大叫。

"明泉。"有人在背后拍了她一下。

她怆然回头，见高绰君含笑站在身后，容貌秀丽，丰姿俊朗，正是初见时的模样。

“高叔叔……”她探出手，紧紧握住他的，那素白胜雪的衣裳在风中飘扬。

“你父皇呢？”他弯着眉眼，抑不住涓涓溢出的幸福。

她下意识地指着另一头：“那处去了。”指着方向的手，分明已是十六岁少女的大小。

她眨了眨眼，缓缓回过头，眼前的人却又变成了安莲，眉目高华，不敢近亵。那瞳孔是对着她的方向，温度却是冷的，好像随时都会化作千万冰箭，将她冻裂。心好似被捅了个窟窿，风冷飕飕地吹。她难受得低下头，眼睛一眨，脚下光滑的青砖却变成了凹凸不平的石板。再抬头，眼前又成了喧嚣的街市。尚汤、安莲统统不见了，她漫无目的地走了几步，却见有个卖灯笼的小摊，满铺子的荷花灯，粉的白的，鲜艳的素雅的，直把人瞧个眼花缭乱。一时周围万籁俱寂，灯笼里的烛火渐渐亮起……

明泉醒来正是傍晚时分。

她钻出车厢，西方挂着一轮红日，圆滚滚的像只正在烧烤的大饼。

“请小姐下车歇息。”一个四十来岁的粗布妇女站在车前，弯下腰。蓝郡王派来的是一对中年夫妇，看上去同是方脸大耳，宽肩粗腰，被人群一淹怕是连衣角也找不到的庄稼人。

明泉搭着她的背，轻轻跳下车，目光不经意地在四周扫了一圈。

斐旭站在驿站前，朝她微微一笑。

她愣愣地看着他身后的房子，与记忆中的驿站重叠。父皇以往出巡，大多住在驿站。小时候他们跟去过几次，太子和玉流都对狭小的屋子抱怨不已，唯独高阳王说：“皇宫绵延千里，砖瓦皆出百姓之手，已是累民至深，何以覆辙？”那时她虽未说什么，却有几分不以为然，如今想来，字字珠玑！无论如何，在帝王之路上，高阳王那时已走在所有人前头，不知现今的他，是否犹有过之。

汉子驾着马车自后院走，妇人则小心翼翼地在前头带路。

驿站几个小吏鼻孔朝天地朝她们打量了好几眼，才将勘合接了过去，瞄了两眼，脸色微微一变，态度立马恭敬起来，向斐旭揖礼道：“不知是慕大人。”

明泉朝那勘合上扫了一眼。蓝郡王府的笔帖式？那可是芝麻绿豆小官呼风唤雨大权，做两年心腹就能平步青云的差使。

“不敢当。”斐旭疏淡道。

小吏却像得了什么好处般，媚笑着一路前引。

驿站分了几个院落，他们被安排到最里处。

“这两天为着奉堤的事京城前前后后派了好几批的人，这不，前头都住满了。”看着斐旭漠然的脸色，小吏结巴着解释。

“哦？都是些什么人？”斐旭一边用袖子嫌弃地拂着桌上子虚乌有的灰尘，一边沉下脸色问。

小吏赔笑道：“这我可不知，那几位都是老张引的。”

斐旭斜着眼冷笑，只盯得他头皮发麻，才缓缓道：“去打几桶热水来。”

小吏立马头也不回地狂奔而去。

妇人收拾了一圈，利落地铺好崭新的被褥，才对斐旭恭敬道：“慕公子请随小妇人去偏房。”

“你先去，我还有事与他说。”明泉淡然道。

妇人道了声是，弓腰背着门后退着出去，其姿势，竟与严实无二。

房门被轻轻关上，一时静默。

明泉佯看他处。适才那句只是脱口而出，并非真有其事，此刻见斐旭询问的目光，不禁语塞。

“方才见到了个熟人。”斐旭打破尴尬。

明泉惊讶道：“谁？”她的熟人不是来自深宫就是出入庙堂，各个身娇价贵，怎会在此小小驿站。

斐旭微翘的嘴唇徐徐吐出两个字：“蠢蠢。”

她怔了下，才记起这方人物来[illegible]“夏淳淳？”想了想，才惊觉除了知道他是墨莲社社员外，她竟对此人一无所知，“[illegible]京城……”说完这句话，又觉不妥，她只是见到他时他刚巧在京城，也许他[illegible]

“静观其变吧。[illegible]

明泉点了点头[illegible]人不会少，不过未清楚他的意图前，这些人只能算是双面刃。以他们现在[illegible]不容节外生枝。

重庆市国丰印务有限责任公司
合格证
检验工号:4

“慕大人。”小吏轻[illegible]道，“水来了。”

斐旭起身开门：“手脚倒利落。”

小吏咧嘴笑道：“厨房一直烧着，就怕哪位贵人要用。”

斐旭点点头，擦肩过了。

小吏一愣，发现主屋里坐的竟是个少女。

“把水搁那儿吧。”明泉指着屏风后面。

小吏急忙应答道：“是是是。”笔帖式通常是主子的心腹，这位少女说不定来头更大，想到此，更是不敢怠慢。

明泉等人都在屋内用膳，休整一夜，次日天未亮便收拾行装启程。

马车渐渐偏离官道，朝臬河驶去。沿途风景素雅，青木幽林，雀鸣莺歌，令人心旷神怡。连微服来一直郁结不已的明泉也禁不住展眉开颜。

一路上，斐旭抖擞精神，提起少时所知的民间的趣事，连那妇人也忍不住朝车厢伸长脑袋。明泉更是笑声不断，连傍晚到了地头还意犹未尽，恨不得再走上几天。

“小姐，请下车。”妇人汉子容色恭谨地站在车下。

明泉搭着斐旭的手跳下马车，眼前顿时一亮。

夕阳下，臬河美幻如画。

苍水凝碧，烟波浩渺。天水一线的西极处，余霞轻染，紫光如梦。一艘数百米长的巨舟雄姿昂然地停泊在岸边，船身金玉镶裹，翡绕珠耀，偏偏又装点得恰到好处，华贵雅致，以宝船形容之，不为过。船上挂着一色的八角琉璃美人宫灯，流苏灿银，清风拂过，便连成一条细细银河。

连见惯巧夺天工的奇珍异宝的明泉也不得不赞个美字！

十余名蓝衣侍女分成两列，脚踩踏板，鱼贯而下。手提花篮，莲步款款，依序到了车前，半蹲半跪，递花篮于身前，连成一条花道，直通踏板。

“好大的排场。”明泉回首，见斐旭已下了车，此刻正歪着头笑。

船上一锦衣男子缓步走下，紫金高冠，面如美玉，身后绚丽至极的景色竟分不去他分毫光彩！

“臣，缅州恭顺德安诚蓝郡王蓝晓雅恭圣驾！”

“吾皇万岁万岁万万岁！”

明明是听惯了的九个字，竟觉恍如隔世，明泉上前一步，扶起蓝晓雅的双肘：“平身。”

“臣已将一切准备妥当，只等皇上一声令下，即刻起程。”

明泉表面欣慰道：“有劳郡王。”心中恨骂不已。他这场造势可把她推上两难境地，否认是自然不能否认的，可若承认，就等于平白落了个把柄在他手里，心思一转，“蓝郡王从缅州风尘仆仆而来，一路辛苦。”言下之意即是你未得皇令私出封地，大家彼此彼此。

蓝晓雅淡然一笑，倒不在意。

明泉讨了个没趣，只好闲扯些水上风光。

蓝晓雅慢应几句，扭头对斐旭道：“帝师出身废门，想必对天下江山了如指掌。”

“了如指掌不敢当，不过曾在缅州境内闲游两年，对燕岭、云城和东恒几处倒也略知一二。”这几处都是缅州与其他州的交界。

“若非皇上对帝师圣眷甚隆，臣倒想邀帝师来缅州盘桓几日，略尽当年不知的地主之谊。”

原本君臣亲近用圣眷形容无可厚非，但明泉想起瑶涓曾提过二人的流言蜚语，顿时有些不自在：“何必缅州，郡王的宝船比朕的行宫都要华丽得多，这番招待，绰绰有余。”

蓝晓雅当即收住脚步，恭敬道：“若非先帝与皇上这几年对缅州的偏爱，缅州焉有今日繁荣？臣代缅州百姓谢皇上。”

“哪里哪里。”明泉干笑两声。据她所知，先帝生前最偏爱的是高阳王的雍州和静安王的鄄州吧。

甫踏上甲板，便见孙化吉、黄正武率一干帝轻骑跪了一地。他们虽为蓝郡王所救，却不想跪拜在蓝郡王身后，以免被皇上误会，因此特地挑了这里接驾。

“皇上万岁万岁万万岁。”众人话音刚落，便听孙化吉号啕道：“罪臣本没脸面再见皇上，可没见到皇上平安康泰之前，罪臣死不瞑目。如今心愿已了，还请皇上处罚护驾不力之罪！”

明泉看到黄正武等人一脸目瞪口呆，想必事先并不知道有这么一出，又见孙化吉肥嘟嘟的老脸皱得像麻花一样，不禁扑哧一声笑了出来。

孙化吉目光幽怨地瞟过来。

“呃，”她笑容一敛，连忙亲自搀扶起他，“是朕的过失，连累孙卿一个户部尚书跟着朕东奔西跑，还经历大险。如今见到各位安然无恙，朕才算松出口气，不然必定抱憾终生。他日下黄泉见了父皇，也无颜交代！”

黄正武等人一脸激动道：“能为皇上出生入死，乃属下之幸！”

孙化吉抽抽噎噎道：“皇上大仁，不治臣罪，不过臣自己却要领罚的，尤其这次臣还损失了十几万两的银票……”

“朕不怪你便是了，”她总算明白他要说什么了，“今后朕一切打点还是由你负责，银子若不够……”

“自然由臣负责。”蓝晓雅适时接口。

明泉和孙化吉都一脸理当如此地看着他。

“草民欧阳成器参见皇上。”高昂的男声突兀地插了进来。

众人顿时一默，同时转向他。

欧阳成器面上一红，急忙跪下。

你怎么会在这里？明泉刚想开口，便见孙化吉朝她偷偷递了个眼色，急忙改口道：“平身。”

“皇上舟车劳顿，一路辛苦，不如先歇下。”蓝晓雅挥手，身后十几名的侍女立刻上前。

“那就有劳郡王了。”

明泉进到房里，对满屋的金碧辉煌视而不见，只催着侍女伺候梳洗，稍用膳食，便打发她们出去坐在堂中等人。

片刻后，果然孙化吉求见。

“参见皇上。”

房间只剩单独两人，便少了些客套。明泉单刀直入：“你怎么会遇上蓝晓雅的？”

“此事说来话长，”见她脸色有些不快，忙又改口道，“不过臣长话短说。决堤之时，臣和黄大人由帝轻骑护着上山躲避，约过了半月下到山脚便遇到了蓝郡王。”

“可真是巧啊。”明泉喃喃道。

孙化吉急道：“臣与他只有一面之缘，并无其他来往。”

明泉失笑道：“朕是怀疑蓝郡王的动机，并无其他意思。”

孙化吉脸色顿缓，佯擦额头上的冷汗道：“臣可是一片冰心在玉壶，天地可鉴哪。”

明泉笑着点头：“这几日蓝郡王可有什么动静？”

“只给好吃的好穿的好玩的。”

她点点头，也不再问什么：“你先去吧，有吃便吃，有穿便穿，至于玩……可要有点分寸……”

孙化吉心提到嗓门。

“要是多几个孙夫人回去，孙府家宅不宁啊。”她玩笑道。

孙化吉老脸一红：“臣、臣、臣不敢。外头欧阳还在等呢，臣先出去了。”

“呵呵……”他走出门时，还能听到明泉藏不住的笑声，累得欧阳成器朝他投去好几眼。

“京城出事了？”明泉见到他，笑容立刻收敛。欧阳成器是她特意留在京城查探动静的，如今他亲自赶来，可见出了事。

欧阳成器叹了口气："大事！"

明泉面凝成霜："高阳王？"

"恐怕不光是。"他将京城近日动静娓娓道来，尤其是连镌久与范拙召集监国大臣为雍州拨款十二万白银之事。

"范拙？连——镌——久？！"她将拳头捏得咯咯响。范拙倒也罢了，只是连镌久，他怎么会……他怎么能？！"你可有证据！"

欧阳成器无语地看着她。

明泉立刻意识到自己的愚蠢。这等事情，必定已天下皆知，还需什么证据？

"阮统领也来雍州了，只是我与他分头而行，恐怕他去了别处。"

明泉眉头蹙得更紧："谁准他擅离京城？！"欧阳成器无官无职倒也罢了，阮汉宸身兼皇宫护卫重任，尤其如今这个非常时期，怎能擅离职守？

"是安侍臣大人。"

安莲？安莲……

干涸的心缓缓涌起一道暖流。她实在不愿去揣度这背后是否另有计算，只想单纯地相信，安莲是在担心她。

闭了闭眼，她在脑海中将消息一一消化，然后睁眼道："朕先前的三封密函可到了？"这在跋羽煌偷袭之前发出，应该逃过一劫。

"已送至各位大人手中。"

明泉想到其中一封还是给连镌久的，不禁有些心寒："准备笔墨。"

欧阳成器急忙从案几上拿过纸笔，在砚台上倒了些茶水研磨墨。

明泉不等他把墨调匀，便蘸着写了起来。

然后从头到尾看了一遍，递给欧阳成器。

欧阳成器莫名接过，看完后脸色大变："我？做官？"

"朕擢升你为御史，这可是破格的！"她叹了口气，"段敖在童堤的人有些施展不开，你且去帮他一把。待那边的事情结束，你若不想做，朕也不勉强。"

不过恐怕到时候你得罪人太多，想抽身亦不能。她叹了口气，算计身边之人是她最不愿意之事，却也是最无奈之举。

欧阳成器见她神情沮丧，不由恻隐之心大动，担保道："草民……臣鞠躬尽瘁，死而后已。"

她嘴角微弯："你倒挺适合官场。这圣旨拿去给孙化吉草拟一份，盖玺。"

待欧阳成器走后，明泉整个人像被抽空一般软了下来，趴在桌上。

头很重，好像随时要裂开。

为何当皇帝如此辛苦，那么多人还冒着掉脑袋的危险想冲上来？她转念一想，若不是有那么多想当皇帝之人，当皇帝也不会这么辛苦了吧。果然，这世上一切都是有因有果。

门被咿呀打开。

她抬眼。

斐旭颀长的身影沐浴在月光下，银丝轻扬。

“斐旭……”

“臣是来告辞的。”她听到自己极轻极轻的叫唤被盖了过去，变成心里的回音。

“你要走？”明泉直起身子，声音倏然变冷。

在局势最乱的时候，你要走？

在朕最需要的时候，你要走？

她狠狠地盯住他，似乎要用目光将他的心剥出来看个究竟！

“皇上在南下前，不是已做好万全之策了么？”斐旭柔声道，“现在只需北行即可，其他的……不必担心。”担心也没用。

“帝师要去哪里？”

“樊州。可怜天下哥哥心，以流星一己之力对付踆羽煌，我终究不放心。”

明泉沉默了下。虽然心里还是不舒服，却不得不承认以踆羽煌的阴险诡诈，狡计百出，只有斐旭才能对付。“你几时回来？”不想问，却又忍不住问道。

“皇上到胜州之前。”他说得斩钉截铁。

“一言为定？”

“一言为定。”淡然的笑容几乎融化在月光里。

明泉顺臬河北上，一时风平浪静。京城却是风云变色，波涛汹涌。

守在刑部门口的衙役如今见了轿子和人就头疼，大老远地看一伙人抬着东西晃晃悠悠，就撒腿往里跑，至少请个郎中出来坐镇。

吏部的人喜打车轮战，前脚侍郎刚走，后脚尚书就到了，整得人头晕眼花，不得消停。往往一口热茶还得分两三次喝，越喝越冷。

“哟，又来了。”衙役报时辰似的哼了一句。

另一个衙役抬腿就往里跑。

“哟，大轿子就来了俩！”先前那衙役的声音一下子就拔高了。

那衙役跑得更快，追风似的。

啪啪。

两顶大轿子在门口停下，几顶小的停在稍远些。

“范大人。”衙役弯腰，行礼，毫不惊慌。

范拙从轿子里慢悠悠地出来，笑眯眯道：“请起请起，老夫三不五时来打扰，辛苦你们了。”

衙役赔笑道：“哪里哪里。”

“偶尔也劝劝你们家大人，老这么耗着也不是个事儿。”他亲自掸了掸衙役衣服上的灰，“老夫和你见了几次，也算有缘。刑部的大门虽然重要，不过吏部有的是其他活，有空来转转，老夫就喜欢你这样精神的年轻人。”

衙役稍怔了下，双眉立刻飞起一抹喜色，“范——范大人的意思是？”

“哟，段大人。”范拙朝里面匆匆赶来的段敖拱手道，“又来叨扰了。”

段敖眼皮一翻，看了刚才那衙役一眼，皮笑肉不笑道：“范大人不把人从刑部捞光就不痛快啊。”

“哎，段大人言重了，”范拙毫不掩饰赞赏地拍着衙役的肩膀，“刑部藏龙卧虎，每每让我吏部眼红不已啊。”

“哦？范大人眼红的难道不是户部侍郎？”

范拙立刻摇手道：“郑旷犯下滔天大罪，老夫可不敢包藏。”说到这里，故意顿了顿，别有深意道，“有些东西，放在手上不但烫手，还容易引火烧身哪。”

这种话段敖连日来已听到麻木，因此淡淡道：“不错，刑部正是要追究郑旷这滔天之罪。吏部主掌官吏任免、考课、调任不够，难道还想插手刑狱？”

“论刑狱手段，谁及得上段大人。”范拙笑呵呵道，“不过奉堤一事不知牵连多少雍州百姓流离失所，食不果腹，吾等为官为何？自是以天下百姓安危生计为首要。孙大人不在，少不得，老夫这个六部之首吏部尚书只好跳出来牵头此事，务必让皇上离宫心无旁骛。”

“范大人心里的皇上……是指哪一位？”段敖冷不丁冒出一句血淋淋的问词。

范拙呼吸一窒，面色立刻变得有些狰狞，阴森森地问道：“段大人此话何意？”

“段大人此话问得果真有些荒唐。”正在这千钧一发之时，连镌久掀起轿帘，满脸含笑地自范拙身后的轿子步出，“无论先皇或是今上，在吾等心中俱是一般，何必非要分个清楚？”

段敖黑眸转向他，眼中说不清是失望还是嘲讽，“连相终于来了。”

连镌久叹了口气，“都是为了天下苍生，段大人何必咄咄逼人？”

“两位大人站的是刑部的阶梯，”段敖忍不住讽刺道，“段某可不曾踏出府衙一步。”

连镌久似乎没想到向来沉默寡言的段敖，口风居然如此犀利，愣了下神才道：“当初召开监国会议之时，段大人不曾异议，何以如今这般执意？”

“段某掌的是刑狱，连范大人都说郑旷犯下滔天大罪，我自然要好好审问个清楚，给天下一个交代。不然……恐怕世人都以为刑部不过是个外强中干任人搓揉的软柿子！”

“或者，”连镌久沉吟了下，“段大人先定郑旷罪责，由范大人另择人选暂代户部侍郎，其他等皇上回来再行定夺。”

“那么连相以为给郑旷定何罪？”段敖连连冷笑道，“无凭无据，无证无词，连相想判其何罪？”

范拙既卸下笑容，便不再顾忌，等下冷道：“那以段大人的意思，是定要将人扣在刑部，宁可饿死雍州百姓了？”

“雍州之主不正在连相府上么？”段敖斜眼看他，“他的一根头发，可抵十万黄金了吧。”

“段敖，你敢妄言！”范拙趁机一喝，“普天之下，莫非王土；率土之滨，莫非王臣。雍州之主即是天下之主……”

“好个雍州之主，即是天下之主！”段敖猛地大声道，“你敢不敢随便找个人问问，雍州之主是何人？天下之主又是何人？！”

范拙自知失言，站在一旁嘿嘿冷笑不已。

“两位大人……”连镌久看着他们，头疼地揉着太阳穴。

巷口转角处，默默停着一顶灰蓝的轿子。前后各站了两名唇红齿白的青衣小童，双目平视，面容肃整，似对周遭毫不关心。

轿子一侧站着名黄衫青年，手执蒲扇，其态风流，此刻正探出半个脑袋听着刑部动静，好半晌才缩回脑袋，对轿中人道，“原来京城的大官吵起架来也是这般德行。”

“休得妄言。”轿中隐隐传出一声轻叹，“道高，你去城西接应卢将军他们。”

“王爷，你真的决定要……”黄衫青年不禁有些迟疑。

“本王自有分寸。”

虽是一般的声调，他还是听出轿中人的不悦，怏怏道：“遵命。”

食指离弦，一曲毕。

安凤坡神色复杂地看着眼前素衣黑发，姿容绝世，欲随琴声曼妙而飞之人。

若人生能静止，他希望是此刻。可惜当安莲将眸光对准他的时候，他知道，适才一切，不过镜花水月的幻境罢了。

“很久没听你弹这首曲子了。”他怅然一叹，“离雁南居望北归……婶婶在世时，一直都希望终有一天能回归故里，你不想为她完成此心愿么？”

“他当年已将母亲棺木运回南湘。”

“久闻南湘山明水秀，风景如画，才能孕育出婶婶之般神仙似的人来，难道你不想去看一看？”他见安莲依旧不为所动地坐着，忍不住动气道，“你真的要守在这后宫一辈子？”

安莲缓缓起身，澹然道：“你若站到这边……我们便还是兄弟。”

安凤坡冷笑，“若我不站过来，我们就是敌人了，是不是？”

“不，依然是兄弟。”安莲平静地望着他，“鱼死网破的兄弟。”

安凤坡恨恨地盯住他，怒极反笑道：“真好，真是好极了，你想的果然与我不谋而合！”手啪啪两声，深红的墙头上齐齐跃上一排整齐的黑甲铁骑，弩张成圈，箭冷如霜，明晃晃地对准长庆宫主殿——平昭殿！

“帝轻骑。”安莲下颌微仰，漠然地看着气势汹汹的甲兵。

平昭殿四扇大门突地同时打开。

宫廷侍卫与刑部衙役同时从里冲了出来，青袍与绿袍前后分了两排，横刀于胸，挡在安莲身前，人数却是帝轻骑的近三倍。

“帝轻骑乃当世三骑之一，岂是区区这些乌合之众可以比拟？”安凤坡傲然立于两军正中，“整个宫廷侍卫之中惟有阮汉宸还算个人物。”

“私自动用帝轻骑……是谋逆之罪。”安莲波澜不惊道。

安凤坡狡黠一笑，“当今天下使得动帝轻骑的只有皇帝和尊龙令，而尊龙令在连相手中，与我何干？”

安莲目光自帝轻骑身上一一扫过，然后落在他的身上，“悬崖勒马，犹未晚。”

“这句话……你应该在出世之前告诉我。”安凤坡纵声大笑，“我与你自小一起长大，这世上若论对你的了解，有谁及得上我？！正因我知你甚深，更不愿你满腔抱负壮志折翼宫廷。为你，我用尽手段将自己贬谪进宫……如今成功在望，你却劝我悬崖勒马？！哈哈……你说，这世上还有没有更好笑的事情？我为你做了一切，到头来，却成了你的敌人！”

一枚爆竹自他手中射向天空，炸出朵朵烟花。

“我已退无可退，”他突然收敛笑容，一字一顿道，“不成功，便成仁。”

刑部转角处。

一名小童指着北方天空一朵红色烟花，惊道：“皇宫动了。”

一只修长的手掀起帘子，又轻轻放下，“城西还没动静么？”

小童摇摇头，“没有。任笨蛋真是笨死了，王府里这么多聪明人，王爷，你为什么偏要找这个最笨的来？”

“呵呵，”轿子里发出两声轻笑，“大约……他笨得很可爱吧。”

另一名站在轿子前头，容貌更为鲜丽的小童瞪了从轿子后面跳过来的小童一眼，恭敬道：“王爷，要不要派人去支援安凤坡？”

“我们手上的人是留着保命的，现在派到皇宫，也只能处于被动。安凤坡在皇宫能遇到的阻碍无非安莲，”轿中人轻顿了下，“五十帝轻骑虽然不多，但对付宫廷侍卫应是够了。除非安莲另有伏兵，京城他能讨到的救兵不多，除了……刑部？段敖与安老爷子可是有过命的交情。”

“刑部？”鲜丽小童重复低喃道。

轿中人突地笑道：“这样更好，我们正好来个围魏解赵。你把人交给范拙，让他把郑旷抢出来。”

先前小童跳起来拍手叫道：“哈哈，妙极妙极！最好把倒霉皇帝的银子抢光！”

鲜丽小童脸色骤变，便见一条鞭子如蛇一般自轿里蹿出，狠狠地在那小童脸上抽了一记！

小童吓得傻住，双唇不停地抖动，青白的脸色衬得那鞭印红艳如血。

“下次若再对我尚氏不敬，便不止这一鞭子。”

那声音冷似寒冰。

鲜丽小童急忙撞了他一下。

他这才讷讷道：“思采知错，谢王爷责罚。”

轿子静默了下，似是缓了口气道：“派人打听罗郡王的下落，若他不在京城……便不必再等卢将军了。”

京城城西五十里外，仙人桥。

卢镇邪披散长发，广袖宽袍，嘴里含着根稻草斜坐马上，冲桥另一端喊道：“你爷爷的，没看到老子在赶路么？率饿死鬼投胎也没这么急吧？”

“放肆！卢镇邪你好大的胆子，居然敢对罗郡王无礼？！”罗郡王身边的副将怒道。

“你爷爷的。”卢镇邪低咒一声，立马换了副脸孔，笑道：“哟，原来是罗郡王啊。嘿嘿，老远地看着旗帜跟面条扭麻花似的，瞅不清楚啊。”他纵身下马，“罗郡王不在频州待着，怎么上这儿来了？”

副将喝道：“放肆，郡王去哪里轮得上你过问么？”

卢镇邪用小指掏了掏耳朵，放在嘴巴前吹了口气，“你姓甚名谁，官居几品啊？”

副将挺胸道：“我乃骠远将军手下……”

“行了行了行了，常赫也不过和老子一样，混了个二品玩玩，你算老几啊？跟你爷爷我大呼小叫的？”副将只觉他斜着的眼眸猛地闪过一丝杀气，竟像一把刀生生地割在他脸上一般。

尚融安向副将做了个噤言的手势，微微一笑道：“卢将军欲往何处？”

“没什么目标，带着兵士们出来走走，行军布阵最怕纸上谈兵，我带他们演练演练。”

“前面就是京城了。”尚融安在京城二字上加了重音，“我想再怎么演练，也闹不到京城吧？”

“哟，您不说我还真不知道不知不觉就走到京城了。”卢镇邪搔了搔头皮，“你爷爷的，路赶得这么远，回去恐怕也要好几天了。”

“卢将军常年驻守边陲，我与父王都很敬重，只待边疆稍定，便将你调回京城。”

“行了行了，”卢镇邪不耐烦地翻身上马，“能做的早八百年就做了，还等今天。老郡王当年没少提拔我，我今儿给他面子，称呼你一声郡王，认你是我老大。你让我走，我拍拍屁股，一气不出，立马走人。不过那些场面话，你还是留着对京城那皇帝女人去说，老子最烦这套！”

尚融安苦笑一声，“多谢卢将军，慢走。”

浩荡的兵马就这样匆匆赶来，又匆匆折返。

各地王侯所谓的兵权中，有不少是掌在驻守各地的将军手中，其中又以罗郡王手中最为薄弱。常赫和卢镇邪都是罗郡王一手提拔的嫡系，不过卢镇邪性情乖张，与许多将领不和，因此一直驻守边陲。自他接位后更断了联络，没想到他竟投靠了高阳王。

副将小声问道：“郡王，我们……”

“替我谢过常将军借兵。”他自是知道没有兵符，擅自动用军队是掉脑袋的大罪。当初明泉走得匆忙，并未留下任何虎符印信，幸亏罗老郡王在军中的威信，常赫才答应暂借。

“郡王客气，罗老郡王对我骠远军恩重如山，我们能有机会报答，实在是很高兴。”

“你们先回去吧。”尚融安看了看天色，“我也该回去了。”

“郡王等等，我派两个亲信沿途护送……”

“不必。在这个节骨眼上，人越少越好。”卢镇邪的事他不想传扬出去，一是为了卢镇邪，无论如何今天都是帮了他一回。他不想他到头来还是背上叛变的罪名。二是京城时局诡谲，他不想引得人心更加惶惶。

副将应诺道：“是。”

尚融安掉拨马头，带这几个王府随从沿着小径慢慢回京。

“郡王，你那么早打发他们走，万一卢镇邪去而复返……”一个随从忍不住道。

尚融安摇头道：“卢镇邪的名声虽不怎样，却最重承诺，他既然说走，就一定会走。而且……”看他带来的人数就知道高阳王并非造反，他所做的这些不过是小小的试探罢了，还未到兵戎相见、你死我活的地步。卢镇邪不是傻瓜，虽然不知道他因何答应高阳王率军援助，不过既然没有谋反，那多一事不如少一事。

这些话在他脑海里转了转，终究没有说出来。罗老郡王本想让他终生躲在频州，不理这些是是非非，没想到他还是掺和进来了。

“郡王，我们要不要再赶快一点？”随从看着胯下马儿悠闲的步伐，忍不住问。

尚融安摸了把马鬃，“由着马儿自己跑吧。”他该做的事情已经做了，接下来……京城就看明泉还留下什么后招了。

小楼遗世而立。

一名小童三步并作两步奔上楼，朝正悠然作画的男子一揖道：“禀告王爷，抢到郑旷了。”

挥毫之笔不停，男子随口问道：“人在何处？”

“由连镌久带着帝轻骑押至户部。”

笔猛地一勾，男子沉声道：“连镌久手下还有帝轻骑？”将笔猛地掷向篓子，他摇头叹笑，“还是错看他了。”

小童嘴巴动了动，满脸的好奇，想问又不敢问。

男子微微一笑，接下去道：“毕竟是先帝倚重的第一能臣啊。”

小童道：“难道连镌久他……”

男子道：“他做了安莲曾经做过的事。”连镌久之所以接他入府居住，不过是为了就近监视他的一举一动。故意和范拙一同提议拨放赈灾银，让他们相信堂堂左相是站在他们这边的。于是大胆放手一搏……等他们招数用尽，就是连镌久出手的时候。先帝果然没有托付错人。连镌久的确够忠心，够沉着，也够深谋远虑。

“难道他是故意投靠王爷？”

男子含笑道：“思采，你知道为何你明明十五岁了，身子却和七岁孩童一般？”

小童嘴巴一瘪：“因为练涤念心经的关系。”

“你错了。”男子取出另一支笔，蘸上朱砂，轻轻按下最后一笔。一头圆瞪着赤红双眼的白虎扑之欲出！“因为你的问题太多。”

小童识相地住了嘴。

男子将画提了起来，“如何？”

“不怒而威，神采飞扬。”

男子笑道：“虽说得有些过，但听着挺舒服。”

楼梯口又转出一个小童，看上去一般大小，神情却老成得多，“启禀王爷，找到罗郡王了。”

男子将画摊在桌上，慢慢卷起来，“似乎又不是什么好消息。”

“道高回来了，他说他看见罗郡王刚从西城门回来。”

“城西？看来是见不到卢将军了。”卢镇邪的为人他很清楚，我行我素归我行我素，但恩怨分明。这世上若还有谁能改变他的主意，那必定是罗老郡王父子。他不以为意，似是早有预料，又似是松了口气，“范拙呢？”

“他带着郑旷去户部了。”

收画的手一顿，男子眼中光芒一亮即逝，“难道连镌久没有把郑旷送回刑部？”卢镇邪来不了，范拙没什么威胁……剩下他孤掌难鸣。连镌久是时候收网了。

“帝轻骑把郑旷送到青石大道时遇到范拙带着江湖人物杀出来，把人抢走了。”

“江湖人物？”男子口气有些怪异，“连镌久当时可在？”

“在的，听说还挨了一剑，被人急急地送回相爷府了。”

“伤得可重？”

“这确不知。”

男子沉吟着。卢镇邪进不了京，郑旷受刑部看押，说明明泉对他早有防范。就算伤了个连镌久，但京中还有安莲和罗郡王尚融安在。此刻的他既无天时地利，又失人和，是最最不利的局面，不如干脆收手，在事情不曾闹大之前鸣金收兵。反正他本来就没打算收获什么，不过是一次小小的试探而已，就算明泉知道，也无可奈何。

唯一意外的是范拙。没想到平时老成持重的他竟然敢于孤注一掷。趁着所有人还在云里雾里的时候，抢郑旷，劫户部。想法虽好，不过希望不大。

他轻轻抚摸画轴。那个爱笑爱闹爱撒娇的明泉……在帝王的道路上成长得很快啊。

马车颠簸，在一众高手的护卫下，缓缓朝户部行驶。

郑旷坐在范拙对面，身姿挺直，白色囚衣一尘不染，连指上的指甲都修剪得十分整齐。

“看来你在牢里过得不错。”范拙笑呵呵道。

郑旷将身子转了个方向，朝着车壁。

“老夫平日敬重的人不多，孙化吉算半个。”范拙不以为意地继续道，“他这个人不但处事八面玲珑，而且眼光十分毒辣。当初他找上老夫，说要提拔名不见经传的你当户部侍郎时，老夫十分意外。”

郑旷人虽未动，但僵硬的表情微融。

“所以老夫忍不住打听了些你的事，却很是意外。因为无论从哪方面看……你与孙化吉都是两个极端的人。”范拙感慨地叹了口气，“不过如今老夫总算知道，他选择你的理由。”

正当郑旷竖起耳朵时，范拙却又施施然地换了个话题，“除了孙化吉，老夫佩服的另半个是连相，不过那是今天之前。”

郑旷忍不住哼了一声，目露嘲讽。“你与连镌久不是狼狈为奸么？怎么又窝里反了？”

范拙淡然一笑，也不介怀，“连相哪是这么容易就范的？老夫对着女帝做不到忠君这两个字，而他则是为了向女帝表达忠君二字，连老命都差点豁出去，实在是愚蠢。”

听到如此直言不讳的逆论，郑旷忍不住道：“你这么做，难道不怕杀头吗？”

“杀头？老夫都一把年纪了，该经历的也经历过了，该享福的也享受过了，还怕什么杀头？”此刻的范拙早无与段敖争执时的锋利，整个人仿佛看破红尘一般。

“既然如此，你为何还要……”

“大概年纪越大，脾气越大吧。”范拙突然掀起帘子，路边清风徐徐，拂在脸上，带着丝清冷与陌生，“你可曾见过高阳王？”

郑旷愣了下，“不曾。”

因此你不会明白，老夫为何不甘屈于明泉。范拙放开手，帘子缓缓落下，将清风阻隔在一布之外。

范拙到户部的时候，大门洞敞。

一个须发皆白的锦衣老叟金刀大马地坐在通往正堂的院子里。

户部官员一个个儿子见老子似的随侍在侧。

“当沈二侄子被皇上点中北上时，我便猜到这个结局。”在一众高手的护卫下，范拙悠然走到老叟面前，“没想到啊，你我同朝共事数十年矣，老来还要撕破脸皮。”

老叟微微一笑，竟有几分沈南风的影子，“范老何出此言？郑旷在刑部被歹人劫走，你将他安然送返，乃是大功，沈某虽然糊涂，还不至于这都分不清楚。”

郑旷站在范拙身后，见老叟向他递了个眼色，立刻领悟道：“下官正要多谢范大人。”

这位老叟不是别人，正是前户部尚书沈儒良，连孙化吉见了都要矮三分的人物，虽已辞官，但户部多数人都算其门生故旧，论影响力决不在孙化吉之下。

范拙望着他苦笑数声，“沈儒良啊沈儒良，有你这句话，也不枉咱们相交这一场了。”

沈儒良闻言长叹。

“当初你将沈二侄子送进宫时，我不曾阻止，如今……你也不要再劝我了。”

“你这又是何苦？”沈儒良苦口婆心道，“如今纵然给你拿到银子，又有何用？”

“事到如今，你以为我在乎的还是那银子么？”范拙沉声道，“高阳王的人品你也是晓得的,若皇上真因长幼有序属意太子汤继承大统,倒也罢了。可如今呢,明泉公主一介女流……就算她才华出众，到底是小家子的东西。难道先皇真是糊涂到自小将她以太子之道教养？”

“范拙！”沈儒良忍不住呵斥道。

范拙摆摆手，“且让我说完，只怕今日不说，以后也没这机会了。”他深吸口气，复道，“我当初既然敢站出来，就没想过后路。先皇遗诏我至今不信，正好趁这个机会下去问个清楚！这世上，总要有人冒天下之大不韪，说这天下之大实话！范拙若能区区一命，唤醒天下人的昏沉之心，死而无憾矣！”

沈儒良脸色立变。这话等于是交代遗言。

范拙朝他走近两步，附低声音道：“我看南风颇受女帝重用，日后必有作为。你既选择了她，我也无权置喙，只是日后切切小心连镌久。此人心机深沉，我怕他会成为南风仕途上的大石。”

“站住！”门口唰唰一阵长剑出鞘之声。

范拙回头。

门口又停了两顶轿子，从轿子里钻出来两个人，一个瘦削冷峻，一个神情刚毅，腰杆挺得一般笔直，目光定定地望向这里。

“段大人，杨大人，什么风把你们吹到户部来了？”沈儒良抢在范拙身前抱拳道。

段敖单指移开架在面前的剑尖，“这是户部的阵仗？”

沈儒良微怔，似是没想平日沉默寡言的他开口竟如此犀利。

“这是老夫的阵仗。”范拙冷笑道，“段大人看，可还招待你得？”

段敖对眼前白森森的剑光视而不见，径自穿过他们，向范拙走去。

范拙挥手放行。

“大家同殿为臣，心心念念为的都是皇上和大宣江山，哪怕偶有意见不合，也未至如此啊。”杨焕之快跑几步，身子拦在范拙与段敖之间。没想到自己在家小恙几日，京城竟已闹到如此地步了。

“恐怕在范大人心里就只有雍州之主了。”段敖寒声道。

杨焕之和沈儒良神色顿时一白。

“老夫所作所为都是为了雍州数万受灾之民，段大人即便另有想法……也不至狗血喷人如斯吧？”范拙慢悠悠地笑着，仿佛狗血喷人四字只是句溢美之词。

“那么，敢问吏部尚书来户部所为何事？”段敖冷眼看他。

范拙自身上缓缓掏出一张令书，“段大人不至忘了曾经联名所下的令书吧？”

杨焕之连忙道：“此一时，彼一时。我已与段大人商量过，决定重议此事。”

“监国四臣，须半数以上方可定论。”范拙拉下脸道，“两位不如拉了连相一同前来，再议此事。但是在这之前，此令书仍然生效。”

段敖话音更寒，“在场三位尚书，只你一人，恐怕作不得数。”沈儒良一开始便为他打圆场，难保不是一路。因此他故意未将他算在内。

“那加上本王，够不够分量？”

清风般的嗓音在段敖等人脑中如击重锤，不约而同暗道：终于来了。

一个二十左右的紫袍青年含笑站在门槛前，腰带锦绣，环佩玲珑。郑旷只觉眼前一亮，脑中只得四个字——金风和煦。

“你们还不动手？！”安凤坡的额上隐隐有汗珠成凝。

站在屋檐上的帝轻骑置若罔闻。

傍晚余日西照，影子东斜，黑长如鬼魅，依然纹丝不动。

安凤坡抬手抹了把冷汗，想通似的呼出口长气，“看来，我一败涂地。”几日来的兴奋与焦虑似都在一瞬间远去，那曾经在午夜梦回描绘千万遍的美景在刹那支离破碎。

今日帝轻骑不听号令想必出自连镌久授意，也就是说，从一开始连镌久就没有坐上高阳王的船。他输得不冤！

“一战未成，何以言败？”声音淡若春风拂水，了无痕。

安凤坡却苦笑不说话。他今日所说所做尽入帝轻骑、宫廷内侍与刑部眼中，即使终未成

事，这意图之名却是洗不脱了。安家的规矩他很清楚，向来这保有用之人。而他，从入宫那刻起，已经被剔除出那份名单。

安莲拨开挡在身前的侍卫，走至他身前，从袖里掏出一封信，“帮我交给高阳王。”

“你确定？”他的手指搭在信封上。他当真要在众目睽睽之下放他走？他这一走，背后怕是不知要牵动多少势力的考量，传出多少对他不利的流言。

安莲松指，信在空中摇曳了下，稳稳落在安凤坡仓皇伸出的手中。“替我谢过高阳王，若非他试探之举，满朝上下恐怕还不能如此齐心。”

安凤坡嘴巴张了下，又颓然闭上，扭头朝外走去。经过帝轻骑足下时，脚步略顿，“连镌久究竟下的什么令？”

“连相下令箭指平昭殿。”其中一名帝轻骑肃容道。只是“指”而已。

安凤坡看着张如盈月的弓与蓄势待发的箭，嘴角似笑非笑地掀了下。

“等下！”如意突然从他身边穿过，急急跪在安莲面前，“不好了，马太妃被劫走了！”

安莲眉头轻蹙，“来了几人？现在何处？”

如意踌躇了下，“奴才也不知道，是听人说的。他就在外面！”

“让他进来。”

安凤坡索性收了脚步。他站在转弯处，正好看到迎面走来那人，从七品的太监服，腰弯得极低，脚步迈得极小，像怕被人撞见般。

正要转弯时，抬头猛地与他视线对上，立刻哆嗦着跪了下来，“奴才崔、崔成，见过安侍臣大人。”

“我倒也是个安大人，却不是你要找的那位。”安凤坡略带嘲讽地瞟了眼安莲。

“笨蛋，这边！”如意急得冷汗直冒，他很想冲过去把他拖过来，可惜自己被那么多弓箭对着脑袋，身体好像虚脱一样软绵绵地使不上力。

崔成立刻爬到安莲面前，“奴、奴……”

“你是崔成？”安莲眉头蹙得更紧。

崔成抖了下，连连磕头道，“是是是……”

“你现在应该在执法司的牢房里。”不是疑问，是肯定。

“奴奴……”崔成啪的甩了自己一个耳光，“奴才听到了很重要的消息……所——所以出来报信！”

安莲脚步微移了下，崔成立刻爬了几步，头继续对准他的鞋。

“你听到了什么消息？”

崔成精神一振，“执法司的费海英买通人要将马太妃带出宫去！”他舔了舔嘴唇道，“就这个时辰。”

那就是还没走。他心下一定。“不过一句话，为何不由看守太监待传？”

崔成早知必有此问，因而答起来不紧不慢道：“此事干系重大，费海英又耳目众多……”

“那那些耳目又怎肯冒着大不韪将你放出来？”安莲冷然问。

崔成一呆，支吾不能言。他在牢里得到这个消息时，便知这是千载难逢的好机会，这次若表现得好，莫说出去，即使是重受重用也大有可能。毕竟伺候明泉那几年的情分还是在的。当初他犯的事情大，皇上不能公然保他也是有的，如今有了借口，将他放出来也是顺理成章的事情。他的算盘打得劈啪响，却不料安莲根本不买他的账。

“这、这等奴才见了皇上，自、自会解释……”崔成咬牙道。

安莲抬眸，见安凤坡又走了回来，不禁问道：“还不走？”

“恐怕还走不了。”安凤坡苦笑一声，便听大老远一声尖锐喝道，“古太妃驾到。”

夕阳与适才相比，仿佛半分未动。

如意搓着抽筋的小腿，突然觉得今天漫长得令人烦躁。

帝轻骑的箭依旧在屋顶上指着平昭殿。

宫廷侍卫与刑部衙役的刀剑也还在鞘外。

当一身素华的古太妃出现在视野时，气氛愈加凝重了几分。

“太妃娘娘千岁千岁千千岁！”

见安莲带头行礼，宫廷侍卫与衙役迟疑了下，将兵器还鞘一一跪了下来。唯独帝轻骑仍是面无表情地盈弓而立，在橘光下，恍如五十个青铜像。

古太妃轻甩广袖，脸色不动，目光视若无睹地略过他们，直直地盯着安莲，“长庆宫洁侍臣接旨！”

安凤坡神色一惊。明泉不在宫内，还有谁能颁旨？太妃？若是太妃的懿旨，又何必亲自前来？如若不是……难道先皇还有遗旨未公布？

他悄悄抬起头，发现许多人与他一般露出惊疑的表情。

古太妃小心翼翼地接过宫女盘中的旨轴，却并未当众宣读，只是轻轻交于安莲。

“皇上用心一片，望洁侍臣明白。”

皇上？在场人同时一呆，古太妃口中的皇上定是指明泉，难道这圣旨是八百里加急送过来的？还是……在离宫之前就已经准备好的？

安凤坡想到第二种可能时，胃猛地一抽，这种抽搐就好似当年听到安莲被抓下狱一般。

安莲平静地接过圣旨，将卷轴慢慢打开。

偷瞄的众人只觉得明黄卷轴像鞭子一样热辣辣地抽过眼睛。

然后，卷轴被缓缓收拢，安莲抬起头，眉眼平添一抹异彩，让人不敢直视，“臣，遵旨。”

古太妃微微一笑。她本就是十分温柔之人，这笑更让人有种我见犹怜的娇弱。“本宫尚约了徐太妃常太妃与瑶涓公主去丰回宫坐坐。”丰回宫是马太妃的寝宫。

安莲嘴角微微翘起，“安莲恭送太妃。”

古太妃点点头，正要走，又想起什么似的道：“本宫让姚姑姑同你一道去，也好有个说法。”

“太妃思虑周全。”

安凤坡脑里瞬间转过无数种想法。这张圣旨必定是针对高阳王而来的，或者并不是高阳王，而是任何一个可能在京城兴风作浪之人。这张圣旨显然关乎安莲……不然接旨的人应该

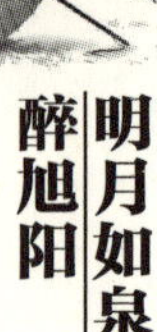

是连镌久或是其他尚书。

那么这张圣旨的内容就十分令人玩味了。

一个后宫之臣如何能干涉前堂朝事？

猛然一个念头像一把刀一样自头中间劈下！

除非……！

“我与你一同出宫。”清冷的声音近在耳畔。

他侧首，入眼便是安莲皓玉般晶莹的面颊。

“还是不了，”安凤坡抱臂道，“我突然改变主意，要留在宫里。”若真是他想的那样，他就不能走。至少不能在这节骨眼上拖安莲的后腿。

安莲毫无惊异，转首对如意道：“备车户部。”无视于众人突然张大的嘴巴，又接着道，“顺便去趟连相府，让他将帝轻骑都撤了吧。”

如意结巴道：“要出宫？”皇上不在，就这样明目张胆地出宫？

安莲轻瞟一眼。

如意立刻低声道：“是。”走了几步，又停了下来，回头看着崔成问，“他怎么办？”

“何处来，何处去。”

户部。

衙役匆匆跑到正堂，气都来不及喘，就跪在地上，“见过高阳王，见过范大人段大人杨大人沈大人郑……”

“起来吧。”高阳王坐在上首，目光自所有人脸上一转，“以你的官职，等见完所有大人……本王脖子也要等长了。”

“是是是，啊，不是不是不是……”衙役紧张地擦着额头上的汗，分不清是适才跑得太急出的汗还是现在被吓出来的冷汗。

杨焕之咳嗽一声，“你起来回话。”

衙役这才恭恭敬敬地站起来。

“杨大人的话到底比本王的管用。”高阳王话音一落，衙役扑通一声又跪下了。

“行了，”高阳王忍不住笑出来，“你怎么像是专门来敲木鱼。”

几个小官急忙一同赔笑出声，却发现几位尚书依旧板着脸孔，立马收了表情。

“连相伤势如何？”

衙役急忙道：“很严重。”

“有多严重？”

“那血一盆盆地往外端，里里外外都是人……”

高阳王朝杨焕之他们露出一个意有所指的眼神，“那就是死不了了。”

衙役啊了一声。

“你可有见到人？”

“不曾，只见了几位夫人。”

段敖突然开口问，“她们穿着打扮如何？”

“十分朴素简单，而且形容憔悴……”

高阳王与几个尚书同时笑出声。

众官员不明所以。

段敖解释道：“连相几位夫人是出了名的爱美，平日打扮自然千娇百媚。连相是傍晚受的伤，几位夫人伤心忧虑尚且不及，又怎会有闲情改装易容？”

杨焕之道：“以连相的精明缜密，应当不会出此纰漏。”

“那就要问范大人了，”段敖冷笑道，“不知范大人下手留了几分情？”

范拙面无表情道：“不知。”

“人是你伤的，又怎会不知？”

“段大人有何凭证？”

沈儒良沉吟道：“或许还有一种可能。”

“……”范拙脸色大变。

“空城计。”

高阳王见众人难看的脸色，淡淡道：“若是如此，连相此刻……恐怕正是在生命交关之际。”

思采突然跑进来，欲附在他耳边耳语，却见他偏开头，“在座都是朝廷坚石，无不可对其言。”

思采低应一声，道：“适才连相府来了几个宫里的人，进屋子里去了。”

“宫里？哪一宫？”范拙皱眉问。

段敖冷道：“吏部尚书几时还管起内宫之事？”

杨焕之与沈儒良互看一眼，都有些一筹莫展。范拙与段敖交恶，明显不能善了，还有大宣左相生死未卜，高阳王心思叵测……现在又扯上内宫，如此烂摊子，恐怕就算皇上立刻赶回来，也不知道要如何收拾。

范拙不理他，只看思采。

思采轻声道：“长庆宫。”

安莲？

所有人不禁眉头一皱。

“洁侍臣驾到！”

尖锐的男音道尽内宫特色。

众人互看一眼，都从对方脸上看到了惊诧之情。

平日里宽宽敞敞的户部门口被挤得水泄不通。小官的轿夫们拼了命得往旁边挤，尚书们的轿夫又好些，只是作样子地朝前走两步，避开正门。高阳王的轿子直接抬到了户部里面，郑旷与其他户部官员面露不悦，但见沈儒良神色如常，只得静默不言。

仪仗如龙，两个随侍太监走在最前，敛目垂手分立两侧。

“臣等参见洁侍臣。”一干人等站在门槛内，声音整齐划一。

高阳王悠然坐在正堂里面，闲闲地啜着茶。

“免礼。”此声一出，范拙等人都有丝恍惚，当初同袍，日闻其声未觉有异，如今一帘之隔，听之竟如高山流水般清灵曼妙。

“谢洁侍臣。”

礼数过后，众官员谁也未开口，只是眼观鼻，鼻观心，井然不动。

后宫之臣出宫自是不合规条，但安莲何等人物，他既然敢来，必有所依持，只有笨蛋才会明目张胆地找这个茬。

“养颐宫姚芝见过几位大人。”一个年越四十的宫装女子自后一辆双人驾辇中翩然而出。

范拙等人连道不敢。

“郑旷大人何在？”姚芝落落大方问道。

郑旷一怔，上前一步道：“本官在此。”

姚芝越过众人，走至安莲车辇前，恭敬平伸双手道：“请旨。”

帘子掀起，出来的却是如意，只见他手托圣旨，郑重地递到她手上。

“郑旷接旨！”姚芝拿到圣旨面色不变，双眼平视于前。众人先是一怔，随即下跪接旨，她的目光越过顶顶官帽，正好与高阳王相触。

“无须备香案了。”姚芝淡然收回目光，将圣旨交于郑旷手中。

郑旷只觉双手内的卷轴好似滚烫，熊熊燃烧般。平了口气，他缓缓将卷轴打开。扑面字迹娟秀清雅，他却每看一字，心惊一下。看到落款处，那暗红玉玺印章如警钟一般敲中脑额。郑旷暗吁了口气，将圣旨小心卷好，又递还给姚芝，“臣郑旷谨遵圣谕，万岁万岁万万岁。”

范拙等人面面相觑。这圣旨一没宣，二没传，郑旷看完后，又还了回去……皇上和安莲的葫芦里究竟卖的是什么药？

姚芝平托圣旨，看向高阳王。

高阳王苦笑起身，“姚姑姑是让本王接旨？”

“高阳王请。”

他叹了口气，“当年一别，已是数个年头。”

姚芝目光微动，声音轻柔几分，“请高阳王接旨。”

高阳王轻敛下摆，“臣高阳王尚清接旨。”

姚芝将圣旨放于他双掌上。

高阳王将其慢慢推开，又慢慢合拢，仿佛对其中内容早已了然。“皇上果然留了一着好棋。不过……”他漫不经心地拖长音调道，“即使皇上有意册封安侍臣为皇夫……与这户部的银子也无甚关联吧。”

此话一出，各人神色各异。

郑旷已见过圣旨内容，因此毫不诧异。段敖与沈儒良则不动声色地低着头，看不出喜怒。范拙勾起冷笑，似早有所料。唯独杨焕之不敢置信地瞪大眼，表情最为意外。

姚芝笑道：“高阳王此言差矣。皇上让太妃娘娘准备册封皇夫大典，却又不想太早张扬。留下圣旨只为了不时之需，不到万不得已是不准备拿出来的。如今，户部的银子正是太妃娘娘所需。还请高阳王高抬贵手。”

此圣旨只简明说了册封之事，其余皆是让文武百官内廷后宫听从古太妃安排。这正是明泉高明之处。她若留下圣旨立即册封安莲为皇夫，代掌天下军机要务，不但会寒了满朝文武之心，还会引起对圣旨的种种猜测疑窦。试问若真想让安莲代掌朝务，为何不在离京时交代清楚？她将矛头全引向准备册封之事上，一来是让众人知道安莲即将为皇夫，不敢明目张胆与其相驳，再来也好给古太妃便宜行事的权力。自然，古太妃身后所站之人，还是安莲。与势力交错复杂的常太妃相比，向来清心寡欲的古太妃更得众人信任。

这封圣旨兜兜转转，绕了九曲十八弯，为的还是遏制朝臣，以防万一。

范拙冷笑接口：“莫非在皇上眼中，册封之事尚在黎民生死之上？”

姚芝含笑不接他的话茬，“皇上又无通天彻地之能，焉能算到奉堤之灾？不过做奴婢的，也不敢妄揣圣意，还请各位大人行个方便，先将银子的事情缓一缓，或是上折由皇上定夺，或是等皇上回京再说。”

“恐怕奉堤的百姓等不得。”

姚芝转向高阳王道：“天下江山乃是尚氏江山……高阳王于心何忍？”

高阳王转向安莲所在的车辇，“安侍臣以为呢？”

“久闻高阳王爱民如子，想必早有应对。”清冷的声音自帘后传出，“京城一行，王爷收获如何？”

高阳王意味深长地一笑，“颇丰。”

若当时户部银到手，卢镇邪一路挺进京城，他会毫不留情地将银子运回雍州，然后兴兵。幸好，明泉并未太辜负父皇的嘱托，也让他不至于对父皇的最后选择太失望。

“马太妃十分思念王爷，请王爷有空进宫相聚，以享天伦。”

高阳王怔了下，失笑道：“没想到母妃会请安侍臣带讯，倒也有趣。”

这下轮到安莲微诧了，莫非马太妃想偷溜出宫之事并非高阳王授意？

“范老年事已高，本王与他又是多年至交，想为其辞官引退雍州……”高阳王踌躇了下道。本来还想留他在朝中呼应，不过见今日他举止张狂，是宁愿玉石俱焚，也不愿滞留京中的，只好一同带走。

气氛顿时凝重。

范拙乃是两朝重臣，位居六部之首，岂是随意能带走的？

“也罢。”车辇中淡淡道。

段敖等人脸色一紧。莫说安莲此刻还未正式登上皇夫之位，即便是登上了，恩准一品官员告老还乡也嫌越权！当然，他若不如此说，恐怕高阳王未必罢休。可他如此说了，今后一切矛头麻烦都将指向他！

高阳王暗叹。有勇有谋，明泉何等有幸，将其收归旗下。或是……父皇早已连这步棋都为她埋好了？置于身侧之手悄然紧握。

如意钻出车辇推了把太监。

那太监猛然一省，扯起嗓门道：“摆驾回宫！”

进了长庆宫门，姚芝即告退回去。

平昭殿门外，几个清惠宫的太监正窝在一处，指指点点，见了安莲急忙行礼，“奉常太妃娘娘之命，将费海英带到。”

费海英跪在大殿，垂头低面。

安莲微一颔首，“你与马太妃如何相识？”

“母亲病重，马太妃派人给了银子。死后，又给钱殓葬。”他的声音低沉，听在耳里有种不绝的嗡嗡声。

安莲点点头，“去吧。”

费海英抬起头，不可置信地看了他一眼，似乎不敢相信自己居然这样轻易地逃过一劫。半晌，见他仍是没有任何改变主意的打算，才砰砰磕了两个响头跪着退出门去。

如意忍不住问道：“就这样放他走？”

“不然如何？”

如意呆住。的确，不然如何？马太妃人尚在宫中，费海英又有何罪名？“可他……是马太妃的人？”

“谁不是谁的人？”安莲漠然问。

谁不是谁的人？如意无语。他是安莲的人，姚芝是古太妃的人，张富贵是常太妃的人……这宫里，谁不是谁的人？

一个小太监缩着脑袋在门口轻禀道：“金伯雨公子求见。”

如意皱起眉头。这个金伯雨三天两头来串门子，又常常不知所谓地问东问西，实在是讨厌至极。他转头看安莲，但见他下眼皮已有淡淡疲倦……

“不如……”

“沐浴更衣。”安莲抬起眼眸，清亮平和，仿佛那丝疲倦只是眼睛一晃的错觉。

明泉揉肩走出船舱。

河面水光潋滟，天上晴空万里，清风带着水汽拂在面上，舒服已极。

“皇上自上船来便日夜操心国事，足不出户，实在辛苦。今日难得偶遇，不如放开情怀，一起小酌几杯，也好领略这江湖美景。”蓝晓雅一袭广袖水湖蓝袍被河风吹得袖袂微荡，如水粼粼。

明泉闻言苦笑一声，京城乱成一锅滚不开冷不却的杂粥，让她如何放开情怀？“王爷既有此雅兴，朕也只好奉陪到底了。”十万分的不情愿在言语中一览无余。在没有弄清楚蓝晓雅究竟在玩什么花样前，她一直采取避而不见的策略。没想到今天难得放风，还是撞上了。

“久闻皇上诗才绝佳，今日又风光旖旎，不如乘兴一首……”

明泉面露古怪，“不知王爷是从哪里久闻的？”

蓝晓雅微微一怔。没想到她会对一句普通恭维反制。

明泉接下去道：“朕一定要将那个胡乱拍马让蓝郡王如此误会的小人扔到臬河里好好洗

一洗嘴巴。”

蓝晓雅轻笑出声，“皇上真是过谦了。皇上若非才智过人，先皇又怎么会遗诏传位呢？”

真是绕得不着痕迹。明泉拿起桌上的酒壶自斟一杯，慢慢饮下后，才叹气道：“这个问题，恐怕蓝郡王只有百年后去九泉之下问父皇了。”

蓝晓雅举杯晃了晃，“恐怕不必等百年之后。”

“哦？蓝郡王莫非还精通通灵之术？”

“安侍臣的举动不已昭告天下了么？皇上若无过人之才，又怎可能让安莲这般人物雌伏？”

明泉眨了眨眼睛，“王爷此言何解？”

“安莲若不是真心认同皇上，又怎么会挖空心思为皇上着想，力阻高阳王，保下户部库银。甚至……不惜背负祸水之名。”

京城这般大的动静，想瞒也瞒不住，早在各地传开。

明泉见他说得如此坦白，不好再装傻，打了个哈哈道：“朕正是为此苦恼得夜不能寐，只怕如今朕好色贪财，不顾百姓生死的骂名已传遍天下了。”为了立皇夫，而扣下赈灾银。这可真是个好借口。她苦笑不已。

蓝晓雅将杯轻轻放下，笑容渐深，“皇上是真不知还是假不知？”

明泉挑了下眉，“请蓝郡王指点。”

蓝晓雅沉默不语，只是执壶慢饮。明泉也不追问，径自望着被微风撩起的碧涛发怔。

天色暗垂，这一坐一默，竟是两个多时辰。

明泉揉了揉越来越惺忪的眼睛，起身道：“朕乏了，不如明日……”

“安莲能做的，本王也能。”蓝晓雅突然淡淡道。

明泉揉眼睛的手一顿，僵笑道：“朕不明白。”

“安莲用册封之名拖住银子，乍一看，愚蠢至极，其实不然。所谓事不关己，高高挂起，除了雍州百姓，天下人虽会对皇上不顾百姓生死之名颇有微词，不过也仅只微词而已。等时日一久，说不定还会有文人骚客将其传为美谈。雍州是高阳王的地盘，无论户部放不放赈灾银，结果都是一样。雍州的百姓不会记得皇上的好，只会承高阳王的情。”

“听蓝郡王如此说，朕无论进退，都是不得。”

“并不如此，至少此举使得皇上得到了安家的支持。”

“蓝郡王糊涂了，你适才已说过安莲是真心辅佐朕的。”

蓝晓雅浅笑道：“不错，本王指的只是安莲。皇上为安莲而弃名声弃百姓不顾，这样的宠幸……可抵得上安莲在安老相爷面前说你千百句的好。虽然历朝历代的皇帝都知道后宫干政是大忌，但历朝历代还是会重蹈覆辙。与皇上信誓旦旦地向安家担保荣华富贵相比，安莲的宠幸无疑是比什么都有利的保证！”

明泉一副恍然大悟的样子，“听蓝郡王一席话，朕茅塞顿开。不过朕有些乏……”

“安家在朝在野，虽然财雄势大，却也有个致命弱点。”蓝晓雅幽幽道。

明泉脚步一顿。

“安家无兵权在手。”

“外戚手握兵权，似乎并非好事。”明泉见躲不过去，转身冷笑道。

蓝晓雅将酒杯在桌上一搁，“若皇上的对手是连相，倒的确如此。可惜，皇上的对手是高阳王。”

“放肆！”明泉冷喝，“朕与皇兄还轮不得旁人挑拨。”

“皇上纵然今日能封本王之口，难道还能封得住天下悠悠众口不成？”

“蓝郡王究竟何意？”她双眼微眯成缝，目光森冷如刃。

“我愿为皇夫，与皇上共享天下！”蓝晓雅站起身，双眼炯炯有神。

“放肆！”明泉竭力遏止发抖的双拳，“大宣乃尚氏天下，岂容外姓染指？！”

蓝晓雅突地一笑，“皇上这点，倒与高阳王很像。不过，我并非要改朝换代，只不过想你我百年后，由我们之子来继承这片锦绣江山而已。”

明泉只觉脸颊滚烫，分不清是怒得还是羞得。“缅州临海靠山土地肥沃，王爷若能治理得当，朕已是感激不尽。”

呜——

一声浑厚的号角打断两人的对峙。

一名蓝衣侍女匆匆上前道：“王爷，平安郡王的巡逻船正靠近。”

“巡逻船已来过三次，有何为奇？”蓝晓雅淡然道。

“此次船头挂的旗帜乃是尚字。”

明泉心里猛震。在戚州能用此姓的，只有前太子平安郡王尚汤。

蓝晓雅意味深长地看了她一眼，“由他靠近。”

明泉忐忑地回了房里，眼睁睁地看着船舱一面的窗户被巨大的阴影笼罩。只听咯的一声碰撞，两艘船被紧紧贴在一起。

甲板上陆续响起脚步声。

一想到太子汤就近在咫尺，明泉就心如潮涌，一时也分不清是忧是悲。

门被轻叩两下。

明泉一惊，压低嗓音问：“谁？”

“子小。”

孙化吉？明泉开了门。

难为孙化吉如此滚圆的身体还要矫捷地跳进来。

“何事？”明泉仍是压着嗓音说。她既然能听到甲板的脚步声，难保太子汤不会听到她的说话声。当初他谋逆失败，身边还是带走了不少大内高手。

孙化吉自怀里取出一个印玺。

明泉眼珠转了转，赞许一笑，走到书桌旁，取纸铺开。

孙化吉急忙在一旁研墨。

明泉不过眨眼，便拟好了一封手谕，接过孙化吉递来的印玺按了下去。

看在蓝晓雅护送她一路北上的分上，她不如卖个人情，写一封准许离开封地的手谕。一来成全了她的颜面，二来面对太子汤盘问，也可名正言顺。

孙化吉走到门边，只见一个侍女正端着炭盆匆匆而来。

那炭盆被烧得火红，侍女却举重若轻，浑然不觉。明泉暗自惊心，蓝晓雅手下，果无弱兵。

孙化吉将手谕放在炭盆上轻轻烘烤，不一会儿墨迹便全干了。

明泉见他又从袖子里拿出一个香囊，与手谕一起递给侍女，知道他怕手谕上沾太多炭味，引人怀疑。不禁暗赞他细心。

等侍女走后约莫过了一个时辰，太子汤的船终于驶离。

明泉与孙化吉同时舒出一口气，相视而笑。不过明泉的笑容里多了几分苦涩，这个情，恐怕她想不欠蓝晓雅也不行了。但一想起蓝晓雅那番宣言，她不禁又羞怒起来。虽然他说他想让子嗣继承皇位，但其实窥视的还是那把皇夫凤椅吧。兵不血刃而君临天下，这的确是最好也最快的办法。

幸而接下来几日，船渐渐进入胜州界。越与目的地相近，她越是寸步不离船舱。蓝晓雅也不造访，仿佛他那日之语，只是她一人的黄粱一梦。

不过好景不长，继京城动荡之后，又一封奏折让她稍展的眉头再次紧蹙。

跋羽煌已逃离大宣回到北夷。

自从斐旭前往樊州之后，她便再未担心此事，没想到，却终究发生了。

透过平静舒缓的河水，她仿若看到了两国交兵的烽火前兆。

长叹。是福不是祸，是祸躲不过。幸好胜州已近在眼前。

风紧，船中旗帜噼啪作响。

明泉站在船头，隐约看到岸上明黄的车辇，心中兴奋难抑。

经过一路颠沛流离，经过种种困难险阻，她终于回到了最初。

“皇上。”蓝晓雅若有似无的兰花香氤氲而来。

“蓝郡王。”对于他，明泉的印象不坏。至少他没有乘人之危，挟恩望报，光凭这点，足以让她为他的风度赞许。

“前往帝陵之路险阻多坡，皇上请一路小心走好。”

“多谢王爷关心。”她想了想，试探道，“不知王爷是否有兴趣，与朕同走一段？”

蓝晓雅轻轻一笑，雅致如空谷幽兰，“本王已位极人臣，若是不能走得再高些……走得多远亦是无益。”

明泉不自在地侧了脸。

“本王在缅州随时恭候皇上改变主意。”

“你如此笃定朕会需要？”

蓝晓雅沉默了半晌，淡淡道：“皇上可知，若非高阳王……我或许已死在六年前的京城了。”

明泉愕然，“谁……”这么大的胆子？

她突然想起父皇那句生来为王。这四个字指的不止是蓝晓雅的绝世才华，更指他的滔天

野心！试问哪个皇帝又容得下占全这两项，手握重权的封地之王？

“是高阳王救了你？”

蓝晓雅自嘲一笑，“他只说了一句话。”

她屏息。

“尚氏既有尚清，又何足惧他人？”

尚氏既有尚清，又何足惧他人？明泉脑海中突然生出一种极为奇怪的念头。如果父皇会因这句话而放过蓝晓雅，就说明他对高阳王是极具信心的，那么……为什么废掉太子汤后，登上皇位的是她？其中，究竟发生了什么事？

河上的风，慢慢自衣领灌入，一一刮过渐渐冰冷的肌肤。

船缓缓靠岸。

等在岸上之人早已焦急不堪。

众人以严实为首，同时跪下大喊道：“吾皇万岁万岁万万岁！”

半晌。

明泉踏上甲板，衣袖一甩，裙袂飞扬，“平身。”她秀目一转，却见慕流星与斐旭都在人列，眸子先是一亮，又渐渐沉下来。慕流星的脸色不太好，与斐旭站在队列两端。斐旭依旧不痛不痒的表情，定定地望着她的方向，却又好像根本没有看她。

“臣恭送皇上。”

她收敛心神，微笑回身对跟在身后的蓝晓雅道，“蓝郡王此行劳苦，不如由朕在行宫设宴道谢？”

“微臣谢皇上厚意。不过微臣离开缅州已久，心中记挂，不如待下次皇上在京城设宴，臣再来享也不迟。”

好个京城设宴。二人笑得心照不宣。

“既然如此，朕也不勉强，蓝郡王一路好走。”

“臣告辞。”蓝晓雅也不啰唆，回身上船起锚就走。

岸上，严实带着一众知情的司礼太监恭谦地站着，除了衣摆被风吹得乱抖外，人一个个如雕像般一动不动。

帝辇上镌刻的龙吞云吐雾，翱翔九霄之上，半斜眼儿睥睨天下。明黄的锦缎修饰出此辇主人至高无上的身份。

明泉手指自图腾上一一抚过。

这就是帝王，权掌天下，左右百姓生死的帝王。

她回来了。

“皇上。”严实在一旁小声提醒道。

“你们辛苦了。”她回过神，淡然道，“可有人发现什么？”

“一路平安。今日奴才说皇上想来吹吹河风，并无人怀疑。”

明泉点点头。这一行人中并无厉害角色，她不过顺口问问，“起驾回行宫。”右脚刚踏上车辇，终究忍不住回头，“帝师舟车劳顿，不如与朕同辇。”

严实低头顺目，朝斐旭侧出半个身子。

“臣谢主隆恩。”斐旭毫不理会四周闪烁的惊疑眼光，一跃而上，撩起帘子，钻了进去。

明泉有些郁闷。

斐旭自进来后，便安安静静地坐着，仔细看，眼眶下还有两抹淡淡的青灰色。

准备了一肚的抱怨只好统统咽了回去，她摸起身后的靠垫，放在他肘下，“睡吧。”

斐旭极为自然地任她摆弄，然后调整一个舒服的姿势，闭上眼睛。

马车行得极稳。

到半路，车蓦地停下，只听一阵整齐的万岁声。

斐旭动了下，眼睛却没睁开。

明泉不自觉地皱了眉头，掀起帘子，小声对严实道：“让他们起来。”想了想，又道，“小声点。”

车辇在一种静到连呼吸都小心翼翼的氛围下前进。

看着在眼前不停摇晃的明黄，明泉的上眼皮也渐渐开始亲近下眼皮。

正在昏昏欲睡时，一阵暴喝喧闹显得格外清晰。

她支着额头的手肘一抖，抬头，见斐旭依旧闭着眼睛。既然他“不愿”醒，她也不勉强，轻唤道：“严实。”

“奴才在。”

“前面发生什么事了？”明泉从他掀起的布帘看出去，正好瞧见一群人围在行宫门外。

一个小太监正好气喘吁吁地跑回来，附在他耳边说了一通。

严实才转过头，禀告道：“是兵部的人送来京城八百里加急的折子，要面呈皇上。”

“兵部？”明泉心里打了个突，“宣他过来。”

小太监又跑着去了，过一会领了两个风尘仆仆的衙役过来。

“臣参见皇上。”这两人倒是经过风浪的，刚才还一副吵得面红耳赤的样子，这会又恭恭敬敬了。

“平身。折子呢？”明泉沉声道。兵部居然派自己人来送折子，说明这折子里的内容不但重大，而且还不欲落在别人眼里。

一封奏折经过严实的手呈了上来。

由于独孤凉并不知此次祭祖的真实目的，因此明泉也没给他密奏匣子。

翻开奏折，却夹着一张殷红的血书，明泉只看了两眼，便脸色煞白！

啪！折子被蓦地合上。

她弯下腰，肺内稀薄的空气几乎让她无法呼吸。

“皇上？”

“皇上！”

严实、孙化吉等人担忧地唤道。

明泉手心里全是冷汗，五指虚弱得抓不紧东西。奏折自手上滑落，却被另一只手迅速捡起。明泉觉得自己身体正随着那封奏折而滑落时，腰被轻轻扶住，斐旭清朗的声音在头顶响

起，“皇上这几日为国事操劳，疲惫过度，还不准备沐浴更衣。”

严实连想都没想就放下帝辇上的帘布，扯起嗓子喊道：“起驾。”

“斐旭……”她死死地抓住他的衣袖，“我……”

“什么都别说，”他将她轻轻放于坐垫上，“一切都会好的。”见她犹自怔怔地张大眼睛，又补充道，“我保证。”

明泉在热水中整整泡了一个时辰，在严实忍不住催促第三遍时才慢悠悠地由侍女服侍起身。因水汽氤氲而略显散乱的眸光一接触到铜镜中的自己立刻敛收回来，回复到平稳无波的模样。

一个侍女整理好鬓发，小心翼翼地打量她一眼，壮着胆子道：“皇上可要抹些胭脂？”

明泉一怔，抚摩脸颊道：“脸色很难看么？”

侍女扑通一下跪在地上，“奴婢该死。”明泉在宫中并无贴身奴婢，严实见她今日反常，特地在行宫里另挑些贴身奴婢。这些人几年也难得见一次皇亲，何况是皇上，因此难免有些诚惶诚恐。

“起来吧。恕你无罪。”明泉面色自若地挑起一款桃红色的胭脂，“这个可好？”

那侍女战战兢兢地抬头看她一眼，见确实无不悦之意，才略放下心，轻声回道：“这是今月刚研磨的胭脂，颜色正好。”

门外严实低声道：“启禀皇上，雍州总兵慕流星慕大人求见。”

镜中斜飞眉角轻挑了下，“宣。”明泉转头对侍女和蔼一笑，“你们都退下吧。”

侍女们立刻如行云流水般后退出门，与进来的慕流星擦身而过。

“参见皇上。”头垂与地平齐。

明泉放下胭脂盒，缓缓走到他面前，“樊州之行如何？”

慕流星浑身一震，水饺皮般白嫩的脸上涨得通红，“被他逃脱了，请皇上降罪！”

她捏紧拳头，冷冷道：“大宣境内，千军万马，你居然捉不住一个异族王子……慕流星，朕要你何用？！”

慕流星垂头道：“皇上要杀要剐，臣都毫无怨言。”

“杀？剐？若是杀你剐你有用，你以为朕会不做吗？”

慕流星双唇颤抖，眼中的懊恼委屈悔恨排山倒海。

她长舒口气，勉强让理智回笼，“究竟怎么回事？帝师不是也去了樊州吗？”她不信以斐旭的能耐会轻易让跋羽煌走脱。

“都是臣的错。”他语音中隐含哭腔，“若非臣大意中了跋羽煌的圈套，哥也不会为了救我，把他放走。”

“你是说……跋羽煌是斐旭放走的？”她声音陡然下沉。

他跪着向前挪动两步，抬头高声道：“一切因我而起，皇上要罚就罚我一个人！”

“罚你？！”她扬起手掌，重重垂落。拳下，是那张赤白分明的血书。

“皇上！”慕流星突然扬声道，“臣请问皇上这血书可是来自我北方守将？！”

明泉目光一凛，“你怎么知道？”

“我哥放走跋羽煌后，曾连夜书信于镇北国公……”他抬起头，下唇被咬得通红，“臣猜测……”

斐旭，你早知放走跋羽煌的后果，却还是为了慕流星而做……你实在太自私！

“臣请皇上，恩准臣戴罪立功，率我大宣男儿挡北方豺狼于关门外！”

“好个戴罪立功。”明泉轻喃一声，憋了一腔的怒气被猛然掀起，将放于案上的奏折连同血书一起扔到他面前，“你且告诉我，如何个戴罪立功法！”

慕流星跪在地上，将奏折与血书一一打开，原本白皙的脸孔更是苍白不见血色。

跋羽煌亲率争风骑偷袭，内外夹击洛野、渡汉两大城池……

镇北国公冯继曹死守渡汉无果，已与城共亡！

暗红的血迹，每字每句皆是悲哭……

臣愧对大宣英烈先贤……愧对冯家列祖列宗……更愧对臣继曹之名！

臣无能，却知耻……愿以一身热血，佑我大宣河山，千秋万代！

宁留烈魄与火共，待笑蛮夷狼狈时……

仿佛……烈火重重间，一名年逾半百的老将在火光中悲声高歌……带着满腔怅然，血洒大地……

砰！

慕流星的头重重磕在地上。

明泉几乎感到大地刹那的震动。

“臣乞皇上准臣戴罪立功！”声音悲愤呜咽。

明泉僵立半晌，才长叹一声，弯腰扶住他，“起来。”

慕流星凝跪未移，“臣乞皇上准臣戴罪立功！”

“待朕与帝师商量……”斐旭既然护犊至斯，定然不会同意。

“不可！”慕流星蓦然抬头叫道。

明泉了然地望着他，“为何不可？”

慕流星咬牙道：“哥不会答应的。”

她想起两人在迎接她时所站的距离，想必已经沟通过了。“既然如此……”

“皇上！无论你派不派臣去，臣都要去！”

“你这是威胁？”

“不，是决心！当马前卒也好，当斥候也好，哪怕当伙夫，只要能上前线为击败北夷蛮寇出力，臣万死不辞！”眼中的熊熊烈火将曾经的清澈燃烧得一干二净。跋羽煌的逃脱，镇北国公的死推动他的成长，她却不知是好是坏。

“此事，让朕再考虑考虑。”

她不能不问斐旭。

说不出确切的原因，但心里就是这样认定的。

但真的见到斐旭，她却又不知从何问起。

“流星是不是请缨去前线？”他似乎看出她的迷惘，轻轻挑出话头。

她抬起头，慌乱的情绪瞬息平静下来，“帝师以为呢？”

斐旭眸光微漾。

这是她从未见过的表情。不知为何，她突然有些嫉妒，为着他永远清透明亮的眼眸中的那点忧虑和悲伤。

“皇上若是问慕非衣，慕非衣的答案是不可。皇上若是问斐旭，斐旭的答案是……”他嘴角微微掀起，露出的却绝不是笑容，“可。”

慕非衣和斐旭。

明泉和皇帝。

答案是那样昭然若揭。

藺郡王驻守西北，罗郡王非将才，蓝晓雅、高阳王居心叵测。她手中能用之人不多。慕流星在吏部的考绩是打仗一流，治军二流，在大宣当世大将中已是佼佼。而且他与跋羽煌曾交过手，更熟悉对方。在这非常时刻，用他是铤而走险，也是出其不意。

“启禀皇上，慕将军在门外候见。”严实在门外道。

“宣。”

慕流星的容色更见憔悴。明泉怀疑若不尽快应承他，他甚至可能绝食抗议。

“你的奏请，朕已经和帝师商量过了。”

慕流星焦急抬头，眼中无尽的委屈。

“听朕说完，你这样急性子，怎么能让朕放心把我大宣北方安危交托在你手上？”

“皇上的意思是……”突来的惊喜让他不知所措。

“不过你必须答应朕……”

“臣一定会将蛮夷驱逐出我大宣国土！”慕流星双目泛红，整个人顿时因勇气和战意而生气勃勃。“如若不然，以人头谢罪！”

“不。”明泉转过头，一瞬不瞬地盯着他，慢且轻地道，“朕命令你，活着回来。”

四目相对，一时静默。

须臾。

坚定的女声再次响起，“一定要活着回来。”

慕流星嘴巴微张，慢慢低下头，深深磕在地上，“臣，遵旨！”

黄灿灿的琉璃瓦铺得错落有致。

坐在屋檐上，放眼望去，院落层叠，夕照成轮。

一只羊脂洁白的白玉葫芦递到斐旭身前，“王家白酒，我好不容易留了口给你，喏。”

斐旭看也不看就接过葫芦，拔掉塞子，咕噜咕噜饮尽后，抹了抹嘴巴，顺手把玩手里的葫芦。

“我可不记得说过连葫芦也给你。”

“一场师徒，计较什么。”斐旭终于回过头，笑嘻嘻地看着站在身旁，居高临下瞪着自己的俊秀男子。锦绣坊的衣料，巧手庄的裁制，宝来居的玉石，芬芳斋的香料……这个男子无论到几岁都不会让自己委屈。

废物哼了一声，“别有事没事咧个嘴巴，越看越讨厌。”

斐旭挑眉，不以为意。

咿呀一声，门响。

屋檐下，慕流星踏着略显僵硬的步履缓缓出现在两人视野内。

他们在偏殿的屋檐上，距离有些远。

似是心有感应，慕流星突然抬头朝这边看来。比刚出炉的包子更嫩的脸蛋上一片凝重，两颗黑漆漆的眼珠直瞪瞪地盯着斐旭，嘴唇不停抖动。

废物忍不住在一旁道：“他这样到底是要说，还是不要说？”

斐旭置若罔闻，一动不动地俯瞰站在地上面色苍白的他。记忆中天真直率的表情渐渐模糊、沉淀，化作淡淡的化影，一层层地蒙在这张脸上，合二为一。

慕流星咬住血痕斑斑的下唇，眨了眨酸涩的眼珠，慢慢转过头，僵直的大腿慢慢提起脚板，向前一步，再换左腿。

斐旭默然地看着他迟缓的动作，一步一步。直到离开视线，依旧没再回头。

空气仿佛被一起带去了好大一片，稀薄得心悸。

“你不去追他？”废物凉凉地问，“也许今日一别，就是天人永隔。”

指关节微微一颤，嘴角却扬起个似笑非笑的角度，“我已尽力。他的人生以后只能由他自己负责。”

“现在倒说得轻巧，那你十四年前又何必费尽心机求我救他？”废物抱怨道，“早知道他现在还是要去送死，倒不如那时候就让他糊里糊涂去投胎，省得浪费我这么多年的功力和你那一头黑发。”该死的，若不是救人赔了几年功力，他也不用被罗镜那张臭脸骑在头上这么多年。

“那时候的他还不懂生死，所以我替他选。如今，他已经懂得。”

废物冷哼道：“也不知道是谁一算出慕流星命中注定的刽子手是跋羽煌后，就心急火燎地跑去樊州。”

斐旭苦笑道：“可他说他宁可死，也不愿我因他而放走跋羽煌。”

“既然如此，你还装什么忧郁？”废物说得斩钉截铁，“每个人有每个人的自由，谁能管着谁一辈子？你是斐旭，是慕非衣，是废墟，却绝对不会是慕流星，他的人生应该由他自己做主。哪怕是死，那也是他的选择。你若真是个好哥哥，便应该尊重他。就这点，那个皇帝娘……”

斐旭横飞一眼。

他竟觉得娘们的们字讪讪地说不下去。他突然若有所思地打量着他，“你看上明泉了？”自己的徒弟自己最了解，除了认定的人之外，斐旭向来懒得理会别人的死活，更何况因一句玩笑而横眉冷对？

“怎么可能……”他想笑，却笑不出来。

“她已有意立安莲为皇夫。”

斐旭挂上习惯的笑容，正欲说什么，却被废物截断，“而且不止安莲，她身边多的是让人垂涎的位置。据我所知……甚至连蓝晓雅都兴致勃勃于皇夫之位。”

“蓝晓雅野心太大。”斐旭反驳道。

“那安莲呢？”

“他是天下最适合当皇夫之人。”斐旭这句话说得很快很顺，好像反复练习过无数遍，随时能脱口而出。

“那你算什么？”

斐旭一愣，“我？我……当然是帝师。”顿了下，又补充道，“做着高官，享着厚禄的帝师。”一双明澈的眼眸突然从脑海深处闪现出来，抗议似的瞪着，竟让他蓦然心虚起来。

废物从他身边蹲下，“哦，你这帝师做得如何？”

斐旭回过神，轻笑一声道：“应比你这个高阳王府的西席来得鞠躬尽瘁吧。”

“哼，可惜再鞠躬尽瘁，也不管用。”他冷声道，“除非你把高阳王杀了，不然这一局，我赢定了。”

“何以见得？”斐旭懒洋洋的口气，眼神却犀利无比。

“当初高阳王与明泉二者择一，你选明泉，除了想让我输得心服口服外，可有别故？”

斐旭沉吟了下，“她虽为女流，却有男子也望尘莫及的理智。只是……稍欠磨炼。”

“以帝王资质论，明泉如今算是中上，能纳谏，能听劝，有冲动，能克制，在京城部署的几着棋子即使不算顶高明，也称得上思绪紧密。”他话音一顿，“不过，如果对手是高阳王，她还太嫩了些。一张血书就把她吓得慌里慌张，若真上了战场，岂非连仗都不用打，直接把脑袋拱手对方？”说到这，不禁语带不屑，“毕竟是后宫出来的人，耍耍计谋玩玩心计尚可，真牵扯江山社稷……”

“并非每个后宫之人都能呼喝百官临危不乱。”斐旭脱口道，随即微微皱眉，“两年之约尚早，师父未免太心急了。”

“两年中将一个深宫公主辅佐为一代明主……”废物别有所指道，“恐怕非一般手段能做到。”

斐旭微诧。

“躲在羽翼下的雏鸟，永远不会展翅成为翱翔万里的雄鹰。”废物玩味道，“除非，那双羽翼只想把雏鸟纳为己有。”

“入废门第一条，绝世间凡俗之欲。”斐旭淡然说完，纵身一跃，落到地上，走至正殿外，未理严实略带惊讶的表情，推门而入。

废物随手拿起被他弃在瓦上的白玉葫芦，轻轻抚摩上面多出的几条裂痕，叹道：“废门最后一条，若不能绝，便取之夺之，至死不休！”

明泉从一堆奏折里抬头，“见过慕流星了？”

斐旭将另一脚迈入门槛，“见了。”

“朕已命罗、蔺两位郡王各调两万精兵于他，再召集当地散军与退守边城的镇国公余部，务必将北夷蛮邦驱逐出我大宣国境！”说罢，明泉继续埋头奏折。自离京后，所有奏折都经由监国大臣批复，然后交由她审阅，一个月时间够让这些折子堆成一座小山丘。

照在案上的光又随着关门声缓缓暗下。

斐旭挑了把椅子坐下，吃着茶几上预备的点心，“若有天我走了，第二舍不得的就是这点心。”

明泉翻阅的动作一停，“去哪里？”

“天大地大，哪里不好去。”他耸耸肩，无所谓道。

“什么时候回来？”她没问什么时候走。

斐旭迅速攻克完一盘点心，拍了拍手掌，“说不定，也许一年半载，也许三年五载，也许……”

“也许一辈子都不回来了？！”明泉突然拔高声音，笔被捏得死紧。另一只手揪着铺在案上的宣纸，指甲透过纸，掐在手心，半点不疼。

“皇上，”斐旭叹了口气，“过不了多久，我私纵跋羽煌之事就会传遍朝野。”毕竟当时在场的不止慕流星一人，无论他出于何种理由，在跋羽煌攻城拔塞、入大宣如无人之境之际，满朝恐慌之余就会将他当作替罪羔羊，千夫所指。

明泉沉默。

斐旭打量了她一会，将伸向第二盘点心的手缩了回来，佯咳一声，“皇上？”

明泉目光火辣辣地抽过来，“这算什么？闯了祸逃之夭夭？”

“权当是吧。”他的确想逃，但原因……他还没有理清楚。

“那等风头过了就回来。”

他笑笑。

她看着他依旧没心没肺的笑脸，气不打一处来，“早知今日，你当初何苦冲动？”私纵跋羽煌这样的罪名，让她如何遮掩？

“天下兄长心啊，皇上。”斐旭按着眉头道，“我不能眼睁睁地看着流星死在我面前。若有天他真的非死不可，我宁可是在我看不到、力不能及的地方。”

“什么非死不可？”她努力挥去心头因他的话而涌来的不安，“等他凯旋时，朕还想大赦天下，摆千席普天同庆呢。”她顿了顿，“你会来吧？”

“什么？”他一愣。

明泉赌气似的道：“反正无论胜负，待慕流星班师回朝，你总要接接风。不是天下哥哥心么？”

斐旭转过身，迎着门格子的光，轻声道，“等他回来再说吧。”

回来……到时候该是何种结果何种局面呢？她看着一地格子的阳光，心中茫然。

斐旭趁她失神片刻，凝视如胶，待她回过头来，眸光又移了开去。

“皇上，”他站起身，拍了拍衣襟前的点心屑，“今后万事皆要三思而后行。”

“朕……记得曾赐你一支生花妙笔。如今入春，帝师几时邀朕去赏花？”手猛地握成拳头，冷汗在掌心湿润。

他愣住，半天才干笑道：“……皇上且当是借了我旅资吧。”

明泉嘴角一撇，正要开口，就听他又接着道，“不过皇上还欠我一个半月的月俸，这是一定要回来取的。”

“你的月俸以后改成年俸。”她没好气道。

门被他从中向两旁拉开，橘色夕晖一下子洒了进来，点点灿金，温暖得带了春的气息，却灼痛了明泉的眼睛。

“你刚才说……点心是第二不舍，那第一不舍是什么？”

“不是俸禄，”斐旭侧头一笑，“你猜？”

金黄如一轮绵柔的光带，细致地描绘他的轮廓，自饱满的额头至俊挺的鼻梁，至唇瓣……自然上扬出一个极好看的弧度，让人百看不厌。

轮廓渐渐淡去，被一片银金互染的瀑布淹没，几缕金流在风中飘扬，灵幻如妖。

明泉望着那飘然而去的背影，身心似乎被掏空一般。

新顺次年三月。

祭祖之礼因边关不断告急而匆匆缩短至三日。明泉不顾大臣劝阻日夜兼程回京，终因操劳过度，忧火攻心，昏倒榻前，天下惊恐。

明泉夜半醒觉，披衣而起。

守夜太监机灵地点上烛火，蹑脚退下。

她坐到桌边，随手捏起点心轻咬一口，入口的甜润尚来不及化开，便听门外脚步声纷乱。

“皇上，兵部尚书独孤大人协同其他四部尚书联名有急事求见。”严实说话时还有些微喘息，显然是一路跑来的。

急到夜闯皇宫门禁？

“让他门外禀报。”

“臣参见皇上。”除范拙在高阳王回雍州时以告老还乡之名挂印而去外，其他五部尚书全都来了。

“可是有前方战报？”她尽量让自己的声音听起来够平静。

“慕将军半月收回洛野、渡汉两城，北夷已派和使来我大宣，愿将另三座城池归还，换取两国百年之好。”杨焕之声音沙哑疲惫。

明泉摸锦囊的手指一顿，眉峰微扬。终于……要结束了么？“众卿以为如何？”

几位尚书头略略抬起，互视一眼，齐声道：“臣以为可。”

声音这么齐，恐怕来之前都商量好的。明泉微微一笑。

“臣另有一事要禀。”杨焕之无奈自己年岁资格最老，只好接着道，“北夷来使同时送回冯国公与慕将军的遗体，以证诚意。”

砰！

殿内火光突灭。
跪在殿外的众人面面相觑。
“皇上？”严实上前一步，轻探道。
太监们提的灯笼被夜风吹摆起来，衣摆擦过裤子，窸窸窣窣，分外寂寥。
紧闭的门从里打开，明泉站在暗处，月光只照到她明黄绣龙的鞋面上。
“你刚才说，谁的遗体？”幽幽的声音自漆黑大殿内传出，有种说不出的阴森诡异。
“镇北国公冯继曹和伐北大将军慕流星。”
“你刚刚不是说慕流星半月收回洛野、渡汉两城吗？”
“慕将军是在追袭从渡汉出逃的北夷散兵途中，遭遇流箭……不治身亡……”
“……朕命令你，活着回来。
“……一定要活着回来。”
“臣，遵旨！”
那时的对话，音犹在耳，怎么能是慕流星？怎么会是慕流星！他怎能毁约？！
……反正无论胜负，待慕流星班师回朝，你总要接接风。不是天下哥哥心么？
“等他回来再说吧。”
斐旭，那时的你，走得了无牵挂，可是已知道这样的结果？
你的第一不舍可是慕流星？
那如今……
那如今……
胸像被重锤砸过，猛地一窒！
“噗。”一阵腥味自喉咙喷出，她下意识搭住门框，站得摇摇欲坠。
严实等人被地上突如其来的暗红血摊吓了一跳。
“皇上！”
“传御医！”
耳边的兵荒马乱因一人的到来而骤然渐静。
鼻下的梅香是如此熟悉，明泉张开眼，无言地望着眼前这张恍若天人的容颜。
“累了么？”安莲的手轻轻抚上她的额头。
这样亲昵的动作在他做来，自然无比，她躺在那里，不知是身体虚弱得躲不开，还是心灵虚弱得不想避开。
指腹轻轻的摩挲神奇地捋平了她的焦躁。
她只觉困意渐渐上涌。
“……你恨朕么？”
摩挲稍顿了下，又继续。
她的呼吸渐渐平缓。
正当他的手指要离开时，听到床上幽幽响起，“……可以不恨么？”
梅花香一阵一阵飘远。

“可是殿试三甲的名单出来了？”明泉精神一振。

“正是。”严实将手中三封信封高举过头，“皇夫殿下请皇上御览钦点。”

明泉点头接过。

“礼部尚书杨焕之大人递了告假条子，正在吏部。”

明泉眉头微拢，“孙化吉递觐见折子没？”

“还不曾。”

“嗯，你先下去吧。”算起来，杨焕之告假已有三天，连镌久仍是托病不出。幸好还有个处事圆融的孙化吉，可以让她放心交付与北夷和谈之事。只是范拙走后，担起吏部的便是姜有故那个老迂腐，明泉想起便头疼不已，若将六部之首的位置交于他，她第一个反对。

将信封中的考卷抽出，通常殿试最主要看的还是文章，能不能做官，能不能做个好官，都从文章上来。

看第一张考卷，文字清秀，隐隐有几分梅竹傲骨。满篇的仁德治国，虽无新意，倒也文笔流畅，思绪如泉，让她看得频频点头。

“明泉。”瑶涓突然唤道。

“嗯？”明泉下意识抬头。

“罗郡王手中有多少兵权？”

明泉目光一闪，“八万至十万左右。”那卢镇邪不知还算不算。

瑶涓像下了某个决心，“我……”

“皇姐，”明泉截断她的话，“只要你说一句，心中再无尚融安此人，朕立刻下旨休离。从此男婚女嫁各不相干。”

瑶涓脸色煞白。

“皇姐，”明泉盯着她，一字一顿道，“江山是朕的负担，夫婿却是你一生的幸福。朕已经负了个玉流，不想再背负对另一个姐妹的愧疚。”

瑶涓咬住下唇。

收起信封，她叹气起身，脚刚迈出两步，便听瑶涓幽幽道：“让他明日午时来一趟回澈殿吧。”

明泉回身笑道：“好极好极，朕一定让御膳房备下好菜。”

瑶涓看着她许久，嘴角缓缓露出一抹浅笑。

明泉怔住，这样毫无顾虑的笑容竟让她的眼眶微热。

不想让瑶涓看到她失态，她扯了两句便出来。

桥的另一头，严实正恭敬地候在那里，见她过桥，立刻迎了上来。

“将瑶涓宫的宫女统统带回训诫阁。”明泉的脸立刻冷下来，“朕要她们明白，瑶涓宫是皇姐的居所，不是她们的乐园。”

严实急忙应道：“是。”

“也不必再派人过来了。”说到这里，她眼中缓缓流过一丝暖意，“恐怕这宫殿也用不了多久了。”

"是。"

明泉向前走了两步，突然停下来道："还没有阮汉宸的消息么？"

"回皇上，尚无音讯。"

虽是意料中的答案，却不免失望。自她回宫后，寻找阮汉宸的人马前前后后派出三拨，可结果却不约而同的一致：石沉大海，无迹可寻。她回朝的消息传遍天下，没道理他不知道。究竟是遇到了什么，竟让他延误至今，甚至连口信都没有。

"继续查！"

在皇姐处盘桓几日总算有了收获，压在心头的烦事又少了一桩。

明泉回承德宫，换下衣袍，命人在树下找处凉荫，放上瓜果茶点，又备下笔墨，便坐在宽椅上拿出适才未阅完的试卷复读。安莲选出的头三甲都写了手漂亮的好字，或秀逸清俊，或刚阳遒劲，或工整优雅，使人读文之余，更有种如临字帖的舒爽。她提起笔，侧头想了想，才在试卷上书下评语。

第一位考生秉承圣贤之言，引古述今，可谓通晓各家之长。

明泉在卷上写的是：所学硕硕，不见其果。

第二位考生则引以决堤之事，叙之滔滔。虽言辞犀利，却华而不实。

明泉提笔写下"知柴米之价否"六个大字。

第三个考生更为与众不同，看他的文，耳边几可闻庙宇重楼的撞钟木鱼与寺人轻诵之声。将天下事与佛学混之一谈，往大里讲是众生平等，往下里说却是三世因果，推崇为善去恶。

她几乎有些哭笑不得，按理说，能写下这等文章，不是佛门高僧，也应是化外散人，怎得还有兴致参加科举？闭了闭眼，她最终给的评语却是：予汝官袍玉印，拭这红尘明镜。

又依次写下状元榜眼探花，然后递给严实，"送去长庆宫。"

难得安莲选的三人不但才华出众，且各有特色，让她不必费心他们的去处。状元历来进的是翰林院，第一个考生博学多识，正合适。榜眼则去地方历练，等磨得光了再看看，究竟是玉是石。至于第三个，若他真如文章所写，那么天下将又多了一名悲天悯人的御史。

严实衣角才消失在转角，就又走了回来，"启禀皇上，清惠宫张富贵求见。"

"哦？"明泉眉峰一挑。打从知道金伯雨居然在宫里暂住下起，她对清惠宫的人是能不见就不见。这些天又的确忙了个焦头烂额，因此回宫后除了她病倒那几天他来过三回外，倒也未再见过。因此张富贵此时的来意格外让人琢磨。

"宣。"

张富贵垂手低头过来打了个千儿，"参见皇上，皇上万岁万岁万万岁。"

"母妃近来可好？"她也不叫他起来，只是坐在椅子上亲切地问。

"太妃娘娘挂心皇上身体，已斋戒十天。"

"母妃有心了。"明泉淡淡道。这个答非所问得好。

张富贵见她不提他的来意，只好硬着头皮道："娘娘遣奴才来禀告皇上，凤章宫已收拾妥当。"

“凤章……”明泉恍然大悟，暗怪自己粗心，封了安莲却忘记让他搬入与皇夫身份相符的宫殿。“难得母妃思虑周详。”

张富贵目的已达，因此又谦恭两句便去了。

明泉坐在树下一个人又想了想，起身道：“摆驾长庆宫。”

严实刚应了一声，又听她收住脚步道：“还是你去宣旨吧。”她的面孔上摇曳森森树影，神色颇是踌躇，“朕，还是不去了。”

自从那次病中，他说了那句“可以”之后，她便有些不敢见他。就算见了面，一对上他那双似包含无限的幽深眼眸，心便涌起股说不出来的虚意，好似有什么不得见光的东西正在他的注视下无所遁形。害得她每次上朝和赶集似的来去匆匆。

不过也有好处，如今满朝文武都以为她为国操劳，争分夺秒，以至奏折都写得格外简练，省去许多不必要的修饰。

她定了神，表情慢慢沉淀下来，最后只是缓了口气，轻轻道：“让司天监挑个黄道吉日，请皇夫移驾凤章宫。”

严实垂手道：“是。”

“另外在北夷使者进献的皮毛中各挑十六条上好的给各宫太妃送去。”她叹了口气，喃喃道，“不知道孙狐狸谈得如何了？”说到狐狸二字，心却猛地一抖，仿佛被拳头攥住，闷闷地透不过气。

严实刚退下两步，抬眸见她脸色蓦地发白，不禁唤道：“皇上？”

“嗯。”明泉看他神情紧张，宽慰一笑，“你等下去医署要些上好的补品，明日随朕去看望连相和杨卿。”

“是。”严实边应边在心中捉摸补品的分量。

“要砸得动人心。”明泉好似看透他的想法，慢悠悠地补了一句。

严实这才领命去了。

杨焕之是真病，连镌久却是心病。她在京中部署那么多着暗棋，却没和他这个左相打一声招呼，这是帝王的疑忌。所以他闭门告病，是无声的抱怨，也是表示清白的姿态。她想起斐旭曾经的规劝。对于他，她的确是防得过了。这次高阳王在京的事件亏得他出力，于情于理，这个礼她是要亲自赔的。

明泉又在树下坐了一会，看天色又无情地逝去几分光亮，才无可奈何地进殿批奏折去了。

奏折一批，便批到晚膳时分。她用完膳，正欲继续，便听外面通报道：“户部尚书孙化吉觐见。”这是如今为数不多她见着高兴之人，闻言便道：“快宣。”

孙化吉低着头进来。上朝时隔得远，人又多，她瞧不真切，现在走得近了才发现他那身仙鹤麒麟袍似乎变得松垮了些。

“臣孙化吉参见皇上，吾皇万岁万岁万万岁。”

“平身，赐座。”

“谢皇上。”孙化吉找了张不近不远的椅子坐下，抬起脸来。鼓鼓的脸颊清瘦了几分，白嫩的肤色也平添几分暗黄。

明泉轻叹口气，“孙卿辛苦了。”

孙化吉闻言立刻起身道，“为皇上尽忠为我大宣朝效劳，乃臣之荣幸。”

“哦？那北夷使者上次送亲，这次和谈，说来你们还是故人，不知道对孙卿参与这次和谈有何看法？”

“看法十分复杂。”他也叹了口气。

明泉感兴趣问道：“如何复杂？”

“据说外事馆修了八次门，买了三十套茶具备用。”

明泉忍住笑道：“的确十分复杂。”

孙化吉得意地笑道，“臣特地又送了几套稀有的茶具让使者挥霍。”

明泉终于忍不住笑出来，“是不是每一套茶具的价值你都已经记录在案？”

“不但记录在案，而且已经送往外事馆由使者亲览。”

“很贵？”

“不贵。”孙化吉眨着眼睛道，“只要使者肯同意在条约上做小小的让步就一点都不贵。”

“只是小小的让步？”

“的确是小小的让步，不过是将夏家镇归我大宣国境之内罢了。”

明泉沉吟了下。夏家镇的归属历来模糊，因此北夷送还的五城之中并未包括此地。

“夏家镇对镇北国公府及大宣意义重大，臣想……”

“放手去做便是。”她笑如清风，眼中载满信任，“朕既然让你全权处理议和之事，就无须事事征询。”

孙化吉乃老而油滑之人，虽心中感动，面上却是半分不露，起身道：“臣遵旨。”

她手指在案上轻轻敲了两下，状若不经意道：“回京后，底下一切可安好？”

这句话包含的意思可分解为很多种。先是底下二字，可指朝官，也可指京城百姓，更可指天下。而一切安好，可指身体安好，也可指万事妥当，更可指天下人心。孙化吉暗自掂量了下，缓声道：“臣这几日前脚出礼部，后脚进外事馆，户部之事暂交由郑旷，所幸还有条不紊。”

“那吏部呢？”明泉没被他打马虎眼过去。

孙化吉比往日消瘦却依旧可以捏出两个大馒头的脸上露出迟疑的表情，道：“倒是听闻因科举之事而忙碌异常。”

“朕看是焦头烂额之余，还心猿意马吧？”明泉没好气道，“那个姜有故居然向朕抱怨人手匮乏，哼，现在吏部谁的官职比他高？要人不会自个儿去挑么！管吏部的还伸手向朕要人，亏他有脸提吏部尚书的空缺！”

孙化吉凝立一边不敢接话。

明泉斜眼瞟向他，“朕看孙卿礼部的活儿干得不错，要不要再换个地儿，尝尝六部之首的滋味？”

孙化吉急忙摆手道：“好歹请皇上体恤，臣是一刻也离不开银子，这几日真是煎熬死了。”

明泉见他神色向来嬉笑的面上竟有丝紧张，想来是真的不愿，遂有些意兴阑珊，“朕随口一提罢了，真把你调去吏部，恐怕日后大家都要紧着腰带过日子。”

孙化吉立刻谢皇上嘉奖。

“行了，退下吧。”明泉疲惫挥手。范拙辞官、连镌久杨焕之告假，将她闹了个措手不及。挖东墙补西墙实非上策，她必须要想个妥善之法。

揉了揉端坐一天而酸痛的背脊，她正要拿起剩下的三四本奏折翻阅，眼睛却瞄到放在案上的点心。精致的芙蓉糕正静静地躺在松鹤延年青花瓷上，齐整得块块相叠。

明泉拈了一块在手里，看了半晌，张嘴欲咬，却终是叹口气，放了回去。

翌日朝会，明泉因心中惦记下朝后去连相家的事，因此有些心不在焉。而安莲面色淡漠，身旁气息比往日更疏离几分。朝臣见他们一个恍惚一个冷漠，不敢拿芝麻绿豆来说事，以免自讨没趣。整个早朝在严实尖锐又千篇一律的说辞下仓促而过。

下了朝，明泉想起凤章宫之事，原想问问安莲的意见，哪知她才一个转身，那抹高贵的影子已上了车辇，径自而去了，动作快得连阵风都没留下。

她怔怔地站了半会，直到严实小声提醒才匆匆回承德宫换了那身灰色衣裳，从偏门出宫，坐马车去了连相府。

连相府第坐落在一片高森宅院最中，门口石狮瞳大牙利，震慑旁人。

明泉搭着严实伸出的手背下了马车，黄正武紧跟在后，一个侍卫机敏上前拍环。

过了半晌，门开了条小缝，一双精明的眼睛在门后朝来人滴溜溜地打量了一圈，才开了半扇，“有拜帖否？”

明泉微微一愣，摇头道：“匆匆来访，只备薄礼。”说罢，手指朝后一指。

那门房顺着看去，只见后头一辆马车车帘掀起，里面的物什被装得满满当当。他目光狐疑地自明泉、严实等人一一扫过，最后落在黄正武面上，“尊驾怎么称呼？”

明泉没想到他冒出这么句文绉绉的问题，不禁哑然半晌，才笑道：“他是我的随从。你去告诉你家老爷，便说……”她想了想，与连镌久私下结交不深，倒也没什么可提示的，“日月白水旁的故人来。”

门房将日月白水四个字在嘴巴里咕哝了一下，正要转身，突然扑通一声跪下了，磕头道：“小，小人……见过皇上。”这日加月，白加水可不就是明泉二字么。

明泉微讶，随即朝黄正武和严实笑道：“人家说宰相门前七品官，朕看不假。识文字，知国事，去寻常地方做个账房都绰绰有余。”她转过头，语气不觉带了几分笑意，“起来吧，替朕去通报一声。”

那门房哪里敢把皇上晾在门口，急忙道：“请皇上先随小的入内。”

明泉点点头，跟着进门。

相府衢宽宅高，草木碧绿，在严谨的井然中又透露几分风雅，偶尔又有几处柳暗花明的奇景，端的是巧思过人。明泉暗道这可不正如连镌久的为人，果是物似其主。

“朕看你这样子，应是读过几年书的。”她随口问道。

“小的在家乡中过秀才，算是读过书。”门房弓腰在一边领路。

“哦？那为何不考取功名？”

门房赔笑道：“小人资质驽钝，考了几年都不曾中举。”

明泉点了点头。天下考生如过江鲫，能及第而归，光宗耀祖的毕竟是少数。“那又怎么会做了相府客卿？”她故意用客卿二字，果然那门房的腰杆子立刻直起一点，“说起来，连大人也算小人的妹夫，所以安排小人在府里讨个差使，也好就近照顾妹妹。”

“却不知是哪房夫人？”

“是七夫人。”

明泉斜眼看他眉角飞扬的样子，唇稍稍一抿，便不再开口了。

其实那门房原先也向连镌久要过正儿八经的官职，都被随口打发了去。好在这门房二字虽说出去不好听，却是份能长脸又有油水的活儿。他常年与达官贵人的小厮仆役厮混倒也学到了一套察言观色的本事。按往常的规矩，一般没拜帖又没“孝敬”的人他都是冷脸打发的，可那一车的礼物和明泉雍容的气度，让他心里打了个突，鬼使神差地破了例，也阴差阳错地救了他一次。

走到一座大院门口，便见一个身段妖娆、姿容不俗的女子站在桥上朝脚下的小河笑嘻嘻地投掷瓜肉，转头见了门房，眼中闪过一丝不屑，皮笑肉不笑道：“哎哟，林大人怎么有空来我们这个小破漏地方，别是走错门了吧。”说完她又朝明泉等人看去，先是疑惑，随即拉下面孔道：“嘿嘿，林大人好手段，一个狐狸精妹妹还不够，又找来一个琵琶精妹妹，可不是……”

“你住口！”门房故意等她把琵琶精三个字说出口后，才冲上前喝道：“你吃了熊心豹子胆了是不是！竟然敢出口侮辱皇上！”

那女子先是被他怒斥得一呆，然后喃喃着皇上二字，露出不可置信的表情指着明泉，“你说她是……”

“放肆。”一个侍卫上前一步，将她伸出的手臂一拧，一脚踹在小腿处。女子一个趔趄跪在地上，身体瑟瑟发抖，“我，我不知道是皇，皇上……”她猛地趴在地上，泪如泉涌，“皇上饶命……”

明泉似笑非笑地盯了门房一眼。刚刚他明明有机会在女子出口不逊前提醒她的身份，却故意等女子出口伤人后再来揭晓。这样的借刀杀人，实在粗浅。

门房只觉得一股寒意在背脊处升起。

“你要朕饶哪门子的命？朕几时说要杀你了？”明泉自女子身边漠然走过。

门房暗责自己多事作怪，弄巧成拙。原本还想借机得到皇上的青睐，讨个一官半职，如今看来还是保全自身为上。看来书上说伴君如伴虎果然不错。只是那么轻轻一瞪，自己一条命就去了一半。

“连相住在这里？”明泉看着满园盛开的艳丽花朵，有些怀疑。

经适才一事，门房对答更是谨慎，“六夫人出身杏林，大人受伤后便搬到六夫人的百花园来了。”他顿了顿，又补充道，“刚才那个女子便是六夫人的妹子，偶尔口出无状，却最无恶意，还请皇上……”

“她这么骂你妹妹，你还替她讨情？”

门房立刻正色道：“子曰：以德报怨，则宽身之仁也。小人虽学识浅薄，也读过几年圣贤书，焉能与女流一般见识？”

明泉闻言嘴角微扬。

他以为圣心大悦，正有些得意，却听她淡然道：“子还曰惟女子与小人难养矣。看来你口中的圣贤可不觉得女子不配与小人见识啊？”

他立刻想起站在他跟前的这位九五之尊正是女子之身，立刻冷汗湿襟，扑通一声跪在地上，正欲求饶，却见明泉已越过他去了。

百花园正房大门敞开，连镌久站在门槛外一步处。长发披散，外衣松垮，显然是刚穿上的，苍白的面孔瘦了一圈，别有种清癯俊秀。

“罪臣连镌久参见皇上，吾皇万岁万岁万万岁。”

明泉纯墨色的眸子如万丈幽潭，收拢万般情绪。人却是大步上前，托起他道：“连相何罪之有？”

“在皇上忧劳之际，臣不但不能在一旁分忧解劳，还惊动圣驾前来，实在是罪该万死。”连镌久神情恳恳，让明泉稍稍动容，“连相何出此言？说起来，连相这次的伤势还是朕之过失。”

连镌久却打断她，一手扶着门框道：“外面风大，皇上不如入内再谈。”

连树叶都不屑摇的风，很大么？既然他想打马虎眼，她也只好奉陪到底，谁让她理亏在先。明泉双手却配合着扶住他，柔声道：“是朕疏忽，连相大病初愈，不宜久站。”边说边相携朝里走去。

远处看，倒是君臣和谐的画面。

卧房内，书香萦绕，字画铺墙，若非还有一张床和梳妆台，明泉几乎以为是书房了。

她负手站在一幅美人画前，低声念道：“美人如花处处香。”

连镌久咳嗽一声，面上轻染红晕，“皇上见笑了。”

“尝闻连相风流倜傥，果然不错。”她见他有些尴尬，连忙换个话题，“连相伤势如何？朕派来的御医只会回禀无大碍三个字，连个伤口大小都说不清楚，简直废物。”无大碍三个字说得颇有力。

连镌久从容道：“皇上息怒。臣不过是肩胛中了一箭……”他声音微微一拖，“的确已无大碍。只须调养即可。”

“连相乃朕之臂助，你调养几日，朕便失了一只手般。”

“臣自是竭尽所能，尽快还朝。”

明泉嘴角勾起一丝浅笑，“可许朕也竭尽所能一下？”

连镌久屈膝行礼道：“皇上言重。”

她急忙扶起，“何以行此大礼？”原本笑吟吟的眸子对上他的，渐渐沉淀下来，隐含期许，“当年先皇遗诏由朕即位，说实话，不只是满朝错愕，连朕都惊诧不已。朕至今都记得连卿当时手捧遗旨，扶朕坐上龙座时的样子。”

连镌久低头看地，额前鬓旁的发丝垂落下来，在空中轻荡。

“争天下，靠的是军队，是武将。但坐天下，靠的是治理，是文臣。”

明泉苦笑一声，“朕如今是坐着天下，却又争着天下，哪样都丢不得也放不得。”

连镌久慢慢抬起头来，一句话斟酌再三才出口，“武可保家卫国，文能齐家治国，历来明君皆是文治武功两面出众，缺一不可。皇上能如是想，正是具备明君之质。”

“那连相觉得高阳王可具备这两项了么？”

轻飘飘的一句话，却似九天神雷般劈下。

连镌久眼睛都不眨道：“臣只知当日先皇遗诏所书即位者，乃是皇上。”

“高阳王文韬武略，自小比太子还要强上几分的。”明泉低喃一句，随即轻笑，“听闻蓝郡王曾有天生王者之美誉。不知连相可见过？”

“蓝郡王赴京六次，臣有幸接风五次。”唯一漏掉的一次是蓝晓雅刚出世时，由其父抱着来报喜。那时他还在御史台。

“其人如何？”

“谈吐样貌人品，皆不俗。”

明泉含笑道：“比之安莲如何？”

“春花秋月，各有所长。”连镌久停了一下才道，“不过皇夫姿容皎若明月，清若醇泉，恐怕世上难有出其左右者。”

明泉转头看着墙上的画，“连相的美人身姿描绘得极是妖娆。”

话题被这么一打岔，连镌久不觉一愣道：“谢皇上赞赏。”

“蓝郡王在送朕去胜州时向朕提出了联姻之策。”她话题又是一改，快得让人措手不及。

连镌久眼中眸光一闪，立即道：“臣以为不妥。”话甫出口，又有点懊恼。这话冲得太快，稍欠婉转。

明泉却显得很高兴，“朕也是这么以为的。”

连镌久本准备了万般说辞来挽回自己的直言，但听她不但没问为什么，还马上附和，显然早有预料。之前说什么描绘妖娆，不过是分散他的注意力，不给他思虑周全的余地。心里的警钟猛敲几下，几月不见，皇上套话的修为显然又高了一层楼。

“若非如此，朕也不会一回京就册封安莲为皇夫。”她神色略显懊恼，“可惜旨下得匆忙，好多事都得补起来。”

“臣愿为皇上分忧。”他识相地将事情包揽下来。

明泉满意地点点头，转而尴尬道：“不过历史上大婚得如此乱七八糟的皇帝，恐怕也只有朕了吧。”病中头昏昏的，只想把事务分担一部分出去。仪式匆忙不说，连搬迁凤章宫这等重大之事都漏了，更不用说宴请百官等琐事。

“皇上与皇夫珠联璧合，乃是天造地设的一对，何必在乎此区区俗礼？”

“连相何以以为蓝郡王与朕就不是天造地设的一对呢？”

连镌久成竹在胸，“适才皇上说，争天下，用军队。坐天下，以治理。皇上将凤座设于

龙座之侧，显然意于皇夫……同坐天下。”他轻扫明泉一眼，见她并无不悦，接着道，“蓝郡王封地缅州，手握军队，但在朝中结交不深。而皇夫，背靠安家，与朝中关系千丝万缕，皇上可倚重之处甚多。”

“可提防之处也甚多，是么？”明泉淡然道。

连镌久抿唇不语。

“连相在朝中不也盘根错节，门人甚多？”明泉笑道，“难道朕也要一一提防？”

他从容跪下，“臣愿告老。”

明泉摆手，面容上带了一丝疲惫，“记得帝师曾对朕说过一句话，用人不疑，疑人不用。朕不否认，自登基以来，朕一直都提防着连相。”

连镌久身体微震，抬起头来。

“帝师的八个字说来简单，做来极难。尤其连相的树大，枝叶又茂。那时的朕，眼睛被那一片片的绿叶虬枝蒙蔽，难免有些小家子气。还请连相包涵。”

“皇上……”连镌久动容。

“此次微服，朕感触良多。”明泉慢慢伸出手掌，“连相可愿与朕抛开过往，君臣同心，一同开创一个受万世景仰的大宣盛世？”

连镌久深深磕下头去，“臣万死不辞！”

明泉将他轻轻扶起，“安家也罢，连家也罢，只要君臣同心，为国为民，朕都一视同仁。所谓内举避亲，连相以后大可不必抑制本族。若有人才，只管举荐便是。”

连镌久眼中泪花微漾，“臣遵旨。”

她突然想到什么，笑着拱手道：“恭喜连相，门人金科及第。”

连镌久愣了下，“什么？”

“那个钟鼎可不是墨莲社社员？没想到当初墨莲社夸下海口，要将所作诗句自己归档宣典，竟真的做到了。”

连镌久脸色一变，眼看又要跪下，明泉却早先一步将他扶住，“又不是什么大事，连相何必介怀？”她叹了口气，“说起来，若非欧阳成器将墨莲社里里外外摸了个透，朕也不会知道原来墨莲社成立之时乃是荣锦七年五月，那时安莲尚未出仕。”

其实以安莲那样清冷孤高的个性，未必屑于借助那些不羁文人。

“所以皇上便猜想到臣？”

“墨莲社名为文学社，其实却是颇具规模的组织，那些书生不过是障眼法而已。”若不是组织，又怎么会像铁板一块，让沈南风都无法介入？“不过当今天下能利用安莲为幌子的人不多，墨莲社创社之人出自江南，与连相算是同乡，而名字中又带了个莲字……”

连镌久苦笑道：“其实当初墨莲社不过是个以文会友的学社，只是后来……”他的官越做越大，朝中敌对之人也越来越多，所以才渐渐需要属于自己的耳目和臂助。

“朕明白。”

“不过后来社中不少人都是仰慕皇夫之名而来不假。”

而你也名正言顺拿安莲之名当幌子也不假。

“皇上稍等。”连镌久走到里屋，从床上翻出两块令牌，跪下手举过头递给明泉，“请皇上收纳。”

明泉先是扶起他，今日她已扶了不下数回，因此动作格外顺畅。再接过两块令牌，拿在手里翻看，一块令牌通体黑色，上面雕刻着一条张牙舞爪的龙在云中出没，“尊龙令？”

“不错，当初先皇将帝轻骑调守京城，并将此令交给臣，就是提防有人图谋不轨。如今此事已了，交还皇上再合适不过。”

明泉拿起另一块牌子，比尊龙令略小，青铜铸造，一面刻着一朵莲花，一面是墨莲二字。

“此令可调动墨莲社的暗探。”

墨莲社还有暗探？明泉收起心中小小的惊讶，笑道：“却不知社的负责之人是谁？”连镌久镇日忙于国事，许多事肯定不是亲力亲为。

“他叫夏淳淳，是臣故友之子。”

明泉微讶，“是他？”

“皇上见过？”

“嗯，数面之缘。”明泉将墨莲社令牌收好，将尊龙令递还连镌久，“此令还是交于连相掌管……”

连镌久退后一步，“臣请皇上收回成命。”

“连相？”

“臣一介文臣，实是不宜再领此令。”

明泉闻言，脸上怅然深锁，“可惜，我泱泱大宣武将有缺。”

“皇上何不办武举？”

“武举？”

“其实大宣向来崇文轻武，许多兵法人才埋没深山，往往一世都无出人头地的机会。皇上若办武举，以武功、兵法、战术等为科举之题，将这些人才招揽入朝，我大宣又何愁无将可用？”

明泉大喜，“连相实乃朕之良师！朕这就去办……”她匆匆走了两步，才有些尴尬地回头，“连相身体……”

“臣已无大碍，后日即能还朝。”他笑着补充道，“明日是休朝日。”

“那朕在金銮殿恭候连相。”

“臣恭送皇上。”

明泉与连镌久相携出来，其乐融融。严实等人只是远远跟着。一路出来也未碰到其他人，显然是连镌久让他们避开了。

到了府邸门口，明泉指着那辆礼车，笑道：“还望连相不要治朕一个贿赂之罪才好。”

连镌久也笑道：“皇上的贿赂，臣收得安枕。”

两人又寒暄几句，明泉才恋恋不舍地坐车去了。

车到转角，停着另一辆载满礼物的车，明泉坐在车里淡淡道：“去杨尚书府。”

车轮缓缓滚动，明泉突然道：“可知那门房叫什么名字？”

严实道："姓屠，名昌，字茂盛，徐山人氏。"

明泉心中诧异。她只是随口一问，没想到他竟然真的知道，眼中流露几分赞许，"一会儿去姜有故那里传口谕，给他安插个七品官做做。"

"遵旨。"

一车礼物加一个七品小官换回一个墨莲社和一块尊龙令，实在划算。

明泉嘴角微微勾起一丝笑意。

杨焕之的尚书府离这里不远，过了两条巷子便是。

规模比连相府自是小了不少，不过门口却热闹得多，七八辆马车拉载的礼物叠得三人高。门口有两个家丁正在一辆辆地清点。

明泉笑道："没想到杨尚书朝上一本正经的模样，私底下生意却这么好。"

黄正武等人见她虽面上笑容可掬，话里却透着丝丝寒气，因此都不敢搭话。

明泉正要举步，旁边突然出来一辆轿子悠悠然地擦身而过。

她脑中灵光一闪，对黄正武道："拦下来。"

一个侍卫一个纵跃跳至轿前。

轿夫大惊，齐齐向后退了几步，轿子一个没抬稳，砰砰两声落到地上。

"啊。"轿子中发出一个吃痛的男声。

轿夫又惊又怕，不敢看轿子里面，只对着侍卫佯喝道："什么人？"

明泉掩嘴笑道，"故人。"

轿帘被猛地掀起，沈南风穿着官袍从里面跌跌撞撞地冲出来，顾不得揉差点被摔成四瓣的屁股，到了明泉跟前就要下拜。

"沈大人。"明泉两手将他手肘托住，"染天这厢有礼了。"

沈南风想起这里不是皇宫，明泉乃是私访，连忙道："谢姑娘有礼。"因他曾与明泉一同微服去过高绰君的故居，因此知道她微服时的名字。

明泉见那杨府门口的两个家丁正探头探脑地往这里看，立刻大声笑道："沈大人也是来探望杨大人的？正好同路啊。"

沈南风不敢揉屁股，只好搓着腰杆赔笑道："不错不错，正好正好。"

明泉点点头，对黄正武等人道："你们在门外候着。"便往杨府里头走去。

那两个家丁认得沈南风乃是住在隔壁府沈儒良大人的长子，当今皇上面前的红人，因此不敢拦他们，只是留下一个看东西，另一个一溜烟跑进去通报。

沈南风伸头望了眼近在咫尺，只有一墙之隔的家门，摇头暗叹了口气，跟在明泉身后走了进去。看来今天去杯莫停与朋友小酌几杯的约会爽定了。

杨府的格局简单，基本与宅子初落成时相差无几。明泉见几处宅院呈现败落，墙外青苔密布，藤蔓错绕，想起门外那几车高的礼物，不由低哼了一声。

走到一处别院门口，突听尖锐的嗓门大骂道："滚你奶奶的混球！"

明泉的脚步下意识收住。

沈南风捂住嘴笑道："听声音，好像是杨大嫂。"

明泉点头暗忖道：杨焕之与沈儒良同辈，沈南风口中的杨大嫂应是杨焕之的大儿媳妇。

"我呸！你讲得好听！说穿了还不是过河拆桥！"明泉一边往里走，一边听到杨大嫂那鞭炮般噼啪作响的数落，"你也不想想，当初要是没有爹帮忙，王越那小子能这么顺当地落选么？"

沈南风见明泉后背一僵，暗道一声不好，他与杨焕之同朝为官，比邻而居，又一同去过频州，可算忘年之交，交情深厚。因此上前一步，欲张嘴提醒，却见明泉瞪他一眼，眼角的冷意好像化作寒风将他的嘴巴灌了个满当。

"我家公子体弱多病，久治不愈，老爷怕误了杨小姐的终身，才遣老夫送来歉礼，将这门亲事作罢。"明泉站在瓶形拱门边上，将里面的声音听得一清二楚。

杨大嫂冷笑一声，"哟，说得倒是比唱得好听。可我怎么听说王大公子上个月在江南为了一个妓女和人争风吃醋闹得满城风雨，还亲自把对方的肋骨都打断好几根。"

"正因我家公子命不久矣，老爷才事事由着他。至于打架之事，公子从头到尾不曾参与，出手的是敝府家丁，人现在还在大牢里关着。杨夫人如若不信，倒是可去江秦府查查。"

废话，江秦府的大牢关得起首富公子么！杨大嫂声音愈加发冷，"好也罢，病也罢，既然你王家当初下了聘，我杨家接了聘，这事就是定了。退婚这种破坏尚书千金闺誉的事，你们最好先掂量掂量。"

这话说得极重，近似威胁。礼部尚书虽比不上吏部兵部握有实权，但杨焕之毕竟是明泉极倚重的当朝老臣，在朝中还是颇有影响的。对方闻言似是迟疑了下，才不卑不亢道："王家自然不敢有损杨小姐的半分闺誉。幸好提亲之事知者甚少……"

"嫂嫂，何必跟他们这样死活纠缠，没了我杨家的脸面。退婚便退婚，反正我从未想过要嫁给商贾。"说话之人口气颇冲，显是气得不轻。

杨大嫂阴阳怪气地笑了声，"我的好小姐，你讲得轻巧，一个女子的闺誉哪里容得说退婚就退婚。要是让爹知道退婚的事是我松的口，少不得又要劈头盖脸的一顿。"

杨小姐气势顿时弱了下去，"我的婚事自然由我做主。"这话的气势远不如上一句，有些绵软。想必对杨焕之知道后的态度并无十分把握。

杨大嫂却不想轻易放过她，"你嫂子我虽然没读过书，却也听过父母之命，媒妁之言。所谓长嫂如母，谁让娘过世得早，我少不得只好多担待些。"

杨小姐被她说得脸上挂不住，"这事我去和爹说。"

明泉听她们越说越僵，只好咳嗽一声，跨过园门走了进去。

园里众人见了她都是一愣。杨大嫂的目光越过她落在沈南风身上，脸上立刻笑出了千百朵花，"原来是小沈大人，你怎么不去正厅朝这园来了？"

沈南风偷瞄了眼明泉，讪笑道："很久没逛园子了，随处走走。"

杨大嫂虽没读过书，却是个极有眼色之人，目光立刻转到明泉身上。见她姿容不俗，气度雍容，不禁暗暗揣度来历，"这个小姐瞧着眼生，不知是哪家的姑娘，模样这般标致？"

明泉有生以来第一次被人用标致形容，不觉莞尔，"我是路过尚书府，被杨嫂子的大嗓门给吸引过来的。”

杨大嫂闻言一怔，似是没想到她讲话这么不客气，随即眼中闪过一丝算计，故作沮丧道：“既然小沈大人都听到了，我也不好相瞒，只是王府如今欺上门来，爹又在休养，不敢让他操心，我一个妇道人家实在是没办法了。”说着，眼眶竟红了起来。

明泉几乎要为她说哭就哭的本领喝彩。明明刚才说听到她嗓门的是她，她偏偏算到沈南风头上，强拉他出头。

杨小姐气得嘴唇发白，“这等丑事，你竟还张扬给外人知道，你，你可还顾不顾我的名声了？”说罢，刷刷两行清泪从脸上划下，跌落在地上。

“不顾名声的是他们！”杨大嫂知道沈南风与杨焕之交情不错，因此像找到靠山般肆无忌惮地指着王家来人的鼻子，“别以为给几车赔礼，给点臭钱就想打发人！你也不打听打听这里是什么地方！这里是尚书府！是朝廷一品大官……”

“住口！”

杨焕之站在门口，凸起的颧骨泛出两团异样潮红，嘴唇干裂，唯独那头如霜白发一如觐见时模样，被梳理得一丝不苟。不愧是礼部尚书，就连在自己家，也是这般注重仪容。

他身后跟着一个家丁，明泉认得正是跑进来通报的那个。

杨焕之的目光在众人面前一一掠过，最后驻留在明泉脸上，发黄的眼白带着些许血丝，身体却慢慢地跪了下去。

明泉突然觉得他弓起的背脊比刚回京觐见时更佝偻。

“臣礼部尚书杨焕之参见皇上，吾皇万岁万岁万万岁。” 每个字，都像一记重锤，敲得四周静谧无声。

杨大嫂和王家等人先是迷茫，随即惊惶地跪拜了下去，口中忙不迭地称着万岁。

明泉脚步移到杨焕之面前，淡淡道：“朕来得匆忙，未及通知杨卿……”话中未尽的含义让人深思。她顿了顿，缓缓吐出口气，似叹非叹，“平身吧。”

杨焕之身体摇了摇，推开家丁的搀扶，慢慢站了起来，“请皇上移驾正厅。”

明泉点头道：“好。”

杨焕之的脚步有些不稳，明泉斜瞟一眼，伸出手去支住他的胳膊肘，含笑道：“杨卿身子可有起色？”

杨焕之低头看着脚下，并未回答。

气氛莫名僵持。

沈南风在一旁赔笑脸道：“我前几日来的时候正巧听到大夫说不用开方子，只是吃得好些，少操劳些，保持心情舒朗。”

“杨卿乃一国柱石，于公于私，朕哪里少得了他？”明泉笑笑。

杨焕之背脊一挺，不着痕迹地抽回手，偏头对身旁战战兢兢跟着的家丁道：“去库房把王家的聘礼点出来，让他们一起拿回去。”

家丁如蒙大赦，连爬带跑地往回走。

正厅与适才的园子只隔了三道门，不到百步。

杨焕之到了厅内，亲自倒了两杯茶放在明泉与沈南风身前，“府里的下人散得差不多了，请皇上和沈大人海涵。”

明泉的胃好似被揪了一下，隐隐浮起一种不好的预感，却说不出所以然。

沈南风端茶的手一顿，“好端端地遣散下人做什么？”

明泉若有所思，“南风，你去看着王家的人，让他们莫太过分。”

沈南风嘴巴刚碰到杯缘，闻言呷了呷干涩的嘴唇，放下杯子，起身退了出去。

明泉正欲说什么，便见杨焕之激动地站起来，一头磕了下去。

“老臣，愧对皇上！”

明泉抢在他之前，扶住他的肩膀。奈何他一跪之心坚定，明泉一托未托住，连带他的重量拖得蹲下。

“杨卿……”她望着他颤抖不止的身体，想起那日劝她充纳后宫时的执着，不由长叹一声，“朕不怪你。”

杨焕之跪拜的姿势一动不动。

“王越既然无意进宫，无论杨卿是否与之结亲，结果仍是一样，杨卿无须自责。”话虽如此，明泉仍是对王家所作所为厌恶至极。

先是装病瞒天过海，再是拉拢礼部尚书。这也罢了，现在看出杨焕之身体抱恙，杨家势力单薄，便过河拆桥……她眸中寒光一闪。本来王越如此抗拒进宫，她也无意强人所难，可如今他们在她眼皮子底下装神弄鬼，将朝廷重臣玩弄于股掌，未免太不把她放在眼里。

“但老臣此举，实是私心。”杨焕之自然不知道明泉此刻的想法。他一生为官清廉，不想在最后掺了点私心，却让明泉抓个正着，“当初老臣曾将小女婚配于故交之子，奈何小女命薄，两月前，那位故交之子竟在一次骑射中坠马。”他抬起头，脸色苍白如纸，“此后未几，王家之人便带着聘礼上门。老臣膝下只有一子一女，犬子无用，读书习武一事无成。老臣怕死后无人照料他们兄妹，才……”只能怪他的身体垮得太快，快得让他来不及选择和思考。

“若是这样，也没什么。”明泉舒出口气。适才听杨大嫂嚷嚷，说王越落选杨焕之也掺了一脚，现在看来，怕是她随口夸大。

杨焕之固执地摇摇头，“王家是大宣首富，皇上若能将他收为己用，则国库无忧矣。而老臣为了一己私心……”

收为己用？有什么方法比充实后宫收得更快的？明泉好笑地摇头，“放心，朕自有打算。”她捶了捶微酸的肩膀，对仍跪在地上不起的杨焕之苦笑道，“杨卿，我们可不可以换个姿势继续谈？”

杨焕之这才摇摆着站起，扶着桌子坐下。

“杨卿，朕已经把北夷那个烫手的芋头扔给孙化吉了，你的病也该好了吧？要不要朕让御医过来看看？”

“臣并不是因为北夷……咳咳……”

“朕说笑罢了。”明泉看他一脸焦急地咳嗽起来，不禁有些后悔开了这么个玩笑，“还是让御医来看看吧？”

“多谢皇上关心，臣是小病，用不着惊动御医。”

明泉想起沈南风说大夫都没开方子，想必也不严重，便点了点头，“适才沈卿说大夫嘱咐杨卿要吃得好些，正巧朕这次也没带其他，就是带了些补品，”她见杨焕之要推却，肃容道，“那是朕的赏赐。”

“臣谢主隆恩。”杨焕之说着又要跪下。

明泉扶起他，笑道：“免了吧。朕今天光是扶人就扶得腰酸背疼，杨卿好歹体恤体恤朕，别再折腾了。”

杨焕之急忙弓身，“遵旨。”

明泉站起，“天色不早，杨卿也早点歇下吧。”

一番折腾下来，时近傍晚。

杨焕之一路送她至门口，那几辆车已被拉走，家丁正把一箱箱的聘礼往外抬，王家的人倒是不见。

杨大嫂原本叉腰站在门槛处吹胡子瞪眼，一边嘴巴骂骂咧咧。沈南风有一搭没一搭地听着，面上尽是苦笑。两人见明泉出来，眼睛俱是一亮，沈南风正要上前，就被杨大嫂一个胳膊肘拐到身后。

“皇上，时间不早了，不如留下来用顿便饭吧。”杨大嫂讨好地看着她。

明泉笑着拱手，“多谢嫂子盛情，家里头还有事，不留了。”

杨大嫂想到喊自己嫂子的乃是一国之君，心里立刻抹了几百勺蜜似的，甜得不得了，嘴里连道：“那您忙那您忙。”

明泉跨出门槛，回头对杨焕之低声道：“杨小姐的婚事，就包在朕身上。”

杨焕之一愣。

“杨卿给朕拉了六次媒，朕总要回礼不是？”她意味深长地一笑，朝停在不远处的轿子走去。

沈南风跟在她身后，正想着怎么脱身，便听明泉回头笑道：“沈大人赏不赏脸跟朕去杯莫停喝一杯？”

天下能用朕这个字的，也只这么一个人而已，他能不去么？沈南风面上温雅一笑，“自当奉陪。”不知他那些朋友走了没有？

杯莫停，莫停杯。

明泉来得不早不晚，酒楼里的人坐得不多不少，正好在窗边还空了两个位置。

“挑雅致的上来。”明泉招呼众人坐下，正好两桌。

严实第一次与明泉同席，显得有些坐立不安。

“朕前两次来的时候，这楼上还没这么多玉屏隔阻。”虽是大堂，但被一个个碧玉屏风隔成各自小天地。

沈南风笑道：“这是孟御史兴起的。原本是包厢前满之时用的权宜之计，哪知道其他人见了竟争相仿效，反倒成了风气。”

“孟子桥？”明泉想起孟子檀，那个直爽开朗的男子，有些发怔。

“孟御史兴起的可不止这个，”沈南风与孟子桥既是同僚，又是酒友，知之甚详，因此提起来头头是道，“他还亲手研究了道菜，叫相思入骨，成了杯莫停的头盘。”

明泉回过神，好奇道：“相思入骨？不知是怎么个相思法？”

正说着，小二已端了两盘菜上来。

沈南风指着其中一道骨头汤道：“正是这道。”

“骨头是有了，不知相思在何处？难道是味道奇美，念念难忘？”明泉好奇地夹了一块在碗里。

沈南风用筷子夹住骨头，又另取了只筷子，开始捅骨髓，才两下，一颗黑红的豆子从里面掉了出来，落在碗里。

“这是什么？”明泉随即领悟，“相思红豆？”

“皇，”沈南风假咳一声，“谢姑娘英明。”

明泉依样施威，却是掉出两颗，“怎么有两颗？”

“这说明姑娘相思的人有两个啊。”一个锦衣青年自玉屏后转了出来，拍着沈南风的肩膀笑道，“沈兄太重色轻友了，把我们这干子朋友晾在一边，跑来和佳人说什么相思……嘿嘿。”

沈南风皱了皱眉头，“莫要胡说。”

明泉微微一笑，“相请不如偶遇，不如坐下同饮。”

严实立刻起来站到一边。

锦衣青年拊掌赞道：“巾帼不让须眉，我总算见到这样的女子了。只是我还有几个朋友，这张桌子小，不如同去包厢里坐坐。”

沈南风还在犹疑。他最是知道这些朋友，一喝酒便舌头大卷，言行无忌。

明泉这几日在宫里正憋得慌，难得出来放松，自然是一口答应。

沈南风见状也只得无奈跟随，心中更是暗暗提醒自己下次回家一定要绕过杨府。

前脚一踏进包厢，明泉就后悔了。在座四个人里，她认识两个。

“要不是我出去透气，还不知道原来沈兄把兄弟们晾在一边，是为了在大堂陪伴佳人。大家今天都别客气，一人先罚沈兄三杯再说。”那个锦衣青年促狭道。

沈南风一边偷瞄明泉脸色，一边恨不得把青年的嘴巴用封条贴住，“敬堂兄，小弟以往有什么得罪之处，还请多多包涵。”

“什么得罪不得罪的，喝了酒再说！”被称为敬堂兄的青年斟了满满一杯，小心翼翼地捧过来，“可不许洒了，洒一滴罚十杯。”

沈南风和他们闹惯了，知道是不达目的不罢休的脾气，只好苦笑着端起酒，正准备一口饮尽，便听到席间一阵阴阳怪气的笑声，“余兄这杯酒可罚得不对。”

余敬堂回头见张菊节笑得不怀好意，原不想接这个茬，却被另一个青年接了去，“哦？怎么不对了？”

张菊节见是唯一与他交好的成书怀接了话，立刻道：“这杯酒怎么也该让孟二公子来罚才对。”

孟子檀自明泉进门起，就沉着脸色，闻言只是抬头轻瞟了眼他，也不搭话。

明泉偏头想了想，才恍然道：“你就是那个独爱青山绕百川吧？”他长得太不起眼，她开始还没想起来，只是那态度那神情，猥琐得与她记忆中的人影重叠。

余敬堂好奇道：“什么独爱青山绕百川？”

明泉漫不经心地抢在张菊节前道：“哦，是这位公子在沐先生家里出的佳句。”

余敬堂还没领悟，呆道：“青山怎么绕百川？”

“那只能问这位公子了，大概他见过这么座奇山吧。”明泉一本正经道。

张菊节的旧日糗事又被翻出来说，心中气得要死，瞪着她的目光好似要凌迟一般，“我记得当日谢姑娘和孟二公子十分投契，怎么今日连声招呼也不打？”

这句话说出，明泉和孟子檀仍是不动声色，变脸色的却是孟子桥。他难得参加这种聚会，只因孟子檀近来心情莫名欠佳，才拉他出来散心。没想到正撞上明泉微服。孟子桥曾进过选秀名单，以他的性子即使落选恐怕也不待见明泉，因此他静坐一旁，准备找机会带孟子檀离开。只是千算万算没算到明泉和孟子檀竟是见过的。

“你们真是……”成书怀突然站起来笑道，“说了这半会居然还没入座，倒显得是我这个东道主招呼不周了。来来来，快快坐下再说。”

沈南风搬了两把椅子，插入孟子檀与余敬堂之间。

明泉入座，左手正好是孟子檀。她原要换个位置，转念想到孟子桥既然与孟子檀同时出现，她的身份注定要暴露，换座反而显得矫情。

“谢姑娘婚配否？孟二公子和沈大人都是一时之选，可莫挑花了眼。”张菊节依旧纠缠不休。

沈南风平日便对张菊节这等人看不上眼，若非当初明泉让他彻查墨莲社也不会扯上关系，此刻听他说话咄咄逼人，忍不住道：“张少爷管得太宽了吧。”

余敬堂和成书怀一愣，沈南风如今虽然位高权重，但他们都是少时交情，彼此从来不摆架子，他这样疾言厉色倒属首次。

明泉倒不惊怒，微微一笑道，“多谢关心，张公子如不介意，可称我一声夫人。”

张菊节怔住，看看孟子檀又看看沈南风，小声道：“沈夫人？”

沈南风噌地一下站起来，脸色极为难看，“张菊节，你胡言乱语够了么！”就算他想死，何必找他垫背。这句话若是传了出去，恐怕他就算不掉脑袋，乌纱帽也要抖几抖。

张菊节吓得筷子落在地上都不知道。

余敬堂也被惊得站起来，“沈兄何必如此大火，张兄心情不好，多喝了几杯……”

成书怀目光自沈南风等人脸上巡了一圈，眼中似有所得，“敬堂你先送张兄回去。”

余敬堂看了圈，生气的生气，面无表情的面无表情，做东的做东，似乎只有自己无关紧要，只得认命地拉起还未缓过神来的张菊节，推出门去。

成书怀见门一合上，便招呼道：“吃菜吃菜，这几道菜可是孟大公子的最爱。”

“哦？那可要好好尝一尝。”明泉配合地夹起一个笋尖入口，“嗯，甜嫩润滑，似乎还有肉的鲜味。”

成书怀道：“用的是高汤。”

明泉故作恍然，转头问沈南风：“高汤是什么汤？”

成书怀笑道：“谢姑娘问错人了，孟大公子才是吃的行家。”

孟子桥见躲不过去，只好道：“高汤分为三类，分别是毛汤、奶汤和清汤。毛汤最简单，一般用鸡骨、鸭骨、猪骨、碎肉、猪皮等冷水煮滚，去沫，放入葱姜酒，以小火慢煮。奶汤选用的料是鸡鸭猪骨、猪爪、猪肘、猪肚等，熬出来的汤呈奶白色，故此得名。而清汤又分普通清汤和精制清汤两种。普通清汤是选老母鸡，配部分瘦猪肉，用滚水烫过放冷水旺火煮开，去沫，放入葱姜酒，随后改小火，保持汤面微开，翻着碎小水泡。最要注意火候，过大会煮成白色奶汤，过小则鲜香味不浓。精制清汤乃取普通清汤用纱布过滤，将鸡脯肉斩成肉茸，放葱姜酒及清水浸泡片刻，用纱布包好鸡肉茸放入清汤，旺火加热搅拌。待汤将沸时改用小火，不能让汤翻滚。汤中浑浊悬浮物被鸡茸吸附后，取出鸡茸。这一精制过程叫‘吊汤’，精制过两次的清汤叫‘双吊汤’。这样精制过的汤是汤中上品，状若白水却清澈鲜香。”

明泉听得头晕目眩，其实论美味，这些菜肴尚不如宫中御膳，明泉适才也是随口一提，现在却有些懊悔，见他闭上嘴巴才舒出口气，“果然是行家。”兀自下筷不再赘言。

一时饭桌无言。

将所有菜都尝了个遍后，明泉心满意足地放下筷子，“不负此行啊。”

孟子桥见机道：“我与舍弟还有事要办，恐怕要先行告退了。”

成书怀笑笑，似乎也没察觉告退二字有何不妥，“如此小弟也不便挽留，孟兄慢走。”

“正好，我也要告辞。”明泉站起来拱手笑道，“成兄盛情染天铭记了。”

成书怀连道哪里，神情却有些激动。

明泉与他们一路走到楼下，严实等人自是紧跟在后。

“南风，”明泉上马车前突然回头问，“你可知京城有个客栈，三层高，有些破旧……对面还有一家糖葫芦，早晨还有临时搭的点心铺？”

沈南风皱眉想了想，“三层楼高的破旧客栈在京城恐怕没百家也有几十家……”

明泉失望地敛起目光，轻叹道：“是么。”

“皇上要留宿客栈？”沈南风心中颇不认同，面上却小心道，“客栈人多口杂，臣斗胆请皇上屈尊舍下。”这句话，他说得极轻。

明泉摇头笑道：“不必了，你不是管着刑部么？暗里派些人来也行，莫碍着眼便成。”说着，她搭着严实的手钻进马车，撩起窗帘见沈南风依旧站在原处，似有心事，遂道：“今日微服之事，你知我知，不可对第三人言。”意思是不计较张菊节那些无心的胡言乱语。

沈南风喜道：“是。”

马车在京城转了半圈也没找到慕流星落难时住的那家。天色渐晚，明泉无奈，随便挑了家住下。客栈比先前慕流星住过的那家好上不少，来往皆是四方的商贾富豪，因此明泉一行并不引人注目。

“谁？”带头走在最前的黄正武突然低喝一声，转身挡在明泉身前。

他们住的是玄字一至七号房，一排楼道到底，并无其他住客。对方似乎是故意的，黄正武在转角时才感觉到对方突然加重的呼吸声。

“没事，是朋友。”明泉拨开他，走到孟子檀面前，“有事？”

孟子檀倚门垂头不语，二楼外的月光被茂密树叶遮住，他的轮廓隐在暗处。

明泉越过他，正要推门，手臂突然被拉住。

“我想谈谈。”孟子檀侧过头，黑白分明的眸子迎着暗淡的光，露出渴求。

黄正武紧张地站在原地，手捏成拳，随时准备冲过来。

明泉看着他，虽然不知道这样的昏暗他能不能看见她的表情，却还是笑了，“好。”

客栈后院有一大块空地，平时都用来堆积杂物。

明泉和他站在树荫下，从别处竟也看不出来。

“是因为张菊节当初的话，我才落选的么？”孟子檀坐靠树杆，抬头望着她。

明泉俯低身子，“当然不是。”

“我的家世……也不差。”孟子檀不知道自己在说什么。压抑在心里话堆积成山，出口却是些不着边际的。

“你不适合，”她似乎知道他在想什么，“宫里的规矩很多。”

孟子檀的眸子渐渐亮起来。

“其实我很羡慕你。”她低头看着鞋尖，“所以，我不想让你有一天去羡慕别人。”

孟子檀突然站起来，腰际抽出一把明晃晃的软剑。

明泉莫名地抬头看着他。

“看过剑舞么？”他一个纵身跃到月下，姿如苍松。他嘴角掀起一丝微笑，真气灌入剑身，剑直如竹，“明月几时有？把酒问青天！不知天上宫阙，今夕是何年。”长剑击空，直指明月。

“我欲乘风归去，又恐琼楼玉宇，高处不胜寒。”长剑一收，双脚在半空轻点，衣袂翻飞，竟如真的要乘风而去般。“起舞弄清影，何似在人间！”

“转朱阁，低绮户，照无眠。”剑随身转，挑起朵朵剑花，如轻波逐浪，洒下银光片片，“不应有恨，何事长向别时圆？”

“人有悲欢离合，月有阴晴圆缺，此事古难全。”蓦地拔身而起，跃起数丈，空中一个翻转，俯身冲下，剑尖在地上轻挑，人如陀螺般速转几轮，落在地上收剑而立。

黑发在空中轻舞，他双目成凝，看着她一眨不眨，轻声念出最后一句，“但愿人长久，千里共婵娟。”

窗外，细雨芭蕉的窸窣声不断。

明泉闻着空气中微潮的湿气，瞪大眼睛看着黑漆漆的帐顶。

雨声渐大，滴答滴答个没完。

风声，萧索。雨声，萧索，视线可及的一切都萧索到了无生气。

天地之间，仿佛只有自己还是活着的。

“但愿人长久，千里共婵娟。”

孟子檀的目光在那刹是那么明亮，明亮到让人移不开眼。但他转身的背影又是那么坚决，坚决到她发不出挽留之声。

双拳一紧，她猛地掀起被子，抓起外衣跑到黄正武房间门口，拼命敲门。

黄正武起得很快，开门的时候手里还抓着一把剑，“谁……皇上？”

“回宫。”明泉赤脚踩在地板上，乌发散乱，眸子清亮若晨曦之霜，“朕要马上回宫！”

马车在雨中疾驰。黄正武另择快马，先一步去开宫门。

黑蒙蒙的天，被密密麻麻的针雨覆盖，马车在雨里，无处可藏。

明泉将车帘掀起一半。外头风吹雨斜，打在她的鞋面上，一会就湿了一半。脚趾贴着冰冷湿漉的鞋面，凉到心头。

气势磅礴的宫殿很快出现在路的尽头，宫墙一寸一寸地上升在视野内。

宫门大敞，黄正武恭敬地等在一旁，马车长驱直入。

周围的墙，周围的景都是熟悉的。

明泉的心定了下来。

马车行驶渐缓，最后停了下来。

她定定地看着眼前撑伞站在雨中一动不动的男子。白衣如天上皓月盈辉，姿清如秋夜晚风拂面，雨打在他的衣袖上，好似亵渎一般。

这个人，是在等她。

脑海突然涌起这个念头，心像被无数团棉花塞满般透不过气来。

她猛地跳下车，朝他跑去，鞋子踩得一路水花飞溅。

伞移到她的头顶上，雨水在伞下斜飞。

“皇夫到得好快。”一出口，她惊觉不妥，这话有暗责他在宫中密布眼线之意。

安莲的脸色有些苍白，发梢挂着无数小粒水滴，整个人融在雨里，透出丝丝寒气。那双清冷若晨霜的眼眸一瞬不瞬地望着她，带着几分难以言语的幽深，明泉觉得心被紧紧一抽，他却移开了目光，“皇上身系江山社稷，万事应三思后行。”他并未掩饰话中的轻责。

弄拧了。明泉脑海突然浮现这三个字。她呆呆看着他，却不知该如何补救，面对连镌久的泰然自若，面对杨焕之的游刃有余突然忘得一干二净。

雨水打在睫毛上，将视线抹出几片亮光，眼前男子近在咫尺，却在亮光里模糊。

她听着自己的心跳声，在夜里格外清晰。

“朕，知道了。”

一句极淡极轻的话语被一阵风刮向四方，消失无形。

躺在承德宫熟悉的床铺上，明泉起伏的心跳慢慢平缓下来。

同样的雨夜，从不同的窗子看出去，会看到不同的景致。

客栈外的雨，细碎烦躁。宫殿间的雨，繁密宁静。

她吸了口气，慢慢闭上眼。

应有的睡意依旧迟迟未现，脑海中被两个身影不断翻搅。孟子檀月下舞剑时的洒脱，安莲雨中撑伞的优雅突然融成一幅画面，一静一动，各占住她的半边思绪。

胸口说不出的烦闷，她再次坐起，低唤道："严实？"

"奴才在。"明泉今夜的反常他瞧在眼里，自是十二万分的小心谨慎，特地亲自在门外守夜。

"掌灯，朕要看奏折。"

严实迟疑了下，道："皇上，夜已深了。"

明泉兀自披衣而起，感到腹中空虚，又道："再拿些吃的……不，拿碟花生来。"

严实见状知道劝说无益，连忙道了声："遵旨。"他身后的小太监立刻上前帮宫殿里的灯都点了起来，严实一边打发人去御膳房找花生，一边着人将两个正热的暖炉放在明泉座旁。

明泉翻开奏折，上面的字开始还是晃悠在思想之外，等瞧得久了，便慢慢吸了进去。

严实将花生小心地放在桌上，看到小太监将墨研之后，做了个手势，两个人悄悄退了出去。

明泉搁下批好的奏折，翻开另一本，随手拿起一颗花生放入嘴里。

明明是很香脆的味道，明明肚子一样很饿，却不是记忆中的味道。她将第二次伸向盘子的手慢慢缩回来，啜了口茶，将嘴巴里余留的味道冲去。

右边的奏折一本本少下去，左边的奏折一本本堆高。

夜空的黑，被雨水一层层洗退，露出一片烟灰。

明泉执笔的手突然停在一本奏折上，入眼帘的三个字将毫无防备的她砸得一阵眼晕。

她低头看着自己的手，笔在指尖微颤。

慕流星……

慕流星。

记忆如洪水一般被打开，就瞬息奔腾千里，再也堵不住。

她闭上眼，默默地仰头坐在龙椅上。

许久。久到第一缕晨曦照入殿前。

案上纱灯里的灯芯扑哧一声，灭了。

明泉睁开眼，缓缓动了动僵硬的胳膊，在那本求追封的奏折上，写下"忠勇大将军"五个血红的字。

批一夜奏折的后果是，明泉用一个白天来睡觉。

等起身用膳，落日已经去很远的地方残照了。

漫不经心地搅着碗里的鱼粥，明泉一点胃口也没有，"都撤了吧。"

严实想了想，低声问道："薛蓄子派人送来亲手做的点心献给皇上，是否现在端上来？"

薛学浅亲手做的点心？明泉一愣，脑海浮现起那个在簇拥下温雅清和的男子，"他亲手做的点心？"她带着几分好奇道，"端上来。"

严实后退几步转出门，不一会儿，两个小太监一左一右，手捧精致的瓷碟，慢慢走来。

“奴才小潭子，参见皇上。”

“奴才小何子，参见皇上。”

“平身。”明泉见他们微微抬起下颌，露出秀美的轮廓，十分眼生，不禁笑道，“这两个不是承德宫的吧？”

左边自称为小潭子的上前一步道：“皇上英明，奴才正在储秀宫当差。这两盘乃是薛蓄子亲手做的点心，特地命奴才们端来请皇上品尝。”

明泉眼睛自碟子上一扫，一盘是五瓣花状的梅花糕，旁边有两朵红色小花，却不知道是什么做的。一盘是炸得金黄的萝卜丝饼，用芭蕉叶制成的小舟包裹。一盘是白红相称，一盘是绿里藏金。饶是明泉食欲不振，也被吊起了些胃口，“端过来吧。”

盘子放在明泉面前，一个小太监递上筷子。

明泉瞟见每块梅花糕上都有个微不可见的小针孔，不禁苦笑摇头，夹起一块放入嘴里。

小潭子和小何子虽是低着头，微颤的手却显露出情绪来。所谓一荣俱荣，后宫主子本就不多，能跟着薛学浅已是百里挑一的运气，若薛学浅因此受到宠幸，那么他们俩也会水涨船高，前途可期。

明泉啜了口严实递来的茶水，将口中残味漱去，又咬了半块萝卜丝饼，慢慢放下筷子，“香甜可口，入口即化，比之御厨，不遑多让。”

小潭子和小何子的心顿时放了下来。

明泉眼睛微微一眯，“严实，传朕口谕，晋封薛学浅、冯颖为八品郎伴，赐住……”她顿了顿，“熹微宫。”

小潭子和小何子大喜，连忙跪下道：“谢主隆恩。”

熹微宫以前住的是沈雁鸣，不过自祭祖之后便被留住胜州，至今未返。背地里不少人猜测是冒犯圣颜，被冷落在行宫。因此熹微宫虽然住了三个郎伴，实际上却只有薛学浅和冯颖二人。而冯家如今大不如前，冯颖又年少，熹微宫最后自然由薛学浅做主。

明泉点头微笑道：“你们随严实去吧。”

待他们走后，她的脸才慢慢沉了下来。

慕流星死后还有人为他上奏折求追封，而堂堂镇北国公冯继曹却是乏人问津到连落井下石的人都没有。要说其中缘故，还是和她的态度有关。虽然天下皆指斐旭私纵外敌，但她却从来没有表过态。落在有心人眼中自然是皇上对帝师旧恩未绝，隆宠未断，只等风声一过，便能东山再起。可惜斐旭孑然一身，来去无踪，让他们有心而无处奉承，只好从挚友慕流星身上下手，借着捐躯的名义讨名讨封，既给了斐旭一个大人情，又因着斐旭取悦了皇上，这人情给得正大光明，别人也无话可说，不会落下把柄，实在一举三得。

而冯继曹虽然顶着镇北国公的爵位战死沙场，却因冯颖在宫中不甚得宠，在他们眼中，冯氏一族如今已是一蹶不振，后继无力，皇上的态度又是隐隐约约，当然没有冒险巴结的必要。

想那冯家自开国起便镇守北方，代代相传不知出了多少良将，为大宣立下过多少汗马功劳！她怎能忍心这样的忠勇之族因为抗击外敌，抛头颅洒热血，最后却因这些无稽之由，连个名声都落不下？她晋升冯颖正是敲山震虎，给那些见风使舵的势利小人一个警钟——

尚氏江山从来不需用鸟尽弓藏的手段，也不会过河拆桥，任何一个为大宣尽忠尽心之人，都不会被遗忘！

风过门隙，拨起糕点上的梅香几许。

明泉手指在桌上轻敲两下，突然站起身道：“摆驾长庆宫。”

有些人，她必须防之盯之，但有些人，却可以信之诉之。

万里江山锦绣，毕竟不是一人所能占据。

第九章

明泉自胜州回来后，除了偶尔去瑶涓宫走走，甚少出承德宫。因此当皇上驾到四个字突然在长庆宫外响起时，不免一阵兵荒马乱。

明泉下了辇车，才走几步，便见如意领着人急匆匆地走过来跪下，“参见皇上，万岁万岁万万岁。”

“几时这么规矩了？”明泉想起出宫时那个嘟起嘴巴要糖葫芦的少年，不禁笑道，“起来吧。”

“宫里规矩多，待着待着人也只好规矩了。”如意察言观色，见明泉心情不错，话语里立马多了几分撒娇的口吻，让两人无形中亲昵许多。

“朕可听出话里的抱怨了，”明泉果然没有半点不悦，“你现在可是宫里炙手可热的大红人，其他人巴结尚且唯恐不及，谁能规矩得了你？怕是听奉承听得麻木，收孝敬收得手软，才变得有些呆板吧？”

如意嘟囔道：“皇上离京时，主子当着所有人的面把送来的礼物一一退还其主人。现在莫说孝敬奉承，走在路上不挨白眼就算谢天谢地了。”

安莲这招杀鸡儆猴威慑后宫之举明泉亦有耳闻，“听起来十分不甘啊？难道舍不得那些礼物？”

“谁理那些东西？”如意压低声音，带着几分委屈道，“可怜主子做了那么多事，不知得罪多少人，却也不见得有什么好处……”这句话他说得十分缓慢，似乎是谨慎用词，又似乎是怕对方听不清楚。

说完他不禁抬头偷瞥了她一眼，但见她步履稳健，双目望着去路，面色如常。他暗自将如今的她与记忆中第一次相遇时相比，却发现她眉宇间的倨傲高贵消退无踪，仿佛俱化作脸上不动声色的沉稳。

“皇上驾到！”

“臣安莲参见皇上。”

“平身。”

一连串的对答将如意的思绪拉回，迅速却不失礼数地向明泉行告退礼后，他躬身倒退而出。转头看到走廊里有两个小太监正兴奋地在那里伸长脖子探头探脑，不禁会心一笑，装作没在意地朝另一个方向走去。

曾经他也抱过相同的心情，好奇地想知道发生在宫里的这样那样的事，而如今，他却只想找个地方歇息一会，以便能打起全副精神迎接下次未知之事。

“三甲士子将于明日早朝后在文清殿谢恩，一甲三人还请皇上亲自召见。”虽然殿试除了一甲三名的顺序外，其他都由安莲主持，但进士及第号称天子门生，于情于理都须明泉亲

自召见。

若是往年，科举选才可算朝中一等一的大事，可是今年比一等一更一等一的大事委实太多，明泉闻言也只是点点头。转头见桌上放了盘梅子，忍不住用牙签挑了一个入口，还没咀嚼，眉头已经皱成一团。嘴巴胡乱动了两下，便一口吞下。她揉着腮帮，艰涩道："这味道与你上次赠予朕的不同。"酸得要掉牙，怪不得古人能画梅止渴。

"上次是如意的手艺。"

明泉哦了一声，才讶异道："难道这个你做的？"

安莲面上赧色一闪而过，快得几疑错觉，"皇上若喜欢，我让如意送一坛过去。"

"喜欢喜欢。"明泉呷呷嘴巴道，"酸得别有味道。"

他愣了下，嘴角慢慢化开笑意，犹如云后未被遮全的月华，清丽温和，"皇上这么晚过来，只是为了一坛梅子？"

见他展颜，明泉暗自吁出口气，接下来的话也更好出口，"朕刚才下旨晋封冯颖和薛学浅为八品郎伴了。"说罢，偷偷瞄了眼安莲的神色，却见他已然收起笑容，但也不见愠怒，"哦？恭喜皇上。"

明泉咬住下唇，"你总该想到，朕这么做的意思。"

安莲定定地看着她，漆黑的眼眸露出莫名的光芒，"若是想不到呢？"

她一怔，立即就想反驳怎么会想不到？但随即却被他眼里透露的明亮神采而吸引，若平时的安莲是一幅美轮美奂的画，那么此刻眼中的神采无疑就是让整幅画鲜活的点睛之笔！

她疑过安莲数次，抑或是无数次。不仅是因为他曾背负的屈辱，也因为她对自己的不肯定。心底总有一个声音在反复地问：这样一个十全十美的男子真的愿意埋葬一生于这个不见天日的后宫么？即使他站于庙堂之高，甚至高于辅相，但在天下人眼里，他的名字前将永远冠上"皇帝的"三个字。

他这样骄傲的人，真的可以无怨无悔？

这不但是个疑问，也是个心结。因此他的承诺在她耳里总是会打了折，他的举动在她眼里也会变了质。直到一个时辰前，她心中还隐隐纠缠着这个症结。

但现在她却只想为自己的担忧而失笑。

若她真的如此怀疑他，当初就不可能留下一纸圣旨作他的利器。若她真的如此怀疑他，就不会将关系错综复杂不下于朝纲的后宫交托于他。

其实在她反复问自己的同时，心底早已有了答案。

反复的疑问似乎只是一个习惯，又似乎是一个逃避的借口。至于为何逃避……

她按住脑袋，不让自己再想下去，或是不能，也不该再想下去。原因并不重要，重要的是，她现在已经想通了。用人不疑，疑人不用。普天之下皆是皇土，而她就是这片皇土的主宰！若连身边最亲近的人也要整日毫无缘由地提防来提防去，那她未免太小看自己。

若是有疑，则弃。若是不弃，则信。君臣同心，方是江山之幸！

要是连这么简单的道理都不懂，她又有何德何能为帝？也许她的起步比高阳王，甚至平安郡王晚，但她相信自己未来的成就必定不逊于他们。至少，父皇是如此深信的，那么她更没有理由去怀疑。

“其实……朕昨天在雨中见到你时在想，这个安莲到底在皇宫里安插了多少眼线，怎么朕前脚进门，他后脚就能等在那里了呢？”

安莲轩眉微动，却没有打断。

与连镌久长谈之后，她更明白为君之道并非只是将想法藏在心中，纵然在别人面前显得很高深莫测，却也无形中拉远了与下臣的距离。该掏心的时候掏心，该高深的时候高深，松紧之间收放自如，既让下臣觉得受信赖，却又不能完全揣度上意，这才是真正的为君之道。

“是朕小人之心了。”她喟叹道，“这么简单的道理，皇夫又怎么会想不到？”

他眸光幽深，似火起火灭，半晌才淡然道：“难得能观赏雨景。”那抹难得的赧色竟又若隐若现。

可是也观赏得太久了吧？她没记错的话，昨夜到宫里都过半夜了。明泉小心收起眼角眉梢的笑意，却忍不住轻笑道，“若是朕没有赶回来呢？”话甫出口，立刻懊悔。这句话就算不像调戏也有调侃之嫌。安莲又是如此骄傲的人，只怕要弄巧成拙。她脑中迅速闪过各种打岔说辞，却听屋里头那个清清冷冷的声音似叹非叹，“皇上回来了。”

她眨眨眼，脸渐渐红成一团火烧云。因为回来了，所以一切揣测都是多余。

“皇上晋封薛冯二位，除了为镇北国公撑腰外，还为了安凤坡吧。”安莲把话题轻轻带了开去。当初入宫的六位蓄子，彭徐亡故，沈薛冯三人又先后封为郎伴，只剩下安凤坡一人还徘徊在无名无分的储秀宫了。

明泉敏感地看他一眼，“朕此举，并无任何针对之意。”

安莲沉默了下，“若有那么一天……”话到一半，却化作叹息。安凤坡的所作所为，实是在挑战皇权的边缘。

明泉暗暗猜测他未说出的半句，是放他一马？饶他一命？还是……留他一条全尸？

她被自己的想法吓了一跳。难道不知何时她心中已对安凤坡埋下杀机？

不过这也难怪，且不说安凤坡在她离京时的种种手段阴谋，便是樊州贪墨，恐怕与这位前任樊州巡抚也脱不了干系。

“若有那么一天，皇夫站在哪里？”她调皮地问，却没有半点试探的意味。

安莲抬头看着窗外已至中天的悬月，“当在明月下。”

明泉看着月华笼罩下的美颜，默然端起桌上那盘梅子转身往外走，“明日还需早朝，朕困了。皇夫也早点安歇吧。”她虽不困，却不忍安莲强撑着眼角不经意的疲倦。

因连镌久与杨焕之的归朝，早朝又恢复了几许生气。

各部大臣知机地将手里的奏折塞回袖里。

“臣连镌久有本启奏。”连镌久一个跨步出列，面容突然的消瘦让其看上去有些苍老，却掩不住眼中的精光，“皇上与皇夫心忧国事，体恤百姓，不愿耗损国库，劳伤民力，乃至大婚行简，实是德洋恩普，天覆地载。”他顿了顿，换口气道，“然有三礼，却不可简，还请皇上恩准。”

“谅你也不敢。”王泰同刚想松气，却被她下一句话吓白了面色，“莫非你妄议科榜乃是出自王四海的授意？”

“绝无此事！”他声音被逼得有些尖锐。

明泉冷笑道：“天下科考失意者岂止你一人，怎么就你敢在朕眼皮子底下猖獗？”

猖獗此词如棒喝般打得他一阵眼晕，瞥见平日考生与他交好者或受其恩惠的考生此时都噤若寒蝉，低头缩脑，他把心一横，“草民不敢。但是科考乃天下学子视若神圣之事，还请皇上亲躬，以免寒了天下学子之心！”

“正因科考乃天下学子视若神圣之事，朕才交由皇夫处理。科考是为选拔天下人才而设，朕若为了一己私名，无论长短，事事亲为，才真正是寒天下学子之心！”明泉歇了口气，正色道，“同理而证，今日能入此殿的皆是我大宣明日栋梁，朕决不辜负任何才德兼备的有用之臣，却也不会放任信口开河的狂妄之徒！”

安莲躬身道：“吾皇圣明！”

众人正是憧憬未来，惶惶难安之际，此刻明泉一席话如一块磐石将他们的心稳了下来，一声“吾皇圣明”发自肺腑。

王泰同面如死灰，垂头不语。

明泉趁机与安莲交换了一个眼神，见他微微点头，便放心负手离去。

一甲三人见皇帝走远，只好与二甲三甲混在一处，跟在安莲身后朝文清殿走去。

文清殿不但是天罡宫中的一处宫殿……更是天下学子兢兢业业，梦寐以求的圣地。

因此虽然只是走个过场，众人依旧兴奋难抑。

安莲将每个学子殿试策问时的对答一一清点，虽所言甚少，其犀利见解却令他们大为汗颜。连身为状元的成书怀，曾在墨莲社大放厥词的榜眼常恒，内心暗自不服的王泰同都有种自愧不如的挫败。他们本在心中暗诽过明泉的才华，毕竟养在深宫，又无作品传世，现在却不得不佩服她用人之明。

安莲说得再少，一个个轮过去，也耗了近一个时辰。

正当众人或兴奋或惶恐地步出殿外时，恭候已久的严实却宣读了一道圣旨，将他们汹涌的热血一气冷却下来。

“奉天承运，皇帝诏曰：王泰同形态轻狂，言语莽撞，殿前失仪，有负圣恩。念其年少无知，革其传胪功名，收押待审！”

乾坤殿内，落子声脆脆荡荡，香炉烟飘缥缈渺。

明泉的诗词虽然难以出手，棋却下得不错，安莲下到第十二子时，明显比第一子慢许多。

自得地啜了口茶，她趁安莲低头思考之际，坦率地打量这张绝世容颜，看着看着脑海中突然浮现小时读到的“远而望之，皎若太阳升朝霞；迫而察之，灼若芙蕖出渌波”之句。当时还笑徐太妃常太妃都是百里挑一的美人，却也当不得如此赞美，世上怎么可能有如斯人，恐怕是曹植言过其实。后遇到高绰君，雅则雅矣，却少了朝霞的灿烂。如今见了他，才知道此句竟是专为他而写。世上果然有这样的容貌，即使看过千遍万遍，到第一千零一遍一万零一遍时，还是会忍不住赞叹。

白子轻落，安莲抬头迎上她的目光。

明泉毫不掩饰地一笑：“看到皇夫的时候，朕真希望是在照镜子。”

安莲伸向棋盒的手顿了下，他的容貌虽然天下皆闻而广议，但知他个性之人都不敢当面谈论。偏偏这次议论之人是当今皇上，而他居然不感到不悦，甚至……暗暗欣喜。

明泉见他不语，不禁有些尴尬。毕竟男女有别，身为男子，尤其骄傲如安莲，大约不喜此类赞美，赶忙岔开话题道：“你猜第一个来的会是谁？”

王泰同虽是个名不见经传的角色，但他背后的势力不容小觑。一石投下，必然水浪千层，却不知道谁的性子最急。

安莲缓缓道：“恐怕是个意想不到之人。”

谁是意想不到，谁又是意想之中？明泉苦笑道：“看来是朕问了个怪问题。”

她的话音刚落，便听严实道：“户部尚书孙化吉大人求见。”

明泉怔了下，喃喃道：“果然意想不到，宣。”

孙化吉进来的时候眼睛笑眯成一条缝，连喊万岁的声音都比平常高亢几分。

明泉好笑道：“怎么？孙夫人同意你纳小了？”

孙化吉咧开的嘴巴立刻拉成一条扁担，眼睛可怜巴巴地看着她，“臣连上茅房都得用跑的，哪里还能想这个？”

“这也不难，朕赐你一只马桶随身携带便是。”

孙化吉讪笑道：“臣俗人一个，怕污了别人的眼鼻。”

这话只会越说越不雅，明泉浅笑着带开话题道：“这几日与北夷使者谈得如何？”

“大体达成一致，唯独在边界布兵上还有分歧。”

“他们待怎样？”

“他们希望双方兵力相同。”就是北夷若留一万人，大宣就不能派两万。但是同等兵力下，大宣自开国以来便从未赢过，北夷士兵在蛮力与地形上，实是胜出良多。

明泉沉吟了下，“同意无妨。”

孙化吉面上惊现异色。

明泉心中却是别有打算，普通士兵一对一打不过北夷，但帝轻骑不同，除了争风骑，他们以一挡三不在话下，一味将他们滞留于京是大材小用了。

从和亲，到打仗，到议和，与北夷的紧张关系总算缓和，她舒出口气，“春税快到了，你将议和之事交于杨卿，先将户部充盈为上。”

孙化吉喜形于色道：“臣正是为此事而来。”双眼放射的，分明是提到钱时才会有的光芒。

明泉看了眼安莲，见对方也流露些许笑意，心中立刻透亮，“孙卿又在动什么脑筋啊？”

“皇上圣明，布了一个好局。臣驽钝，愿忝为棋子，杀对方一个片甲不留。”

明泉笑道：“你可听到了，孙大人要做棋子杀你个片甲不留。”

孙化吉连连摆手道：“臣不敢。”天底下除了皇上谁敢对皇夫说一个杀字？

安莲右手一抬，白子轻落，黑子被拿起一片，闻言头也不抬地笑道：“皇上若再分心，

“谁说皇上好欺负。”他似叹非叹。

明泉停下脚步，似笑非笑，“皇夫话里颇为不甘哪？”

安莲侧头，顽皮地眨了眨眼。

明泉心脏一窒，假咳一阵，满脸通红地转过头去。

一高一矮两个影子一前一后一起慢慢移动着。

一路走去，竟未遇到半个人影。

“咳，”明泉又以一个假咳打破沉寂，“……皇夫心目中可有吏部尚书适选？”

“皇上觉得沈南风如何？”

明泉不自觉地皱了眉，“是个人才，不过当执掌吏部……资历不足。”她顿了顿，又道，“不过刑部却也不适合他，杨卿年事已高，朕想再过几日，调他去礼部。”她侃侃而谈，毫不避忌，却没注意到安莲眼中一闪而过的温柔。

“皇上可介意父子各掌一部？”

她愣了愣，“你是指沈儒良？”

安莲含笑不语。

明泉思忖半天，拊掌道：“朕怎么忘了他！”沈儒良虽然辞官引退，但年纪却比杨焕之更轻。论资历论能力，也比孙化吉更为合适，“只怕他不愿意。”

安莲缓缓道：“皇上准备何时接沈郎伴回宫？”

沈雁鸣？她蹙眉。前前后后派去查访的人不少，可他就好像断了线的风筝，杳无半点音讯。人是她带丢的，如何向沈家交代，却是个难题。

“再过几日吧。”她脑中似有什么一闪而过，走了几步，脚突然顿住，“沈儒良因何辞官？”

“众说纷纭。”

无论哪种都不是看淡名利。明泉冷笑，不然他就不会将儿子送进宫里邀宠了。前户部尚书之子完全是可以逃过选秀的。

“是孙化吉、范拙还是连镌久？”她直截了当地问道。

安莲摇头，“非一言可尽。”

明泉揉了揉太阳穴，“让朕再想想。”若沈儒良还朝，加上沈南风，沈家在朝中的势力可直逼连镌久。

边说边走，承德宫的宫墙赫然映入眼帘。

迎面一对璧人一坐一走，悠然行来。

明泉脸上露出喜色，加快脚步迎了上去，“皇姐？”

瑶涓的气色比上次见时要红润许多，尚融安也是满面春风得意，好像手里推的不是轮椅，而是万两黄金。

“看来皇姐的心结已解。”明泉朝她抛了个彼此才懂的眼色。

瑶涓微微一笑，坐在轮椅上与罗郡王双双行礼。

“你看他们可像在拜堂？”明泉故意“小声”问安莲道。

安莲嘴角微扬，道：“只要彼此开心，多拜几次也无妨。”

瑶涓见尚融安站在一旁，红着脸不敢回嘴，忍不住回道：“那你们又拜了几次？”

明泉脸色顿时有些不自然，强回道：“我们怎么一样？”

瑶涓思及斐旭，暗悔挑错话头。尚融安却不明这层，还以为妻子被堵得说不出话来，立刻助阵道：“怎么不一样？”虽然是助阵，语气到底不敢上扬，听着反倒像是在求教。

明泉偷瞄安莲一眼，见他神色平常，暗松一口气道：“册封大典姐夫不也参加了么？难道你见到我们拜堂了？”

尚融安被话堵住，他只看金册金碟金印……

“都老夫老妻了，还说什么拜不拜堂。”瑶涓轻轻将话题带过，“我与融安商议过了，明日返回频州，今天是特地过来辞行的。”

“这么急？”明泉顿感不舍。如今自己身边的血脉亲人，只有这个从小疏离的皇姐了。

尚融安不安地看向瑶涓，后者轻轻拍了拍他的手背道：“罗老郡王已催了多次，我们是时候回去了。”

这个罗老郡王倒是棘手，明泉已非当初那个拿着圣旨当一切的皇帝，三大郡王各个权重一方，若是处理不好，恐怕会危及社稷。但不论瑶涓是否与她交好，都是皇室血脉，那坎坷的前半生她来不及阻止，又怎么能眼睁睁看她后半生继续受煎熬。

安莲道：“我父亲与罗老郡王有些交情，不如请他出马。”

瑶涓对这个公公的心性最是清楚，若明泉拿圣旨压他，虽然不至于公然抗旨，但心里的积怨只会越来越多。安老相爷和罗老郡王的交情她也曾听说，若能得他出马，自是最好不过，因此朝安莲感激颔首。

“也好。”明泉想了想，“万一说不动，你们便挨到盛夏，朕去你们那里避暑，给你们撑腰。”

瑶涓见她不到双十年华，说出的话却十分老成，不禁又是好笑又是怜惜，“最坏不过在京城置个公主府，也没什么好担心的。”

明泉心想也是，心情复又开朗道：“到时候朕封罗郡王一个刑部司狱做做，也好领一份俸禄养家。”

尚融安对朝事向来不上心，因此问道：“几品？”

明泉正色道：“从九品。”

尚融安张了张嘴，半天才咬牙道：“我一定会说服父王的！”

又说了会，瑶涓便以收拾行装之名相辞，明泉颇为不舍，故意一路说笑亲自送到瑶涓宫外。

瑶涓朝尚融安使了个眼色，他知趣地拉着安莲往里走，“我有几张珍藏的曲谱，请皇夫共赏。”

明泉握着她的手，缓缓蹲下。

“你与他现在这样……很好。着实想不到，原来皇夫也可以这样柔和。”瑶涓轻抚她的发，“有他照顾你，我就放心了。”

明泉的心弦顿时被撩拨得有些烦乱，低喃道：“哪里有什么好不好。”

瑶涓的手一顿，低声道："你还在记挂他？"

"谁记挂他了！他走了，我都不知道有多高兴！"她倏地站起，怔怔地看着瑶涓清澈瞳孔中的自己，面红耳赤，惊慌失措，好像一只被踩到尾巴的兔子。仓皇地捂住胃，那里好似被无数拳头猛捶不休，酸水在喉咙叫嚣欲出。

"明泉……"瑶涓担忧的声音在耳边轻轻响起。

她单手扶住椅背，闭上眼深呼吸，直到心绪平和，"朕没事。"睁开的眼睛，眸光深沉，如一潭幽幽深水，哪里还有半分波浪。

"朕终有天会让他相信，朕有能力守护这片锦绣江山。"手指紧缩，椅背上坚硬的棱角抵住她的掌心，钝钝地疼，"那时……他一定会回来的。"

瑶涓按住她的手背，"他回来又如何？"

"什么？"明泉眨眨眼，听不懂她的意思。

"如果斐旭回来，你待如何？"

"朕……"她呆了半天，才恨恨道，"朕一定让他把皇宫里所有的茅房都打扫干净！"

瑶涓知她故意回避，也不好再逼，只淡淡道："人往往因为眼睛的高度而喜欢眺望远处的青山黛影，却忘了低头看看身边更加真实的绿草红花。"

明泉张嘴正欲说什么，却看到安莲和尚融安已经出来了。

"可有中意的曲谱？"她改口问道。

安莲淡然一笑，道："都是高雅之作。"

她抓抓他空空的袖子，"那怎么不带走？"

尚融安惊讶得啊了一声。

瑶涓扑哧笑出来，"皇夫爱琴之名，天下皆知，什么曲谱没见过，哪里还轮得到他来献宝？"

明泉故作不屑地撇撇嘴，"原来是班门弄斧。"

安莲牵过她，"天色渐晚，我们先回去吧。"

随后三人又说了什么，明泉一字也不记得了，全身的感官好像都集中到了手上。她低头看着交握的手。安莲手背的肌肤要比她白一些，一个毛孔都看不见，好像玉雕一般。自己的手也不难看，只是手背上有两条淡淡的青筋。他的手指修长而笔直，指甲圆润而干净。而她的……手被轻晃了两下。

"皇上？"安莲的声音近在耳畔，她甚至能感到吹拂在耳垂的温雅呼吸。

她故作镇静地抬起头，"嗯？"耳根微微发烫。

他浅浅一笑，放开手，"请上帝辇。"

手上的温度慢慢失去，五指怅然若失地垂着。两辆辇车一前一后停在面前，太监们恭敬而麻木地低头等待。她心里微微一叹，朝帝辇走去。

又是堆得望不到头的折子。

明泉托腮坐在龙椅上，倦怠像蛇一样从四肢百骸游移过来，钻入心头，泛滥成海，不可收拾。

啪地拍案而起，她兴冲冲地走到门外，对正向他走来的严实道，“宫里很久没热闹了，不如办个晚宴如何？”连镌久说是要为她大婚宴请众臣，但等了好几天，一点消息都没有，实在不可靠。

严实慢吞吞地从袖子里拿出一个白玉匣子，“启禀皇上，樊州送来八百里加急。”

如一盆冷水当头泼下。她现在最怕听到八百里加急。明泉面无表情地伸手接过，甩袖回殿关门。

严实知她被搅了兴，正起气头，约莫一两个时辰不会唤他，准备找个地方歇息一下，门却突然从里打开，明泉满面喜色地冲他叫道：“快准备马车，朕要出宫！”

皇上金口一开，下面手忙脚乱。

严实亲自指挥，大约半盏茶的时间，明泉便坐着马车顺顺当当地出了宫门。这次她特地带了几个熟悉地形的京城侍卫，只说了个客栈名，他们就熟门熟路地驾着马儿上路。

看着路上似曾相识的景色，她放下心来。

不一会，马车便到了地头。

掀帘一看，果然是当初的那家客栈，点心铺还搭着，只不过卖的不是豆浆油条而是煎饼。顿时记忆排山倒海涌来，她怔怔地捂着胸口又坐了会，才缓缓下车，信步走进客栈，烧酒味刺鼻如昔，竟让她险些落下泪来。

“皇……谢小姐。”欧阳成器站在楼梯口，拘谨地唤道。

她板着脸走到他面前，顺手一掌拍在他头上，“我什么时候变成黄蟹小姐了？”

欧阳成器扬起唇想笑，但眼中阴郁太盛，终是笑不出来。

明泉见他如此表情，来之前心中那点故人重逢的愉悦顿时被抹得一干二净，淡漠道：“找个地方说。”

欧阳成器点点头，转身领进开好的房内。

严实留在大堂，几个大内高手悄悄潜伏在房间上下前后，虽是无影无形，却是铜墙铁壁。

进了房间，明泉挑了把正对门口的椅子坐下，等他开口。

欧阳成器深呼了口气，将准备多时的话一气倒了出来，“樊州贪污的情形的确很严重。我查到的知府加起来就有五个之多，下面的官帽官袍堆在一起，恐怕能让一个县的百姓过一个寒冬。”

明泉目光冷厉地盯住他，“那知府往上呢？”

欧阳成器抓抓头皮，尴尬道：“查不出来。”

“是查不出来还是不愿意查出来？”

欧阳成器赔笑道：“我在京城不过是会些武功的闲人一名，难得得皇上青睐，执掌五分热血堂，已经是难得的恩典。这个御史……我实在是心有余而力不足。”

“只要心有余就好。”明泉拿住他最后一句，淡然道，“五分热血堂势力限制于京城，让你贸然插手樊州的确强人所难。幸好朕早有安排，过几天给你安排一个帮手，让你事半功倍。”

欧阳成器苦求道："皇上，不如让帮手直接扛了这差事去？"

"放肆！"她拉下脸，"你以为官位是什么？想当就当，不想当就不当？"

欧阳成器咬咬牙，继续坚持道："臣守好五分热血堂已经十分吃力，实在……"

"你若实在不愿，朕也不勉强。"她慢条斯理道，"论能力，乃父应是绰绰有余。朕原先顾惜他年迈体弱，不过如今……"

欧阳成器的脸色顿时变得很难看。

明泉也不逼他，悠然地给自己斟了杯茶。

"皇上从一开始就没打算放过我。"半晌后，他平静道。

明泉喉咙一阵发紧，慢慢放下杯子，"朕能用的人，不多。"

"那皇上为何放过孟子檀呢？"

"那时的朕，非今日的朕。"她嘴角微弯，却笑得欧阳成器嘴巴发苦。"朕答应你，若有一天可以……朕一定放你离开。"她顿了顿，又接着道，"平安无忧地离开。"

欧阳成器叹了口气，"有时候人太优秀也不是好事。"

明泉白了他一眼，"你若想早点离开，这种话还是少说的好。"

欧阳成器闭上嘴巴。

明泉又喝了口茶，"你在信上说，有阮汉宸的消息？"脸上虽然没什么表情，但她自己知道捏着杯子的手有多用力。

"皇上好像不紧张？"

"你既然有他的消息，必定已经做了对策，朕现在紧张又有何用？"

欧阳成器支吾了半天道："……皇上，还是要有心理准备的好。"

明泉心里一紧，抬头瞄到他眼中一闪而逝的狡黠，冷笑道："欺君之罪……可大可小。"

"他就在隔壁，皇上还是自己……"他看着打开又关上的门，慢慢接下去道，"去看吧。"

明泉站在门口，竟有一丝胆怯。虽然对欧阳成器的反应有几分把握，但疑虑不能尽释。毕竟阮汉宸无缘无故失踪这么多天，实在不似他的作风。

手慢慢举起，还未落下，门已经从里打开。

阮汉宸疲惫难掩的俊挺面容随着门缝隙的张大而慢慢展现在面前。"皇上。"轻轻的一句，却掩不住眼中泛滥的喜悦。

"阮统领没事吧？"她上上下下打量了两遍。

阮汉宸身体微微一僵，垂下眼眸，"臣未得调令，擅自出京，还请皇上恕罪。"

"不请朕进去？"她弯起指关节，敲了敲门框。原是调侃的一句，却见阮汉宸面露为难之色，不禁愕然。

"谁？"房间里突然传出一声轻微却紧张的质问。

阮汉宸感到明泉疑问的目光密密落了下来，深吸了口气，转身走进房间。

明泉想了想，蹑手蹑脚地跟了进去。

阮汉宸坐在床边，侧身抱着一个人，细声安抚。床帐朦胧间，两个身影与外界隔成两个世界。

明泉颇不是滋味地孤零零站着，咳嗽一声。

被抱着的人突然激烈挣扎起来，喉咙里发出类似绝望崩溃的呜咽，令人不寒而栗。阮汉宸一只手抓住他乱动的手肘，粗声喝道：“是皇上！”

明泉吓了一跳。

床帐被阮汉宸一手扯下，那个人披头散发地拉了出来，动作太大，衣服自肩上滑了下来，露出一个丑陋的焦黑烙印。

明泉不忍道，“她若不愿，便算了。待你们大喜之日朕再……”那人的脸在挣扎中仰起，消瘦不似人形，但俊秀的轮廓却分毫未改。“沈雁鸣？！”她听到自己的声音在拔高中变调。脚不自主地朝前冲了几步，却见那个人像受了极大惊吓似的往阮汉宸身后靠去。

“朕，我没有恶意的。”她尽量放缓语气。

沈雁鸣藏在身后的肩膀依旧瑟瑟发抖。

明泉无奈地看了眼阮汉宸，“朕在外面等。”像是不想再看到眼前这幅景象，她说完便转身冲了出去。

跨出门槛，反手关门。廊间的风拂在面上，她才徐徐吐出一口憋了半天的浊气。她不敢想象沈雁鸣究竟是受了多少酷刑才变成现在这副样子，若她没有看错，他肩膀上的烙印分明是官府的刑具所创。

她在门口静站了会，听里面的呜咽声渐渐弱下去。又过了一会，阮汉宸才从里面悄悄地走了出来，“臣点了他的睡穴。”

她点点头，推开隔壁的门，“进来说。”

欧阳成器呆呆地从床上爬起来，“这是……我的房间。”

“朕现在征用。”明泉挥挥手，“你去门口睡吧。”

“臣好歹也是个御史。”犹豫半天，他缓缓吐言。

“权宜之计，等你立功回京，朕再另给你安排。”她不耐烦地敲了敲桌面。

赶路赶了半个月，好不容易赖到一张床想睡个安稳觉的欧阳成器在半昏半沉间走出房门。看着门板毫不留情地当面摔上，他下意识地拍了拍。

门居然真的打开了，明泉叮嘱道：“留意隔壁动静。”门再度无情地关上。

半炷香后，他后知后觉地庆幸着自己太累，睡觉没脱外衣。

明泉见阮汉宸拘谨地站在门边，一指对面的凳子道：“坐吧。”

“遵旨。”他虽然落座，却只沾了三分之一的凳面。

她为彼此倒了杯半温的茶水，“说吧。”

一坐一说，短短四字让阮汉宸感染到她身上的无奈。正了正心神，他思绪飘远，娓娓道来，“臣与欧阳大人分开后，一路向西南而行，直至樊州境内。”

明泉眉头微蹙。

阮汉宸顿了顿，才接下去道：“臣是在红杏楼门口遇到沈郎伴的。他从二楼跳下来，伤

痕累累。”何止伤痕累累，几乎体无完肤，身无完骨。

“红杏楼是什么地方？”

阮汉宸敛下眸光，“青楼。”

明泉脑海虽隐约有数，真正听到时却不免心头一震，“继续。”

“红杏楼与官府勾结，在樊州很有势力。臣与沈郎伴一路北上，在京城外又遇到欧阳大人。”

的确是阮汉宸的风格，短短两句话，便把一月的逃亡说得轻松平淡，让她免去不少心绪起伏。

“你们回京，可有走漏风声？”

阮汉宸沉吟半晌道：“除了路上遇到欧阳大人，并无其他人知晓。”

明泉点点头，“沈家在朝中举足轻重，万事须慎。”一个男子在青楼能做什么？答案不言而喻。她只能自欺欺人地让自己不问。沈雁鸣是因自己的私心带着南下牵制沈家的，如今他突遭横祸，她难辞其咎。换了别人，她自有其他手段补偿，偏偏是正要重用的沈家……

一个不小心，是要养虎为患的。沈南风虽然从来不提这个弟弟的近况，但她知道他暗地里使的劲可不小，胜州行宫就差没翻个底朝天。

“知道红杏楼在樊州的靠山是谁么？”

阮汉宸眼中杀意顿起，“西源知府必定是其中一个。”

明泉第一次见阮汉宸如此强烈的恨意，心知他们这一路必定吃了许多苦头，“樊州的案子还未完结，朕准备再派欧阳去查，你也一道去吧。”说完发现他的握拳头的手竟青筋毕露，显是内心翻动以极。“阮卿？”

“臣身为大内统领，擅自离京已是大罪，不敢再离职守！”吐出口的每字每句仿佛夹带熊熊火焰，灼热得令明泉一怔。

“既然如此，你明日先去内廷执法司领二十杖。”与刑部相比，内廷执法司不但与大内侍卫关系更近，更会手下留情，而且意义也不同。

“谢皇上隆恩。”

明泉点点头，“你去瞧着沈雁鸣，顺道把欧阳叫来。”

阮汉宸低头转身，打开门正要倒退迈出，却听明泉轻声道：“你没事，朕很高兴。”

抓住门的手悄悄一紧，他将门慢慢关上。

明泉慢慢拿起茶杯。她很多时候喝茶不是因为口渴，而是养成一种边喝边思考的习惯。喝到第二口的时候，门被轻叩了两下。

“进来。”

欧阳成器推开门可怜巴巴地看着她，“皇上。”

“等朕说完这件事，你爱怎么睡就怎么睡。”

欧阳成器面色一整，“请皇上示下。”

“红杏楼的事你知道多少？”

他皱了皱眉，“不多。不过听说红杏楼的老鸨是西源知府的姘……咳，朋友。”明泉瞄了他一眼，他惺忪的睡意立刻九霄云外，“不过西源知府与樊州巡抚是表亲……”

层层关系一扯，就扯成一张大网。“西源知府是不是你说的五个知府之一？”

“是。”他有种跳入陷阱的危机感。

“这么明显一条线索，你怎么就往上查不了了？”明泉斜看他一眼，“你和他们该不会也有什么故交情谊吧？”

“臣一定会把樊州群丑一网打尽。”他信誓旦旦。

明泉笑容立刻挂起来，“朕果然没有看错你。”

“皇上目光如炬，几时错过？”他小声嘀咕。

明泉听而不闻，从身上掏出一面小令牌，“你拿去墨莲社，自会有人跟你来此。”

自执掌热血五分堂后，欧阳成器也曾对墨莲社也明里暗里几次查探，都是无果，没想到明泉竟抢先一步。他一怔后恭敬道：“鸷鸟累百，不如一鹗。皇上材茂行絜，虚怀若谷，不战屈人，收为己用，实在令臣佩服佩服。”

明泉冷冷道：“拍完了？”

欧阳成器嘿嘿赔笑道：“肺腑之言，肺腑之言。”

明泉摇摇头，“朕身边怎么净是……”话欲吐又止，她看着杯子上的粗糙花纹沉思不语。

欧阳成器蹑手蹑脚出门，招来一人将令牌与他，这般这般地支使一番，又那般那般地威胁一番，才放心让他去了。想了想，又招来一人，让他一有动静便来禀告，自己则霸占那人的厢房埋头睡觉。

明泉没想到来的竟然是夏淳淳，一日重遇三个故人，让她有种旧日重现的错觉。

“草民参见皇上。”他虽然下拜，但口气却带着几分玩世不恭，“吾皇万岁万岁万万岁……”

许久未有动静。夏淳淳半抬头，见她依旧看着手上的杯子不动，一如进门时的姿势。“皇上？”他忍不住出口提醒道。

明泉抬眸与他视线一交，却仍未说话。

夏淳淳就算再笨也知道她摆明是干晾他，因此也站在那里不动。

两人一坐一站，竟像是两个雕像，互不干涉。

约莫又过了一盏茶时间，严实在门口小声提醒，“皇上，已是酉时。”

明泉如梦方醒地哦了一声，站起身，对夏淳淳道：“你明日巳时来重景门候旨。”

“草民明日有约。”

“约了谁？”

夏淳淳微笑道：“随波先生。”他说的是实话，倒也不怕她去查。

“沐随波么？”她淡然道，“朕明日宣他一同进宫便是。”她不等他说话，又道，“朕的皇宫不小，你若愿将整个墨莲社搬来也无妨。”

夏淳淳恨恨道：“皇上多虑，草民只约了随波先生一人。”

“是么？”她口气颇为遗憾，转身打开门，严实阮汉宸等人都恭敬地站在门口。欧阳成器左脸还有红红的睡印。沈雁鸣伏在阮汉宸背后，显然被点了穴。

“你们先回家吧。沈郎伴朕自会带回宫照料。”明泉知他们是因沈雁鸣才落脚客栈。

“皇上圣明。”欧阳成器轻声叫道。

明泉看着他叹了口气，“莫睡昏了头，明日记得进宫。”

欧阳成器见她没说具体什么时候进宫，知道是真的让他睡饱睡足，因此一等她的身影消失在视野，立刻冲回刚才房间，继续未完的周公梦。

夏淳淳则是在空无一人的廊上站了半天，才轻哼了一声，甩袖而去。

安置沈雁鸣的确是件难事。首先要找个妥帖的御医，只是林子大了什么鸟都有，谁能保证他们私下没有收受过沈家贿赂？明泉思来想去，还是找来安莲商量。

安莲看了看仍在沉睡中的沈雁鸣，沉吟道：“御医署有个父亲故交，医术高明。”

医术高明是其次，能进当御医的自然差不到哪里去，关键在于故交二字。明泉一边吩咐严实将他传来，一边感叹安家果然相识遍天下，无论罗老郡王还是宫廷内院，几乎无所不在。

那个御医来得很快，诊脉摸骨半天后道：“多是皮外伤，腿骨断了一根，虽然接好，但多次移位，恐怕以后行走……唉。其他倒也无妨，养个几日，便能痊愈，只是……”他为难地看着他肩膀的烙印，“这个烙得太深，时日又拖得太长，实在恕臣无能为力。”

“他现在心绪不稳，可有药石能医？”明泉怕他一起来又要尖叫。

御医摇摇头，“心病还须心药医，臣只能开几服宁神静气的方子，希望有所助益。”

明泉知道自己是病急乱投医，因此长叹一声。

安莲等御医开完方子，又嘱咐了两句才转过来道：“沈郎伴离宫前与冯郎伴相交甚笃，若有他陪伴，有助病情。”

明泉一怔，“朕记得与他交好的是薛学浅啊？”

安莲但笑不语。

她相信以安莲的见识必不会错，其中定然另有乾坤。只是她如今烦心的事一件接着一件，自顾不暇，哪有工夫再寻是非，因此径自道：“那朕一会派人送他去熹微宫。”

“沈郎伴虽为人谦和，但气骨铮铮，恐怕也不愿一身狼狈地出现在昔日好友面前。”安莲轻轻按住她刚要举起的手臂，“先让他来长庆宫住几日，待伤势养好再回熹微宫。”

“皇夫所虑甚是。”明泉暗骂自己一声昏头。熹微宫三方势力错杂，送沈雁鸣过去无异向世人宣告他所遭遇之不堪。“沈卿那里可要先招呼一声？”

安莲沉吟道：“等沈郎伴醒了再做定夺。也许……他并不愿让亲人担心。”

明泉想了想，点点头。若是这样，再好不过。虽然有些自私，但沈家的态度间接决定朝堂的局面，变故自然是越少越好。不过这个仇，她是一定会替他报的。

“皇上还未用晚膳吧。”他拉过她的手，转身向外走。

这个动作他做得再自然不过，明泉也不好多猜。低头看着交握的手，不如第一次那般大惊小怪，只是心中那点异样依旧挥之不去。

晚膳早已备下。

安莲见明泉只用了一点点，知她心事重重，命人将几盘她平日用得最多的点心放于面前，

“不如用些点心。”

明泉看着眼前一盘盘熟识的糕点，笑道：“朕不爱吃这些的。”

安莲握筷子的手缓缓放下，“以前见御厨房常常赶着做，才以为……”

“哦，那是留给……”明泉顺口说了半句，才惊觉说了什么，急忙咬住舌头。

空气一下凝固于一处。

只剩太监进进出出端盘端盏的脚步声。

明泉几次张口欲言，都冻结于他漠然的眸光中。

须臾后，她终于找到声音，“皇夫……”

安莲起身温声道：“恕臣困倦，先行告退。”

明泉愣住，似乎有什么正从脑海中灵台一闪而过。难道……薛学浅也是因此才故意做点心给她？她看着安莲越来越小的白色背影，头疼地抚住脑袋。

次日早朝，几日未逢的冷凝气氛再度上演。

好几个官员被当众呵斥。

孙化吉连镌久等道行高深的老狐狸早在看到上头两位脸色不悦时，便眼观鼻，鼻观心，乖乖地当根不听不言的柱子。

本想熬到下朝，谁知明泉偏偏要点到他们。

“连卿兴致勃勃的三样不可从简，繁复的如何了？”

连镌久一本正经地出列，“已送交钦天府择日。”

明泉的目光立刻追了过去。

钦天府尹每日上朝的目的便是在一边发呆，哪知今天的火居然会引烧到他身上，连忙出列道：“臣臣马上……弄好。”

不少大臣因他“弄好”两个字忍俊不禁。

明泉皱眉。想来是他太久没在朝上开口，难免失态。“那你弄得快点。”她故意加重弄字读音，说得钦天府尹恨不得找个地洞钻下去。

“孙卿。”她转而点到刚才笑声最清晰的孙化吉，“该办的事要抓紧。”

“臣遵旨。”孙化吉正等着她接下来的狂风暴雨，谁知道竟轻飘飘过了，“若无事便退朝吧。”

“吾皇万岁万岁万万岁，皇夫千岁千岁千千岁。”

沈南风忍不住抬眸看了眼上面。

却见明泉起身甩袖而去，留下安莲依旧面无表情地坐在凤座上。

阮汉宸果真去领了板子。

明泉见他站立姿势怪异，忍不住道：“既然挨了板子，朕准你休班一天。”

“臣撑得住。”

明泉几乎要冷笑出声。这两天是什么日子，怎么是个人都非要和她顶上两句不可？

“朕说休班便休班。”她语气斩钉截铁，“宣沐随波进来。”

阮汉宸抿紧双唇，吃力地跪下道：“臣、遵旨。”他原本无须行此大礼，如此做作，倒像是无声抗议。

“你……”明泉见他一瘸一拐地往后退，也不忍再说什么，“好好休养，若明日……”

“臣明日当值。”

他的话一样的斩钉截铁。

明泉苦笑，“汉宸，朕并非有意责罚你。”

一声“汉宸”令他神色未改，气势却温和下来，“臣身为侍卫统领，未得调令，擅自出京，实该责罚。”

明泉见他脸色越来越苍白，怕他吃不住，急忙道：“你先下去吧。”

“臣告退。”他只觉得脑袋渐沉，身上的疼几乎炸裂开来，若非意志坚定，几乎扑倒在地。

“阮……”明泉似乎在身后说了什么，他却一字未听清。脚自发地在重重宫殿长廊里穿梭，无数面孔迎面闪来，又慢慢远去，身子轻飘若飞九天，直到手被一阵清凉拉住，“师兄？”

府里唯一一辆马车停在近前，他慢慢瞳孔涣散，“我，明日……当值。”说罢闭眼昏了过去，因此没听到耳边似真还幻的幽幽叹息。

沐随波从未想过自己有生之年居然还能再见到皇上，而且还是在这座禁卫森森的皇宫里。

“沐先生舟车劳顿，一路辛苦。”明泉亲自将跪在地上的他扶起。

沐随波连道不敢，不着痕迹地退开半步。

“沐先生与朕乃算私交，无须拘谨。”

他想起被强行进贡的心爱梅花，不禁苦笑两声。

明泉看出他心中所想，笑道：“沐先生若得闲，可以常来宫里走走，顺便照料梅花。”

“草民心如野鹤，散漫惯了，宫廷森严实是不适合。”他见明泉还待再劝，又道，“而且草民近几日便打算南下赏花，归期无定。”

“哦？沐先生要去赏什么花？”

沐随波看到她眼中陡然而起的兴致，连忙道：“江南琼花，以洁白无瑕名扬天下，草民准备南下看看。”

明泉见他眼中警戒万分，知他怕琼花重蹈梅花覆辙，抿嘴笑道：“朕随口问问罢了。”随即不再提花之事，只漫谈山水景色。沐随波乃当世名士，平生大志便是看遍山川美景，见闻广博不在斐旭之下，倒让明泉大开眼界。

沐随波胸藏万壑，明泉有心应和，一来二去，倒也相谈甚欢。

严实在一个时辰内来来回回使了好几次眼色，想必是夏淳淳等得不耐烦了。

明泉待沐随波歇口气的时候，浅笑道：“时辰不早，沐先生随朕一同用膳如何？”

皇上赐膳如何能推，他自是应和不暇。

按规矩，明泉与他应分桌而食，且是将她尝过菜肴再转赐予他，上下分明。

明泉性格豁朗，又敬慕他的为人，沐随波则从未入宫行走，不晓规矩。因此两人在一个知而故犯，一个不知不觉中同桌分食，倒也愉悦。

用膳后，明泉遣了个太监请他去长庆宫看看那些梅花，是否有不周之处。沐随波见明泉态度谦和，举止有礼，又对自己另眼青睐，虽不愿意为她效力，倒也有几分亲近之意，因此毫不推托去了。

明泉等他走远，才懒懒问道："小反骨还在门口候着呢？"夏淳淳和沐随波是一道来的，她偏偏只召见了沐随波，夏淳淳此刻恐怕已经气歪嘴角。

"夏公子一直候在重景门外，片刻未离。"

"安安静静的？"

"向侍卫调侃了几句。"

恐怕是发泄了一通吧。明泉笑着摇头，"宣他进来吧。"连镌久虽然给了她一面令牌，但人还握在夏淳淳手里。稍作教训可以，真惹急了对她并无好处。

不一会儿，便见一个娇俏少年踏着明快步伐匆匆而来。

"草民夏淳淳参见皇上，万岁万岁万万岁。"到底是皇宫，夏淳淳的声音平稳，不复张扬。

"平身。"明泉也很爽快，"初次见面时，朕无论如何也想不到让不少大臣头疼万分的墨莲社竟然掌握在一个少年手中。果然是英雄出少年啊。"

"草民不过负责各地联络，实在当不起英雄少年四字。何况……"他抬起头笑道，"草民也实在没想到，当初居然能在市井之地三番两次遇到当今皇上。"

"可见冥冥之中，许多事早有安排。"对于他近似挑衅的目光，她只是淡然一笑。"说实话，当连卿说墨莲社之事由你代管时，朕也的确惊讶万分。"

夏淳淳明知是激将，忍不住道："皇上可是觉得草民力有未逮？"

"的确。"

夏淳淳气得差点背过脸去。

明泉见他鼓起的双颊，顿觉可爱，放柔声音道："那你说说，对童堤案有何看法？"

"纸糊的堤坝，谁都看得出是官府蛀了银子。"他当笑话讲。

"你很不满？"

"不满的该是当地百姓。草民身在京城，无法感同身受。"

"朕未记错的话，半月之前，你似乎不在京城？"在雍州驿站，斐旭曾说过见到他。

夏淳淳脸色微微一变，"你查我？"

明泉冷笑不语。

"皇上要草民做什么，只管开口，草民断不会拒绝，无须大费周章。"

"朕要你协助欧阳成器将樊州贪污案查得一清二楚。"

夏淳淳听她问童堤案时便有所料，毫不惊讶道："草民遵旨。"

"事不宜迟，明日便上路吧。以免夜长梦多。"

夏淳淳朝着地面的脸上突然露出一抹坏笑，"皇上，草民得到一个消息，不知当说不当说。"

明泉瞟了他一眼，"你不就想说给朕听么？说吧，想告谁的状？"

夏淳淳似被她的洞悉力吓了一跳，舔了舔干涸的下唇道：“草民听说欧阳大人进京的时候还带了一个人。”

“哦？”她不冷不热地应了一声。

“一个叫范佳若的姑娘。”

“范佳若。”她将这三个字轻轻念了遍。

夏淳淳别有深意地笑道：“居然与前吏部尚书范拙大人的千金同名，真是巧呢。”

明泉颔首道：“以欧阳成器的年纪，的确该成家立室了。”

夏淳淳见她毫不在意，心顿时有种被憋住的感觉，“皇上若无吩咐，草民告辞了。”

“遇到孟子檀，的确令朕措手不及。不过，朕已尽力做到最好。”她淡淡说完，不等他有所反应，便挥手道，“去吧。”

夏淳淳深深地看了她一眼，才慢慢转身。

明泉等他走远，才招来严实道：“见到欧阳的话，让他不必进宫了。朕、明天亲自送他！”没有暴露在夏淳淳面前的恼怒顿时一览无余。

两辆马车停在城门转角的阴凉处，虽然偏僻，仍是惹得来往行人频频瞩目。

欧阳成器枕手望天，眼神涣散，似睡非睡。

一个青衣小童从城门匆匆出来，见到马车眼睛一亮，迈着小腿拼命跑过来，“少爷，少爷！”

欧阳成器下意识地坐直身体，见小童一人奔来，眼睛闪过一丝几不可见的失望，“小短腿，跑那么快干什么？”

“老爷让我给少爷带信。”

他面色缓了缓，“信呢？”

“是口信。”

欧阳成器屈起指关节敲着他的脑袋，“讲话要讲清楚，说了多少遍，还是学不会！”

小童嘿嘿笑着摸摸被敲的地方。

“爹他说了什么？”欧阳成器状若不经心地问道，耳朵却悄悄竖起。

“老爷是这样说的，咳咳，”他挺起胸，走了两个方步，把声音变粗道，“不肖子，皇上让你办差，那是皇上宅心仁厚，皇恩浩荡。你若不知好歹，在外面惹是生非，办砸差事，丢了我欧阳家的脸面，就不用回来了！”小童年纪虽小，但是出了名的过目不忘，此刻说起来竟也有条有理，连欧阳成器都听得一怔。

啪啪！“说得好！”明泉一身灰衣，笑眯眯地负手走来，“欧阳大人书礼持身，家教森严，佩服佩服。”

小童听他称赞自家老爷，忙不迭地点头。

欧阳成器满腹郁闷，又不敢朝明泉发作，只好恨恨地敲着小童脑袋，“不肖子是你叫的么？”

小童吃痛地唉唉叫了几声，一溜烟跑到明泉身后，还露出半个脑袋向他皱了皱鼻子。

明泉见他形容可爱，不禁摸了摸被敲的地方，嗔怪地瞪了欧阳成器一眼，“要撒气冲朕来，你与小孩计较什么？”

欧阳成器顿时哑然。

“姐姐身上好香，”小童突然凑近明泉颈项拼命嗅了嗅，“好好闻。”

欧阳成器目瞪口呆地看着眼前正在调戏当今皇上的登徒子，半晌说不出话来。

明泉被痒得退后半步，呵呵笑道：“你若喜欢，等朕回去送你一个香囊。”

小童歪头想了想，“朕是什么？”

欧阳成器终于找回自己的声音，冷喝道：“小短腿，闭嘴！”

小童看看他，又看看含笑不语的明泉，怏怏地闭上嘴巴。

“欧阳，这次南下，除了揪出那群害群之马之外，朕还想委你一件事。”

欧阳成器转了转眼珠，“皇上是指……红杏楼？”

“不错！”明泉冷厉道，“朕要你捉活的，送上京来！一个不许放过，宁枉毋纵！”

欧阳成器见过沈雁鸣身上的伤口，知道明泉是动了真怒，因此连忙道：“遵旨。”

“你在樊州遇到任何困难，只管对朕提。”明泉顿了顿道，“此事牵扯重大，一失足，恐怕自身难保，你万事定要谨慎小心。”

欧阳成器自然知道其中困难，不然自己也不会想置身事外。

“不过你要记住一点。”明泉突然正色道，“无论发生什么事情，一定要留得命回京城来。其他的，朕都可以想办法。”欧阳成器揉了揉眼睛，他刚才居然看到明泉眼底一抹深痛？

“臣遵旨。”

明泉低下头，沉默了会道：“朕听说，你上京时，还带了位姑娘？”

欧阳成器一怔，心中天人交战，“臣……的确带了位姑娘。”

“范佳若？”

欧阳成器苦笑道：“皇上料事如神。”

“樊州凶险难测，你怎么能让一个姑娘随你涉险？”她语带责怪，“不若留在京城，朕身边正缺一名起居女官。”

他脸上顿露为难之色。范拙与明泉这段恩怨他不是不晓，若几个月前，他还能拍胸脯保证明泉肯定不会拿范佳若来威胁范拙做什么，但如今，他发现这种信任竟然动摇。

“欧阳？”明泉声音不重，却含着说不出的强硬。

“能得皇上垂青，乃是佳若的福分。”最后一辆马车的车帘掀起，跳下一个十五六岁的明媚少女，水漾双眸，气质清雅，嘴角微微上扬时，露出两个可爱的小梨窝。

“民女范佳若参见皇上。”

“出门在外，无须多礼。”明泉见她谈吐得体，落落大方，生出几分好感。

欧阳成器见大势已去，只得道：“还请皇上代为照顾。”

“朕的女官难道还劳欧阳御史操心不成？”明泉笑着反诘。

欧阳成器摸了摸鼻子。

明泉看了看日头，“你上路吧。”

欧阳成器抱拳，返身回马车，拍醒三个车夫的睡穴。

车夫惺忪着眼睛驾着马车上路。

明泉看马车渐行渐远，心里又空荡了一回。天下无不散之筵席，身为皇帝，更无法任性而为。

“你，你真的是皇上吗？”身边响起小童怯生生却好奇的问语。

明泉忍不住摸摸他的头，“是啊。”

小童脸上顿时绽放出无数光彩，“我回去一定要告诉他们，我见到皇上了！皇上还摸过我的头！”

“你还可以告诉他们，皇上很喜欢你。”

“皇上很喜欢我？”小童高兴得脸都红了。

明泉牵着他往回走，“你一个人来的么？朕送你回去？”

“不用了，我是和大虎一起来的。他去集市了，一会会来这里接我。”

“你一个人在这里不怕么？”

“不怕。大虎说这里有官爷，会保护我的。”

明泉看了眼站在城墙下威风凛凛的城门官，把他拉到附近，“那你乖乖待在这里等。若有奇怪的人靠近你，就跑到官爷那里去。”

小童乖巧地点点头。

严实见明泉过来，急忙离了马车迎上来，“小姐？”

“走吧。”她不舍地收回手朝马车走去，范佳若默默地跟在身后。

阮汉宸跪坐在马车上，脸色仍不大好看。

明泉心中一叹，上了马车。对于阮汉宸莫名的坚持，她百思不得其解。自她微服南下以后，他们便分开很久，彼此倒是生疏了。莫非他是担心自己的官位？随即否认，阮汉宸宁可担心侍卫的刀不够快，也不会去担心所谓的官位。

回到乾坤殿，桌案上多了好几本奏折，都是早朝被批驳得一无是处的大臣的。

她随手看了看，除了钦天府尹是真真切切把选好的日子呈上来外，其他大臣的奏折与上本相比，不过是言辞修饰一番，并无差异。可见他们全都明白，皇上今天只是心情欠佳。

明泉支额苦笑，将钦天府尹的奏折递给严实，“送到长庆宫去。”

严实接过后不像往常那般立刻退下，而是反复踌躇半晌道：“皇上，如意总管在承德宫门外徘徊了一早晨。”

明泉心中一动，“他可曾说什么？”

“不曾，只是问皇上何时归来。”

她点了点头，突然想起还在门外候着的范佳若，“朕封范佳若为起居女官，你先领她去各地熟悉一下。”

严实低头应诺告退。

明泉拿起折子，但觉得一个个字都好像活了似的在眼前扭来跳去，偏半点扭不进脑子里去。又坐了会，她确定自己不过在浪费时间，才将折子啪地合上，负手朝门口走去。

小太监见她出来，忙不迭地打着千儿迎了上去，“皇上吉祥。”

“给朕准备辇车，朕要去……”她话说了一半，便见一个小太监低头跑了过来，捧在手里的分明是本觐见折子。

“皇上？”先前小太监疑惑地抬起头。

明泉挥挥手，“朕哪里都去不了。”

话正说着，那个小太监已至跟前，“叩见皇上，户部尚书孙化吉大人求见。”

“宣。”听到是孙化吉，明泉脸色还是缓了缓。这只老狐狸无事不登三宝殿，想必有什么要紧事情。

孙化吉是一边跑一边喘进来的。走近看他，气色倒比上次好了不少，面色红润得可以滴出油来，想必孙夫人功不可没。

“参见皇上，吾皇……万岁、万岁万万岁。”

“平身。”明泉看他满头大汗，打趣道，“孙大人家的轿夫也被孙大人节俭了？”

“皇上，臣……臣气喘，让臣歇一口。”

明泉了个眼色，一旁的小太监立即扶他到椅子上，斟了杯茶水。

孙化吉抹抹汗，缓了口气道：“与北夷议和之事，已经谈妥。”

明泉先是一喜，随即愕道：“此事不已然交于杨卿了么？”

“杨大人下朝后，突然昏倒，臣已经将他送回府去了。”

“怎么会昏倒？”明泉神色一紧，朝小太监喊道，“去，去御医署宣所有御医到杨府为杨大人诊治！”

小太监领命慌张而去。

孙化吉想起杨焕之昏倒时的情形，脸色苍白，呼气竟比入气多，心中隐有不好预感。只是他向来是有二说一，从不虚妄揣测，因此也只是放在心里不提。

明泉虽然心中忧虑，但念及御医署名医如云，稍稍定了定神道：“你说说议和之事吧。”

孙化吉立刻从袖中拿出一本奏折。奏折上的字并不工整，显是仓促而就，却圆润依旧。

“杨大人本与北夷使者约定今日作最后答复。臣不才，愿代为前往。使者已然应诺。”他不知的是，那北夷使者出身草原，虽居文职，却也不是喜欢咬文嚼字之辈。如今被他和杨焕之一柔一刚，一软一硬，一前一后弄得头昏脑涨，实是想早早脱身。因此昨夜思量再三，见有些条款虽无利益，倒不过分，才爽快同意。

条款谈妥，议和已是成功一半。明泉心情略为好转，“这便好。”

“只是使者提出，议和事关两国邦交和诚意，希望皇上能移驾两国交界的夏家镇，与北夷摄政王在神灵见证下签此和议。”

北夷摄政王？明泉沉默了下，“是跋羽煌么？”

“听使者口气，他似是准备议和之后便登宝称王。”

明泉笑笑，倒看不出厌恶，“那朕倒要备份厚礼了。”

“皇上？”孙化吉担忧地唤了一声。

“朕没事。其实朕倒十分佩服他。心思缜密，能屈能伸，果断决绝，雷厉风行……朕会时刻记得有一个这样的对手卧在我大宣之侧！”

孙化吉不禁心头一震。自南下以后，一众大臣里，他与明泉接触最多，但每接触一次，又会将上一次的印象悄悄推翻。她似乎在不停地成长，以一种罕见的速度，仿佛有什么东西在她身后不断鞭策，让她不停前进。

英明如先皇，怕是早已预料到这般结果，所以即使引满朝错愕不满，也要将她推上帝座！

“各地税赋上缴如何？”

“除荥、樊、雍三州外，其他州俱已缴纳。”他想了想，又补充道，“其中属鄄、缅两州最先。”

蓝晓雅？静安王？她点了点头。看来蓝晓雅暂时还不准备与她为敌。

“哦，缅州官员让臣代静安王向皇上请安，并言静安王想递折子回京看看。”

几个兄弟姐妹中，静安王年纪最小，当他们活蹦乱跳时，他还嗷嗷待哺。虽说不亲，但她心里对这个从小看到大的奶娃娃还是十分欢喜的，因此道：“让他递来，朕准了。”

孙化吉道了声是。

春税既收得七成，国库就还算充盈，“各地的赈灾银也要惦记着。”

“臣遵旨。”

明泉见诸事已定，心里着实松了口气，“让北夷使者定个日子，朕一定前往。”

“皇上。”孙化吉想了想，还是道，“夏家镇地处两国交界，虽在议和条约上归属我国，但北夷历年在此部署大量兵力。臣以为，此行……安危难测。”

“再难测可有在雍州所遇的难测？”她淡然道，“何况北夷内乱刚平，跋羽煌还未坐上王位，在这个时候与大宣翻脸属最最不智。”

“臣正是担心如此，被有心之人所趁！”

“天下有心之人犹如过江之鲫，朕岂能一一惧之？况且若他们真有此本事……朕倒屣相迎！”

议和之事繁琐，孙化吉看出她忧心杨焕之的病况，因此只拣了几样重要的说完就告退了。

明泉立即换衣出门。

坐在马车上，先皇、高绰君躺在病榻上的憔悴面容不期然袭上心头。她掀帘看两旁景色急速倒退，第一次感到官道如此之长，恨不得插翅而飞。

随着一声马嘶，漫长的滚轮声骤止。阮汉宸下车刚伸出手来，明泉已自行跳下车来。站在杨府门口的正是当日家丁，见到正要惶恐下拜，那香裙纱摆已然擦门槛而过了。

明泉熟门熟路地在杨府穿梭，严实几乎小跑才能跟上。凭着记忆穿过正厅，杨大嫂正倚门探望，见到她急忙下拜道：“民妇……”

“杨大人呢？”

“皇上请随民妇来。”杨大嫂利落回身进了门里。

门里是个小院落，纵横不过五六步。一群男女老幼挤在院子里向里探头探脑，见到杨大嫂又拥了过来，“嫂子啊，杨大人到底要不要紧啊？”

“好歹给个信啊，我爹还在家里等消息呢？”

“杨大人有什么打算啊？”

七嘴八舌的热闹非凡。

明泉这才知道杨焕之家人丁旺盛，竟不是先前以为的一门几口即是全族。

“闭嘴！”杨大嫂实在烦得受不住了，眼珠一瞪道：“你们都给我一边去！”

一个中年文士越众而出，身子不偏不倚地碍在她面前，“不如让我替大家进去探望探望表舅。”

杨大嫂是听杨焕之说皇上有可能会来，才眼巴巴地跑出来迎驾，哪知道出来容易回去难。杨焕之健朗时，对这些好吃懒做的亲戚向来不假辞色，他们倒也不敢如何。如今他一病，他们就急吼吼地上来看能不能浑水摸鱼沾点好处。杨大嫂知道这群人都不易打发，但是一来吃不准明泉愿不愿意暴露身份，二来也不愿家丑外扬，让皇上看了笑话，因此一时进退两难。

明泉原本已是不耐，见他们不但堵在门口，脸上还颇为幸灾乐祸，不觉怒从心起，“汉宸，开路。”

中年文士只觉胳膊一疼，整个人已经腾空摔了出去。

明泉趁其他人还没回神，一个跨步，越过众人，径自推门而入。

其他人反应过来，见状正要叫嚷，便见杨大嫂一个侧身挡在门口，呵斥道：“爹平素来往的，哪个你们惹得起？！”

众人私下一琢磨，也觉有理，倒不敢再嚷嚷，不过守在门前的脚步半分没有移动。

明泉一开门，药味泉涌，关门后更浓，她抬眼便看到几个御医正坐在一边窃窃私语。见到她也不意外，毕竟消息是他们递进宫的，因此只转过身道：“参见皇上。”

“免礼，杨卿病得如何？”

那个曾为沈雁鸣治过伤的御医率先道：“杨大人乃是操劳过度，殚精竭虑，又没有得到及时调理休养之故。”

“那要如何调理休养？”

他为难地看了看内室，小声道：“杨大人的病状恐非一月两月，而是常年累积所致，实是……请皇上恕罪。”

明泉听得心头一阵冰凉，“难道就没有其他办法？再贵重的药朕都可以想办法取来。”

“皇上，人之体魄犹如四季，有春有冬，不能强求。臣与几位大人商议过，只能开些方子，以尽人事。”

“可是冬过春来，四季总能交替不歇。”

他沉默了下，才叹气道：“因此四季能与天地同寿，凡人只得短短数十载。”

明泉朝他们一一看去，却找不出半点生机。

“是……皇上来了么？”伴随着起身时衣服的窸窣声，杨焕之沙哑的嗓音响起。

深吸了口气，她转身拨开帘子，只见杨焕之颤着手欲翻被下床。“杨卿，”她一手按住被子，一手帮他将枕头扶正，“朕命令你躺回去。”

虽说站在眼前的是当今天子，但也是个双十不到的少女，如今竟老气横秋地照顾自己，杨焕之不禁老脸一红，“臣，臣躺回去了。”

“北夷使者已经同意议和条约，杨卿居功至伟啊。”

“臣不敢居功……孙大人能言善辩，胜臣……良多。”他说话十分辛苦，往往说一句，要歇息一会。

明泉不忍他辛苦，笑着拍拍他的手道：“杨卿好好休息，等你好一些了，朕再来看你。礼部的事情不用操心，朕让连相先帮衬着。”

“皇上，”杨焕之眼中光芒突然一盛，“臣，愿保举沈南风为礼部尚书！”他这句话说得又急又快又无半分预警，不由让明泉一愣，随即道：“杨卿不要多想，礼部尚书之位朕只有交予你才放心。”

“皇上，臣已是……知天命之龄，倒没什么放不下的。唯一遗憾，不能看到我朝……重创北夷，扬四海威名……”

原来北夷连吞大宣五城，如入无人之境，不仅是她肉中之刺，也是大宣每个爱国之士的心上之伤。明泉眼眶微湿，跋羽煌……朕能理解处于你境地的所作所为，可朕不能原谅！终至一天，朕会将大宣高高托起，不再任人宰割！

杨焕之顿了一会，猛烈地咳嗽起来，咳得急了，竟似要把肺咳出来。

明泉忙叫道：“御医！”

御医们急忙进来，却被杨焕之单手猛挥，不能接近。

明泉怕他激动，连忙道：“你们先出去。”

杨焕之这才放下手，等咳嗽稍停，才虚悬一口气道：“臣无碍……臣还未把话交代完。”

看他死命要开口的样子，明泉实在不忍打断，轻握住他的手道：“朕在听，杨卿慢慢说。”

杨焕之又喘了两口气，才渐渐缓下来，“我朝不乏有才，咳，有识的文士大儒，却欠缺独当一面的……大将。镇北国公在我朝武将、之中……原、排名第三，没想到竟……竟……咳咳咳……”

明泉不做声地听着。

“罗、蔺两位郡王，俱是年事已高……且与镇北国公相差……无几。”明泉明白他指的是领军作战能力。

“而高阳王……”他嘴巴动了两下，“不过人云亦云……纸上谈兵，并未上过战场。”

这倒是她第一次听到对高阳王的负面评价。以前耳闻的他总是无所不能，面面俱到，无怪太子汤在他长大后渐渐视为眼中钉。

“皇上……”他手中一紧，“臣入朝以来……共侍两朝，先皇待我，恩重，如山……臣无以为报，无以为报啊……臣有负先皇，有负先皇……”说到动情处，竟泪湿前襟，不能自抑。

“杨大人。”明泉反握住他的手，想起父皇生前音容，也是泣不成声。

过了半晌，她只觉得抓住手的劲道慢慢变小，抬头看杨焕之泪犹在面，却歪头闭目，人事不知的模样，急忙唤道：“御医！”

御医们再度冲进来，把脉观面后，松了口气道：“杨大人只是睡着了。”

明泉略略放下心来，“你们轮流看守……”原本想说万勿差池，但想到御医先前的结论，却未免强人所难，因此改口道，“务必周到。”

御医们连忙称是。

慢慢站起身，她从袖中掏出巾帕擦拭了下泪水，才开门而出。

杨大嫂见她眼下红肿，紧张地问道：“爹他？”

“由御医看着，已经睡下了。”

杨大嫂舒出口气。其他人却狐疑地想从她脸上再看出点消息。

“杨小姐呢？”

“她哭晕了三回，相公正在劝他。”杨大嫂道。

明泉点点头，叹息一声，也不再说。

众人见她要走，自发地围了上来，却被阮汉宸等人挤在外面。

“这位小姐，我们担忧杨大人病情，可否透露一二。”一个秀才打扮的青年在一旁作揖道。他面容俊秀，不可多得，只是胭脂味甚浓，想来平素甚得女子青睐，说话间还不轻不重地抛了个媚眼。

明泉烦躁地皱眉，“将所有闲杂人等统统扔出去！”话音甫落，正有人想反驳，便听她又补充了一句，“若有抗旨，斩立决！”

这些人平日虽然没有接触过什么大人物，但戏文也没少看，知道能说出抗旨和斩立决当今天下只这么一个人，而这个人的一切特征刚好与眼前少女吻合。因此再无人敢异议，适才还死赖不走，现在却恨不得多生两条腿好爬快点。

同一条路来回，却是两般心情。来时心急火燎，心中还带着一丝侥幸。回时轻裘缓进，那丝侥幸却碎落在御医的口中。她坐上了九五至尊的宝座，但得到了什么？

父皇、高绰君、斐旭、慕流星、杨焕之……或生而远走，或死而相隔，她低头看着自己摊开的双手，在女子中，她的手并不算小，但也只能握住几本书籍，几支狼毫而已。

她究竟还能握住什么？

马车缓缓停下。阮汉宸掀起车帘，见到她双目微红，瞬间眸中牵动千般情绪，原先要出口的话咽了回去，轻声道：“皇上。你若是想哭……臣可以守在这里。”

明泉诧异地抬起头。

他目光坚定而温和。

她嘴角微弯，敷衍似的稍纵即逝，探出一手扶住车厢，一手搭住他肩，一跃而下。

严实站在她旁边，眼睛却看着前面。

两旁高墙斜瓦，白道直延不绝。在这墙下道上，却有一名青年绰然而立，素衣青丝，质朴无饰，却掩不住天然而成的绝代风华。

明泉听到自己的心陡然一跳，暖流如出闸洪流，在胸腔里汹涌翻腾。随着步伐慢慢靠近，那暖流竟溢到眼眶，呼之欲出。

“今天又来赏月？”她微微仰起头，“有点早。”他的眼睛很漂亮，似棉絮白云中两点黑玉精魄，乌黑柔和，若瞧得久了，还有点点灿星在眸中闪烁。

“那是你的泪光。”他的声音在遥远的九天外响起，慢慢传入耳中，她才知道原来自己竟将刚才心中所想道出口外。

“每个人疲惫的时候都会哭。”安莲环住她的肩，“皇上是天子，所以可以比他们哭得久一点。”

两滴泪珠滑下，她笑骂道：“胡说，皇上也是人，为什么要哭久一点。”

他将她轻轻按入怀中，“那就想哭多久就哭多久。”

明泉握住他的衣服，泪水无声地落了下来。眼泪一旦决堤，就再也找不到堤坝来阻挡。她似乎要将短短半年多时间内所经历的巨变都一股脑儿地发泄出来。哭到后来，她竟渐渐忘记为何而哭，只是泪水不停地流，流得头晕脑涨，呼吸渐难，直到肿得再也翻不起眼皮。

安莲心疼地看着怀中明明才双十不到的少女，即使他的衣襟湿了大片，他却始终没有听到她哭出来的声音。这种压抑的痛，让他抚慰的手变得沉重如铁。

泪水停歇后，她伏在他胸前许久，久到他以为她已经睡了过去了，她才慢慢抬起头，抿着唇问：“我现在，是不是很难看？”

安莲慢慢弯下腰。

明泉愣了下，“你是不是脚麻……啊！”双脚腾空，她看看微暗的天色，又转头看看近在咫尺的俊容，“我可以自己走。”

安莲抱住她，与突然靠近数尺的阮汉宸目光微微一触，又淡淡移了开去，抬脚朝承德宫门走去，“我的衣服湿了，正好遮一下。”

风吹到眼皮上，微微刺痛。她下意识地将头埋到白衣内。

……他身上的香味很淡，是梅凛然的傲香，和斐旭的不同。

……他的体温并不高，和斐旭不同。

……他的发丝乌黑如夜，斐旭的发丝清亮如昼，不同。

……

想着想着，久哭后的疲惫不期然袭至，身体渐渐放松，缓缓睡了过去。

夜半，一声闷雷划过天空！

严实在门外急报，“皇上！御医署传来消息，说杨焕之大人……在子时三刻……病故了。”

门内半晌没有动静，严实还待再说，却听到明泉的声音幽幽传出来，“朕知道了。”

严实想起明泉落在承德宫外的眼泪，心中黯然，朝等在阶下前来传讯的小太监挥了挥手。

永谐元年五月二十三日。

礼部尚书杨焕之卒。

宣舜帝追封其为一等忠勤伯，赐良田十顷。擢沈南风为礼部尚书。

安莲终于在钦天府的精密演算下浩浩荡荡搬迁至凤章宫，与承德宫一道相临，成为名副其实的后宫之主。

近几天，整个后宫朝堂都看出皇上心情上佳，连刘珏上朝打了个喷嚏都被关切了半天，最后还大笔一挥，免他三天早朝，令半朝文武心思蠢动。奈何翌日早朝，明泉宣了御医在一旁候命。

“莫急，朕还怕你忙不过来呢。”轻飘飘一句笑语，下面原本站姿歪斜的大臣立刻挺胸收腰，精神百倍。

连镌久递上准备许久的折子，提出设立武举，以求天下将才。

此议一出，满朝武将哗然。尽管连安两门桃李天下，但武将另有派系，连镌久与安老相爷都难以介入。这也是当初安老相爷千方百计想收服彭徐两个将军的原因。

自宣朝开国以来，武将升迁惟以军功，因此世家子弟有家族庇护，往往能承父业。如今横加武举，无疑将威胁到许多家族的利益传承。

“臣以为武举势在必行！”

众臣回头，出列的竟是虎贲将军孟猛。

明泉见半数武将都垂下头去，暗自佩服。原来连镌久请得他助拳，怪不得老神在在。

“五城之辱犹在近前！冯老国公尸骨未寒！吾等若再不思进取，只安于一片青瓦遮顶，又怎对得起大宣历代洒血洒汗的先烈英魂！臣已年老昏庸，不复当年。冀皇上能求得武功人品才思出众的武状元扬我大宣国威！臣愿挂印相让，乞皇上成全！”

声音刚落，便见两名白发苍苍的副将越众而出，“臣愿挂印相让于榜眼探花！”

明泉向连镌久使了个眼色。只见他不紧不慢道：“武举在我朝尚属首次，臣以为不宜轻授官位。诸般恩典应以选举之后再作定论。”

独孤凉难得开口道：“连相大人所言甚是，三位将军私许官位之举未免莽撞。”

“独孤卿家此言差矣。我大宣朝正需要三位将军如此爱国情切的莽撞。”明泉幽幽一叹，“杨卿故去前，唯一放不下的，便是五城之失。”

听明泉这么说，独孤凉立刻意识到武举之事是串谋好的，现在不过是提出来装模作样地过过场。既然皇上左相和几位武将都达成了一致，自然也没有反驳的余地。他脸色铁青地回列。

“如今我朝与北夷将结兄弟之邦……”她突然面色一整，“但是！朕要你们一个个都记住议和上的条约！要永远记住，在这些条约中，大宣拱手相送了多少百姓的汗水！”

连镌久率先跪下道：“臣等矢志不忘！”

众臣立刻反应过来，轰然跪诺：“臣等矢志不忘！”

下朝后，沈南风被单独宣至乾坤殿。

从翰林学士到刑部侍郎，从刑部侍郎到礼部尚书。沈南风继连镌久及安莲之后，成为第三个平步青云的朝堂奇迹。但在他俊朗的脸上，却看不到半点骄傲的痕迹。

“初掌礼部，一切可还习惯？”明泉随口问道。

沈南风恭敬回道：“臣必定殚精竭虑，不负圣恩。”他在翰林院时遍读各部典籍，便是等待有朝一日可以学以致用。在刑部，他虽通读刑律法典，但到底不如礼部适合他的性子。

明泉苦笑挥手，“千万莫提殚精竭虑，朕现在最怕听这个。”

沈南风想起杨焕之病故之由，不免暗悔。

“沈卿已至弱冠之年，家中可有婚配？”

他抬头看了眼坐在一旁悠闲品茶的安莲，“臣初掌礼部，正是摸石过河，不敢稍有分心。”

“哎，妻子主持家务，正可令你无后顾之忧。”

沈南风总算明白皇上是准备给他赐婚，“请皇上明示。”

“朕看杨大人之女贤淑大方，进退有据，堪成佳偶。”

“杨小姐正值父丧，恐怕……”

“先定下名分，至于婚事可三年后再办。”

沈南风略显迟疑。

安莲轻轻放下茶杯道：“杨小姐的婚事乃是杨大人临终遗愿，何必拘泥俗礼？皇上下旨赐婚也算告慰杨大人在天之灵。”

“皇夫所言甚是。”明泉频频点头，“翁婿先后执掌礼部也可成全一段佳话。”

“臣谢主隆恩。”

明泉愉悦地下了帝辇，转身看安莲的车辇远去。

这几日两人同进同归，虽然只字不提当日之事，但是有什么已经在不知不觉中消失改变。换作以往，她难免对这种改变惊疑不定，但如今，她只想随心而为。

“皇上。”

似熟悉而陌生的呼唤自身后响起。

明泉应声转头，却见一个消瘦少年在风中葸葸颤抖。记忆中圆润的双颊露出刀削般的线条，下巴尖得犹如锥刀。

“臣冯颖，参见皇上。”自进宫以来，他见明泉不过几次，每次都是匆匆一面，竟因此对她留下敬畏的印象。想起要提之事，双拳不自主地握紧。

“随朕进来吧。”她温和一笑，倒略略抚平他的不安。

“住在熹微宫惯否？”

他微微一怔，“谢皇上垂询，一切安好。”

明泉停下脚步，挥退左右，“除了这个，朕可猜不出其他来意了。”难道沈雁鸣回宫的风声已经走漏？可是沈南风看起来不像得到消息啊。

冯颖扑通跪下，“臣想求皇上准许臣参加武举！”

明泉默然地看着地上腰杆挺得笔直的少年。初进宫时的天真正直已经消融化作眼里的坚毅隐忍，家中突逢的惨变并未压垮他的肩膀，却让他迅速成长起来。

难道真的只有痛和苦才能让一个人真正的成熟？

“朕不能答应你。”她怜惜地看着他，却说出截然相反的话。

冯颖瞪大眼睛看着她。虽然来时并未抱多少希望，但被真真切切地拒绝时，还是忍不住一阵发晕，“皇上！你既然能开武举，便不是墨守成规之人，何以不能……”

明泉看着他发红的眼眶，心竟被牵动相同的痛楚，“朕可以不墨守成规，却必须要有一个不墨守成规的理由。应一个无功无名的郎伴参加武举……你觉得这个理由如何？”

“臣一定不会辜负皇上的期望。”

“朕还未对你有任何期望。”明泉淡淡道。

冯颖咬着下唇，突然站起身扭头就走。

明泉不以为忤地一笑，向站在远处的严实招招手道，“严实，朕的女官呢？这几日熟悉下来，应该可用了吧？”

“回皇上，范姑娘正在朝漱房候旨。”朝漱房乃是各太监宫女休息等候的地方。

“嗯，既然朕身边有了她，你也可以放心去做大内总管了。”

严实慌忙跪下，“奴才谢主隆恩。”

严实晋于大内总管之位乃是迟早之事。明泉一等他就任，便打发他去整治各宫各司太监宫女，一时后宫人人自警，风气井然。

夏家镇之行在即，明泉拨冗向各个太妃请安。马太妃依旧闭门谢客，她也不以为意，嘱咐回宫太监小心照料，容辞切切倒让范佳若侧目。

马不停蹄去完四宫，明泉迫不及待回承德宫批阅奏折。

范佳若磨完墨，只得静站在一边，看这个大宣最尊贵的女子用一笔一画决定整个皇朝整个国家的命运。

大约半个时辰后，她觉得小腿上好像有千万条小虫蠕动，又麻又痒，忍不住用手轻轻捶了捶大腿。

“怎么了？”明泉自奏折中抬起头。

范佳若急忙站直身体，“没什么。”

“坐吧。”

“呃？”

“以后朕批阅奏章时，准你坐在一旁，取几本书看也可。”

“谢皇上。”范佳若小心挪动发麻的小腿，挑了把不远不近的椅子坐下。

“朕以前在宫中便听闻过你，父皇还曾一度想立你为汤哥哥的侧妃，可惜被范老回绝了。”

范佳若脸上一僵，“倒不曾听家父提起。”

“汤哥哥发了好大一顿脾气，偏巧又让皇嫂知道了……”明泉说着说着突然扑哧一声笑了出来。

范佳若好奇地看着她。

“汤哥哥只好说是替清哥哥物色的，又发了半天的誓才对付过去。”

范佳若垂目不语。

“可惜清哥哥很快就去了封地，”她幽幽一叹，“后来他立妃，朕还是从驿报知道的。”

她见明泉似乎陷入回忆，面上虽然淡淡的，但眸中满是遗憾与怅然。心中一时吃不定她是真情流露还是虚情假意。范拙在家时也曾几次提起这个大宣皇室最受宠的金枝玉叶，但前后态度截然不同。

当明泉只是公主时，范拙赞其敏而好学，智而不群。但当她登基之后，他口中便只剩下四个字——牝鸡司晨！不过她对她，是好奇大于其他感情的。毕竟她也是女子。在这样一个男人做主的世界里，她却独自站在天下的最高处，俯瞰苍生……这需要何等的气魄和智慧？她想象不出。所以明泉让她单独留下当她的女官时，她心里头倒不全然是不愿。

“启禀皇上，凤章宫总管如意求见。”

明泉被一声尖锐的通传打断思绪，若禀告的是严实，声音必定是轻而不弱，恰到好处。

“宣。”

“奴才如意叩见皇上，皇上万岁万岁万万岁。”如意声音好似磨刀般的沙哑。

明泉打趣道：“如意长大了，还想不想吃糖葫芦了？”

如意抬起头笑道：“只要是皇上赐的，奴才都求之不得。”

“敢情只要不花钱都是好的。”她抚着额头，“起来吧。”

如意站起来侧头打量了眼范佳若，虽然只是一瞬，她却觉得好像自己从头到尾被看了个透彻。

“佳若是朕的起居女官，以后严实不当值的时候，都由她替上。”

“佳若姑姑。”他露出乖巧的笑容，看上去完全人畜无害，好似刚才那刺探般的一眼只是她的错觉。

“如意总管。”她站起身，微微一福。

如意笑笑，转头对明泉道：“主子说凤章宫的桃花开了，请皇上同赏。”

“哦，桃花满陌千里红，朕倒真想看看。”明泉搁下笔，“佳若，朕看你也累了半天了，先回去歇着，到申时再过来。”桃花？凤章宫哪里有什么桃花。

她看着范佳若退出大殿，睨了他一眼，“嗯，可以说了吧。”

“沈郎伴想求见皇上。”

明泉沉默了下，“他……还好么？”

“精神好多了，见到御医和主子都很冷静。”

万一见到她不冷静怎么办？明泉想了想，把这个放在心里，“罢了，春天到了，总要看看桃花的。”

凤章宫与承德宫相临，天色又尚早，明泉便与如意徒步过去。

“奴才听说皇上这几日要离宫。”如意小心翼翼地开口。

“不错。”

“皇上几时启程？”

明泉斜看他一眼，“三日后。”

如意沉默不语。

凤章宫瓦欺霜胜雪，比天上皓月更皎洁三分，乃宣朝开国之后手笔，远看如山霭，近看似雪峰。明泉骤觉整个皇宫的确此宫才当安莲。

“六月初三，是安夫人的忌日。”

明泉前脚刚踏入凤章宫，便听到如意用极轻的声音道。

沈雁鸣坐在床上，双眼无神地看着帐顶。

明泉进来时看到的便是这幅景象。

“参见皇上……”他挣扎着要起来，却被明泉挥手制止，“免礼。沈郎伴连日奔波劳累，不必拘此虚礼。”换了平日，她说话决不会如此客气，只是眼前却是她亏负于他，自是理不直气不壮。

沈雁鸣见她靠近，身子不由得颤了下。

明泉见他脸色憔悴，眼角甚至多添了几条纹路，心中更是歉然，识相地挑了把三步远的椅子坐下。

“你安心在此养病，需要什么，只管与皇夫说。若想回去，朕可安排你回熹微宫。”她言前言后全是病字，半点不提伤势。

沈雁鸣几不可见地点了下头，“皇上……”

“嗯？”明泉尽量露出可亲的笑容。

他咬着唇不作声。

如意早在她进门时便离开了，因此屋里只有他们二人，反倒沉默得尴尬。

“你回宫的消息……朕还未告知沈家，若是想让他们进宫看你，朕可以安排。”

“不要告诉他们！”

猛然提高的嗓音像利剑一般穿过她的耳朵，害得心跳猛增。

“我，我……”他头慢慢埋在双膝间，抱膝的双手握得死紧。

明泉舔了舔嘴唇，第一次感到词穷。

思虑半晌，她起身缓缓道：“过几日，朕会派人去胜州接你。这几日，便先住在凤章宫吧。”

缩成一团的身影不停颤抖着，犹如受惊的兔子。明泉又站了会，见他毫无反应，叹了口气，轻轻从外面把门关上。

那一刹，屋内似乎隐有呜咽声传出。

武举榜文张贴天下，民间偶有疑虑之音，却很快被热情群涌应者淹没。连镌久一边忙得焦头烂额一边要应付独孤凉为首旧派武将的刁难，实在不可开交。

赈灾银前后分了三批陆续到了地方，刘珏为争表现，工部日夜不歇，务必尽快为灾民重建家园。

孙化吉户部礼部两头跑，一面数银子，一面与沈南风谈议和细漏，孙夫人刚养出来的两斤肉很快又还了回去。刑部御史吏部则是盯紧了樊州童堤案，前面准备随时抓人，后面准备随时派人顶补缺。

这两日明泉被他们左一句皇上，右一句启奏，抢得四处乱跑。范佳若头一次知道原来当皇帝竟是这么累的差事。

“皇上，户部尚书孙化吉求见。”

范佳若现在一听这句就开始疼。

明泉放下茶杯，“宣。”

“臣孙化吉参见皇上，吾皇万岁万岁万万岁。”

“平身。”

“皇上猜臣刚从哪儿来？”孙化吉笑眯了一双小眼睛。

范佳若惊愕地看着明泉一本正经地摸着下巴思索，“嗯，多半不是什么正经地方。”

“嘿嘿，皇上英明，洞悉乾坤，德盖九州……”

“孙夫人知不知道你去了青楼啊？”

孙化吉立刻把剩下的恭维吞回肚子里，“臣所作所为，俱是为了皇上，为了大宣，还请皇上明鉴。”

“那就要看你差使办得如何了。”

“当然是妥妥帖帖，顺顺当当。”

明泉露出笑意，“如何个妥帖顺当法啊？”

两人不约而同相视一笑，让看在一边的范佳若不寒而栗。

“总之，王四海已经同意捐献一百万两纹银于朝廷，并募集大量物资运往各州受灾地区。”

明泉满意地笑笑，“王四海果然心系朝廷，为国为民。”她铺开宣纸，在上面亲提“仁商”二字，“你去裱起来，送到王家去。”

孙化吉一边接过一边笑道：“皇上一字万金，可否也赠臣一幅？”

明泉二话不说，大笔一挥，气势纵横的狐狸二字一蹴而就。

孙化吉小心翼翼地接过来，“王四海一百万两换来的两个字，还不如臣这两个字的笔画多，划算划算。”

“……孙卿果然精打细算，半点不亏啊。”

他得意地笑了两声，又遗憾叹道：“不过可惜，王越的身体似乎拖不过今年了。”没有威胁的借口，下次再让王四海掏荷包恐怕就不容易了。

“那你看王四海身体如何？”

“十分健朗。”孙化吉一愣，这次是以召王越入宫为威胁手段，“皇上难道想召他入……”剩下一个字被明泉瞪掉。

“万金一字非人人可得啊。”意思就是拿人钱财，替人消灾，办法自然是你想。

孙化吉低头看着手上的两幅字，突然有种想哭的冲动。

范佳若暗忖，高阳王与明泉果然是同胞兄妹。看起来笑容满面，但算计起人来毫不手软。

孙化吉前脚刚离开，后脚连镌久与独孤凉即双双求见。明泉见怪不怪，这两日他们为武举之事，事无大小都要争论一番。连镌久虽然是百官之首，但遇到武将出身的独孤凉也十分头疼。

“区区武举而已，又哪里难住两位大人了？”明泉不无嘲讽道。虽然倾向连镌久所提之议更多，她表面上却各打五十大板，无关痛痒地便由着独孤凉来，免得招致武将派系的不满。

“臣与独孤大人正在商议武举应侧重战术策略或是武功骑射。”

自然是战术策略。若要的是一个武功绝顶的高手，还不如去各大派招安掌门，或是直接任命武林盟主为状元。想是如此想，但话从她嘴里说出却换成，“这倒至关重要，两位爱卿是何建议？”

“臣以为武功骑射再出众，也只是一夫之勇。只有运筹帷幄，决胜千里，败敌军于股掌才是万夫莫敌之勇。”

“独孤大人此言差矣。”连镌久慢条斯理道，“自古以来文状元即为天下文人典范，那么武状元自然应是天下武者榜样。武举若只重策略文章，又与文举何异？难道独孤大人心目中的武状元只是一个手无缚鸡之力却满口兵法的纸上谈兵之徒么？”

单论口舌，独孤凉这个早年混迹军营的武将又怎能与文臣佼佼的连镌久相比，当下沉默。

两人寥寥数语，明泉却已听得十分明白。

论战术策略，那些武将世家世代领军作战，大小战役不知凡几，自然比普通百姓得天独厚。如此一来，自然对独孤凉身后的武将派系有利。反之，连镌久若想在武将中培植势力，自然是找那些无权无势无背景的草莽出身更为容易。

“两位爱卿所言，各有道理。”明泉沉吟道，“不如这般，骑、射、力、武还是主考，朕可不想哪天在战场上，我堂堂大宣将领还需要士兵的保护。不过，战术策略出众者，无须武进士考核，直接参加殿试！”

连镌久与独孤凉两人一合计，都觉得对己有利，当下道：“皇上圣明！”

六月初二，天朗气清。

十里锦旗自京城出发，向夏家镇进发。

沿路百姓夹道匍地跪迎。

严实自小太监手中小心翼翼地接过酸梅汤，转身对帝辇道：“楝容县官张有福送上酸梅汤，请皇上品尝。”

“嗯。”

严实掀帘而入，过了一会端出空碗交给小太监，低声说了两句。

小太监一路小跑到仪仗前面。

等在路旁的张有福激动得双颊发红，“皇上，可有说什么？”

小太监道：“皇上说太酸。”

张有福表情顿时一蔫。

“皇上还说张大人若有时间做酸梅汤，倒不如花时间在治理一方上。”

张有福的脸色如丧考妣，半晌才道：“臣，臣谢皇上金口玉言。”小太监却早已走开了。

六月初三，细雨绵延，密密覆盖整座皇宫。

往日人烟罕见的西北冷宫，今日却有了动静。

安莲跪在地上，将一幅又一幅画卷投入火盆。画卷上峰峦奇秀，江河清缓。有的落笔寥寥，墨痕粗犷，却气韵磅礴。有的精工细琢，色彩斑斓，画如实景。无论何种风格，都是难得的珍品。

如意和一个黑不溜秋的小太监跪在两侧各自撑着一把伞，一个拼命将安莲护在伞下，一个小心不让火盆被雨打湿。一个伸头伸脑地朝门洞方向打探，一个眼睛贼溜地不知想啥。

将最后一幅画掷入盆内，焚化成灰，安莲才慢慢站起身子，浸湿的衣摆黏在腿上，皱成一团。

“你瞧什么呢？”小太监突然一手拍在如意的后脑勺上。

如意撇开头。自从他进宫后，就一直看自己不顺眼，明里暗里使了不少绊子，虽说无伤大雅，也搅得心烦。

“你该不是在等皇上吧？”他视而不见他冷漠的表情，笑嘻嘻道，“你觉得皇上会长翅膀飞回来？”

如意狠狠扫了他一眼，有种心事被道破的尴尬。虽然当时明泉什么都没说，但他就是觉得她放到心上了。所以虽知明泉应是昨天就离开了，心里忍不住还抱一丝希望。

“戏文里都说伴君如伴虎，君心难测，今天好的指不定明天就不好了，刚才好的指不定一句又不好了。你看历史上那些后妃关进冷宫之前谁不是宠冠一时，皇恩浩荡啊？自古无论明君昏君，一谈起国家社稷就头头是道，一谈起儿女情长就朝秦暮楚。男的女的都是一般的。”

“戏文是戏文，皇上是皇上！”

“那些唱戏的都是从书上学的，书上都是从历史上搬的，不然他们哪里能将皇上后宫里头的事情说得有根有据。”

“历史上的皇帝又怎么可以和当今皇上混为一谈，何况前朝不也有一位女皇与皇夫恩爱到老么？”

“嘿嘿，那怎么一样。那位女皇后宫可没这么多郎伴蓄子。”

如意顿时一窒，转头看安莲，只见他低头看着火盆，对身旁一切置若罔闻。他扯住小太监的袖子，压低嗓子道：“你挑拨皇上与主子的关系，居心何在？”

小太监嘿嘿一笑道：“咱当奴才的能有什么居心？不过是想主子荣华富贵，我们跟着喝汤罢了。”

“主子是皇夫，只有与皇上相亲相……相敬才好，还说你不是别有居心？”

“皇夫。自古多少皇后被废后，坐穿冷宫。天底下只有自家血亲才是靠得住的，其他人说得再好再动听，一转眼，说翻脸就翻脸了。”

如意总算明白小太监为何借了这么大个胆子说这么多可视为大逆的话。“是……老爷的意思？”

小太监瞥他一眼，又提高嗓子道：“听说如意总管前两天特地把夫人的忌日告诉皇上了？皇上怎么说？”

如意支吾道：“皇上自然是……嗯……”

安莲缓缓回过身，“他让你带的话已然说完了？”

小太监赔笑道：“说完了。”

“那你还留在这里做什么？”

小太监道：“是是是，奴才这就告退。”走了两步，他又道，“不知少爷有没有话让奴才转传？”

“他是你父亲还是我父亲？”

小太监怔了下，反手给了自己两个耳光，“是是是，老爷和少爷父子情深，哪里要奴才在里面瞎掺和。奴才这就走，不不不，这就滚。”

如意看着他刚才还一副趾高气扬理直气壮的样子，现在几乎是夹着尾巴在跑。

“他是安家最说得上话的人之一。”安莲淡淡提醒道。

如意皱了皱眉，“说一套做一套，也不是什么好东西。”

安莲接过他递来的伞，慢慢朝外走去。

如意回头又看了看。虽说这里是整座皇宫离安府最近的地方，他还是非常不喜欢过来，总觉得这里阴森森好像有什么在飘荡。回过头，发现安莲背影越来越远，才忙不迭地收拾地上的东西，朝他跑去。

“主子？”他看到安莲走到走廊檐下，弯腰捡起了一张纸。

“寂寞晚春伤景，铜镜婉转风情。一缕青丝化暮雪，年华如箭惊心。缱绻相思何寄，残月抱缺悲鸣。晨梦犹遗仿影，鬓沾枕泪骤醒。空帏无须扫卧榻，云衣繁锦孤伶。弦断不曾再续，谁人回顾浮萍……”

“主子。”如意听他轻声念完，不由得看了下四周，“这词听起来怎么这么……凄惨啊。”

安莲无声站了一会，才将纸重新放了回去，“凄惨倒不然，只是哀怨罢了。”

“为什么哀怨？”皇宫里的事他毕竟听得少，因此对冷宫并不了解。

安莲撑着伞，一边走回大道，一边漫声道：“这首词的主人，曾经是先皇宠爱的妃子。后来因为某种缘故被贬谪冷宫而心有不甘吧。”

“先皇既然宠爱她，又怎么会将她贬谪到这种地方来呢？”

“你爱吃糖葫芦么？”

前两天皇上才刚问过，怎么今天主子又问？如意心中虽然暗暗腹诽，嘴上还是道：“爱吃。”

“若天天只吃糖葫芦，不吃别的，你还爱吃么？”

“天天吃糖葫芦？那，那还是不吃的好。”

“所以再喜欢的东西，也总有不喜欢的一天。”

如意刚想点头，又摇摇头道：“可是主子以前喜欢画画，现在也还是喜欢画画啊。”

安莲微微一怔，随即笑道：“不错，若是拿捏合宜，也可能喜欢一辈子的。”

如意见他认同自己的想法，顿时开心地笑起来，“只要不是每天每顿都吃糖葫芦，一个月吃它个五六次，奴才也可以喜欢一辈子的。”

“任何事都应当适可而止。可惜往往越简单的道理，越容易被人忽略。”

“为什么？”

“因为难题永远比答案更吸引人。”

如意歪头想了想，“不错不错，以前元宵节猜灯谜，那些越猜不出来的越多人去看，反而那些简单的就没什么人去了。”

正说着，已走到冷宫外，驾车辇的太监见他们出来，赶紧迎上来接过如意手上的东西。

安莲回头看了眼在雨中凄迷的冷宫，慢慢上了车辇。

凤章宫上，雾雨雪檐，氤氲厚厚一片，远看犹如云堕九天。皇宫好似蛰伏的狮子，在雨声中沉睡。

安莲褪下衣衫，坐在浴桶内，湿冷的身体被热水一泡，顿时舒缓过来。

门被轻轻推开，似乎一个人走了进来。

他眉头微蹙，来不及出声，便见明泉拿着一只纸船兴冲冲地跑到屏风后，“皇……夫。”最后一个字低沉如呻吟。

修长的手臂横搭在三人合抱大小的木桶上，白皙的肌肤闪耀着牛奶般的光泽。精致的锁骨如精雕细琢的美玉，一半掩盖在黑缎似的青丝下。

绝美清艳的脸蛋正朝她望来，黑玉般的眸子在雾气中熠熠生辉。

啪，纸船掉在地上。

明泉捂着鼻子跑了出去，留下安莲一脸愕然。

“你你你……你怎么不告诉朕他在沐浴！”明泉一边仰头让旁人在鼻子里塞棉絮，一边恶狠狠地瞪着“万分无辜”的如意。

“奴才看皇上来得急，以为主子还没脱……”

正专心塞棉絮的小太监低声叫道：“另一只也开始流了。”

明泉恨不得把棉絮塞他嘴里，“闭嘴，哪里流塞哪里就是了，叫什么叫！”两个鼻孔都塞满了，她只好张大嘴呼吸，忍不住又瞪了如意一眼，“以后没脱也要说！”说完，她又暗自呻吟一声。这都是什么乱七八糟的对话！

如意担心地看着她，“要不要请御医过来……”

“不用！”虽然不知道为什么突然会流鼻血，但联想到她看到的景象……传出去绝对不是件光彩的事。明泉义正词严道，“朕没有随仪仗去夏家镇之事，越少人知道越好。”

“是。”

“这件事不许泄露出去。”

“是。”

明泉沉默了下，突然一把捏住他的耳朵，“朕想来想去还是火！你守在门外不就是拦住人别往里进么？你怎么就不拦住朕啊！”

如意不敢大声叫，只得哭丧着脸道：“普天之下，皆是皇土……皇，哎呀，皇上在自己土地上走走，奴才……奴才哪里敢拦啊？”

“哼！是么？！”明泉手指一转。

如意杀猪似的叫起来，“皇上饶命！皇上饶命……主子救命啊！”

门咿呀一声打开。

安莲站在门内，一身雪缎，高雅出尘。

明明全身都穿得严严实实，为什么她脑海里浮现的还是刚才什么都没穿的景象。

“皇上！”身边的小太监尖叫一声，随即颤着手递上一团拳头大的棉絮，“您还是换个新的！”

全身血液汇聚百汇，明泉想，若眼前有面镜子就可以看到自己的表情，定然十分僵硬精彩。自从那次吐血之后，御医署和御膳房天天为她进补，没想到这么快就还回去了。

“皇上不是应该在去夏家镇的路上么？”安莲打破尴尬。

明泉一看他的脸，脑海中的景象又开始翻江倒海地滚翻，一时也不知道他到底说了什么，只呆呆地附议道：“是啊，朕应该在去夏家镇的路上啊……”

眼前乌黑的眸子中慢慢晕开一丝笑意，她看着安莲接过小太监手上的棉絮，将她鼻孔中的两个取下，又塞了两个新的进去。不似小太监诚惶诚恐的谨慎，而是一种……她也说不清楚的温柔。

“皇上昨天住在何处？”

见安莲缓缓退开身子，明泉总算恢复思考，“咳咳，朕昨天……昨天在连相府上商议武举之事。仪仗行进缓慢，朕多耽搁一天也无妨。”

安莲拿出一折纸船，“皇上是为此而来么？”

明泉刚要应是，却瞥见船上那一点鲜艳的血迹，不由讪笑道：“是连相夫人教朕的。点上蜡烛，可以把思念放在船里，带到任何地方。”她指着舟身上类似拱桥的地方，“这是船篷，蜡烛点在里面就不会被雨水打湿了。”

身边的小太监惊喜道：“奴才家乡元宵节时会用荷花灯寄托爱恋，倒和这个是一个道理。”

明泉侧过脸狠瞪他一眼。废话！这根本就是她根据荷花灯编出来的，能不是一个道理么？！

安莲将纸船珍重地捧在手上，“长庆宫有一条河通向城外，应该可以去很远的地方。”

明泉原本还怕他嫌她幼稚而拒绝，一听如此，立刻道：“起驾去长庆宫。”

长庆宫内的那条河乃是京城护城河分支，据说当年贾贵妃曾想以此与情夫逃遁，终是不果。

红彤彤的烛光映着朦胧的纸船，犹如一只手掌大的灯笼，在水上慢悠悠地打转。

明泉伸手拨了几下河水，它却悠闲地游到对岸去了。“看来是皇夫思念未绝啊。”她干笑几声。

空气中的微风送来淡淡诉语，“我娘很美。”

她回头见他卷长的睫毛微微一颤，如振翅欲飞的蝴蝶，轻声道，“她一定是世上最美丽的人……”之一。最后两个字她加在心里。

他嘴角浅勾，笑得十分满足。

“哎，你看。”她指着正慢慢向城外漂流的纸船，“它一定是听到你的心声了。”

白色的船身沐浴在橘黄的烛光中，在碧幽的河水上，犹如一盏指路明灯。河尽头，天水成一线，云海灰雾，天色苍茫。

“我娘做的菜很好吃，每年只做两次，一次是过年，一次是他生日。”安莲低诉的声音

好似一抹清风，徐徐拂过河面，伴着纸船，飘向远方。

明泉看着他沉静的侧脸，明明半点悲伤也无，却让她的眼眶一阵酸涩，一时竟默默不得语。

纸船渐渐消失在天水尽处，留下怅然的空寂。

安莲牵起她的手，似叹非叹，“走吧。”他顺着河岸，朝纸船消失的方向漫步。

河边的石头被细雨润泽，湿漉漉的十分滑脚。明泉不得不把半个身子的重量都加在交握的手上，等走回大道，才发现他和她的手都被掐出了一圈红印。

她尴尬地松开手，低头道：“朕没见过母妃，不过她一定爱朕。”

身边的人沉默了下，“你怎么知道？”

“有人和朕说的啊。”

“你记得是谁么？”他身子微微前倾。

明泉偏过头，“好像是高阳王吧。”

安莲呼吸一顿，淡然道：“是么？”

“阮统领……你等等……”风中飘来如意急促的喘息声。

明泉转头看去，如意半挂在阮汉宸身上，一步一跳地朝这边走来。

“参见皇上……皇夫。”阮汉宸垂下头，好像手臂上的累赘不存在，“臣已备好马车，恭请皇上起驾。”

如意恨恨地白了他一眼，转脸看明泉时，脸上立刻绽放出春花般的笑容，“皇上，雨路湿滑，明日再起程吧。”

明泉挑眉，“皇夫意下如何？”

“和议之事事关重大，皇上早一日抵达夏家镇，则少一分变故。”

“正合朕意。只是宫中朝中之事，还请皇夫多费心了。”

“臣自当竭力。”

明泉走了两步，突然转过头来，“朕记得……”顿了顿，摇摇头道，“没什么。”她记得当初连镌久替安莲开释的借口是平安郡王挟持他的母亲，但如今看安莲的母亲不应已故去么？难道现在的安老夫人并非安莲生母？也罢，等回来时问连相吧。

范佳若坐在帝辇中，四日的皇帝替身让她草木皆兵，身心俱疲。若非严实明里暗里地鼓励监督，恐怕她一刻钟也待不下去了。

握在手里的美食也失去了原有的滋味，她咬了一口，又忍不住吐了出来。

严实掀帘进来，只见她身子一直，看清是他后才缓缓靠了回去。

“再过两里便是驿站，沿途辛苦，还请范姑姑见谅。”他刻意压低声音，听上去像蚊子的嗡声。

范佳若倒是习惯他如此说话，只是点点头。

严实陪在里头，直到到了驿站，才轻手轻脚下车。过了半会，只听马蹄脚步大批离开，帘外渐渐恢复宁静，他掀起帘子道，“请下来吧。”

范佳若扶住他的手，一下子跳下帝辇，心中总算舒出口气。帝辇外表华丽而厚重，但真正坐在里面就像被掐住脖子似的透不过气，提心吊胆地怕随时有什么人闯进来撞破真相。

驿站门口站了两排太监，各个低头垂手，不闻不问。左右街道空无人烟，与前两日青紫林立，车水马龙的繁荣景象不可同日而语，想必是严实代传了许多皇上不喜奢华铺张的风声，才让后者循前车之鉴，消停下去的。

严实轻咳一声，站在门口的太监们立刻转身，将她围在中间，慢慢朝驿站里头走去。

皇上住的地方自然是最宽敞最华丽的院子。

屋子大归大，却没有像皇宫那样分成里外两间，因此严实只好住在离她最近的左厢房。范佳若疲惫地推开门，反手关上门，刚一抬头，全身就像穴道被点住一般动弹不得。

一个清秀雅致的女子坐在桌边悠然倒茶，动作清闲得如同在自己的家中。

“皇上？”话音刚落，身上因惊讶而凝起的力陡然一泄，冷汗后知后觉地爬上背脊，她双腿一软，腰肢虚得几乎垮下。

明泉走到她面前，将茶杯慢慢塞入她的手中，望着她的眼睛，轻声道：“辛苦了。”

明明只是简简单单的三个字，明明她刚才还是满腹委屈和牢骚，明明她当初是因她对欧阳成器咄咄逼人而不得不留下……为何现在竟然有种放下一切的舒然？心里隐隐相信着，无论发生什么事情，眼前这个和她一般高矮的女子都可以从容应付。

“奴……婢……”她艰难地吐出这两个字，从未想过身为尚书千金还有自称奴婢的一天，尤其是在一个与自己差不多年纪的少女面前。

“你既然是朕的女官，又怎么同那些人一样？不必奴婢来奴婢去，只管称臣便是。”明泉自桌上取过另一只茶杯，与她的轻轻一碰，“以茶代酒，谢你这几日为朕受的委屈。”

范佳若低头看着手中摇晃的茶杯，碧绿的茶叶安静地落在茶杯底部，水面因她手腕的轻颤而荡漾起一轮一轮的涟漪。这茶明显泡了许久，热气已散，握在手里，只有淡淡的温热。

她似乎明白自己的舒然因何而来。

明泉眼中的真诚，不是故作姿态地收拢人心，而是真真正正地理解，理解她这几日来过的是怎么担惊受怕的日子。她是皇上，有很多事本不会知道也不必顾忌，但她的确是从她的角度考虑到她的立场。

一个与皇上对立的前吏部尚书之后，若被人看到独自坐在帝辇里，先不论会遭到何种言论，何种猜忌，单是明泉会否为她证明清白，为她说话都很难料。

慢慢啜了口杯中之茶，她将茶杯放回桌上，轻声道：“臣先告退。”

向来谨慎的心为眼前这个少女皇帝而微微倾斜。不因欧阳成器，只因自己这几日的相处与观察。尽管她的父亲选择了高阳王，但这并不等于她的选择，不然当初也不会毅然地跟欧阳成器远上京城。她素来不喜欢左右彷徨，但如今知道的这些还不够敞开心扉，她需要更多的时间去观望与思考。

明泉点了点头，“去吧。”看着范佳若带着一身凝重出了门，她的脸上才露出几许疲惫。

范佳若的心计在女子中虽然难得，但在自小生长于皇宫，后又周旋于朝臣的明泉眼里，无疑还是简单。面上虽然涓滴不露，眼神流露却无法掩饰，心中所想所虑在明泉见她进门的第一眼便看得清清楚楚。她倒没想过要收服范佳若，只想进夏家镇之前安抚住她，以免徒惹是非。

尽管次日一早，仪仗中多了位皇帝起居女官和大内侍卫统领，但官场中深知听而不闻视而不见的真谛，各个睁一只眼闭一只眼。

越往北走，沿途越是萧条，青瓦红墙，琼楼玉宇渐渐变成万顷良田，两三茅屋。待到夏家镇，已经是半月以后。北夷左相沁克萨领了五百亲兵在镇口相迎，言谈间仿如地主，更对北夷连下大宣五城之事夸夸其谈。

大宣众臣虽然心下愤然，却一时也找不到反驳之语。

明泉转过头，背着仍口沫横飞的沁克萨朝孙化吉使了个眼色。

“原来这位就是沁克萨大人，”孙化吉上前一步，抱拳道，“我在京城的时候就不止一次听到过大人威名，如今一见，果然风采不凡啊。”

沁克萨上下打量了他一眼，口中敷衍道：“好说好说。”

“只是沁克萨大人为何不向吾皇行礼呢？”孙化吉面色一冷。

沁克萨原本就不同意送还三城，因此特意请命来迎接大宣皇帝，想给他们一个下马威，也好出一口恶气，闻言自是冷笑，“本相乃是北夷大臣，何必向你宣朝皇帝行礼？”

孙化吉哦了一声，疑惑道：“可是当初你北夷摄政王每次见了吾皇都是低头行礼……莫非北夷官制与我宣朝不同？北夷左相之位实在摄政王之上？”

沁克萨身子一抖，暗道声好险，幸亏今日随行的都是自己的亲兵，不然这句话传到跋羽煌耳中也是疙瘩。心中如是暗想，看孙化吉的目光立刻不同，“这位大人好伶俐的嘴巴，不知在宣朝所供何职？”

孙化吉自谦地摇摇手，“下官哪里比得上左相大人官高，下官连摄政王都比不过。”他见沁克萨目露凶光，忙道：“蒙皇上隆恩浩荡，忝为户部尚书。”

沁克萨神色一收，哈哈笑道：“原来是孙大人，本相有眼不识泰山啊。”

孙化吉脸上两块肉随之抖了两抖，“哪里哪里。”

明泉被故意晾在一旁也不气怒，悠然地看他们斗法。

“你们宣朝皇帝好像等急了。”沁克萨手搭在孙化吉肩上，一副哥俩好的样子。

“没关系，反正在哪儿都是等，我大宣还等着北夷新大王登基呢。”

沁克萨知道他是在讽刺北夷无王的局面，“怎么？你们宣朝准备把这五城送给我北夷作贺礼？那本相倒是却之不恭啊。”

孙化吉笑道：“你们大王登基如此频繁，我朝有再多的城池也不够贺的啊。”

明泉见沁克萨明明脸色都气黑了，还要强撑笑颜，不禁失笑。

“宣朝皇帝，我摄政王久候了，请。”沁克萨笑完，收回搭在孙化吉肩膀上的手，再不肯看他一眼。

孙化吉朝明泉递了个邀功的眼色。

明泉暗暗点头，众人遂起步朝夏家镇走去。

夏家镇经数十年战乱，当地的大户早已转移他处，留下的大都是无处可去，又留恋故土的老弱之人。镇上最好的房屋是一间两层高的客栈，已被北夷占了去。现在的夏家镇仍在北夷手上，宣朝官员虽然不满，也无可发作，只好另寻了几间过得去的民居落脚。

这一住又是半月。宣朝催促了几次，北夷那边皆推说摄政王忙于内政，尚需数日，如此来回，连孙化吉都惹出了脾气，有事没事便去那里闹一通，非把沁克萨气得脸红脖子粗才罢休。

明泉却是安之若素。每日不是处理安莲送来的重要的朝务，便是带着一众官员在夏家镇转悠，商讨如何将此镇发展繁荣，令南北两国顺利通商。

范佳若憋不住问道："皇上，北夷如此傲慢，难道我们只能一味忍让？"

"我们几时忍让了？"明泉笑得意味深长。

"北夷一拖再拖，分明是想施下马威，让我朝在谈判中被动，我们若再无行动，恐怕会让他们变本加厉！"

"孙卿不是上门抗议了么？"

"那不过是口舌意气之争。"

"跋羽煌迟迟不出现，不也是意气之争么？你以为朕在等，他就不在等了么？"

"莫非皇上已有成竹在胸？"

"跋羽煌既然已在夏家镇，朕又何必急于一时？孙卿登门相讥，正是要让他们觉得我方心急如焚。人的耐性往往因为看到胜利的曙光而消磨得飞快。过不了多久，就算跋羽煌按捺得住，沁克萨也会跳起来的。"

范佳若了然地点点头，突然又道："皇上怎么知道跋羽煌已经到了夏家镇呢？"

"直觉。"明泉眼帘微敛，挡住眸中一闪而逝的精光。一山不容二虎，王对王的直觉与压力这几天时时刻刻纠缠不去，"很快就会见面了。"

这个很快还是比明泉想象中更早了点。

她看着被客栈大火逼到街上的高大身影，皮笑肉不笑道："多日未见，摄政王风采依旧啊。"她的表情就如多年不见的老友，平淡而熟稔。

跋羽煌对着火光的懊恼瞬间消释，转过头道："本王日夜兼程赶到此地，未承想还没坐上凳子，凳子就烧没了，真是可惜。"站在争风骑围护中的他不因仓促火势而沾染分毫狼狈。

"是么？那可真巧。"

"你说点火的人是和这客栈有仇呢？还是与本王有仇呢？"

"摄政王觉得是你的仇家多？还是这客栈的仇家多？"

跋羽煌朗声大笑，"两月不见，皇上风采更胜往昔。"

明泉凝望燃烧不绝的火焰，平静道："鲜血铸就的风采么？"

以前他在她面前俯首称臣，看她自是十分厌恶。如今他志得意满，回想当初，对她反倒生出几分愧疚。他的笑声一顿，眉眼中隐有歉意，"只要有本王在的一日，必当尽全力促成北夷与宣朝和平共处。"

"若有一日宣朝门户大敞，任人鱼肉呢？"

跋羽煌一愣，下意识道："你不会。"

"摄政王，有些承诺与其说了不算，倒不如不说。"若真有一日宣朝成为待宰羔羊，忍不住来割上一口的人中必然有他日的北夷王！

跋羽煌怔怔看了她半晌，方叹道："宝剑见了血光，终成大器。"

明泉突转话题道："当日陷害你的妃子如今可还活着？"

"……在本王赶到前就自尽狱中了。"

"是么？"她淡淡道，"你若无处可恨，倒不妨算在朕头上。"

跋羽煌身子一震，"本王当初言语过激，你不必放在心上。"

"当初朕若死在那场决堤洪水中，摄政王可会后悔？"

跋羽煌不防她问得如此直接，一时竟答不出来。

"恐怕是不会。"明泉不以为意地一笑，"摄政王无须羞于出口。换了是朕，有这样的机会也一定不会错过。朕让你将那些恨记在朕头上，非为逝者，而是为了朕自己。不然……"她顿了下，几乎是一字一顿道，"朕会觉得很亏！"

她可以理解身处两国的不同立场，也可以理解他在那样情形下所做的抉择，但是他所带给她的耻辱和伤痛不会因此而消释，反而慢慢积累成一条不可触碰的伤疤，独自溃烂在看不见的角落。她本不好战，两国议和后报仇的机会更为渺茫，她也不会为一己之私而置百姓于水深火热之中。因此这样的恨，她只能吞咽，任它在噩梦中纠缠终身！唯一能做的，不过是将侵害过她的人的过错一并接收过来，寻找可恨之人的一点可怜之处罢了。

为帝者，能做的，其实比普通百姓更少。要忍的，却比普通百姓更多。

"明天见。"跋羽煌看她决绝而去的身影忍不住道。

摄政王既然被火烧了出来，北夷自然没有任何借口再拖延下去。两国现在都住在平房中，对街而望，来往十分方便。恐怕当今世上除了当事的双方外，谁都想不到两国的议和竟是在当街搭起的简陋棚子里进行的。

议和条约早在来之前，两国已商讨定案，偏偏落到沁克萨手里又要讨价还价，孙化吉与沈南风乐得浑水摸鱼，本是水到渠成之事因此又拖了下来。

谈判时，孙化吉沈南风一搭一唱，直把沁克萨逼得个左右狼狈。

跋羽煌和明泉则坐在另一头，有一搭没一搭地闲聊。两人神情脸色完全不留昨晚的痕迹，真正一对相知多年的老友。他虽然谈得热闹，却总会在关键时刻及时制止沁克萨即将脱口的胡言乱语。

沈南风向明泉递了两次眼色，想让她将跋羽煌支走，但跋羽煌岂是省油之灯？当沈南风递第三次眼色之时，便听他淡淡开口道："先前听闻大宣礼部尚书猝卒，不想竟换了个有眼疾的。"

明泉也不替他辩解，同笑道："不就看他模样好，请北夷左相多多留情么？"

沁克萨被他们这左一句穷右一句难苦得心烦意乱，闻言立即道："那宣朝皇帝不如换个美女来，本相或许可以考虑。"

明泉笑道："左相大人觉得朕如何？可还能让您考虑考虑松个口留点情么？"

沁克萨没想到向来以礼仪之邦，含蓄为美的宣朝的皇帝竟如此口出无忌，顿时呆在那里。

跋羽煌侧头看着她，佯作深情道："本王倒十分中意，不知皇上看本王如何？"

"朕不是以行动留摄政王于宫中了么？只是摄政王太过无情罢了。"

"两国相交在于公平，本王在宣朝皇宫叨扰多日，不如皇上也来我北夷王宫小住？"

"不错不错，两国相交在于公平。"孙化吉接过话去，"这八百万两战后赔偿金只由我一国支付有失摄政王的信条，不如五五分账？"

"不行！"

三人又是一通咬牙切齿的争论。

明泉与跋羽煌被这么一打断，都无意继续适才那个根本不可能的话题。

一时茶棚里只有孙化吉乐呵呵的笑声，沈南风温雅的解释声，和沁克萨暴跳如雷的吼声。

议和持续到晚上，进展神速。沁克萨已经放弃许多条款的纠正，却死咬着赔偿金和夏家镇不放。

孙化吉视钱如命，沈南风又知夏家镇是明泉亲口吩咐的，因此双方一时僵持不下。

明泉与跋羽煌俱是不动声色，各自回屋，好似议和之事与他们无半分关系。

到了夜间，严实刚掌灯，便听门口侍卫道："摄政王请留步。"

"本王想见你们皇上。"

严实向明泉看去，只见她微微点了点头。他急忙打开门道，"皇上有请。""宣"和"觐见"显然已不适用于眼前这个男子身上。尽管在宫中的时候她也曾对他如此用语。

"皇上果然勤政。"他看着堆在案上的奏折。

"不如摄政王治理有方。"她搁下笔，将奏折叠好。

跋羽煌伸手打开窗户，却引起门外侍卫一阵警戒，连阮汉宸都亲自守在门外。"今夜月色宜人，不知本王是否有幸请皇上同赏？"

她含笑点头，"固所愿也，不敢请尔。"

两人相携而出，神情愉悦，仿佛昨日大火前对话的乃另有其人。

阮汉宸与争风骑分散在两人四周，既不碍着他们交谈，又能将他们护卫于掌控之中。

"看这轮清月，本王倒想起一个人，不知道他如今可好？"

"摄政王所想何人？"心中虽有答案，她还是问了一句。

"自然是有天上神仙，地上安莲之称的皇夫。"

"若他知道摄政王如此垂挂，必定十分开心。"

"哎，天下人人皆知皇上对他恩宠有加，哪里会将本王放在眼里？"

明泉淡然道："摄政王过谦了。"

"可惜在世人眼里，这种恩宠倒是毁誉参半呢。"

她侧头看他，面色微冷，"哦？"

"皇上在朝堂之上专设凤座予他，分明有共享天下之意。试问，安莲何德何能？纵然他文成武就，天下无双，但宣朝天下非皇上一人之天下。皇上与一外姓分享天下，又置尚氏后人于何地？更何况，安家势力庞大，如今更是如虎添翼。且不说日后皇子之争，单是如今，怕也无利于皇权巩固。纵然皇夫并不作如是想，又如何能堵天下悠悠众口。”

明泉沉默半晌，“这样的局面对北夷不是更为有利么？”

“皇上信也罢，不信也罢，这番话句句出自本王肺腑。”他轻描淡写道。

“以摄政王之意，朕应疏远皇夫？”

“本王只是就事论事，如何定夺自然在皇上。”

“是么？”她嘴角轻轻一撇。

跋羽煌突然叹了口气，“其实有人了无牵挂，运筹帷幄决胜千里，可是皇上却未看到。”

明泉垂眸一笑，“摄政王大人莫非愿意放下北夷，跟朕远走高飞？”

“皇上愿放下宣朝？”

“以一换一，那朕赚了。”北夷不能没有跋羽煌，宣朝却不是非明泉不可。

跋羽煌笑笑。明泉也许会嫁给这世上任何一个人，却绝无可能是他。反之亦然。即使他们曾有夫妻之缘，奈何无分。“宣朝文士济济，皇上必然深受熏陶。不如作诗一首，让本王开开眼界。”

“天上一轮月，学美人婉约。清纱飘似雪……”吟到一半，突然歇止。

“曹子建尚需七步成诗，皇上大才，竟无须思考，只是这最后半句？”

“摄政王觉得该如何作呢？”

“带兵打仗本王行，吟诗作对可太难为本王了。”他微微一顿，又道，“不过既然皇上开口，本王少不得要献丑了，恩……天上一轮月，学美人婉约。清纱飘似雪，挥袖窗影斜。”

明泉眼中闪过一抹几不可见的失望，“朕还以为摄政王会说，脸蛋白又洁呢。”

跋羽煌笑道：“看来本王在皇上眼中粗俗不堪啊。”

“粗俗不堪的另有其人。”

“自然不是那位神仙皇夫。”

“摄政王三句不离皇夫，不禁让朕怀疑是否别有用心？”

“皇上若愿意，如此怀疑亦无妨。”

明泉偏过头，“既然摄政王如此说，朕少不得要回去召集大臣商讨商讨如何应对摄政王汹汹而来的用心。”

“本王自当护驾。”他转过身，做了个请的姿势。

两人互视一眼，会心一笑，同往来路而行。

第十章

经过一夜思量，翌日议和之事十分顺利。夏家镇仍归宣朝，赔偿金减至六百五十万两，即使如此，已比原先商议的高出一百五十万两。沁克萨也总算勉强同意。

跋羽煌与明泉也不啰唆，双双盖玺。

“今日一别，不知何时才能再见，不如由本王做东，权作庆祝如何？”跋羽煌看也不看便将议和条约书交予沁克萨。

“正有此意。”明泉颔首道。

镇上唯一一间客栈已成灰烬，民居之内又太过狭小，看来看去还是选在街中。所幸这两日，天清气爽，风贯东西也是徐徐。

跋羽煌夹起一口青菜，放入嘴里，咀嚼半天咽下道：“北夷人尚荤，不懂宣朝为何有人茹素，本王真该带个御厨回去做几个地道宣朝的菜让他们尝尝。”

“一个御厨所会的不过冰山一角，宣朝光是菜系便分四类，摄政王何不让他们来我宣朝吃个尽兴。”

“皇上果然是一点亏都不肯吃。”

“摄政王肯么？”

跋羽煌嘴角一勾，“不肯。”他挥手，两旁侍者将北夷美食源源奉上，“来来来，各位也尝尝我北夷风味。”

一头头被抬上来的烤乳猪顿时吸引众人目光，油灿灿的金光令人食欲大动。与材料讲究工序繁复的宣朝菜肴相比，北夷更注重食物本身的味道，做法也十分简洁，在资源匮乏的夏家镇自然更占优势。

一盘盘的小碟子在烤乳猪的映衬下显得格外寒酸。

北夷官员目光灼灼地看过来，似乎想看宣朝官员是扑上来，还是推出去。

明泉拿起与烤乳猪放在同一盘子里的小银刀，在严实阻止之前切了一块放进嘴里，笑道：“大家多吃点，最好把六百五十万两统统吃回来。”

众人闻言再无顾忌，都放开怀吃起来。

跋羽煌道：“过不了许久，光一个夏家镇恐怕就远远不止六百五十万两。”

两国战火歇止，夏家镇作为重要纽带，光是税收便极为可观。他不是没考虑过据为己有，但是一考虑到北夷并无王四海这样富甲一方的豪商，二是北夷崇武，论经商实在不如宣朝，因此才做了个顺水人情，当然该拿的好处他也没手软。

“那又如何？夏家镇三成税收还不是由你们坐享其成？”

“以盟友来说，皇上未免太见外了，两国通商合则两利，何来坐享其成之说？”他起身，从侍者手中拿过一只酒壶向她走来，“本王已尝过数坛贵国的月下酌，皇上何不尝尝我北夷

的烈酒。”

站在明泉身后的阮汉宸突然身体一绷，向来沉静如水的眸子竟露出几分不满来。

跋羽煌瞧得有趣，更殷勤地亲自为她斟上酒，“本王难得敬酒，皇上千万莫要驳了面子。”

明泉接过酒一口饮尽。这酒比当初斐旭从王家盗来的不知烈了多少倍，她只觉得一股热流自小腹烧起，直冲脑门，一连串咳嗽抑制不住地呛出来。

“王爷的酒千里飘香，惹人垂涎，老夫厚颜，也来讨上一杯。”孙化吉拿着酒杯晃过来。

跋羽煌热情地替他斟上，“孙大人财名远播，北夷人人如雷贯耳啊。”

孙化吉当然知道此财非彼才，却更为得意，“不过尽忠而已。”

“好个尽忠而已！”跋羽煌拍着他的肩膀，“就凭这两个字，本王也要与你浮三大白！”

明泉见他背过身去，才支头靠着椅背缓缓软倒。耳边欢笑声慢慢化作隆隆噪音，贴着耳朵作响，太阳穴两处像针扎一样疼痛。她感到自己的意识正慢慢抽离，眼前的景物在模糊中摇晃。

“皇上？”范佳若挡在她的身前，轻声道：“更衣么？”

明泉几不可见地点了下头。

范佳若和严实立刻一左一右地将她搀扶起来。

跋羽煌倏地回头，“皇上可是醉了？”

即使全身昏沉得随时要倒下去，明泉还是在一瞬间挺直背脊，“朕……”舌头好似大了一倍，她被自己的声音吓了一跳。

“摄政王你这就不对了！别岔开话题！”沈南风举着杯子把他的注意力拉回来，“刚刚说连喝九杯，这才多少杯啊，来来来，再来！”

跋羽煌玩味地看着他，“沈大人适才不是说不胜酒力么？”

沈南风哈哈一笑，“下官文才不胜也不会酒力不胜，来来来，干！”说着将酒一饮而尽。

跋羽煌奉陪了一杯，再转头，明泉连同她的近侍都已经进屋子里去了。

明泉只觉得有七八只手同时抓着自己，身子在软软向后倒，想要僵直，终抵不过那股力去。后脑被什么托了一下，又慢慢放倒在极软的棉絮上。四肢被摆弄半天，总算消停了，胸口又一沉，似乎什么东西盖在上面，整个人立刻闷热起来。想要掀开，奈何双手不听使唤，只得由着去了。

不知过了多久，便听严实在耳边轻声道：“皇上，醒酒汤来了。”

头晕晕的，正是不耐至极，她撇过脸。一只手伸到她脑后，想将她托起。明泉蓦地睁开眼，凌厉的目光吓得范佳若心头一跳，急忙把手缩了回来。

明泉又定定看了她一会，才慢慢闭上眼睛。

范佳若与严实互看一眼，正想再劝，却见阮汉宸突然转身对着窗外，冷肃的表情令两人心头一紧。

“阮统领？”严实惊道。

范佳若看看门外红彤彤的灯火，又看看另一边窗户上婆娑的树影，心好像被一只无形的手揪了起来。外头笑闹喧哗，屋子里落针可闻，极端的反差被一道木门隔阻，显得分外诡异。

"唔。"床上传来细微的动静。

严实与范佳若慌忙回头，却见明泉皱着眉头，一行清泪从她的眼角滑落，瞬息没在散落的青丝中。

这样的无声凝噎让两人不知所措地怔在当场。

捧着汤碗的手突然一轻，严实愕然抬头，见阮汉宸将醒酒汤轻轻搁在桌上，"出去吧。"

"可是皇上……"范佳若突然无语。

阮汉宸打开门，迎面的喧闹如海浪般涌来。她看着他挺直的背影，在温暖的橘黄灯火中，隐隐散发悲怆的落寞。

"出去吧。"严实清锐的嗓子如一把剪子，瞬间撕裂她的怔忡。

阮汉宸和严实都是明泉贴身心腹，他们既然都如此说，她自然没有再坚持之理。而且……万一他们真的想害明泉，恐怕也由不得她来阻止。想到这里，她的脚已经走到门外，手正慢慢地掩上门。门缝合上的刹那，刚好看到那碗醒酒汤孤零零地放在桌子上，好似等别人来取。

醒酒汤被忽略很久，才有一只修长的手慢慢将它端了起来。

床幔里，明泉突然睁开眼，喃喃道："是你吗？"

一只手慢慢将她托起，碗沿碰着嘴唇，她却依旧固执地问，"是你吗？"

来人轻叹一声，"皇上，汤快凉了。"

明泉愣了一会，似乎在慢慢消化他的话，然后张开嘴巴，汤一口一口，喂得很慢。大约足足耗了半盏茶才算喝完了。

来人刚一侧身，明泉反手抓住他的衣摆。

"我只是想把碗放好。"

抓住衣摆的手紧了紧。

来人无奈，只好将碗放在地上。

"斐、旭。"她闭着眼睛，每个字都吐得清晰而坚定，仿佛两枚钉子将这个夜钉得一片静谧。

一个转身，披散的银发在射入的月光下扬起一片星泽，来人站在床前沉默了半晌，才看着被抓皱成一团的衣摆，叹气道："皇上，这好歹也是银子买的。"

明泉皱起眉峰慢慢松开，唯独手指的力道半分不让。

"皇上……其实臣宁可去打扫茅房，也不想罚站一宿。"

明泉躺在床上睁开眼，一眨不眨地盯着他。半晌，才略略往里让了让。

斐旭一怔，随即苦笑着脱下鞋子坐到床上，帮她把被子掖好，轻声道："睡吧。"

明泉似是不习惯身边有人，又侧头定定看了他一会，才慢慢闭上眼睛。

他听着身边呼吸慢慢平稳，忍不住伸手拨开她额头的碎发。平日里镇定自若的面容此刻却稚嫩如幼儿，双颊泛红，嘴巴微微嘟起，像一颗红艳艳的樱桃，带着酒的甜气，在夜里静静散发诱惑。

在斐旭意识过来前，他已经俯下身子。唇轻轻碰在樱桃上，呼吸间，香甜侵鼻，令人食

髓知味。脑中警钟立时大作，如雷贯耳。他倏地退开身子，深吸了口气，将衣摆自她手里一寸一寸地拽了出来。

门被轻击了两下。

待他穿好鞋站起，阮汉宸已经站在门口，面无表情地看着他。

斐旭伸了个懒腰，“夜深人乏，我回去睡觉了。”

“就这么走？”

斐旭佯作迟疑道：“如果你坚持要把皇上弄醒，让她亲口恩准我告退也可以，不过任何后果由你承担。”

阮汉宸看了他一眼，默默侧开身。

宴会已散，守在门口的侍卫也被他调至别处，真正空无一人。

斐旭挑眉，“不拦我？”

“帝师若要留下，无人能赶。帝师若要走，自然也无人能留。”他刚说完，便见范佳若端着脸盆走近。

“阮统领？”她疑惑地看着他。

他蓦然转头，身后空荡一片，只有半开的窗子在风中摇曳。

跋羽煌将两只杯子都斟满酒，“有朋自远方来，水酒相迎，不亦乐乎？”身旁的酒足足有三十几坛。

“有酒无肉，遗憾遗憾。”斐旭撩起衣摆，从窗户跳进来。

“本王两次见帝师，都是在窗户上。”

“难道王爷下次想看到我躺在你床上。”

“咳，”跋羽煌用袖子擦了擦嘴边的酒渍，“帝师果然是语不惊人死不休。”

斐旭坐在他对面，将酒一饮而尽。“王爷招我前来，不是为了讨论窗户上还是窗户下吧？”

“帝师一把火烧了客栈，也不会是只为了本王的床……或女帝的床吧？”

“当然不是，我烧了客栈只因为客栈的掌柜实在讨厌。”

“哦？如何讨厌？”

“他姓屠，叫屠飞勖，难道这样还不够讨厌？”

屠斐旭？

跋羽煌执酒的手一顿，“的确很讨厌。”

“可惜我烧客栈的时候不知道王爷也在客栈里。”

“如果你知道会如何？”

“我会在烧之前再放点迷香。”

“帝师果然坦诚。”

斐旭别有深意道：“受人点滴，当涌泉相报。王爷水酒相待，我自然坦诚以对。”

跋羽煌眼中精光一闪，“当日帝师抬手之恩，本王亦铭记于心。”

“记得就好。”

他不料斐旭答得如此直白，不禁怔了下才道：“听闻慕流星乃你至友，本王并无心杀他。”

斐旭眸色一沉，永远上扬的嘴角终于缓缓落下，“生死富贵，早有天定。他能多活十几年，已是赚的了。”

跋羽煌虽然不解，但看他神色，也没有再问下去。

两人你一来我一往，相对无言，惟有酒千杯。

月自东移西，东方渐露鱼肚白。

斐旭与跋羽煌越喝越精神，以内力驱酒，两人便是三天三夜也难分轩轾，因此并不恋战。斐旭站起身，看着窗外道：“又是新的一天。”

“女帝曾与本王和诗一首，不知帝师有没有兴趣听？”

“愿闻其详。”

“天上一轮月，学美人婉约。清纱飘似雪……”

“脸蛋白又洁。”

跋羽煌若有所悟地笑道：“原来是旧作。本王听此诗的时候，还以为女帝想的是皇夫呢。”

“王爷身在北夷，心系大宣，实在令人佩服。”

“本王只是疑惑以帝师这般人品怎么会屈居于女子之下？后来听到种种传闻，地上神仙的安莲，惊才绝艳的斐旭，还有那藏于后宫等待宠幸的蓄子郎伴……才明白大宣女帝与其说万寿无疆，倒不如说是帝色无疆！”

斐旭笑道：“王爷以为这样的挑拨招数能奏效？”

“帝师何妨拭目以待？”

斐旭打了个哈欠道：“也罢，希望王爷能尽兴。”

大概是喝了醒酒汤的缘故，明泉起来的时候头并不太痛，只是肩颈两处酸痛，浑身使不太上劲。

严实与范佳若侍候她洗漱完正欲出去，却听她轻声问道：“昨夜可有什么事发生？”

范佳若愣了下，“几位大人也醉了，不过已服用醒酒汤，并无大碍。”

明泉点了点头，目光扫至床前，微微一黯。

“启禀皇上，车驾已准备妥当，是否即刻起程？”阮汉宸站在门外，圆领石青长衫，英姿勃发。

她边整理袖子边往外走，“见过摄政王便起程。”离京已有一个多月，虽然书信奏折从未中断，但到底比不上亲自坐镇来得安心。走到屋檐下，正见跋羽煌自对门出来，朝她拱手道：“相见时难别亦难。今日一别，从此天高路遥，恐怕再见渺茫。可惜昨夜本王喝多几杯，不能与皇上把酒言欢，实在遗憾。”

明泉见他为她掩饰昨日醉酒，笑道：“摄政王海量，是朕不胜酒力，扫兴了。”

“那皇上昨夜可有什么不适之处？”

这句话问得奇怪，要问也该问她现在有何不适之处才是。明泉脑中灵光一闪，“摄政王该不会给朕下了什么套吧？”

“本王顾惜皇上尚且不及，又怎么会下套呢？”他别有深意地一笑道，“只怕是皇上故人太多，记错了吧？”

明泉对范佳若沉声道：“朕的九龙佩好像落在房里，你替朕找找。”

范佳若一怔，这一个月来，她从未见过明泉戴什么九龙佩，但她既然这么说必有缘故，因此诺了一声，返身进屋。

跋羽煌微微一笑，“皇上不但故人多，连信物也不少。”

明泉顿时想起挂在脖子上的翠玉小佛，“可惜没有摄政王的信物。”

“这有何难，本王正有一样信物要送给皇上，就怕东西简陋，入不得皇上法眼。”

明泉知道自己进了他的套，但好歹是收不是送，倒也不怎么担心，“摄政王送出的东西必然是好的，恐怕还比这夏家镇值钱。”

“这就见仁见智了。”他拍拍手。

“皇上。”范佳若走到她身边小声道，“我找不到。”

明泉向跋羽煌一抱拳，转身进房，“你先在门外候着。”

范佳若疑惑地应了一声。似乎自昨天夜里开始，这间房子就变得怪怪的，每个人好像都在这里藏了个不为人知的秘密。

明泉站在床前，拳头紧了紧，慢慢爬到床上，小心地翻动起来。

范佳若在门口刚好可以瞥见她的动作，心下诧异，刚想进去告诉她这里已经找过了，却被严实拉住。总是低垂的头平静地朝她摇了摇。

她立刻联想到昨夜阮汉宸奇怪的表情，虽然不知道为什么，但必然与明泉有关。而且知情人还不少，至少明泉心腹都是心知肚明的。她悄悄退了两步，眼睛佯看前方，眼角却片刻不离地盯住她的动作。

明泉搜寻的手突然一顿，身子轻轻伏低，在枕头下慢慢拉出一根长发。

银白如月丝，这世上只有一个人有这样的头发。

她看着银丝怔怔半晌，慢慢从脖子上拉出一条线绳，上面挂着一只小巧玲珑的锦囊。将锦囊轻轻打开，放了发丝进去，与一尊翠玉小佛挤在一起，又小心拉紧，塞回衣领里。

她背着门，因此范佳若也只看到她拉和塞两个动作。

明泉慢慢下床，转过身，神情一如平常，眼波宁静如渊海，看不出半点波动，“大约是朕记错了。”她走出门来，跋羽煌仍站在原处等着她。

“皇上可喜欢我的礼物？”他笑着侧身一让，身后露出一个少年来。

明泉脑袋一轰。

眼前的少年，黑发青衣，容貌俊逸，除了稚嫩的笑容与羞涩的眼神外，分明像十五六岁时的斐旭！

“本王遍寻天下，才得了这么一个，虽然只有八分相似，已是十分难得了。”

明泉只觉一口气被堵在胸口，不上不下，“摄政王此举何意？”

“借花献佛罢了。”他笑容满面，“本王是从人贩子手上赎他出来的，若皇上不要，本王只好再还回去。不过届时会送到哪里，就非本王所能管了。”

少年脸色一变，却沉默不语。

孙化吉与沈南风的心几乎提到嗓子眼。他们都是七窍玲珑，猜皇上心思有准头的人，又岂会看不出跋羽煌是想挑拨皇上与皇夫的关系？不然为何不送别的模样，偏偏送一个与帝师相像的少年？只是两国议和，送一两个蓄子十分正常。而且就算他们找到理由反驳，也摸不准明泉的想法。

明泉脸色微微一动，众人立时伸长脖子。连跋羽煌手指也几不可见地弹了下。

“摄政王的礼物……向来是从人贩子手中购得的么？”她的目光一瞬变利。

“皇上不喜欢？”

“北夷上次与我朝和亲，送的可是一个王子。”她嘴角微扬，似笑非笑地讥嘲道，“摄政王此举是看不起两国议和，还是觉得……他足以与一国王子相提并论？”

“哈哈……”跋羽煌突然仰头大笑，“本王不过开了一个小玩笑罢了。他乃我国左相之子，沁耳伦，身份尊贵也不比贵朝皇夫差多少。这样……皇上可愿接受本王的心意？”

明泉淡然一笑，“既然摄政王盛意拳拳，朕就却之不恭了。”

孙化吉与沈南风心下同时松了口气，看明泉的态度，似乎并未将这个少年放在眼里。

送走明泉，跋羽煌好心情地回房间，却见斐旭正跷着二郎腿优哉游哉躺在他的床上，“你的皇上走了，不去送送么？”

“王爷不是已经送过了么？”

“本王是本王，帝师是帝师，又怎会相同？”

斐旭笑道：“王爷千辛万苦买下沁耳伦，为的不就是一鸣惊人么？我又怎么忍心出去抢他的风采，让王爷失望。”

“看来本王还要多谢你咯？”

“无妨，反正王爷欠本帝师的本来就不少。”

跋羽煌摸着拇指的玉扳指，漫声道：“那帝师想本王如何还呢？”

“王爷少花点心思在旁门左道上，我就谢天谢地了。”这句话仿佛师父对不学无术的徒弟恨铁不成钢。

跋羽煌一愣，进而有些哭笑不得，“本王若没记错，帝师是宣朝的帝师，不是我北夷的帝师吧？”

“老吾老以及人之老，幼吾幼以及人之幼。本帝师向来慈悲为怀，期望天下大同。”

“帝师不如说服你的皇上，让她拱手江山，天下即能大同。”

“原来王爷心心念念的还是图谋大宣江山啊。”

跋羽煌叹了口气，“帝师不愧为帝师，总能轻易卸下对方的心防……”

斐旭轻笑道：“那也要王爷配合才好。”

“可惜帝师一心向着女帝，不然来我北夷当官，本王不但可以配合，还可以非常慷慨。”

“的确可惜。斐旭若早知王爷心意，在出生那年就算爬也要爬到王爷府上去的。”

真是一句听得让人浑身舒畅的废话啊。跋羽煌低头将玉扳指来回转了两圈道，“帝师

就如此放心女帝一个人回去？”

“王爷还不死心么？”他长叹口气，“送一个沁耳伦，就想动摇安家的地位，未免太过儿戏了。”

“帝师以为每个人都和你一样，身在情网，心在旁观么？安莲兴许可以忍下三千后宫，但绝对容不下一个帝师！”

斐旭摸着下巴道：“王爷何必如此急于分离安家与皇上呢？”

“本王也是为你的皇上着想。皇上亲政未满一年，手下又有连镌久这般权臣，若再加个安家，只会令局势更加复杂。何况安莲曾投靠前太子，心思叵测，实在令人难以放心。”

“这般说来，王爷是在为吾皇分忧咯？”

“那是自然。”

“原来是这样。我还以为王爷是得知安家收服了彭徐两家兵力，怕他们帮助皇上稳定大宣朝局后转过头来找北夷秋后算账……才会如此在意。”

跋羽煌笑容微僵，“帝师从哪里听来的风声？连本王也不知道。”

“不巧从摄政王的书桌上看到的。王爷不知道么？那王爷要好好检讨一下了，怎么可以连这么重要的情报都贻误了呢。”

跋羽煌默了下，大笑道：“本王实在不该小看帝师，幸好，这次本王有备而来。帝师既然如此喜欢摄政王府，本王少不得要尽尽地主之谊，请帝师走一趟了。”

他话音刚落，一个黑袍蒙面男子已经站在屋里，连斐旭都没看到他是如何进来的。

“又是你？”斐旭苦笑。与他两次交手，每次加上慕流星也处于下风，他当然知道自己绝对不是对手，“我可不可以问下……他为何会在北夷？”

跋羽煌笑道：“若帝师愿意屈驾王府，本王自会告诉你。”

斐旭伸了个懒腰，“若我不想去呢？”

“你说呢？”

斐旭翻了个白眼，“妖精，你还不出来么？”

清风拂过。一个白衣男子拿着面镜子坐在窗台上，一边整理头发，一边漫应道：“不想打扰你和小朋友聊天罢了。”

黑袍男子的身体一绷，门突然被撞开，他已消失在房里。

白衣男子冷笑一声，人影一晃无踪。

斐旭见跋羽煌皱着眉头，悠然道：“王爷既然认识罗镜，也应该听过吴霜吧。”

“噬魔吴霜？”跋羽煌眼中难得蒙上愁绪。

如果当今天下还有谁能与罗镜一较高下的话，只有吴霜。

跋羽煌斜睨着他：“看来帝师是有备而来。”

“总不能每次都让王爷寂寞地唱独角戏吧？”他挑眉笑笑。

“那帝师接下来准备如何？”

“王爷想知道？”斐旭朝他勾了勾手指。

跋羽煌深沉地盯着他半晌，才缓缓将头凑过去。

斐旭猛地挥出拳头，如离弦之箭。跋羽煌在反应过来前，拳头已经重重地揍在他的鼻梁上！

鲜红的血从鼻管潺潺淌下。

跋羽煌捂着鼻子，嘴角却在笑，“这一拳是为女帝，还是慕流星？”

斐旭笑吟吟地收回拳头，“为我自己。”

“因为我送了个男人给女帝？”

斐旭摇头叹息道：“因为你长得很奇怪。奇怪到……让我恨不得见一次打一次。”

跋羽煌看着手背上的血，皮笑肉不笑道：“彼此彼此。”话音未落，他的拳头也已经送了上去！

日落时的夏家镇有点陈旧，有点颓废。

尤其是焦黑的客栈遗址，从里到外都陈旧颓废到了极点。

一个鼻青脸肿的银发青年抱胸站在废墟上，抿紧的嘴唇显示其正在不爽。

落日方向，一头老迈的瘦黄牛正拖着辆破木板车，晃晃悠悠地靠近。

“你真是挑了个见面的好地方。”银发青年不等车停，就开口抱怨。

“和废墟在废墟见面，不是很应景吗？”一个五十来岁年纪，清瘦文雅的男子从车下钻出，从容地掸了掸身上的尘土。“你怎么知道我在下面？”

“老牛跟我说的。”斐旭同情地摸摸老牛的头，“它说车上这头猪沉得吃不消，而且是一头长得很奇怪的猪。”

男子抬手从脸上撕下面具，露出一张俊秀斯文的面容，正是废物。他轻柔地摸着牛背，斜挑的桃花眼中泛出冷光，“晚上吃牛肉？”

“当作赔罪？”

“何罪之有？”

“我记得你约的是未时吧？”斐旭抬头看天，“现在是……酉时？”

他干笑道：“啧啧，我以为你打完架，需要时间舔舐伤口。”

斐旭嘴角一扬，将脸颊上的肿起挤成一只紫红的小汤圆，“这点小伤？”

废物伸出手指，点着他的胸口，“我是指这里。”

斐旭笑容咧得更大，“废门不是要绝情冷心么？”

“还有最后一条呢？”

若不能绝，便取之夺之，至死不休！

这就是废门，从一个极端到另一个极端。

“其实……”废物用手指擦着嘴唇，“废门里还没有一个真正能够绝情冷心之人。”

斐旭挑眉。

“你以为真正绝情冷心的人还会收徒弟吗？”

绝情冷心的人早看透世情，又怎么还会在乎废门？既不在乎，又怎会收徒？若不收徒，又怎么会有今天的废物和废墟？

斐旭不怀好意地瞪着他，“你以前不是这么说的。”

“因为以前在骗你。”

“那今天为什么说了？”

“因为不忍心看你继续骗自己。”

斐旭撇开脸，佯看别处。

废物又下了一帖重药，“以安莲的才华容貌，不知道女帝还能撑多久呢？”

斐旭神情淡然，眼睛连一眨都没眨。不过——

“牙齿别咬那么紧，我都听到咯咯声了。”废物调侃道。

“你应该知道明泉命中注定是……”

“世人都说天命注定。但你应该知道，天命并非不能改。不然慕流星早在十几年前就死了。”

“你想放弃高阳王？”

废物微微一笑，“高阳王不是你那位女帝，他其实并不需要太多帮手。”

“吃不到葡萄的时候，葡萄总是酸的。”

“那就拭目以待吧。”废物笑容倏地变冷，“不过我丑话说在前头，如果有一天你的女帝真的被高阳王从九五至尊的宝座上拉下来的话，我绝对不会对她心慈手软！”

“为何？”斐旭心中一凛。他看得出废物并非玩笑。

“废门的试炼并非儿戏。你最好全力以赴。就当是为了……我作为师父的自尊。”

斐旭苦笑道：“既不能输给高阳王，又要遵守废门门规……你想结局如何收场？”

废物耸耸肩，很不负责任地道：“那是你要烦恼的事。或许，你可以和你的女帝一起烦恼。”

明泉当然不会知道夏家镇正有人在议论她。她此刻正坐在驿站临时收拾的书房里看着手中的一封信笺。平日冷静无波的眸子难得掀起涟漪。

虽然欧阳成器与夏淳淳为了童堤之事双双南下，但五分热血堂与墨莲社的情报收集却不曾停下，她眼前的这份正是从鄄州送来的。

静安王进京求见的折子被管家劝下。

静安王的管家？她支着脑袋，似乎有谁提起过。

反过来想，谁会不想静安王与她这个姐姐亲近呢？高阳王？蓝郡王？玉流？

她提笔在纸上写了几个字，又密封交于严实，“告诉他，朕要快！”

严实应了一声，接过信看也不看就往外走。

明泉舒了口气，正要拿过奏折，却见范佳若匆匆进来。

“启禀皇上，京城八百里加急。”

“快呈上来。”明泉眉头一蹙，从她手中接过匣子，虽然密奏匣子她送出好几个，但上面的花纹却是每个不同，这个池塘新荷正是她交予安莲的那个。能让安莲写密奏的事情……她不敢猜下去。

取出奏折，上奏的人却是常太妃。

她震惊地看完，脑中只有一个念头。

金伯雨被下毒毒死了？

奏折洋洋洒洒一大篇，声泪俱下，箭头直指后宫众人。

怪不得奏折由常太妃来写，想必安莲是为了避嫌。

只是金伯雨说到底不过是无权无势的太妃外戚，与宫中众人俱无利害冲突，何以丧命？是阴差阳错，还是另有图谋？

她只觉身上一阵发凉，刚才心心念念早日回去的宫殿仿佛变成一个巨大的黑色旋涡，在不为人知的地方吞噬每个人！

“传令下去，即刻起程！朕要日夜兼程，务必早日回京！”

范佳若一怔，随即道：“遵旨！”

来时如龙去时如风。

即使日夜不歇，明泉到京城已是第十三天傍晚。

安莲亲率百官于长春门相迎，数百官袍在微风中摇摆。

“恭迎吾皇回朝，万岁万岁万万岁！”

朝拜声朗朗，盈于皇宫上空，散于九霄。

“平身。”明泉自帝辇上走下，五爪金龙在明黄龙袍上栩栩如生，更衬得明泉不言而威，“朕不在京城的这些日子，各位爱卿辛苦了。”

“为皇上分忧，乃臣分内之事！”

明泉点点头，复上帝辇。

严实正要起驾，却听她沉声道：“请皇夫上辇。”

众臣一怔。帝辇与帝座一般，乃是龙位的象征，自古只有皇上才能上坐。虽然前朝也有受宠的妃子或大臣坐过帝辇，但多是成为后人诟垢。

“遵旨。”安莲轻轻下拜，在众人瞩目下走上帝辇。

垂帘落下，将所有惊疑挡于帘外。

明泉斜靠在靠垫上，眼帘半垂，哪里还有刚才的熠熠神采？“宫里最近可有什么动静？”

“常太妃允诺一切等皇上回来做主。”安莲坐在另一侧。

“那就是有嫌犯了，谁？”

“薛郎伴。”

明泉眸子一睁，“是他？可有铁证？”

证据和铁证是两个意思。证据是可以推翻的，铁证却是无法抵赖的。安莲轻叹道：“刑部段尚书从六扇门派了三个最高明的仵作，御医署所有御医从旁协助。薛郎伴赠予金伯雨的糕点中含有砒霜，足以致死。”

那就是铁证如山。“除了薛学浅还有什么人碰过糕点？”

“薛学浅身边的太监小五子和常太妃分派给金伯雨的太监小洪子。”他知道她要问什么，

接下去道，“小洪子也吃了糕点……未能幸免。”

疑点又落回薛学浅身上。“不过其中有个最大的破绽。”

安莲点头道：“连常太妃也想不出薛郎伴毒杀金伯雨的理由。”

“尤其以这么明显、简直与自首无异的手段。”她在路上已经想过千百种可能，但又亲自一一推翻，“他可有辩解？”

“他愿意亲口吃下糕点。”

以死明志么？薛学浅果然聪明，知道在这个时候说什么都于事无补，倒不如壮烈点，反倒叫人惊疑难决。“朕想见见他。”

“皇上舟车劳顿，不如明日吧？”他话音温温的，却有种让人不得不听的坚持。

明泉微怔。有多久没人这么跟她说话了？

“好。”她闭上眼，轻轻道。

凤章宫。

如意端着参汤站在门口，低头瞪着自己徘徊犹豫的影子。

“你要站多久？”安莲从书里抬头，疏淡烛光下，容光浅绯。

如意看得一呆，心中更觉义愤难当，脱口道：“主子。”

安莲放下手中书卷，淡淡道：“受什么委屈了？”

如意咬牙走进来，先把参汤端给他，看他舀了几口才道：“皇上带了个人回来，安置在储秀宫。”

“哦？”

“听说是北夷左相之子。”

安莲放下汤碗，重拾书卷，“以联姻稳固两国邦交，古有惯例，何须惊怪？”

“但是那人……”他吐了半句，又说不下去。

看他支支吾吾又说不清楚，不似平日口齿伶俐，好像有什么难言之隐。安莲皱眉道：“有何不妥？”

“那人……”如意把心一横道，“听说那人长得与帝师一般模样。”

安莲拿勺的动作一顿，又慢慢放了回去，“那又如何？”

如意怔住。

“你退下吧。”他淡淡道。

如意眼中渐渐凝起泪花，倔强地咬着下唇，须臾方道：“奴才多嘴……奴才告退。”

见安莲专注于书，头也不抬，只得委屈地弓身后退，几度差点绊倒，才堪堪走出殿外。

殿内恢复寂静，汤碗中的涟漪徐徐趋平。

安莲的心思已不在书上。

送一个与斐旭貌似的人入宫么？跋羽煌真是用心良苦。

因此皇上今天才反常地拉他上帝辇，安抚于他……及他身后的安家么？

还是……

烛光在他淡定的瞳中跳动，闪烁不定。

自从范佳若入宫后，俨然成为承德宫的第二总管，通常严实休息的时候都是由她守夜。与明泉回承德宫后，她偷个闲暇到朝漱房闭闭眼，前后尚不到半个时辰，严实就差人让她去乾坤殿顶班。

她用冷水扑面驱赶惺忪睡意之余，也不得不佩服明泉勤政比之史上明君也不遑多让。

走到乾坤殿外，正巧一个小太监仰着脖子四处找人，见到她，犹豫了下，才慢慢过来，“见过范姑姑。”

原先听到姑姑一词，她还不适应，如今倒是从善如流，“什么事？”

“奴才特来向严总管禀告，北夷蓄子已安置在储秀宫了。”

若他不说，她差点忘了这回事，不得不佩服严实心思缜密，“知道了，你先去吧。”掂量了下，脑海逐渐形成一个大胆的想法，心头猛地热了起来。

起居女官职位可有可无，但也可举足轻重，关键在于皇上的信任。她既然进了宫门，自然要为自己谋得一席之地，也好为日后做打算。想到这里，她顿时信心十足，朝殿内走去。

明泉静趴在案上竟是睡着了。

桌上的参汤还冒着热气，想来睡了没多久。范佳若微微一叹，从内室找了一条大氅，抱到跟前，才发现明泉已经醒了，正揉着眼睛看着她。

“参见皇上。”

“平身。”明泉揉了揉太阳穴，“现在是什么时辰？”

“戌时三刻。”

“戌时么？”她瞥见桌上的参汤，伸手舀了几口。

范佳若见是时机，便道：“沁耳伦蓄子已安置于储秀宫。”

“嗯。”明泉点点头，让他和安凤坡做伴也不错。抬头看到范佳若侧着头露出思索的表情，不禁道，“在想什么？”

范佳若扑通跪倒，“臣所思所想，实属犯上，请皇上责罚。”

通常大臣有什么话又怕受责罚，又很想讲就都用这种手段，自古到今，也未改改。

明泉支着脑袋好笑地摇摇头，“起来吧，朕赦你无罪，讲吧。”

范佳若故作为难地看了她一眼，道：“臣在想那个沁耳伦纵然容貌不俗，又怎比得上皇夫天人之姿，北夷摄政王这次可是打错算盘了。”话音刚落，再度跪下，“臣身为起居女官，居然莽撞言语，请皇上恕罪。”她等了半天，不见明泉回答，心中不免惶恐起来，难道自己的想法错了？

殿内静谧，呼吸可闻。

明泉突然语带古怪道：“你觉得那个沁耳伦容貌不俗？”

范佳若一怔，脑海中千万种被责罚的可能及理由统统倒塌，“臣的确如此觉得。”

“朕怎么觉得他笑容可恶呢？”

范佳若仰起头。笑容可恶？沁耳伦？虽然远远几面，但沁耳伦的笑一直是谦和有礼啊。

莫非皇上不喜欢这种笑容？她不禁暗暗记在心中。

“罢了，你起来吧。”明泉笑着挥挥手。

范佳若舒了口气，正要站起，却被明泉下一句话惊得冷汗直冒。

“要做朕的手帕交，与朕交心，你还需努力啊。”范佳若想与她建立私交么？有意思。

明泉垂下眼帘，挡去眸中一闪而过的狡黠。

明泉见到薛学浅时，他正在画画，穷山恶水，无路无人。

她指着山顶的亭子道：“这个是谁？”

薛学浅握笔的手一紧，慢慢直起腰道，“是皇上。皇上高高在上，纳天下于眼底。”

“那亭子边上的松树呢？”

“皇夫天纵英姿，与皇上珠联璧合，伉俪相携。”

明泉微微一笑，“那山腰的巨石呢？”

薛学浅思考的时间更长，半天才道：“不过是山上的一块石头，皇上若不喜欢，臣可以改了去。”说着，刷刷两笔，巨石便隐没在山里。

明泉点点头，正要走开，突然转头指着画中的一只大雁，“那又是谁高于朕之上呢？”

笔啪地落在纸上，薛学浅一惊捡起，俊秀的眉峰一皱而展，“是先皇。先皇英灵长存，庇佑皇上，庇佑我朝，庇佑天下！”

“好个庇佑皇上，庇佑我朝，庇佑天下。”明泉冷哼一声，“薛郎伴舌灿莲花，朕以前竟没看出来。”

“皇上又花了多少心思来看微臣呢？”薛学浅搁下笔淡淡道。

明泉被话一窒，“因此你连迎驾也免了？”

“微臣如今命案在身，怕惊了圣驾。”

“好个命案在身，你便给朕讲讲这桩命案吧。”她找了把椅子坐下，不以为意地一笑。

薛学浅低下头，“臣无话可讲。”

“怎么会无话可讲？至少可以告诉朕，你下毒的动机。”

“臣与金公子无怨无仇，何来动机？”

“那你告诉朕，你送点心的动机？”

薛学浅眼中哀伤一闪而逝，“皇上也尝过臣的点心，皇上认为臣的动机是什么？”

看来猫惹急了，爪子也利得很。明泉无趣地皱了皱鼻子，“既然如此，朕也只好将此案交予内廷执法司审理了。”

薛学浅身子一震，不可置信地看着她利落起身，背影脚步毫无犹豫。“皇上！”

明泉停下步子，淡然道：“连薛郎伴都愿意将巨石抹去，朕更无理由把它挖出来，不是么？”说完，她不等他有任何表示，启步离开。

走出偏殿，却见冯颖面无表情地跪在地上，见她出来，下拜道：“冯颖叩见皇上。”

“请安么？好像起太晚了。”明泉说着就要从他身边走过。

冯颖急忙用膝盖跪爬到她面前。

明泉皱了皱眉，转身往右他跟着往右。她转身往左他跟着往左，寸步不离。

“冯颖，你大胆！”她干脆停了步子，喝道。

冯颖倔强地仰起头，“恳请皇上允许臣参加武举！”

明泉只觉许久不动的肝火节节上升，“你……”

“臣沈雁鸣叩见皇上，吾皇万岁万岁万万岁。”一个青衣乌发的青年款款站于阶下，眉目如画，朱唇如砂。

明泉瞧着一怔。几天未见，他身上似乎多了一些不属于男子的妩媚韵致？不过想起他的遭遇，心立刻软了下来，“平身。”她瞪了仍跪在地上的冯颖一眼，快步绕过他，走至沈雁鸣面前，“你大病初愈，应该多休息。”

他怯弱地退了半步，“谢皇上关心。”

她转头看了眼他身边的小厮，“思源？”

冯思源立刻跪下，“奴才向皇上请安。”

明泉看了眼他，又看了眼仍执意跪在地上的冯颖若有所悟，“倒真是个好奴才。你们各自歇着去吧，朕走了。”这趟来得不冤，她至少知道了两件事。

第一，薛学浅很可能知道是谁下的毒手，却不能说。由此可见，这个人的权势不小。若无证据，不但不能扳倒他，反而会让薛学浅的境地更加危险，甚至无法翻身。如此说来，冯颖的可能性就小了。

第二，与沈雁鸣交好的，果然还是冯颖。不然冯思源在关键时刻不会拿他当救兵。

后宫这局棋是越走越迷糊。自己果然是那个亭子，高踞山顶，却看不清山的全貌。她突然想起那棵苍松，只是不知安莲又看到了多少？

传旨将此案全权交于内廷执法司，明泉起驾至清惠宫。自登基以后，她来这里的次数越来越少，与常太妃也越走越远。这其中，除她与常太妃日益加深的隔阂外，也有她的私心作祟。毕竟常徐两宫不和，她若与常太妃走得太近，打破后宫制衡，恐会招致玉流不满。狄族与雍州接壤，有些举动虽小，引起的后果却难以预料。

“儿臣给母妃请安。”明泉伸手扶住眼前的妇人，但觉一月不见，她看起来竟老了十几岁，向来珠玉满头的云发上只插了支样式简单的乌木簪子。

“回来就好。”常太妃疲惫地拍了拍她的手背。

明泉心里一酸，将她扶到座上，自己在旁边坐下，“母妃气色不佳，朕让御医过来看看。”

常太妃摆了摆手，“罢了，祸福有命吧。”

明泉知她无子无嗣，自己又日渐生疏，在这寂寞宫廷中，金伯雨可说是她唯一的安慰，可如今却落得白发人送黑发人的下场，心中哀痛无以形容。当下道：“朕已经命内廷执法司彻查此事。”

“皇上……”她五指一抖，又紧紧握住明泉的手，“请为本宫做主。”

“母妃可知金伯雨与薛学浅有何恩怨纠葛？”

“伯雨从不向本宫提与朋友之事，因此本宫也不清楚。”

是不清楚还是不想说清楚呢？看来除非查出凶手另有其人，不然不管薛学浅是真凶假凶，常太妃都打定主意要拉他下去陪葬。明泉又问道："那他平时与谁交好？"

常太妃侧头想了想，"倒是与皇夫走得很近。"

安莲？明泉手指在桌上轻弹，引得常太妃询问的目光。

"朕只是有些意外罢了。"她安抚地笑笑。

两人一个心系案情，一个忧伤未复，都无心闲谈，因此明泉只喝了一盏茶便匆匆告辞出来。

清惠宫门口，范佳若见她出来，急忙迎上。

"你猜……凶手是谁呢？" 明泉上辇前突然转头问。

范佳若一呆，"臣不知。"

"呵呵，朕也猜不到呢。头疼。"明泉叹了口气，上了车辇。

"皇上，可是起驾回承德宫？"

"不，再去一个地方。"

自沈、冯、薛三位郎伴先后搬离储秀宫后，储秀宫便真正冷清了下来。沁耳伦的入主虽然挑起很多有心的人瞩目，但也只是观望而已。短短半年间，两个蓄子一个外戚先后离奇而终，足以擦亮不少为野心而盲之人的眼睛，让他们掂量掂量自己的斤两。

与风雨飘摇的熹微宫相比，储秀宫更显清净安逸。以致当明泉帝辇至储秀宫外时，很多人还没回过神来。

"让安蓄子出来接驾。"明泉掀起帘子坐在帝辇里道。

范佳若疑惑地站在一边。到熹微宫时，薛学浅也未接驾，一个戴罪之人如此拿乔，明泉却不以为意，何以偏对安凤坡刁难？更何况安凤坡入宫前乃是一州巡抚，又与安莲有堂兄弟之名，论身份论才华论背景，无不在薛学浅之上，但擢升的名字中从不曾有他，难道是怕安家在后宫势力太过庞大的缘故？

她正思忖间，却听一个生涩的声音道："臣沁耳伦参见皇上。"

"平身。"明泉坐在帝辇中亲切笑道："蓄子在我朝一切可还习惯？"

"蓄子"二字听在沁耳伦犹如某种宣告，脸上顿时染上一层桃色，"谢皇上垂询，臣一切安好。"

"朕听闻沁克萨大人喜欢在院内种植橘树，一会朕命人在你院中栽一些可好？"

沁耳伦面色更红，以前听闻皇帝会为了心爱的妃子将她旧居景色一一照搬，没想到有一日会轮到自己，当下感激道："臣谢皇上垂怜。"

"你喜欢吃橘子？"

"臣，喜欢。"他声音低得几不可闻。

明泉笑意更盛，"不知相府的橘子是什么品种，酸的还是甜的？"

沁耳伦明显怔了下，半晌才道："甜……的。"

"甜的么？原来沁克萨种橘树竟是为了你。"

"父，父亲待我很好。"

“好到明知南橘北枳也要为你种下苦涩之果吗？”

沁耳伦似懂非懂，傻傻地看着她。

明泉叹了口气，真不知道跋羽煌是从哪里找了这么个人来。抬眼见安凤坡一身白衣，形容悠闲，散步似的走过来，“臣安凤坡参见皇上，吾皇万岁万岁万万岁。”

明泉手指轻拍大腿，不急不缓，约莫静了半盏茶时间，才道：“平身。”

安凤坡徐徐直起身子，冷峻的面孔因消瘦而透露出几分凌厉。

“朕听说安蓄子日日精研茶道，卯时而起，亥时而息，从未间断，特来一品。”

“皇上对臣关注备至，令臣受宠若惊。”

“哦，是么？朕还以为安蓄子已经处变不惊了呢。”明泉边说边走下帝辇，“朕第一次来储秀宫，还请安蓄子带路。”

安凤坡微微侧身，也不推脱，直接转身走了进去。

明泉正要启步，便听身边哀怨的一声，“皇上。”

沁耳伦跪在地上，满面不知所措。

“蓄子的橘树，朕会记得的。”明泉温雅一笑，便向前走去，独留下他痴痴地跪着，一脸茫然。

明泉走在道上，笑容可掬，不时指着路边景色向安凤坡询问。安凤坡走在前面，面色阴沉，有一答半，半句不肯多说。

直到进了云来殿，他的脸色依旧不见好转，明泉忍不住摇头，“安蓄子非要用晚娘脸来应付朕么？”

“皇上不请自来，请恕微臣未能另行准备。”

“今日来的若是皇夫，安蓄子脸上的阴云恐怕就会拨开了吧？”

“臣与皇夫在宫外是兄弟之谊，在宫内是上下之分，臣虽不才，还有自知之明。”他说得不卑不亢。

明泉故意曲解道：“安蓄子是在埋怨朕未给你晋名分吗？”

安凤坡冷冷地看着她，“若臣说是呢？”

“那朕即刻下旨，晋你为八品郎伴。反正薛郎伴走后，熹微宫就空出一殿。”

安凤坡沉声道：“如此，臣就成为这场毒杀中唯一的获利者了。”

“哎，安郎伴何出此言？”明泉叹气道，“宫中发生这等事，最最心痛自责莫过于朕。凶手如此明目张胆，简直视王法于无物。相比之下，安郎伴本分沉稳，朕更觉珍贵。晋你的位，也是为后宫树立典范。”

明明想将他推到风头浪尖，却还能说得这样无辜！安凤坡只觉得一股气直冲胸口，半晌才道：“皇上有何吩咐，直说便是，何必拐弯抹角？”

“朕想要将这个案子交给你查，你看如何？”

“臣区区蓄子，不敢担此重责。”

“朕不是说了要给你晋位么？”

“此案牵连复杂，恐非臣力所能及。”

“哦？怎么个牵连复杂法？”明泉眼睛微眯，不让寒意外露。

安凤坡见她绕了半天，终于将自己绕了进去，心里不免怒气高炽，却又不想与她多作纠缠，“金伯雨吃的是薛学浅送的糕点，死在清惠宫，走近的是皇夫，难道不复杂么？”

“只是如此么？朕听说安郎伴与冯郎伴交好，冯郎伴与沈郎伴交好，沈郎伴又与薛郎伴交好……如此说下来，倒像是一根绳子上的蚂蚱。”

安凤坡被她开口闭口的安郎伴说得心烦意乱，恶声道：“皇上莫不是在怀疑微臣吧？”

“在薛郎伴认罪之前，人人有嫌疑不是么？说不定朕在千里之外，指使人下毒呢？”

“那皇上就早早说清楚，省得让我们受罪。”

“朕想将此案交于你查，并非虚言。毕竟如今看来，最无可能之人，正是……安卿。”她说得真心实意。

安凤坡沉默了下，“皇上亲自查案，可是觉得后宫无可信之人？”

明泉似乎早有所料他有此一问，因此答得十分坦然，“朕不想让任何一丝妄言猜忌落在他身上。”她原可将这个案子大大方方地交给安莲，也相信以他的能力定能查得一清二楚。只是如此一来，真相在有心人眼里未必就是真相。想到有可能产生的闲言闲语，她还是自己多转两圈的好。

安凤坡瞧她的目光顿时不同，“皇上何不就此结案呢？”牺牲一个薛学浅是大家都可接受的结果。

“然后呢？等凶手伺机找下一个目标？”明泉冷笑道，“你怎么能保证下一个人不会是你……或是皇夫呢？”

安凤坡面色一紧，不再言语。

“如何？你若答应替朕查案，这郎伴之语，朕就作罢。”

他第一次听到擢升还能用来当威胁，脸色不禁有些古怪，“臣幽居深宫已久，怕不能为皇上分忧。”

“既然如此，朕也不再强人所难。”明泉并不意外听到这个答案。当初安凤坡率人逼宫，可说欺君罔上，罪大恶极。虽然事后看在安莲及安家的面子上，她睁一只眼闭一只眼只当不知，但安凤坡到底顾忌她会暗使手段将他除去。尤其在这个节骨眼上，莫说晋位查案，连她多来几趟，都会引起有心人的注意。他现在在宫里，地位不比从前，可说是安家半个弃子，再有个行差踏错，收拾他的第一个就是安老爷子。

也因为此，安凤坡动手的可能性不大。金伯雨才粗学浅，鼠目寸光，实在想不出有什么非杀不可的理由。那么对方是冲了薛学浅来的？可薛学浅处世低调，做人圆滑，除却背景不提，刚毅天真的冯颖，懦弱可欺的沈雁鸣，冷傲阴沉的安凤坡都比他更容易得罪人。

对方究竟因何而杀人？

她突然觉得这正是关键所在，而自己似乎陷在了一个思考的怪圈里，挣脱不出。

“皇上。”安凤坡声音低沉，话到一半，似又不想说。明泉也不急，静静看着他。

他犹豫半天，终于道：“皇上可曾想过，你的庇护兴许是种不信任。”

“什么？”明泉呆住。

“他本该站在人前，无论风雨肆虐，无论明枪冷箭，都可独自撑起一片天地。自以为是的保护，不过是皇上的低看罢了。”安凤坡说到这里，忍不住冷笑一声，“原以为龙椅凤座，是同心协力之意，不想竟是我的误解。”

明泉看着他，仿佛第一次认识。

是因为那抹白色身影太过温柔，才让她有了要保护的错觉吗？她一直以为是她在为他撑起天地，可事实上却是他在包容她撑起的天地吗？

他总在她不经意的时候站在她需要的位置，不曾多走，不曾退后，仿佛早就商定。其实也正因如此，她困住了他的手脚，令他只能屈于她下意识认为的一隅，不能离开？

她看着外面明朗的天空，突然想到他喜欢欣赏月色。那时候的他，也许是在羡慕月的高高在上，月辉的无处不在，无所拘泥吧。

“朕明白了。”

帝辇冲到了凤章宫，待站在门外看到里面那抹低头作画的洁白身影时，明泉惴惴的心情蓦然平静了下来。

安莲若有所觉地抬起头，见她呆呆地看着自己，眉眼一弯，绝美到不沾人间烟火的五官刹那生动起来，“皇上？”

明泉几乎要溺毙在这个笑容里，急忙低头连咳数声，才把心跳缓过来，慢慢蹭了过去，“皇夫在画什么？”

“云。”

看到画时她才知道什么叫云，“皇夫还不曾落笔？”白纸上只有一个落款。

“身在云中，自然茫茫不得见了。”

“皇夫的画与黑夜的乌鸦有异曲同工之妙啊。”

安莲提笔刷刷两下，半只龙爪从“云雾”中露出来。

明泉感叹。她的后宫果然人才济济，各个擅绘，喜欢寄意于画，“这半爪是谁的？”

“自然是皇上的。”

“指甲太长，朕不喜欢。”

“爪利方善战。”

“朕不当泼妇，宁可嘴皮磨得利些，把对方气得血喷五斗。”

安莲笑容更深，又画下另一爪。

明泉顿感失落，若是斐旭定然会大笑附和或摇头反驳，直到把她气得呱呱叫不出为止。

落在画上的笔突然一歪，纤细的龙爪突然成了树根，突兀地插在云的正下方。安莲脸上的笑容已然不见，精致的面容看起来平静而遥远。

明泉下意识地捉住他的袖子。

他手肘微颤，回过头来，目光深幽。在瞳孔最深处，一簇期盼的火苗若隐若现。

明泉被看得心虚起来，半天才讷讷道：“朕想将此案交于你办，可好？”

安莲眼眸微微垂下，好似看着她手腕的玉镯，又好似什么都没在看。

彼此呼吸静谧可闻，她的心因静默而缓缓沉下，“你若是不愿，朕决不会勉强。”

安莲伸出手，拉住她攥着袖子的手，牵至椅子上坐下，“此案关系重大，若有我出面，怕会被误会是安家铲除异己的手段，埋下隐患。”

明泉乱七八糟的心思立刻收了回来，“皇夫知道是谁下的手？”

安莲不置可否。

凭薛冯两家的势力，哪里谈得上异己？安家若要动他们，根本无须在宫中闹出动静。四位太妃中以徐马两位在宫外势力最大，但狄族雍州，一个与宣朝井水不犯河水，一个早与明泉对立，又哪里算得上安家的异己？剩下是谁，答案昭然若揭。

“皇上不怕是我下的手？”

“你不会。”明泉想也不想道。

若说斐旭擅攻，那安莲就是擅守。斐旭喜欢挖陷阱引别人掉下去，安莲喜欢站在静处等对手犯错。下毒这等手段，既容易暴露，动作又太大，实在是下策中的下策。

“皇上接下来准备怎么做？”

“看来只有布下天罗地网引蛇出洞。”她眸中寒光一闪。

“皇上眼里果然容不下半粒沙子。”

她愕然，“难道朕应该由着凶手逍遥法外？”

“若是先皇在世，兴许会。”

明泉想了下，“的确，父皇不喜欢大动干戈，他向来信奉以最少损失获取最大的利益。朕并非眼里容不下沙子，只是……”她咬了咬下唇道，“朕还年轻，心里还有着可笑的正义感，还做不到看一条无辜的生命白白去死。”

安莲目露微讶，似乎没想到她竟然看得这么透彻，答得这么坦白。

“可朕想不通他如此做的目的。”金伯雨与他，根本没有任何利益冲突，还是在她不知道的地方发生了什么不知道的纠葛。

安莲见她疑惑地看着自己，摇摇头，“我只知他根据薛郎伴送去的糕点命人做了一份一模一样的，砒霜出自沈家旁系出身的御医。那个替薛郎伴送点心的太监的家人已经被安置到别地去了。”

居然露了这么多线索。明泉抚着额头，看来后宫的确在安莲的掌握下，“看来吏部尚书这个位置，还是交给姜有故。”

“姜有故为人胆小怕事，又好高骛远，恐非良选。”

“那朕将吏部交于你如何？”

安莲眸中闪过一道异彩，徐徐道：“臣定不负所托。”

明泉欣慰一笑。斐旭说用人不疑，疑人不用，既然如此，她便选一个能尽信的来用。以利益而言，安莲如今可说真正的一人之下，万人之上，无论高阳王还是太子汤都不可能给他更高的位置。以情谊而言……

“皇上，到膳时了。”

明泉回望他温意款款的眼眸。

人非草木，孰能无情？他对她的好，她又岂会半点不懂？

“朕就在凤章宫用膳。”

夜幕微垂，明泉信步回承德宫，却得传报徐太妃等候多时，心中一阵纳闷。

刚听金伯雨被下毒时，她第一个怀疑的便是徐太妃。常徐两宫之争由来已久，金伯雨入宫的目的也是各人心知肚明，徐太妃为了阻止常太妃借外甥起势而下毒杀他，倒也说得通，至少比其他人的动机更靠谱一些。

明泉看到坐在堂上的明艳身影时，立刻露出愉悦的笑容，“朕原打算明早给太妃请安，没想到您今儿就来了，真是巧极。”

“国无小事，家无大事，本宫怎能与百姓抢皇上？”她笑笑，“只是在宫里闲得发慌，过来看看皇上。”

明泉道：“太妃若是不嫌朕烦，朕倒是愿天天去延福宫陪太妃说说话。”

“难得皇上有这份心。”

两人一个顾忌在狄族的玉流孝顺谦恭，一个忌惮她的身份慈祥和蔼，表面倒是其乐融融。

“本宫听说皇上近日操劳繁忙，常常夜不能寐，特地拿了个宁神的方子。”她一颔首，立刻有个太监捧着一张纸上来，“是些寻常的药材，吃了倒很有效。”

明泉接过来一看，当归人参胡柴青皮等等，的确是寻常物，“有劳太妃费心。”

“云妃在世的时候，本宫常去看你，那时候你才这么小。”她比了个手势，“可惜她去得早，后来本宫又有了玉流，反倒和常妃疏远了。现在玉流嫁得那么远，本宫也尽不到心，只希望皇上平安康泰，大宣风调雨顺，偶尔照拂照拂点她，也就心满意足了。”说着泪如雨帘。

明泉冷眼旁观，待她哭得差不多时才递了块手绢过去，动情道：“太妃放心，玉流妹妹临走前，朕就同她说过，只要有朕在的一日，宣朝便是她的娘家与靠山，断不会让她吃了亏去。”

徐太妃缓缓抬起头，“话虽如此，但有些事，你也须早做打算。”

明泉摸不到她话里的意思，只得顺着说：“请太妃明示意。”

“皇上自祭祖回来还未翻过牌子吧？”她试探问道。

明泉心中怫然，面上不动声色道：“太妃好灵通的消息。”

徐太妃了然一笑，“你莫怪本宫多事，本宫也是关心皇上。皇上年纪虽小，担子却重，除了江山社稷外，还肩负子孙繁衍之责。”

明泉双颊绯红，“太妃你……”哼，若她诞下皇子，恐怕自己的脑袋就悬了。

“本宫知道你喜欢安莲……”她没有用宠幸一词，“像他这般人品恐怕无人能不为之心折，但他却非太子生父之选。安家势大，连连相都不敢轻触其缨，若再成为皇子血缘一脉，恐怕……”她话没有再说下去。

明泉心思翻涌。没想到她竟想了这么远，换了往常她也许不会在意，但今天安莲展现在后宫的实力足以让她侧目。

“好些话，本该让常姐姐来说，但如今她伤心忧虑，哪里还能够分神？本宫少不得要越俎代庖一次，还请皇上不要见怪。”

明泉连道不会。

徐太妃叹了口气，又道：“可惜冯郎伴年纪尚幼，沈郎伴身体虚弱，薛郎伴又是……”至于安凤坡与沁耳伦就更不用提了，“皇上后宫空虚，不妨再选一次。”

明泉也是哭笑不得。当初两个侍臣六个蓄子对她来说已是极奢侈的数字，谁想到了今日竟弄到这步田地。“太妃之言，句句肺腑，朕感佩于心。”

再选一次名单里恐怕就会多几个徐家后人了。若非安莲告诉她凶手另有其人，听了这番话，她对徐太妃的误会恐怕要更深一层。毕竟金伯雨一死，常太妃想安插入后宫的有力人选便少了一个。

徐太妃见要说的话已经说完，就顺着她的逐客令道：“上了年纪，不免絮絮叨叨，皇上不要介怀。”

她外有玉流做靠山，又哪怕她介怀？明泉心中冷笑，“太妃何出此言？朕还想以后要多上延福宫聆听教诲。”

徐太妃露出一个心照不宣的笑容，“本宫先回去了，皇上留步，不必送了。”

明泉也不客套，只在殿里目送她走远。半晌后，“佳若。”

“臣在。”

“去储秀宫宣旨，传沁耳伦今夜侍寝。”朝中针对安莲的矛头还没伸，后宫倒先跳出来，那她就顺顺她的意又何妨。

宫中上下俱知明泉不热衷房事，已近四月没有侍寝记录，惟有的几次也是安莲封为侍臣的那几日。连晋了品级的沈雁鸣等人也只是虚有其衔，没想到沁耳伦一入宫就获得圣眷垂顾，怎不令人揣测生疑？联想到他酷似斐旭的容貌，曾因帝师私通敌国而扼杀的猜疑再度兴起。

安莲站在檐下，长袖宽大空垂，载满萧寂。

如意抓着一把桃花枝跑过来，“古太妃派人送了些桃花枝来，说放在屋里好看。”

安莲目光落在桃花上，轻轻颔首。

如意突然低声道：“小原子说沈郎伴上储秀宫寻沁耳伦去了。恐怕与皇上招他侍寝之事有关。”

安莲眸色一沉。

“主子，”他舔了舔嘴唇，“我们还是像上次一样不管么？”毕竟是一条人命，他想起金伯雨的死状，背脊不寒而栗。

安莲缓缓从袖子里伸出手，折了一瓣桃花，“若今夜承德宫传出不寻常的动静，就让小关子把拿来的东西放回去。”

“放回去？”如意下意识地缩了下头。

沁耳伦坐在车辇里，内心被种种惶恐、激动、担忧、喜悦漫溢。直到这一刻，他终于相信他是真的走出了那个贫瘠的部落，真的成了左相的义子，来到这个遍地黄金的宣朝，成为宣朝最有权势的女子的其中一个丈夫。

其实能够每天睡温暖的屋子，吃可口的饭菜已是他今生最大的梦想，而得宠对他来说简直是做梦都没有想过的事。

“沁耳伦蓄子请下辇。”专司侍寝事宜的太监扯起嗓子。自明泉登基以来，这还是第一次传蓄子至承德宫侍寝，以前都是她宿长庆宫，因此他们更是格外小心。

沁耳伦先是被几个小太监按在水里狠搓了半个时辰，又被几个御医从头到脚查了个透彻，才被准许穿上一件雪纺长袍，卷上一条金丝毯子由几个太监扛到承德宫。

他虽被横扛在肩上，却感到一路火辣辣的探究目光。他并不知自己是除安莲以外第一个被传侍寝之人，只以为自己哪里出了岔子，惹人侧目，不由羞愧难当。

“沁耳伦蓄子带到。”

他身体被竖了过来，双脚甫一沾地，却因毯子裹得太紧而软倒下去。

旁边两个太监忙把他扯住，半拖半拉地扶他下跪。

“臣沁耳伦参见皇上。”他低着头，血冲耳根。终究还是丢人了。

明泉抬起头，先是惊异，随即蹙眉道：“又不是端午，裹什么粽子。把毯子撤了去，拿件披风过来，夜凉如水莫冻坏了。”

沁耳伦木偶似的随其他人摆弄，心里因她刚才的话而生起甜意。

明泉看着他们折腾完，挥手道：“退下吧。”

几个太监忙不迭地恭退关门。

明泉指着躺椅，“你先睡吧，朕还要看会书。”

沁耳伦点点头，小心翼翼地在躺椅上睡下，拉过被子露出眼睛，骨碌骨碌地看着她。

她不觉好笑道：“你睡觉还背着披风？”

沁耳伦面色更红，坐起身，将披风解下放到一侧。正要躺下，丝袍一滑，露出半个肩膀。他只觉脑子一轰，眼睛下意识朝明泉望去。她微微一笑，像没看见似的又把目光移回手上的书中。

他黯然地将领口轻轻拉上，躺回枕头上，目光幽幽地望着眼前素面朝天的少女，不过十六七的年纪，却已是一个盛世皇朝的君主。

幸好摄政王回了北夷，不然像他这样的人物又怎会有机会接近她？想到此处，心中一甜。

转念又想，自己与摄政王相差甚远，以她的眼界，兴许只是为了两国的关系。说要为他种一棵橘树，怕也是随口敷衍，心中又是一苦。

心中甜甜苦苦，反反复复，不觉竟睡了过去。

不知过了多久，灯心扑哧一声灭了。他蓦地睁开眼，清冷的月光洒在一隅，地上勾画出一格格窗棂。

他蹑手蹑脚地站起身，朝床的方向走了两步，轻声道：“皇上？”

有规律的呼吸声渐渐清晰可闻，他走到床前，适才还在梦中浅笑的少女正静静躺在床上，月光照在她的枕侧，光洁的颈项若隐若现。

喉咙一阵干涩，手指指根节节发紧。那人之言犹在耳，是成是败，搏与不搏？

想起梦境中少女温柔的眼神，他心兀自一横，手指颤抖地伸向少女衣襟，指尖触到盘扣，心刹那紧缩，食指轻轻一拨，盘扣腾地滑开。他只觉腹下紧绷，正要俯身，却对上一双清亮的眼眸，正震怒地瞪着他。

啪！明泉扬起一个巴掌，坐起身，冷声道："你在做什么？"

沁耳伦一屁股呆坐地上，好似从蟠桃园瞬间落到地狱。

门外窸窣声一片。

严实紧张道："皇上？"

明泉坐在床上，月光自鼻下划过。只见她朱唇轻启，吐出的言语却冷如寒冰，"来人，把沁耳伦拉下去，重重地打！"

门刷地打开，严实带头冲进来，他的目光在明泉衣襟上一转，便拦在她面前挡住其他人的目光。

四五个小太监拽住沁耳伦，像抬轿子似的抬了出去。沁耳伦一动不动，神色麻木，好像三魂丢了七魄。

明泉静了静气，站起身，"更衣。"

啪啪啪……

被半夜拉起的宫廷执法司正怨气冲天地甩着板子。

夜色静谧，板子拍在身上，闷得激不起回音。

明泉穿戴整齐，心情已然平静。

沁耳伦趴在地上，脸贴着地面，长发散乱，看不出生死。

"你可有话说？"明泉站在石阶上，面色冷峻。

沁耳伦终于动了下，缓缓抬起头来，清俊的脸庞在月色下奇异得与记忆中人相融合。板子落下去，他身体一颤，竟让她的心跟着拧起来。

"住手。"她摆摆手，走到他面前蹲下，"告诉朕，是谁唆使你这么做的？"

沁耳伦定定地看着她，双眸慢慢亮起，瞳孔里反射出水般的柔情。

"朕不想将此事牵扯上北夷与我朝的邦交。"她冷冷地威胁。

他呆了下，眸子渐渐黯淡，整个人泄气似的萎靡着，头又慢慢贴回地面。

正当明泉以为他不会开口时，他突然轻声道："他们叫他……沈郎伴。"

她慢慢直起身，"送蓄子回储秀宫。"

几个太监急忙把他架起，把他抬出她的视野。

"今日大内侍卫谁当值？"

"臣黄正武当值。"黄正武早在内廷执法司到的时候就在一边待命。

明泉眼中阴沉如乌云密布，"朕命你率大内侍卫包围熹微宫，一只苍蝇也不许飞出去。"

"遵旨！"

长火如龙，惊梦无数，照亮半壁夜空。

明泉帝辇穿过重重队列，长驱直入。

黄正武等人小跑跟在车侧。

“皇上驾到！”窒息的寂静被陡然撕裂。

夜幕下，一众宫人匍匐在地，瑟瑟发抖。冯颖跪在最前，腰杆笔直，精致的五官在火光中忽明忽暗。

明泉步下马车，神情凌厉。及腰青丝被随意束在脑后，流露出与神色不同的柔软。

严实附在她耳旁轻声道：“沈郎伴闭门未出。”

明泉颔首，“黄正武，你随朕走一趟。”

黄正武连忙应诺，跟着她朝正殿走去。

整个熹微宫的人几乎都聚在前面，后半个宫像空了似的静寂如灰。

严实在前面提灯，明泉默然居中，黄正武最后。墙里墙外，只有三人踩踏的脚步声。

转角直走，一个小太监一动不动地跪在石阶上，前额触地。

“你们在门口等朕，有动静再进来。”轻声交代完，明泉走上石阶，看也不看小太监，推门而入，一股浓浓的中药味迎面扑鼻。

沈雁鸣一身素服，跪在堂中，面颊血色全无，苍白如纸，头歪歪地耷拉着，像只没有线支撑的木偶。

明泉好似听到一声从自己心底发出的叹息，“你有什么话要对朕说么？”

沈雁鸣颤了下，头抬起几许。身后的烛光落在下唇上，轻轻抖动，吐出来的声音犹如断线的风筝，在空中无目的地摇曳，“臣……求皇上……”

明泉静静地听着，似乎等他说出“开恩”两个字。

“求皇上……”他弓下腰，头重重地磕在地上，“恩准冯颖参加武举。”

她怔住。

他头咯咯咯地在地上狠狠地撞起来。

小太监在门口心痛大喊：“主子！”

明泉皱眉反手关上门，探出手想扶他，却在半路收回，“你先起来说话。”

他抬起头，前额一片绯红，好几道小擦痕，“皇上答应了？”

明泉不置可否，“为什么杀金伯雨？”

沈雁鸣身体一个冷颤，下意识地抱住自己。

“告诉朕理由。”她话里的语气不容拒绝。

他垂下眸子，双手下决心般握紧，半天才抓住腰带，慢慢解开。

明泉挑眉，屹立不动。

一层外衣，两层外衣……

宽瘦合度的身段竟包裹着这么多件衣服，明泉几乎可以想象他瘦到何种程度。

他的手终于在触摸到最后一件里衣时停下，食指勾着衣襟，中指微卷，像在微风中点头的小草，颤得轻，却急。终于，衣襟被食指勾开，露出一片雪白的肌肤。

饶是明泉隐约猜到几分，也忍不住倒吸一口凉气。

狰狞的伤疤横七竖八，她甚至猜不出是怎么造成的。有些新肉已经长了出来，殷红一块，却始终不能与原来的肤色相比。

“房间很昏暗……只点着一支蜡烛……窗外有两只猫在叫，叫得很凄惨……”破碎的轻诉敲击空中的药味，压得人喘不过气，“那个男人叫金大爷……身体很重，拳头……也很重，蜡油滴在身上……痛得像火烧……他牙齿很黄，嘴里有酒气，笑的时候……很像，像……”怯懦慢慢消退，他脸上是似痛非痛的疯狂。

“够了！”明泉不禁大吼。

门外黄正武紧张地叫道：“皇上？”

她平了平气，“朕没事。”目光逃避似的躲开案上的蜡烛，落在墙上，“这并不是杀金伯雨的理由。”

沈雁鸣静了下去，死气沉沉。

明泉低下腰，“朕要听实话。沈雁鸣，朕承认朕对你愧疚得要命，也承诺会把那群人渣严加惩处。甚至你要亲自动手，朕也可以答应。但这并不表示朕会放任你对无辜的人行凶！”

沈雁鸣低声问，“如果，我不要他们的命，皇上可不可以答应冯颖参加武举……”

“这是两回事。”

他低喃道：“果然如此。”

“什么意思？”明泉似乎抓住什么。

“人所做的补偿，都是自以为的。”他突然抬起头，乌黑的眼珠在血红的眼睛里湛湛发亮，“皇上下令抓人，多么容易。那是他们罪有应得。可是，我不需要。我只要冯颖参加武举！”

“你为何执意要冯……”明泉看他的目光立刻带着几分惊疑。

沈雁鸣垂下头，“他那么聪明，那么好学，那么……干净，不应该老在后宫里。他应该有个美好的人生。”

明泉默然。

“以前……彭挺看不起他，薛学浅暗中排挤他，我没办法，我不敢明着和他们作对。”他的声音犹如自语，“我只好离他远远的，我缠着薛学浅，让他没空去理别的事，这样他……至少少被一个人欺负。”

明泉记起冯思源曾经找她哭诉冯颖在储秀宫被排挤，她就将他搬去监视跋羽煌，后来沈雁鸣与薛学浅交好，她以为是不住在一起生疏的缘故，原来其中还有这样的纠葛。

所以死的是金伯雨，被嫁祸的是薛学浅。安凤坡因为曾有段时间与冯颖走得很近，间接地保护过他，因此逃过一劫。

“就算如此，你何必挑唆沁耳伦？”

“因为皇上没有来找我。”沈雁鸣呆呆地坐在地上，“我做了那么多事，皇上怎么可以不来找我？皇上不来找我，我又怎么求皇上……”

“就算你想让冯颖参加武举，也不必做那么多事。”明泉痛心疾首，“你知不知道，你做的事已经错得无可挽回！”

“我知道。”他看着地，轻轻道，“我知道，可我不在乎……”

“你……”明泉被堵得说不出话，她刷地打开门，朝黄正武道，“给我搜。”

黄正武刚想问搜什么，门已经砰地又关上了。

“朕告诉你，就凭你做的这些，朕更不会让冯颖参加武举！”明泉怒道。

沈雁鸣抬头看着她，疤痕在烛光下深深浅浅。

明泉别开脸，“你的遭遇，朕会另作补偿。”

“没有另作补偿的机会了。”他咧开嘴，像笑，却没有声音，“我犯的罪，罪无可恕，皇上没有其他补偿的机会了。”

“这就是你的打算！”她简直无法理解，“把自己逼上绝路，用朕的愧疚跟朕谈判？”

“皇上……”沈雁鸣一眨不眨地看着她，“你会宠幸我吗？”

明泉身子一震，移开目光，“问这个做什么？”

“皇上不会。”他自顾自地下了结论，“沈家有沈南风，后宫有安莲……冯颖有他的梦想，而我，只有一条命……我宁可没有。”

明泉退后几步，靠着墙。无论是老谋深算如连镌久，还是诡计百出如跋羽煌，她都能应付自如，但对上这样的沈雁鸣，她是没辙了。

事实上，在金伯雨死的那一刻，就已经没辙了。

门外黄正武急道：“启禀皇上，在书房窗台的花盆下搜到一包砒霜。”一个尖锐的声音惊道：“不可能，明明早就不见……”话音猛地缩住。

沈雁鸣笑道：“看，连老天爷也不放过我。”

“把砒霜随手放花盆下……你果然视死如归。”

他扯了扯嘴角。没有解释是因为冯颖突然造访，他仓促放在那里，想扔的时候却不见了。

“我床头有封信，是诉罪状，请皇上定完罪，交给父亲，也算成全我一片孝心。”

“把罪状给父亲成全孝心？”明知他是不想沈家与她产生芥蒂，明泉还是忍不住讽刺道，“你的孝道千古罕见！”

沈雁鸣低头不语。

她闭了闭眼，忍不住道：“你这样做，值得吗？”

他缓缓抬起头。

明泉头一次发现他的眼睛竟然可以如此明亮。

“皇上想当明君吗？”

“当然。”她回答得斩钉截铁。尽管道路艰辛，但这个信念从未动摇。

“为什么？”

“为天下百姓安居乐业，为慰藉父皇在天之灵，为……”向一个人证明她可以当个好皇帝！

“值得吗？”他幽幽问。

同样的一句话一前一后出自两个人的口中，竟像是问答。

她的“值得吗”是疑问。

他的“值得吗”却是比肯定更肯定的反问。

“皇上？”黄正武在门口担忧地喊道。知道明泉现在是和嫌凶共处一室之后，他的心差点提到嗓门眼。

明泉背过身朝门口走了两步，“还有没有话要说？”

“请皇上恩准冯颖参加武举。”

明泉冷哼一声，打开门，“来人，将沈郎伴送交内廷执法司！”

“遵旨。”

严实侧身让过被请出来的沈雁鸣，低声道：“皇上，已经子时了。”

明泉胸口正堵得慌。没想到曾经胆小得连与她说话都不敢抬头的人居然敢下毒杀人，更没想到她对沈雁鸣的愧疚最后竟成了以死相胁的利器。可怜之人必有可恨之处，真是千古名言！“罢了，回宫。”

金伯雨一案先后牵连两个郎伴，后宫朝中皆是议论纷纷。明泉被昨夜一口气堵了一个晚上，几乎睁着眼睛到天明，上朝时脸色苍青，唇白如纸，思绪尚且清晰，眼前景物却迷茫流转，走马观花一般。连一向喜怒不形于色的连镌久也多瞧了她好几眼，担忧外露。

刘珏就重修堤坝之事启奏了两遍，她却仍没有反应。连镌久正想开口，却听安莲清淡的声音自上座传来，“刘尚书之议乍看虽能节省工时，却容易因小失大。修堤筑坝本就极耗体力，先皇规定每日每人的工时正是怕他们或体力不支，伤民之本，或倦极怠工，伤堤坝之本。

修筑堤坝本是为了百姓安家乐业，不为黄水所侵，若因坝伤民，则是本末倒置，得不偿失之举。”

安莲甚少在朝上发表言论，因此皇夫虽有凤设，却被许多人议为虚置，是为皇上拉拢安家的手段。因此他今日之论可谓越俎代庖，不少官员都静等皇上反驳。

连刘珏亦不例外，听完之后既不吭声，也不归列。

连镌久心思转了好几转，终是将想迈出去的脚尖往里拨了拨。

“皇夫所言甚是。”孙化吉的声音在片刻静默后突兀而起，“臣虽然苛刻吝啬名声在外，也不至苛刻了堤坝，吝啬了百姓。刘尚书只管放心，只要经你手的银子一分一毫都花在堤坝上，花在百姓身上，那我是决计不会皱眉一下的。”

刘珏心中暗道，你当然不会皱眉，你只会把钱袋捂紧。他不知孙化吉自王四海那里空手套白狼，得了一百万两银子，心中热乎，倒真不介意拿出少许与旁人分享喜悦。

明泉似乎终于从沉睡中惊醒，“三位皆是为国着想，虽意见相左，朕闻之甚慰。我大宣有卿等爱国之臣，何愁江山不盛，四海不平？”

“吾皇万岁万岁万万岁！”众臣皆跪拜齐喊。

严实扯嗓道：“退朝！”

有几个站得远的下朝后还拉住刘珏问，“今日皇上这句话，到底是什么意思啊？”

刘珏开始还不搭理，最后问得急了，“你们问我，我问谁去！”

明泉自殿上下来，才走几步，眼前便一阵天旋地转，脚下一个踉跄，落入一个熟悉的温柔怀抱里。她索性闭上眼睛，任由他支撑去大半身体，走上帝辇。

辇车缓缓滚动，她调整了下姿势，让自己睡得更舒服一些。一夜未寐的疲倦似乎顷刻侵袭而至，无法抵挡。

安莲静静地拥着她，目光恍如月下溪泉，清淡之中包裹着流银般晶亮的怜惜。手指将覆在她眼帘的碎发轻轻拨开，左手被压得有些发麻，想动却又怕惊醒了她，终究任它慢慢麻去。

帝辇渐渐停下，严实等人俱是无声。明泉却自己醒了过来，"到天罡宫了？"

"是承德宫，皇上应先歇息。"

明泉眸子眨了眨，缓缓坐起来，看他向来一尘不染的衣服被她睡得皱巴巴，不觉有些羞赧，"那朕先进去了。"弓起身向前走了两步，正要拉开帘子，却突然停下，"皇夫……"

"皇上有话请说。"

她脑海瞬息闪出三个疑问。

沈雁鸣下毒是你默许的吗？

薛学浅被冤枉你为何袖手旁观？

那包砒霜是你放回去的吗？她没有忽略掉砒霜找到时，那声惊慌的尖叫。

明泉手指僵在半空，昨夜无眠除了因为沈雁鸣的所作所为令人痛心外，更因她脑海中衍生的这些疑问辗转反侧。以安莲在后宫埋伏的势力，决不可能对沈雁鸣不同寻常的动静毫不知晓。事发后，他由着常太妃在奏折中对薛学浅百般猜疑，连她也是询问后才被告知。

能在当时拿到砒霜，又事后悄无声息地放回去，整个宫中除安莲其谁？

从头至尾，他就像个冷静的旁观者，看着沈雁鸣变成疯子，薛学浅变成傻子，金伯雨变死尸……而他，只是在她需要的时候，适时为她释疑而已。

"皇上？"

清冷的声音再度响起，没有疑问，好似早就准备好答案，只等她开口。

明泉回眸浅笑道："朕差点忘了，朕昨天和连相说好在乾坤殿讨论武举之事，他现在恐怕等急了。"

安莲默默地看了她一会，缓缓起身道："臣先告退。"

她看着他的肩膀慢慢擦着自己而过，车帘掀起，严实等人正恭敬地站在车外。安莲走下车辇，站在他们当中，转过身，目光深埋在脚下。

明泉看着帘子放下，摊开掌心，露出四个深红的指甲印。

连镌久坐在佐政殿，正与独孤凉日行一吵，便见严实匆匆而来。昨天夜里宫里动静他是知道的，没想到明泉在这种情况下竟还记着昨日之约，心下不禁有些佩服。

独孤凉狠狠地瞪了他一眼，意在警告不要向皇上胡乱进谗。自武举以来，独孤凉全然抛开六部最冷最孤的一贯作风，与他又缠又打，几乎是当着敌军来攻击的。看来他身后的武将派系给了他很大压力。

他走在去乾坤殿的路上，不声不响。严实不是崔成，水泼不进，刀割不破，他见他第一眼就知道他不是个能收买的。见许多官场老友纷纷在他手下铩羽而归，他更是庆幸自己看人之准。

"启禀皇上，左相连镌久求见。"

“宣。”

从先皇到明泉，这个乾坤殿他不记得自己进了几次，但每次进来，总有种被压制的束缚感，使人不能逾越半分。他垂下头，叩拜道：“臣连镌久参见皇上，吾皇万岁万岁万万岁。”

“平身。”明泉用手指蘸了点冷水，抹在太阳穴上，“武举进展如何？”

“一切按皇上吩咐进行。各地府衙经过县试到乡试，想必两个月之后，就能进京面圣参加殿试。”

“可有兵法卓越者？”

“共有两名，臣已派人送他们进京。”

明泉满意地点点头，“在民间能有两人，已是极难得了。”

“启禀皇上，内廷执法司有要事觐见。”

连镌久忙道：“臣先回佐政殿候旨。”

明泉想了想，“也好，朕一会再召你。”

“臣告退。”

连镌久匆匆出来，正好与一个面目清秀的太监擦身而过。

“奴才费海英叩见皇上。”

“起来吧。”

费海英小心翼翼地站起来。

“你该不会特地来告诉朕什么噩耗吧？”

费海英满腹要说的话都被堵了下去。

明泉苦涩一笑，“说吧。”

“沈雁鸣已在供状上画押，在寅时吞金身亡了。”他来之前脑中转过数百个念头，想来想去也找不到理由为何沈雁鸣身上会携带这么大的金块，总不能说他手下以为他要行贿而故作不见。正在头疼之际，却听明泉淡淡道：“朕知道了。薛郎伴呢？”

“今晨已送回去了。”

“嗯。”明泉疲惫地支着头，“将诉罪状给沈府送去。”

费海英连忙应道：“是。”

“将他穿戴整齐，按郎伴品级送葬。若沈家想见，就让他们远远地看上一眼，不可靠近，更不可碰触。”

费海英虽觉她的要求奇怪，也没多想，“遵旨。”

“去吧。”

费海英临走前抬头看了一眼。他已有数月未见皇上，只觉得眼前的皇上与数月前相比，眉目展开，更清秀了些，却半点不见曾经的少女娇媚，好似被那双飞扬的眉、凌厉的眼硬生生压了下去。

“严实。”明泉唤道。

“奴才在。”

"你也累了一天，去歇息吧。让佳若过来。"她抚着额头，"顺便去佐政殿告诉连相，朕乏了，今天就不见了。"

"是。"

一觉醒觉，窗外半灰。

范佳若听到动静，蹑手蹑脚进来道："皇上，臣服侍您更衣？"

明泉点了点头。

范佳若唤人为她端茶漱口，"沈儒良与沈南风大人在宫外求见，已经等候了一个时辰。"

明泉神思一恍惚，梦里沈雁鸣那张凄怨的脸又在眼前浮现，斑驳伤痕深刻入骨。茶含在口里半天才吐出来道："告诉他们，沈家的好，朕一直记得，以后也是……让他们回去吧。"

范佳若轻应了，又道："严总管已经将奏折搬过来，放在书案上。"

明泉点点头。

"薛学浅适才过来谢恩，臣见皇上睡着，便让他晚点再来。"

明泉展开的手臂僵了下，等范佳若帮她把衣服拉上，才道："你去宣他过来吧。"

"是。"

比薛学浅来得更快的是冯颖，只见他单衣凉薄，神色憔悴地跪在地上，双手固执地握住拳头。

"还不死心？"明泉睡了一觉精神大好。

"臣请皇上成全。"犹带童音的话语透露不容置疑的坚决。

她拿起奏折，慢慢批阅起来，仿佛他不存在。

玉流代狄族上了封贺书，大体是恭喜宣朝与北夷两国交好云云，称颂三句便有一句幸灾乐祸。看来她在狄族过得不错，阿修巍巍也由得她胡来。

她笑笑，终是欣慰大于尴尬。本想让严实将此信转交徐太妃，又怕徐太妃多想，以为她因书中言语怪责于她，还是作罢。

范佳若在门口轻声道："启禀皇上，薛郎伴到。"

"先让他等等。"明泉放下折子，"你真想参加武举？"

"请皇上成全！"

"就算朕让你参加武举，但不封你任何官职又有何用？"

冯颖身体一僵，面色刷白。

明泉舒出口气，"既然你如此有信心，朕就成全你。待武状元胜出之后，朕安排你与他比试一场，武功兵法骑术射猎，你输一不可。"

冯颖抬起头，"臣谢皇上隆恩！"

"不必谢朕，要谢就谢沈雁鸣吧。"

冯颖身子一震，跪着磕了三个响头，才道："臣告退。"

明泉看着他日渐消瘦的身子，不禁想道，他应是有几分知道沈雁鸣的所作所为吧。却不知道他的坚持中有几分是为了自己，几分是为了镇北国公府，几分是为了沈雁鸣？

明泉想了想道："段卿，朕封你为钦差，速至樊州，务必将这群贪赃枉法，私相授受的蛀国之蚁揪出来！"言下之意，无论是借是挪，都按私吞论处！

"且慢。"安莲突然道，"臣以为与其大张旗鼓，让他们望风而逃，倒不如派人将他们手中借据要过来，去雍州催还银两。"

"他们会乖乖交出来？"这帮官员现在已经得罪朝廷，若再交出借据，就等于再得罪高阳王，最后只会落得里外不是人的下场。因此她才会直接跳过这个念头，用威逼手段。

安莲不温不火道："臣自当尽力而为。"

连镌久不禁疑惑地看了他一眼。所谓的派人要借据就是动用安家埋伏在各地的势力，安凤坡做过樊州巡抚，安家在当地的势力自不用说，可惜他派人去查过，除了巡抚衙门的那几个，根本看不出其他什么人坐在安家的船上。人人都说安家势大，但安家具体的势力却谁也说不清楚。他与安老相爷斗了这么多年，也只知道他在京城中的一些人马，而且还是明面上的。安莲如此做，不但未必能讨得了女帝的好，还很可能会因外戚势力过大而被女帝深忌，睿智如安莲不可能想不到这一层，那么他这么做的用意又在哪里？还是他已经有自信女帝不会为此而忌惮于他？

"皇夫需要多久？"

"一月即可。"

"那就有劳皇夫了。"

"能为皇上分忧，乃我安家之幸！"

明泉眉峰一挑。

连镌久心中疑云更重。听他们对话，客气生疏，安莲更是对安家二字毫不避忌，难道他们是因达成某种协议而暂时联手？

"连卿，武举进行得如何？"

连镌久忙道："各州县皆选出头三名，约莫月末能至京城，下月月中进行各项考核。"

"朕等不了这么久，朕要下月月中之前就见到武状元。"

"臣遵旨。"知道高阳王手里握着二十万大军，他自然能理解明泉急于招武系人才的想法。

"孙卿，你找王四海，让他把雍樊两州的生意缩一缩，至于损失，就由朝廷负责。"

孙化吉虽然心痛那到手的一百万两飞走，却也明白此乃非常时期，忙应道："遵旨。"

"你们退下吧。"

"臣等告退。"

明泉见安莲看着自己，不由放柔声音道："皇夫还有事？"

"樊州之事事关重大，臣想向皇上要一个人。"

"安凤坡？"除了安凤坡，还有谁需从她手里要的？

"正是。"

明泉沉默了下，"皇夫相信他可靠？"安凤坡可是有勾结高阳王的历史。

安莲道："臣相信。"

安凤坡进宫的理由，造反的理由与可靠的理由都只有一个，"朕相信你。"

安莲神情一动，未答。

明泉目光微黯，“朕封他为密使，不可公然出现，一切须听欧阳成器调度。”

“谢皇上。”

“朕要谢谢你才是。”安莲公然动用安家势力帮助她，不可不说是对她的信任。因此她的道谢里除了谢他出手相助外，也是感谢他信任之意。

两人一时无语，几日的僵持慢慢龟裂……屋里的气氛犹如冰雪初融，清冷中带着一袭暖意。

在朝廷的催促下，武举考生顶着烈阳赶路，终于在中旬最后一日悉数赶至京城。连镌久一边派人进宫向明泉禀告，一边征用京城两间最好的客栈安置他们，显示朝廷的重视，一边又向阮汉宸要了大内侍卫维持秩序，武举考生多是出身市井草莽，不似文举考生一言不合拂袖而去，他们更喜欢诉之以武。

消息传进宫的时候，明泉正与安莲一起在清惠宫向常太妃请安，闻之大喜，唤来严实和阮汉宸一同乔装出宫。

科举除才华外，更重人品。因此两间客栈虽然进出随意，四周却布满朝廷眼线，一旦某个考生行为出格，立时记录在案。

明泉去的是喜来客栈，外头密密麻麻停了不少车马，车夫三两结伴，坐在一边闲聊，甚是熟稔。

进了客栈大堂，里里外外都是人，或坐或站，嘈杂声络绎不绝。她一身圆领烟灰男袍，走在人群中犹如富贵人家的小公子，倒也不惹人瞩目。安莲因容貌太过出众，与严实一同留在马车里，所以只有阮汉宸随侍。

占据大堂中央的大都是参加武举的考生，大宣第一次开办武举，对于他们来说既是一种想望，又是一种考验，每桌虽然坐了不少人，但彼此之间排斥防备居多数。

明泉挑了桌角落的位置，贴墙的位置坐了三个人，另两条凳子空着。明泉笑眯眯地凑过去，“可否拼个桌？”

靠坐墙上的蓝衣人懒洋洋地看了她一眼，还未说话，他身边的绿袍男子便抢先道：“四海之内皆兄弟，有什么坐不得的，请。”

明泉微微一笑，选了与他对面的位置坐下。阮汉宸几不可见地朝角落里使了个眼色，才坐到另一条凳子上。

“小兄弟也是来这里下注的？”

“下什么注？”她轻愕。

绿袍男子下颌朝旁边的几桌努了努，“喏。都来这里淘状元榜眼探花呢，要是淘上一个收为门下就发了。谁都知道现在世道不同了，武人比文人吃香。”

看来文臣们虽然表面上不理武举，下头的动作没少做。明泉问道：“为何这桌没有？”

坐在阮汉宸对面的黄衫男子轻哼了一声，张嘴欲驳，但见她问得坦然，并无一丝轻视之意，想了想又咽了回去。倒是绿袍男子笑道：“也来了几拨，耐不住挤对，没坐多久就走了。”

明泉总算明白为什么明明这里位置有空，还有很多人宁可站着也不坐过来，敢情都是被赶走了。

“三位兄台也是来参加武举的？”

“呵呵，没什么参不参加，不过过来看看皇上又折腾什么罢了。”绿袍男子言者无心，明泉却听者有意。虽说参加人数众多，但不知多少是有真材实料，有多少只是过来瞧瞧。想到这里，不免懊恼。“一旦武举夺魁，等于天下武者楷模，光耀门楣，前途无量，兄台竟只是来看看？”她故意露出怀疑的语气。

黄衫男子嗤笑道：“什么天下楷模，说穿了不过是选几个靶子，等打仗的时候还能扔出去当炮灰。”

“北夷已与我大宣结为盟友，有什么仗好打的？”她佯作不解。

绿袍男子使了个眼色，黄衫男子呷了呷嘴，不再多言。

“在下萧二，兄长蓝大，吾弟陈三。适才不过胡言乱语，实在贻笑大方。”绿袍男子指指蓝衣男子，又指指黄衫男子道。

明泉连道不会，“与君一席话，胜读十年书。在下虚度十五载，未出京城一步，不免故步自封，因此听说喜来客栈来了不少各地豪杰，特来见识。”他们三个显然用的都是化名，极可能根本没有参加武举，而是如萧二所言，过来看看的。

萧二含笑待语，却听邻桌砰的一声，一个虎背熊腰的大汉拍桌而起，“你，你，你说的是哪门子的胡话！老子我当初，打遍樊州……没有敌手，什么追魂剑，春秋刀……哪里是老子对手！老子当年扬名立万的时候……他们还不知在哪里……哪里喝奶呢！”

看他步履蹒跚，形若癫狂，分明酒醉十分，同桌也不相劝，只是坐在那里冷冷道：“狗卷帘子，光靠一张嘴。”

大汉大怒，抬起一脚，踹翻桌子，“老子刚才就看你不顺眼了，男不男女不女的，也不知道是不是净身没净干净被宫里扔出来了。”

大堂从拍桌起就静了下来，许多考生巴不得出点事少几个竞争对手，闻言莫不拍手起哄。

那大汉离明泉一桌极近，阮汉宸下意识地朝明泉靠了靠，后者却恍若未觉地看个津津有味。

“武状元要是只考泼妇骂街的话，你倒当仁不让，可惜……”同桌其他人见势不好早已离开，只剩刚才冷嘲的男子坐在那里。明泉这才看清他的相貌，倒是仪表堂堂，只是身形略瘦，眼睛细长，给人阴霾刻薄之感。

大汉吼了一声，扑了过去。

那大汉身材魁梧，这一扑虽无章法，却如一座小山，将那男子罩在身下。眼见那男子就要被压住，却不知他身体怎么一扭，竟堪堪侧身与大汉扑落的身子擦肩而过。

轰。

大汉倒在地上，却没有人再笑。谁都看得出来大汉只是三脚猫都算不上的外行，而这个男子却绝对是个高手。

“万刃独行万山行么？”萧二似笑非笑地低喃。

万山行。明泉暗自记住这个名字。

大汉酒醒了一半，慢慢爬起来，几乎看都没往旁边看，就匆匆走到楼上，可见对武举并未死心。

众人不免叹息对手一个没少。

“不知他们吵什么？”明泉自言自语道。

蓝大突然开口，“大概是为了雍州招榜之事吧。”

萧二微诧，又上下打量明泉一眼。

明泉心中一震，“莫不是雍州也开武举？”

“嘿嘿，这话可乱说不得。不过是招几个武将，算什么武举。”蓝大打了个哈哈。

明泉立刻明白万山行大概是嘲笑樊州高手都去了雍州，轮上大汉仗着一手三脚猫功夫出来丢人现眼，才惹出这场是非。

“在下交友不多，难得与兄台投契，不知何时还能再见？”明泉看了看天色，若不赶回去，怕今天又要连夜看奏折了。

“相交乃是缘分，有缘再说吧。”蓝大不置可否道。

明泉站起身，“在下俗事缠身，先行告辞。”

蓝大陈三还是坐在那里，倒是萧二一同站起，“还未请教小兄弟高姓大名。”

明泉拍了拍脑袋，“看我这记性，在下姓黄，称我为黄四即可。”

萧二微微一怔，却是不再追问。

明泉让阮汉宸代结了酒钱，走出客栈，外头的马车不减反增，暗自一叹。上了马车与安莲将客栈见闻一说，却见他立刻问道：“你可是猜测那三人是蓝郡王手下？”

明泉点点头，“当今天下姓蓝之人本就不多，而有这般气势会蹚这浑水的，就更少了。”她本来想过兴许有人故弄玄虚，但又马上被自己否决。第一，她的微服本是兴之所至，他们不可能提前知道。第二，无论是否出身蓝郡王府，如此暴露自己引人注目显然并无好处。第三，也是最关键的一条，他们三人着实不像屑于冒充别人之人，不改其姓想必也有几分骄傲在里面。

“意料之中。”安莲并未动容。武举乃大宣首例，各大势力若无动静才是奇怪。

“看来这次武举人才没引来，倒引来不少探子。”她苦笑。樊州的人会跑去雍州，那其他几州定然也会，却不知道朝廷最后选出的武状元是不是人家挑完拣完不要的。

“大宣人才济济何止千万，心思各异并不稀奇。但正统二字，惟吾皇当之。”

明明已是夏天，但听到这段话自安莲口中轻轻诉出，竟有种如沐春风的舒适感。明泉看着他温意满满的双眸，但觉心中一道涟漪轻轻漾开。

但这涟漪还未来得及掀起波澜，就因途中陡然发生的变故而消失无踪。

“四娘？”重遇故人的喜悦在看到跟她身后的追兵时立刻化作愤怒，明泉声音顿时冰到极点，“光天化日，公然行劫。哼，难道真以为宣律是用来难为刑部官员的么？”

郭四娘拼尽全力一个纵身，跳到阮汉宸身后，“他们……是杀手！”

明泉眼神更寒，“朕要活口！”

“遵旨。”随着他一声低应，四周顿时涌上数十乔装侍卫。

幸亏地处偏僻，虽有几个行人，倒不至引起恐慌。

郭四娘站在马车外，严实下意识地挡住帘子，却见明泉伸出手，朝他道：“纵然有人会出卖朕，但绝对不会是郭四娘。”白老二已死，当今天下还有什么可以收买这个眼神凛然的女子？

郭四娘的恼怒顿时烟消云散，化作深藏眼眸的感动，“草民郭四娘，参见皇上。”这句皇上是她有史以来叫得最心服口服的一次。

“平身，请进。”明泉侧身让出一方可坐之地。

郭四娘本是江湖草莽，倒不觉与皇上共坐一车有何不妥，只是在见到安莲的时候微微一怔，即使曾见过一次，还是不免为这男子惊世绝俗的容貌晃眼。

“四娘你不是在镇北国公府吗？怎么会……”明泉话说了一半，就惊觉不对。冯继曹已为国捐躯，郭四娘失去托庇，正是无处可去。

“不瞒皇上，北夷贼子攻陷渡汉之前，冯国公已经派人将草民等人秘密护送至城外。”北夷与宣朝结盟是处于国与国之间的考量，但对郭四娘来说，他们攻城略地，乃是十恶不赦的贼子。

“如此说来，你应在几个月前就到京城了，为何不来找朕？”冯继曹会如此做，明泉毫不意外。无论怎么说郭四娘都是受皇上所托照顾，自然不能让她损伤分毫。

郭四娘仰起一个坚毅的弧度，“草民虽然不识斗大几个字，却也知道知恩图报，冯国公待我如上宾，处处礼遇，草民若弃之于危难，岂非成了不忠不义之人？”

有白老二的刚韧在前，明泉当然不会怀疑这句话的可信度，“可是出了什么事？”

安莲若有所思道：“郭女侠可是去了北夷军营？”

郭四娘眼中掠过一抹赞赏，“正是。所谓擒贼先擒王，只要杀了敌军贼首，渡汉之围自解。”

她虽说得儿戏，却听得明泉一阵热血沸腾。以一己之力，在千军万马中取统帅首级，这是何等的豪气，又是何等的勇敢！想起跋羽煌趾高气扬的神情，明泉恨不得身在当时，派下一万帝轻骑士掩护她。

“可惜，草民夜潜军营，不但没有找到贼首，反而不慎泄露行踪，差点性命不保。若非当时冯国公突然出战，恐怕……”她言近哽咽。

明泉轻轻握住她的手。

她轻震了下，很快擦干眼泪，道：“不过此行并非毫无收获。至少让草民知道贼子之所以能来得如此之快，完全是因为我军出现奸细出卖情报！”

明泉脸色一变，“什么？！”

“虽然当时一片混乱，但草民绝对不会认错，那人叫高武雄，原本是个被发配的犯人，冯国公看他勇猛果敢，破例升为千户长。草民曾在国公府见过他几次。”她面上露出恨恨的神色，“若非想要跟踪他知道幕后之人是谁，草民早就在路上结果了他！”

“那人是不是去了雍州？”明泉突然冷冷问道。

郭四娘一怔，“皇上何以得知？”

“他见的人是不是高文辙？”

“不是，乃是一名叫楚方的高阳王府幕僚。”

“楚方？”明泉皱眉。

“此事恐怕与高阳王脱不了干系！”她说完，才发现车中一片静默，想起明泉与高阳王乃是亲兄妹，不免暗悔失言。

“不会是高阳王。”明泉淡淡道。

郭四娘侧着头，似乎在想她为何如此肯定。

“他宁可把宣朝江山败在要杀他的尚氏后人手中，也不会屈膝奉送于异族。”她沉默半晌，又道，“朕，亦如此。”也就是他们宁可把江山送给对方，也决不会捧给北夷。

外头突然传来一阵大笑，少年沙哑的声音大叫道：“小爷一路杀你到这里，岂能让你逃脱！”

明泉听得耳熟，不禁拉开帘子，果见夏淳淳舞着把扇子上蹿下跳，像赶鸡一样把对方圈在一个范围内。对方只剩下六个人，可能意识到大势已去，突然互使了个眼色，不顾侍卫等人的刀剑，猛然回身，朝对方的腹部捅去！

由于太出乎意料，阮汉宸和夏淳淳意识到时，他们已经咽下最后一口气。

阮汉宸静静将剑收起，走到马车前。“臣有负圣托，甘愿受罚。”

明泉叹了口气，“对方乃是死士，不能怪你。”

阮汉宸默然不语，但从其阴沉的面色看，显然是极为恼火。

郭四娘道：“能够培养死士，这便不止是幕僚所能做之事。”

明泉知道她这话乃是提醒自己，只好转移话题道：“当年事情已过，四娘又回到京城，不如重回五分热血堂如何？”

郭四娘呆了下，“还回去做什么？”话虽然如此，但眼角眉梢的想念总是掩饰不住。

明泉便道：“阮卿，派几名侍卫护送四娘去五分热血堂。”她又指着夏淳淳，“你过来！朕有话问你。”

夏淳淳噘噘嘴巴，慢吞吞走到马车前。

“朕问你，你不在樊州与欧阳成器破案，来京城做什么？”

“草民乃是为了禀告红杏楼之事。”

“说。”

“经过草民抽丝剥茧，努力不懈，终于查出红杏楼幕后最大靠山乃是樊州总兵滕环！”

“是他？”

“红杏楼老鸨乃是他的老相好，两人勾搭成奸，鱼肉乡里，其恶行罄竹难书。”说到这里，他声音也多了几分愤恨。

明泉手指捏着裙袂，皱成一团，“他们可曾伏法？”

“不曾，欧阳说等樊州大案一锅端了，再解决他们不迟。”

“那你回来做什么？”她语气沉下来。

夏淳淳道：“草民回来乃是为了三件事。一是禀告红杏楼之事。”他显然知道自己的理由站不住脚，马上又道，“第二，是欧阳让草民沿途护送郭四娘回来。第三，草民是为了响应朝廷，参加武举。”

“你参加武举？”明泉不解地重复了一遍。毕竟夏淳淳手掌墨莲社，可说直属于她，若要做官多的是途径与机会，何必参加武举？

夏淳淳低喃道：“陪太子读书罢了。”

“既然如此，你便先留在京城吧。”明泉想到那么多武举考生留在京城，的确需要耳目，“替朕留意京城。”

“草民遵旨。”皇上还真是半点不浪费。夏淳淳愤愤地想。

回到皇宫，明泉椅子还没坐热，就见严实急匆匆地跑进来禀告说瑶涓公主与罗郡王的驾辇已经进京，正朝皇城驶来。“快，随朕出去迎接。”转念想到与礼制不合，改口道，“不，起驾瑶涓宫，朕在那里等她。”

瑶涓宫空闲不久，平时又有严实盯着，因此不用打扫即可住人。

明泉前脚刚至，常太妃、徐太妃的驾辇随后也到了。虽知二人前来是看在她的面子上，却也十分欣慰。这意味着瑶涓在宫中地位今非昔比。

三人落座，谈来谈去无非寿诞与皇嗣两件事。明泉一边打哈哈，一边看着砂漏，颇觉度日如年。

“瑶涓公主与罗郡王觐见。”随着太监一声通禀，尚融安推着轮椅的身影出现在门前。

明泉见瑶涓容光焕发，几乎与当初判若两人，“皇姐？”

“臣姐瑶涓（臣尚融安）参见皇上万岁万岁万万岁，参见两位太妃娘娘，千岁千岁千千岁！”

“平身。”明泉道。

“瑶涓公主可是有喜了？”只听徐太妃目光落在瑶涓肚子上，笑吟吟道。

瑶涓脸上光彩更甚，微微点了点头。

明泉恍然，上前抓住她的手道：“这可是天大的喜事，朕要当姑姑了。”

瑶涓娇笑道：“怎么会是姑姑，应该是姨母。”

“啊对对对，姨母，皇姨母。”明泉拍了拍额头。

徐常两位太妃更是贺喜不绝。徐太妃就当年生玉流所受的罪一一数落了一遍，还时不时问常太妃一句“姐姐，你说是不是？”常太妃虽然表面面色不动，捏着裙子的指甲却快掰断了。

徐常两位太妃的斗法明泉看了十几年，早已是陈年老戏。好不容易瞧准一个空隙，她用两句委婉的逐客令，才将她们请回去。

“呼，”明泉呼出口气，转眼又瞪着尚融安，“罗郡王一路奔波，也该休息了吧？”

尚融安看看明泉又看看瑶涓，苦着脸道：“臣在父王面前立了军令状，片刻都不能让公主离开视线。”

看来罗老郡王看在未来孙子的分上已经接纳瑶涓。明泉暗暗高兴，“朕今天召瑶涓公主侍寝，难道你也要在一边盯着？”

看到尚融安一脸失措，瑶涓忍不住扑哧一声笑了出来，“呆子，你明日再进宫吧。”

“是是是，臣先告退。”尚融安转过身，又拉住瑶涓的手，“我明天再来看你。”

瑶涓笑着点头。

待他走出视野，明泉才捏着衣角，佯作害羞地拍了瑶涓一下，“呆子，你明日再进宫吧。”

瑶涓边笑边摇头，“你上朝也这样么？”

“以前没有，以后可以试试。”明泉一本正经道。

瑶涓摸着小腹，“孩儿，你可得好好听听，这便是你皇姨母的声音。”

明泉好奇道：“她能听得见？”

“哪里能，不过说习惯了，总想什么都教给她。”

“啧啧，我那可怜的外甥还没出生，她母亲就把功课铺满平城大街小巷了。”

“等你当了母亲就知道了。”

明泉神色一动，笑容渐渐淡了下来。

瑶涓观其神情，忍不住道：“放心，你还年轻，再过几月肯定会有的。”

明泉面上一红，“朕……至今还未……”

瑶涓惊讶地看着她，嘴巴张了张又闭上，半晌才道：“难道你到今日还放不下他？”

明泉烦躁地站起身，“最近朝政繁忙，朕实在没有心思想这些。”

“当皇上的哪天朝政不忙呢？父皇当年的后宫少说也有三百余人，还不包括未受临幸的。”

明泉低头不语。

见她这样，瑶涓忍不住好奇道：“帝师，是个怎么样的人？”居然能从安莲身上抢走风采。

“……狡猾，贪婪，懒惰……”她恨恨道，“不负责任！”转头看到瑶涓吃惊的神情，知道她误会了她的意思，忙解释道，“朕是说他把帝师之职说丢下就丢下，实在是不负责任！”

瑶涓哦了一声，“若是帝师回来，你当如何？”

明泉愣住。这个问题她曾在午夜梦回问了自己无数次，又设想了无数次。自己究竟是该痛快地打他一个巴掌，还是……还是……

“你会改立皇夫么？”瑶涓突然道。

明泉仿佛被雷击中一般，失声道：“怎么可能？”

瑶涓不言不语地看着她。

明泉慢慢在地上坐下，静默半天道：“他不会愿意当皇夫，朕也不可能废安莲。”

“是因朝局不能废，还是因安莲而不愿废呢？”瑶涓的问题像锥子般刺入心脏，让她疼得几乎直不起腰。

“明泉……”瑶涓声音低沉而悠远，“这世上总要放弃一些，才能得到一些。于公于私，安莲都是与你最匹配的皇夫。”

明泉缩着膝盖，抬起头，一脸颓然地笑问道：“那么，谁是明泉最匹配的丈夫呢？”

瑶涓毫不动容，“皇上应该先问问这座江山！”

“……如果当初父皇遗旨上的名字是高阳王，也许一切都不同了吧。我就还是一个公主，每日坐在深闺，一心一意地想着今后夫君的样子……想着执子之手，与子偕老……”

“若你的生命中还是出现了安莲与帝师呢？”瑶涓看着她，眼中是无能为力的悲恸与心痛。

明泉愣愣地坐着，脑海中突然闪出一个名字，好似脱缰野马，随时要破口而出。她突然反手给了自己一巴掌。

“明泉？”瑶涓震惊地看着她失常的举动。

明泉慢慢站起身，揉着脸笑道：“皇姐好不容易来一次，朕却说些扫兴的话，这一巴掌当朕自罚好了。”她不等她开口，接着道，“不知御膳房晚膳准备得如何？朕这就去看看。”

瑶涓看着她决然而去的背影，一时讷讷不成语。她逼得她太紧了么？还是，明泉早已自己将自己逼进了一个绝地？从小到大,明泉的冷静让她理所当然地以为她足以克制一切情绪，足以成为一代为江山而奉献的女帝，足以完成所有人的期望……可如今看来，这样的理所当然本身就是一种盲目。

这样小心翼翼地守着心事，究竟是为了那个人，还是为了身为女子的最后尊严？可正是这样的明泉才让她心疼怜惜又忍不住感佩，若真有一天，女子的觉悟在她身上远去，成为一个如先皇一般的皇帝，那她将……

瑶涓坐在轮椅上，突然感受到了明泉遗留下来的寒冷。

瑶涓宫在身后越来越远，但瑶涓那番话却像在心里扎了根，阳光一晒，枝丫便长了一寸，暖风一吹，树叶又茂密一片。

她掀开帘子，“去金玉宫。”

凤章宫在承德宫的这一边，金玉宫就在承德宫的另一边，除了规模大小不对称外，反倒像左臂右膀。先皇曾经将高绰君安排于此宫，想来是因为它的地势。

明泉下辇缓缓走进这座荒废已久的宫殿。上次来这里，陪伴的有一个高绰君，回宫的时候，等候的有一个斐旭。而如今，跟随的只有地上与她一般孤独的影子。

她站了一会，发现影子慢慢拉长，与另一个影子交叠。心好似被柳叶拨了一下，她回过头，却见一个身穿深红莽袍的太监站在三步远处，背脊微偻，垂目而立。

“皇上，要不要奴才让人端把椅子过来？”严实看到地上的影子，立刻抬头上前一步道。

她被自己突如其来的失落一惊，“不必，朕这就回去了。”高绰君不是她亲手送走的吗？现在又在期待什么。

留恋地回头看了眼这座孤寂的宫殿，正方的青石板铺成一张规矩的大网，与苍穹对峙，将灰色的宫殿夹于当中。

记忆中的那场痛哭，终究只能存在记忆中。

一封密折，被朱笔勾出了两个触目惊心的大字，看得堂下众人一阵惊心。

——屯粮。

“众卿有什么看法。”明泉十指交握坐在案后，笑容殷殷，眼神凌厉。

众人皆是眼观鼻，鼻观心。

屯粮本不是大事，很多粮行为了拉高粮食价格，都会减少市面粮食流通，只要粮商做得不过，朝廷向来睁一只眼闭一只眼。但若这些粮商背后的人是高阳王就另当别论了。

只怕其心昭然若揭，天下周知。

连镌久暗暗盘算，皇上如此问想必是问应对之策了。那么当前除了兵权外，最着紧的也是粮草。

明泉目光扫过他平静的面孔，“连相以为呢？”

“黄水之害伤痕未褪，天下人心正是惶惑。无论其目的为何，如此屯粮，势必与天下人逆行！”连镌久道。

“好个与天下人逆行。”不愧是连镌久，就算知道高阳王存有异心，说出来的话还是滴水不漏，“那朕该如何应对呢？”

“臣以为当以屯制屯。”高阳王只是屯粮，还没有高举反旗，若朝廷先传出他有异心的风声，等同逼其造反。到时高阳王自然有借口说是朝廷不容他，被迫自卫。

“孙卿看朝廷可有屯制之道？”

孙化吉面露苦色。虽然这已是他常做的表情，但此刻格外真实。“为收容救济黄水灾民，各州的屯粮已经所剩无几，都眼巴巴地盼着秋收，臣就算榨干他们，也只能榨出些没油的汤水。”

独孤凉冷哼道：“区区一个雍州就能屯出几十万担粮食，堂堂大宣却只能榨些汤水，孙尚书果真是敛财有道。”孙化吉平日只进不出，除了工部外，最有怨言的便是兵部了。

“雍州所聚之粮不止一州。光是樊州就几乎倾尽全州之粮，缅州狄族亦是鼎立襄助，几十万担不过号称，究竟多少，仍是未知。”独孤凉见安莲开口解围，冷冷地瞪了孙化吉一眼，不再数落。

“既然雍州能借粮，为何大宣不能？”明泉笑吟吟地问。

孙化吉与连镌久眼中同时恍然。

刘珏疑惑道：“莫非吾等也向缅州狄族借粮？”

孙化吉点点头，“此事关系重大，非刘尚书不能完成。”

刘珏大惊，“孙大人何出此言？”

“刘大人天赋异禀，竟能想出如此妙策，可不是只有你能完成么？”孙化吉既然知道明泉已经想出办法，心情放松，不禁调侃道。

刘珏知道自己猜错，只得恨恨不语。

连镌久道：“只是北夷以畜牧为主，恐怕粮草不足。”

“如此正好。”明泉接口道，“我们也正好改善伙食，省得日日吃素，嘴巴淡出鸟来！”

众人听皇上突然冒出如此大俗之句，先是愕然，然后齐齐忍俊不禁。

“臣请愿，愿走这一趟。”孙化吉出列道。

明泉想了想，“也好。正巧沁耳伦采华回北夷省亲，就由你护送吧。”

沁耳伦虽然出身小部落，但到底是北夷人，又是沁克萨名义上的儿子，有他在，自然事半功倍。孙化吉喜道：“皇上英明！”

“多带些路费，朕可不喜欢你敛财之名四海远播。”

孙化吉明白她是让他用银子打动各族，“臣怕北夷王……”

“放心。拿朕的银子给他做臣下忠心的试金石，他高兴还来不及呢。”

“皇上英明绝顶！”

“……”

沁耳伦跪在地上，不可置信地听着圣旨。

一个月前他还因为触犯圣颜，被打得下不了床，以为这辈子都将在这座死气沉沉的宫殿里度日，没想到一个月后的今天自己竟然毫无预兆地被封为四品采华。

这可是除了安莲与当年的跋羽煌外，后宫最高封赏。

“臣谢主隆恩。”他在旁人的搀扶下颤抖地接过圣旨。

“主子，你可熬出头了。”身边恭喜声络绎不绝。

自沈郎伴自尽，薛郎伴出家后，这个后宫除了四大太妃与皇上皇夫的宫殿还稍有人气外，其他各处都是噤若寒蝉，生怕一个不小心就轮到自己。

沁耳伦的遭遇与安凤坡相似，储秀宫几乎成了第二冷宫。没想到惊喜来得如此之快。

正当沁耳伦咬着手指，一遍一遍地印证这不是梦境时，明泉正好抬脚进来。

“皇上……呵！”他收起被咬出一道血痕的手指，羞赧地跪在地上，“臣沁耳伦参见皇上。”

“平身。”明泉俯身扶他起来，“手指怎么样？让朕瞧瞧。”

他伸出手指。

明泉微微皱眉，对范佳若道：“请御医过来看看。”

“不用御医了。”沁耳伦慌忙摇手，“不是什么大伤。”

“万一伤口感染就不得了了，御医反正领着供奉，跑几趟也是应当的。”她朝范佳若使了个眼色，范佳若领命而去。

“储秀宫还住得惯么？要不要朕换座宫殿与你？”她边说边拿了条手绢将他的伤口裹住。

“不必不必，这里很好。”他伸着手指，双颊不可自抑地发红。

明泉将手绢打了个结，“也好，一切等你从北夷回来再说吧。”

“皇上真的让我，让臣回北夷？”他张大眼睛。

“自然是。”她别开头，看着窗外明媚的阳光，“不过除了让你省亲外，朕还想请你帮个忙。”

“无论什么，臣一定办好。”他急切地举起手。

明泉笑笑，把他的手放下，“不是什么难事，你到时候听孙大人吩咐便是了。”说着，她往外走了几步。

“皇上要走了么？”他眼中闪过浓浓的失望。

明泉顿住脚步。

天边飘来一朵白云，挡住了烈烈的日头，在院里落下一片阴影。

“……不，朕今天在这里用膳。”

孙化吉和沁耳伦虽然业已打着省亲的旗号上路，明泉依然心神不宁。高阳王既然敢明目张胆地屯粮拥兵，显然反意已决。或许几月，或许几年，双方兵戎之争势不可免。不知父皇若在天有灵，看到这样的结果会不会感到痛心后悔？

曲桥下，河水潺潺而流，一个玉冠少女托腮凝思，倩影被碧水荡漾得起起伏伏。

“既然来我这里，就不要去想那些烦恼之事了。”瑶涓托着一盘水果什锦在她身后。

明泉反手拿了一颗葡萄放到嘴里，“咦，想朕亲爱的小外甥叫什么名字也算烦恼之事么？”

“那皇上想到没有？”

“嗯，若是小王爷呢，就叫尚青天。如若小郡主呢，就叫尚蓝天。”她说完，却没听到预期中的笑声，不禁纳闷地回过头，却发现瑶涓定定地看着他，眼中伤感漫溢。

“皇……姐？”她一急，葡萄核顺着喉咙滑了下去，“咳咳，朕开玩笑的。看皇姐夫母鸟护雏的模样就知道，他宁可把自己的名字拿来给朕糟践，也不会把给孩子取名字的权利让出来的。”

瑶涓收拾情绪，“其实青天蓝天也很好听。我只是想起以前你曾经向父皇撒娇，非要他给你一对和鸽子一样的翅膀，好飞去江南看烟雨画景。”

明泉皱了皱鼻子，“那是朕几岁的事？鸽子的翅膀恐怕连朕的脑袋都飞不起来吧？”

“你呀，”瑶涓娇嗔道，“皇上的脑袋能乱拿来开玩笑么？”

“偶尔自娱，无伤大雅。”

瑶涓摇摇头，“其实你若想去，倒可以在那里建个行宫，冬天去那里避寒，也是桩美事。”

“朕可不敢想。”明泉苦笑道，“且不说损耗多少百姓血汗，单是孙化吉天天哭丧着一张脸阴魂不散地跟在后头……朕想想就受不了。”

瑶涓好奇道：“孙大人真有如此本事？”

“适才言语不足以形容其万分之一的风采。”

瑶涓抿嘴一笑，“耳闻已让人心生敬畏。”

明泉见她的目光移到自己身后，不禁转头望去，却见范佳若正款步而来。

“这位范姑娘的人品心智，倒是皆为上选。”

明泉笑了笑。没想到才见过几次面，瑶涓对她的评价便如此之高，“朕的半个闺中密友。”

瑶涓本想问为何是半个，她却已经走到近前了，“臣参见皇上，参见王妃。”

“平身。可是连相来了？”明泉在离开乾坤殿之前，让她替自己守在门外，若有什么人求见便立即通传。

“皇上英明。武举之试进行泰半，连相特来邀请皇上御驾亲往观看。”

想必连镌久也看出自己这几日的心事，想让她散散心吧。明泉心中掠过一丝暖流，纵然

亲人反目，她身边却还有一群忠心耿耿的臣子，就算为着他们，她也不能退缩。

“哦，今天比什么？”

“射。”

明泉大感兴趣，“皇姐可要一同前往？”

瑶涓摸了摸小腹，“不了，我一会还要念几首诗。”

“看来朕的外甥还没出世，就注定继承连相衣钵了。”明泉笑笑，“也罢，等他长大，让朕挑个天下最厉害的师父给他。”

范佳若心念一动，笑道：“不知皇上指的是有天下才子之首之称的皇夫，还是帝师呢？”

竟这般毫不掩饰地试探。瑶涓不禁多看了她几眼。

明泉也不恼怒，“你不是朕的闺中密友么？你猜猜。”范佳若的大胆是她纵容出来的，或许在她内心深处，是希望有这么一个直白的存在。

半个闺中密友么？瑶涓若有所悟，“你不是要去看比试？”

明泉拍拍额头，“快走吧。不然就只能去数靶子上有几支箭了。”

守城军校场的练兵场被暂时当作比试场地。

练兵场东西走向，北边筑起高台，可俯瞰全场。

明泉着一身公主时的衣裙，坐在轿里，被一直抬至高台下。

连镌久早在她进场时就走了下来，正要参拜，却见她摆了摆手，“在宫外，大家都放松些，无须拘礼。”

“是。”连镌久见她不欲引起注意，便拱了拱手。

明泉走到高台上，才知道应试考生竟数过三百，分九个考场。“这样百里挑一，不至于还挑不出人才吧？”

“倒是有几个出众的。”正说着，又有九个官员聚拢来，把手里的纸张交给他。

明泉瞥了眼，上面横着一排姓名，竖着写着每轮射中射偏射飞的数目。

他抬起手，指着最东面的比试场，“第三个靶子的考生，至今未射偏一箭。”

明泉定睛看去，只看到那人身姿英挺，比好几个人都高上半个头，“他叫什么名字？”

“孟子檀。”

明泉一怔，却见一个少年伸手搭住那人的肩，笑得明媚非凡，引得旁人频频瞩目，不是夏淳淳是谁？怪不得夏淳淳说什么陪太子读书，竟是为他。

“他与孟子桥一文一武，说不定就是大宣今后的柱石。”连镌久想起孟子檀也曾参加选秀，当时“不幸”落选，现在看来却比那些选中之人好上千百倍。

正说话间，场中异变陡生！

一个蓝袍青年突然从练兵场的围墙外蹿起，黑夜般长发如泼墨般在空中晕开，众人还未来得及惊叹，只见他左脚在围墙上一顿，双手负于身后，身子如一道疾风，骤然扑向一个正举弓欲射的考生。说时迟那时快，考生还来不及反应，手中之箭已被他踢得飞起，在空中划过一道圆弧，落在练兵场的正中。

青年双脚不歇，在另一个考生头上一点，再度跃起，身姿优雅如乘风之仙，轻轻落在那支仍在摇晃的箭羽上！

一连串动作既快且准，在众人尚未有反应之时，已经尘埃落定。其实场中也有几个身手不落后的高手，但一来离得太远，二来发生得太突然，三来毕竟是考场，不知道对方底细，怕自己贸然出手反而误事。几种考量加在一起，使得青年来如无人之境，轻松优美至极！

“大胆，你是何人，敢擅闯校场重地！”一个考官喝完，才发现整个场地静默得吓人。

青年一跃而下，朝高台抱拳道：“在下雍州慕非衣。”一抹浅笑自他脸上漾开，竟如正午之阳，绚烂得令人不敢正视！

连镌久侧身，半挡住明泉，“来者可是雍州长官司副长官？”

慕非衣笑容可掬，“正是。”

“放肆！”连镌久猛地一喝，“区区七品小官何以敢在天子脚下撒野！”他虽为一介文臣，但积威多年，骤然怒色竟令不少武人汗湿衣襟。

慕非衣脸色不改，口中调侃道：“小臣早在雍州便听闻朝廷为求良将，大肆扰民，所以特地向高阳王请愿，让小臣上京城开开眼界，看看宣朝万万中挑一的高手，是如何如何的了不得，如何如何的威风。”

练兵场鸦雀无声，众人都乃习武之人，因此他的声音分外辽远，字字可闻。

他虽然一口一个朝廷，一口一个小臣，但形容张狂，举止嚣张，一出现便故意将众人压了下去，大有宣朝良才不过耳耳，未及我雍州一个芝麻小官之意。众人虽人人咬牙切齿，却不敢像他这般公然放肆，各个看着连镌久的神情，巴不得他一声令下，将那人万箭穿心。

连镌久也有点吃不准这个黑发帝师究竟在搞什么把戏，但明泉站在身后未作任何表示，只好硬着头皮继续道：“你若想来观看，可以向礼部申报，何以擅闯校场？”

“小臣初到京城，人生地不熟，哪里知道什么礼部，什么申报，只当朝廷既是求才若渴，当不会介意小臣小小的试探之举。”

“那慕先生可愿为我朝效力？”明泉突然开口道。

她的声音虽然不响，但在场中却如一道清脆旱雷。不少人在刚才就看到连镌久身后藏了个女子，却不知其身份，猜测多半是相府女眷，有好事者甚至想到千金择婿。但听她如此言语，当下不约而同想到这少女定然是当今天子！

慕非衣一副受宠若惊的样子，“小臣区区七品小官怎敢受此殊荣。”他眼睛向四周一扫，“我宣朝如此人才济济，如此良将如云……恐怕轮到小臣的时候，小臣孙子都能娶媳妇了。”

虚空中仿佛一只无形的手狠狠地掐住她的脖子，一呼一吸都须用尽全力，她听到自己的声音像在九霄云外响起，“慕先生……已经娶妻了么？”

“小臣虽然两袖清风，不过皮相还过得去，虽然有闺女愿意吃苦，小臣却不愿意受委屈。想来想去，还是要挑个堆着金山银山当嫁妆的新娘子。”他说完，眼睛朝上翻了翻，“小臣，是很挑的。”

从问到答，其实不过眨眼之间，明泉却觉得全身的力气都在等待中抽尽。明明是熟到不能再熟的轻佻，却因高台而一上一下，隔阻出千万之距。

正当她踌躇着该如何为他收拾残局，却见孟子檀背着弓，慢慢从人群中走出来，“不知道慕先生愿不愿意接受在下的挑战？”

慕非衣眼睛笑眯成了一条线，“不愿意。”

孟子檀道：“慕先生怕了？”

“的确，小臣怕了。”

孟子檀没想到他竟如此轻易认输，反倒说不出话来。

只是这个间隔，明泉已经想好对策，高声道：“慕非衣，你擅闯校场，扰乱武举。朕念你初到京城，非有心之失，免你皮肉之苦，去刑部吃十天的牢饭。”

慕非衣笑道：“皇上英明，小臣这几天手头紧，正在发愁去哪里蹭几顿饭，好熬到皇上寿诞那天，现在可好，吃住不愁了。”

“不过，朕的牢饭不是白吃的。”她顿了顿道，“朕要你把刑部大大小小的茅房天天打扫干净。”

众人闻言哄然大笑。他们来自五湖四海，平日行为不羁惯了，适才又是隐忍又是憋气，难受得要命。如今见慕非衣竟被罚去洗茅房，实在是解气得不得了。有的甚至恨不得自己也去刑部牢房关个几天，享用享用他洗过的牢房。

在他们看来，宁可去挨十七八顿皮肉之苦，也不愿意去洗一个茅房的。皇上此举，着实英明独到，不但狠狠地罚了此人，而且大大削其颜面。以后若在街上遇到，还能调侃一句，茅房副长官，想想便通体舒泰。

慕非衣的表情立刻像吃了一只大鳖，“皇上确定，您说的是茅房，不是厨房？”

“你若是想将那里当厨房，朕也可以恩准。”

慕非衣叹了口气，“小臣这就去刑部领罚。”

明泉随手指了一个监考的官员，“你陪这位慕先生去，省得他找不着地方。”

“臣遵旨。”那官员眼中闪过一道厉光。一个平日交好的同僚见他如此表情，立刻拉住他，“你莫要生事。”

那官员轻哼了一声，“他这般张狂，难道不该给个教训？”

同僚压低声音道，“他来历不简单。”

“不过七品小官，有什么来历？”官员不自觉地皱眉头。

同僚摇头，“你见过皇上称哪个七品小官为先生过？你又见哪个七品小官见了皇上不但不惊讶，还能侃侃而谈？”

官员被一言惊醒，想起适才脑中的龌龊念头，顿时汗如雨下。

慕非衣的头突然搁在他们紧挨的肩膀上，“两位商量好怎么在路上对付我了吗？”

两人吓得跳开两步，连连摇手道：“不敢不敢。”

“那我们走吧。”说罢，率先向前走去。

那官员看他潇洒的身姿，肚中暗暗非议道，怎么领刑的比受赏的还摆谱？

连镌久看明泉漠然的神色，轻声道：“皇上出宫已久，不如先回去吧。”

明泉抬手揉了揉额头，“也好。被这几百道目光盯着，还真是不舒服。”

因为礼部没想到皇上会亲临校场，事先并未提点他们不可直视皇上，所以他们此刻更是抬头看得目不转睛。试问天下，有几人能亲见龙颜？纵观青史，又有几个如此秀美的女帝？

慕非衣与明泉虽然来去匆忙，却无意成了考生心中两大动力。

——虽然目的截然不同。

一壶月下酌，两只龙纹杯。

明泉望着一片漆黑的夜幕，静静地自斟自饮。

长夜空寂，晚风撩人，掀起思绪万千。

范佳若站在不远处的廊下，焦急地看着身边面无表情的严实，“皇上已经坐了两个时辰，明日还要早朝，是不是……”

“皇上自然有皇上的用意。”

她转了转眼珠，试探道：“两只杯子，皇上是在等人？为何不通传呢？”

严实侧头看了她一眼，“看，明明是一件事，却有两只眼睛。吃和说，明明是两件事，却只有一张嘴巴。”

是让她多看少说么？范佳若不以为然地撇撇嘴。

蓦地——

一声清音乘风而过。

随着琴弦拨动，高山流水般闲雅的乐音如星河般在夜空弥散，其音清如水击磬石，温如风过浮萍，流畅如细流倒挂，雅致如早梅浮香。

夜色静谧，人声俱寂，琴音如诉，无语胜语。

范佳若看到明泉的身子先是一震，然后慢慢软下去，头枕在肘上，肩膀微颤。

她猛然惊觉，无论平时明泉如何强势如何睿智，都不能抹杀她与她相若的年纪，只是个未过双十的少女。可正是一个这样的少女，肩上却扛着满朝文武的殷期，扛着天下百姓的民生，扛着整个宣朝的锦绣江山！

连镌久已经记不得上次进夫人的卧房是哪天了。自提出武举以来，他的屁股一天之中有半天是坐在轿子上的。礼部、吏部、兵部……各个看到他攥住就跑。后来连宫里传旨召见都得派出五六个人，在各部兜一圈，才能网住他。

“连相大人。”独孤凉刚冷的声音从身后传来。连镌久转身相迎，“独孤大人。”

独孤凉见他双眼浮肿，面色苍白，却依然行为有度，举止款款，不免生出几分佩服，“连相大人可是为着武举比试的结果去见皇上？”

连镌久心里虽然把这个有事就避而不见、无事就跑来混水的兵部尚书骂了个狗血淋头，面上却还是笑吟吟道：“正是，独孤大人可是要一同前往？”

“下官不过是好奇三甲之选罢了。”他说到这里故意顿了顿，见连镌久还是笑眯眯的毫无表示，才接下去道，“连相大人可否为下官解惑？”

连镌久故作为难道：“还是先请皇上御览之后再……”

御览之后一切皆成定局，还有什么可议？“文举三甲由皇上御笔亲点，而武举三甲……皇上却交由连相全权负责。连相为示公平，与兵部协商，也是理所应当。”

好个为示公平与兵部协商！连镌久心中冷笑不已，“也罢，请独孤大人过目。”说着，将手中写好名单的奏折递了过去。

独孤凉忙不迭地接过，打开一看，“状元果然是孟子檀。”

连镌久道：“独孤大人可有疑义？”

“哪里，孟公子出身将府，夺取状元，正是再合适不过。”他顿了顿，“只是这个榜眼……”

“万山行武功卓越，实在是不可多得的人才。”

“嘿嘿，”独孤凉连连冷笑，“当初皇上答应但凡谋略出众者，可直接进京应试，如今名单上却不见半个啊。”

“直接进京应试并非直接晋位三甲，岂可混为一谈？”

独孤凉从袖中摸出一张纸条，“这位乃是龙延将军的长子，用兵策略皆是上上之选，区区一个榜眼，不在话下。”

连镌久面色一整，“这是独孤大人的意思，还是各位将军一起的意思？”

“连相说呢？”独孤凉身上本带着几分从战场上遗留下来的杀气，尤其阴下脸时，更是令人不寒而栗。

连镌久小退半步，沉默半晌道：“此事有几人知道？”

“连相放心，有事只管往我身上推便是。”独孤凉突然朝去路看了一眼，“下官公务缠身，先告辞了。”

连镌久拱手，将奏折与纸条收入怀内，复向前走去，才几步便见范佳若迎了上来，“见过连大人。”

“范姑娘有礼。”

“皇上怕连相被纠缠太久，特地命下官来接应。”

连镌久笑道：“谢皇上体恤。”

两人一前一后朝乾坤殿走去。

“范姑娘来京城也有些时日了，可曾去各处走走？”

“还未有人提起呢。”范佳若偏头一笑，“等哪日连相大人得空，向皇上提提，领下官去开开眼界。”

连镌久见她谈笑自若，与严实相比，一动一静，一攻一防，皆是不露声色，想起当日的崔成，实是相差良多。“还请范姑娘早日去提，也好让本相沾光得几天空闲。”

范佳若掩嘴而笑，“我可不敢，连大人现在是皇上跟前最得力的人，别说少个一天半天，就是一两个时辰，也非得把六部翻过来不可。”

连镌久知道她指的是去六部传诏之事，只得苦笑不语。

进了乾坤殿，便见明泉倚在窗边看着窗外发怔。连镌久不由轻咳一声，“臣连镌久参见皇上。”

“平身。”

连镌久再抬头时，只见明泉微笑而立，仿佛适才失神不过是个错觉。

“看连相耽误了这会子，应该是被独孤卿拖住了吧？”

“皇上英明。”连镌久将纸条和奏折一起递给范佳若转呈明泉。

明泉边看边问道：“他埋伏在哪？”

“佐政殿外的廊道上。”

“偏僻安静，是个好地方。”明泉将奏折折起，“不过在朕召见的时候才递纸条，让连相上哪里再找一份奏折重写呢？”

连镌久笑道：“只好将纸条粘在奏折上呈给皇上了。”

“这个袁一海武功谋略如何？”

“龙延将军长公子，武功平平，至于谋略……兵部考核为优秀。”

“那就榜眼吧，正好把夏淳淳挤下去。”

连镌久苦笑，“臣不知道他会参加武举。”

“夏淳淳机敏伶俐，他若真要当官，朕自会安排。不过武举这个浑水，还是莫蹚进来了。”

“那孟子檀……”

“他既有心为国效力，朕便成全他。”明泉暗叹了口气，“这个万行山朕也见过，心胸狭窄，非大器之材，你看看哪里有闲差，与袁一海一同打发过去吧。”

“臣遵旨。”

待连镌久走后，明泉对范佳若道：“宣孟子檀进宫，到……文清殿。”

“是。”

“等等，再请冯郎伴到文清殿。”

范佳若眼中疑光一闪，脚下却一刻未停地去了。

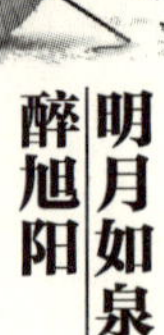

第十一章

文清殿。

天下学子汲汲仰望的圣殿，此刻却来了两个与文举无关的外人。

孟子檀颇不自在地看着眼前亭亭玉立的少女，之前知道她的身份是一回事，但亲眼见到又是另一回事。他从未想到自己有一天看到龙袍竟是穿在自己心上人的身上。想起当初对选秀的反感，只觉老天给了他一生最大的讽刺。

“这位便是镇北国公府世子，冯颖。”随着明泉的声音，他将目光移到眼前这个粉雕玉琢的少年身上，琉璃般剔透的眸子好似被冰封藏，冷冷地射出狩猎者才有的冷冽。

“在下孟子檀。”他疑惑地看向明泉，“我似乎并未得罪过这位世子。”他看他的眼神实在太过阴霾，让他不得不怀疑明泉特地召他进宫是为化解两人之间的恩怨。

“你是武状元。”冯颖平举木剑，寒意逼人。

孟子檀见明泉并未否认，心中了然。看来冯颖的目标并非他本人，而是任何一个被冠以状元称号之人。想不到自己知道金榜题名竟是这种情况下，“请。”他将木剑倒提，掩于身后。

冯颖大喝一声，猛地朝他冲去，剑尖斜挑，第一招便攻向孟子檀的颈项！

明泉与范佳若悄悄退避三步。没想到冯颖平时寡言少语，拼起命来竟气势逼人。不过这个念头在三招以后就没了，任谁都看得出孟子檀现在虽然还未出手，但胜负已定，只要他一出手，冯颖绝无还手余地！

冯颖额上已渗出冷汗，一招横扫千军又被孟子檀避过去后，手腕突然一翻，剑竟然飞了出去。

孟子檀一怔，抬腿用脚背将剑轻轻一拨。

剑在空中旋转数圈，稳稳地扎在地上。

以木裂石，这是何等功力！其实冯颖早知自己远非对方对手，但机会只有一次，一生的兴衰荣辱系此一战！他如何能够承认，又如何甘心承认！

他跪在地上，双手撑地，大滴大滴的汗珠自额头滑落，喘息声如受伤的野兽，充满绝望。

孟子檀虽然不知道他为何如此，却也于心不忍，正要说什么，却听明泉淡淡道：“佳若，你先送孟公子出去。”

他愕然抬头。

明泉漠然地站在大殿正中，清秀的面颊透着疏淡的气息，点墨双眸深如渊海，无可探究。

——她不是谢染天，她是尚明泉。

他第一次清醒地认识到这两者的巨大差距。

范佳若不是孟子檀，因此她看出明泉冷静背后那一瞬的失望。看来明泉对冯颖的态度并不若表面上这般冷酷。

她嘴角噙起一丝微笑，“孟公子，请。”

孟子檀踌躇地看了眼冯颖，心中愧疚丛生。

“孟公子？”范佳若微微提高声音。

孟子檀又看了眼明泉，发现她依旧无动于衷地看着他处，只得叹了口气，朝外走去。

他的离开似乎并未对殿内剩下的两人有任何影响。

冯颖跪趴的姿势未变，呼吸却渐渐急促。

“你认输了么？”明泉的声音突然插入他的呼吸，让他的咽喉如扼。

“一个输字，难道难倒镇北国公世子了么？”明泉话露微嘲。

冯颖喉咙突然发出一声怪异的低吼，猛地抬头，“你知道什么？死的不是你家人，你知道什么！他们在沙场浴血死战，我却只能困在皇宫里焦虑不安等待前线战报！什么都做不了！什么都不做不了！”

他的手掌拍在硬石上，钻心的疼。眼泪像滚圆的珍珠，啪嗒啪嗒落在地上，溅出碎碎的水花，却没能溅到眼前之人的心里。

“朕的家人虽然没有死，却恨不得让朕死……”明泉慢悠悠道，“相比之下，你说是你比较幸运，还是朕比较幸运？”

冯颖愣住，缓缓抬起头，从朦胧的泪花里望着她。他实在没想到高高在上，平时对他不屑一顾的皇帝居然会对他说这种私己话。“……但你还有皇位，还有江山，还有那么多为你做牛做马的人……你怎么会明白我的感觉！”

“你说得不错，朕身边多的是做牛做马的人，他们要文有文，要武有武，要才华有才华，要忠诚有忠诚。那要一无是处的你有何用？”

冯颖身体僵住，双拳紧紧地捏在身侧，下唇被牙齿咬出两道血痕不够，又开始狠咬第三道。

“朕记得你以前在读《韩非子》？读到什么了？”她见他不答，又道，“朕想你若和孟子檀比这个，估计没一个回合，他就要败下阵来的。”

冯颖眼睛一亮，“你，你是说……”

“朕什么都没说，回去收拾收拾早些睡吧，好歹你是朕的郎伴，这副鼻涕眼泪流在一起的模样，比街头胡闹的顽童还不如，出去不怕笑掉别人的大牙？”

范佳若回来的时候刚好听到最后几句。

孟子檀擅武，与他比《韩非子》赢了也没什么光彩。若能赢了皇夫才是真正的胜者。不过皇上会如此劝慰，想必对冯颖真的有所殷期。想到这里，她暗暗记下日后要留意冯颖。

明泉抬头，正好看到她站在门口，“慕非衣的刑期也该到了吧。去刑部传旨，让他明日同上早朝。”

范佳若早闻有个胆大妄为的雍州七品小官大闹校场，以为关到刑部牢房就算了事，没想到竟还有后续。皇上究竟是何打算呢？

她一边应承一边在心中琢磨不已。

“宣雍州长官司副长官慕非衣觐见！”

跪拜声犹未歇，一个绿袍黑发的青年便在众人惊疑的目光下款款步入天下青紫渴望一生的金銮殿。

“小臣雍州长官司副长官慕非衣参见皇上！”

“朕与高阳王已有数年未见，皇兄别来无恙吧？”

“王爷日日忧国忧民，略有消瘦。”

明泉笑道：“想不到皇兄偏居一隅，竟心怀天下！”

此言一出，满朝皆惊。不少人更是暗为慕非衣捏了把冷汗。

“王爷顾念手足，为皇上之忧而忧罢了。”慕非衣答得不卑不亢。

“慕先生觉得朕的江山百姓堪忧？”

“居安思危，被历代明君奉居左右。”

朝中不少人曾见过斐旭，开始虽然疑惑于他的黑发，但如今再无怀疑。试问天下除了有帝师之尊的斐旭之外，又有哪个官员敢与皇上如此说话？

安莲突然开口道：“皇上，慕先生还在地上跪着。”

明泉故作恍然，“是朕疏忽了，慕先生平身。”

“小臣多谢皇上，多谢皇夫提醒之德。”慕非衣潇洒地掸衣起身。

“朕听闻雍州这月正在招募武将？有不少英才前去投奔啊。”

“哪里是什么英才，不过是些不想出远门的懒人罢了。”慕非衣轻描淡写道。

安莲道：“自雍州至京城，少说也须二十日，慕先生既然身在京城又是如何得知雍州这个月的招募情况？”

“其实小臣在来之前已经偷看过那些应征者的名牒，实在不堪目睹。”

安莲嘴角微扬，“以慕先生这般人才在高阳王府只是官居七品……”说到这里，他的尾音稍稍拖长，令满朝文武不论认不认识斐旭之人都暗自猜疑为何他这般人品在雍州只是屈居七品，“想必王府藏龙卧虎，高人辈出。”

“皇夫殿下太过抬举小臣了。”慕非衣拱拱手，“小臣文不成武不就，只靠一张嘴皮还时不时吹破……说出来实在贻笑大方。”

“若天下皆知的帝师都如此菲薄，恐怕这满朝文武都只好解甲归田了。”安莲语出惊人。

慕非衣惊讶地指着自己，“皇夫说什么……帝师？”他突然转向明泉，“请皇上做主，小臣哪里是什么帝师啊？就算给臣十个脑袋，小臣也是不敢认的。”

明泉坐在龙椅上，那种被几百道目光凝视的感觉又回来了。尤其是正面与右面，一温一清两道，尤为强烈。每个人的呼吸都屏住了，似乎在等她的回答。

她看着眼前这个笑容依旧，甚至连眼神都不曾陌生的男子，徐徐道：“若朕没记错，自先皇驾崩以后，朕未曾立任何人为帝师！”

众臣一省。不错，斐旭帝师之名乃是延用先皇，自明泉登基以后，帝师并未再次正名。

安莲收回目光，神情平静。

慕非衣哈哈笑道：“多谢皇上做证。不然帝师一顶帽子扣下来，小臣浑身是嘴也难以向王爷说清。”

明泉神情微微一黯，“朕与皇兄当年一别，已是三载零六个月……”说到此处，容色更见凄楚，声音却坚定不移，“你替朕告诉皇兄，就算今后山河易变，朕也决不负兄妹之情！”

“皇上万岁万岁万万岁。”

众臣齐声下拜。

唯独慕非衣抱胸站在殿上，神色坦荡，笑容悠悠。

明泉目光不经意与他一触，身子猛地一震，不自主地站了起来。

“皇上。”安莲突然握住她的手。

她一惊转头。

安莲绝美的容颜近在眼前，却又似隔了层纱雾。他的眼中似乎有什么正在缓缓荡漾，只是一眼，却让她的心揪起来作痛。

“退朝！”严实尖锐的嗓音终于将这个诡异的早朝完结……

慕非衣不知何时已经跪了下去。

明泉站直身体，正要启步离开去，却听安莲以极低的嗓音道：“一个早朝，令天下知晓皇上对高阳王的手足之情，高阳王招兵买马的不义之举，以及皇上和帝师的决裂之实。一石三鸟，果真好计。”

明泉笑容恍惚道：“多谢皇夫助言。”

早朝后，奏折纷至沓来。

然而明泉最先看的，却是手上这两份由墨莲社和五分热血堂送上来的情报。上面详细记录慕非衣这几日在京城的一举一动。墨莲社提供的是明面上他结交的官员，五分热血堂则是他暗地里勾结的名单。

连镌久、独孤凉、姜有故、沈南风、刘珏、郑旷等当朝重臣一个不落地列在两份名单的最先。看来高阳王打的是普遍撒网、重点打捞的主意。

“启禀皇上，兵部尚书独孤凉大人偕同吏部侍郎姜有故大人求见。”范佳若站在门外。

“宣。”她将两份信笺塞回信封。

“臣独孤凉（姜有故）参见皇上。”

“平身。”明泉随手将信封放在一边，“两位爱卿同时觐见该不会是对武举结果有所异议吧？”

独孤凉道：“连相为武举刳精鉥心，殚精竭虑，微臣等人无不佩服，岂有异议？”

明泉笑道：“那朕可猜不出两位为何而来了。”

独孤凉适时收口，递了个眼色与姜有故。

姜有故立刻上前道：“臣等乃是为了雍州长官司副长官慕非衣而来。”

“他？”明泉不解地眨眨眼睛，“他该不会又闯进什么不该进的地方了吧？”

独孤凉道：“恕微臣斗胆直言。慕非衣近日来频繁出入臣等府邸，所赠之珠宝玉器难以计数，所行所言无不暗示雍州富饶，高阳王贤明爱才。”

姜有故接口道：“他送给臣的各式古玩，臣已明列细表，请皇上过目。”说着从袖中拿出一本奏折。

独孤凉也递出奏折。

范佳若伸手接过，转呈予明泉。

“翡翠美人一尊、紫玉如意一对、南海珍珠一串二十八颗、蓝田暖玉佩一枚……”明泉边看边笑道，“可都是些稀罕东西。难为两位爱卿竟然毫不动心。”

独孤凉与姜有故同时躬身道：“臣等忠心不二，请皇上明鉴。”

“两位爱卿的忠心朕最清楚不过。”明泉将奏折放在桌上，转头对范佳若道，“命严实随两位大人去把东西取来，让朕也欣赏欣赏。”

“是。”

范佳若出去不消半刻又转了回来，“慕非衣既然会送礼物予独孤大人姜大人，自然也会送给其他大人，皇上为何不一一彻查？”

明泉浅笑道：“到时候你便知道了。”

一盏茶后。

刘珏、沈南风等人求见。

“宣阮汉宸进来。”

范佳若虽然疑惑，却还是照做。

“臣阮汉宸参见皇上。”

“宫外候着一群贿赂朕的官员，你去把礼物收下，记录成册。”

“遵旨。”

范佳若看着阮汉宸离去的背影，心中惴惴难安。严实已然出宫，按理说收礼记录的差事应该落在自己身上才对，明泉却找了个毫不相干的侍卫统领，难道是在提防她中饱私囊？

“佳若。”明泉悠然地看着她笑道，“你猜这些人中有多少是真正忠心，有多少是不得不忠心的？”

范佳若收敛心神，答得小心翼翼，“独孤大人与姜大人自然是忠心耿耿，至于后来之人……臣猜不出他们是因势而为，还是依心而为。”

“好个因势而为，好个依心而为。其实不爱财不等于忠心。范大人当初不也是为官清廉，受人景仰么？”

范佳若只觉眼前一黑。原来如此，慕非衣公然拉拢官员，雍州显然反意已决，那自己这个曾经背叛的旧官之女自然成了第一个被杀一儆百的对象！

“你的脸色很差，没事吧？”明泉探掌想握住她的手。

范佳若猛地倒退两步，跪在地上。

“你这是做什么？”

她虽然看不到明泉的表情，却能想象必然是居高临下气定神闲。临行前父亲威严的音容浮现在眼前。若非她当初一意孤行，定要跟欧阳成器北上京城，如今也不会陷入如此困境，此刻想来，已是追悔莫及。

“臣父早就无心俗务，只是终日在家种花弄草，还请皇上念在臣父年事已高，当年曾辅佐先皇，无功有劳的分上，网开一面。”她听到自己的声音慢慢散去，在屋里各个角落沉淀下来，而上头那个人却依然静默不语，心跳渐渐加速，几乎要蹦出胸腔。

“朕不过随口一说。”明泉语带笑意道，“没想到向来以直言为乐的范姑姑也会吓成这个样子。起来吧。父女虽是血亲，却各有各的作为，范姑姑无须担忧朕会迁怒于你。”

胸中一口闷气缓缓散去，范佳若这才感到双腿发软，站了两次才站起来。

“不过今后若真有万一，还请范姑姑务必站在朕的身边。”明泉慢悠悠道。

范佳若忙道：“臣鞠躬尽瘁，死而后已！”

说话间，只听门外通报道：“左相连镌久大人派人送来一盆玉雕，请皇上过目。”

看来这份贿赂不简单。“搬进来。”

只见四个太监一个搬着一个桌角，将一张紫檀方桌搬了进来。方桌上放着一盆盆栽似的东西，却被一块鲜红锦缎覆盖在下。

范佳若见他们把桌子放好，“你们出去吧。”

明泉走到桌前，正要揭布，却听范佳若道：“还是由臣来吧。”

“也好。”明泉笑着退了三步。

范佳若将锦缎轻轻掀起，眼前顿时一亮，一盆似假还真，似真还幻的玉雕芙蓉径直，如骄傲的少女般立于蓝玉翡翠碎粒组成的“水”中央，碧绿的叶，桃红的花，浅绯的蕊，每分每寸都娇嫩不可方物，清艳不可方物。最最可贵的是，这盆花除了“水”外，竟是连花带盆由一整块玉雕刻而成。

“乔芙蓉。”明泉轻声道，“朕原以为这不过是个美丽的传说，想不到世上竟真有巧匠做出如此美丽之物。”

范佳若倒抽了口气，“便是前朝那位因爱妻而疯癫，因疯癫而雕出世间最美之花的乔班工么？”

“世间最美之花？”明泉轻笑道，“见仁见智罢了。玉花再美，终究美不出鲜花的生机勃勃。”

“不错，不过这等好花，只有臣陪皇上欣赏，未免太寂寞了。”

明泉偏头一笑，道：“不错，理当有请皇夫共赏。”

范佳若立刻道：“臣这就去请皇夫。”

趁安莲来之前这段空当，明泉趁机整理这几日日夜纠缠的困扰。

闯校场，技压考生。

上早朝，语出惊人。

送大礼，生冷补忌。

一方面可说是为高阳王造势，向所有有心投靠之人抛出诱饵，向天下证明高阳王的胸襟才华。另一方面也可说是为她公然提防高阳王创造借口。

可以说，斐旭如今的所作所为无一不是伤敌伤己，各打三百大板。但无论哪方面，斐旭都须令她和高阳王深信他是站在自己这边，若是不能令双方相信这点，他必然引火烧身，自身难保。

那么高阳王的自信又是从何而来？

天罡宫与凤章宫相距颇远，等安莲到的时候，她兀自陷在沉思。

“参见皇上。”

明泉蓦地回头。

天下无双的花与天下无双的男子在眼前相互辉映，一个精雕细琢，娇艳欲滴，一个姿容天成，绝美脱俗。一时间竟谁都不能夺取对方半分光彩，反而相得益彰，越发美得不可收拾。

安莲静静地站着，任由她打量，直到那双灿若淡星点夜的双眸慢慢溢出笑意，她才惊觉自己竟盯着对方看了许久。“咳，平身。皇夫看这盆花如何？”

“巧夺天工。”

“鲜花赠美人……”安莲的目光刚好移过来，她赶紧补充道，“玉花赠……赠俊才。”

“谢皇上。”安莲嘴角微微上扬，俊美不食烟火的容颜立刻生活起来，让她禁不住把目光移了开去，“朕也是借花献佛而已。此花几经易手，乃是我皇兄之物。”

“若他日得见高阳王，必定亲自道谢。”

明泉与他相视一笑，转而低叹道：“恐怕此日不远了。”

安莲静静握住她的手，“何妨拭目以待。”

“……正有此意。”

酱紫绣金的龙袍宽袖窄腰，飘逸而不失妩媚。九龙呈祥金冠，端庄而不失高贵。金银相缠的配饰，简洁而不失华美。再加上一头垂腰的青丝，明泉甫一出场，便惊艳四座。安莲随后入场，虽是材质简洁的雪丝凤袍，却更衬托出卓尔不群的俊美华贵。

各地贺使不少是第一次见到明泉与安莲，竟看呆半晌，安莲美貌天下皆知，因此虽然惊艳，却不惊讶。只是没想到手握天下的女帝竟也有如此的明媚清丽。

“臣等参见皇上万岁万岁万万岁，参见皇夫千岁千岁千千岁。”以连镌久为首的京官率先叩首。

各地贺使这才缓过神来，急忙跪拜道：“臣等参见皇上万岁万岁万万岁，参见皇夫千岁千岁千千岁。”

“平身。”明泉手微微一托。

“谢皇上。”

“今日君臣同喜，大家随意即可，无须拘束。”明泉含笑坐下。

严实道：“入——席！”

众人这才落座。

连镌久端起满杯，起身向明泉敬道：“臣等恭祝吾皇千秋万岁，极寿无疆。恭祝我大宣风调雨顺，国富兵强。恭祝天下百姓安居乐业，衣食无忧。”

众人皆起身贺道：“臣等恭祝吾皇千秋万岁，极寿无疆。恭祝我大宣风调雨顺，国富兵强。恭祝天下百姓安居乐业，衣食无忧。”

明泉拍案而起，“好一个风调雨顺，国富兵强。好一个安居乐业，衣食无忧。说得好，朕先饮为敬！”说罢，一饮而尽。

各地贺使见她神色从容，言语真挚，毫无做作女态，心中暗自惊异。

明泉坐下后，朝连镌久笑道：“连相的贺礼，朕和皇夫都很喜欢。”

连镌久微微一笑，“臣借花献佛，不敢居功。”

明泉侧头看向安莲，“朕也是借花献佛，岂不也没了功劳？”

安莲失笑道：“臣亏大了，不过收了一样礼物，却欠了好几份人情。”

明泉点头笑道：“不错不错，还要算上那位乔班工和乔夫人。”

“小臣也有一礼，请皇上笑纳。”

清朗的声音突兀的插进笑声中，引得在场众人齐齐一愣。

连镌久转头看去，只见慕非衣俊逸的脸上依旧挂着漫不经心的笑容，一身深绿官袍穿在他身上不但不显得沉重卑微，反倒有几分潇洒脱俗的不羁。

明泉抬起头，眸中目光深浅难测，“哦？朕以为各州贺礼理应交予礼部才是。”

慕非衣笑道：“各州礼物自然该送至礼部，但小臣自己的贺礼，却想当面交予皇上。”

“啊。”连镌久身后座席发出一声惊呼。

原来适才刘珏全神贯注看着场中，竟未注意杯中有酒，想将杯子递于侍酒太监斟酒，一时不甚，杯子滑落手中，溅湿衣袖。

众人被如此一打岔，紧张的气氛荡然无存。

明泉笑道：“难得慕先生有心，朕也很想看看慕先生的大礼。”

慕非衣从怀中取出一只黄梨木匣子，一掌半长，半掌宽，四四方方，无半点缀饰。

严实走下来，恭敬地接过匣子，走到明泉身侧呈上。

“这个匣子好。”明泉随口赞道。

刘珏惊异地问：“恕臣眼拙，看不出这匣子有何特别之处。皇上目光如炬，可否指点臣一二。”

在场不少人都没看出名堂，闻言都齐声应和。

“古时有人买椟还珠，”明泉将匣子置于掌心，“慕先生就没有这个烦恼了。”

众人这才知道明泉是在取笑匣子寒酸。除连镌久等见过斐旭之人没有出声外，其余人都纵声而笑，尤以各地贺使笑声最隆。慕非衣频繁出入京城高官府邸，又在寿宴上抢出风头，令其他各州贺使相形失色，早令他们暗忌在心，怎能不趁机嘲笑一番？

明泉正要打开匣子，却听严实道：“这匣子奴才见过，需靠些技巧才能打开。皇上不如交由奴才试试。”

明泉怔了怔。连严实都怀疑斐旭，怕他在匣子里动手脚暗算她吗？“不必，既然是贺礼，总是由自己亲手打开才好。”说着，她将匣子上的小锁扣轻轻往外一推，匣盖噌的一声开启。

绛红的锦缎上，一把洁白光滑的象牙梳子静静地躺在中央，密集的梳齿一根根纤细分明。这把梳子她用了十几年，上面有几根梳齿她都可以清楚说出。只是梳子的一端打了一个小孔，孔上一绺银白流苏，却是以前不曾有的。

她只一眼就看出，那银白流苏乃是用真发做成。

她将梳子轻轻取出，这才发现梳子竟比以前薄了一半，好像被人生生分割了一模一样的一半去。

“慕先生出入众府的时候出手何等阔绰，为何送吾皇之物如此寒酸？”姜有故虽然认识斐旭，不过上次揭发他贿赂京城各大官员之举已是大大开罪于他，因此不但无所顾忌，反倒希望加深明泉对他的猜忌。

“此梳乃是小臣亲手打磨，礼轻意重。”梳子乃是女子闺中之物，为女子梳发画眉，皆是夫婿的权利。慕非衣竟然在众目睽睽之下毫不避忌，纵然明泉身为帝王，也实嫌轻浮。众臣不少都听闻过明泉与斐旭二人的暧昧传言，如今看来，竟是空穴来风，未必无因。

慕非衣又接着道；“不知姜大人又送了什么名贵贺礼？”

姜有故顿感不自然。众目睽睽下将自己所送之物说出来，若是比人低了，不免贻笑大方。若是比人高了，也易引起猜忌。

连镌久打圆场道：“礼物尚在其次。最重要的乃是对吾皇的赤诚忠心。”

姜有故立刻接道：“正是。只是不知慕先生的赤诚忠心在何处？”

“小臣身在大宣自然心在大宣，难道姜大人还怀疑小臣心系他国不成？”

啪的一声，明泉关上盒子，“这么薄的象牙梳子朕怕两下就断了，反倒辜负慕先生的一番忠心盛意。若就此束之高阁，又未免太过可惜……”

众人都屏息听她说道：“不如当了送予受黄水侵害的百姓，也算功德一件。”这无疑是当众在慕非衣的脸上打了轻轻一记，姜有故立刻露出笑容。

“皇上仁慈。”众人更是一阵歌功颂德。

连镌久怕姜有故和慕非衣还不肯罢休，急忙抢话道：“臣等再祝吾皇与皇夫琴瑟和谐，举案齐眉！”

众臣再次举杯起贺道：“臣等再祝吾皇与皇夫琴瑟和谐，举案齐眉！”

明泉与安莲也双双站起。

向来冷清漠然的安莲脸也露出情不自禁的浅笑，不禁看得众人一阵神驰心摇。不得不感慨安莲之美果是超脱男女之界。

唯独斐旭兀自站在两排席座中央，正对明泉，眸光幽深，向来上扬的嘴角抿成一条线，似笑非笑。

明泉杯酒下肚，侧头避过慕非衣的眼神，促狭地看向连镌久问道：“连卿莫不是想赖了那顿宴请吧？”

连镌久故作苦笑道：“皇上何苦惦记臣这点俸禄？”

明泉摸摸鼻子道：“大约是和孙卿相处久了，不占点便宜便浑身不痛快。”

连镌久笑道：“好险孙大人不在，不然臣恐怕要成为第一个举债四处的一品大臣了。”

众人齐笑。

安莲突然道：“慕先生恭贺之酒尚未奉上。”

众人笑声骤歇，神色不定地看向二人。

如意机灵地新倒一杯酒，奉于慕非衣。

慕非衣接过酒杯，嘴角微翘，“皇夫殿下是希望小臣饮下此杯酒，还是奉上恭贺呢？”

安莲目光定定与其相对，缓缓道：“自然是兼而有之。”

慕非衣举杯道：“那小臣恭祝吾皇琴瑟和谐，恭祝皇夫举案齐眉！”说完，未及众人反应，已一饮而尽，扬长回座。

连镌久不得不再次圆场道：“臣特地准备了歌舞助兴。”说罢一挥手，等候多时的少女立刻水袖轻甩，翩翩而上。

明泉坐于上位，神情愉悦，不时与安莲交头相笑，其乐融融。

明泉拒收梳子，连镌久早有所料。各府官员既然将所收贿赂一一呈上，她又怎么能不撇清自己与慕非衣的关系，给他们一颗定心丸？只是慕非衣送梳子究竟是单纯的试探，还是另有深意呢？他究竟是投靠了高阳王，还是站在皇上这边？他转头看向慕非衣，却见他悠闲地斜坐席上自斟自饮，不时看向场上歌舞，笑容舒散，显然乐在其中。

这天下，只有两个人是他猜不透的。一个，是相斗多年的安老相爷。而另一个，就是永远漫不经心、出人意料的帝师斐旭。若他站到了高阳王阵营，恐怕安老相爷为了爱子也不会袖手旁观吧。

局势，果然越来越复杂了。

“连卿。”

他听到明泉一声轻唤，急忙回过神要站起。却见她摇摇头，与安莲双双步下台阶，“听说连卿今日为了武举之事，数过夫人香闺而不入。朕这杯酒既是为了感谢连卿连日辛苦，也是向各位连夫人赔罪。”

连镌久道：“皇上言重。臣不过尽本分而已。”

明泉笑笑，一饮而尽，又转身朝对席走去。

连镌久看着她雍容的背影，不由心生感慨，不过短短数月，当初一个锋芒毕露的青涩少女已懂得收敛锋芒，收买人心了。她与高阳王之争，看来已有四六之数。

虽然安莲后来帮她顶了不少酒，明泉还是觉得喝得有些上头。宴散后，匆匆回了寝宫梳洗，又喝了醒酒茶，身子才算爽利些。

一顿宴会却让她比批了一千本奏折还累。她叹息一声，正要躺上床，却见床铺上一只四四方方的匣子突兀地摆在一堆明黄中。

她伸手将匣子打开。

一把象牙梳在橘黄灯光与深红锦缎相衬下，散发出艳光。

她将它取在手里，撩了绺头发轻梳两下。

梳子上的银白流苏与手上的青丝纠缠到一处，又慢慢滑开。她怔怔地看了会，才将梳子放回匣子重新躺下。

明泉合上眼帘，却听到自己的心跳在静寂的夜中声声如锤。

月光细碎如银粉，将廊道上的两个人影密密地勾勒出来。

清风柔和如素手，又将两人的衣摆挑起挑落，拨弄不休。

如意看向安莲，满腹疑惑与忧虑几乎冲口而出，但对上那近乎沉寂的神色时，又咽了下去。如此数回，终于忍不住道："主子为何由着斐旭在宴上胡言乱语？"

卷长的睫毛微微一动，敛去眼中滋生的莫名烦躁，"几时有胡言乱语？"

"好好的道贺辞，他非要将皇上与主子分开来说，这不是胡言乱语是什么？"看到他在宴上目中无人的张狂模样，真是憋不下这口气去。

安莲不答，信步走出廊下，沉默半晌才道："若皇上还未歇下，请到喜容殿后院来。"

如意一脸喜色地应下，飞奔而去了。

安莲又站了一会，抬头看向负手站在宫墙上的黑袍青年，徐徐道："帝师深夜造访，所为何事？"

"想和皇夫谈一笔生意。"湿漉的银发不时滴下几颗水珠，打在地上，混于尘埃。

安莲眼帘微垂，"若是拒绝呢？"

斐旭露出一抹志在必得的笑容，"那要看，拒绝的是安莲还是皇夫了。"

月光好似凝结成冰雾，在两人中间隔出一道不可逾越的屏障。

啪嗒——

一颗豆大的雨珠落在地上。

将冰雾穿透出一条缝隙。

安莲淡然道："帝师何妨下来一谈。"

斐旭足下轻点，悠然飘落，衣袖挥洒处，翩跹若仙。

安莲与他一同走回廊下。

不一会，大雨滂沱，来势汹涌，刷刷地罩出一张偌大雨幕，将天地连成一片。

安莲道："帝师有何条件？"

"不问利，先问弊。看来这笔生意已经成了一半。"斐旭狡黠一笑。

"废门以通晓天文地理人心而誉满天下，这笔生意成功与否，帝师在来之前想必早有预料。"安莲的一番褒言说得不温不火，反倒有几分雅嘲的味道。

"那在下所求，皇夫定然也很清楚。"

安莲转过头，黑如点墨的双眸犀利地盯着他的笑容，"不，我一点也不清楚。"

斐旭的目光也不偏不倚地迎刃而上，"我要的，不过是一双能偕白首的素手而已。"

安莲瞳孔微微一缩。纵然心里猜测千万遍，总比不上亲耳所闻来得震撼。"听闻当初皇上选秀，帝师功不可没。"何以反复？

"据说当初太子汤学政，高阳王出力也不少。"皆不过此一时，彼一时。

安莲双目透露冷意，"若我不答应，帝师就要投向高阳王一边么？"

斐旭含笑不语。

安莲转头看向漫天雨幕，道："皇上从未怀疑……天下若有一人决不背叛，那必然是帝师。"幽幽的声音穿过雨幕，化在浓浓水汽里。

"与大权相握的皇夫相比，区区帝师，似乎更有理由择木而栖。"斐旭毫不所动。

“你不会。”话虽如此，他的口气却已经不如先前这般笃定。

“废门中人，向来为达目的，不择手段。”斐旭叹了口气，“就算我有心悔改，但此念自幼灌输，已经根深蒂固，不可自拔。”

安莲静默须臾，才缓缓道：“皇上顾念旧情，并不等于任人愚弄。”

“我从未如此以为。”斐旭伸了个懒腰，“不过希望皇夫在雍州平定之前，莫让我分心即可。”

“何谓分心？”

“比如，彻夜邀约……”斐旭眼睛微微眯起，笑容中透出丝丝危险，“夜深露重，还是能免则免的好。”

“帝师这席话不嫌晚了么？”

“不晚不晚，刚刚好。”斐旭露出高深莫测的笑容，“好歹，我也被叫过几声……帝师嘛。”

你当真如此了解她的心中所想？所以才能如此笃定地要求一切安定之后再作分晓？安莲只觉心脏被猛地揪起，一时痛闷不可言，气提到喉咙，却吐不出来。

斐旭突然偏头一笑，“看来与皇夫殿下的夜聊只能到此了。”话音刚落，走廊那头一簇灯光远远摇摆着过来。

“皇夫？”明泉怔愣地看着眼前白衣如洗的男子，美冠天下的面容上还残留几分来不及掩去的黯然。她看着他站在廊下，铺天盖地的水幕好似他的悲伤，无声席卷。

“皇上。”安莲抬起头，微微一笑，眼中温意缠绵，将适才的悲伤冲得一干二净。

明泉走到他面前，看着这张无可挑剔的容颜，却总有种说不出来的心酸。“皇夫深夜相邀，可是樊州有变？”

安莲温柔地擦去她发上打湿的水珠，“不是。只是有份寿礼要送予皇上。”

明泉微愕，“不是已经送了一尊八宝观音，两串南海紫珍珠……”

安莲轻轻将食指放于她唇上。

她怔住。

安莲轻轻牵起她的手，慢慢穿过走廊，站在一个池塘前。

“这是……”明泉愕然地看着在雨中昂然挺立的满池荷花。

“皇上说过，玉花虽美，到底比不上真花富有生气，所以希望这一池真花，能为皇上带来生气活力。”

明泉惊喜地转过身，却被拥入一个温暖的怀抱。

“皇上可愿意，与我一同照顾这池花？”

鼻息间依旧是梅花孤傲的香味，声音虽然淡淡的，但入耳的心跳却如两军对垒的鸣鼓般。明泉抿嘴一笑，正要答应，却听他又加了一句，“一生一世。”

背脊微微一僵，明泉强笑道：“若说莲花，朕身边已经有世间最美的一朵了。”她还想说什么，却感到揽住自己的双手缓缓撤去，身体空虚如注，让她的心骤然若失。

安莲淡然一笑，“夜深雨重，皇上明日还要早朝，不如回去歇息吧。”

明泉欲言又止，点了点头，“朕明日再来看花。”

安莲垂下目光，“恭送皇上。”

明泉忍不住握住他的手，见他抬眸，又觉无话可吐，半晌才憋出一句，“皇夫也早点休息。”

两人头顶的长廊屋檐上。

一个银发青年连打三个喷嚏，缩着肩膀把衣服绞出一把水，喃喃道：“真不知道阮汉宸雨天会趴在什么地方。”

明泉把地图摊在案上，让连镌久、独孤凉聚过来看。

“帝州东临缅州，北连戚、胜两州，西接雍州，南邻鄄州，乃大宣中枢所在。”她食指落在帝州二字处，“独孤卿，若给蔺郡王二十万兵马，自戚州攻向帝州，至京城，需要几日？”

独孤凉一惊，“臣不敢妄自揣测。”

“朕让你说，你便说。”

“行兵作战皆与天时地利人和息息相关。皇上给的二十万大军究竟多少骑兵，多少弓兵，多少步兵。几月出发，自哪条路线？”独孤凉不等明泉开口，又道，“何况为将者，因势利导，有不变之兵法，无不变之战术。蔺郡王乃当世用兵名家，臣实在不敢乱议。”

明泉失笑道：“可见朕真正一个外行，问的问题的确可笑至极。”

独孤凉忙道：“时下天下太平，皇上未有过问，实在常理之中。”

明泉手指轻轻划至雍州处，“先皇生前盛赞高阳王兵法自成一家，卿等自然也猜测不出，他会如何攻打帝州？”

此言一出，莫说独孤凉大惊失色，连向来喜怒不形于色的连镌久与安莲都悚然动容。

独孤凉失声道：“皇上何出此言？”

若非她今早将象牙梳拿出来时，觉得绸缎中间有些突起，一时好奇将它揭开，也不会发现斐旭竟然留了一张纸条在里面。上面只有九个字——九月二十三日宜出征。

不过这个决不能拿到台面上来说，莫说斐旭已经在返回雍州的途中，单是朝中的异声，也足以让人对这九个字的真实抱以怀疑。

明泉叹了口气，“高阳王招兵买马，积屯辎重，所思所想，昭然若揭。朕不过是防患于未然……”说到这里，不由苦笑道，“恐怕已是晚矣。”

独孤凉急道：“皇上不必担忧，三位郡王手握五十万大军，定能护我大宣江山不伤分毫。”

两军交战，所损所殒皆是同脉手足，如何能不伤分毫？明泉心中怆然，面上却还是微笑道，“三位郡王忠君爱国，都乃我朝栋梁，朕岂有不信之理？因此正要请独孤卿出调令，让蔺郡王回京述职。”

今年述职蔺郡王派的是亲信，并未亲自赴京，兵部若有不满，的确有权请他再度述职。

独孤凉想了想道：“蔺郡王固守边陲，若骤然离开，恐让异族有机可趁。”

明泉道：“蔺郡王威震边陲数十载，手下又是强将云集，且离开时不带一兵一卒，异族纵然有心也讨不了好去。”

“皇上想从罗郡王与蓝郡王手下调集人马？”独孤凉问道。

明泉暗道，蓝晓雅野心勃勃，向他调集人马还可，就怕请神容易送神难，让他打着保皇的旗号自己亲自带兵杀到京城。“当初蔺郡王带十万兵马来京城解围。平安之乱平定后，十万兵马被调到铁甲营和前锋营，如今正是派上用场的时候。再从罗郡王手中调来十万大军，把帝轻骑调回……独孤卿看，可够了？”

这样大的动作，哪里还是防患于未然，根本就是倾囊相助，势在必行！独孤凉虽然不知明泉何以如此笃定，但心里还是演算了一遍道，“罗郡王手下乃以步兵为主，尤以重甲著称。而当初蔺郡王带来的除了一万辎重兵，皆是清一色的骑兵，重骑兵、轻骑兵、弓骑兵一应俱全，再加上闻名天下的帝轻骑，在骑兵上很占优势。”

明泉当然听出他只是敷衍之词，毕竟谁敢担保高阳王会出什么战略。“蔺郡王虽然骁勇善战，到底也要几个得力之人辅助，”她见独孤凉眼睛一亮，又赶忙道，“独孤卿原本是最佳人选，不过后方补充同样关系重大，朕还要倚仗你指挥。”

独孤凉一想，也是如此，只好灭了重上战场的心思，“臣心中有一人选，愿意保荐。”

明泉暗暗皱眉，他若是推荐那个挤上来的榜眼，她一时也不好拒绝，“哦？是何人？”

“乃是武举新科……”

明泉心中暗叫，果然果然。

“状元，孟子檀。”

明泉心猛地落地，“这个孟子檀何德何能，能得独孤卿如此垂青？”

“孟子檀出身将门，其父孟猛当年乃是我朝数一数二的猛将，年轻时曾在蔺郡王手下效力，实乃得力助臂。”

“虽世人常言虎父无犬子，不过其父之勇焉能做其子之功绩？”她故意刁难道。

独孤凉道：“孟子檀在兵部的兵法考绩乃是优上。”

“优上？”

“比优秀犹有过之。”

明泉大喜，“如此人才，朕当不致再疑。”她原本也是属意孟子檀，如今由他提出，自然是再好不过。“事不宜迟，这几件事，你先去办吧。”

独孤凉犹疑了下，“罗郡王身份尊贵，臣怕……”三位郡王身份超脱，兵部贸然出令，恐有不服。

“你放心去做，朕心中有数。”

独孤凉这才得令去了。

连镌久迟疑了下才道：“皇上是否也让蓝郡王出点心力？”

明泉悠然一笑，“这是自然，浩荡大军正缺辎重，还请连卿修书相商。”虽知蓝晓雅未必肯出，不过面子总要过得去。省得让人以为皇帝冷落于他。

连镌久道：“臣遵旨。”

“孙卿借粮之事如何？”

“正运送三十万担借粮踏上归程，应该能在月底前赶到。”

明泉稍松了口气，“希望如此。”九月二十三日已成一道魔咒，刻在胸口，她现在恨不得所有人插翅飞回，好过让她一个人坐在龙椅上担忧。

连镌久虽然疑惑明泉的急迫，却也知趣地没有多问。

“连卿先退下吧。”她摸着地图叹了口气，转头看安莲坐在椅子上一言未发。“皇夫……”想起前日的那句一生一世，心就好似被扎到屁股的兔子，猛上猛下地乱跳，“皇夫可有异议？”

安莲缓缓抬起眸子。

明泉看着他清亮瞳孔中自己的倒影，心猛地跳到喉咙，仿佛一张嘴就能吐出来。

“皇上莫忘此处。”

“嗯？”心被他面上的淡然冻回胸腔，她顺着他的手指看去，“戚州？三城……”

……平安王被剥夺世袭王称号，改郡王，换封地奂州七城为戚州三城，远离京城，守北方苦寒……

“朕会留意。”

平安郡王虽只有戚州三城，且兵力只够维持城内治安，但若孤注一掷与高阳王联手，从北方夹击帝州，或是滋扰北方军营，都将带来倾覆性的危害。

明泉将地图在桌上摊开，看着面前旁若无人窃窃私语的小两口，忍不住地敲了敲桌面：“咳，虽说罗郡王不能夜宿后宫，但朕已经特许他白天入宫探视，你们为何还要一副朕棒打鸳鸯的模样？”

尚融安娇妻在侧，说话底气十足，忍不住开起玩笑，“皇上与皇夫左邻右舍，自是不懂臣夜夜不能亲近的相思之苦。”

瑶涓见明泉形色憔悴，想起斐旭前几日匆匆而去，不免将她的焦虑想成了另一番意思，忙打岔道：“你来得如此匆忙，应该不止是来看我吧？”

明泉笑道：“朕是看不过罗郡王游手好闲，想打发他一件差事。”

尚融安愣了下，“兵部调令，臣收到后已经快马加鞭送予父王，应是不成问题。”

“罗老郡王对大宣忠心耿耿，朕万分放心。”明泉慢条斯理道，“朕想请皇姐夫去办的，是另一件事。”

瑶涓抢先道：“难道你要让他带兵打仗？”

明泉故作吓了一跳道：“皇姐莫要吓朕。”她见尚融安脸色不愉，急忙道，“打仗的人才朕多的是，但这件事情却非要皇姐夫才办得成。”

他脸色立刻一缓，“皇上但请吩咐。”

明泉正欲喝茶，却见他们神色紧张地盯着她，嘴碰杯缘却怎么也送不下去，只好放下茶杯咳嗽一声道：“朕数月未见平安郡王，心中十分挂念，想请皇姐夫代朕前往探视。”

尚融安一脸不明所以，似乎不懂何以在他妻子怀有身孕之际，让他大老远跑到戚州去探视几乎未曾往来的平安郡王，且不能换一个人去。瑶涓想起兵部突如其来的调动，脑海形成一个猜测，“可是高阳王有动静了？”

明泉暗赞一声。若说出这句话的是尚融安，她尚不足为奇，但出自足不出户的皇姐，便不得不令人钦佩了，“此事倒可分成两桩来看。”

这句话既没有否认瑶涓的猜测，又间接地暗示平安郡王尚无作乱征兆，瑶涓微微点头。

尚融安这才明白二人所说的意思，“皇上既然担心，何不当初就……”后面未出的话，都在瑶涓的瞪视中吞咽回去。

明泉浅笑道：“皇姐夫是想问，为何当初朕不干脆治他一个重罪，将他圈禁起来？”

尚融安看看瑶涓，讪笑着不敢点头。

“若当年朕是太子，眼看准备多年，即将属于自己的皇位莫名其妙被别人夺走，恐怕所作所为，比他还要激烈百倍。”

瑶涓道：“何为夺走？你的皇位乃是父皇亲笔下诏，名正言顺而来。平安郡王为了帝位权欲熏心，置天下万民于不顾，兴兵作乱。皇上不严惩是皇恩浩荡，他若不思悔改，执迷不悟，皇上也无须再客气！”

明泉拍拍她的手背，失笑道：“看起来皇姐比朕还义愤填膺。”

“我只觉得，假以时日，你必然能成名存青史的一代明君。父皇必然是看出这一点，才在临终前传位于你。”

若是这样，为何不早早废了太子，还给予他这么多希望？明泉明知瑶涓一番话并不合理，但左右想不出其他可能，只好笑着应道：“不错不错，朕本是上天命定的天子，却一不小心投成了女儿胎，所以才让父皇犹疑了这么久才将皇位传予朕。”

瑶涓道：“若皇上是男子，恐怕哭的第一个就是皇夫吧。”

对于她的暗示，明泉只能装傻。

“那不知皇上准许臣做的是……”尚融安小心翼翼地问。

明泉明白他问的是，若万一证实平安郡王确有反意，该如何处置。“你只管放手而为，任何闪失，由朕承担。”

在这个节骨眼上，她不得不将所有可能想到最坏，也不得不将所有打算做到最坏，“只有一条，朕不想冤枉了任何一个清白之人，也不想放过任何一个有罪之臣。”

尚融安只觉肩头的担子重重压下，险些让他喘不过气来。

“我与你一同前往。”瑶涓抓住他的手。

“不行，你已有身孕。”尚融安忙否决道。

“你我夫妻历经多少风雨，哪次不是携手渡过，难道你想撇下我一人不成？”瑶涓将手握得更紧。

明泉原本打算让沈南风与他同去，毕竟尚融安养尊处优，除了瑶涓外，还未受过挫折，让他对付自小生活在尔虞我诈中的平安郡王，显然逊了不止一筹。但沈南风又比不上瑶涓能让尚融安俯首帖耳。她若肯去，自然最好。

“放心，朕会让你带够兵马，”言下之意是不怕平安郡王看破他们的行藏与目的，“而且朕会让阮汉宸亲自护卫皇姐。”

阮汉宸是大内第一高手，有他坐镇，尚融安自然放心得多。

“不行。”瑶涓摇头道，“阮统领执掌大内侍卫，岂可擅自离京？”

“不是擅自，是朕下旨。”她叹了口气，苦笑道，“其实皇城固若金汤，除非京城失守……不过真到那时，一个阮汉宸恐怕也无济于事了。”

瑶涓听得一阵心凉，“皇上何出此言？”这分明是不祥的暗示。

明泉摆摆手，“朕随便说说罢了。唉，朕回去还有奏折要看，就不打扰皇姐夫的相思之苦了。”

却听瑶涓幽幽道：“高阳王真的要动了么？”

“……”明泉背影一僵，半晌才道：“朕也很想问问他。”

……高阳王真的要动了么？

……九月二十三日宜出征……

明泉霍地从床上坐起。

窗外树影婆娑，好似千万舞动的鬼魅之手。

胸口好似堵了一口郁结之气，她走下床，正要倒杯水喝，便听门啪地被撞开，范佳若踉跄着摔进门来。

“什么事？”胸口的郁结好似慢慢成形，化作浓浓不安。

范佳若来不及爬起来，半跪半趴在地上，道：“连相在宫外求见。”

又是夜半？上次是慕流星之死，那这次又是什么？明泉只觉心跳如锤，“所为何事？”

她噗的一声哭了出来，“樊州总兵造反……占据承康、桑定、七角三城。”

明泉一怔，急道：“那欧阳成器和安凤坡呢？”

“下落不明。”剩下的话在呜咽里泣不成声。

啪！

拍案声惊夜。

长夜未央。

天罡宫，人无眠。

明泉一口一口轻啜着茶，听闻噩耗的初惊已渐渐沉淀，她此刻满脑皆是补救之法的思量。斐旭指的九月二十三日究竟是高阳王起兵的日子，还是……高阳王发现了什么而先下手为强？“滕环手里有多少兵？”

“驿报所述，两万有余。”经历平安郡王起兵的连镌久更是处变不惊，“他虽然占据三城，但为了守城必然分散兵力，根本不足为惧。”

“抱着区区两万兵力造反？”明泉冷哼一声，“若非身后有人撑腰，他焉敢？”

连镌久知她暗指高阳王，毕竟当今天下，有这等心思这等魄力和实力的，再无二人。“不过滕环兵寡将少，又不占天时地利人和，为何会仓促起兵，实在令人费解。”

明泉想到欧阳成器曾说过，红杏楼幕后撑腰之人是滕环。那么他必然是听到欧阳成器调查红杏楼的风声，为自己留条退路才不得不投靠高阳王。只是没想到这条退路的代价如此之大。

高阳王果然好计谋，先用滕环冒天下之大不韪起兵，然后他再以镇压之名占据樊州，既出师有名，又不费吹灰之力。“滕环不过是只猎狗，等猎物到手，自然会有猎人出来接收成果。”

连镌久自然也想到了这点，“无论高阳王以何名义用兵，总是名不正，言不顺。”他似是想到什么，嘴巴动了动，却没有说出来。

“自古叛乱哪个没有冠冕堂皇的借口？”她双眼眯成一道缝，冷光自睫毛下幽幽射出，“比如清君侧？”

连镌久身子一震。

若是高举“清君侧”之名，那首当其冲便是明泉身边的亲信。而最大可能，就是他与安莲！

“不过这都是后话，如今当务之急，是如何救出欧阳成器与安凤坡。”

连镌久道：“臣以为应该先调人马，镇压叛乱！”

她头疼地抚着脑袋，“也罢，此事朕会再与独孤卿商议。不过欧阳成器和安凤坡都是朕亲自派出去的人，若他们有个万一……”

“皇上放心，臣立即派遣夏淳淳前往樊州打探消息。”

“你立刻宣他进宫，朕有话同他说。”

“臣遵旨。”

她侧头对正在添水的范佳若道：“宣独孤卿进来。”

范佳若双眼通红，但神情很是平静，“遵旨。”

“还有，去阮府找阮汉宸，让他带郭四娘进宫。”

范佳若愣了下，“阮统领明日便要随瑶涓公主与罗郡王前往戚州……”

“啊，对了。”明泉一拍脑袋，“让阮汉宸带信即可，不必进宫了。还有，宣罗郡王觐见。”樊州毗邻荧、频、雍三州，若要抢在高阳王之前动手，必须从频州调兵。

“遵旨。”

明泉刚叹出一口气，便听门口太监道：“启禀皇上，皇夫求见。”

“宣。”宫里闹出这么大动静，自然不可能瞒着安莲，不过她还是没想到他竟然来得这么快。

“参见皇上。”安莲一身素衣，脸色苍白而清冷。

“平身。”见到他，明泉憋在心里的一口气缓缓松懈了下来，“皇夫应该也听到风声了。”

安莲取出一封信笺，放到她案上，“皇上指的可是樊州总兵起兵之事？”

明泉将信笺展开一看，大体与连镌久所述相差无几，唯一多的是欧阳成器与安凤坡的消息。纵然滕环兵变，却也不能将安家在樊州的势力顷刻连根拔起。

“他们藏在狐口镇？”她一惊而起，“在樊州的什么地方？”

“桑定与七角的交界，送这封信的日子，是十天前。”

言下之意，是如今可能凶多吉少。明泉的心又凉了下去。

“皇上有何打算？”这句话问得简练，却涵盖深远。

明泉放下信笺，决然道：“若他想以樊州为战场，朕奉陪。”

安莲双唇轻抿。

她正想问有何不妥，便听太监道：“兵部尚书独孤凉，武举新科状元孟子檀求见。”

没想到独孤凉居然把孟子檀也带来了。明泉道：“宣。”

“臣独孤凉（孟子檀）参见皇上。”

“平身。”

太监见安莲站在一边，立刻知机地搬上椅子放在龙椅之侧。

“看来调蔺郡王回京的诏书，朕还是下得晚了。”

明泉此言一出，等于将滕环造反之事包揽在自己身上。这让进宫时还有些惴惴不安的独孤凉立时吃了一颗定心丸，“滕环在军中素有劣声，不过为人骁勇，又立过几次大功。蔺郡王出于一片爱才之心，才举荐他为樊州总兵。谁想这厮恩将仇报，竟敢做出如此大逆不道之事，实在是可耻可恨！臣斗胆请皇上恩准臣率两万大军，将他剿灭！”

“独孤卿少安毋躁。”明泉心里虽然也对滕环恨得牙痒，但还不至于冲动地答应他。“孟卿对此事有何看法？”

孟子檀愣了愣，抬头望了她一眼，又看看坐在一边的安莲，半晌才道：“臣以为，应虚张声势为先，待蔺郡王将大军集合，再做打算。”

独孤凉腰杆微微一直，气势凛冽勃发，“滕环以区区两万兵力占据半个樊州，更妄言牝鸡司晨。朝廷若无所作为，听之任之，只会助长其嚣张气焰，失却天下民心，更令有心宵小寻乘趁之机！”

明泉怒道：“你说他妄言什么？”

独孤凉一怔，随即道：“滕环部下攻城之时，皆大喊牝鸡司晨，日月无光。还我河山，重振雄风！”

冷意从四肢百骸蔓延开来，她坐在龙椅上，一时不得语。这番话，究竟是滕环自己想出来的，还是高阳王的意思？一想到这样恶毒的言语从当年温意融融的人口中吐出，心就好像被刀凌迟般疼痛！

一股怨怼慢慢衍生，对父皇天人般的崇敬和仰慕渐渐转为不解……若父皇真要传位于她，为何还要立太子？为何不直接立她为皇太女？倘若不是，为何在最后一刻改了遗诏？将她推上这个进退不得的境地？就算太子有千百个不是，还有高阳王和静安王……

“皇上。”安莲轻轻摇了摇她的手。

明泉倒抽了口气，才醒觉自己正坐在这把左右江山的龙椅上。

无论当初有何隐情，如今的大宣皇帝却是她，尚明泉！

明泉定了定神，转头看向安莲，“皇夫以为如何？”

他收回手，徐徐道：“孟状元所谓虚张声势，是如何个虚张法？”

孟子檀立刻道：“昭告天下，共讨之！”

“哼，昭告天下共讨之？”独孤凉禁不住冷笑，“难道孟状元天真地以为百姓会自组义军协助朝廷剿灭叛贼不成？孟状元武举新科及第，想出的办法却如一介书生，实在可笑！”

他带孟子檀来，原是想多个人帮声，没想到他竟然猛扯后腿。

安莲浅笑道："独孤大人可是觉得书生之法可笑？"

这一笑虽然千姿万妍，却让独孤凉呼吸一窒，气势顿时一竭。

孟子檀趁机继续道："同守一城，若军民同心，则固若金汤。若军民异心，则危如累卵。滕环仓促起兵，莫说民心背离，恐怕军中也有不少异声。樊州三城取之虽易，却是占了措手不及、出其不意的缘故。"

"既然如此那更应以快制快，攻其不备。"独孤凉道。

孟子檀肃容道："敢问独孤大人，滕环为何敢以区区两万兵力占据樊州三城？"

这个问题却不好答。纵然他们都知道与高阳王脱不了关系，却还不是放上台面说的时候。

"自然是因为背后有人撑腰。"

孟子檀和独孤凉齐齐一愣，因为说这句话的乃是明泉。

她挑了下眉，示意孟子檀继续说。

"他背后之人既然敢怂恿滕环造反，必定想好了万全之策。"他歇了口气道，"譬如，抢先攻克樊州三城。"

"这正是臣担忧之事。"独孤凉道，"军情刻不容缓，必须立刻派大军平定樊州之乱！"

"独孤大人难道觉得仓促纠集的兵力能敌得过那人筹备多时的大军？"孟子檀不觉也带了火气。

"难道高阳王还真敢冒天下之大不韪，公然造反不成？！"独孤凉气得口不择言，干脆把高阳王三个字也说了出来。

明泉正要插口，却听孟子檀先一步道："他不必造反，只须暗中将人马装成滕环部下，把朝廷派去的军队打垮，再以正义之师收服樊州三城即可！"

独孤凉一时语塞，连连冷笑。

明泉道："孟卿的意思是，无论朝廷如何应对，都会成全高阳王忠义的名声？"

孟子檀点头道："这一招进可攻，退可守，却是漂亮至极。"

"那孟卿为何还要等蔺郡王兵马到齐呢？"

孟子檀把心一横道："皇上以为高阳王会甘于樊州三城么？"

独孤凉偷偷打量明泉脸色，发现她平静得惊心，回想她坚持让蔺郡王回京，心中所打算的恐怕已经不止是防范这么简单。难道说，即使高阳王不反，她也会借机除去他？想到这里，他心里不觉一动，长久以来，因为她是个女子，不免让人觉得她总存了些妇人之仁，但若她真是如此打算，倒让他心生敬畏。毕竟这样才是真正成大事的帝王。

明泉并不知道近在眼前的独孤凉在一瞬间已经转了这么多心思，她现在一心一意想的便是孟子檀的这番话。如他所说，就算她现在急急忙忙地派兵平乱，也只是羊入虎口，徒然削弱自己的兵力。

殿内陡然静了下来，连呼吸声都刻意压抑。

"若由独孤卿前往平乱，需多少兵力？"明泉踌躇许久问道。

独孤凉一怔，矛盾自脸上一闪即逝，正要开口，却听安莲突然截断，"孟状元所言在理，贪功冒进，不过匹夫之勇。”

明泉愣住。她显然没想到安莲居然会当众驳斥自己，想到这里脸上不免有些挂不住，却听独孤凉怒哼一声，“战场拼命要的正是匹夫之勇！难道还要他们背着书袋和敌人说之乎者也不成？！”

明泉骤然醒悟安莲的用心。以独孤凉的性格，就算现在意识到是陷阱，也会因先前的言语骑虎难下而拼搏到底。自己刚才的问题险些把他送上一条不归路，“独孤卿少安毋躁，朕适才所问，不过想知道需从罗郡王手下调集多少兵马罢了。”

独孤凉眼神一黯，说不出是失落还是松了一口气。

只见范佳若在门口禀报道：“罗郡王在宫外候旨求见。”

明泉看了眼安莲，沉思半晌道：“樊州之事，就由孟子檀与独孤凉全权处理。孟卿……”

孟子檀抬头。她望着他的眼中有鼓励，有嘉许，却找不到其他。

“朕要天下人都知道滕环所作所为，天地难容！”她倒要看看，到时候高阳王如何去保这枚棋子。他若保下，难免成为话柄，他若不保，则会寒了手下之心。“不过昭告天下归昭告天下，朝廷也不可毫无作为。”

孟子檀想了想，“臣明白。”

“朕便封你为定西左将军，至于军队，先由罗郡王手下抽调。”

“臣遵旨，吾皇万岁万岁万万岁。”

独孤凉皱眉。定西左将军可是前所未有的官职，算是哪个品阶？他正要开口询问，脑中灵光一闪，樊州地处大宣西侧，雍州地处西南，这个定西，正是一举两定之意！孟子檀原本就是预备给蔺郡王做副将的，那么定西大将军是谁不言而喻。看来皇上是铁了心要打这场硬仗！

“两位爱卿如无其他事，便去佐政殿与罗郡王商讨调兵事宜吧。”

独孤凉与孟子檀急忙道：“臣遵旨。”

明泉刚歇一口气，便听范佳若轻声道：“郭四娘与夏淳淳在宫外候见。”

“宣。”明泉再度直起腰杆。

追根究底，欧阳成器和安凤坡皆是替她办差才陷在樊州，于情于理，她都不能不管不顾。既然不能派兵，那只能暗地里找人把他们接应出来。善于刺探情报的墨莲社与江湖好手众多的五分热血堂显然是最适合人选。

明泉想到坐在一边的安莲。安凤坡是他的堂兄，无论他曾做过什么，这份血脉之情总是割舍不断。

“朕……”她犹豫了半天，终是忍不住想安慰一番，却听一阵陡然加重的脚步声，郭四娘与夏淳淳同时跨门槛进来。看他们步伐，加重脚步声之人正是郭四娘，显然在江湖历练方面，夏淳淳与她差了不止一点。

“草民郭四娘（夏淳淳）参见皇上，皇上万岁万岁万万岁。”

“平身。”明泉向范佳若示意道，“赐座。”连镌久、独孤凉等人是她的臣子，各个都习惯每天站在堂下向她禀告，但郭四娘却是草莽出身，虽因白老二所托而投奔于她，到底不是公门中人，少不得要用些礼贤下士的手段。

两人谢恩落座。

明泉道："朕有件十分紧要的事，要交托给你们去办。"她话音沉重，让睡了一半眼仍迷离的夏淳淳都不自觉地坐正身子。

"樊州之变，你们应当都已经知道了吧？"五分热血堂与墨莲社都善于收集情报，如此大事，断无不知之理。果见郭四娘与夏淳淳都无惊容。"在这之前，朕正好派了两名钦差前往樊州查贪……"

夏淳淳到底算半个官场中人，因此道："皇上是说欧阳成器和安凤坡？"

明泉注意到郭四娘听到欧阳成器的名字时，眉头微微一皱。欧阳成器是欧阳老大的亲侄，而欧阳老大生前与白老二是势不两立的死对头，虽然最后碍于自己的面子，也为了自己的旧部，她在欧阳成器收服五分热血堂残部时出了不少力，但心里总难免存有疙瘩。

"朕请两位来，为的正是此事。"

郭四娘移开眼神。她虽然脸上未表露什么，却已是不悦。

夏淳淳道："皇上希望草民去救他们出来？"

"如今说救，言之尚早。"明泉叹了口气，"朕只是想先确定他们的安危。顺便，朕想要知道滕环的兵力布防。这件事就交给四娘，你去办。"

郭四娘和夏淳淳都是一怔。按理说，查探兵力布防交由夏淳淳更为妥当。郭四娘的怔愣只是刹那，立刻想到明泉是顾忌她与欧阳成器旧日的恩怨才故意另派任务。她想了想道："兵营布防草民一窍不通，倒是打探藏身落脚处，还拿手些。"她虽然对欧阳成器心怀芥蒂，却也知道军情非同儿戏，在家国大义面前，自己那点小恩小怨实在不值一提。

明泉原也是担心她不肯，才不得不出此下策。既然她自动请缨，那是再好不过，"那就有劳四娘了。"

郭四娘正想起身告退，却见夏淳淳突然不阴不阳地冒出来一句，"安凤坡身陷险境，皇夫看起来却一点都不急。"

明泉被他眼中明显表露的敌意弄得丈二金刚摸不着头脑。若说他先前针对她，她还能猜出必定是为了她隐瞒身份，又拒绝了孟子檀的缘故。但安莲与他是初次相见，应该无甚交集，还是说安家曾与他有过节？

安莲淡然道："那你觉得，我该如何着急呢？"

夏淳淳被问得一窒，连连冷笑道："草民又不是皇夫，陷入危险的也不是草民的堂兄，草民岂知该如何着急？"

"既然如此，我是否着急，又与你何干？"

看到夏淳淳吃瘪的样子，明泉险些笑出来，不过表面上还冷冷地呵斥道："不得无礼！你们先退下。"

郭四娘怕他再出什么惊人之语，抢先一步道："草民告退。"

"去吧。"说完，明泉缓缓松出口气，单手支额，半靠在椅子上。

四周倏地静寂下来，静得好似偌大殿里只剩下她一个人。

“他们，会平安回来吧？”

“会的。”

两句轻轻的对话稍稍激起几圈涟漪，又迅速平静了下去。

滕环起兵，樊州失陷，犹如满楼劲风，预告大宣即将到来的山雨。

孟子檀亲率八万大军南下樊州，各地讨伐之声振聋发聩，连向来悠然于外的蓝郡王也上表讨书。一时间，樊州成了过街蟑螂，人人喊打。

明泉每日坐在金銮殿里，平静地听着各地送进京的消息。无论好坏，无悲无喜，令不少大臣都有些吃不透这个少年女帝葫芦里卖的什么药。

下了朝回乾坤殿，她更是有条不紊地处理大小政事。纵然外头各种谣言漫天，似乎也飞不进这座铜墙铁壁般的天罡宫。

九月十八日，孙化吉终于自北夷满载而归。

明泉大喜，从宫外一路亲迎进天罡宫。

记忆中粉嫩的大白馒头成了窝窝头，软中带黄，表皮也比往日粗糙了些，只有谈到钱时的笑容，一如既往的绚烂夺目。

“没想到与北夷交战百年，最后竟要求他襄助粮草物资稳定内政，”明泉摇头叹道，“果真是人算不如天算。”

连镌久道：“跋羽煌深谙治国之道，邻国内政越紊乱，他们的国土越安全。”

北夷民风剽悍，遭逢内乱，不是杀上战场，便是冲入他国当流寇。但宣朝民风淳朴温和，即使逃亡他国，多半也是沦落为受人驱策的奴隶。

跋羽煌这几日定然天天喜上眉梢。她按着太阳穴，“朕交代给你的另一件事情如何了？”

孙化吉道：“臣已经将信交于北夷王，沁耳伦当晚就被留宿臣相府，直至离开，臣都未再见过他。”

明泉点了点头。既然无心，不如放他归去。从彭挺到徐克敌，从沈雁鸣到冯颖，从薛学浅到安凤坡，他们出身大家，自小学孔孟之道，又岂会真的甘心一生蛰伏内宫？与其看他们半折于宫墙内，倒不如放一个是一个。

早知道会是如今这个结果，恐怕当初杨焕之也不会如此热心帮他物色选秀了吧？那些该拉拢的人不但没拉拢过来，反倒被她一个个快得罪光了。

她不知道其他几家如何，单是沈南风看她的目光，她就知道他与她的情分就只剩下君臣而已。

不过她若不是经历了这些，又怎么会有这样的感悟？可见成长过程中的弯路总是必不可少，也绕不过去的。

“皇上，蔺郡王已经过了维河，如无意外，明日一早便可抵京。”独孤凉在一旁道。

明泉精神一振。物资、将帅一一到位，如今缺的，便是战机！

若昨天的消息只算让明泉心潮起伏，那今天的急奏便是心潮澎湃。明泉听后忍不住问了第二遍，“你说什么？”

“欧阳成器欧阳大人与郭四娘在宫外求见。”范佳若的声音有种别样的轻快，好像一只正在采花的蜜蜂，走着走着就会飞起来。

她为自己奇怪的比喻暗暗发笑，这几天压在心里大山终于滚下落石，顿时轻了些，“快宣！”

看来郭四娘宝刀未老，不到一月时间就完成任务。其实在樊州沦陷时，她就已经做了最坏的打算。尤其是他的情况比当初的慕流星要险恶百倍。谁知却峰回路转，柳暗花明！

明泉走出殿外，唤过一个太监，正想让他去请安莲，蓦地想到适才范佳若提了欧阳成器，却没有提到安凤坡。

雀跃的心顿时像被白蚁咬了一口般，酥麻中带着点惊疑不定的抽痛。

对于安凤坡，与其说讨厌，倒不如说怜悯。每每想起他进宫的原因，就让她不可自抑地想到高绰君，同样的执着纠缠，却落得不同的结果。兴许因着这点相似，无论他往日做了什么，始终让她无法对他起真正的杀意与狠心。

“皇上？”太监在一旁小心翼翼地问。

明泉定了定神，“你去请皇夫过来。”是福不是祸，是祸躲不过。后宫各派眼线遍布，欧阳成器进宫的事情瞒是决计瞒不住的，倒不如请了过来，也好过大家在那里彼此瞎猜。

她转回殿内，想看奏折，又没什么心思。来回踱了几圈，拨了拨香炉灰，又摆了摆案上的奏折，才听到远处急跑来的脚步声。

“启禀皇上，不好了，欧阳大人昏过去了！”一个太监风风火火地冲进来，走到明泉跟前，才想起叩头，正要往下跪，就听明泉喝道：“人呢？”

“范姑姑叫人抬去佐政殿了。”

明泉将手上奏折往桌上一摔，转身就往外走。

太监只好爬起来，正在犹豫要不要跟上去。明泉又转身道：“皇夫若来了，就说朕在佐政殿。”

佐政殿和乾坤殿隔得不远，明泉走得又急，后面的人几乎全是小跑跟着。

到了门口，看到沈南风和几个大臣都站在门外，看到她过来，急忙上前参见。

“免礼。”明泉急道，“御医来了没？”以范佳若的性子，定然是先请御医，再叫人禀告她。

沈南风连忙道：“刚刚到。”

明泉点了点头，推门往里走。

佐政殿进出俱是三品以上的大臣，哪个家里不是高床软枕？即使真累了，也不会躺在殿里叫人参观。因此殿里只是象征似的摆了张躺椅。欧阳成器此刻正躺在上面，一个御医坐在旁边搭脉，一个御医站在一边摸他的四肢。

范佳若眼中泪水未干，看到她来，默默地行了个礼，眼神却是半刻不离躺椅。

明泉拍了拍她的肩膀。

搭脉的御医终于收回手，向另一个御医点了点头。

那个御医再不迟疑，用身子挡住明泉与范佳若的视线，将欧阳成器的衣服掀了起来。

“到底如何？”明泉忍不住出声问道。

范佳若紧张地捏着衣袖，一脸苍白。

御医将衣服重新整理好，才转过身道：“回禀皇上，欧阳大人身上有个掌印，掌印呈黑灰色。”

搭脉的御医接着道：“欧阳大人脉搏紊乱，气息虚弱……”

“朕只问，可有大碍？”

御医对视一眼，“性命倒是无碍，不过一身武功恐怕……”

范佳若倒抽一口凉气，泪珠成串落下。

明泉恨不得一掌把他们吞吞吐吐的话打出来，“恐怕怎么样？”

“恐怕还要欧阳大人醒了后才知道。”

明泉又好气又好笑道：“为人医者，当知无不言，言无不尽，因何吞吐？”有希望总比没希望好。

御医慌忙道：“臣等知罪。”

明泉挥手，“罢了，他何时能醒？”

“欧阳大人一路奔波，心力交瘁，又受了内伤才会昏过去。只要臣给他扎上几针，便能醒了。”

明泉看了看四周，“郭四娘呢？”

范佳若擦擦眼泪道：“四娘受了皮外伤，林御医正在为她包扎。”

“唔。朕先见见她，欧阳就交给你们。”总算是活着回来，她在心里慢慢舒出一口气。

郭四娘得了皇上驾到的消息，一包扎好伤口，便候在门外。

明泉出来见了是她，一个箭步托住她的双肘，“你有伤在身，不必行礼。”

“皇上，奴才在清凉阁摆了桌子，那里人少，也清净些。”一个太监走到明泉身侧，小声道。

明泉看了看周围眼巴巴望着她的大臣，轻轻点了点头。

清凉阁只用来摆放无用的卷宗，坐落在佐政殿后侧，平时根本无人进出，的确是细谈的好去处。

“皇上。”郭四娘一进门，便单膝一屈，跪在地上，“草民有负所托，请皇上责罚。”

虽然心中已经猜到几分，但亲耳听到又是另一回事。明泉一手扶她起身，“究竟是怎么回事？”

“樊州三城早已戒严，方圆几百里都不许生人出入。草民只好混在一支投靠滕环的流寇中才进得桑定城去。”短短两句话，便勾勒出樊州一片兵荒马乱的景象。

“城中百姓可安好？”

“城中风声鹤唳，士兵抢掠财物妇女屡见不鲜。”郭四娘叹了口气，“不少黄水灾民摇身一变做了草寇，在各处被官府通缉，趁机纷纷投奔滕环。”

“大概有多少人？”

郭四娘想了想，“确切数目恐怕要问夏少侠。”

明泉走到桌前，缓缓坐下。

郭四娘见她愁眉紧锁，不禁劝慰道：“那些草寇原本分散四方，如今聚在一处，正好一网打尽。”

“只是苦了百姓。”她亲眼见过百姓流离失所的情景，心中更是忧虑万分，“那你又是怎么遇到欧阳的呢？”

“此事说来也巧。”郭四娘顿了顿，似乎在整理思路，“我进城才刚一天，还来不及四处打探，便被人缀上了。我初时还以为身份被人发现，正想杀他灭口。谁知道此人武功奇高，我在他手下过了五招便退败下来……”她说到惊险处，哪里还记得自称为草民。

明泉心跳蓦地一快，脱口问道：“那人长得如何模样？”

“他戴着脸谱面具，身材颀长，大约二三十？却是看不出来。”

“那后来呢？”

“那人打败之后，并不下毒手，只是跑一会，等一会，好像要引我去个地方。”

“可是引你找到欧阳成器的藏身之处？”

“不错。”

明泉道：“可见那人是友非敌了？”

谁知郭四娘却摇了摇头，“我原本也这么以为，谁知道当找到欧阳成器时，四周却突然有很多官兵涌了出来。我和欧阳奋勇杀敌，拼死才杀出一条血路来，可惜安凤坡却被抓住了。”

“难道那人没有帮你？”

“他不但没有帮我，还出手打了欧阳一掌！”

明泉心一下子又凉了下来，“欧阳那一掌，是他打的？”

“不错。”

“可是他既然知道欧阳和你的落脚之处，武功又在你之上，为何不干脆分开抓住你们，而要将你们聚在一起再出手，岂非增加你们逃跑的机会？”

郭四娘摇摇头，“我与欧阳也讨论过此事，都是百思不得其解。”

明泉又想了想，“也许他正是想放你们回来？”

“既然如此，他为何要下此毒手？”郭四娘道，“他大可将我引到欧阳藏身之处，让我们神不知鬼不觉地逃出来。”

“也许，他是想做给某人看的？”明泉越想越有可能，“他本来是想放你们走，但后来却被滕环的手下发现，不得不做出阻杀你们的姿态。”

郭四娘沉吟了下道：“皇上怀疑此人乃是潜伏在滕环身边的细作？”

明泉嘴角露出一丝微笑，“有此可能。”

“不过天下有如此武功之人，不出五个。”郭四娘道，“最起码，他的武功已经到了罗镜这个级数。”

罗镜乃天下第一高手，堪与他比肩之人，天下寥寥无几。

明泉道：“欲知他究竟站在哪边，等欧阳醒了，便可见分晓。”若欧阳成器被废去武功，

可见此人是铁了心下毒手。若没有，说明他还是手下留情了。没想到见了郭四娘，心中的疑团不但未释开，反而更多了。

“夏淳淳那边进行得如何？”

“我与他分开进城，彼此不曾互通消息。”他们既然所分派的任务不同，自然也没有合作的必要。在对方地盘上，每一个疏漏都可能造成致命打击，这种自暴身份的举动自然是越少越好。

“启禀皇上，”小太监在门外轻唤道，“皇夫殿下到了。”

“朕知道了。”明泉握住郭四娘的手，“此趟真是多谢你了，你先好好养伤，剩下的事，朕自会处理。”她转头对小太监道，“送四娘出宫。”

小太监急忙应下。

明泉又在门口站了会，看他们身影走远了，才转身朝佐政殿走去。

到了佐政殿门口，才发现那些大臣都已经散去了，如意守在门口见到她来，赶忙上前请安。

“皇夫呢？”

“欧阳大人醒了，主子正在殿里陪着说话。”

欧阳成器醒了？明泉心中一动，快走几步，跨槛而入。

“皇上？”两个御医正坐在桌旁交头接耳开处方，因此最先看到她，“臣参见皇上。”

“好了好了，都免礼。”明泉甩袖走到躺椅边。

欧阳成器看到她，挣扎着要起身，却被她一摆手制止了，“受了伤还折腾什么？身上可有哪里不适？”

欧阳成器扯开一个虚弱的笑容，“臣全身痛得很，实在是不想折腾了。”

明泉听出他一语双关，叹息道：“罢了，朕难道还真让你带着一身伤四处去晃悠？你好好养伤，等身子好了，朕送你几亩良田，要耕要垦全看你自己。”

欧阳成器知道她是暗示不再硬逼他当官，笑容立刻真诚三分，“谢皇上，不过好歹微臣出生入死一场，几亩良田实在寒酸了点。”

明泉看他还能贫嘴，心中的担忧放下一半，“如何？武功还在么？”

欧阳成器脸色暗淡几分，强笑道：“当大侠恐怕是不能的了，不过抓几个小蟊贼倒还绰绰有余。”

明泉回头看向御医。

御医立刻识相地跑上来，“欧阳大人的伤势只须调养两月，便能恢复如初，不过武功嘛……”他正要吞吐，猛然想起明泉之前的斥责，立刻改口道，“恐怕折损三成，只有七成了。”

明泉一怔。这到底算那人手下留情了，还是没留情？

欧阳成器突然咳嗽一声，“佳若，你随两位御医去拿药吧？”

明泉和范佳若齐齐一愣。

范佳若半天才咬了咬嘴唇，低声道：“好。”说着，跟在御医后头，反手将门关了起来。

明泉失笑道：“你这个撵人的借口烂得可以。就算朕身体不适，拿药这种小事也轮不到女官来做。”

欧阳成器脸色微红，“臣，臣也是一时情急。”他说罢，又看了看安莲。

明泉就近挑了把椅子坐下，又指了指隔着茶几的另一把，“皇夫也坐。”

欧阳成器强提一口气，半坐了起来，“臣有一件极重要的事情要禀告皇上。”

“哦？什么事？”

“是关于帝师……”

明泉笑容蓦地僵住。

室内突如其来的压抑让欧阳成器略感不安，他清了清嗓子，正要说什么，却听明泉淡然道：“莫非是关于那个戴脸谱的高手？”

欧阳成器一愣，随即想到定是郭四娘先禀报了此事。不过听明泉语气，似乎并不相信。“那个高手的身份来历，臣实在毫无头绪。臣要禀告的，乃是另一件事。”

明泉微愕，“何事？”

欧阳成器脸色凝重道：“臣在雍州听到一个传言。”通常话到这里，说的人不免要顿一顿，等别人接上来追问一句，不过明泉和安莲都只是淡淡地看着他，一言不发。欧阳成器无奈，只好继续道：“传言说，那个死在沙场上的雍州前总兵慕流星与帝师乃是一胞同出的兄弟。”

这又如何？明泉脑海中下意识反应。当初高阳王陷害慕流星时，斐旭便说过他的身世被他师父泄露，高阳王正是借慕流星隔山打牛，因此在这种时机有这样传言传出并不意外。

安莲却追问了一句，“消息是否可靠？”

欧阳成器话说得太多太急，扯得伤口一阵剧痛，歇了口气才道：“臣是听一个高阳王府的谋士对滕环说的。初时滕环还有些不信，不过那人给他看了件东西。”

“什么东西？”明泉好奇。

“臣离得远，没看仔细，隐约是一封信笺。滕环看完还问了一句，那斐旭的头发当真是白的？谋士答了声是，滕环这才信了。”

“恐怕是证明慕流星曾有兄长天生发色异禀。”安莲顿了顿，又道，“这倒可解释，斐旭为何会转投高阳王。”

这句话可以解释成两种意思。一种是指斐旭投奔高阳王的原因，一种是指高阳王信任斐旭的原因。

明泉瞟了他一眼，一时也猜不出他话中是哪种意思。

欧阳成器“啊”了一声，道：“难道说，帝师为了慕流星……才投靠高阳王？”

斐旭曾私纵跋羽煌，虽然未经证实，却已经传得天下皆知。尔后，明泉把从未在北方作战的慕流星调至前线，与跋羽煌交战……任何一个有心人都能品出这中间汹涌的暗涛。

慕流星分明成了明泉试探斐旭忠心的试金石。

然后试金石成功了，却也失败了。慕流星战死沙场，斐旭远走他乡……最后出现在高阳王府。

这便可解释为何高阳王会接纳斐旭，除了当事三人之外，外人根本不知道斐旭早已向明泉坦诚了他与慕流星的关系，甚至慕流星还是由明泉告知才知道身世的。

斐旭的离开是在慕流星上战场之前。她一直都隐隐觉得，那时候的他已经预料到了结果。其实当时只要他开口，无论什么理由都好，都能让她将慕流星换下来。但是他没有。那么为弟弟报仇而投靠她的哥哥这样的理由是不成立的。

明泉嘴巴张了张，这些反驳的话几乎脱口而出，又慢慢咽了下去。

欧阳成器疑惑道："如果是这样，他又为何在桑定放我们走？"他心中已经暗自认定那日伤他的脸谱人是斐旭。

明泉想了想，脸上顿时绽开笑容，"这正说明，那日伤你的人不是斐旭。"

"啊？这是为何？"

安莲颔首道："那人故意放你走，恐怕就是为了让你将消息带回来。"

"不错，四娘五招败于那人，那人却不擒她，反而将她带到你藏身之处，可见他是想利用四娘将你救出。"

欧阳成器不服道："那他为何打伤我，还抓了安凤坡？"

明泉小心地看了眼安莲，发现他面色如常，才道："安凤坡不会武功，要将他与你们一起放走，恐怕更惹嫌疑。"

"这岂非自相矛盾？"欧阳成器道，"他若真要放我们走，大可不必亲自出手。"

明泉眉头蹙了半晌，才幽幽道："朕兴许猜到他是谁了。"

连安莲也面露好奇之色。

"那人极可能是高阳王府的西席。"

斐旭曾说过，废门门规向来是一代胜一代，他选择的是辅佐她，而他的师父废物则选择了高阳王。这也就是说，此番较量除了是废门两代之战，也是她与高阳王的王者之战！

废物布下疑阵，先将情报泄露于欧阳成器，让他对斐旭产生疑虑。其后，又故意卖人情于郭四娘，让她以为他是来帮助他们的。然后打伤欧阳成器，扣下安凤坡，又好像呼应了斐旭投靠高阳王的传言。

虚中有实，实中有虚，端的是让人摸不到头脑。

他既不用确切证据坐实斐旭已站在高阳王一边，又不断用虚假的消息来引人怀疑，试探的正是她与斐旭之间的信任！若她对斐旭产生了一丝怀疑，那么他们的阵营便不攻自破，斐旭自然不战而败。

"西席？"欧阳成器先是惊讶地重复一遍，随后叹气道，"没想到皇上足不出户，却知天下事，果然神通广大。"

"神通广大？朕还佛法无边呢？"明泉瞥见他虽然嘴上说笑，额头却已经渗出密密细汗，"你先在这里躺一下，等会朕再派佳若送你回去。"

欧阳成器实是有些熬不住，忙点头谢恩。

"啊，还有一事，"欧阳成器刚躺下，又叫起来，"安凤坡不但从樊州官员手中拿到了欠条，还收了不少赎罪银子，说是请皇上网开一面。银子兑换成银票，还藏在樊州。"他不等明泉问银子的下落，就乖乖答道。

明泉朝安莲苦笑道："这下可好，人财两空。"

又是九月。

一年前废太子尚汤掀起的平安之乱尚未从记忆中消退，滕环的樊州之变又开启了另一段烽火九月！

蔺郡王快马加鞭赶到京城连马都没下，直接接过圣旨，赶赴前线上任去了。

樊州之战，一触即发！

天下人心惶惶。以墨莲社为首的文人墨客更是引经据典，对滕环昭昭劣迹轮番口诛笔伐。偶尔也有几道异声，打出滕环的十六字口号，亦是星星之火，未成燎原之势。

九月二十三日。

沉寂多时的高阳王挥出惊天一剑，十万大军以荡涤九州之姿杀入樊州。

樊州之变终成助势之风，刮起熊火席卷江山。

雍州，奉阳。

楚方沉脸坐在院落里。一人半高的葡萄架上碧叶葱葱，垂吊着一串串晶莹圆润的葡萄，使望者垂涎欲滴。但是再漂亮的葡萄也欣赏不了一个时辰。

将杯子往桌上一拍，他手指按着溅在桌面上的水渍，皮笑肉不笑地对在一旁认真扫地的仆人道："慕先生好大的架子，更衣更了一个时辰还不见人影，该不是睡着了吧？"

仆人轻轻把扫帚放在地上，揖礼道："也有此等可能，请容小人去看看。"

楚方要出口的话顿时一窒，眼睁睁地看着他从容地走进门去，一时竟找不回自己的声音。

过了半晌，仆人转出门来，恭敬道："先生醒着，不曾睡着。"

楚方瞪着他，他却拾起扫帚旁若无人地继续扫起地来。"不愧是慕先生的家人，果然……不同凡响。"他说到最后四个字，竟也平静下来，笑容吟吟，好似刚才拍杯的不是他。

"楚先生？"斐旭从里走出，单手搭住门框，惊讶地看着他，"你怎么会在我家？"

楚方脸色一僵，随即笑容更深，"刚刚到。"

"哦？"斐旭瞟了眼桌上的茶杯和水渍，"那么楚先生大驾光临，有何贵干呢？"

"楚某不过一个无足轻重的小人物，哪里当得大驾二字，更谈不上什么贵干。只不过慕先生最近足不出户，就做了几件大事，连远在千里的雍州军都受了波及，实在让人钦佩。"

斐旭不解地眨了眨眼睛，"最近有大事发生么？恕我消息闭塞，未曾耳闻，还请楚先生指点一二。"

"哈哈，你果然消息闭塞。连老夫这个酸秀才都听说了，你居然不知道？"只听一声朗笑，一个容貌清癯、身材瘦高的半百文士摇着一把折扇走了出来。

楚方一见到他，脸色微微一变，揖礼道："费五先生。"

费五朝斐旭哈哈笑道："这年头先生两个字是越发不值钱了，满大街都是叫先生的。"

斐旭道："不知道先生走的是哪条街，难道半个女人都没有？"

费五转而向楚方苦笑道："你看看他，老夫好心好意帮他说话，倒头来反被他喷了一脸口水。"

楚方顿感不适。费五调侃他也就罢了，没想到调侃完了还要向他告状，这是何道理？“没想到费五先生和慕先生的交情这么好，没听王爷提过啊。”

“王爷也没提过楚先生的来历啊。”斐旭笑眯眯道。

楚方的嘴巴立刻闭得像蚌缝。

“楚先生还没说，最近出了什么大事呢？”斐旭紧接着问道。

楚方冷笑道：“慕先生当真不知？”

斐旭很无辜地摇了摇头。

“连费五先生也知道呢。”

费五学他一样冷笑道：“我知道我的，又与你何干？说不准，我们知道的还不是一件事呢。”

楚方碰了个钉子，有点没趣道：“奉阳说小不小，说大却也不大，能当得起大事的，也不过这么几件。”

斐旭直起身子，走到葡萄架下，挑了把凳子坐下道：“愿闻其详。”

楚方看了眼仍站在门廊处的费五，又看了眼仍在兢兢业业扫地的仆人，强扔掉心中的不自然，换了个口气道：“高阳王的世子三天死了两个，难道这不是大事？”

斐旭吃惊地啊了一声，“有这等事？”

“高阳王妃的父兄都上了战场，她自己却被守城军困在王府，一步都出不去，难道这不是大事？出征的十万大军里，现在有三万不听军令回撤，难道这不是大事？”

斐旭正色道：“桩桩是大事。”

楚方又问：“难道这些大事都不值得慕先生一顾？”

“不值得。”

楚方怔住。

“世子之死若是意外，那要怪老天爷。若是人为，那只能靠王爷亲查，我知与不知有何助益？王妃被守城军囚禁，慕先生应该去找守城军统领，我知与不知有何相干？至于三万兵力回撤……”斐旭摊摊手，“那我更是小碗盖大碗——管不着了。”

费五插话道：“据老夫所知，楚先生向来和任妃走得最近，怎么关心起王妃的安危了呢？”

楚方哼了一声，“王爷在前线征战，正是不容有失的时候，但凡一个有良心会感恩之人，都不该在此刻落井下石！”

斐旭懒洋洋地打了个哈欠，“那就要请楚先生多多出力才是。”

楚方目光如疾电，迅速在他面上一闪，语气陡然下沉，森然道：“慕先生是绝顶聪明之人，很多事很多话当不须我来点破。牛马吃完饲料，尚且知道为人出力。人生在世，更要饮水思源，知恩图报，不然岂不是连牛马都不如？慕先生，你说是不是？”

斐旭鼓掌道：“有道理，真是有道理。”他斜看费五，“费五先生觉得有道理否？”

费五道：“笑的人不一定高兴，鼓掌的人也不一定赞同，说道理的人……就更不一定做得到了。”

斐旭收掌，尴尬地摸着鼻子，“原来有道理的话，听起来也不一定顺耳。”

楚方慢慢站起身，“在下言尽于此，至于何去何从，还看两位自己的良心。”

斐旭跟着起身道：“听君一席话，胜读十年书啊……不如拿串葡萄再走？总不能让你拿着东西来，空着手回去吧？”

仆人放下扫帚正色道：“楚先生是空手来的。”

斐旭望向楚方涨红的脸，慢慢缩回抓住葡萄的手，不冷不热道：“那慢走。”

看着楚方愠怒的背影，费五摇了摇头，“好歹他也曾帮过你一回……”

“嗯，所以我没让他补送。”

费五无言，须臾才道：“后方大乱，前线不稳。这就是你出的招？”

斐旭笑眯一双眼，顽皮之色盈睫，“师父不也出了一招么？”

费五走到楚方离去的凳子上坐下，“那你现在是为你的女帝解恨？”

“战斗才刚刚开始，到底谁会含恨，谁要解恨，还言之过早。”

“高阳王之所以留下你，不过是暂时听信了那通为弟报仇的鬼话。等他知道近日发生的事，你的把戏也就露馅了。”一枚银光在他双指间一闪即逝，一串酱紫色的葡萄啪地落在他掌心，“看来这一招，并不高明。”

“唉。外人怀疑我也就罢了，莫非连师父都不信我？世子之死，确实与我无关。”

费五拈起一颗葡萄放进嘴里，“当然与你无关。你只要在两位王妃之间点点火，扇扇风。剩下的，她们自己会做。”

“所以，还是与我无关。”

费五道：“那为师衷心希望高阳王也能这么想。”

“啊，我忘了谢谢师父。师父在高阳王的眼皮底下放了郭四娘和欧阳成器，”斐旭双手交叉搁在脑后，“这招实在高明得很，不动声色帮了我一个大忙。”

“师徒一场，该帮忙的时候，为师自然还是会帮你的。”费五笑得涵义深远。

“那师父能不能帮我把安凤坡救出来？”

费五看了他一眼，突然大笑起来，一发不可收拾，几乎把胸膛里的气笑完了才缓一口气道：“我刚才真的差点就答应你了。”

斐旭失望地撇撇嘴，“只是差点？”

“安凤坡的命现在捏在高阳王手上，你何不再巧言令色一番，哄得王爷把他举双手给你？”

斐旭精神一振，放下手臂，上身前倾道：“师父有何妙计？”

费五津津有味地吃着葡萄，斜睥他一眼，“真的想知道？”

斐旭乖乖地点点头。

“不如你改投高阳王的阵营，为师就告诉你。”

斐旭感兴趣地挑眉，“果真？”

“果真。”

“当然？”

“当然。”

“我现在不已经改投高阳王阵营了？”

“那你为何还帮女帝救人呢？”

无声的笑在两人的面颊上扬起。

一颗葡萄从费五的手中滚下，落在桌子上，紫红色的一点。

斐旭顺手捡起：“师父吃的时候，就没发现味道有点怪？”

费五眼角微不可见地抽了一下，“无色无味，是好药，青出于蓝啊。”

“师父过奖，徒弟受宠若惊。”

费五将葡萄在手心握了握，“不过，你猜我信不信你在葡萄里下了药？”

“信与不信，对我没有区别。”斐旭笑得十分无害。

言下之意就是下了。

费五道：“可是我不信。废门向来喜欢揣度别人的心思加以利用。你是我的徒弟，你觉得骗我的可能性有多高？”

“那就要看师父合不合作了？”斐旭从他手中抓过一颗葡萄，慢慢放进嘴里。

费五不动声色地看着他。

斐旭突然横拍一掌，葡萄架旁的围墙轰然倒塌。不等灰尘散尽，便听斐旭淡然道：“去将对院的砖石捡到这边来，然后问问他们，做什么敲墙。”

费五嗤的一声笑，“对面住的是高阳王妃以前的奶娘。”

仆人已经一个飞身，在滚滚烟尘中千手千脚般将砖石飞快地捡了过来。

凌乱的脚步纷至沓来，伴随着一声声惊叫，“怎么回事？”

仆人老实地站在墙这边，慢吞吞问道：“我家主人问，你们为什么砸墙？”

那人愣了下，发现碎石在对方家里，应是从墙这边砸的，脸立马拉长下来，“谁？谁砸墙了？你们谁砸墙了？”一个尖锐的嗓音像被踩到尾巴一般哇啦哇啦地大叫。

费五却没有心思看那边的闹剧。他只一瞬不瞬地盯着斐旭发青的脸色，徐徐道：“向来不吃半点亏的斐旭居然以身试毒……”一运功就发作的毒么？真亏他吃得下。

斐旭强撑笑脸道：“滋味不太好受，师父要不要试试？”

费五鼻中轻轻哼了一声，“我已经向高阳王建议，让你去收服三万回撤的兵马。”

斐旭眼睛一亮。

“那是高阳王妃父兄的嫡系军队，他们除了家人，谁都不信。现在又和高阳王撕破脸皮，你想收服他们，大大的不易。”

斐旭从怀中掏出一只小瓷瓶，拔掉塞子，往口里倒去，解毒的药汁顺喉咙而下。半晌，他才松了口气道：“三万兵马？师父真是大方。”

“是福是祸，端看你自己。”费五说着，慢慢站起身，又摘了一串葡萄纳在怀里，“跟为师，就不用耍礼了吧？”

“一日为师，终身为父，师父要的东西，徒弟当然双手奉上。”

“哦？那我要你那位九五之尊呢？”

“那师父顺便把我一起要了去，也好做个伴。”

费五嘿嘿冷笑着负手向外走去。

斐旭这才转头看向缺了个口的围墙，那一家人都聚在墙那头，嚷嚷不止。他漫步走到墙边，笑眯眯地看着他们，“在商量怎么赔么？”

对方看到他，气势稍弱，“这墙，我们这几日便会砌好的。”

斐旭点点头，“那就好。不过告诉砸墙的那位，莫再随便砸了，我胆小，经不得吓。”

对方一伙人阴郁地互相看着，须臾才道：“慕先生说得是。”

斐旭满意地点点头，回身往里走，顺手摘下串葡萄，惬意地放进嘴里。

仆人小步跟在后面，语气迟疑道：“葡萄有毒。”

斐旭回头一笑：“毒？哪来的毒？”说罢，又摘了两串提在手里。

仆人疑惑地看着他离去的背影，挠挠头，捡起地上的扫帚，复又扫起地来。

永谐元年十月十八日，高阳王七万大军自西入樊州境，大破承康、桑定，滕环率一万残部退守七角城。

蔺郡王整合十万大军南下，暂守羚角城，与七角城隔江相望。

明泉将战报交给安莲，“皇夫如何看？”

“滕环实为高阳王的先锋军。”

“高阳王三万兵力回撤，不知有何计较。”她看着地图，苦思不果。滕环损失的一万兵力必定是最差的散兵，留下的一万才是精兵。但即使如此，加上高阳王的七万，也只有八万之数，以此对敌大宣第一名将的十万大军，未免托大。无论高阳王在军事上有何等天赋，但经验总比不过身经百战的蔺郡王。

安莲沉吟道：“兵法有云，实则虚之。兴许三万兵力另有用途。”

明泉叹了口气。夏淳淳一入樊州音讯全无，欧阳成器也是好不容易逃回。现在她对樊、雍两州的情形，可说是两眼一抹黑。“高阳王若要继续北上，必须收编滕环的军队，不然单靠他一万兵力，如何能攻破蔺郡王的十万大军？”

历史上以一敌十的辉煌战绩不是没有，不过前提是双方将领素质的差距，以及天时地利人和的引导，滕环显然没有这种优势。

安莲脸色凝重，“只怕另有奇兵。”

明泉下颌一紧。

永谐元年十一月二日，狄族突然以追查失踪国宝为由，领两万黑狮铁骑越樊州东来，绕行七角城，占据羚角城西面中等城池桐山，蔺郡王两面受敌，情势顿时由安转危。

明泉拍案而起，笑得咬牙切齿，“好个高阳王，好个玉流！”

那个一心以大宣天下为己任的尚清，终于敌不过帝位的诱惑，与外族联手了么？

这个结果，究竟是父皇的错，还是她的错？她随即又把自己的念头否定，纵然是当初被废太子尚汤，也从未想过借助外族，这样的想法，只能说是尚清他自己的堕落！

范佳若匆匆觐见，“蓝郡王特使在宫外求见。”

明泉右眉一挑，“宣。”蓝晓雅这个时候派人来做什么？

这个疑惑很快就被来人揭晓。

“臣缅州骁战营统领萧寒参见皇上。”

“萧二？”来人正是在那武举士子落脚的客栈遇到的萧二。

萧寒道：“请恕臣隐名之罪。”

明泉笑笑，“朕也未用真名。平身。”

“谢皇上。”萧寒施施然站起身，“郡王听闻狄族蛮夷在西樊作乱，特派微臣率骁战营一万兵马前来听皇上调遣。”

明泉微愕。没想到当初她这般斩钉截铁地拒绝他后，他竟还能出兵襄助。

“骁战营现在何处？”

“正在缅州与帝州交界处扎营。”

明泉沉吟了下。虽然只有一万兵马，但此刻京城兵马中空，连帝轻骑都派了出去。若蓝晓雅命骁战营促起而攻，恐怕整个京城都有沦陷之虞。“兵部正好上奏，欲另调两名大将赶赴前线。朕正愁手中无兵可供他们差遣，萧卿来得正是时候。”

萧寒含笑道：“皇上洪福齐天，自有上苍庇佑。”

虽然他只是浅浅一笑，明泉却有种心思被看透的尴尬。

第十二章

永谐元年十一月二十八日，蓝郡王勤王之师由两位偏将军于崇、马袭波率领，西去抗敌。

明泉身披大氅，站在未明的疏淡星辰下。

比星辰更亮的明眸仰望金角赤檐，思潮神游。

安莲在严实的引领下踏残月余辉，款步而来。未及梳理的长发黑耀如夜，让人心神一凝！

“皇上。”他双眉微微蹙起，满眼的不认同，“又是一夜未眠？”虽是问句，却隐含责备。

明泉苦笑，“朕睡不着。”祖辈传下的江山动荡若斯，又有几人能睡得安稳？“于崇和马袭波已经到了羚角，战况却依旧胶着。孟子檀与滕环几次交兵，互有胜负。但滕环好似有乾坤袋般，一万人马从不曾缺……可恨！”滕环当然不会有乾坤袋，个中奥妙，路人皆知。

“皇上担心辎重？”他几次见她召见孙化吉，往往一见就是几个时辰。

明泉长叹，“天家帝位之争，却是以百姓的血汗结账……朕有时想，若朕认输，是不是天下就会太平？百姓就能安居乐业，不再提心吊胆？”

安莲眉头皱得更深，“战至今日，朝中文武已将身家性命押予皇上。皇上拱手江山何其潇洒，却又置他们于何地？”

高阳王若入主江山，难道真能对这些昔日旧敌毫无介意地释怀？

她与他都知，并非不可能，只是希望太渺茫，渺茫到不敢想，也不能想。

“唉，朕明白。”这声叹息包含的，又岂止是无奈。“如今只是冀望战火早熄。”

永谐元年十二月九日，高阳王突然率军绕道东行，过雍州境，自号勤王之师，矛头直指帝州！

“杀佞臣，清君侧！”

“安党媚宠，连党营私，其言当诛，其行当诛，其罪当诛！”

明泉当初猜测的“清君侧”终成事实。

蔺郡王大军集结频州、帝轻骑与当初留守护卫京城的所有兵力，如今帝州除了地方城守外，已是中空！

大宣疆域图已被勾画得看不清原状，但燃眉之急兀自未解。

“不如先调蔺郡王回京勤王？”连镌久道。他半生官场，还从未遭遇如此重大变故。

“不行。”独孤凉否决道，“高阳王部队先发，蔺郡王若仓促从羚角城出发，不但不能及时救援，恐怕还会被狄族和滕环的军队尾追打击。到时候恐怕不但帝州有危，连樊、频两州亦失。臣以为，现今可行之道，惟有从边境调兵。”

殿内默然。

虽然宣朝与北夷重建邦交，暂无战事，但从边境调兵等于国土无障，难保他国不会趁机偷袭。

“朕与高阳王之争，乃是自家之争，若因此而置我大宣国土于险境，朕日后又有何面目面对我尚家的列祖列宗？”明泉见独孤凉还欲再言，复道，“朕宁愿拱手帝位，也不愿大宣拱手国土！此议不必再提。”

安莲突然开口道：“其实还有一支军队可用。”

满殿顿时一亮。

明泉急问道：“哪里？”

“皇上可还记得彭蓄子和徐蓄子？”

明泉提起的一口气立刻缓了下来，“记得。”彭、徐两位将军她不是没想到，只是不敢用。彭挺、徐克敌之死，就算与她无直接关系，总是因她而起。两位将军不落井下石，已是不错了。

“前相安临渊已经修书知会他们，只要皇上恩准，即刻发兵京城，勤王保驾。”安莲目光垂落，并未看殿上众人的脸色。

独孤凉不阴不阳道：“安老相爷真好本事，连彭徐两位将军也能收归帐下。”

孙化吉却一脸喜色道：“皇上洪福齐天，手下能人辈出，自能逢凶化吉，遇难呈祥。”

明泉道：“这自然还要多谢你这位孙化吉孙尚书。”

孙化吉道：“臣名取得好，不如皇上人用得好。”

明泉微微一笑，转看连镌久，“连卿以为如何？”

“彭、徐两位将军身经百战，由他们出马，自是马到功成。”连镌久淡淡道。

明泉道：“既然如此，就由兵部速速下令去办。”

独孤凉虽然嫉妒，却分得清事情轻重缓急，急急应诺去办。

连镌久目光在明泉与安莲身上一扫，道：“臣等告退。”

明泉点点头。

待他们离开，她才轻声道：“谢谢。”

安莲凝坐未动，须臾道：“若非我，皇上也无须背负贪色误国的罪名。”

明泉道：“欲加之罪，何患无辞？今日就算没有你，他们也能编派其他的不是。”

安莲十指微紧，“不错，今日就算没有我，也还有帝师。”他看着脚下寸地，眼中流露出丝丝不安。

明泉一怔。这是她第一次看到这样的安莲。

以前的他，不论孤芳自赏到淡漠，还是喜怒不形于色到清冷，总是高高在上，让人无法窥视半分心事，可他现在分明是丢盔弃甲，褪去了那层冰装……

喉咙里有一句话，自寿诞那晚起，被塞了很久，总是想吐，却总是吐不出来。而此刻，它好像跳到了舌尖，只消张嘴……

急匆的脚步在门外响起，严实焦急的话音随后跟上，“启禀皇上，马太妃失踪了。”他刚跪下，便觉得头顶有道目光，竟如冰锥般刺冷。

明泉摆摆手，“罢了，由她去吧。”

与高阳王的战争爆发后，马太妃的离开是最正常也最好的结局。

“对了，去清惠宫带一句话，有空请常太妃平日多去徐太妃宫里走动走动。”明泉叹了口气，“当初玉流嫁去狄族乃朕亲赐的姻缘，无论未来如何，在朕心目中，她永远是我大宣的公主。”说到此，她语气微微一沉，“两国战事，不及妇孺。”

严实应声道：“是。”

她看着严实退下，目光久久未收回。耳边响起一声若有还无的轻叹，却不敢转头。勇气一旦消失，便很难再凝聚起来，吐露心声更是如此。

永谐元年十二月二十八日。高阳王大军进入帝州界，以雷霆之势先后侵占伍阳、歧越。

永谐二年一月八日。彭岚、徐特各率两万大军抵达帝州泶城。两军呈僵持之势。

永谐二年一月十一日，狄族信使抵京。

明泉读信后大喜。

玉流，终究没有辜负她。

永谐二年一月十五日。狄族骤然撤军，一路退出宣朝边境。

永谐二年一月十七日。蔺郡王大破七角城，滕环战死。

永谐二年一月十九日。蔺郡王率部西上帝州。

永谐二年一月二十日。高阳王攻破泶城，彭岚、徐特退守平沪。这是京城的最后一道防线！

永谐二年一月二十三日。静安王向高阳王宣发讨书！三万兵马自鄄州进发帝州。

自狄族退兵以来，史进泰就没睡过一天好觉。高阳王临行前的嘱托如咒言般在耳畔日夜环绕，与高阳王妃哭泣的面颊碰撞，令人摇摆不定。

“父亲，战机稍纵即逝，必须当机立断啊。”史远在一旁催促道。

史进泰看了看他，又看了看仍在啜泣不止的高阳王妃，叹出口气，却是摇头不语。

“爹！”高阳王妃突然离座，对着他猛地跪下道，“若是王爷有个三长两短，我也活不了了。”

史进泰和史远慌忙扶起她，“近儿你……”

高阳王妃反手抓住他的臂膀，“爹，这里没有外人，你就应承我一句真话。你是否真的……”

“近儿！”他沉脸喝了一声，“外头人胡言乱语，难道你也不信为父？”

“那爹为何迟迟不肯出兵？王爷如今三面被围，正是生死交关之际，我与王爷夫妻同命，一荣俱荣，一损俱损。他若有个好歹，难道我还能独活不成？爹若是担心府里死去的两个世子，那大可不必。府中世子众多，少了两个庶出，王爷再恼怒，也不会坏了我和他的夫妻情分。爹就算不看我的面子，也看在两个外孙的面子上出兵襄助。”她一番话娓娓说来，入情入理，显是思量再三，但史进泰听闻后不但没有展眉，反而忧虑更甚。

史远收到妹妹暗示的目光，也上前一步道：“父亲，当初王爷誓师之时，我们都是发过誓歃过血的，若是出尔反尔，恐怕神明难容啊！”

史进泰重重叹了口气，道：“其实……”突然门外传来慌张的脚步声，“什么人？”

“启禀老爷，慕先生在门外求见。”

史远不耐烦道：“什么慕先生？不见！”

高阳王妃却拦住他，“可是慕非衣先生？”

“正是。”

“快快有请。”高阳王妃眼睛一亮。

史进泰沉声道：“此人心计智谋深不可测，兼之敌我难分，近儿还是莫太信他为好。”

高阳王妃道：“爹也说他心计智谋过人，何不听听他有何良策？”

史远皱眉道：“可是谣传是帝师的那个？”

“不是谣传，他的确是帝师斐旭。因为他弟弟慕流星被皇帝不明不白地送上战场死了，才转投到我们这边。”高阳王妃在一边解释道。

史进泰想了想道：“近儿先到内室稍候，我且听听他说什么。”

高阳王妃前脚刚走近内室，便听到外面传来一阵脚步声。

史远看了眼史进泰，得他点头后才打开门，拱手笑道：“慕先生大驾光临，有失远迎，失敬失敬啊。”

斐旭回礼道：“慕某不请自来，失礼失礼。”待他进门，便见史进泰金刀大马地坐在堂中，见了他只是微微拱手，“慕先生，久仰。”

“史将军，客气了。”斐旭不怕生地挑了把椅子坐下，“将军从战场上风尘仆仆赶回，实在辛苦。”

史进泰面色一变道：“慕先生此话何意？”

斐旭十指交握，笑眯眯道：“王爷与将军是姻亲，也是君臣。将军为了逃命，将他弃于战场不顾，必然在心中进行过一番激烈的搏斗……难道这还不辛苦么？”

“慕非衣，你血口喷人！”史远跳起来骂道，“原以为你曾为帝师，想必有些见识，没想到也是这种捕风捉影，无中生有之徒！你……”

“远儿。”史进泰低声喝止，转头看斐旭道，“那慕先生以为当如何才不辛苦？”

“自当报效王爷，鞠躬尽瘁，死而后已。”他把最后四个字咬得特别重。

史进泰哼了一声，“不知道慕先生是以何等身份在此教训本将军？”

“将军还没收到消息么？王爷已经命我为将军的监军了。”

史进泰冷笑道：“本将军的确还没收到消息，慕先生又是从何得知？”

斐旭从怀里掏出一张任命书，“自然是王爷告诉我的。”

史进泰接过来，看了几眼道：“慕监军似乎无权干涉本将军的军务吧？”

“若史将军在品格上有行差踏错，本监军还是有点提醒之责的。”

史进泰把任命书抛回给他，“那到时候本将军定然聆听慕先生的教诲！”他手臂一伸，“此刻，不送！”

斐旭将任命书收回怀中，悠然起身，朝二人抱拳道：“那就后会有期。”走到门槛处，他突然回眸笑道，“替我向高阳王妃请安。”

史远呼吸一窒，失措地看向史进泰，只见他面色沉静如渊潭，既不似先前的忧虑，又不似后来的恼怒，而是一种陷入迷雾的困扰。

“爹。”高阳王妃从内室拨帘而出，“如今慕先生都如此说，你当再无疑虑了吧？”

史进泰道：“我疑虑更重啊。”

高阳王妃一愣，“何出此言？”

“我离开王爷时，王爷说了一句话，”他徐徐道，“小心斐旭。”

是斐旭，不是慕非衣。

楚方站在门外，见斐旭出来忙道：“如何？”

斐旭促狭地瞥了他一眼，“楚先生既然如此紧张，何不亲自上门求证？”

楚方面色顿时有些不自然，“慕先生何必调侃我。”他身为任侧妃幕僚，向来与高阳王妃的父兄不和，他贸然上门恐怕还没见到面，就被乱棍打了出来。

斐旭嘴角微扬，负手向外走去。

楚方上前拦身道：“慕先生还未告诉我结果。”

“我已经告诉你了。”

楚方一怔，“难道在这种时刻，他还要顾忌家斗？”

斐旭笑而不语。

楚方咬牙，往回走去。

斐旭高声道：“楚先生何往？”

“我去求范老先生，有他说话，必能事半功倍，马到成功。”

斐旭摸摸下巴，喃喃道：“马到成功？”

究竟是谁成功呢？

永谐二年二月二十六日。

蔺郡王大破伍阳。

次日。

静安王攻下歧越。

自此，三支勤王之师以鼎足之势包围平沪。

高阳王仗平沪内粮食充裕，自给自足，以守城之利坚城不出。

三师屡攻不下，再成僵持战。

快骑如电，夹风而行。

怀中信笺重逾千斤，乃是二十个死士以命换来的，骑者半刻不敢耽搁。

一道破风声微若落针。

骏马前蹄一屈，半跪着滑出数尺。

骑者措不及防下被前倾之力一个筋斗翻了出去，后脑勺重磕在硬石上，顿时昏了过去。

一个银发青年自暗处悠悠晃了出来，半蹲下身子，从他怀里抽出那封信，大咧咧地揭开封蜡，抽出信笺看起来。信上字迹工整，显出写者当时心思沉静，不急不躁。

青年摇摇头，将它放入袖中，又从怀里拿出另一封信，与先前战报无论信封、封蜡竟是一般无二。唯一不同的是，信封中的字迹微呈潦草，横竖撇捺皆出烦躁郁结之气。

青年将信塞入昏迷的骑者怀中，替他整了整衣襟，朝正在努力站起的骏马比了个嘘的手势，才缓缓退回暗处去。

大约半个时辰后，骑者悠悠醒转，伸手摸了摸怀中的信封，才吐出口长气，起身摸着脑后一瘸一拐地走到业已站起的骏马边上，翻身上马，一夹马肚，朝着前路呼啸而去。

史进泰将信怒拍案上，“可恶的老匹夫，欺人太甚！”

史远急道：“父亲，到底战况如何？”

“唉，”史进泰长叹一声，“蔺郡王、静安王与彭岚、徐特三面夹击，王爷被围困平沪。城中缺粮，只能再支撑一个月，王爷准备放手一搏。”

史远皱眉道：“消息是否可靠？”

“我认得王爷的笔迹，断不会假。”

史远问道：“那王爷可有令父亲出兵？”

史进泰摇摇头。

史远眉头皱成山丘道：“王爷葫芦里究竟卖的什么药？”

“其实王爷……”这个秘密他已经埋在心里太久，久到不吐不快的地步。史进泰一拳敲在案上，“其实这是王爷欲留后路之计！”

“后路？”

“不错。”史进泰索性一股脑儿全讲了出来，“当初范老先生曾劝王爷不要急于用兵，王爷虽未采纳，却也为后人留了条退路。两妃之争王爷早有所料，我与王爷决裂，率三万兵马回城之举乃是出自王爷授意。”

史远想了想，失声道：“莫非王爷是想让妹妹与王爷脱离干系，好保住世子的地位？”

“不错。这三万兵马乃是奉阳与高阳王府的最后保命符，我焉敢胡乱挥霍？”

史远默然。若是如此，那史进泰按兵不动才是有功无过的上策。

半晌后，他才幽幽道：“只怕王爷兵败，妹妹也……”

高阳王妃当日已经把话说得清楚明白，若高阳王有个万一，她也绝对不会独活。

史进泰将信又从头到尾看了一遍，“可惜王爷只说一战定输赢，未下具体指示。”

史远将信笺接过来，边看边道：“王爷向来定若磐石，从未有过如此模棱两可的说法。而且此信笔迹微显凌乱，难道，王爷的心乱了？”

史进泰虎目一睁，双唇激烈地颤抖，似为脑海中翻江倒海的思绪而震动。

史远知道他此刻正是天人交战之际，不敢打扰地默站一旁。

“王爷待我史家恩重如山。如果没有王爷，也就没有今日的史进泰！”一旦拿定主意，他反倒平静下来，“总之此战，不成功，便成仁。”

史远热血沸腾道：“我愿做先锋，为父亲，为王爷开疆辟土！”

门外一阵脚步声传来。

“老爷，慕先生求见。”

史远不悦道：“他怎么老阴魂不散地在我府里来来去去？”

史进泰朝门外高声道：“请到花厅等候。”随即低声道，“王爷对他都顾忌三分，明知有风险亦决然用之，便知此人的能耐。你到时说话须多加小心，切不可鲁莽，露出马脚。”

史远虽然不以为意，却还是乖乖应声道：“是。”

到了花厅，只见斐旭提着一个偌大的包袱坐在那里，悠闲品茗。

史进泰目光扫过包袱时，微微一沉，“慕先生要远游？”

斐旭叹道：“高阳王败势已成，我也只好提早为自己打算，各自逃命去了。”

史远不屑道：“没想到名扬天下的帝师竟是如此的墙头小人。”

斐旭接口道：“连忠心耿耿的史将军都是自扫门前雪的大、人。我这区区小人，也就不如何了了得了吧？”

史远怒道：“谁说父亲是……”

“远儿！”史进泰喝止道。

斐旭目光在父子之间一转，大笑道：“看来史将军已有定策，倒显得我枉做小人了。” 201

史进泰见瞒不住，只好道：“我与王爷乃是翁婿，岂有不帮之理？”

“那是那是。”斐旭频频点头道，“我一无战谋，二无军功，这个监军实在当得惭愧。只好在后方为将军运送辎重，聊表寸心。”

史进泰见史远又要出言相讥，急忙道：“如此甚好，那远儿还请慕先生多多照顾了。”

斐旭笑道：“好说好说。”

史远脸色骤变。

等斐旭前脚一走，他便急道：“父亲为什么不让我上战场？”

“你打过仗么？”史进泰道，“没打过仗上去凑什么热闹？”

史远不服道：“就算我没打过仗，好歹也练了十几年的武艺，比起一般士兵是绰绰有余了。”

“出息！”史进泰瞪了他了一眼，“战场上的局势难道会因为你的武功而扭转？”

史远低叫道：“难道我留在奉阳就有用处了？”

“用处大了。”史进泰冷哼一声，“我现在还看不出斐旭打的是什么主意，你姐姐又是妇道人家，担不起大事。你留在城中，还可牵制斐旭，与她有个照应。”

“那父亲为什么不让斐旭上战场？这样岂非可以将他握在手中？”

“斐旭武功有多高你知道么？”

史远惊道：“他会武功？”

“不但会，恐怕还在我之上。”史进泰道，“他若是在军中搞鬼，将情报泄露给对方，你可知损失会有多大？”

史远担忧道："那万一他在城里……"

"所以有两个人你必须看住，有两个人你必须拉住。"

"谁？"

"看住任侧妃和费五。拉住范拙和陈洪义。"

城门大敞。

三万铠甲在日光下熠熠生彩。

百姓夹道，引颈而望，泪流满面。虽然看不见自己的亲人，但知道他们此去，生死难测，此刻一别，兴许就是阴阳两隔。

史进泰高踞马背，盔顶的红缨如血，一如他此刻的心情。

高阳王妃与任侧妃的驾辇一前一后在百姓中间，垂落的珠帘遮去了一切表情，徒留猜想。

史进泰又望了眼站在人群中的史远，微一颔首，挥手道："出发！"

队列如龙，踏着整齐的步伐，一寸一尺地被城门吞噬。不少百姓情不自禁地哭了出来，顿时城内，哭声震天。

斐旭站在街角处，神色淡然，眼神飘忽，似乎在想什么。一个少年拍了他一下，"看到自己亲手把三万人送上战场，有什么感受？"

若是明泉孟子檀或是连镌久在此，必定能认出这个少年正是失踪多时的夏淳淳。

"有点酸涩。"斐旭认真道。

夏淳淳道："后悔么？"

"不后悔。"斐旭故作讶然道，"不过让他们出城绕一圈，又不会少块肉，有什么好后悔的？"

夏淳淳嗤笑道："等你计划成功时再说吧。"

斐旭笑眯眯道："我承认我很聪明，不过我的运气更好。"

这句话说了没多久，夏淳淳就不得不承认他的狗屎运的确比别人强上一点。他看着正在葡萄架下惬意刺绣的女子，"你家？"

斐旭摸了摸下巴，"今天早上……好像还是的。"

女子抬起头，朝他们嫣然一笑，"慕先生回来了？"

斐旭迟疑地加了一句，"现在……我也分不清楚了。"说罢，他揖了一礼，"见过任妃。"

任妃抿嘴笑道："没想到大名鼎鼎的帝师竟然如此年轻英俊。"

夏淳淳在一旁啧啧道："我也没想到他居然还能当得起这个称赞。"

任妃目光移到他的身上，"这位小兄弟看起来面生得很。"

夏淳淳懒懒道："没几个男人想和一个王妃面熟的。"

任妃目光一冷，上挑的丹凤眼仿如化成两把利刃，朝他的面门割来。

夏淳淳冷笑一声，脚下一移，身如鬼魅上前。葡萄架上一人跃下，脚尖在地上一蹉，身体反向朝他扑来。他的刀尖还未碰到夏淳淳的左肩，任妃手中的绣品便如鹅毛般飞舞起来。

夏淳淳一招得手，心中更是得意，反手便去抓刃，谁知那刀竟如蛇一般滑不溜秋。他一抓成空，身体向左倾倒，脖子送上门似的朝刀锋迎去。

正在千钧一发之际，夏淳淳右臂被人一扯，收住去势，反向朝右踉跄。

那人的刀好像被钉子钉住般，停在半空，进退两难。

那人脸色灰败地看着斐旭抓住刀刃的手，不发一言。

啪啪。任妃鼓掌道："慕先生武功高强，竟连我府中第一高手都非你一合之敌，果然真人不露相。"

斐旭笑着松开手道："我不过占了个偷袭的便宜，称不上什么真人。"偷袭乃是江湖中人的大忌之一，被他如此坦然地说出来，竟不让人觉得卑鄙。

任妃将手中的针放到桌上，"我今天乃是为慕先生而来，不知道可否单独谈两句？"

站在他身侧之人反手将刀收起，向她点头行礼，便头也不回地朝门外走去。

夏淳淳哼哼两声，"你小爷我困了，才懒得管招待人。"

任妃见人都走光，方道："我冒昧到访，希望没给帝师造成困扰。"

斐旭在她对面的凳子上坐下，"任妃说话如此隐讳，才令我百思不解，十分困扰。"

"帝师快人快语，那我也就不拐弯抹角了。"她手指将针轻轻一搓，"我想参与帝师的计划。"

斐旭愣住，"这个，恐怕有些不妥？"

"帝师不信我？"

"这倒不是。"斐旭尴尬道，"我此生已经决意只娶一人……"

任妃也愣了下，随即意识到他的意思，娇嗔道："帝师想到哪里去了？"

斐旭不解道："除了这个，我想不到我还有何计划？"

任妃冷笑道："明人不说暗话，帝师将史进泰骗出奉阳，难道不是准备瓮中捉鳖么？"

"瓮？"斐旭摊摊手道，"我身处奉阳城，似乎更像瓮中吧？"

"奉阳易守难攻，就算史进泰手握三万大军，也非朝夕能胜，更何况辎重不继，很快就会沦落为丧家之犬。"

"任妃说笑了，我又非奉阳城守，守城也罢，辎重也好，恐非我所能决。"

"若是由我帮你呢。"任妃美目一转，透露出丝丝寒意。

斐旭眸光幽深，如夜幕般遮去万般情绪，"任妃此言何意？"

任妃站起身，一身绫罗衬托出妖娆身姿，似垂柳扶风，弱不经衣，但说话时的冷情，却令男儿也难望其项背，"我帮你夺下奉阳，你帮我在女帝面前进言。"

斐旭十指在桌面上轻轻一顿，"我要如何相信一个背夫弃子之人？"

任妃脸上冻结出一个冰冷的面具，"你要相信的，是一个得不到夫婿之爱，日夜被妒火煎熬的可怜女人。"

斐旭一怔。高阳王宠爱任妃天下皆知，还屡屡为她与高阳王妃冲突，可她现在居然说得不到夫婿之爱？

"无论天下人怎么说，只有女人自己才能感觉到真情还是假意。"她的背脊挺得笔直，

好像一支旗杆，无论矗立在何处，都坚而不倒，“一个人清醒的时候也许能说出完美的谎言，但一个人醉的时候，吐露的必定是真挚的心声。”

斐旭实在找不出一个开解她的理由，她的怨恨才是他的有利条件。“片面之词，很难取信于人。”

任妃从袖中掏出一条绢布，“有它作凭，帝师当无再疑。”

斐旭翻开绢布，上面竟是以血而就的誓言，不但历数高阳王一年来为造反的所作所为，甚至有不少还是她亲自参与的。

“任妃可与楚先生商量过？”以楚方与明泉的恩怨，定然不会答应此事。

“我已将他关在厢房里，帝师不必顾虑。”

他将绢布放在桌上，“你还有一次选择的机会。”

任妃一撩衣袖，头也不回地走向门外。“我可以去死，却决不会为一个不爱我的人而死。”

斐旭听到闭门声后，朝懒洋洋靠着门框的夏淳淳道：“你信不信？”

夏淳淳却没有正面回答他的话，而是诡笑道：“若不是因为你与女帝天下皆知的暧昧，她今天就不是装可怜博同情了。”

斐旭蹙眉道：“怪不得我觉得桃花越开越少，竟是这个原因。”

夏淳淳讥笑道：“你现在才知道？”

“可她的情人不少啊。”

夏淳淳惊讶地瞪大眼，“难道你在吃醋？难道传闻是真的？”

斐旭学他瞪大眼睛，“难道不是真的？”

陈洪义自今晨起床开始，右眼皮就不停地跳。他不是迷信之人，但在府衙连摔三跤之后，也不得不有点相信了。

“统领，慕先生求见。”守门衙役进来通报道。

陈洪义摸着红肿的额头，骂道：“没看老子今天没脸见人么？去去去，不见不见。”

“陈统领好大的架子啊。”斐旭大摇大摆地从门口走进来。

陈洪义狠狠地瞪了那个衙役一眼，向斐旭边走边拱手道：“今天吹的是什么风啊，怎么把慕先生吹到这里来了？”

“歪风。”

他见斐旭微微一笑，眼中有股说不出的古怪，不及深究，便被一阵刀兵相交的声音所惊，“奶奶的熊！怎么回事？”他话刚说完，就惊恐发现，斐旭突然在面前失去踪影，而脖子上多了一只手。他从未想到，这个平时被他看不起的文弱书生，竟是一个深藏不露的绝顶高手！

“慕先生，你这是什么意思！”他一惊后，立刻冷静下来。对方既然没有立刻杀他，就说明还有转圜余地。

斐旭笑而不答。

门口夏淳淳带着几个人冲了进来，后面追着一大群士兵，却打得畏首畏尾。

陈洪义眼睛立刻红了，“老母！”

只见一个白发苍苍的老太太被一个十五六岁的少年搂住腰，死抱着拐杖大骂道：“我的直娘贼哦！要死咯！一大把年纪还被黄毛小子占便宜哦！我死后怎么去见老头子哦！”

陈洪义咬牙切齿地盯着斐旭，“慕先生，你到底是什么意思？”

斐旭尴尬地笑笑，朝夏淳淳道：“你就不能找个女的？”

夏淳淳还没来得及回话，一个搂着两个三十左右妇人的少女便退到他身边，大汗淋漓道：“我尽力了。”

夏淳淳此刻才回头叫道：“我是负责打探消息的，又不是专门打家劫舍，哪来得及男女老少各备一份啊！”

斐旭手下的力道稍稍一加，迫使陈洪义不得不抬起头来，“住手！”

他的声音虽然不重，但听在众人耳中顿时犹如雷霆一般。士兵们急忙住了手，站到一侧，手中武器却向着他们不敢丝毫放松。

陈洪义艰难地喘气道：“慕先生究竟……是什么意思？”

“我想奉阳重新归顺朝廷。”斐旭泰然自若道。

陈洪义眼神一寒，“原来你是……朝廷走狗！”

斐旭伸出左手，拍了拍他摔肿的额头，“陈统领的统领之职，严格算起来也应是朝廷命官吧？”

陈洪义猛吸一口气，大喝道：“但老子没有当奸细博取主子的信任再把主子出卖！”

斐旭摇摇头道：“你这样骂高阳王是不对的。”

陈洪义那一口气顿时堵在喉咙里提不上来。

老太太突然大叫道：“龟儿子，大丈夫有所为，有所不为。老娘我一把年纪，死不足惜，你别听这些个龟儿子挑唆，做出对不起天地良心的事情。”

搂住他的少年突然在她胳肢窝里胳肢了两下，惹得她一阵乱颤，“老太太还真是中气十足。”他笑得无辜。

陈洪义嘴唇咬出血来，“你奶奶的要是再敢碰我老母一下，我就把你蛋打出来。”

少年蓦地举起手，“放就放。”转头朝夏淳淳道，“老大，这女人太老，我啃不动。”

夏淳淳挥手，“一边去。”

老太太一获自由立刻朝陈洪义跑去，“龟儿子！”

“娘！”陈洪义身体挣扎了下，脖子立刻被掐得喘不过气。

少女搂着两个女人艰难挡在他们中间，“等你儿子答应了条件，你们再回家去叫个够。”

斐旭站在他们身后朝夏淳淳苦笑道：“我们是不是来得太早了？”

“奉阳知府卢大人到。”

陈洪义猛然大喝道：“卢大人小心！”

卢克恶刚一进门就被吓得脚下一踉跄，险些摔倒，待站稳身子后，才怨道：“陈统领何故大叫？”

陈洪义见他看到斐旭等人挟持他和他的家人不但不惊讶，反倒责怪他好言提醒，心中顿时凉了半截。

卢克恶见士兵们还站在一边虎视眈眈，便道："你们先出去，我与陈大人有话要说。"

陈洪义嫌恶地瞪着他，"与你这等反复小人，老子没话说！"

卢克恶讪笑道："陈大人，所谓良禽择木而栖，我也是为了雍州百姓做打算。王爷如今被困平沪，已是难挽之局。我们这些当官的，受过王爷的好处，为他掉脑袋那不是大事。可百姓呢，百姓日出而作，日落而息，日夜操劳所为何事？难道也是为了王爷称帝不成？他们又做错过什么？若是因为我们一己之私而陷奉阳百姓于水深火热，你于心何忍啊？"

陈洪义冷笑道："现在说得好听！你真为百姓着想，当初干什么去了？若王爷发兵前你如此说，我陈洪义敬你是条汉子，拼着一死也会保你周全。但此刻王爷出师不利才跑出来猫哭耗子……哼，我陈洪义第一个看不起你！呸！什么玩意！"

卢克恶被当众说得脸色一阵青一阵白，半晌才叹道："是，我卢某人贪生怕死，但我说的道理却是没错。这你不能否认，你就算看不惯我，难道你也看不惯雍州的百姓？何必因一时意气，而害他们性命？"

"那你就没想想你弟弟的性命？"陈洪义感到自己喉咙上的手微微松了一点，立刻骂得更加理直气壮，"我真他妈的为卢镇邪有你这么个窝囊哥哥而掉眼泪！"

"镇邪有镇邪的路，他若死了，我替他哭丧。他若活着，我去牢里替他送饭。"

"我呸呸呸！"若不是斐旭的手钳制住他，他差点冲出去，"你他妈算什么兄弟！自己弟弟在战场上拼死拼活，你在后面诅咒他不得好死！我真他妈算瞎了狗眼，和你这种白眼狼做同僚！"

卢克恶被骂得说不出话来，怏怏地站在那里，恨不得找地洞钻下去。

"他的话，你不听。那老夫的话，你听不听？"

陈洪义正骂得起劲，刚想回一句，老子谁都不听。却看到来人后咽了下去，"范老……"

范拙站在卢克恶旁边，背微伛偻。花白的头发梳理得一丝不苟，让整个人看上去分外威严，"帝师大人，京城一别，已近一年。"

斐旭叹道："可惜竟是这种方式。"

范拙道："若高阳王不是一个礼贤下士，求才若渴之人，他就不会冒险取信于你。你说是与不是？"

他字字如掷，比老太太捶在地上的拐杖更有力。

斐旭面色不变道："是。"

范拙又道："若高阳王再等数年，雍州将会更加富强。你说是与不是？"

斐旭道："是。"

范拙道："高阳王高才仁义，堪为盛世之君，你说是与不是？"

斐旭微微一笑，"成王败寇，自古皆然。范老，你说是与不是？"

范拙抿紧嘴唇，半晌才道："兵贵胜，不贵久。长久的内战，只会让外族有机可乘。老夫相信，若王爷在老夫的处境，也会赞同老夫的抉择。"

斐旭苦笑。在范拙眼中，高阳王是个十全十美的君王，又或者，在他脑海中兀自将高阳王想象成了一个十全十美的君王。

陈洪义额头青筋暴起，“范老，你也……”

范拙道：“生当为盖世豪杰，不惧生死，更不惧失败。若牺牲天下赢得的不过是苟延残喘之机，那倒不如放得潇洒！”

他个子不高，尚不及陈洪义的肩膀。但众人此刻看他，却如高山仰止，巍巍不可攀。

陈洪义闷声半天，才讷讷道：“听范老的便是。”

夏淳淳挥手让手下放人，回头看斐旭，只见他笑眯眯地搂着陈洪义的肩膀，一副哥俩好的样子，哪里像刚刚威胁过人。

“死小子，你吃我一杖！”忽听一声怒喝，老太太高举拐杖朝适才挟持他的少年冲过去。

“老大，一会见。”少年一个纵身翻过墙去，徒留墙内众人神色各异。

永谐二年三月二十日，奉阳向朝廷上表归降。帝师因兵不血刃收复雍州首邑而传诵天下。

七日后。

三万大军仓促回归。

史进泰在城下大骂：“斐旭，你个无耻小人，竟用阴谋骗我。”

斐旭站在城头，悠然下望，“上战伐谋，我也是为了天下苍生少受战火之苦。”

史进泰威胁道：“只消我一声令下，三万大军便会开始攻城，到时候你就知道什么是战火之苦了。”

斐旭拍了拍站在旁边的城守士兵，“不知道这三万大军中，有多少是奉阳子民。”

士兵老实道：“小的不知。”

斐旭道：“我告诉你，有五千二百三十一人。”

史进泰脸色一变。

斐旭摇头道：“让士兵攻打自己的亲人，史将军于心何忍？将军就算不为这千千万万的士兵与百姓考虑，也要为自己的子女考虑啊。”

史进泰气得大叫，“你将他们怎么样了？他们若有个三长两短，我定然将你碎尸万段！”

斐旭笑道：“碎尸万段这种事情我是做不出来的。他们现在在王府里吃得好睡得香，好得很。”

史进泰道：“斐旭，你倒行逆施，一定会遭天谴。”

斐旭拍拍手，城头突然投下几十袋米粮。

史进泰叫道：“你这是什么意思？”

“我怕遭天谴，所以替自己修善行。”

史进泰这几日正是缺粮，又不敢违背高阳王“不取民物”的宗旨，全军上下都是紧着裤腰带过日子，此刻给他粮食无异雪中送炭。

副将看着粮食，舔了舔嘴唇道：“将军，怎么办？”

史进泰叫道：“什么怎么办！让人过来背粮食开饭！”

城头上。

斐旭回身笑道：“我赢了。”

费五站起身，拍了拍屁股，“高阳王还未投降。”

“不过时间问题。”

“平沪之粮少说可以支持三年。但勤王三师却耗粮更巨。”

斐旭道：“奉阳一降，高阳王退路截断，再做网中挣扎也是徒劳。这点，高阳王应该比我更清楚。他现在缺的，不过是投降的台阶罢了。”

费五道：“那你觉得他的台阶在哪里？”

斐旭伸手一指，“北方。”

乾坤殿。

数月的抑郁之气终于一扫，来往宫人脸色也是喜不自胜。

唯独这座宫殿的主人却依然愁眉难展。

安莲瞟了眼案上奏折，“皇上还在担忧平沪之事？”

“高阳王一日不降，三军粮饷便一日不能断。”明泉头疼地按着眉心，“孙化吉这几天都快成孙火急了，朕怎么能不担忧？”

安莲沉思道：“我有一计，或能让高阳王弃城。”

明泉喜道：“快说。”

“此计还须靠北夷王。”

明泉先是皱眉，而后恍然道：“莫非……”

“不错。”

明泉点头道：“不错，若是如此，的确会让高阳王弃城。只是此计未免有失光明。”

“皇上觉得百姓与名声，孰轻孰重？”

她叹了口气道：“朕晓得了。”

永谐二年四月二日，北夷王突率大军南下，驻军两国交界。战事一触即发！

永谐二年四月六日，高阳王开城门降。

永谐二年四月十日，史进泰投降。

历时六个半月的樊雍之乱终于平定。

永谐二年四月十五日。明泉下旨召静安王、罗郡王尚融安、蔺郡王、斐旭、彭岚、徐特、孟子檀、夏淳淳等八大功臣入京城，是为史上著名的“八臣听封”！

永谐二年四月二十八日，北夷退兵。

严冬在层层春风的驱逐中渐渐消退。

去年九月以来的凛冽寒风刮得整个宣朝伤痕累累。而如今，细碎的春雨绵绵而落，一滴一点地舔舐大地创伤，滋润万物于无形无声。

明泉拿起倚靠在廊边的伞，在漫天金雨中支撑出一方干土，走向正迎水露而怒放的梅花。

“冬去春来，又是一片勃勃生机。”范佳若打着伞从廊的另一头气定神闲地走出来，“花有开谢，雨有落收，唯独人，少来老去，只能走一遭。”

明泉伸手摸着梅花花瓣，头也不回道：“朕记得说过不见。”

范佳若迈前一步，面色肃然道：“皇上可是也要做那鸟尽弓藏，兔死狗烹之事！”

明泉缩回手，转头冷笑道：“那就请范姑姑告诉朕，你这个弓打了多少鸟？又逮了几只兔子？”

范佳若抿唇道：“臣指的是臣父！”

“范拙。”明泉点点头，“他的确是立了不少功，雍州能顺利归降他也出了力。不过……朕为天子，他为朝臣，在朕需要他的时候，他弃朕而去，是为不忠。他投奔高阳王，高阳王则为主，他为仆，在危机时刻他又卖主求荣，是为不义。告诉朕，如此不忠不义之人，朕难道不能藏之烹之？”

“臣父一生为朝廷忙碌，侍奉两代天子，任职吏部，可说兢兢业业，鞠躬尽瘁。而后年老体迈告老还乡也是人之常情，何来不忠之说！他投奔高阳王之时，高阳王尚是大宣最尊贵的王爷，皇上最亲近的兄长，连皇上也亲口说过与他情比天高。臣父辅佐他无异辅佐皇上，辅佐大宣江山！忠心二字，可说当之无愧。高阳王起兵造反，臣父力劝无效，才转而说服奉阳官员，弃城投降。归根结底，更是为了顾全天下大义！臣愚昧，如臣父这般为皇上尽忠，为大宣尽责之人，若还要担上不忠不义的罪名，那臣就真的不知道该如何向皇上尽忠了！”伞在空中转了一圈，啪地落在地上。

明泉冷笑一声，“说得真是感人肺腑，说得朕都想封他为一等公了。你说他年老体迈告老还乡，说得好，急匆匆地留一封奏折给朕，连恩都不谢，面都不见，就拖着年老体迈之身兴冲冲地跑去雍州为朕继续尽忠？说起来，朕还真是要好好感激感激他这番奔波之苦。至于力劝无效，这倒是不假。不过令尊当时说的是，时机未至，且待几年，再谋大业。你该不会要告诉朕，范老说的大业是替朕巩固江山吧？”

冰冷的雨丝像一只只蚊子，一下下亲吻着后颈和面颊，将她的鲜血一点一点地吸食。血色迅速在她脸上褪下，她看着眼前金冠玉容的少女，尽管站在同一片土地上，但她看她的时候，却不得不抬起头。“天下初定，皇上正该以赦而收拢离散慌乱的人心，大开杀戒，只会激起民怨。”

明泉嘴角微扬，“范老知道你来求情么？”

范佳若目光一闪，双唇抽动了下，“不知。”

“朕猜他也不知，不然以范老的傲气，恐怕宁愿撞死在牢里，也不会接受朕的宽恕。”

范佳若一时吃不准她话里的意思，低声道：“臣父已是知天命之龄……”

“朕几时说要杀他？”

“可皇上不是说要藏之烹之？”

“鸟尽弓藏，兔死狗烹八个字都是你说的。朕说的是，难道不能藏之烹之？”明泉眼角终于泄露出一丝笑意。

范佳若仿佛听到自己的心掉回了胸腔，当下跪道：“臣谢皇上赦免之恩！”

“死罪可免，活罪难逃。”明泉肃容道，“你且回去吧。”

求得不死已是天大恩德，范佳若不敢再说，又磕了两个头才站起来。

“顺便告诉严实，下不为例。”如果没有他的通知和放行，范佳若岂能这么容易见到她？

范佳若脸色一红，讷讷地答应了，抓起地上的伞便往回走。

看着她渐渐轻快的步子，明泉嘴角露出一丝会心的笑。

“皇上。”

明泉回首，见安莲站在梅间，好似一抹借自高山的积雪，散发出与梅一般的傲然气息。

“静安王、蔺郡王、彭岚、徐特、孟子檀昨日到京。罗郡王已至帝州，不出三日便能抵达京城。”细密的貂毛轻轻贴着安莲的下颌，为天人般的绝世容颜平添几分柔美。

明泉将目光自貂毛上收回，落到梅花上，半晌憋出一个“嗯”音。

安莲目光炯炯，“斐旭与夏淳淳，恐怕赶不上八臣听封之典了。”

明泉脚尖一紧，转头愕然道：“为何？”

“安凤坡不在平沪。臣私下请托斐旭与夏淳淳前往樊州寻找。”他口气淡然，好似用扫帚在几尺厚的积雪上轻扫了一下，不关痛痒。

斐旭与夏淳淳从雍州赶赴京城已是八臣中最远的，日期原本就是她根据他们的脚程而定，如今再绕道樊州，那铁定要错过八臣听封大典。

若是那样，斐旭将无法名正言顺地在天下人面前重正名声。

缩在袖中的手指微微紧缩，明泉低声道：“等阮汉宸回京，朕可以派他去樊州。”

“救人如救火，望皇上体恤臣顾念手足之情。”

从戚州到帝州，再从帝州到樊州，无论怎么赶，都要耽误半月的时间，而雍州到樊州最多在十天左右。

明泉笑容被慢慢扯开，“但凭皇夫之意。朕乏了，改日再来赏花吧。”伞柄在手中微微发烫，她转身，雨丝被她带起的风扇得斜飞。

安莲目光缓缓落在她站过的泥土上。一个小小的，被脚尖钻出来的坑，在雨中慢慢被水填平。

校场上，锦旗林立，一色地朝西飘扬。

初升旭日的淡金光芒散落在旗间，在一排排伫立的盔甲上闪耀出点点明黄星光。

静安王、蔺郡王、罗郡王尚融安、彭岚、徐特、孟子檀等身穿朝服，站在队列最前。身后是一千名在战役中立功最多的标兵。

明泉垂手立于高台，象征至高无上的金冠在晨曦的辉映下幻化出一轮五色光环。

“朕，要谢谢你们！”她端起严实献上的酒杯，“因为你们将大宣千万子民从战火中解救了出来！这一杯，朕敬那些为大宣，为家园而在沙场上抛头颅洒热血的烈士！干！”

“干！”士兵手中虽然没有酒杯，但他们呐喊出的声音却比酒更醇，更真，更烈！

“这第二杯，朕要敬你们。谢谢你们活了下来！干！”

“干！”轰然的嘶喊仿佛将大地都震得一晃。烽火狼烟在这一刻似乎远去，从天而撒的血雨在眼前飘散，从高而弱的悲鸣在耳边淡去，明泉庄严而坚定的嗓音却在心田激荡不休。

明泉接过严实斟上的第三杯，“这一杯，朕要敬你们身前的六位大宣的功勋栋梁。没有你们，就没有他们今日的成就，但没有他们，也决不会有你们今日的胜利！干！”

“干！”嘶哑的嗓音将天地裂开一条巨缝。旭日之辉铺满校场。

“静安王尚涵听封。”

尚涵迈出一步，俊秀的面容流露出超乎年龄的沉着，“臣尚涵听封。”

“静安王尚涵年幼识礼，尽忠晓义，匡扶社稷于危旦，拯救万民于水火，心比日月之昭昭。朕特赐免死金牌一枚，以示隆恩浩荡，庇护静安王子孙厚荫。”

“臣谢皇上。”尚涵眼中露出与年龄不符的精明，转瞬即逝，面色如常地双臂举于顶，恭敬接过。

“蔺郡王隆岳听封。”

蔺郡王上前一步道：“臣隆岳听封。”

“蔺郡王隆岳武功彰著，德厚流光，临危受命，不负朕望。特赐免死金牌一枚，准御前免跪。”

“臣隆岳谢主隆恩。”

明泉静静地站在万众仰望的台上，晨曦薄光笼罩在身前，好似一尊金像，高贵尊荣，又沉寂萧索。

自罗郡王以后，便再无免死金牌，只是加官赏赐，高低多少皆比照立功大小。

明泉垂低的目光看着孟子檀缓缓出列，又缓缓入列。

冀望中的人始终没有像上次那样，在万人头顶，凌空而降。

以他的个性若真的想来，就算是皇夫的旨意，又岂能阻止得了？他明知道，她决不会因此而降罪于他。他不来，只因为他不想来。

自嘲地一笑，抬眸与孟子檀的目光一撞，在晨光中，彼此都看不清对方瞳孔中的自己。

凤章宫，梅香阵阵。

一个银发青年坐在梅枝上，小小朵朵的黄梅花如情人的丝带，在风中轻颤。

安莲手抚琴弦，默然坐在对面的树下，银白的大氅逶迤在地。

“皇夫真是好雅兴啊，大白天躲在园子里抚琴。”

“有帝师相陪，岂不快哉？”他淡淡道。

斐旭侧身，笑眯眯道：“皇夫实乃信人，也不枉我舍生忘死深入敌营。”

“帝师找到安凤坡了？”

“如今天下间能找到他的人……恐怕只有他自己吧。”若他是安凤坡，恐怕也不会愿意再被人找到。

食指微一用力，琴弦勒紧指腹，“帝师既然到京城而未列八臣听封，是否意味着放弃？”

斐旭扬声笑道：“因为离开，所以放弃。因为未至，所以放弃。这个因果，我似乎永远最后知道。”

安莲抬眸，目光冷冽如霜雪之光，“难道不是？”

“皇夫养过鸟么？养鸟不同于栽梅，不是只给它食物和水，它就会茁壮成长。它需要的是能尽情翱翔的天空。”斐旭徐徐道，“人更是。”

“并不是只有分离才能支起天空。”

“分离需要的是信任，相守需要的是迁就。”斐旭缓缓直起身，银发在风中轻扬，“你已经太累了。”

“帝师不累么？”安莲淡然问。

斐旭苦笑，“我也累。我从来没这么累过。”

安莲撩拨了两下琴音，“总有一个要停下。”

养颐宫坐落在皇宫西北，与承德、凤章等宫殿相距甚远，十分清静。

明泉一路走走看看，宫中的园景布置与记忆中相合，透露出古太妃独有的素雅。连蜿蜒在墙壁上的藤蔓都缠绕成一排排错而不乱的壁画。曲径通幽，养颐宫的主殿从来空置，古太妃住在最北角的偏殿里。

树丛深处，传来阵阵断断续续的箫声，如少妇压抑的呜咽，如将士无言的悲鸣。

明泉顺声而走，鹅卵石道渐渐看到尽头。

雾化似的柔白如一团微融的雪，静静地伫立在殿前，一支古朴的乌木簪斜插发髻，简单得近乎缥缈。

明泉停下脚步。眼前的古太妃比之以往大大不同，如同一只鸡蛋碎了壳，发现里面原来是一只白鸽，向往蓝天上，翱翔白云间的白鸽。

“古太妃。”她轻唤一声，气虚如拨叶之风。

古太妃娇美的容颜缓缓绽开一丝微笑，“你来了。”

明泉心中荡漾起一丝极端不祥的预感，这种预感强烈得几乎让她拔足而走。但古太妃的下一句话，却将她的脚牢牢地钉回原地！

“你要如何处置高阳王呢？”

这不是古太妃。明泉惊疑地看着眼前这个素华如初，却全身张开无形的大网的女子。古太妃向来悠然世俗之外，决不可能会如此直白地过问这类事情。“古太妃？”这一声，比之之前声音更沉下几分，杂了丝疑惑。

“泉泉。”古太妃笑吟吟地看着她。

脑中的记忆被剖开一条大缝，一个名字诡异地钻了出来，以致她脱口道：“皇后？”

古太妃微微仰起脖子，超然物外的淡然一寸寸在身上剥落，蜕变后的她犹如高傲的王者，冷冷地向天下宣布她的荣耀，“你还记得。”

明泉震撼之后的心湖渐渐平静下来。这里是皇宫，阮汉宸也已经回来了，这里的王者只有一个，就是她——尚明泉。天下尚且是她的，她又何必为一个区区妇人而退缩？“古太妃今日请朕来，该不会是为了已故皇后吧？”

“若我说是呢？”

“逝者已矣。太妃也已是颐养之龄，何必徒生事端？”

“你可以选择不听。”古太妃嘴角弯起一个诡谲的弧度，“如果你不想知道先皇为什么要废太子，又为什么会立你为帝的话。”

明泉心湖再度掀起惊涛骇浪，面上却是涓滴不露道：“先皇的决定自然有先皇的道理。”

“不错。不过你今日能做皇帝至今，却该好好谢谢我。”

“难道是因为你，父皇才立朕为储？”明泉语露嘲讽。论信任，当今天下，高绰君、连镌久、安临渊哪一个都在古太妃之前，如立储这般大事怎么可能轮到她置喙？

古太妃不理她话中的讽刺，径自道：“樊雍一战，你的确赢了尚清。不过你真的觉得你比他更适合当皇帝？”

明泉心中虽然知道这一仗自己胜得极险，若两人易地而处，她恐怕是连号召军队造反的力量都没有。但表面上却冷笑道：“古太妃该不会现在才准备劝说朕禅位于他吧？”

“当然不是，我是劝你，千万不要用什么免死金牌放他一马。”

明泉心中盘算被她一语道破，顿时一惊。除了开国战死的两大功勋外，宣朝还无钦赐免死金牌的先例。她赐金牌于蔺郡王是幌子，真正的目的是赐予静安王，让他念及手足之情救高阳王一命。这其中的曲折，静安王等人明白并不奇怪，没想到居然连古太妃也瞧了出来。

“你若是放了他，只会害了你自己。”

明泉不言不语地抱胸看她。

古太妃单手执箫，眼中光芒逐渐飘忽开来，“尚汤虽然资质不及尚清，但毕竟是嫡长子，朝野上下公认了二十年的储君，平日虽无大功，却也无过。先皇当时也的的确确是想传位于他，甚至将手中的权柄也悉数让渡出来。但就在先皇驾崩前的一个月，却让他知道了一个惊人的消息。”

明泉的心也被紧张地揪了起来。

“我也不知道是谁透露出来的风声，总之，先皇一口咬定太子非皇室血脉。当我知道的时候，先皇已经修改了遗诏。”

明泉听得瞠目结舌，不由自主道：“怎么会？”

“你一定在想，就算尚汤不是先皇之子，那尚清总该是吧，为何会传位于你？”古太妃不等她回答，就接了下去，“我第一次看遗诏的时候，心中也非常疑惑。你就算再聪明再能干，又怎么比得上文韬武略，将雍州治理得井井有条的高阳王？但是当先皇给我看第二封诏书的时候，我就知道了。原来，你不过是一条可怜的桥而已，先皇只是想搭着你过界。”

一个隐约的真相在明泉脑海中形成，全身的力气好像抽干似的，胸口闷得窒息，闷得发痛。

“尚汤是先帝一手培养的继承人，在先帝卧病期间已经掌握了京城，乃至整个帝州的兵力和势力。如果先皇这个时候将尚清迎回京城，必定会惊动那些势力。尚汤本就对尚清疑忌极深，若引起他的警觉，那一场战乱将无可避免。所以他只好在迅雷不及掩耳的情况下，先将帝位传给你，让连镌久和斐旭打尚汤一个措手不及，等一切尘埃落定之后，再让你还位于尚清。”

古太妃转过头，用一种近乎怜悯的目光看着明泉，“当然，他也不是没有顾全你。至少在第二封诏书里，他替安莲澄清了污名，封了郡王。而你禅位于尚清之后，就可以安心地当

安郡王妃。大宣的天下自然有尚清来操心。一切都美满得和坊间小说一样。”

明泉定了定神，冷笑道：“父皇为何把如此重要的诏书交给你？”

古太妃瞟了她一眼，似乎一只气定神闲的猫，奚落着一只垂死挣扎的老鼠。“先皇驾崩后，高绰君必定悲痛欲绝，自顾尚且不暇，又如何运筹天下？至于那些大臣……”她顿了顿，眼中的讽意如针，扎得明泉一阵眼疼，“当初皇上离京的时候，不也把密旨交给了我么？”

明泉全身一阵发冷。不错，比起朝中势力盘根错节的连镌久等人，无背景无势力撑腰，且一副悠然于物外模样的古太妃的确更让人信任。她咬牙道：“你与于皇后是什么关系？”

于皇后，尚汤的生母，开国战死的功勋之后。明泉对她的印象始终停留在儿时的凤章宫，她倚窗望着天边，神情落寞而温柔。泉泉，整个皇宫里只有她这么叫她。甚至很多时候，她觉得她比云妃更像母亲。可惜，那段记忆并不长久。之后的她去了哪里，没有人知道，只知道在几年后的一天，常太妃告诉她，于皇后薨了。

古太妃脸上流露出一种悲怆，“你说一个初入宫，无权无势的丫头在宫里会受到什么样的待遇？”

明泉没有回答。她虽然从小不管后宫这些琐事，却不等于不知道。

“如果没有皇后，我又怎么可能爬到四妃？”父母生她育她，却也将她推入这深宫火坑，他们成就的只是她的生。于皇后陪她伴她，把她从一个小小的秀女一手扶持到四妃之一，她成就了她的幸。

明泉冷讽道：“以你的心计演技，就算没有于皇后，也不难出头。”

古太妃笑了笑，笑意未达眼底，“这世上没有假如，只有发生和没发生。”

明泉低声道：“尚汤，真的不是父皇之子？”

古太妃撇开身，低吟道：“寂寞晚春伤景，铜镜婉转风情。一缕青丝化暮雪，年华如箭惊心。缱绻相思何寄，残月抱缺悲鸣。晨梦犹遗仿影，鬓沾枕泪骤醒。空帏无须扫卧榻，云衣繁锦孤伶。弦断不曾再续，谁人回顾浮萍。女人……最耐不住的是寂寞，最挨不起的是岁月。”她的笑容凄怆，好像随时化作浮尘一般，虚渺不真。

明泉嘴巴张了张，却不知道说什么。每个皇宫总会有很多被华丽掩埋的血泪，莫说当年她还小，就算到了今日，沈雁鸣，彭挺，徐克敌，金伯雨……她依旧不能阻止悲剧的延续。

古太妃从怀中掏出一个长筒式的袋子，“遗诏在这里，该怎么做，就看皇上的了。”

不知有心还是无意，皇上两个字落在明泉耳里，竟如蜂刺般痛楚。

恍惚地接过卷轴，手指蜷起，紧紧扣住，明泉转身头也不回地往回走。健步如飞，好像这样就可甩掉刚才噩梦般的对话，还有脑海里交替出现的于皇后和古太妃。灵魂好似从身体里飘了出来，只有脚麻木地朝前走着。

“皇上。皇上？”严实见连唤两声没反应，只得小步跟在她后头。

瑶涓从瑶涓宫里出来时，就看到明泉神情迷茫地在前面走，严实带着帝辇亦步亦趋地跟在后头。

“皇上。”瑶涓喊了一声。

明泉身子一震，脚步竟停了下来。回过头，涣散的瞳孔终于聚焦，“皇姐。”

瑶涓看了看严实等人的神色，心中打鼓，“你要去哪里？为何不坐辇车？”

明泉低下头，发现那袋卷轴一直被握在手里，明黄的颜色与身上的龙袍连为一体。

瑶涓眼看到了卷轴，“可是发生了什么事？”

明泉舒出口气，摇头道：“就是心里闷得慌，随处走走。”

瑶涓以为是高阳王的事，感慨道：“没想到为了帝位，高阳王竟然会造反。”

明泉心里一颤，轻声道：“皇姐，若是你发现，你占有了不该占有的东西，会怎么办？”

瑶涓别有深意地看了她一眼，“那要看，那样东西对你重不重要了。”

重不重要？明泉似乎愣住了。大宣的江山对她又怎么会不重要？若是不重要，她又何必与尚汤与尚清抢得你死我活？可是，这一切的源头都只因它是父皇所留啊。

“明泉？”瑶涓担忧地拉着她的手。

“重要如何？不重要又如何？”

瑶涓叹了口气，“其实这世间的标准都是自己定的。有些人借了千金，舍不得还，宁可赔了名声和信用。也有人借了一文，不惜跋山涉水也要还上。是非对错，只在各人心中。”

明泉低喃道：“是非对错，只在各人心中？”

瑶涓拉住她的手，“凡事但求问心无愧。无论你做什么，皇姐总是支持你的。”

明泉握卷轴的手一紧，面上却松出口气道：“对了，这次去戚州……”平安郡王动了吗？

瑶涓咬了咬嘴唇，淡然道：“融安已经稳定局势，一切与往日无异。”

明泉心中有数，强笑道：“你从戚州回来，还没好好歇过。就算你不累，我的皇外甥也累了。”

瑶涓缩回手，摸着肚子，幸福自眉梢眼角流泻，“御医说还有一个月左右。”

明泉终于露出一个真挚的笑容，“名和字让尚融安挑一样，另一样朕取定了。”

瑶涓展颜笑道：“求之不得。”

“皇姐先进去吧。”明泉走到她身后，将轮椅转了个方向，交给宫女。轮椅越推越远，明泉在原地驻留了半晌，才回身坐上帝辇。

帝辇滚轴渐行渐远，直至消失不见。

不到半盏茶，另一辆车辇自相反的方向缓缓行来。

宫女推着轮椅从墙角转出来，“公主，驾辇备好了，是否起驾凤章宫？”

瑶涓摸了摸肚子，道：“罢了。”

明泉斜躺在躺椅上。

自她搬进承德宫以来，已过了一年。

在搬进这里的那一天，她亲自挑选了各式物件。这座至高无上的寝宫埋葬了她的烟雨江南，断送了她的塞外黄沙，她一直以为她会在这里住一辈子，就像父皇那样。所以她只能尽量让自己喜欢这里。

尽量而已。

轻轻打开袋子，抽出卷轴，她平静而娴熟地展开。

苍劲如松，又稍嫌后劲不足的笔迹骤然跃入眼帘，熟悉得几乎让她当即掉下泪来。

诏书并不长，每句的结尾墨点极浓，想必每一句都令他费尽心机。

明泉缓缓将诏书卷起，搁在膝头，轻轻闭上眼睛。

檀炉里的香烟无声缭绕。

光自东而西斜。

笑声，如轻轻撕裂的布帛，绵长而压抑，在空荡的殿堂中瑟瑟摩挲。

“……以女子至尊不可信为由，禅位于清。还大宣正统……”

还大宣正统……

泪水如泉，从眼眶不住流淌出来。

她咬着拳头，低哑的笑声如秋风扫落叶一般，自喉间颤动。

她终究不是正统。

尚汤不是尚氏血脉，所以不是。

她不是男子，所以也不是。

这一年多来的所作所为，最后都只落下“非正统”三个字！

如今那个正统因兵败而关在天牢里，她这个父皇眼里的非正统却打着正统的旗号，偷取了胜利。

到现在……她甚至不知道自己究竟是谁。

是大宣朝一个过渡的女帝？

还是父皇安排下的郡王妃？

古太妃说得对，解决这一切的最好办法，就是杀了高阳王，将一切真相都掩埋起来。她继续当她的皇帝，把所有人继续蒙在鼓里。若是真相揭发，所有支持她的大臣决不会放心让高阳王称帝，那天下就只能迎来又一个战乱！

古太妃何其高明，又何其毒辣！她的不言，造就了如今的真假颠倒。她的一言，又造成了她的进退维谷。

父皇，你在天上必定也很悔恨吧？看到清哥哥输的时候，心中必定对我恨之入骨吧？

明泉的身子在无声的哑笑中慢慢蜷缩成一团。

啪嗒一声。

诏书落在地上，被柱子的阴影掩盖在暗处。

殿外骚动不止。

明泉勉强睁开眼，发现眼睛肿得只能看到一条小缝。

她摸了摸身畔，猛地坐起身，低头看到诏书正静静地躺在地上，才松了口气。“严实。”话刚出口，她自己也吓了一跳，喉咙好像堵着沙子般低沉喑哑。

外头静了半刻，严实急碎的脚步声停在门外，“皇上醒了？奴才立刻伺候更衣。”

“外头发生了什么事？”她将诏书捡起，想了想，藏到枕头下面，拍拍平整。

严实迟疑了下才道：“是帝师来了。”

明泉一怔。斐旭回京了？他不是向来只在夜间出没的么？“他来做什么？”

严实又顿了半天才道：“洗马桶。”

明泉整理衣摆的手顿时停住，仿佛没听清般又问了一遍，“什么？”

“奴才伺候皇上梳洗。”

“进来吧。”明泉揉了揉眼睛。

门被从外朝里推开，阳光被委屈得挤在门框边上一条。叠得密密麻麻的马桶整整齐齐地霸占住殿门前的空地，将明泉的视线塞得满满当当。

“这是怎么回事？”明泉掐着鼻梁，觉得头越发痛起来。

“臣斐旭，参见皇上。”一声清朗从门外传来。

明泉反手关上门，“帝师来得真早啊。”

斐旭站在门外，将手中马桶放下，笑嘻嘻道：“早睡早起身体好，是皇上起得太晚了。”

明泉冷笑道：“朕记得今日无须早朝，帝师来得未免不是时候。”

“督促皇上课业，乃是本帝师的职责。”

“帝师就用这些马桶来督促朕的课业？”

“这些马桶乃是考验皇上的品行。”

明泉怔了下，“品行？”

“皇上可知君无戏言？”

“知又如何？”

“那皇上可还记得曾对臣言，斐帝师若会亲自洗马桶，要朕做什么都行？”

明泉喉咙一窒，“朕那是……”满脑的推托只是转了一圈，终究说不出口，“那帝师想要朕做什么？”

反射在门上的倒影慢慢变小，越来越黑，“皇上。”

明泉只好将耳朵贴了过去，一缕温热的气息从门缝里拂在耳朵上，门似乎成了透明，好像斐旭就正大光明地站在附在她耳边。泪水在眼眶中打转，一夜的委屈心痛和悲哀自怜瞬息涌上心头，她几乎用尽全身的力气才能让弯曲的双腿支撑住身体。

斐旭是父皇亲封的帝师，他之所以这般倾力相助也是为了父皇第一封遗诏，没有遗诏，他们之间也许什么都没有，什么都不是，甚至根本不认识。

“皇上……”

“朕累了，帝师请回。”传入耳朵的声音好似能勾起心底悲哀的共鸣，瞬息抽去腿上的力气，跌坐在地。

太监们都噤若寒蝉地垂头跪下。

殿内殿外顿时冷成一片。

半晌才传来斐旭似怨非怨的一声叹息，“愿求佳偶，逍遥而游。”

这一声说得极轻，又极为坚定，犹如一枚铁钉穿过门扉，直直地扎进心里，深深地扎在满腔的悲伤和疼痛中。

门上的影子慢慢淡去。

门外的脚步声慢慢走远。

不知过了多久，才听一个太监跪在地上颤声问："皇上，水凉了，奴才再去打一盆。"

明泉点点头，缓缓支身站起，反手打开门，却见严实急匆匆地跑过来，"启禀皇上，古太妃……自缢了。"

明泉手指一颤。

这种结果本在意料之中，她也算求仁得仁。世上唯一一个知道遗诏之秘的人已经消失了，只要她将遗诏毁去，那她就是名正言顺的大宣朝主人。这本是最好的结果，可为什么还是觉得呼吸难继？

"……太妃病薨，朕心痛如焚，辍朝两日，将太妃厚葬于皇陵。"细碎的声音一字一字地从喉咙里迸出，空虚缥缈，连她都听不出是自己的声音。

严实见明泉神情萎靡却毫不意外，顿时明了几分，后宫这种秘辛多不胜数，自是没有他置喙的余地，当下道："奴才遵旨。"

平日明泉到乾坤殿，都觉时如飞梭，取之有限。可今日看着满桌的奏折，却觉得无事可为，时间无尽。

她果然不是一个合格的君王。父皇生前曾说过，为帝者，当摈弃七情，以江山为重。可她做不到，她努力到现在，都不过是不想让父皇在天之灵难以瞑目。一旦这个支撑消失，江山就好像被移到西方极处，与她毫无干系。

"皇上。"严实端茶进来，轻手轻脚地放在案上。自从范佳若被她恩准照顾受伤的欧阳成器之后，她身边贴身的人又只剩下他一个。"安老相爷求见。"

明泉愣了下。安临渊？那个把连镌久狠狠压制十几年而不能抬头的权臣？她摸了摸眼睛，虽然用鸡蛋敷了以后有些去肿，却还是微微鼓起。

"宣。"安临渊虽然已经不在其位，但遗留在朝中的势力却比连镌久犹有过之。他最高明之处，乃是旁人根本不知道谁是他的人，兴许今夜还在与你把酒言欢的同僚，明日就因安临渊一句话和你怒目相向。这样的人若非要事决不会轻易出现。

不多时，一个四十左右，英气逼人的中年人跟在严实身后慢慢踱进殿内。

"臣安临渊参见皇上，吾皇万岁万岁万万岁。"

明泉朝严实做了个退下的手势，"安卿请起。"看他黑发浓密，双眸有神，论外貌竟比连镌久还精神几分，根本不像因年事而告老之人。"安卿远道而来，莫非是探望皇夫？"

安临渊微微一笑，徐徐站起身道："皇夫身为皇上夫君，一身荣辱皆系于皇上，已与安家无关，臣只能以子民之情觐见，何敢有探望之说？"

果然是老姜，只一句话，就将安家和安莲撇得一干二净，就算以后她对安家或对安莲有什么不满，也不能一概而论。而要动其中一方，就不得不考虑到另一方。"那安卿是为朕而来咯？"

"不错，臣正是为皇上而来。"

"哦？是喜是忧？"

“有喜有忧。”

明泉颇为意外，“说来听听。”

“臣喜，乃是为了天下百姓和江山社稷。皇上虽然身为女子，但文治武功不让须眉，实可光耀青史。”

这等歌功颂德的话她这一月几乎听得耳朵生茧，因此只是漫应了一声。

“臣忧，乃是为了皇上对高阳王的处置。”

明泉眼睛微眯，“安卿有如提议？”

“臣恳请皇上，从严处置！”

明泉心头一跳。这几日良心与责任一直如天平两端，不断摇摆，安临渊的一句话仿佛在责任上敲了一记重锤。“何出此言？”

“樊雍之乱一起，多少百姓流离失所，多少士兵为内战而亡，成为权力下的祭品。臣以为，不严处不足以平民愤，不足以安我大宣战魂。”

一个大胆奇异的念头在明泉脑海里闪现。

安临渊之所以如此焦急地想让她置高阳王于死地，莫非是知道第二封遗诏的内情？

若父皇生前在内宫最信任的人是高绰君，那在朝中最信任的应属安临渊。任何人在做重大决定之时都会有彷徨失措而想借别人来肯定的时候。就算父皇忌惮安家势力未将遗诏交给他，但难保没有透露过风声。不然何以安莲会心甘情愿地以一相之尊去当细作？这里定然还有什么不为人知的隐情！

明泉觉得好像一只鸡蛋被敲出了一条缝，蛋清正从里面潺潺流出。

“古太妃前几日，病薨了。”她突然说了一句极无关的话。

安临渊缓缓抬起头，他的脸色虽然未变，但眼中却闪过一丝精光，“臣已闻哀。”

“古太妃的病来得委实古怪，朕甚至连御医都来不及请。”

安临渊抿唇未言。

明泉又加了一记重锤，“安卿可知……父皇在驾崩前还有什么交代？”

安临渊默然半晌，方道：“天子乃上天之子，却也违逆不过天命，皇上何不顺应天命而行？”

他果然知道遗诏之事。明泉心头说不出是一轻还是一重，“安卿可知隐瞒先皇遗命是何等重罪？”

面对她的疾言厉色，安临渊只是淡然一哂，“皇上有何凭据证明老臣身负先皇遗命？”

明泉语塞。遗诏当时扣在古太妃手中，安临渊就算有心说出真相，也毫无证据。如他这般老奸巨猾之人，又怎么会做这等无把握之事？

“当初安莲为何会答应做内应？”以安临渊的为人，若没十分好处，决不会做这等牺牲。

安临渊沉吟了下，“安郡王。”

整个鸡蛋连同蛋黄一起从蛋壳中流了出来，明泉顿时明了整个来龙去脉。

安临渊虽然位极人臣，且安莲也颇受重用，但到底只是两代荣耀，又怎么比得上郡王二字的世袭爵位？但第二封遗诏上并未写明此事，这说明安临渊手上必定有第三封遗诏。父皇

原本想用两封遗诏让他们互相牵制，但没想到古太妃包藏私心，隐秘未露。而安临渊业因看出安莲有登上皇夫宝座的希望，而索性不言。毕竟未来皇帝拥有安氏血脉显然比郡王之位更加牢固，这才造成如今这等局面。

明泉坐在龙椅上背上冷汗淋漓。安临渊这招进可攻，退可守，手握遗诏再不济也有郡王之位可坐，实是稳胜不输。

安临渊站在殿上，嘴角的笑容牵扯起眼角的鱼尾纹，柔化了面上刚硬的线条，却柔化不了眼中深不可测的瞳光。

“高阳王之事，朕自有分寸。”明泉冷冷地吐出这几个字。

安临渊微微一揖，“臣告退。”

合上的门将地上的光轻轻掩住。

须臾——

啪！门内传来夹怒而击的拍案声。

虽然是阶下囚，但到底是当今皇上的亲兄长，在圣旨未下之前，依旧是身份尊贵的大宣王爷。因此即使困居囚室，待遇却是不同。

尚清提笔在纸上轻轻描绘着。青木接叶成林，苍碧耸天而摇，山涧水花纷溅，几欲滴出纸来。

“王爷，皇上来了。”思采边说边低头退到一边。

尚清回头。看守跪了一地，明泉率着一干人等默然立于牢房外，见他看过来，微微一笑，“好久没看清哥哥画的画了。”

尚清将画拿起，举在她面前，“如何？”

明泉看了一会，才轻声道：“树很绿，水很清，天很美。”

“就是当初我们想去的地方。”他将画放回案上，“我已经去过了，所以想画出来让你看看。”

明泉眼眶一红，泪水盈睫，脚不自主地上前半步，“哥哥……”

严实对看守道：“还不开门？”

看守忙不迭地爬起，动作利索地打开门。明泉一个箭步走了进去，阮汉宸正要跟随，却被她摇手制止。

尚清回头对思采道：“你先出去。”

明泉站在门内两步处，听着门轻轻关上，众人脚步声走远，才道：“那是什么地方？”

“雍州鹿楠山。”

她走到案边，手指在山涧激起的水花上轻轻一摸，“很凉快。”

尚清浅笑，“那是墨还没干。”

明泉低头看着画，沉默半晌道：“这么早用兵，实非智举。”

尚清嘴角自嘲地掀了一下，“再拖下去，只会令战乱更广。”

“明知如此，也非打不可？”

他几乎是毫不迟疑道："非打不可。"

明泉抬起头，一双清亮的眸子一闪不闪地看着他。

尚清苦笑道："我们都是一样的吧。从小就在父皇的目光下长大，无论如何都想多得到一些他的赞赏和肯定，即使是错。我不甘心，很不甘心，除去一个名正言顺的嫡长子，还输给妹妹……我宁可输，也决不甘心退。"

明泉指关节反射性地抽了两下。"因为我是女子？"

"不，因为我是尚清。"

明泉看着他坦然的笑容，一时竟说不出话来。那封遗诏就在怀里，只要一伸手就可以拿出来，就可以解去他的心结，父皇的遗命就可以达成，她就无须再被良心责备。但手突然变成铁做的一样，重得半点都提不起来。

"堂堂九五之尊，和一个阶下囚毫无防范地共处一室，实非明智之举。"

尚清微嘲的声音将她思绪拉回。

"你若现在要逃，还有机会。"

"输就是输，逃到哪里，都是输。"他提起笔，在砚台上蘸了下墨，轻轻在画卷右上落款，清逸的字体带着解脱般的放纵，"本想到时候托人转呈给你，没想到你会亲自过来。"

一个"转呈"，一个"亲自"好像把两人的距离瞬间拉开了十万八千里。明泉双手接过，头也不回地往外走去。她怕再多待一会，眼泪就会掉下来。

"人在彷徨的时候最好听听心的声音，自己究竟要去哪里。"尚清的声音与开门声一同响起。

还是被看出来了。明泉心中一暖，就算曾站在两个极端，用战火焚烧彼此，但只要一眼，就可以看出对方掩埋在心底的心思。

胸口的遗诏好像燃烧般灼热，明泉几乎是一口气跑出牢房。

火焰在火盆里高高低低，明明暗暗。遗诏慢慢卷缩成灰烬，一去不返。

明泉看着明媚的火，心第一次这般定下来，即位以来的种种如走马灯一般在脑海一一闪过，想要的，不想要的，应该要的，不应该要的，从未分列得如此清晰。

她突然转头对正在一边点香炉的严实道："若当初你没有进宫，现在会做什么？"

严实点香炉的手微微一顿，回过身，弯腰道："奴才自进宫以来，从没想过。"

"那你现在想。"

严实头压得更低，"也许在哪个大户人家当苦工。"

"你后悔么？"

"后悔与不悔都是过，奴才宁可不悔。"

明泉叹息一回，不再多问，"去看看皇夫歇下了没。"

严实应了一声，往外走。不多时便回禀道："已经歇下了。"

"那朕明日再找他吧。"明泉趴在窗棂上看外头月色，虽然清冷如常，却好似剔透的玉盘，内含无数奥秘，令人向往。

下了朝，安莲与明泉几乎是前后脚走进凤章宫。

“皇夫。”她不得不快走几步才跟上他的脚步。

安莲脚步一顿，挺拔的背影如苍松般驻于原地。

明泉绕到他身侧，强笑道：“朕……”

“皇上很久没出宫了吧？”

明泉一怔，被打断的话却如何也继续不下去了。

安莲低头露出一抹灿笑，“可以陪我到处走走么？”

她几乎是下意识地点了点头。

京城街道依旧繁华一片。各种说话声汇在一起，形成独特的喧闹。

安莲安静地走在正中，如一朵盛开之莲，在满目苍绿中骄傲挺立。若非阮汉宸等一干护卫在一旁护驾，恐怕街上就不仅仅是行注目之礼了。

“我想吃那个。”明泉顺着安莲的目光望去，见一个糖葫芦小贩正失措地搓着衣服，紧张地看着他们，一副想上前又不敢的模样。

“如意很喜欢吃，每次出来总嚷着吃不够。我还没吃过。”

身旁的宫人立刻二话不说将插满糖葫芦的竿子买了下来。

安莲抬手摘下两串，一串递给明泉，“尝尝？”

明泉接过来咬了一口，舌尖的甜还没过去，立刻被揪到后脑的酸压了下去，让她不自觉“呵”了一声。跟着耳畔一声轻笑，素白锦缎突然横在眼下，在她的嘴角处来回擦了擦。她低头看着被沾染一抹殷红的袖口，尴尬道：“多谢。”

安莲看着街边的灯笼摊，若有所思道：“在夜间挑灯游湖，看天上繁星，定然是件极为惬意之事。”

身旁宫人急忙道：“京城西有一处亭岩湖，平日有不少画舫停泊在湖边招揽生意，皇……公子若要游湖，可去那处。”

不等安莲答话，明泉便道：“那就去瞧瞧。前朝诗人曾言‘舫间悠乐拟天奏，不到亭岩琴未识’。我正想听听这琴到底如何个拟天奏法。”

那宫人见状，喜道：“奴才来带路。”

明泉对安莲笑道：“没想到京城还有这般好玩的地方，我只去过几次杯莫停，便已觉了不得了。”

宫人在前接口道：“杯莫停不正在前头？”

明泉闻言远眺。只见二楼凭栏处，一抹慵懒的身影正半倚而坐，执杯之手似是朝她一举。

“走吧。”安莲的声音突然插进来，惹得她惊而回眸，却见他神色自若地牵起她的手将她扶上马车，举手投足间温柔如水。

明泉坐在车里，心跳犹快，脑中思绪烦乱，如千军万马奔腾不休。自己站在中央，却看不清楚那马从何来，人往何处，真是迷茫至极。

"皇上还记得小时候么？"

明泉转过头，呆了下，"依稀记得。"

"依稀么？"他双睫微敛，看着前方的眼神似是陷入缅怀。

她眨了眨眼睛，"难道皇夫……小时候曾见过朕？"

安莲回过头，与她视线一交，笑容徐徐展开，如一弯清水，淡而透彻，"不曾。"

短促而坚定的两个字，仿佛一把吹毛断发的利刃，在无形中将什么曾经存在的牵扯割断，让她竟有一瞬的窒息。

马车行行复行行，终是到了亭岩湖。

明泉先行下，对着骤然广袤的天地吸了口气。

亭岩湖与天空相映，如上下两片相同的蔚蓝之镜，岸边画舫悠闲地停泊成一排，船头彩旗飘飘，虽无乐声传耳，却已有润物无声的旖旎之气。

"朕枉为京城人士啊。"她不由感叹。

"若到了夜间，必是另一番美景。"安莲探出头道。

"那我们等到晚上便是了。"

安莲笑容微收，沉默片刻道："我累了。"

"嗯？"明泉开朗的心情顿时被一片薄雾笼罩，"什么？"

安莲笑容重展，却带了三分空虚，"我想回去。"

明泉嘴巴张了张，半天才道："也好，朕还有奏折要批。"

一时兴起的微服之行在莫名中结束。唯一记得的，只有那嘴里未曾退去的酸甜，和亭岩湖未尽的一瞥。

明泉坐在车厢内，心绪比来时更乱。安莲静坐在一边，仿佛老僧入定，害她几次想开口，都在那副俊美至极却也冷漠至极的表情中咽了回去。

马车一路驶回凤章宫。

明泉跳下马车，正在酝酿如何开口，便听安莲道："臣有一物想赠予皇上，请皇上稍等。"

看着他慢慢远去的身影，竟让她由衷地从心中感到生离之痛。

他本是七窍玲珑之人，又怎会看不出她心中所想……今日之行，半途折返，不正是为他们下了最后的注释。此刻一别，也许就是……

脚，生根般驻留在原地。

明知道果断的抉择才是对彼此最好的路，但到这一刻来临之时，依旧会痛。

"皇上？"

明泉低头看着跪在眼前的太监，才发现自己不知何时竟已泪流满面。

"奴才奉皇夫之命，将此画交予皇上。"

明泉接过画，徐徐展开。一个身在花丛的少女正含笑而坐，烂漫神情比花娇美。她的手指缓缓落在少女的五官上，清澈的眉眼，俏丽的容貌，依稀有三分像她，却终究不是她。

缓缓将画轴卷起，她叹出口气，"替朕说声，谢谢。"

天罡宫，乾坤殿。

明泉坐在龙椅上，眷恋地摸着龙案上的每一物。

“左相连镌久、户部尚书孙化吉觐见！”

“宣。”

“臣连镌久（孙化吉）参见皇上，吾皇万岁万岁万万岁！”连镌久和孙化吉跪在地上半晌，才等到明泉缓缓开口，“平身。”

孙化吉站起后，偷偷瞄了明泉一眼，心下略诧。战火虽熄，但善后之事庞杂，原以为明泉此刻必定是满眼的疲惫、满面的憔悴。谁知竟是看不出的放松和惬意。

“启禀皇上，高阳王府已经被查抄……”

他的话才起了个头，就被明泉挥手打断。“朕今日不想听这个。”

连镌久眉头微蹙，心中隐隐有不好的预感。

孙化吉也是惊疑。从明泉登基以来，事事以国事为先。连当初身体极不舒服的情况下，依然坚持上朝。今天委实大反常态。

“你们可知朕自小的梦想是什么么？”

“臣等不知。”公主少时的梦想又岂是外臣可知的？

“是踏遍千山万水，观尽天下美景。”

连镌久与孙化吉脸色顿变。

孙化吉强忍心痛道：“皇上若想出巡，臣可作安排。”幸好高阳王的家底够厚。

明泉不接他的话，“你们觉得朕这个皇帝当得如何？”

连镌久忙道：“皇上外与北夷、狄族结盟，内定平安、高阳之乱，功盖千秋。”

“可这并非朕之所愿。”明泉站起身，双手支撑在龙案上，“当初，朕懵懂无知，所以由得连相摆布上龙座，可是如今连相若想故伎重施……决不可得。”

“请皇上三思！”两人双双跪下疾呼。他们俱是八面玲珑的通透之人，焉猜不出她的言中之意？

“朕意已决！”她攥紧拳头，强硬道，“两位皆是辅国柱石，还请以大宣江山为重！”

看着两人茫然又无语的样子，明泉心中闪过莫名的快感。当初连镌久拿先皇遗诏将她逼上帝位，如今她以皇帝身份压得他无言以对。这也算是间接报了一仇吧？突然想起杨焕之。若是他还在的话，恐怕又要跪上几个时辰不肯罢休。

送走仍自捉摸不定的连镌久和孙化吉，她立刻召见静安王尚涵。

“臣静安王尚涵参见皇上，吾皇万岁万岁万万岁！”

尚涵青涩的面孔上一片沉凝。

明泉转过身，笑道：“才两年不见，你已经是个大人了。”

尚涵露齿一笑，顿时解开面上的沉凝，显出与年龄相符的稚气，“皇姐夸奖了。”

“朕听说你将鄄州治理得很好。”

“全仗鄄州百姓淳朴，官风正派，臣弟不敢居功。”

明泉浅笑道：“你以为，治一国与治一州有何不同？”

尚涵呆了一下，踌躇半天才道：“并无不同。”

“国中有诸侯专权，国外有列强横行，怎么会无不同？”

“治州以德，依法，治国亦是以德，依法。”

明泉眸光一深，“记得你今日之话。”

尚涵尚来不及揣摩她话中之意，便见一个与他差不多年纪的雪玉少年从门外进来。

“臣冯颖参见皇上，参见静安王。”

“平身。”明泉朝尚涵道，“以后他便跟着你了。”

尚涵大惊，“臣弟不敢，他是……”

“他是镇北国公之子，不过世袭爵位朕收回去了，若想以后出人头地，还须靠自己。”

冯颖跪在地上，身子抖动若筛，“臣，臣，谢主隆恩。”

尚涵惊疑的目光在明泉与冯颖身上来回。仿佛意识到了什么，却又不敢置信。

“你们先出去吧。让阮汉宸进来。”

尚涵与冯颖精神恍惚地出门，不到片刻，便见阮汉宸英挺的身姿站在门口。

“若你有一天离开，朕也不会怪你。”她在他跪拜之前，便抢先道。

阮汉宸目光一动，却不答话。

“但在那天到来之前，替朕好好守护这座宫殿。”

话音落了半晌，才听一个坚定的男声如春笋般拔地而起。

“遵旨。”

杯莫停，莫停杯。

谁人与我共此饮。

我与谁人共此生。

少女一身灰衣站在屏风旁，“慕公子的诗还是这么不敢让人恭维。”

青年伸了个懒腰，缓缓坐起身道：“这几日正在思考一个问题，难免有所疏怠。”

“哦？有什么问题如此严重，值得慕公子日思夜想？”

青年从袖中拿出一杆笔，“你说如何……才能让它长出花来呢？”

少女摇摇头道：“如此高深莫测的问题恐怕就算圣人在世也会殚精竭虑不得其果。”

“看来赏花之约，遥遥无期啊。”青年懊恼地摸着笔头。

少女嫣然一笑，从身后拿出一个做工粗糙的荷花灯，“那赏灯之行如何？”

青年眼睛一亮，“幸何如之。”

永谐二年七月七日。

宣舜帝尚明泉禅位于静安王尚涵，是为宣宏帝。宣舜帝拒受太上皇位，自封为乔王，与乔王夫安莲移居封地瑞州。

永谐三年六月十四日。

宣舜帝崩，行帝葬。

乔王夫继任为乔郡王，是为大宣第四个世袭郡王，掌封地瑞州。

永谐三年七月一日。

雍州一分为两州，是为新雍，大雍。

永谐八年十一月十六日。

连镌久告老还乡。

冯颖封相。

宣朝青年派掌权之说，依旧在延续……

番外之曾是两小无猜时

一棵柏树参天耸立，浓绿成荫，将树下的墨绿官袍融成一体，若不细瞧，根本看不出那里还站着一个人。

“高大人。”安临渊停下脚步，低唤了一声。

安莲跟在他身后，微微仰起头，清澈的眸光透露出好奇。向来高傲的父亲难得会主动向一个不上从二品的官员驻步搭话。

身着墨绿官袍的男子缓缓转过身，清俊如晨曦朝露的容颜荡漾开一丝浅笑，竟是个二十左右的青年，“安相。”

“高大人是在这里候旨么？”安临渊转头看着前方不远的宫殿，隐约能看到牌匾，上面的字，就算他闭上眼睛也能清晰地映在脑海里。

青年颔首道：“正是。”

“听说是外放啊。”

青年脸色不动，手指关节却轻轻抖了一下。

安临渊笑了笑，朝前走了两步又顿住，“家父为我取的临渊二字，高大人可明何意？”

青年目光闪了闪，道：“下官不敢妄揣。”

“与其临渊羡鱼，不如退而结网。”安临渊微微一笑，意味深长道，“高大人乃新科状元，当不会只读其书而不明其理吧。”

青年拱手道：“下官惭愧。”

安临渊嘴角轻扬，眼中闪过一丝嘲弄，才负手向宫殿方向走去。

安莲跟在身后，脚步迈得比他稍急，距离却不曾有异。走了五六步，他忍不住又回头看了看，但见那青年靠在柏树的树干上，好似要融到树里去。

“今年主考是连镌久啊。”

安莲闻声心中一紧，回过头见安临渊也停下了脚步，看向柏树的眼睛中带了阵阵冷意，“真是可惜了。”这么个人才不能收为己用。

一片绿叶从树上飘落，在空中慢悠悠地晃荡着，徐徐地掉在地上。

安临渊俯身捡起叶子，轻轻摸着碧油油的叶面，“本来还能在树上多待两年的。”说着，却把叶子抛了。

安莲垂头看看叶子，又看看在宫殿前越来越小的父亲背影，摸了摸挂在胸前的玉佛，又小跑跟了上去。

父亲从来不会为不值得的事情与人驻留，娘不能，哥哥不能，自己也不能。从三岁起，这便是娘每天的训诫。

原来这就是皇帝。

安莲一板一眼地下跪，磕头，呼喊万岁。

诚宗笑眯眯地走下堂来，“他就是素烟的孩子吧。长得很像。”

安临渊躬身道：“是。”

诚宗拍了拍安莲的肩膀，“叫什么？”

“安莲。”

“濯清涟而不妖……”诚宗怪异地看了眼安临渊，“出淤泥而不染？”

安临渊面上略显尴尬道：“是他母亲取的。”

诚宗笑了笑，转身朝身后道：“汤儿，陪安莲四处走走去。”

“是。”

安莲这才看到一个和自己差不多年纪的少年从高大的龙案后走出来，一双乌溜溜的黑眼睛正沉着地打量着自己。

安临渊下拜道：“参见太子殿下。”

诚宗摆手道：“若不是朕倚重你之处甚多，太子太傅原本应该由你来兼的。汤儿，以后见到安相也行师礼。”

尚汤恭敬地朝安临渊揖了一礼道：“安相。”

安莲等他行完礼，朝他下跪道：“参见太子殿下。”

尚汤瞄了安临渊一眼，热情地扶起他道：“快快请起。”

诚宗道：“朕与安相有国事要谈，你们先出去吧。”

安莲看到尚汤眉头微微皱了一下，安临渊与诚宗居高临下都未注意，他身高与他相若，正好看得一清二楚。尚汤似乎意识到他的目光，转身向诚宗道：“儿臣告退。”

安莲亦步亦趋地跟在他身后。出得殿来，尚汤松了口气道：“本宫带你去后宫看看吧。”

安莲吃了一惊，“父亲说外臣不能进后宫的。”

尚汤笑道：“你才多大，哪里算外臣。再说是本宫带你去的，有什么干系自有本宫担着，你怕什么？”

安莲见状不好再说，只得随他坐上驾辇。

“后宫的宫殿多，园子也多。父皇御花园最漂亮，本宫先带你去那里看看。”尚汤一路上不时向他搭话，“你在家中排行老几？”

“老二。”

“那上面还有一个姐姐？”尚汤感兴趣地问，“容貌品性如何？”

虽然他身为太子，但如此提问显然有些莽撞，安莲暗暗咽下不悦道：“我只有一个哥哥。”

尚汤眼中难掩失望，“那安相怎么不带他来？”

安莲呼吸顿了一下，才慢慢道：“去年过世了。”

尚汤眸中精光一闪，试探道：“你哥哥应该正值大好年华，怎么会年纪轻轻就过世了？”

安莲眼帘微垂，挡住眼中的厌恶及悲伤，淡淡道：“在雪中冻了一夜，翌日就过世了。”

“哦，”尚汤撇撇嘴角，掀起帘子，突地叫道：“看，从这条路过去便是御花园。”

安莲正要张望，便见一个小太监脑袋探了过来，“启禀太子，淑妃娘娘有请。”

尚汤愣了一下，“古妃？本宫知道了。”他回头朝安莲道，“本宫先去淑妃娘娘那里请个安，我让小顺子先陪你过去，本宫随后就来。”他说着，又转头才朝刚才那个小太监吩咐了几句。

安莲兀自下了车，车辇立即毫不迟疑地朝前驶去，若非刚才那个小太监站在他身后，他几乎以为自己被抛弃了。

“安小公子，这边请。”小顺子殷勤地在前面带路，偶尔几个太监走过，也是彼此擦肩，毫不斜视。只有到了园子前，他才一个个通报过去。

安莲跟在他身后，一边感叹皇宫的繁复，一边又惊讶它的华美。

“从这里进去便是御花园了。”小顺子道。

安莲点点头，随着他的介绍慢慢走入这个用人工开凿出来的美景园。

园内古树交织如林，奇石密布如星，连甬道都是用鹅卵石精心铺垫，各有典故，别出心裁，看得他眼花缭乱。

突然一阵细微的哭声从左边园子传来，安莲好奇地看去，却见园子外头站着两个探头探脑的小太监，交头接耳的模样甚是焦急。

安莲走到他们身后轻声道：“你们在做什么？”

两个小太监吓了一跳，回头看是个比他们更小的少年，不禁怒道：“你是哪个宫……”抬头见小顺子跟过来，气势立刻弱了几分，“顺公公。”

小顺子虽然没看到前面，但后宫里的事左右不过那几种，闻言道：“你们不是明泉宫的人么？不看着主子，四处乱跑什么？”

小太监委屈道：“奴才正是看着主子，主子在那里……”尾音被眼前的情形吓了一跳，刚才还站在这里的少年不知何时竟跑到园子里去了。“哎哟我的小祖宗，他是谁啊？”

“安相爷的公子，你们得罪不起的。”小顺子在一边凉凉地答道。

三人顿时静下来，默默地看着花园里的少年。

安莲好笑地看着女童坐在花中央拿着一朵花一片片地摘花瓣，哭得通红的鼻子每摘了两片就会抽一下，极有规律。“花欺负你了？”

女童抬头看了他一眼，又低下头去，刚摘了一片，又抬起头来看着他。

安莲被他看得毛骨悚然，“怎么了？”

“你好漂亮。”女童湿漉漉的睫毛扇了一下，又低头继续摘花瓣。

安莲哭笑不得。

她呆呆把最后一片花瓣摘掉，眼泪突然像豆子一样啪嗒啪嗒地掉了下来。

安莲伸手用袖子帮她抹着眼泪。

女童哭了半天，突然睁大眼睛，任由两颗泪珠在眼眶里滚动，“你为什么不叫我别哭啊？”

安莲笑了笑，“能哭是一件幸福的事情，为什么要叫你别哭？”

女童皱了皱眉，显然不明白他的话，她低头看着手里的花瓣，闷闷地问：“你母妃薨了么？”

安莲顿时明白女童的身份，眼中多了一抹怜惜，“我娘去年也过世了。”

女童把“也”字又念了一遍，“就是你母妃也薨了的意思么？”

安莲点点头。

女童握住他的手，嘴角垮了下来，“我们都被母妃扔掉了！”

铁锈味透过舌头尖传到心底，安莲这才发现自己仓促间竟把下唇咬破了。

女童将花瓣放到他手心，“喏，给你。”

“你母妃一定很爱你。”安莲将花瓣慢慢在手心收拢，“她一定很舍不得你。”

女童嘟起嘴巴，“你怎么知道？”

“不然，这里的花就不会这么漂亮了。”他将花瓣抛向半空，看着它们纷纷落下，“这是你母妃对你爱的象征。看多漂亮。”

女童看看花瓣，又看看他，眨巴眨巴眼睛道：“真的么？”

安莲坚定地点点头。

女童表情终于开心了一点，从他头上拿下一片花瓣道：“那你长得这么漂亮，一定是因为你母妃很爱你。”

安莲怔了怔，眸光微黯，强笑道：“你长大以后一定比我漂亮。”

女童瞪大眼睛叫道：“真的么？你怎么知道？”

安莲迟疑了下，“因为，我会画画，我可以把你每长一岁的样子都画下来，这样我就知道你长大以后的样子了。”

女童抓住他的手臂，“好啊，我们现在就去画。”

安莲笑着站起身，却发现她坐在原地没动，看到他回头，才抬起双臂，眼巴巴地看着他。

他叹了口气，低身把她抱了起来，“公主，我们去哪里画？”

女童皱皱鼻子，“明泉，我叫尚明泉。”

安莲笑笑，抬眼看到尚汤站在小顺子身后朝他招手，心里微微叹了口气，慢慢朝他走去。走到跟前正要开口，便见他做了个嘘的手势，顺着他的目光才发现女童不知什么时候已经靠在他肩膀上睡着了。

尚汤身后走出另一个少年，向他伸出手。安莲愣了一下，随即把女童递了过去。

“这位是我二弟尚清。”尚汤介绍道。

安莲想起父亲曾赞言二皇子资质过人，以其年纪而言，实属难得，不由朝那少年多看了一眼。

女童拥进新的怀抱，不安地动了下，很快就调试好姿势，继续呼呼。

等那个少年抱着女童走远，尚汤才吐出口气道：“小麻烦精没给你添麻烦吧？”

“不会。”安莲露出一个真心的微笑，“很可爱。”

番外之千金散尽还复来

宅子坐落在朱兰镇西的荒道边，占地不大，约莫承德宫一个偏殿大小，却因荒弃多年，屋舍破败，外看还算气派，里处瞧，灰尘蛛网密布。与其一比，冷宫几算瑶宫贝阙。

明泉提着把扫帚从东扫到西，又从西扫到东，一堆灰尘或横或竖地变换形状，却是半点没增加分量。她气得把扫帚一扔，正要发火，便听院落另一头的厢房传来几声“明明”“明明”的低唤。

她一跺脚，抓起扫帚便朝那里冲去。

只见斐旭跪趴在地上，自言自语道：“明明……看到在这里的。明明……刚才还在的。明明……”

“够了。”明泉拿着扫帚把门敲得邦邦响，“要不要每句话都加个明明啊？”

斐旭身影突然一晃。

明泉一个眨眼，他又晃回了原地，只是手里多了一只灰不溜秋的猫。“喏，可爱吧？”

看他献宝似的递到她面前，明泉又好气又好笑，“想当年我富有四海，要什么没有？你以为你这么一只脏兮兮的猫就可以让我原谅你挑了这么个破地方住？”她把扫帚一扔，夺过猫，冷笑道，“简直开玩笑。”

斐旭看着她趾高气扬而去的背影，又看看自己空空的双手，一时无言。

不一会，院落那头便传来“旭旭”“旭旭”的叫声。

斐旭摸摸鼻子，无奈地拖着脚步走向发声地。

只见明泉抱着小猫像人一样竖坐在膝盖上，嘴里不停发出嘘声，“该尿尿了，乖乖，嘘嘘。”

斐旭在一旁建言道：“她似乎是母的，蹲着会比较好。”

明泉认真地看着小猫的下体，“怎么看出来的？”

斐旭刚要说话，便听外头传来一阵不紧不慢的叩门声。

他们初来乍到，又无亲友在此，谁会上门？两人对视一眼，都有些意外。

更令人意外的是，门外来的竟是一个道士。

“施主，有礼。”道士整张脸如铁铸般冰冷，看到斐旭的银发时目光微微一动，却是旁若无人地侧过身，迈过门槛，径自往里去了。

斐旭挑了挑眉，双眸微露兴味，不言不语地跟在他身后。

“此宅，大凶。”

明泉正在研究猫的公母之别，闻言抬起头道：“何出此言？”

道士上下打量了她好几眼，才缓缓道：“此宅建在极阴之穴上，每逢月圆便会渗出阴气，轻者妨人性命，重者魂飞魄散。”

明泉扑哧一声笑了出来，见道士正不悦地瞪着她，只好肃容道：“罪过罪过。”

道士回头看着斐旭，“施主还是早早离开的好。”

斐旭想到他大约是想讹几个钱，便故作惊慌道：“可否作法事破解？”

谁知道士头也不回地往外走，“无解！”

明泉捂住嘴巴拼命忍笑，待那道士走远了才道：“天，你竟选中了个传说中的极阴之穴。”

斐旭苦笑着摇头，“我也没想到自己的运道居然好到这地步。罢罢罢，少不得为夫只好亲自下厨，做几道小菜给娘子赔罪。”

明泉理直气壮道：“正该如此。”

两人虽未再提此事，却也知道此事并不简单。什么极阴之穴多半是危言耸听，但宅子有问题应是不假。那道士只说了三言两语，却威胁之意甚浓，或轻或重都不离伤人之辞，恐怕后面还有手段要使。

果不其然，一更刚过，斐旭便在屋檐上遇到了一个不速之客。

“兄台贵姓啊？”斐旭点着对方的穴道，慢悠悠地问。

那人道：“马。”

斐旭不料对方如此合作，又道：“是马失前蹄的马，还是麻烦不断的麻？”

“马失前蹄的马。”

若非对方一脸凄苦，不似作伪，斐旭都觉得是废物老头派来供他娱乐的。“那马兄台大半夜不睡觉，跑来小弟的屋檐所为何事啊？”

那人汗如雨下，却只湿脸，不开口。

斐旭低头朝院子喊道：“娘子，大宣哪些刑法最残酷最狠毒？”

明泉悠闲地剥着橘子，“哪里有什么最残酷最狠毒，直接往死里整就是了。拔个指甲，钉个铁钉，砍掉几根骨头，拿锅子蒸个两三回，都现成容易得很。”

那人涕泪俱下，惨叫道：“我乃朱兰镇的捕快，你们万不可如此对我！”

明泉剥橘子的手微微一顿，笑道：“那马捕快是在我家屋檐上巡逻咯？”

那人忙道：“正是正是。”

明泉立刻翻脸道：“按大宣律，未得七品以上官员手令擅入民居者……斩。”

那人叫起来，“胡说，大宣没有这条刑律！”

明泉点点头，“我是胡说没错。”

那人愣住。

斐旭抓住他的左臂，“先卸这个胳膊？”

那人惊恐道：“我真是捕快！你们……你们滥用私刑，加害、加害朝廷命官，是、是要坐牢的！”

明泉边吃橘子边道：“我有点怕，你呢？”

斐旭笑道：“我也怕。坐牢，是很严重的。”

那人总算看出对方根本没把自己放在眼里，只好求饶道：“你们切莫杀我，只要把我交给县老爷，便知真假。”

斐旭叹了口气，“我有点困了，你最好快点说为何而来，不然……”

明泉把最后一瓣橘子放入嘴巴，“吃完了。”

那人见斐旭嘴角露出一丝冷笑，当下胆寒道：“其实我乃是奉县老爷之命，在这里看守这宅子。”

“今天那道士也是你们的人？”

那人惊道：“自然不是，那人是黑风寨的二当家，是出了名的盗匪。”

“这宅子藏了什么东西？”斐旭问。

那人诧异道：“你如何得知这里藏了财宝？”

明泉长叹。

“既然知道财宝藏在此处，为何你那县老爷不过来找？”

那人小声道：“那黑风寨一会说藏在这里，一会又说藏在张员外家的祖庙里，一会又说别处，县老爷也吃不准，所以才搁了下来。”

斐旭摸摸下巴道：“看来县老爷准备独吞啊。”不然何必偷偷摸摸，管它藏在哪里，打正旗号，明目张胆地挖就是了。

那人涨红脸道：“县老爷决不可能做这种事！”

明泉打了个哈欠，反手推门，走进屋子，“你们慢聊。”

斐旭一个纵身跳下，门已当着他的面关上。

那人站在屋檐上，拼命朝下看，只见门似乎动了一下，那银发青年已消失在门口。

不一时，门内突然传出一声猫叫，随之，一只猫从窗户飞了出来。

那人看着清冷的月色，觉得此夜格外萧索。

“微如白蚁，足以蛀梁。”

“那娘子准备如何处置？”

“诛其九族？”

“这似乎是当今圣上的权力。”

“没关系，你武功甚佳，只要做得人不知鬼不觉便行。”

“……为夫看，还是另寻良策。”

“听之任之？”

“白蚁啊白蚁。”

“施以小惩？他既然如此爱财，平日定然存下不少积蓄，不如替他拿去做善事，也算为他积福。”

“此计甚佳。不过如何得知他藏匿财富之地呢？”

两人同时嘿嘿一笑，拿起笔，刷刷在纸上写了几个字。

两张纸展开。

明泉：抛砖引玉。

斐旭：舍不得孩子套不着狼。

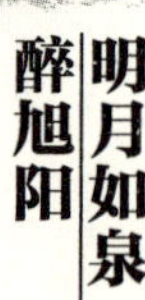

明泉摇头道："俗！"

孙俨向来以孙化吉族弟自诩，偶尔敛财之举被人察觉也只推说向孙化吉学习。同僚虽心知肚明，却因他官声在外也从不点破。

然孙俨志向远大，他自知与那名声赫赫的户部尚书八竿子都打不上，这么说不过是自抬身价而已，真正要往上爬，靠这么个鬼话却是行不通的。因此这几年渐渐用金钱向上面的大官献媚，但临川县到底不是什么富裕的地方，他又不舍得把身家全都投下去，所以大官们只当收年俸，平日里对他不贬不斥就算仁至义尽了。

黑风寨的财宝他垂涎已久，若把它弄到手，权力和财富自然接踵而来。因此当他听说外头有一名女子自称找到财宝以后几乎欣喜若狂，不过表面上还是云淡风轻的模样。

"这位姑娘是……"孙俨欲发的官威不自觉地收了回去。纵然眼前这个女子穿得普普通通，也掩饰不住她眉宇间的贵气。

"在下范佳若。"

孙俨越发觉得她不同，一般女子甚少用在下二字自称，"听说范姑娘找到了宝藏？"

"不错。昨夜有一个马姓捕快说我住的宅子里藏有宝藏，因此与外子翻了一日，总算有收获。"说着，她将一个包袱拿了出来。

孙俨原先还有几分不信，但听到马姓捕快，又看到包袱里成串的珍珠成堆的宝石好似星星般繁多时，立马改了口气，"范姑娘立此大功，我代临川县百姓谢谢你。"

"孙大人果然是一心为百姓着想的好官，佳若佩服。外子还在门外等候，我就不便多留了。"说罢，她微微一笑，朝外走去。

孙俨虽觉得她的一笑中意义颇远，但包袱里的珠宝如此真实地握在手中，也想不出有何不妥，不一会儿，忧虑便被重重喜悦所冲没了。

这个范佳若自然是明泉。她从县衙里大摇大摆地走出来，朝斐旭摊手，"完成。"

斐旭疑惑道："难道他没向他提银发之事？"衙役居然没有提他那头招摇的银发？！还是提了但没人察觉他的身份？！

明泉耸耸肩，"我想帝师之名大抵也不过尔尔吧。是否有人自视太高呢？"

斐旭甩了甩衣袖，"原本还对这个县官有些许同情，如今看来……实在多余。"说罢，身姿一展，隐没在县衙墙头。

不知那县官会把钱藏在哪里，总不会像孙化吉那样藏国库吧。明泉看了看天色，应该来得及喝杯茶。

每日巡视财富是孙俨最爱做的事，尤其今日又添了一笔意外的大横财。

他悠然地打开盒子，顿时三魂六魄齐飞。藏宝盒内，莫说那初得手的财宝，就连多年的积蓄也一并不见了。

他站在房里，脸色青白，几欲昏厥。

这时，外头仆人道："老爷，张知府大人家来人了。"

他捂着胸口，气喘艰难，“花厅，花厅。”

大约过了一盏茶时间，他才缓过气来。纵然半生财富没有了，这个官却还是要做下去的。

他扶墙走到花厅，见里面的人已经等得不耐烦了，看到他先是一怒，后是一惊，“孙大人的脸色……”

孙俨抹了把冷汗，滑坐在椅子上，“不碍事不碍事。”

那人也只是惊异，对他的生死并不真的放在心上，闻言便道：“张大人派我来知会孙大人一声，京城欧阳御史的公子欧阳成器一月后将迎娶范家小姐。欧阳公子在女帝生前颇得重用，也很受当今圣上的看重，如此千载难逢之机，孙大人可不要错过。”

“范家小姐？”

“就是前吏部尚书家的千金，女帝最亲近的女侍，范佳若小姐。”

孙俨顿时两眼一翻，昏了过去。

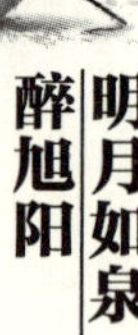

番外之人非草木焉无情

她拈起刚从鬓发处拔下的白发，放在眼前细细打量着。

五六岁梳童髻穿元宝鞋的样子仍历历在目，她却已到了白发的年纪。

想到这里，莫名地想笑。兴许不用多久，就会有人匍匐在灵位前为她号啕。只是不知道师兄会不会哭呢？不会吧，他这样的人，就算血流光了，也不会去流泪。

掰指算了算，到阮府竟已是五个年头。

她还有几个五年呢？

桌上放着熟悉的药瓶，净白瓷身，水仙花纹，一如五岁时看见的那样。唯一的区别，就是五岁时的瓷瓶很完整，而现在却有了一道裂痕。

她亲手砸的裂痕。

“不吃药，我就不会痛了对不对？师兄？”那时的她，愤怒地摔了瓶子，却稚气地想要他一个肯定的答案。

“不吃药，就会痛死。”

从那时起，她就知道师兄不会哄人，但也不会骗人。

所以她从十岁时就知道，师兄不喜欢她。

“师兄当素素的新郎不好么？”

“不好。”

“为什么不好？”

“不为什么。”

记得那天的天很蓝，她却仰头哭得很伤心。

再后来……

她就来了。一个人从樊州跑来。来的时候，她打定主意，如果师兄不想见她，她就一个人走得远远的，活也好，死也罢，从此一个人天涯海角。

永远记得师兄当时的样子。站在门里，看着她，一言不发，但眼中的那抹情绪，应该可以称为喜悦吧？

所以她留了下来。

一留五年。

贴身丫鬟小红突然从窗户探出头：“阮大人回来了。”

她对着镜子整了整头发，跳起来往外走，“快去拿棋，这次可不许他爽约。”

桌上的白发，在她起身的刹那，随风而落。

“若你有一天离开，朕也不会怪你。”

——怕是想怪亦无法怪，因为你已先一步离开。

“但在那天到来之前，替朕好好守护这座宫殿。”

——即便离开，天涯海角，我又如何寻找。

——即便找到，今非昔比，你又如何看我。

不如不为，不如不想，不如不念。

——可惜，人非草木。

春色如画，却又是一年。

红花绿草们年复一年地习惯着盛开，又习惯着凋谢，就像被憧憬的爱情。

亭子里，年华正盛的男女正在对弈。

“师兄。”曹素抬手在他面前晃了晃，“你又走神了。”

阮汉宸目光不变，双指夹起一子落在棋盘上。

曹素戳着那颗黑子，笑道：“师兄是帮我下么？”

阮汉宸默默收回黑子，又在同样的位置放了颗白子上去。

“师兄记得今天是什么日子么？”

“三月初三。”

“要当值么？”

“嗯。”

“那明天呢？”

“三月初四。”

“当值么？”

“嗯。”

“后天呢？”

“……”他抿唇不言。

“果然，师兄只会对当值的事上心呢。”曹素半真半假地抱怨。

他头抬了抬。虽然没说话，但眼睛流露出询问的意思。

“我，明日……当值。”她神情虚弱地捂着胸，装出一副随时都会晕过去的模样，随即调皮地睁大眼睛，目不转睛地盯住他的脸。

阮汉宸用手里的棋子敲了敲棋盘，“该你了。”

她吐了吐舌头，一边下棋一边道：“不过每当我想起那天从宫外接师兄时师兄的样子，就觉得好像做梦一样。从没想过原来像天神一样高大的师兄也会有这么脆弱的一面，呵呵，居然倒在我身上，实在是太打击师妹我对你的崇拜和敬仰了。”

阮汉宸冰山般的面孔终于裂开一条缝，“那真是对不起。”

“嗯，心目中的天神轰然倒塌，这对我的打击真是非同寻常啊。师兄准备怎么弥补呢？”她摊开双手，笑眯眯地问。

他抬眼看着她，眸子黑幽如无底深潭。

她笑容不变，望着他的目光一闪不闪。视线在两人中间胶着。

“今天下到这里吧。”他率先移开目光，随手将棋子放回碗中，站起身。

“师兄耍赖！”她不悦地嘟起嘴巴。

阮汉宸默不作声地转过身。

“师兄逃避责任！”她提高嗓音。

离去的脚步正在迈开。

“师兄是胆小鬼！”她气得拍桌，“哦，痛！”忘记桌子是石头做的了。

脚步稳健向前。

“师兄你……”高亢的声音戛然而止。紧接着一阵哗响！

阮汉宸蓦然回首。棋碗被打翻在地，黑白的棋子如雨点般洒落，滴答滴答地跳到地上，弹至空中，又滚落台阶。

先前还俏生生的身影毫无生气地倒了下去，娇艳中总是挂着抹不寻常潮红的面颊此刻苍白如金，血色自双唇迅速消失，唯独不曾消失的，是嘴角始终弯起的角度。

“素素……”心好似被什么狠狠地拧了一下，他一个箭步冲回亭子里，一手扶起她的肩膀，一手搭住脉搏。

“师兄。”

搭住的脉搏被轻轻挣开了，怀里的人正努力地睁开眼睛。涣散的眼神慢慢在他的瞳孔处汇聚，透出他熟悉的清亮，“我以前就发现了，师兄的眼珠很黑，像木炭一样。”

他扶起她坐上凳子，“我去拿药。”

她缓缓趴到桌子上，无声地点了点头。

他又静看了她片刻，才转身向她的房间跑去。

“师兄，”她对着他的背影，突然轻声道，“虽然是木炭，但一旦燃烧，就温暖得让人舍不得走开。”

阮汉宸身子一沉，左脚步伐似乎一顿，又似乎从头到尾都保持着那样的坚定。

长路两旁，鲜花正盛。长路中央，两排朝亭子方向的细小脚印中，只有一个大脚印是离开方向的，清晰而仓促。

一行清泪自眼角滑下，她淡笑着，明丽如雨中的蔷薇，“就算不是为我而燃烧，至少，一直在我身边……”

“……这样就够了。”

怎能不为，怎能不想，怎能不念。

——只因，人非草木。

番外之夜色尽、曲终人散

长夜孤寂，深巷静谧。

远处，一辆深灰色的马车踏着一地的月辉，轻巧地破出黑幕，缓缓走近挂满大红灯笼的巷子里。

马车渐停。

赶车的青年戴着一顶几乎齐肩的斗笠，心不甘情不愿地咕哝道："你要是现在改变主意，我们还能去吃一顿夜宵。"

车厢里发出一串笑声，清脆悦耳。

车门打开，一个身披大氅的女子款款下车，清秀雅致的面容上笑意未散。

青年见她举步就走，不悦道："你就这样走了？"

女子停下脚步，抬手摸了摸盘在脑后的发髻，浅笑道："我从前不知道你心胸如此狭窄。"

青年将斗笠往上掀了掀，两小绺银发从耳边垂落，扁着嘴巴道："我大概是有史以来，头一个送自己夫人去幽会的男人。"

女子定定地看着他，双眼灿亮如星。

青年叹了口气，伸手理了理她的大氅，"早去早回。"

女子颔首，朝巷子的更深处走去。

红灯笼的尽头，一道红漆大门正敞。

一个红衣青年缩着手焦急地等在门口，看到女子时，眼睛猛地一亮，双腿一屈，娴熟地跪拜在地，"奴才参见……"话未说完，已泣不成声。

女子伸手托起他，微笑道："如意，一年未见，你已高出这么多。"

如意颤着双唇，半天才吐出一句，"皇上……"

女子叹息，"我已经不是皇上。"

"但在如意心中，您永远是皇上，奴才的皇上。"他猛抽了口气，像是想起什么，忙道，"主子已经在里头候着了。"他嘴角一动，终究没说，主子是起了一大早开始等的。

女子默然地跟在他后头往里走。

回廊很长。

如意忍不住一再地加快脚步，因为他知道，里面那个人已经等得太久。

女子似乎有些跟不上，但是她始终没有开口。

回廊终于走完。

如意猛地停住脚步。

女子的脚步放缓，一步一步，将回廊尽头的景色慢慢地映入视野。

八角凉亭。

石阶如霜。

一袭白衣站在亭前霜上，黑发垂柳，俊美异常。

女子拼命眨了眨眼睛，笑道：“即使到了生辰，也不穿红衣吗？”

风拂过，白衣微动，“红光映照，白衣岂非红衣？”

女子看着挂在凉亭四周的红灯笼，想起初次相见时，他也是如此。即便四周红彤一片，他的白衣，依然不染分毫。

她走在他身后，步履上阶。

亭中石桌，半边是三菜一汤，半边是一横古琴。

女子笑道：“有佳肴美味，还有仙乐飘飘，皇……”骤然收声。

他望着她，漆黑的双眸荡漾着点点的星碎。

她懊恼垂头，似乎在想着如何再起一个话头。

弦轻撩，乐声飘。

她看着那双在琴弦上轻轻挥动的双手，徐徐坐下。

弦音清幽，顺着凉亭八角，潺潺淌出亭外。

花草闻之，俯身垂头。山石闻之，恨无泪流。

女子静静地端坐着，眼中光芒随着乐声时而迷茫，时而黯然。但情绪百变，却变不了那张波澜不惊的脸。

琴音清绝，延绵不断，如海浪松涛，一浪翻起一浪。

天色渐明。

女子的睫毛微抖。

琴声骤止。

天地仿佛突然凝固，时、地、人、物皆沉溺而迟迟不醒。

许久。

女子开口笑道：“精进了。”

他抬眸，嘴角微掀。

一刹那，凝固的天地在他的眸中生机盎然。

女子胸口窒闷，眼睑低垂，半晌方道：“我该走了。”

寻夜入梦，逢昼而离。

曲终时，人散时。

他的笑容不变，眼中的光彩却一丝一丝地抽走。“好。”

她无言地缓缓起身，转身步下阶梯。

如意依然守在回廊口。

“皇上。”无论多少年，只有这个他始终改不了口。

女子微微一笑，“我认得路。”

晨曦下，佳人去，惟红亭白影依旧。

门敞着。

赶车青年倚门而站。

女子眼中愁绪顿消。

青年抱怨道："这般迟。夜宵吃不了了。"

"那吃早点如何？"

青年立时笑道："好。我要吃蟹黄包。"

女子迈出门槛，他突然贴上她的背搂住她。

女子微愕。

"这样，"青年声音喑哑，"即便你回头，看到的也只能是我。"

女子轻笑，"若有一天我回头，定然是因为背后站的是你。"身后久久未答，只是放在她腰肢的手微微缩紧。

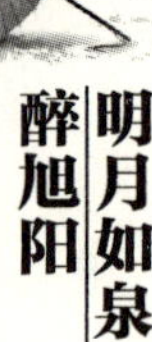

番外之除恶得善果

官道上，两匹枣红马神清气爽昂首阔步，赶它们的青年却唉声叹气，一脸沮丧。

叹到第十五声，仍不见车厢中人垂询后，青年终于忍不住道：“夫人是我第一任夫人，我却不知是夫人第几任的夫君。”

车厢里依旧没有动静。

青年有些无趣地摸摸鼻子道：“亏得我妩媚手段了得，方能后来者居上。”说着，又得意起来。

“是吗？”随着清冷的女声响起，车帘子被掀起，一个身姿曼妙容貌秀丽的少妇探出头来。

青年立刻放慢了车速：“娘子，你怎的出来了？”

“看着你的脸，比较好算账。”

青年苦笑道：“难道我长得像算盘？”

少妇道：“你长得不像算盘，像账簿，写满了对我的斑斑恶迹。”

青年大呼冤枉。

少妇哼哼冷笑道：“当初是谁明示暗示地鼓励我娶那么多夫君的？”

“当初你是皇上……”

在宣朝，被称为皇上的女人只有一个——尚明泉。而她如今的“后宫”也只剩下一位——神秘莫测的废门传人斐旭。

两人离开朝堂，深入江湖之后，四处游历，一天到晚打打情骂骂俏拌拌嘴说说笑，日子过得十分悠闲，就像一对普通的平民夫妻。若是认识二人的人在此，只怕也要大吃一惊。

一向潇洒如风淡定如山的帝师在明泉的逼视下，竟会流露出尴尬的表情。他沉默须臾，苦笑道：“我这一生极少后悔，你又何必逼我承认。”

明泉一怔，细看斐旭的脸色，果然有丝懊恼，然而更多的却是对自己的款款情意，心中不由一甜。她与斐旭虽然拜堂成亲做了夫妻，可是斐旭高深莫测的帝师形象总会时不时地浮现在脑海，叫她心下总有些不安，如今见他真情外露，心里着实松了口气，连带口气也柔和下来：“我们约法三章，今晚一定要住宽敞干净的房间，睡柔软舒适的床。”

斐旭笑了笑道：“我保证，今晚我们一定住镇里最好的房。”

最好的房不一定宽敞干净。

明泉知道他的小心思，却没有戳破，实在是，斐旭目光灼灼地看着她，她也有些醉了。

黄家镇坐落在山脚下，细流绕着小镇淌过，俨然一条护镇河。春天的时候，镇子周围的桃花盛开，红艳艳的花朵如燃烧的烈火，将小镇团团围住，仿佛一个遗世独立的世外桃源。

镇民十分热情，纷纷拿出当地特产，问道：“要多少？”

斐旭眨了眨眼睛道：“我们并非收购的商人，而是路过的游客，想要借宿一宿。”

镇民们瞬间变了脸色。

斐旭忙道：“特产正好带回家分与亲友。”扭头对车厢道，“娘子，你来看看。”

镇民们一脸震惊：“你，你带了女眷？”

正要掀帘的明泉立刻停了手。

斐旭道：“我与夫人同游。”

“不行，不行！”

“快走吧。”

“去下个镇歇息。”

镇民们不约而同地将人往镇外赶。

斐旭疑惑道：“这是何故？”

镇民面有难色。

斐旭道：“天色将晚，怕是未到下个镇头就全暗了。前方多山道，摸黑赶路，一不小心就要翻车。还请各位体恤我们夫妇，行个方便。”他虽然一头银发，但样貌极好，还未低声下气，只是好言好语，就叫镇民们心软了下来。

一个镇民道：“你们若胆大不怕鬼，倒可去半山腰的老黄宅借宿。”他指着小镇的后山，山不高，木不盛，顺着他的手指远眺，就能看到一座古朴大宅子坐落其间。

旁边一人忙道：“去不得去不得。那是镇里最大的宅子，主人家迁徙多年，早已荒废，宅里没人气，便叫冤鬼霸占了去。这些年来，不知多少与你一般懵懂无知的过路人闯了进去，再也没有出来。唉，我看你与你娘子还是趁早赶路吧。”

其他人都点头称是。

斐旭听得那是镇上最大的宅子，心中已下了必去的决定，笑道：“我与夫人只在门边将就一晚，若鬼主人不喜，我们也走得方便。”

镇民见他一意孤行，只好指路予他。

斐旭疑惑道：“明明有一条大道直通山上，你们为何指了条小道于我？”

镇民皆道：“这条路去不得。”

斐旭再问，他们却不肯说了，只说天色渐晚，要上山，便趁现在，从这里去山腰还有一段路，再迟些，也要走山路了。

斐旭依照他们说的小道赶路，路上行人来往，的确比那条一目了然的大路更有人气，心中不禁更是好奇。他驱车入山道，人烟渐稀，偶尔有樵夫负柴行走，见到他都是一脸异色。

到了老黄宅，斐旭扶明泉下车。

明泉捶捶胳膊捶捶腿，走到门前，伸手去叩门。

斐旭拴好马车回头，就看人没了，门开着，不由一惊，闪身入内。

“喂！”明泉躲在门边想要吓唬他，谁知斐旭使了轻功，一转眼人已经到了廊下，闻声正一脸好笑地看着自己。

明泉收起鬼脸，干咳一声道：“还不摆驾？”

斐旭屁颠颠地跑回来，伸出手。

明泉搭在他的手上，刚要拿腔作势一番，手掌就被他牢牢地抓住，拖着手，晃悠悠地进去了。她嘴角翘了翘，身体轻轻地靠过去。

这样的姿势，作为帝王是决不被允许的。当初的自己若这样做，怕是连这个人也会不着痕迹地提醒一番，更不用说那些文武大臣。然而此时，她只是他的妻子，做起来再自然再合适不过。

斐旭低头就看到明泉嘴角来不及收回的甜蜜笑意，忍不住低头亲了亲她的前额。

明泉脸微微发烫，眼睛欲盖弥彰地四下乱转，嘴巴却一声未吭，仿佛陶醉在两人无声胜有声的情境里。直到进了后院的主卧，她“咦”了一声，道：“这里真的没有人住？”

斐旭侧耳倾听片刻，微微笑了笑。

明泉嘀咕道：“难道这里的鬼还喜欢打扫房间不成。”外头的堂屋都沾满了灰尘，但这间主卧竟一尘不染。

斐旭道：“我们今晚便睡在这里。”

明泉似笑非笑地看着他。

斐旭道：“宽敞干净，舒适柔软，万分符合。”

明泉道：“鸠占鹊巢，喧宾夺主，万分无耻。”

斐旭道：“主人有意相让，我们若是不住，岂非辜负了他们的一番美意？”

明泉在桌边坐下，托着下巴道：“为何你总能无理取闹得理直气壮呢？”

“可见我不是无理取闹。”

两人说笑了一阵，明泉真的倦了，胡乱吃了点当地的特产，便在斐旭铺上的自家被褥上躺下了。斐旭轻轻地亲了亲她的额头，在旁打坐养神。

到了半夜，屋外依稀有些动静。

斐旭睁开眼睛，盯着出现在窗户上的黑影。

“噗”，一般人难以察觉，在他耳里却如雷鸣的戳纸声响起，一只黑白分明的眼珠子出现在刚戳出来的洞眼里，眨巴眨巴地往里探。

斐旭笑了笑，身体一动，已经到了纸洞前，慢慢地蹲下身，与那只眼睛对望。

屋里太暗，对方一时看不清楚，等意识到眼前可能站着一个人想要逃跑时，斐旭已然推窗而出，将那个被窗户打中了脸的人摁在墙上。

那人抖了抖，一言未发。

明泉听到动静，点了灯出来。

灯光照着那人的身影，竟是个身着黑衣的妙龄少女。

斐旭松开手，接过明泉手里的灯，见少女趁机要跑，懒洋洋地说：“你们统共六个人，五个女的，一个小孩，能跑到哪里去？”

“你是谁？”少女猛然回头，惊恐地看着他，“杨长誉派你来的？他，他竟然这样还不放过我们？”

斐旭不置可否道："你想怎么样？"

少女"扑通"一声，双膝跪地："大侠侠骨柔肠，定不会为难我等小女子。若大侠肯高抬贵手，我们一定为大侠和夫人供奉长生牌位，日日夜夜祈祷两位伉俪情深，和和美美，长命百岁，白头偕老！"

明泉道："若是我不饶了你们，你们便日日夜夜诅咒我们不得好死？"

少女抬头看了她一眼，咬牙道："夫人貌美如花，若是被杨长誉知道，一定不会放过。他手段狠辣，又人多势众，大侠武功再高，怕也难以保全夫人。"

明泉眉毛一扬，不怒自威，冷笑道："照你所言，杨长誉竟是个只手遮天的色中恶狼？"

少女听她口气中对杨长誉并无好感，忙道："夫人有所不知。黄家镇中稍有姿色的女子，不论年纪，都被杨长誉抓进了他的西宫之中，只有我们几个逃出来，因无处可去，才在这里装鬼安身。"

明泉道："西宫？"

少女道："杨长誉强占了长老街，将两边的宅院改成东西两宫，东宫安置杨氏一族，西宫作他寻欢作乐之所。"

明泉道："如此无法无天，难道没有人管吗？"

少女啜泣道："如何管得？他哥哥是庞安城知府，身后有蓝郡王护持，何人敢管？"

明泉讶异道："蓝晓雅？"

少女听她直呼蓝郡王名讳，不由愣了下。

明泉道："这里的镇长呢？"

少女道："便是老黄宅的主人，被杨长誉逼走他乡。"

明泉皱着眉头。

斐旭叹气。

明泉睨着他："你叹什么气？"

斐旭道："我叹我当条狗也不安生，整日没有肉吃倒也罢了，还一天到晚地去拿耗子。"

明泉好气又好笑："哪有人这样说自己！这件事我们不管，倒可以让蓝晓雅管一管。"

"你没听她说么？蓝晓雅是杨氏兄弟的靠山。"

"那又如何？你还是黄家镇的靠山呢！"明泉戏谑地笑。

斐旭叹气道："可惜我最大的功勋不受认同。"

"哪件？"

他凑过去，在她的耳畔轻声道："将女帝迷得神魂颠倒。"

"……"

明泉抬手要打，被他捉住了手。

少女听明泉与斐旭似不将杨长誉放在眼中，又见斐旭头发银白，隐约有个大胆的猜测，颤声道："大人，大人……可是帝师大人？！"

斐旭眉毛轻扬。倒不是妄自菲薄，而是他顶着一头张扬的银发走了一路，认出他的人却屈指可数，没想到在这样的偏远小镇反倒被人一语道破，不禁有些意外。

玉娘有些难堪，借口收拾东西，掩面而出。

其他少女坐了会儿，见明泉不搭理自己，心下也不大舒服，又想着自己还要依靠她与她的夫婿，便去厨房捣鼓平日不舍得吃的米面出来做膳食。

她们走后没多久，就听一声马嘶。

明泉霍然睁开眼睛，快步朝外走去。没多久，就听到玉娘惨叫一声，声嘶力竭地叫道："若非你这禽兽逼迫，我一个姑娘家怎会孤身在此躲藏？！你们还要咄咄相逼……真是要逼死我才甘心吗？"

若说明泉适才有些不悦，眼下却有些赞赏。她冲随后走来的几个少女使了个眼色，悄然退后，跟着她们去地窖躲避。

地窖干爽，被姑娘们打扫得十分干净。

"玉娘不会有事吧？"红梅低声问，却没有看任何人。也许她想要的并不是答案，而是安慰。

"不会有事。"明泉冷静地回答。

其他人都看向她。

明泉道："杨长誉抓她，无非是贪图美色，暂时不会对她行刑。"

其他人听到"行刑"二字，都倒吸一口凉气。

明泉道："我夫君很快会回来，在此之前，我们暂作忍耐。"

年纪最小的小姑娘怯生生地说："我们会被他们找到吗？"

明泉轻轻地抚摸她的脸颊，微笑道："别担心，纵然被找到了，我们也会保护你。"她指着角落的干草垛子，"你便去那里躲着。"

红梅道："使不得！公子离开时叫我们好好保护你，还是请夫人躲进去！再说，夫人也是受我等连累。"

明泉想起被斐旭盗来的画篓子，暗道：谁受谁连累却是不好说。

红梅等人纷纷劝说。

明泉说一不二惯了，此时听她们游说，有些头大，忙道："不一定被找到，说这些言之尚早……嘘。"

地窖外有脚步声走动，过了会儿，地窖的石板被掀开，一把刀伸了进来，随即一个脑袋伸进来，看到她们，露出猥琐的笑容。

"老爷，人在这里！"

明泉等人被带出地窖。

一会儿不见，外头艳阳高照，白花花地晃着眼睛。

空阔的院子塞了几十号人，显得有些拥挤。一个窄肩宽胯的青年站在最前头，打扮得有模有样，奈何双颊蜡黄，眼窝深陷，一看就是被掏空了的病秧子。他看到明泉，眼睛一亮，如狼似虎地盯着："你是何人？"

明泉道："死人。"她没有说谎，在天下人的心目中，她这位曾经的女帝，后来的乔王